Koytek & Stein

DER POSAMENTENHÄNDLER

Koytek & Stein

Der Posamentenhändler

Kriminalroman

Leykam

Das Wort „Posament“ kommt aus dem Französischen von „Passement“, was mit „Borte“ oder „Besatz“ übersetzt werden kann. Posamentenwaren sind also Verzierungen an textilen Gegenständen. Die Palette reicht von Kordeln und Gimpen über Fransen, Häkelbesätze und Borten bis hin zu handgearbeiteten Quasten und Flechtartikeln. Posamenten sind für nahezu alle Dekorations- und Schmuckzwecke einsetzbar.

Gebundene Ausgabe: 2010 Leykam Buchverlagsgesellschaft m.b.H. Nfg. & Co. KG, Graz

Coverbilder: photocase.com und fotolia.de
Cover: Peter Eberl, Gleisdorf; www.hai.cc
Gesamtherstellung: Leykam Buchverlag
ISBN 978-3-7011-7853-7
www.leykamverlag.at

Von der einfachsten bis zur güldnen Schnür,
alles macht der Posamentier!

1

Achtundsiebzig Stufen sind achtundsiebzig Stufen – und selbst, wenn man die vier gleich nach der Eingangstür abzog, blieben noch vierundsiebzig.

Fröstelnd trat er vor die Tür auf den Gang, zog seine Jacke enger um die Schultern und wartete. Von draußen schlich die Novemberkälte wie ein unsichtbarer Nebel das Stiegenhaus herauf und kroch unbarmherzig in seine Knochen. Seit über einer Woche verbarg sich die Sonne schon hinter einem undurchdringlichen Wolkenschleier und drückte auf seine Stimmung. Gespannt horchte er auf den Klang der Schritte, die sich näherten und nun am kleinen ehemaligen Portierskämmerchen vorbei mussten, das an manchen Tagen einen ziemlich strengen Geruch bis in die hintersten Winkel des Stiegenhauses verströmte. Außerdem erlosch dort das Licht meist, bevor man die Treppen erreicht hatte. Dann blieb einem nichts anderes übrig, als sich mühsam bis zum nächsten Lichtschalter vorzutasten.

Im hallenden Stiegenhaus konnte man die Geräusche, die die Schuhe auf den Marmortreppen verursachten, gut hören. Leder rieb auf eingetretenem Straßensplitt. Absätze – sieben oder acht Zentimeter, schloss er. Leise zählte er die Schritte mit, die sich ihm Stufe für Stufe näherten. Ein Lufthauch wehte den Oberton einer eigenwilligen Duftnote zu ihm hoch, die das übliche Stiegenhausaroma überlagerte.

Seit Jahren schon schwelte im Haus ein Konflikt der Parteien über den Einbau eines Aufzugs, doch bisher hatte sich die Kontra-Fraktion bei jedem neuen Anlauf gegenüber der Pro-Gruppe knapp durchgesetzt, sogar von Energiesparen und Klimaschutz war die Rede gewesen, sodass sich seine Kundschaft nach wie vor die drei Stockwerke zu Fuß hinaufquälen musste. Ihm war dies allerdings nicht gänzlich unrecht. So konnte er leichter seinem heimlichen Vergnügen nachgehen.

Erwartungsvoll strich sein Zeigefinger die Fugen zwischen den abgenutzten Fliesen entlang und hielt bei einer ausgeschlagenen Ecke inne. Langsam löste er ein winziges Stückchen ab, legte es vorsichtig auf seine geöffnete Handfläche und schnippte es lautlos ins Stiegenhaus.

Dreiundzwanzig, vierundzwanzig ..., zählte er dann stumm mit. Der Griff nach dem aus Eiche gedrechselten Holzgeländer, eine kurze Verschnaufpause – der erste Stock war geschafft. Er schloss die Augen. Ungefähr dreißig, lange Haare, taillierter Mantel, fantasierte er. Nach den zwei kleinen Pausen zu urteilen eher unsportlich, Armreifen und Ringe an den Händen – zumindest glaubte er, ein schepperndes Geräusch beim Griff nach dem Geländer gehört zu haben. Eventuell ein paar Kilo zu viel.

Fünfunddreißig, sechsunddreißig ...

Rasch zog er sich wieder in seine Räumlichkeiten zurück und ließ die Tür leise ins Schloss gleiten. Als die Türklingel schellte, verharrte er einen Augenblick lang reglos, lauschte dem schnellen Atem auf der anderen Seite und öffnete erst dann. Höflich wich er aus und machte mit der Hand eine einladende Bewegung.

Bei einigen wenigen Details war er tatsächlich richtig gelegen, im Großen und Ganzen jedoch überraschte ihn die äußere Erscheinung der eintretenden Frau: Absätze, übergroße Armreifen, protzige goldene Ringe an den Fingern – das waren die Treffer. Brünette, mit einer Nuance ins Rot gehende auftoupierte Haare, frisch vom Friseur, rosa-grau gemustertes altmodisches Kostüm, die Handtasche perfekt darauf abgestimmt – das hatte er nicht erwartet. Die aufgebauschte Frisur erinnerte ihn ein wenig an eine Bärenfellmütze, wie sie britische Dudelsackpfeifer bei ihren Aufmärschen trugen. Das Gesicht war zudem beherrscht von einer riesigen, dunkel getönten Brille mit nicht zu knappem Goldrand, die die Gesichtszüge in den Schatten stellte.

„Guten Tag!“, brachte die Frau nach einer kleinen Atempause leicht schnaufend hervor. „Pfeifer ..., Sophie Pfeifer – der Aufzug ... wurde übrigens schon erfunden ...“, fügte sie mit leicht spöttischem Tonfall hinzu und streckte ihm gleichzeitig ihre makellos gepflegte Hand hin. Dabei drohte ihn der Duft des aufdringlichen Parfums wie eine Dampfwalze zu überrollen. Unauffällig versuchte er der Geruchsattacke Richtung Büro auszuweichen und entgegnete: „Conrad Orsini, womit kann ich Ihnen behilflich sein?“

„Das ist eher eine äußerst ... delikate Angelegenheit.“ Wie um diesen Satz von sich wegzuschieben, öffnete Sophie Pfeifer den Verschluss ihrer Handtasche, holte ein an den Rändern rosarot verziertes Stofftaschentuch hervor und tupfte sich damit über die Stirn. Befriedigt stellte Orsini fest, dass er sich zumindest in punkto Sportlichkeit nicht geirrt hatte. Er zog die Augenbrauen hoch und wartete. Es war nicht ungewöhnlich, dass seine Klienten es schwierig fanden, zur Sache zu kommen. Sie hatten einen Sack voll Misstrauen und Verdächtigungen im Gepäck, noch dazu meist gegen die nächsten Verwandten oder Geschäftspartner. Und, was das Schwierigste zu sein schien, sie kannten ihn nicht, weshalb erst ein gewisses Vertrauen aufgebaut werden musste. Dass Sophie Pfeifer allerdings angeläutet hatte, ohne zuvor einen Termin zu vereinbaren – so viel Spontaneität hätte er ihr nicht zugetraut.

Durch den Vorraum, der seine Wohnung vom Büro abtrennte, bat er sie weiter, zog im Büro einen der beiden alten Lederstühle für sie heran und nahm ihr gegenüber Platz. Dabei entging ihm auch ihr verwunderter, fast herablassender Blick nicht. Abgesehen von den beiden Ledersesseln für Besucher, dem großen amerikanischen Schreibtisch mit einer Tischlampe aus den Sechziger-Jahren und einem Bakelit-Telefon, bevölkerte nämlich nur noch Orsinis absolutes Lieblingsstück, der mit Kuhfell überzogene Drehsessel, das Zimmer.

„Kann ich Ihnen etwas zu trinken anbieten? Kaffee, Tee?"

„Nein, danke!"

Schweigen.

Regungslos wartete Orsini ab, denn er funktionierte nach seiner eigenen Uhr. Darüber hinaus nahm er nur Fälle an, die sein Interesse erregten. Zu diesem Zweck hatte er in seiner Schublade drei unterschiedliche Vertragsformulare vorbereitet. *Formular B* war für Bessergestellte, *Formular N* für Normalsterbliche – und dann gab es noch *Formular U*. *U* stand für uninteressant und die darin verlangten Preise waren so astronomisch hoch, dass jeder Klient sofort seine Sachen packte und das Büro verließ. Wenn er einen Auftrag nicht annehmen wollte, zog er sich auf diese Art aus der Affäre und musste durch den kleinen Trick auch nicht erklären warum.

Ein Räuspern durchbrach jäh seine Gedankengänge. Sophie Pfeifer nahm die Brille ab und sah ihm für einen Moment unverwandt ins Gesicht.

„Ein Glas Wasser vielleicht, bitte!"

Innerlich schmunzelte Orsini. Nach außen zeigte er nur seine abwartend interessierte Miene, griff nach der Karaffe und goss zwei Gläser voll. Ohne die überdimensionale, fast operettenhaft wirkende Brille war Sophie Pfeifer eine durchaus attraktive Frau. Mitte vierzig vielleicht. Auch wenn ihr Stil nicht gerade seinen Idealvorstellungen entsprach. Ohne die Brille sah man dunkle Ringe unter den Augen, die selbst die dickste Schminke nicht wegretouschieren konnte. Besonders gut hatte sie wohl nicht geschlafen. Genauso abrupt wie sie die Brille abgenommen hatte, setzte sie sie wieder auf.

„Sie wirken recht ordentlich oder ist die Auftragslage ...", begann sie schnippisch und deutete mit einer fahrigen Handbewegung vom großen, fast leeren Tisch hinüber zu Orsini. „Haben Sie denn keinen Computer, keine Akten?"

„Doch“, entgegnete Orsini, „die Akten sind im Kopf und der Computer im Nebenzimmer, wenn Sie die Einrichtung meinen, ich kann Unordnung nicht ausstehen – stört mein Denkvermögen.“

„Aha“, unterbrach sie ihn dermaßen spitz, dass Orsini froh war, ihr nicht den Rest seiner Wohnung zeigen zu müssen.

„Ja, es ist so ...“, setzte sie erneut an. Es schien, als bereute sie es, Orsini aufgesucht zu haben. Ihr Blick blieb auf den fünf an die Wand genagelten Schallplatten hängen. „Ich habe auf Ihrer Homepage gelesen, dass Sie ... Also ich möchte, dass Sie für mich herausfinden, ob, ... ob jemand aus meiner Familie versucht, mich um mein Erbteil zu bringen!“

Orsini nahm im Geiste *Formular U* zur Hand und seufzte: „Ihr Erbteil.“

„Mein ... mein Vater ...“

„Ihr Vater?“

„Ja, vorige Woche, er ist ...“ Sophie Pfeifer begann, langsam an einem ihrer Ringe zu drehen. Ihr Tonfall war beinahe unterkühlt, als sie fortfuhr: „... er ist vorige Woche ermordet worden. In seinem Geschäft. Drogensüchtige. Angeblich Beschaffungskriminalität. Aber darum ... geht es mir nicht, das ist Aufgabe der Polizei.“

Mord? Orsini zögerte ... *darum geht es nicht* ... Ohne den ihm gegenüber sitzenden glitzernden Weihnachtsbaum aus den Augen zu lassen griff er instinktiv nach *Formular B für Bessergestellte* und fragte: „Sondern?“

„Es geht um meinen Bruder Karl. Ich vermute, dass er das Erbe an sich reißen will.“ Sie öffnete ihre Tasche und zog ein Kuvert hervor. „Er wohnt nach wie vor in der elterlichen Wohnung, jetzt natürlich nur mehr mit unserer Mutter, und das schon seit sechsundvierzig Jahren!“

Sechsundvierzig Jahre keine Miete, immer frisch gebügelte Hemden, täglich eine warme Mahlzeit – was ist daran falsch?, spöttelte Orsini heimlich.

Jetzt, wo sie sich offensichtlich dazu entschlossen hatte, zu erzählen, schoss es aufgebracht aus Sophie Pfeifer heraus: „Das hier habe ich auf seinem Schreibtisch gefunden. Es ist eine Ungeheuerlichkeit!“ Sie leerte das Glas Wasser in einem Zug und ließ es mit klirrenden Armreifen auf den Tisch sausen.

„Gefunden“ war eine nette Umschreibung für herumstöbern und suchen, überlegte Orsini. Umständlich zerrte sie an dem Kuvert, das sich ihr zu widersetzen schien, bis sie endlich ein zusammengefaltetes Blatt Papier in der Hand hatte. Mit spitzen Fingern schob sie es ihm hin. Von sich weg.

„Moment – könnten wir von vorn beginnen?“ Orsini entfaltete sorgsam das Schreiben. „Ihr Vater wurde letzte Woche ...?“

„Ja. Er ist schon 85 gewesen, aber soweit ich weiß, bei bester Gesundheit. Freitagabend. Er wollte gerade sein Geschäft verlassen, als es geschehen ist.“ Wieder drehte sie am goldenen Ring und zog ihn dann langsam bis zur Fingerkuppe vor und zurück, als hätte es den Gefühlsausbruch wenige Augenblicke zuvor nicht gegeben.

Orsini sah zum Fenster hinunter auf die schmutzige Straße. Es tröpfelte leicht. Am First des Hauses gegenüber bleckte eine mächtige Löwenfigur im trüben Abendlicht die Zähne. Beim Anblick der steinernen Mähne fiel ihm unwillkürlich Sophie Pfeifers Frisur ein: Das feine Haar war zu einem gleichzeitig luftigen und mit diversen Mitteln gefestigten Machwerk verarbeitet. Zuckerwatte. Ein Löwe, besser gesagt eine Löwin, verbarg sich hinter dieser künstlichen Mähne jedoch nicht.

Sophie Pfeifer war nach einer knappen halben Stunde unvermittelt aufgestanden, hatte rasch noch ihre Unterschrift unter den Vertrag gesetzt und eine penetrante Parfumwolke hinterlassen.

Nachdenklich überflog er die schlecht leserliche Kopie des Schreibens, das Sophie Pfeifer ihm gezeigt hatte. Sophies Bruder Karl: Im Kopf zog Orsini von dessen sechsundvierzig Jahren die Zeit der Kindheit ab, rechnete mal 365, multiplizierte mit den Kosten eines üblichen Hotelzimmers und staunte ob der Summe, die er sich erspart haben musste. Sophie Pfeifers Neid war durchaus verständlich.

Es handelte sich um ein normales Anbot einer Immobiliengesellschaft namens Immotreu für das elterliche Haus, in dem sich das Geschäft befand. Dort war auch der Mord geschehen. Als Adressat war der Ermordete, Heinrich Novak, angeführt. Der Straßenname war gerade noch zu entziffern, die Hausnummer jedoch nicht. Jemand – Sophie Pfeifer vermutete ihr Bruder – hatte handschriftlich Ziffern hinzugefügt mit dem Vermerk: „Bar, bei Vertragsunterzeichnung." Der handschriftliche Betrag war um ein Mehrfaches höher als das offizielle Anbot. Das hatte ihr Misstrauen erweckt.

Sie hat heimlich nach einem Testament ihres Vaters gesucht und dann zufällig das Anbot entdeckt, dachte Orsini, ging ins Nebenzimmer und schaltete seinen Computer ein. Jedenfalls deutete ihre Verlegenheit in diesem Punkt darauf hin ... *ungeduldig war sie wohl auch* ... Verständlicherweise, denn der Termin mit dem Notar der Familie war erst in knapp drei Wochen angesetzt.

Mann tot in Geschäft aufgefunden, überflog Orsini die Schlagzeile im Internet-Zeitungsarchiv vom 25. 10. *Der 85-jährige Händler Heinrich Novak aus Wien Neubau wurde am Freitag, den 24. Oktober kurz vor 20.00 Uhr leblos auf dem Boden liegend in seinem Geschäft in der Zieglergasse 31a aufgefunden ... die Rekonstruktion des Unglückshergangs gestalte sich schwierig, erklärte die zuständige Polizeisprecherin ... vermutlich erdrosselt ... Obduktion sei abzuwarten ... mehrere Einvernahmen ...*

Erfolglos suchte er nach aktuelleren Einträgen und klickte schließlich auf das Ausschaltsymbol. Für einen Augenblick empfand er seine Tätigkeit als unendlich mühsam, wenn er an die Möglichkeiten seines früheren Jobs dachte. Der Ventilator des Computers gab ein letztes Surren von sich, während Orsini wieder zum Gespräch von vorhin zurückfand.

Sophie Pfeifer selbst war geschieden und kinderlos. Zu ihren Eltern und den beiden Geschwistern hielt sie nur sehr losen Kontakt. Deswegen hatte sie auch von eventuellen Verkaufsplänen nichts gewusst und fühlte sich nun vor den Kopf gestoßen. Zudem hatte sie nach dem Begräbnis auch noch festgestellt, dass von den Kunstgegenständen in der elterlichen Wohnung einiges fehlte. Zur Rede gestellt hatte sie ihre Geschwister diesbezüglich aber nicht. Ein Satz hallte dazu in Orsinis Ohren wider: „In unserer Familie wurde die Sprachlosigkeit kultiviert."

Morgen würde er sich um alles Weitere kümmern, beschloss er, denn er hatte noch einige dringlichere Aufgaben zu erledigen.

Wenig später bog er mit hochgestelltem Mantelkragen unter der goldenen Weltkugel des Palais des Beaux Arts in die Löwengasse. Wie immer schaute er kurz zu den Weltkugelträgerinnen hoch, denen das Regenwasser von den schwarzen Haaren über die ebenso schwarzen Arme auf die nackten Brüste tropfte, hob grüßend die Hand und marschierte mit zügigen Schritten voran.

Nur halblaut drangen die Geräusche an sein Ohr, ohne dass er sie wirklich registrierte, so versunken saß er gegen Abend auf der mit Kunstleder bezogenen, abgenutzten Sitzgarnitur im ebenso abgenutzten, kleinen Kaffeehaus. Wieder einmal. Er hoffte, auf Paula zu treffen. Einige Male hatten sie hier – im Jell, wie sie es abgekürzt nannten – nach der Arbeit gemeinsam Kaffee getrunken oder stundenlang geredet. Die Zeit war dabei weitergezogen.

Immer noch trug er den Geruch ihrer Haut in seiner Erinnerung mit sich, den Geschmack ihrer Lippen, ihre bedingungslosen, beinah ungestümen Umarmungen, ihre wilden Locken, die dabei sein Gesicht streiften und ihr neckisches Lachen, wenn es ihr gelungen war, ihn auf den Arm zu nehmen.

Vorbei. Das war Jahre her, vergessen konnte er Paula freilich nicht. Dass er mittlerweile zwei Stunden hier saß und auf den kümmerlichen verstaubten Gummibaum starrte, hob die Stimmung nicht sonderlich. Sogar der Kellner, der ihn zuvor schon zweimal gefragt hatte, ob er noch etwas wünsche, aber nur ein missmutiges „Nein!" zu hören bekommen hatte, schien nun einen Bogen um seinen Tisch zu machen.

Abermals fiel sein Blick auf die Wanduhr, die sich kaum von der nikotingelben Stofftapete abhob, als die Eingangstür darunter aufging. Eine ältere Dame im abgetragenen Filzmantel, die Füße in flauschigen dunkelbraunen Hauspatschen, schob sich herein und schlurfte über den desolaten Parkettboden. Von ihrer Schulter baumelte eine blau blitzende Sporttasche. Zielstrebig steuerte sie den Tisch neben Orsini an, stellte die Sporttasche auf der Sitzbank ab und zog Filzmantel, Wollschal und Pelzhaube aus. Womöglich lag es an ihrem rosa-grauen verwaschenen Jäckchen, dass er erneut an seine Klientin, die Löwenmähnenfrau, denken musste, während sich die Dame ihm gegenüber in Zeitlupe niedersetzte und am Verschluss der blauen Tasche zu hantieren begann.

Dass es zwischen Sophie Pfeifer und ihrem Bruder nicht zum Besten stand, war nicht zu übersehen, aber auch bezüglich ihrer jüngeren Schwester Anna und ihrer Mutter Judith war kaum ein gutes Wort über die geschminkten Lippen gekommen. Bei der Erwähnung des ermordeten Vaters war sie erstaunlich kühl und wortkarg geblieben. Der Konflikt um die Erbschaft dürfte wie so oft als Lupe gedient und aus längst archivierten Streitereien einen massiven, scharfkantigen Berg an Problemen angehäuft haben.

Wieder ging in diesem Augenblick die Tür auf, – *Paula?,* ließ er sich kurz ablenken – doch es war nur ein junges verliebtes Paar, sodass Orsini bald wieder ins Grübeln verfiel. Die Dame am Nebentisch hatte inzwischen ein Kartendeck in ihrer pergamentenen Hand und legte erstaunlich geschickt die Karten vor sich auf den Tisch.

Patience? Orsini beobachtete neugierig, wie sie danach drei kleine silberne Dosen aus der Tasche holte und sie in einem Dreieck vor den Karten platzierte. Der Kellner kam wie gerufen und stellte ein Glas in die Mitte des Dosendreiecks. Ein doppelter Whisky, stellte Orsini erstaunt fest. Ohne die flink hin- und hereilenden Hände aus den Augen zu lassen, zogen seine Gedanken geradlinig weiter.

Was ihm Sophie Pfeifer noch erzählt hatte, war, dass die bis vor nicht allzu langer Zeit relativ heruntergekommene Gegend, in der sie ihre Kindheit verbracht hatte, seit Kurzem einen Aufschwung erlebte. Die Immobilienpreise waren gestiegen und auch ihre Familie dürfte Kontakt mit Bauspekulanten gehabt haben. Außer dem „gefundenen" Papier hatte sie allerdings keine weiteren Hinweise dazu. Auf Orsinis Nachfrage, ob sie sicher sei, dass ihr Bruder Karl die mit Bleistift gekritzelten Zahlen dazugefügt habe, hatte sie geantwortet: „Nein, aber das Papier lag jedenfalls in seinem Zimmer. Karl war schon immer berechnend. Die Absicht dahinter ist doch klar – ich finde, das ist Beweis genug!"

Orsini war diesbezüglich nicht ganz so überzeugt, ging jedoch nicht näher darauf ein. Von der Hand zu weisen waren ihre Schlussfolgerungen natürlich nicht. Entweder hatte ihr Bruder sie und den Rest der Familie zu hintergehen versucht, um bar auf die Hand zu kassieren, oder aber er hatte in der ganzen Aufregung nach dem Mord an seinem Vater vergessen, den übrigen Familienmitgliedern von dem Anbot zu erzählen.

„Und keinen Kontakt mit dem Notar!" Darauf hatte sie bestanden. „Er kennt die Familie und ich will unter keinen Umständen, dass mein Name irgendwie auftaucht. Meine Schwester würde einen Aufstand machen!"

„Dann wird's aber schwierig", hatte Orsini geantwortet.

„Na, da müssen S' sich halt was einfallen lassen, sonst hätte ich Sie ja nicht engagieren brauchen!"

An dieser Stelle war er knapp daran gewesen, das Gespräch abzubrechen. Etwas hatte ihn jedoch davon abgehalten. Ein unbestimmtes Gefühl, von dem er gehofft hatte, es hinter sich gelassen zu haben, war in dem Moment in ihm wach geworden, als Sophie Pfeifer von Mord gesprochen hatte. Ein Instinkt, der ihn antrieb nachzuhaken. Das konnte so weit gehen, dass er die Kontrolle über sich selbst verlor und, von dem Drang nach Wahrheit besessen, alles um sich vernachlässigte. Bewusst hatte er um solche Fälle jahrelang einen Bogen gemacht. Doch die eintönigen Ermittlungen der letzten Zeit hatten ihn möglicherweise ausgehungert. Der Mord an Heinrich Novak schien geklärt, simple Kriminalität am unteren Rand der Gesellschaft. Dort fand sich nichts Mysteriöses. Und doch ...

Die Gegend, in der das Geschäft des Ermordeten lag, kannte Orsini jedenfalls – sie war nicht weit vom Jell entfernt. Zusammen mit dem Viertel rund um Ulrichskirche und Spittelberg bildeten sie die noch in ihrer Ursprünglichkeit erhaltenen Kernzonen des Bezirkes Neubau. Vom Ende des neunzehnten Jahrhunderts bis ins neue Jahrtausend hatte sich die Bevölkerungsanzahl halbiert. Die damals florierenden Handwerksbetriebe waren an die Peripherie abgewandert oder ganz ausgestorben. Wer brauchte heute noch Kupferschmiede, Metallgießer, Abzeichen- und Ordenhersteller? Auch die damals in der ganzen Monarchie bekannte Puppen- und Spielwarenfabrik Emil Pfeiffer und das dazugehörige Geschäft *Pfeiffers Puppen Paradies* waren schon lange verschwunden.

Unterdessen spielte die alte Dame mit der linken Hand eifrig weiter, kramte dabei mit der rechten in der Tasche und zog etwas in Butterpapier Gewickeltes heraus. Ohne den Blick vom Spiel zu nehmen, öffnete sie das Papier mit einer

Hand, holte ein Wurstbrot hervor und biss ab. Die drei silbernen Dosen und den Whisky hatte sie noch nicht angerührt. Orsini rief den Kellner, um zu zahlen.

„Sagen Sie“, fragte er leise und machte eine Kopfbewegung zur alten Dame, während er dem Kellner einen Zehner in die Hand drückte.

„Ja bitte?“

„Was ...?“, flüsterte Orsini und deutete erneut auf die kartenspielende Dame.

„Ach so, die Frau Newerkla“, erwiderte der Kellner so laut, dass Orsini am liebsten versunken wäre, „kommt jeden Tag zum Spielen her. Spielt die schwierige Variante ... übrigens brauchn S' net leise redn, die is nämlich derrisch, versteht kaum ein Wort.“ „Und die silbernen Dosen?“

„Wern S' glei sehn“, entgegnete der Kellner und ging.

Ratlos blieb Orsini sitzen und wartete, während die Frau hochkonzentriert weiterspielte. Ärgerlich blickte er nach einer Weile auf die Uhr, stand auf, bewegte sich auf den Ausgang zu und hatte schon den Türgriff in der Hand, als plötzlich ein dünner Schrei ertönte. Er drehte sich um. Die Dame hatte eine der drei kleinen Dosen in der Hand und versuchte sie zu öffnen. Vier Kartenstapel lagen fein säuberlich geschlichtet vor ihr auf dem Tisch. Mit zitternden Fingern holte sie eine orange Tablette aus der kleinen Dose, steckte sie in den Mund und spülte sie zusammen mit dem Whisky hinunter. Kopfschüttelnd öffnete Orsini die Tür und sah nur noch, wie der Kellner mit einem neuen Glas in der Hand auf die alte Dame zusteuerte.

Kaum war er aus der quietschenden, altersschwachen Tür an die frische, feuchte Luft getreten, blickte er sich nochmals um, konnte aber auch in der beginnenden Dämmerung keine dem Kaffeehaus zustrebende Frau entdecken.

... your love was like the sun, I don't remember no cold days ..., ging ihm ein Song Taj Mahals nicht mehr aus dem Kopf, so sehr er auch versuchte, an etwas anderes zu denken ... *a happy fool I would rather be ...* Leise vor sich hin pfeifend machte er sich schließlich auf den Weg. Mit eingezogenem Kopf betrachtete er die Auslagen der Geschäfte und wusste selbst nicht, warum und wie er plötzlich in der Gegend angelangt war, in der Sophie Pfeifer ihre Kindheit verbracht hatte. Seine eigene Wohnung lag in der entgegengesetzten Richtung. Es regnete immer noch. Ohne genaues Ziel trottete er die Zieglergasse entlang. Vor einem besonders desolaten Schaufenster hielt er an. „Einbruch zwecklos" stand auf einem kleinen Aufkleber in der unteren Ecke der Glasscheibe, der für eine Sicherheitsfirma werben sollte. Ein Zeitloch. Hinter der schmierigen gläsernen Barriere hingen Okuliermesser, Nagelscheren und „Spezialgeräte für den Liebling" an einer abbröselnden Schaumgummipinnwand neben Wetzsteinen für Sensen und einem „Schärfmeister für die Hausfrau". Die handgeschriebenen Preisschilder waren noch in Schilling angegeben.

Langsam marschierte er weiter. Mehrfach verstellten Baufahrzeuge Einfahrten und Gehwege. Betonierte Kranfundamente verengten die Straße zusätzlich. Einige Häuser waren bereits renoviert worden, bei manchen hatte man zumindest die Geschäftsfassade neu gestrichen. Insgesamt aber machte das Viertel einen bemitleidenswerten und heruntergekommenen Eindruck, der durch die Dunkelheit und das schlechte Wetter noch verstärkt wurde. Er schlängelte sich weiter durch provisorische Fußgängerumleitungen an Baustellen vorbei, die trotz der fortgeschrittenen Stunde noch keineswegs zur Ruhe gekommen waren. Regen tropfte auf ihn herab, aus den Baustellenausfahrten rann die Erde als Matsch auf die Straße und verteilte sich zu unregelmäßigen, großen Pfützen. In null Komma nichts waren seine Schuhe verdreckt, genauso wie die untere Hälfte seiner Hose. Fluchend suchte er Unterschlupf in einem der verfallenen Hauseingänge. Das Tor stand halb offen. Eine einsame Glühbirne hing an ihrem Draht herab und verströmte spärliches Licht. Zuerst nahm er nur den Geruch nach Erbrochenem und abgestandenem Alkohol wahr. Dann, nachdem seine Augen sich an die Finsternis gewöhnt hatten, bemerkte er zum Stiegenaufgang hin eine Gruppe auf dem feuchten Boden herumlungernder Männer, die von einer beachtlichen Ansammlung Alkoholika umgeben waren. Woher der stechende Geruch kam, wusste er nun.

„Magst an Schluck?", fragte der einzige noch Stehende aus der Gruppe und reichte Orsini schwankend eine Tetrapackbox. Nur mit Mühe konnte er das Etikett lesen. Es versprach den feinsten Cuvée. Orsini zögerte. Der Mann hielt die Box mit Daumen und kleinem Finger, aber dazwischen standen – anstatt der drei übrigen Finger – nur mehr Stummel von der Handfläche ab. Orsini dachte an die oft eiskalten Nächte weit unter dem Gefrierpunkt. Hier waren die Bewerter für das weltweite Ranking um die lebenswerteste Stadt wohl nicht vorbeigekommen ... Stolz hatte der Bürgermeister erst unlängst mit Wiens vorderster Platzierung geprahlt.

Ablehnen war unmöglich, so nahm er also die angebotene Rotweinmischung, wartete auf einen Moment, da er nicht beobachtet wurde, und führte die Box zum Schein an die Lippen.

„Danke, schmeckt super!" Orsini fuhr sich mit dem Ärmel über den Mund, gab die Box zurück und wollte wieder zur Straße zurückkehren. Eine erstaunlich kraftvolle Hand legte sich ihm jedoch auf die Schulter und hielt ihn energisch zurück. Orsini zuckte zusammen. Automatisch werteten seine Sinne die Berührung als Angriff. Er duckte sich blitzschnell, drehte sich um hundertachtzig Grad und holte aus.

Als er aber in das lachende, zahnlose Gesicht des stehenden Obdachlosen blickte, konnte er die reflexhafte Angriffsbewegung gerade noch stoppen.

„Nervös, Masta? ... vur mir ... brauchst ka Angst habn ... i moch da scho nix." Erst jetzt bemerkte Orsini, dass dem Mann ein Bein fehlte und zwei Krücken ihm quasi als Barhocker dienten. Das war auch der Grund, warum er noch immer stehen konnte. Er sprach lallend und verschluckte manche Silben. Speichel troff aus seinen Mundwinkeln, und auf seiner Jacke hatte der verschüttete Rotwein jede Menge Flecken hinterlassen.

„I wollt nur schaun ..., obst für den Superwein ... a Marie, ... a Gerstl ... springa losst!"

Verlegen kramte Orsini in seiner Hosentasche nach der Geldbörse, holte einen Schein heraus und fragte, ob sie denn keine Unterkunft hätten.

„O ja! wir ... mia wohnan ... eh glei ums Eck, sogor gratis!"

„Gratis?"

„Klor gratis ... nur scheichn s' uns jedn Tog ausse, damit ma do in da Gegend ... umadumstengan."

„Wieso?"

„Des was i ned, und ..."

In diesem Moment drohte der Mann umzufallen. Orsini musste ihn stützen, um ihn danach wieder in die Senkrechte zu befördern.

„Dank da sche, wüst no a moi?"

Orsini lehnte das Angebot höflich ab, was sich aus seiner Sicht als Fehler erwies. Denn der Mann trank nun ansatzlos die Box in einem Schwung leer, rülpste unmenschlich laut und war danach nicht mehr ansprechbar.

„Wer schickt euch raus?"

Keine Reaktion. Mehrmals versuchte Orsini den Mann durch Rütteln am Arm quasi wiederzubeleben. Aber der Mund des Einbeinigen öffnete sich nur und statt Wörtern sonderte er erneut eine Ladung Speichel ab. Ein dünner durchsichtiger Faden zog sich nun vom Kinn abwärts bis zur Brust.

„Wer schickt euch raus!?", schrie Orsini dem offensichtlich ins Delirium Abgleitenden ins Ohr. Statt des Einbeinigen regten sich jedoch nur die übrigen Umherliegenden. Einer davon erwischte Orsinis Hose und krallte sich an ihr fest. Sein Nachbar kroch auf den Ellenbogen näher und stieß dabei eine Flasche nach der anderen um. Der Inhalt verteilte sich langsam glucksend auf dem Boden. Orsini drehte sich auf einem Bein und schüttelte mit einer präzisen Bewegung den Betrunkenen ab. Hier wurde es allmählich ungemütlich. Kurz dachte er daran, dem Einbeinigen seine Visitenkarte in die Tasche zu stecken, verwarf den Gedanken aber gleich wieder.

Auf dem Gehsteig, oder dem was davon übrig geblieben war, stieg er als Erstes in eine tiefe, mit Schlamm gefüllte Wasserlacke. Lautstark fluchte er die menschenleere Straße hinab. Noch einige Zeit konnte man das rhythmische Geräusch, das ein mit Wasser gefüllter Schuh macht, verklingen hören. Was Orsini jedoch nicht mehr hören konnte, waren die Schritte eines Mannes, der alles aus einem dunklen Winkel des Innenhofes beobachtet hatte, jetzt auf die Gruppe Obdachloser zuschritt und dem Einbeinigen die Krücken wegdrosch, sodass dieser mit dem Gesicht hart auf dem Boden aufschlug.

2

Der gestrige Abend hatte seine Spuren hinterlassen. Kraftlos stand er auf, kochte Tee, schlurfte ins Badezimmer und betrachtete sich wie immer kurz und kritisch im Spiegel.

Ärgerlich zupfte er ein sich durchkämpfendes einzelnes graues Haar über dem Ohr aus und schimpfte verhalten. Weniger wegen des kurzen Schmerzes als wegen der Tatsache des unaufhaltsamen Alterns. Ansonsten zufrieden fuhr er sich mit den nassen Händen durchs zerzauste, aber noch immer volle, dunkle Haar und nahm danach einige homöopathische Kügelchen ein, obwohl er diese Art der Therapie wie alle anderen auch grundsätzlich für zwecklos hielt. Eine beginnende Verkühlung ließ sich ohnehin durch nichts und niemanden verhindern. Ärzte, Apotheker und Pharmafirmen sahen das nicht so und schwatzten einem alles auf, was gut und vor allem teuer war. Ein Interessenkonflikt. Allerdings, da er das Fläschchen nun schon besaß, wäre es eine Verschwendung gewesen, es nicht zu verwenden. Immerhin beinhaltete es mehrere Hundert solcher Kügelchen, dachte er und schlurfte zurück in die mit handbemalten Fliesen ausgelegte Küche.

Das „Tsing" des herausspringenden Toasts war für Orsini das Zeichen, den Tag ernsthaft zu beginnen – die Uhrzeit war dabei eine Variable. Nachdem er die Zeitung überflogen hatte, zog er das Telefon näher an sich heran.

Kein Kontakt mit dem Notar, hatte Sophie Pfeifer beharrlich verlangt. Aber irgendwie musste man an Informationen kommen.

„Kanzlei Dr. Skrovisky und Partner Sie sprechen mit Petra Wagner was kann ich für Sie tun?" Wie ein einziges auf ihn zudonnerndes Wort überrollte ihn die Ansage.

„Skrov...siky, spreche ich das richtig aus?"

„Nein, Skro-vis-ky," wiederholte die junge Stimme am anderen Ende belehrend.

„Entschuldigung, Conrad Orsini, ich rufe an wegen der Erbschaft der Familie Novak."

„Ich kann und darf Ihnen bezüglich dieser Erbschaft weder telefonisch noch sonst wie Auskunft geben. Da müssen Sie sich direkt an Dr. Skrovisky wenden, er betreut die Familie Novak selbst, ist aber im Moment nicht im Büro", kam es wie aus der Pistole geschossen und für Orsinis Aufnahmefähigkeit zu dieser frühen Stunde viel zu schnell retour.

„Ah ja."

„Sie sind, wie ich vermute, ein Angehöriger."

„Nicht direkt", tappte Orsini in die Falle. Sofort wollte er die beiden Worte wieder in sich einsaugen und wusste zugleich doch, was folgen würde.

„Da Sie kein direkter Angehöriger sind, kann ich Ihnen leider keine weiteren Auskünfte geben." Pause, und: „Ich wünsche Ihnen noch einen schönen Tag!"

Achselzuckend legte Orsini den Hörer nieder. Es war nichts anderes zu erwarten gewesen, dachte er und blickte auf seine Armbanduhr. Zeit, sich auf den Weg zu machen.

Die Nacht hatte es durchgeregnet. Tief stehende Wolken drückten der Stadt einen gräulich trüben Stempel auf. Wie so oft um diese Jahreszeit erfasste Orsini ein unbestimmtes Gefühl der Rastlosigkeit. Nach dem Abbruch des Jurastudiums war er mehrere Jahre ziellos umhergestreunt und hatte von der Hand in den Mund gelebt. Das Bild einer verschlafenen Insel – rostige Klapptische mit duftendem Kaffee und salzige Meeresluft – drängte sich zwischen die tropfnassen Auslagen der Häuserzeilen.

Der Eindruck des Wohnviertels war bei Tag noch deprimierender. Ein Konglomerat aus verfallenden Häusern und

Siebzigerjahre-Zweckbauten. Zweimal um die Ecke hingegen, in der belebten Mariahilfer Straße, gaben Teenager in ihren Freistunden das Taschengeld in coolen Shops aus. Hier aber konnte man vom *Alles-ein-Euro-Laden* über den chinesischen Supermarkt bis zum *Massagesalon Tina und Erich* – der ein spezielles „für dich" Verwöhnservice anbot – hauptsächlich das finden, was einen stetig anhaltenden Abstieg bedeutete. Nur vereinzelt kämpften die einst angesehenen Gewerbebetriebe und skurrilen Fachgeschäfte trotzig ums Überleben.

Orsini kam an derselben Stelle vorbei, wo er sich am Abend zuvor den Schuh mit Wasser angefüllt hatte. Eigentlich wollte er nach den Obdachlosen suchen, was zurzeit jedoch kaum möglich war, da ein Betonmischwagen genau die Einfahrt verstellte. Rundum herrschte hektische Betriebsamkeit, und der Schmutz hatte sich durch den nächtlichen Regen nur noch mehr verteilt. Nur notdürftig war eine Klarsichthülle, in der ein Formular steckte, an ein faseriges Holzbrett genagelt. Niemand nahm von ihm Notiz, als er es hervorzog und sich die Namen zweier Immobilienfirmen mit dazugehörigen Adressen aufschrieb. Mit klammen Fingern steckte er den Stift in die Tasche.

Vor dem Nebenhaus, das auf beiden Seiten von Baustellen in die Zange genommen wurde, blieb Orsini stehen. Hier war Sophies Vater, Heinrich Novak, bis vor Kurzem noch ein- und ausgegangen. Ein alter Mann am Ende seines Lebensweges. Wegen eines bisschen Bargelds hatte man ihn um die letzten Jahre gebracht.

Angestrengt blickte er durch das schmutzige Glas auf fein säuberlich aufgereihte Quasten, Fransen und Schnüre in verblichenen Farben. Verstaubte Knöpfe und Reißverschlüsse lagen ordentlich auf einer Ablage. Orsini erkannte den gewissen, nicht mehr zeitgemäßen Stolz des Gewerbetreibenden auf Waren, die kaum mehr jemand brauchte. Der Raum dahinter, in dem die Leiche gelegen haben musste, war kaum zu sehen.

Von der einfachsten bis zur güldnen Schnür, alles macht der Posamentier, stand in matten silbernen Lettern auf einem Schild über der Tür. Reimt sich nicht ganz, dachte er im Weitergehen, wich einer tierischen Hinterlassenschaft aus und landete vor einer überdimensionalen Werbefläche. Die offiziellen Daten der Firmen waren in einer Ecke verschämt winzig angegeben. Der Slogan „*Wir halten was wir versprechen – Immotreu*" hingegen knallte in auffälligem Rot quer über das Plakat.

Auf dieser Baustelle machte die Belegschaft gerade Pause. Orsini blickte in den hinteren Teil der Liegenschaft. Der Hof war angefüllt mit Bauwerkzeugen und Gerümpel aller Art: Mischmaschinen, eine Tischkreissäge, Teile von Gerüsten. Der Regen und der dadurch aufgeweichte Boden hatten eine Art Miniteich entstehen lassen – ideale Bedingungen fürs Schlammcatchen – Müllsäcke, Essensreste und leere Dose lagen in einer Ecke. Ein unangenehmer Geruch erfüllte wie bei der ersten Baustelle die Luft. In einem Baucontainer saßen Arbeiter, machten sich über ihre Verpflegung her und ließen den Bierkonsum nicht zu kurz kommen. Auf einem weiteren Container klebte ein Schild mit der Aufschrift *Büro.* Beide waren in demselben Knallrot gestrichen und wirkten wie eine irrtümlich abgestellte Skulptur inmitten der verzweigten, durch Zäune und niedere Mauern voneinander abgetrennten alten Hinterhöfe. Bewohner waren keine zu sehen. Einzig eine Katze trippelte vorsichtig über den betonierten Teil des Hofes und verschwand hinter einer Tonne. Orsini umrundete die Container, bemerkte eine weitere Baustelle an der gegenüberliegenden Seite und links darüber einen begonnenen Dachausbau. Rechts davon, hinter einem grasbewachsenen Hügel verstellte eine etwas höhere Mauer die Sicht.

Orsini schnappte sich einen herumliegenden Sessel, stellte sich auf das wackelige Ding und spähte über die Mauer. Nebenan lag ein gepflegter Garten, offensichtlich zur angrenzenden Pfarre gehörig. Säulen aus Granit, eine mit

Moos bewachsene Statue und alte Rosenhecken. Es war eine kleine Idylle mitten in der Stadt.

Weniger idyllisch war hingegen der Mann, der lautstark gestikulierend auf ihn zukam.

„Heee! ... was machen Sie hier? Haben S' die Schilder ned gsehn!? Eintritt verboten!" Er zog das „o" in die Länge, als müsste er einem Debilen das Alphabet erklären. „Das ist eine Baustelle, verschwinden Sie, aber rasch, sonst gibt's eine Anzeige!!"

„Wegen Hausfriedensbruch, oder was?" Betont langsam stieg Orsini vom Stuhl.

Den Mann brachte das nur noch mehr in Rage. „Arschloch", zischte er und trat gegen den Stuhl. Kurz bevor das Gespräch zu einer handgreiflichen Auseinandersetzung eskalierte, stürzte aber ein Mann mit gelbem Schutzhelm auf dem Kopf aus dem zweiten Container.

„Hans, geh sofort an die Arbeit! Den Herrn hier übernehme ich, ich weiß wie man mit solchen Leuten umgeht!", befahl er. Hochgewachsen und hager, richtiggehend ausgemergelt baute er sich vor Orsini auf. Unter dem übergroßen, gelben Helm setzte sich dieser Eindruck fort. Dünne, tiefe Falten durchzogen das Gesicht und eine spitze Adlernase verlieh dem Blick etwas Scharfes.

Ing. E. Baswal, konnte Orsini auf einer kleinen, am Revers der Arbeitskleidung angebrachten Metallplankette lesen, natürlich in der gleichen Farbe wie der auf den Containern und den Werbetafeln.

„Corporate idendity", verkniff Orsini es sich nicht, sein knöchriges Gegenüber zu provozieren, indem er auf das kleine Schild deutete. „Ingenieur E. Baswal, den Namen muss ich mir merken, falls ..."

„Ich fordere Sie hiermit auf, diese amtlich registrierte Baustelle sofort zu verlassen und mit sofort meine ich jetzt! Ansonsten ..." Der Ingenieur unterbrach den Satz, um sein Handy aus der Tasche zu holen. Anstatt die Polizei zu rufen, trat er allerdings schmallippig lächelnd näher und schoss ein Foto von Orsini.

„Hobbyfotograf, hm ...? Ich versteh nicht, wieso ihr hier alle so nervös seid – ich wollt mir eigentlich nur den hübschen Hof anschauen.“ Übertrieben gemächlich begab Orsini sich auf den Rückzug und schlenderte Richtung Ausgang. Im Vorübergehen besichtigte er noch ausgiebig einen Sandhaufen und eine Mischmaschine. Beiläufig provozierte er weiter: „Sind hier vielleicht illegale Arbeiter beschäftigt?“

Eisiges Schweigen. Die steilen Falten über der Nase des Ingenieurs vertieften sich noch um einige Millimeter, bis er schließlich zwischen geschlossenen Zähnen hervorstieß: „Das nächste Mal pfeif ich den Hans nicht mehr zurück!“ und Orsini stehen ließ.

„Wiederschauen, Inge Baswal!“, rief Orsini ihm nach, als er an dem Container mit den Arbeitern vorbeiging. Noch von der Straße konnte er daraufhin aus dem Container schallendes Lachen hören, das jedoch nach einem herrischen Kommando abrupt aufhörte.

Im einstöckigen Gründerzeithaus auf der gegenüberliegenden Straßenseite befand sich ein Geschäft mit der Aufschrift „Werkzeuge und Waren aller Art“. Daneben eines, das Polier- und Schleifmittel anbot. *Verachtet mir die Meister nicht und ehret ihre Kunst*, stand auf einem grauen Karton, der an die Scheibe geklebt war. Jemand hatte einen Stein in die Auslage geworfen, das Glas war sternförmig zerborsten und mit schwarzem Klebeband nur behelfsmäßig geflickt. Der Stein lag immer noch da – allein.

Orsini beschloss, den *Werkzeugen und Waren aller Art* einen Besuch abzustatten. In der bis auf den letzten Quadratzentimeter angefüllten Auslage hatte es Orsini das ihm besonders praktisch erscheinende „Traveller-Set“ bestehend aus Taschenlampe, Rasierer und Ventilator in einem angetan.

Gerade als er eintreten wollte, näherte sich eine alte Dame mit einem ebenso betagten Hund und steuerte auf das Geschäft zu. Orsini schätzte sie auf mindestens achtzig. Die Leine hatte sich um das Hinterbein des Tieres gewickelt, deshalb humpelte er auf nur drei Beinen dahin. Direkt vor dem Eingang hielt die Dame also an, entwirrte mit zittrigen Händen umständlich das Lederband und richtete sich mit einem Griff aufs Kreuz ächzend auf.

Die Witwe Bolte mit ihrem Spitz, dachte Orsini, kam ihr rasch zuvor und hielt ihr galant die Tür auf. Drinnen zeigte das daraufhin hell erklingende „Ding Dong" allerdings keine Wirkung. Der kleine Lautsprecher oberhalb der Eingangstür hatte sich erfolglos abgemüht. Niemand erschien. Und auch nachdem die Tür krachend zugefallen war, regte sich nichts.

„Findet man nicht oft, dass jemand noch solche Manieren hat", nützte die Witwe Bolte die Warterei und griff sich beinahe kokett an die violettstichig gefärbten Haare.

„Aber das ist doch eine Selbstverständlichkeit," entgegnete Orsini, wohl wissend, dass sie recht hatte.

„Nein wirklich, das erlebt man in meinem Alter nicht mehr sehr oft, früher ..."

„Wohnen Sie denn hier?", fragte Orsini möglichst beiläufig.

„Ja, leider ... in meinem Alter und mit meiner Pension sind keine großen Sprünge mehr möglich. Wenn ich nämlich könnt, wie ich wollt, wär ich ja schon längst weg aus der Gegend! ... Früher hat's hier ganz anders ausgschaut, müssen S' wissen."

„Ahja, wie denn?", bereute Orsini augenblicklich die Frage und stellte sich auf eine lange Antwort ein.

„Wie ...", zog sie das Wort in die Länge und hob gleichzeitig die linke Augenbraue. „Na, nicht so heruntergekommen wie jetzt. Das war früher eine ehrenwerte Gegend! Aber jetzt ... verfalln, zugsperrt oder", ihre Stimme senkte sich zu einem Flüstern „in ausländischer Hand. Schaun Sie sich um, nur mehr herumlungerndes Gsindel und der ganze Dreck! Junger Mann, wissen Sie überhaupt wie man die Gegend früher gnannt hat?"

„Nein."

„Brillantengrund!"

„Brillantengrund", wiederholte er und begann gleichzeitig nachzudenken, warum er den Namen kannte.

„Genau, Brillanten- oder Diamantengrund. Aber nicht weil irgendwelche Steine da gfunden worden sind, sondern weil die ansässigen Stoff- und Seidenfabrikanten so reich warn. Ganze Straßenzüge habn denen da ghört. Und von unserm Bezirk aus haben s' die ganze Monarchie beliefert. Bis in den letzten Winkel."

„Jetzt gibt's aber keine mehr", wandte Orsini ein.

„Nein schon lang nimmer, die Fabriken sind ja schon seit der Jahrhundertwende weg und der letzte größere Handwerksbetrieb, der hat zugsperrt ... warten S' ... das muss gwesn sein ... na! ... Na wie dieses ... dieses Lied da aufkommen is und die Gegend in Verruf bracht hat."

„Ja, mein Vater war ein Hausherr und ein Seidenfabrikant ...", sprach Orsini ihr die ihm bekannte Textzeile vor, um ihr behilflich zu sein. Unwirsch wurde er von der alten Dame, die er nun nach näherer Betrachtung auf zumindest neunzig schätzte, unterbrochen.

„Nicht das, das andre, das mit dem grauslichen Text ... dass mir das nicht einfällt! Herrgottsakra! Vergesslich wird man langsam."

„Viellei...", wollte Orsini behilflich sein.

„Nix vielleicht!", summte sie mit geschlossenen Augen vor sich hin. „Unterbrechn S' mich net, ich hab's glei ... die alte ... genau ... das mit der Engelmacherin."

„Ach so, Sie meinen *‚die alte Engelmacherin vom Diamantengrund'* von Bronner und Qualtin...!"

„Haaallo!!", rief die alte Dame unvermittelt mit empörter Stimme nach hinten ins Geschäft und unterbrach Orsini.

„Das muss so Ende der Fünfziger, Anfang der Sechziger gewesen sein“, fuhr Orsini fort und hatte sofort die eingängige Melodie dazu im Kopf. Textlich kam er zwar nicht über die erste Zeile hinaus, konnte sich aber noch an den makabren Inhalt – illegale Schwangerschaftsabbrüche – erinnern.

„Grauslich, nicht wahr? Auf jeden Fall“, fuhr sie nach einem Seufzer fort, „hat um die Zeit herum der Abstieg begonnen, und ich hoff, es geht nicht noch tiefer. Ich weiß schon gar nicht mehr, wo ich mit meinem Hund hingehen soll. Ist übrigens ein Spitz, ganz a seltene Rasse. Nur mehr am Kinderspielplatz ist es noch einigermaßen sauber und der Oskar braucht einfach seinen täglichen Auslauf.“

Aus den hinteren Räumlichkeiten waren auf einmal Geräusche zu vernehmen. Dann sich nähernde Schritte eines offenbar aus dem Schlaf gerissenen Verkäufers mit einem mürrischen Ausdruck im und einem Abdruck auf dem Gesicht. Er war mittelgroß und etwa Mitte fünfzig. Seine blässliche Gesichtsfarbe und der verschlissene Arbeitsmantel hatten sich über die Jahre offensichtlich dem im Geschäft vorherrschenden Farbton angepasst.

„Grüß Gott, was kann ich für Sie tun?“, fragte er mürrisch. Mit einem für sie wohl zu leisem „Schon wieder!“ wandte er sich der Dame zu.

Während sie nun zu einer langwierigen Erläuterung ihres Anliegens ansetzte, fischte der Verkäufer einen kleinen schwarzen Kamm aus der Brusttasche und fuhr sich langsam durchs strähnige Haar. Es war mit Duftwasser eingelassen, registrierte Orsini und machte einen Schritt zurück. Endlich war die Dame mit ihren Ausführungen zu Ende, was den Verkäufer zu einem hörbar tiefen Ausatmen bewog. Genervt packte er drei Schrauben in einen kleinen Papiersack, verlangte einen in Orsinis Augen völlig überhöhten Preis und überreichte ihn der Kundin mit den Worten: „Bis bald, Gnädigste!“

Mit einem Nicken wandte er sich Orsini zu, der gerade überlegte, welches Werkzeug er kaufen sollte.

„Treue Kundin“, meinte Orsini, nachdem die Witwe Bolte samt Spitz verschwunden war.

„Ja, aber hoffentlich nimmer lang“, bemerkte der Verkäufer trocken, dass es Orsini beinah die Sprache verschlug.

„Ich ... äh ... bräuchte eine ... eine ... Kombizange bitte.“

„Klein, mittel, groß, Billigware oder Qualitätsprodukt,“ kam es monoton zurück.

„Normal günstig halt, aber doch Qualität.“

„Möcht jeder haben, gibt's aber nicht.“

„Dann eher Qualität, wenn's nicht zu teuer ist ... und könnt ich sie mal sehen?“

„Kommen S' mit, der Herr.“

„Sagen Sie, ... wird hier in dieser Straße schon lange so viel gebaut und renoviert?“

„Wieso ... ja, warum wolln S' das wissen?“

„Na ja, ... weil ich mich für eine Wohnung interessiere“, log Orsini. „Die Preise sind hier wahrscheinlich noch nicht so hoch wie in anderen Gegenden, wissen Sie zufällig, was hier für eine mittelgroße Wohnung verlangt wird?“

„Über Preise kann ich Ihnen nichts sagen, aber dass hier z'viel und z'lang gebaut wird, das kann ich Ihnen schon sagen.“ Ein nervöses Zucken hatte sich seines linken Augenlids bemächtigt.

„Aha.“

„Ja, und da steckt Absicht dahinter. Umso länger baut wird, umso mehr Alteingsessne gehn weg, unfreiwillig. Die Häuser, die da renoviert werdn, ghören doch nur einer Handvoll Firmen, die machn sich die Preise untereinander aus, wenn S' mich fragen. Die haben ja sowieso schon fast alles an sich grissn. Wie's uns geht, ist denen doch völlig wurscht. Hauptsach, die Marie im Geldbörsl stimmt“, machte er ein Zeichen mit den Fingern. „Die rote oder die blaue?“

„Wie bitte, ... ach so, Sie meinen die Zangen. Ich glaub ich nehm die rote, wenn Sie mir die empfehlen.“

„Würd ich auch nehmen, ist nämlich nicht aus Fernost.“

„Sagen Sie, diese Immobilienfirmen, Immotrade oder Immotreu oder wie heißt die nochmal ..."

„Immotreu ... sind die Ärgsten", begann der Verkäufer mit erhobener Stimme zu schimpfen. „Die! Die lassn den ganzen Dreck absichtlich liegn! Ich sag Ihna was, ... der Baulärm, der Gstank von die LKWs und der Dreck, des halt niemand länger aus, schon gar net, wenn a Familie Kinder hat! Das gibt ihnen den Rest. Ham ja kan Platz zum Spieln. Und jetzt gibt's natürlich auch noch Krieg unter die Bewohner." Erregt zog er die Augenbrauen eng zusammen und fixierte Orsini, das Lid zuckte dabei immer heftiger.

„Krieg?"

„Klar, *Krieg!* Auf dem winzign Spielplatz vurn, da trifft sich jetzt alles. Und, wenn ich sag alles, dann mein i alles. Ist außerdem zugschissn von die liebn Hunderl." Mit Präzision imitierte er die Witwe und ihren Spitz.

„Das kann ich mir vorstellen", kam Orsini überraschend doch wieder zu Wort. „Und wird hier auch eingebrochen?"

„Davon könn ma a Lied singn, aber bei uns gibt's ja net mehr wirklich viel z holn. Macht neunzehn Euro neunzig ... Vor einer Wochn zirka, hat's sogar an Mord gebn."

„Einen Mord?"

„Angeblich Raubmord ..., Sie fragn aber ganz schön viel – Sie san doch net etwa von der Presse und horchn mich aus?"

„Nein, nein, ich bin nicht von der Presse, aber wenn ich diese Geschichten von Ihnen so höre, werde ich mir doch eine andere Wohngegend suchen müssen." Um den Mann abzulenken, legte Orsini ihm die zwanzig Euro auf den Tresen, sagte: „Wer wurde denn ermordet?"

„Na, der alte Posamentenhändler", antwortete der Verkäufer in abfälligem Tonfall.

„Wer macht so was?"

„Angeblich obdachloses Gsindl."

„Warum angeblich?"

„Weil ... na ja, ich will ja nix Schlechtes sagen, aber wenn S' den Alten kannt hättn und dem seine Familie ..."

„Stimmt schon", erwiderte Orsini, nahm die Kombizange und fuhr möglichst beiläufig fort, „was ist denn mit der Familie?"

Ein lautes „Ding Dong" unterbrach jedoch Orsinis Bemühungen, von dem Verkäufer mehr zu erfahren. Die Witwe Bolte hatte dem Anschein nach etwas vergessen. Ohne eine Antwort abzuwarten ergriff Orsini die Flucht.

„Bitte net scho wieder", hörte er noch die verzweifelte Stimme des Verkäufers.

3

Abgesehen von weiteren Namen von Baufirmen war die Ausbeute an Informationen nach den beiden nächsten Geschäften gleich null, brachte dafür materielle Gewinne in Form eines Geschirrtuchsets und einer Akkutaschenlampe, deren antiquierte Form ihm sogar gefiel.

Orsini war vor einer ungewöhnlichen steinernen Gruppe angelangt. Die Statue über ihm zeigte nur mehr mit dem Stummel des Zeigefingers in die Höhe. Sie war Teil eines Ensembles: Vater, Mutter, Kinder – ... *der Alte und dem seine Familie* ..., hallten die Worte des Verkäufers in ihm wider. Eine heile Familie, die nichts anderes zu tun hatte, als um das Erbe zu streiten – zu Stein erstarrte, abbröckelnde Sprachlosigkeit?

Wenig später betrat er ein Spielzeugeisenbahngeschäft direkt in der Zieglergasse. Schon die Auslage ließ jedes – somit auch Orsinis – Bubenherz höher schlagen. Zumindest, wenn man von der verstaubten und mit vergilbten Bildern aus Alpentälern und anderen Gegenden drapierten Auslage absah.

„Guten Tag der Herr, wie kann ich Ihnen behilflich sein?" Ein älterer Mann mit erstaunlich dichtem grauem Haar saß hinter einem der Tische und hielt eine alte filigrane Dampflok in den Händen, die er sorgsam abstaubte. Mit der entsprechenden Kappe hätte er durchaus als Bahnhofsvorstand durchgehen können.

„Ich bin mir nicht ganz sicher, ob ich hier das Richtige finde ..., ich suche nämlich ein Geschenk ... für ... meinen Neffen", erwiderte Orsini. „Aber ... können Sie mir zuerst sagen, warum hier alles so verdreckt ist?"

„Darüber ... da will ich am liebsten gar nicht reden, der Zustand ist katastrophal, genauso wie der Geschäftsgang!

Hier ist nichts mehr wie früher und sogar einen Mord hatten wir ... und das hier in unsrer Gasse!“

„Wer wurde denn ermordet?“, fragte Orsini, die gespielte Ahnungslosigkeit perfektionierend.

„Man könnt fast sagen mein Nachbar. Liegt nur ein Haus zwischen unsern Geschäften. Der alte Heinrich war noch ein richtiger Herr, konnt keiner Fliege was zuleide tun und wird dann im eignen Geschäft ermordet!“

„Kannten Sie ihn denn?“

„Ja natürlich ..., aber eigentlich nur vom Vorbeigehen und Grüßen. Manchmal haben wir uns beim Friseur gsehn und miteinander gredet. Der Herr Novak war ja sehr eitel für sein Alter und ist sehr oft beim Patschinsky, das ist der Friseur, gwesen. Aus welcher Richtung sind S' denn zu mir kommen, wenn ich fragen darf?“

„Von der Mariahilfer Straße.“

„Na dann sind S' ja direkt an seinem Geschäft vorbei kommen. Ist ja noch immer von der Polizei abgsperrt und von der Familie war seitdem auch noch keiner drinn“, bemerkte der Eisenbahnhändler. Vorsichtig drehte er dabei die Lokomotive um und inspizierte nun das Räderwerk.

„Sie meinen das Geschäft mit den vielen Bändern und Knöpfen?“

„Ja, ja ... das Posamentengeschäft ... das hat ihm ghört und dort ist er auch umbracht wordn.“

„Im Geschäft?“

„Ja.“

„Hat die Polizei eigentlich schon jemand festgenommen?“

„Das weiß ich nicht genau, aber wenn S' mich fragn, kommen sowieso nur diese Drogensüchtigen in Frage. Machn ja schon seit Monaten das Viertel unsicher. Ghörn alle arretiert. Aber die Polizei kümmert sich einfach nicht um unser Grätzel!“ Ärgerlich schmiss der Alte den Putzlappen in eine Holzkiste auf dem Boden.

„Drogensüchtige?"

„Ja natürlich, Drogensüchtige, Obdachlose und arbeitsscheues Gsindl halt, irgendwer von denen wird's schon gwesen sein!"

„Wieso sind Sie da so sicher?"

„Wieso ich mir da sicher bin, ha! Fragen S' halt den Patschinsky oder irgendwen andren, die werdn Ihnen das Gleiche sagn."

„Und diese Süchtigen und Obdachlosen, haben die schon immer hier gewoh ... gehaust?"

„Wo denken S' hin!? Früher war das eine anständige Gegend, nur ehrbare Leut habn hier gwohnt!" Die Stimme des Eisenbahnhändlers schraubte sich vor Erregung allmählich in die Höhe, kleine rote Flecken übersäten seinen Hals.

„Aber jetzt scheint es ja wieder bergauf zu gehen, wenn man sich die Bautätigkeit so ansieht ..."

„Ja, aber nur für die, die's sich leistn können. Wir ... wir habn da nichts davon, außer natürlich den Lärm und den Dreck. Wie die zu baun begonnen haben, hat's ja erst so richtig angfangen mit den Drogen und den anderen kriminellen Dingen. Außerdem sind da am Bau illegale Arbeiter beschäftigt – davon bin ich überzeugt."

„Weshalb?"

„Na, weil ich sie jeden Tag seh, und von da sind die bestimmt nicht! Aber der Patschinsky hat da mal was beobachtet, den können S' ja fragen, sein Geschäft ist ja gleich da drüben, wenn S' mir nicht glauben!", steigerte sich der Eisenbahnhändler weiter in eine kurzatmige Rage.

„Natürlich glaube ich Ihnen", versuchte Orsini ihn zu besänftigen.

„So, bei dem Gerede hab ich ganz vergessn, was Sie eigentlich kaufen wolltn, aber Sie müssen schon verstehn, ein Mord kommt halt nicht alle Tage vor."

Orsini war klar, dass er der einzige Kunde des heutigen Tages war und brachte es nicht übers Herz, sich von dem alten Mann zu verabschieden, ohne etwas mitzunehmen. „Bitte packen Sie mir die Lokomotive ein, die Sie grade in der Hand haben, die ist wirklich wunderschön und wird meinem ... Neffen sicher gefallen."

„Da bin ich mir sogar sicher, das ist nämlich eine Tenderlok mit Fahrtrichtungsumschalter, einer Antriebsachse, Hartreifen und Kupplungshaken", sagte der Alte mit dem Stolz des Wissenden in der Stimme.

„Ah, ja – interessant", erwiderte Orsini, der keinen Schimmer von Eisenbahnen hatte.

„Die wurden früher zum Rangieren und für Zubringerdienste verwendet. Sie waren schnell, wendig und verbrauchten nur wenig Energie."

Orsini schaute dem Mann zu, wie er das kleine Geschenk sorgfältig verpackte.

„Wenn ich so überleg ...", hielt er plötzlich bei seiner Tätigkeit inne und schaute Orsini an, „... hätt's mich genauso erwischen können."

„Hm ...", murmelte Orsini unbestimmt und sah Angst in den Augen des Mannes.

„Ich glaub ... das war kein schneller Tod."

„Wie kommen Sie darauf?"

„Na ja, die Beamten warn dreimal bei mir ... und was ich so von denen ghört hab ..."

„Möglich", antwortete Orsini unbestimmt.

„Und irgendwas war seltsam."

„Seltsam?"

„Ja, das hab ich so rausghört", antwortete der Alte, bückte sich und holte ein Papiersäckchen hervor.

„Was ich Sie aber noch als Letztes fragen wollte", wechselte Orsini nochmals das Thema, „hat denn eigentlich niemand hier aus der Gegend etwas gegen diese Zustände unternommen?"

„Doch, was glauben Sie denn! Von Pontius zu Pilatus sind wir glaufen, hat aber alles nichts gnützt – die haben fleißig und ungestört weitergebaut. Wenn S' mich fragen, ist das von oben abgsegnet." Der Alte hielt ihm das mit zauberhaft filigranen Abbildungen kleiner Lokomotiven bedruckte Sackerl hin. Orsini konnte den Stolz in seinen leuchtenden Augen erkennen, den Stolz auf sein kleines Geschäft und seine Tätigkeit. „Kostet eigentlich fünfundsechzig, aber ich geb sie Ihnen um sechzig, weil wir so nett geplaudert haben."

Orsini fühlte sich nach diesem Satz einerseits etwas verlegen, da er den Mann ja eigentlich ausgehorcht hatte. Andererseits hatten sie ja wirklich geplaudert und er hatte dem Mann auch noch die vermutlich einzige Einnahme des Tages gebracht. Sechzig Euro waren als kleine Sühne dafür angebracht.

„Auf Wiedersehen, Sie werden sehen, Ihr Neffe wird viel Spaß dran haben!"

Vor dem Friseurgeschäft blieb Orsini kurz stehen. Tatsächlich empfand er eine Art Zuneigung für seinen fiktiven Neffen, dem er das nette Spielzeug gekauft hatte. Während er die Fortschritte in der Erbschaftsangelegenheit durchging, betrachtete er den winzigen, mit einem violetten Mosaik verkleideten Eingangsbereich.

Auf der Habenseite schien auf: Die Liste mit den Adressen der Immobilienfirmen sowie die Bestätigung der Geschäftsleute, dass die Preise für Immobilien tatsächlich gestiegen waren. Sophie Pfeifers Verdacht hatte sich zunächst also erhärtet. Andererseits war das bis jetzt nur Hörensagen und hatte womöglich auch mit dem latenten Neid auf die Besitzenden zu tun. Keine Auskunft beim Notar und ein Streit mit einem scharfzüngigen Ingenieur standen allerdings auf der Negativseite. Die rote Kombizange, das Geschirrtuchset und die Akkutaschenlampe würde er vermutlich auf die Spesenliste setzen, weshalb die Zuordnung nicht ganz klar war. Die kleine Lokomotive ...

An der Frontseite des Friseurladens hing über dem nach hinten versetzten Eingang ein Kabel aus der Mauer, umrahmt von verrosteten Schrauben. Dass Werbung ein Teil des Geschäftes war, hatte sich bis hierher noch nicht herumgesprochen. Nichts, außer einem abgenutzten Türgriff in Form einer Schere deutete auf einen Friseurladen hin. Orsini wollte den Scherengriff gerade in die Hand nehmen, als er das auf einen Zettel gekritzelte „*Bin in zehn Minuten zurück*" las.

„Bin auch in zehn Minuten zurück", antwortete er laut und verschwand um die Ecke. Dort hatte er den Zwillingsbruder des Friseurgeschäftes entdeckt, ein ebenso winziges Café. Eine Art dreirädriges Motorrad in verblassendem Grün parkte davor. Der Lack des Gefährts war an den Ecken schon so weit abgeschliffen, dass blankes Metall zum Vorschein kam. Hinter dem breiten Traktorsitz für den Fahrer der eigenartigen Konstruktion stapelten sich auf einer kleinen Ladefläche Ölkanister, Holzbündel und grobe Jutesäcke mit Kohle. In Orsinis Wohngegend hatten diese Händler schon vor Jahren ihre Geschäfte aufgegeben, weil kaum jemand mehr mit diesen Brennstoffen heizte.

In seiner Kindheit hatte es vis-à-vis eine solche Kohlenhandlung gegeben. Oft genug hatte er den Kohlenhändlern als Bub fasziniert zugesehen. Vor allem der vom Tragen schwerer Lasten gekrümmte Rücken und die dreckige Kleidung hatten ihn beeindruckt. Außerdem waren Gesicht und Hände der dunklen Gesellen immer mit einer schwarzen Rußschicht bedeckt gewesen, was die Männer unheimlich, beinahe dämonisch wirken ließ.

Einen Vorfall in seiner unmittelbaren Umgebung würde er nie vergessen: In einer klirrend kalten Adventnacht hatte sich einer der Kohlenhändler über den steilen Stufen, die vom Gehsteig in seinen Keller führten, erhängt.

Am nächsten Tag blickte daher die erste Kundin in ein kohlrabenschwarzes Gesicht, aus dem nur die weißen Augen blutunterlaufen hervorquollen, wie sie später schaudernd jedem erzählte. Heimlich, hinter dem Vorhang seines Kinderzimmers verborgen, hatte Orsini den Abtransport des Toten beobachtet. Zwei Männer schleppten den erstarrten Leichnam mit Mühe die engen Stufen hoch, blieben dabei aber an einem Stapel Brennholz hängen und kamen nicht vom Fleck. Eigentlich wollte er wegsehen, doch ein innerer Drang zwang ihn hinzustarren. Mit Gewalt bogen die beiden die Glieder des Kohlenhändlers zurecht, dass es bis über die Straße krachte, und marschierten dann mit ihrem makabren Gut direkt unter dem Fenster der Orsinis zum Leichenwagen. So rasch wie möglich schloss er das Fenster und zog den Vorhang zu, doch das Geräusch der brechenden Knochen hatte sich in sein Gedächtnis eingebrannt.

Kaum war er in das Café eingetreten, sah Orsini auch schon einen kohlrabenschwarzen Rücken. Eine Pullmannmütze saß auf dem dazugehörigen Kopf. Dass in dem kleinen Raum sogar eine Bar Platz hatte, war von außen nicht zu vermuten. Neben dem Kohlenhändler waren noch zwei Barhocker frei. Orsini nahm Platz und wollte gerade bestellen, als er unterbrochen wurde.

„Tschuldigung ... da sitzt eigentlich mei Kollege, der hat nur grad a ... dringende Sitzung“, sagte der Mann mit der Mütze. Aus dem rußgeschwärzten Gesicht blinkte es Orsini entgegen. Mehrere Goldzähne schlossen die vorderen Zahnlücken. Weiter hinten warteten ausgebuddelte Löcher auf die modernen Schatzgräber in ihren Hightech-Ambulatorien.

„Dann setze ich mich da drüben hin, kein Problem.“

„Danke, der Herr, er wird glei kuman ... es is nur, damit's ka Gwirks gibt!“

„Und wie geht's Gschäft?“, nützte Orsini die Gelegenheit, ein Gespräch zu beginnen.

„Na, wie soll's scho gehn? Be ... schi ... ssen, und des zur bestn Jahreszeit und bei der Kältn!“

In diesem Moment kam der zweite mit Ruß verschmierte Geselle aus der Toilette und setzte sich zwischen Orsini und seinen Kollegen. Hünenhaft wie ein Silberrücken drängte er Orsini zur Seite. Der Geruch, den er verbreitete, konnte sich durchaus mit dem der afrikanischen Berggorillas messen. Ebenso wie sein Kollege trug er einen zerschlissenen Pullover. An den Ellbogen klafften zudem zwei große Löcher. Die menschliche Mauer, die nun entstanden war, verhinderte die Fortführung des Gesprächs. Also bestellte Orsini erst einmal entgegen seiner Gewohnheiten einen schwarzen Tee mit viel Zitrone.

Überraschenderweise beugte sich jetzt der Mann mit der Pullmannmütze nach vor, verharrte in der unnatürlichen Stellung, um Orsini zu sehen und sprach: „Wissen S' ... normal is da Herbst die Zeit, wo die Leut Heizvorräte anlegn ... stimmt's Hermann?"

„Stimmt", sagte der angesprochene Hüne leise, fand es jedoch nicht nötig sich so zu drehen, dass Orsini und der Mützenmann einander besser sehen konnten.

„Ist's zu warm für die Jahreszeit?", fragte Orsini unschuldig.

„Z'warm, ... hast des ghört Hermann? Des is guat! ... z'warm! Geld haben s' kans mehr d' Leut ... scho gor ned in der Gegend ... und die, die eins habn, die stelln doch alle auf Gas um. Stimmt's Hermann?"

Gemächlich ergriff der Silberrücken eine auf der Bar liegende Zigarettenpackung, fischte mit seinen riesigen Fingern erstaunlich flink eine Zigarette heraus, steckte sie mit einem Zündholz an und brummte ein tiefes „Stimmt."

„Und stelln Sie sich Ihna vor, jetzt haben s' uns sogar no an von unsre bestn Kundn umbracht, wie solln wir da überleben?"

Hellhörig geworden griff Orsini den Faden auf. „Wie, einer Ihrer Kunden ist umgebracht worden?"

„Ja, der alte Novak, der letzte Posamentenhändler im ganzn Bezirk, wenn ned der ganzen Stadt, eine Wochn ist des her ... höchstens, stimmt's Hermann?"

Der fast vollständig in eine Rauchwolke gehüllte Silberrücken hielt diese Frage allerdings keiner Antwort für würdig und schwieg.

„Und haben Sie eine Ahnung, warum ... und wer ... oder hat die Polizei schon wen verhaftet?"

Immer noch in einer unnatürlichen Stellung verharrend zündete sich der kettenrauchende Kohlenhändler erneut eine Zigarette an und versuchte mit den Händen den Rauch von sich wegzutreiben. Der Kellner stellte den Tee vor Orsini auf den Tisch und sagte: „Mit extra viel Zitrone. Und übrigens, die Polizei, die können S' vergessn! Glauben S', die interessiern sich für unser Grätzl und für an alten Händler ohne Geld? Bei uns is vor einem Monat ein Fenster eingschmissn wordn. Von die Herrn Beamtn hat keiner auch nur ein Ohrwaschl grührt, nicht einmal aufgnommen haben s' den Vorfall!"

„Da hat der René völlig recht, ... die schaun do nur, dass irgendwem die Schuld in die Schuach schiebn, in dem Fall sind's halt a paar Kiffer, damit a Ruah is", meldete sich nun wieder der Mützenmann zu Wort, inhalierte tief und fuhr fort: „Kann scho sein, dass des die Süchtler warn, aber warum is dann nix gstohln wordn? ... Und außerdem, was soll der scho ghabt habn, was man stehln könnt ... oder Hermann?"

„Stimmt", gab der Gorilla zwischen zwei tiefen Lungenzügen zurück.

„Und, haben Sie einen Verdacht?"

„Einen Verdacht ... natürlich habn wir an Verdacht, aber den ... den sprechen wir nicht aus, schon gar ned hier herinnen in einem öffentlichen Lokal – René zahln bitte!"

„Würd ich auch nicht", sagte Orsini, „kann leicht sein, dass man dann eine üble Nachrede hat."

„Stimmt", sagte der Silberrücken, dämpfte seine Zigarette aus, trank den letzten Schluck Kaffee und ging zur Tür. Der Mützenmann gab dem Kellner einen Schein in die Hand und wartete rauchend auf sein Retourgeld. „Mit der üblen Nachred haben S' völlig recht, aber ans sag i Ihnen scho", – der Kellner gab ihm in dem Moment das Retourgeld – „die Baufirmen, die hättn scho an Grund ghabt ... und mit der Familie, da stimmt auch nicht alles – aber i sag nix." Mit diesen Worten folgte er seinem Kollegen.

„Ich zahl dann auch gleich!" Orsini hielt dem Kellner das Geld hin. Während der noch nach dem passenden Kleingeld kramte, war ein lautes Knattern zu hören.

Zweitakter, dachte Orsini und verließ das Lokal. Draußen konnte er noch die Rauchschwaden und den Gestank wahrnehmen, den das Gefährt verursacht hatte. Der seltsame Wagen bog gerade um die Ecke Richtung Westbahnhof ab. Hinten auf der Ladefläche saß der riesige Silberrücken und vorne auf dem Kutschbock der Mützenmann. Eine blaue Rauchwolke stieg auf und das harte Knattern übertönte sogar den Verkehrslärm.

Der Teufel und sein Gehilfe, dachte Orsini, *fehlt nur noch der Funkenflug und dass einer von den beiden einbeinig wäre.*

Wie um ihn von den dämonischen Gedanken abzubringen, begann sich ein Vibrieren in seinem Kopf breitzumachen, hartnäckig und regelmäßig. Es dauerte einen unangenehm langen Moment, bis ihm klar wurde, dass es lediglich das metallische Dröhnen der Kirchenglocken war. Der monumentale Fassadenturm der Schottenfeldkirche beherrschte das ganze Viertel wie ein Wahrzeichen. Ein allein wegen seiner schieren Größe beeindruckendes Symbol der Ruhe und Gelassenheit oder aber der nun schon verblassenden Macht – das war Ansichtssache.

Im Inneren der Kirche roch es nach Weihrauch. Nur mehr gedämpft drang der Verkehrslärm an sein Ohr. Barockklassizismus, Altartische aus Rotmarmor, von einer aufgelassenen Friedhofskapelle hierher transportiert, las er von einem neben dem Eingang aufgehängten Blatt. Großer, geräumiger Kirchenbau, der von jedem Platz aus eine optimale Sicht zum Hochaltar ermöglichen soll, erfuhr Orsini noch. Schon die Kirchenfürsten von damals wussten, wie man sich Aufmerksamkeit sicherte, nach dem Prinzip sehen und gesehen werden.

Sein Blick schweifte über das Gewölbe zum linken Seitenaltar und blieb dann an einer Marienstatue mit Kind im Arm hängen. Das Haupt der Mutter Gottes umgab ein Heiligenschein aus kleinen leuchtenden Glühbirnen. Davor kniete eine Frau in dunklem Mantel. Auf dem Kopf trug sie ein gelbes Tuch. Der rechte Seitenaltar zeigt den gekreuzigten Jesus, las er weiter. Davon war aber nichts zu sehen, da der rechte Teil des Innenraums mit Plastikplanen verhängt war. Auf einem Gerüst standen zwei Restauratoren und unterhielten sich. Dann nahmen sie Hammer und Meißel zur Hand und begannen, die heilige Ruhe zu stören. Die kniende Frau erhob sich mühsam, warf Geld in einen Behälter und zündete eine Kerze an.

Der handgeschriebene Zettel hing nicht mehr an der Tür. Also trat Orsini in das nun beleuchtete Friseurlokal. Es war so winzig, dass er praktisch mit dem Türgriff in der Hand stehen bleiben musste. Der Friseur schnitt gerade auf einem der zwei vorhandenen Sessel einem Kunden die Haare. Wegen der durchgehend verspiegelten linken Seite wirkte der Raum um einiges größer und ein hochgewachsener Philodendron beherrschte das ansonsten schmucklose Geschäftsinnere. Einzig über der verspiegelten Wand stand in geschwungener altmodischer Schrift *Friseursalon Patschinsky*. Das Wort Salon fand Orsini eine leichte Übertreibung. Der elegante Schriftzug, die alten Stühle mit der verspiegelten Wand und die riesige Pflanze in der Ecke ergaben aber durchaus ein harmonisches Ganzes. Verglichen mit den uniformen Einrichtungen moderner Friseursalons war dieses Geschäft ein Kleinod. Zwar ein vergessenes – was Raumempfinden und Formsprache anlangte, konnte es dennoch jeden Vergleich mit Designerläden von heute aufnehmen. Ein Kind seiner Zeit, wie auch die Person des Friseurs.

„Grüß Gott, ich würde mir gerne die Haare schneiden lassen. Wie lang würde es dauern, bis ich drankomm?"

Mit der Schere in der Hand deutete der Friseur auf den freien Stuhl neben sich. „Nehmen S' gleich Platz, wenn's genehm ist!"

Es roch nach altmodischem Haarwasser. Birkensaft – Orsini konnte sich noch gut an den Geruch erinnern, den sein Großvater verströmt hatte, wenn er auszugehen pflegte und sich deswegen in Schale warf. Er setzte sich auf den angebotenen Platz und sah dem Friseur zu, wie er seinem Kunden die letzten Haarreste aus dem Nacken pinselte und ihn danach mit einer geschickten Bewegung auf seinem Stuhl Richtung Ausgang drehte. Als der Kunde bezahlt hatte, hielt der Friseur elegant die Türe auf und verabschiedete sich.

Auf der schmalen Anrichte lagen die verschiedensten Gerätschaften. Kämme und große Haarklammern aus Horn, Rasiermesser und diverse Scheren. Das einzige Zugeständnis an die Moderne schien eine elektrische Haarschneidemaschine zu sein. *Nicht einmal ein Radio*, stellte Orsini erleichtert fest.

„Sie sind doch Herr Patschinsky, wenn ich fragen darf?"

„Ja, warum, sollte ich Sie kennen?"

Der kleine rundliche Mann musste auf die siebzig zugehen, schätzte Orsini, war dafür aber erstaunlich flink. Behände verstaute er ein benütztes Lavoir und räumte dann noch einige Utensilien weg.

„Nein, ich glaube nicht, dass Sie mich kennen ... es ist nur … ich war gerade im Geschäft gegenüber, hab dort eine Lokomotive für meinen Neffen gekauft und anschließend nach einem Friseur gefragt. Der nette Herr hat mich an Sie verwiesen und gesagt, dass Sie der beste in der Gegend wären", versuchte Orsini eine Annäherung.

„Ah, ... der Schiemer und seine Eisenbahner." Der Friseur kehrte die Haare auf dem Boden zusammen und schob sich die Brille zurecht. „So, und was kann ich jetzt für Sie tun?"

„Ein komplettes Service und alles um ein bis zwei Zentimeter kürzer bitte."

„Also fassonieren, darf ich Ihnen die Haare vorher waschen?"

„Heute lieber nicht, ich bin nämlich verkühlt."

„Da haben Sie recht, vor allem bei dem Wetter wäre das nicht ratsam."

Der Friseur legte Orsini eine Halskrause um, breitete dann die Schürze über ihm aus und begann zu schneiden.

Halskrausen, die nicht kratzen, damit könnte man noch reich werden, dachte Orsini noch, bevor er auf sein eigentliches Thema zu sprechen kam.

„Der Herr Schie... wie war noch gleich sein Name?"

„Schiemer."

„Der Herr Schiemer hat mir erzählt, dass es hier vor Kurzem einen Mord gegeben hat?"

„Ja, hat es."

„Haben Sie denn keine Angst?"

„Nein."

„Das muss ja in derselben Gasse geschehen sein, oder?"

„Ja."

„Und macht man sich da keine Gedanken?"

„Doch."

Seit der Friseur begonnen hatte, Orsinis Haare zu schneiden, schien er gänzlich in seine Arbeit vertieft zu sein. Die wenigen grauen Haare waren ihm ins Gesicht gerutscht und auch die Brille hatte sich bis zur Nasenspitze vorgearbeitet, bemerkte Orsini, der ihn durch den Spiegel beobachtete.

„Und wie gehn die Geschäfte?", versuchte er es nach ein paar Minuten wieder.

„Schlecht, leider."
„Gehört Ihnen das Geschäft oder sind Sie nur Mieter?"
„Nur Mieter."
Am Friseur schien Orsini seinen Meister gefunden zu haben. Wortkarg und konzentriert werkte er an den Haaren herum. Umso mehr überraschend kam die nächste Frage.
„Effilierschere?"
„Wie bitte?"
„Effilierschere, wolln S' das Haar etwas strähniger?"
„Ah, ... ja bitte, warum nicht."
„Die Ohren frei?"
„Ja, und den Ansatz gerade bitte."
Eifrig schnipselte Patschinsky am Haaransatz.
„Und, haben Sie das Geschäft schon lange?", nahm Orsini einen letzen Anlauf.
„Einunddreißig Jahre genau."
„Da müssen Sie den Ermordeten ja gekannt haben ..."
Schwungvoll zog der Friseur nun das altmodische Rasiermesser über einen an der Wand aufgehängten Lederriemen, prüfte kurz die Schneide und begann, den Nacken zu rasieren. Orsini hasste diesen Teil der Prozedur und hatte einfach Angst vor der scharfen Klinge, ließ sie aber trotzdem über sich ergehen. Doch der Friseur war ein Meister seines Faches. Zuvor hatte er die zu rasierenden Stellen leicht befeuchtet und nun zog er mit sicheren, jahrzehntelang geübten Bewegungen die Klinge über Orsinis Haut. Danach wischte er mit einem Handtuch den Nacken trocken. Zuletzt holte er noch einen großen, weichen Dachshaarpinsel aus einer Schublade und entfernte die letzten Haarreste.
„So, fertig! Wenn Sie sich noch im Spiegel betrachten möchten ..."
Orsini gab sich geschlagen, aus dem Mann war nichts herauszuholen, daher sagte er nur: „Passt, danke, sehr schön."
Kaum hatte er aber die Schere auf den Tisch gelegt, begann der Friseur plötzlich zu reden.

„Natürlich habe ich den Ermordeten gekannt, war sogar einer meiner besten Kunden“, sagte er mit trauriger Stimme und fuhr dann fort: „Angeblich stranguliert ... mit einer Schnur, kein schöner Tod, dauert lang bis ...“, er brach den Satz ab. „Der Heinrich ... ist doch jede Woche zu mir gekommen, für sein Alter war er ganz schön ... eitel, könnte man sagen. Bei ihm musste ich immer besonders aufpassen.“

„Wieso?“

„Na weil ich einen korrekteren Menschen wie ihn mein Lebtag nicht getroffen hab. Wenn da beim Schnitt was nicht ganz akkurat war, jeden kleinen Fehler hat der sofort gemerkt, trotz seiner nicht mehr allzu guten Augen! Aber sonst war er ein netter, höflicher Mensch, hat immer nur gearbeitet. Sein Geschäft – eigentlich das Posamentengeschäft überhaupt, das ging ja schon lange nicht mehr gut ... vielleicht war es das, was ihn zuletzt verändert hat.“

„Verändert?“

„Ich weiß nicht, wie ich es anders ausdrücken soll ... mag sein, dass es auch nur das Alter war. Er hat, wenn ich ihm in letzter Zeit die Haare geschnitten hab, nicht mehr so aufgepasst wie früher. War irgendwie abwesend, mit den Gedanken woanders, wenn Sie verstehen ...

Aber wozu erzähl ich Ihnen das alles? Sie haben sicher Wichtigeres zu tun.“

„Nein nein, machen Sie sich keine Gedanken, ich hab heut meinen freien Tag und mich interessieren Geschichten anderer Leute immer. Wie viel bin ich eigentlich schuldig?“

„Macht achtzehn Euro.“

Orsini holte seine Geldbörse aus der Hosentasche und gab ihm zwanzig. „Stimmt so.“

„Danke sehr, vielen Dank!“, antwortete der Friseur überschwänglich.

„Aber wieso man einen alten Mann einfach so ermordet, das kann ich nicht verstehen. Der Herr, der aus dem Eisenbahngeschäft ...“

„Der Herr Schiemer."

„Ah ja, Schiemer, der hat mir erzählt, dass es heißt, Drogensüchtige hätten ihn umgebracht."

„Mag sein, lungern auf jeden Fall genug herum. Ich weiß nur, dass der Heinrich Schwierigkeiten mit den Baufirmen hatte. So was Ähnliches hat er zumindest einmal erwähnt. Die wollten wahrscheinlich, dass er sein Geschäft aufgibt und verkauft, dann könnten sie nämlich den ganzen Komplex auf einmal sanieren."

„Glauben Sie, dass man ihn unter Druck gesetzt hat?"

„Kann sein ..." Mitten im Satz wandte sich der Friseur zur Tür, hielt sie einer eintretenden Kundschaft auf und meinte: „Wie immer auf die Minute!"

Grüßend verließ Orsini also das Geschäft, schaute im Vorbeigehen kurz in den Spiegel und war sehr zufrieden mit dem, was er darin sah. Sogar seine B-Seite hatte der Friseur so zurechtgetrimmt, dass die leichte Asymmetrie seiner beiden Ohren nur mehr zu erahnen war.

4

Vermutlich hatte das Posamentengeschäft einen Ausgang zum Hof, überlegte Orsini und trat zur Gegensprechanlage bei der Haustür. Jemand hatte offensichtlich mit einem schweren Gegenstand darauf eingedroschen, die Namensschildchen waren zerstört und die ganze Anlage hing in schiefem Winkel an einem dünnen Kabel herunter. Die Eingangstür selbst war mit einem großen, provisorisch wirkenden Vorhängeschloss versperrt. Offensichtlich war das normale Schloss ebenfalls defekt. Orsini besaß zwar einen Postschlüssel, den er immer bei sich trug, für ein Vorhängeschloss dieser Art, passte er aber nicht. Vergebens rüttelte er an der Tür und marschierte dann zur Einfahrt nebenan, die er tags zuvor schon inspiziert hatte. Doch es war noch zu früh, um von dort unbeachtet in die anderen Innenhöfe zu gelangen.

Zwei Arbeiter in Freizeitstimmung schlenderten an ihm vorbei. Er folgte ihnen, blieb neben der Kirche stehen und beobachtete, wie sie über die Kreuzung gingen und geradeaus weiterzogen. Illegale Beschäftige? Für einen Moment gewann der barbusige, höchst unchristlich präsentierte Inhalt einer Auslage den Wettstreit um sein Interesse. Als seine Augen wieder nach den beiden Arbeitern suchten, waren sie verschwunden. Dafür registrierte Orsini eine Frau, die ihn vorwurfsvoll anstarrte. Augenblicklich richtete er sich auf und studierte eindringlich das Magazin für Gartenkultur ein Fach darüber. Besonders die „heißen Wintertipps für Kübelpflanzen“ hatten es ihm angetan.

Die Auslage mit den Magazinen gehörte zur Trafik, eines der drei schmalen, wie an die Kirchenmauer angeklebten Häuschen. Das Tabakgeschäft war eingeklemmt zwischen einem Blumenkiosk und einem Würstelstand. Durch die gläserne Tür sah er zwei vollschlanke Kundinnen, die das winzige Kabäuschen praktisch ausfüllten und somit für Orsini keinen Platz zum Eintreten übrig ließen. Augenscheinlich unterhielten sich die beiden mit der Besitzerin, die er zwar gedämpft hören, nicht aber sehen konnte, prächtig. Doch gerade, als er beschloss, sich trotzdem in die Enge hineinzuquetschen, öffnete sich die Glastür und eine der Damen verabschiedete sich laut lachend. Orsini hielt ihr erleichtert die Tür auf.

„Ein echter Gent, ham S' des gsehn? Ein Kavalier der alten Schule", lobte die Trafikantin Orsini.

„Ich geh dann jetzt auch", meinte die zweite Dame. Es blieb Orsini nichts anderes übrig, als die Tür – von innen nun eher linkisch – abermals zu öffnen, um die breite Dame durch die schmale Tür hinauszulassen.

„Sie wärn ein erstklassiger Türsteher und die Frauenherzen würden Ihnen auch noch zufliegn, aber Sie sind sicher schon verheiratet, oder?"

„Noch nicht", entgegnete Orsini verlegen und hatte erst jetzt Zeit, einen Blick auf die Trafikantin zu werfen. Eine Erscheinung erster Klasse bot sich ihm, aufgedonnert war noch untertrieben: üppige dauergewellte, blondierte Haare, üppige rote Lippen, üppiges Make-up und üppige Figur, verpackt in ein nicht zu üppiges Kostüm. Alles in allem war ihr ein Hang zu Erotik und Barock nicht abzusprechen.

„Sie ... Sie sind nicht aus der Gegend?", schaute sie Orsini fragend an. „Zumindest kann ich mich nicht erinnern, Sie hier schon einmal gsehn zu haben? Ich kann mich natürlich auch täuschen. Passiert mir zwar selten ..."

„Nein nein, Sie täuschen sich nicht, ich bin nur zufällig hier."

„Sind Sie gar von der Polizei? Weil da warn in letzter Zeit immer wieder welche bei mir und haben sich Zigarettn gholt. Wie ein Polizist schaun S' mir zwar eigentlich nicht aus, eher wie ein Anwalt vielleicht ..."

„Wieso Polizei, ist eingebrochen worden bei Ihnen?“, gelang es Orsini schnell einen Satz in die kleine entstandene Lücke zu zwängen.

„Einbrochn ... nein, wo denkn S’ denn hin! Die warn natürlich alle wegn dem Mord da. Schaun Sie denn in keine Zeitung? Allerdings, es passiert ja so viel, man derlest ja gar net alles.“

„Eigentlich lese ich schon ...“

„Der alte Herr Novak, mit einer Schnur stranguliert, müssn S’ Ihnen vorstelln! Und der alte Podlatschek hat ihn gfundn, grad wie er am Abend in die Kirchn gehn wollt. Ein schöner Anblick war des bestimmt net, des können S’ mir glauben! Ich wär auf der Stell ohnmächtig wordn und hätt mich direkt neben den Herrn Novak glegt ...“

Orsini versuchte kurz, sich dieses Bild vor Augen zu führen, wurde aber schon wieder unterbrochen.

„Und was des für die Familie heißt, gar nicht auszudenkn! Gut – den zwei Töchtern wird’s egal sein. Obwohl, wenn’s der eigne Vater ist?“

„Wieso glauben Sie, dass es den Töchtern egal ist?“

„Man sagt ja nix ... aber’s wird halt mal was gebn habn ... in der Familie. Ich weiß nur so viel, dass die zwei schon ganz jung auszogen sind von z’haus und sich schon seit Jahren nicht mehr haben blickn lassn. Undankbar is des schon, oder? Frag mich nur, ob die überhaupt beim Begräbnis warn? Der Herr Novak hat doch das Gschäft praktisch ganz allein gführt – sein Sohn, den kann man ja nicht direkt als Hilfe bezeichnen. Allerdings, um die Mutter hat er sich schon immer kümmert, des muss ma ihm lassen. Weil allein machn kann die nix mehr.

Ah, ... Grüß Gott der Herr, ein Packerl Zebra Export wie immer!“

Ein Mann hatte die Tür geöffnet und den Wasserfall an Worten aufgehalten. Kurz. Denn die Trafikantin gab ihm nur rasch eine Schachtel Zigaretten und war sogleich wieder in ihrem Element. „Zahln tun Sie ... aha, ... asso ... aha nächste Woche, ... is recht. Auf Wiederschaun ... Stelln S' Ihnen vor, jetzt ist Monatsanfang und der hat jetzt scho ka Geld mehr! Wie das nur mit dem weitergehn soll? Aber wo war ich eigentlich stehn bliebn?! Wolln Sie eigentlich auch was kaufen? Vor lauter Redn hab ich das glatt vergessen."

„Ich ... ich nehm dann ... auch eine Packung von diesen Export Zigaretten und zahle dann gleich, aber reden Sie trotzdem ruhig weiter", erwiderte Orsini leicht genervt, gab ihr das Geld und dachte an Flucht.

„Na ja, leicht hat's der Herr Novak wirklich net ghabt. Das Gschäft is schlecht gangen. Wer kauft heut noch Posamenten, frag ich Sie? Die Frau krank und mit einem Hang zur ... Bigotterie, wenn S' verstehn was ich mein. Auf der andern Seite ... ein Pedant war der schon. Oft war er ja nicht bei mir herinnen, aber die paar Mal – Trinkgeld hat der keins daglassn, auch früher nicht, wie's Gschäft noch gangen ist. Der hat sich ja jeden Groschen, jetzt heißt's ja Zent, rausgebn lassen. Ein wirklicher Groscherlzähler halt. Einem Toten soll man zwar nix nachsagn, aber das mit der Genauigkeit und dem Sparen, des hat sogar der Vladimir gsagt ..."

„Vladimir?", fragte Orsini erschöpft, aber auch neugierig, vor allem deswegen, weil er an den berühmten Vampir denken musste.

„Ja, der Vladimir, dem sein Gschäft, er handelt mit Altwaren und Kunst, geht ja auch scho lang nimmer gut. Und der Vladimir, des war immerhin dem Herrn Novak sein einziger Freund, schon seit ewig. Aber der lasst sich selbst heut nicht jedn Zent und Euro rausgebn, obwohl er's brauchen würd. Des wär übrigens auch noch so ein Thema, der Euro und die EU und das Ganze, aber da werdn wir zwei bis morgen nicht fertig."

„Scheint ja eine gefährliche Gegend zu s...", setzte Orsini an, seine Redegeschwindigkeit war jedoch zu langsam.

„Ja, da haben S' recht und es wird von Jahr zu Jahr schlimmer! Bitte, über mein Gschäft kann ich das zwar nicht sagen. Weil", senkte sie die Stimme, „gsoffn, graucht und na sie wissen schon was, wird immer. Aber den meisten in der Gegend geht's wirklich net gut. Lebn ja nur mehr alte Leut da, oder die, die sich's halt nicht leistn können wegzuziehn!"

Die Tür ging auf. Zwei Jugendliche in schwarzer Tracht und mit unzähligen Piercings und Ketten am Körper traten ein, was Orsini für einen Fluchtversuch nützte, sich aber trotzdem höflich verabschiedete. „Auf Wiedersehen, sollte ich wieder mal in der Gegend sein, ..."

„Ja, bis zum nächsten Mal, Wiederschaun."

Bestand Orsinis Kunst normalerweise darin, die Leute zum Sprechen zu bringen, lag der Fall bei der Trafikantin gänzlich anders. Die Kunst hätte vielmehr darin bestanden, diesen lebenden Wortschwall aufzustauen und zu kanalisieren. Kopfschüttelnd musste Orsini sein Versagen auf ganzer Linie eingestehen. Wie benommen sah er sich nach einem Ort um, wo er eine Erholungspause einlegen konnte. Die Trafiktür wurde in dem Augenblick wieder geöffnet und die Jugendlichen verließen das Geschäft. Wieder schwappten Sätze aus dem Türrahmen und ergossen sich auf das Trottoir.

Das kleine Café, in dem er mit den beiden Kohlenhändlern gesprochen hatte, lag praktisch genau gegenüber. Nachdem er in der kleinen Nische beim einzigen Fenster Platz genommen hatte, kam auch schon der Kellner auf ihn zu. Es war derselbe, der ihn schon vor etwa einer Stunde bedient hatte.

„Tee mit viel Zitrone?"

„Nein, mit sehr viel Rum, den brauch ich jetzt."

„So richtig gsund schaun Sie aber nicht aus!"

„... und, gibt's vielleicht was zu essen?"

„Ein kleines Gulasch, Frankfurter oder einen Toast könnt ich Ihnen anbieten."

„Ich nehm ... geben Sie mir das Gulasch, aber mit zwei Semmeln bitte."

„Tee mit sehr viel Rum und ein kleines Gulasch mit zwei Semmeln, kommt sofort der Herr!"

Orsini blickte durch das kleine Fenster auf die Straße. Dass es mit der Gegend bergab und mit den Immobilienfirmen bergauf ging, war an sich noch kein krimineller Tatbestand, überlegte er. Selbst wenn der mit Bleistift eingefügte Betrag auf dem Anbot tatsächlich der Kaufpreis für Heinrich Novaks Haus war, bewies das noch gar nichts. Warum hatte der Alte dann nicht einfach verkauft, zumal die Geschäftslage ja alles andere als rosig zu sein schien? Das Haus war alt und renovierungsbedürftig, mit dem Betrag hätte sich der Händler einen schönen Lebensabend machen können. Das Einzige, was Orsini dazu einfiel, war Alterssturheit. Oder hatte Heinrich Novak verkaufen wollen, vielleicht sogar Gespräche geführt? Und sein Sohn Karl – welche Rolle spielte er, verschwieg er etwas? Orsinis Neugier richtete sich immer stärker auf die finanziellen Verhältnisse des Alten. Sophie Pfeifer war diesbezüglich erstaunlich uninformiert. Sie hatte ihm den Namen der Bank genannt, die früher Novaks Geld verwaltet hatte, jedoch hinzugefügt: „Ein alter Pedant wie er wechselt zwar nicht so schnell das Institut! Aber sicher bin ich nicht, ich hatte ja schon seit Langem keinen Kontakt zu ihm, vielleicht hat er irgendwo bessere Konditionen bekommen. In Geldangelegenheiten war er, na ja, mehr als knausrig, um nicht zu sagen geizig!"

Die Heftigkeit, mit der sie die letzten Worte betont hatte, hatte Orsini überrascht. Auch das Wort Pedant, bezogen auf den Alten, hatte er heute erneut gehört. Fünfundachtzig Jahre, hatte Sophie Pfeifer gesagt. Das hieß, zwischen zwei Weltkriegen geboren, Kindheit und Jugend während des Zweiten, schlimmstenfalls gerade noch an die Front geschickt. Wer wusste schon, was Heinrich Novak erlebt hatte ... Dem einzigen Freund, dem Altwarenhändler, würde er auf jeden Fall einen Besuch abstatten, unter Umständen hatte ja auch er Bekanntschaft mit Immobilienhaien gemacht oder zumindest mit dem Ermordeten darüber gesprochen.

„So, das kleine Gulasch mit zwei Semmeln, der Herr, und darf´s noch was zu trinken sein? Ein Tee noch?“, wurde Orsini plötzlich aus seinen Gedanken gerissen.

„Tee? Nein, bringen Sie mir bitte ein Bier, das passt besser zum Gulasch.“

„Ein großes Bier, kommt sofort!“

Das Gulasch schmeckte vorzüglich. *Köchelt wahrscheinlich schon seit Tagen dahin, wie es sich gehört.* Zufrieden sah Orsini um sich. Bis jetzt hielt sich außer dem Kellner und Orsini selbst nur ein stiller Zecher im Lokal auf. Der Mann hatte seinen Blick stur ins Glas gerichtet und die glasigen Augen verrieten seinen jetzigen, wahrscheinlich aber dauerhaften Zustand. Ruckartig ging die Tür auf, eine Gruppe Handwerker trat lautstark diskutierend ein und störte die Ruhe. Die Männer in ihren grauen Overalls verteilten sich an der Bar, wo Orsini vor Kurzem noch mit den beiden Kohlenhändlern gestanden war. Er schaute auf seine Uhr: knapp nach fünf. Zeit, sich auf den Heimweg zu machen. Hinter Orsini wurde es zunehmend lauter und der nächste Trupp betrat das Lokal. Der Kellner kam mit dem Aufnehmen der Bestellungen kaum nach und übersah deshalb auch Orsinis verzweifelte Handzeichen. Wieder öffnete jemand die Tür und binnen Kurzem war das Lokal angefüllt bis zum letzten Platz.

Das kleine Kaffeehaus schien der Afterwork-Treffpunkt des gesamten Viertels zu sein. Sauerstoff war jetzt Mangelware, denn ausnahmslos alle rauchten. Die geringe Kubatur des Raumes konnte den Rauch und die Ausdünstungen der Männer nicht aufnehmen und die geschlossene Tür verhinderte eine Zirkulation der Luft. Stickig war eine harmlose Umschreibung für die plötzlich herrschende Atmosphäre. Die Männer schien das nicht im Geringsten zu stören. In

Orsinis Hals jedoch kratzte die Luft wie ein harter Scheuerlappen die Schleimhäute wund, bis er schließlich aus seiner Innentasche das Fläschchen mit den homöopathischen Kugeln holte und eine viel zu große Anzahl auf die Zunge rieseln ließ. Mit dem letzten Schluck Bier spülte er zusätzlich noch eine Grippetablette hinunter, knallte einen viel zu großen Geldschein auf den Tresen und verließ fluchtartig das Café.

Die kühle frische Luft tat gut, und auf den Baustellen war es nun tatsächlich ruhiger – keine Arbeiter, keine Bewohner und erstaunlicherweise: keine Obdachlosen. Nur die einsame Glühbirne verströmte wie schon vor zwei Tagen ihr düsteres Licht. Kurzentschlossen marschierte er unter der Glühbirne durch. Im Durchgang stank es immer noch erbärmlich nach abgestandenem Alkohol und Erbrochenem. Der Geruch von kaltem Schweiß auf ungewaschener Haut hing trotz der Kälte in der Luft. Verständlich, dass, wer konnte, diese Gegend verließ. Seitlich lagerte neben einer Mischmaschine und einem Stapel Ziegeln diverses Baumaterial. Im Vorübergehen schnappte er sich ein Stück Draht. Man konnte nie wissen ... Eine windschiefe Tür führte direkt in den Hof, provisorisch mit einem rostigen Nagel verschlossen. Der Nagel war schnell umgebogen, die Tür leise angehoben und zur Seite geschoben. Gerade so viel, dass Orsini durchschlüpfen konnte. Der mit Granitsteinen gepflasterte Hof lag nun im Halbdunkel vor ihm. Das wenige Licht, das aus den Fenstern fiel, reichte Orsini aus, um zu erkennen, dass eine kleine Mauer an das Haus anschloss. Behutsam schlich er am Gebäude entlang, bis er die Mauer erreichte. Auf Zehenspitzen stehend konnte er in den Nachbarhof blicken. Eine Reihe Sträucher und ein Baum – wie er in der Dunkelheit nur vermuten konnte – verhinderten allerdings die direkte Sicht auf die Rückseite des Posamentenladens. Weiter drüben trennte eine zweite, niedrigere Mauer wiederum den Innenhof des Hauses mit der Posamentenhandlung vom nächsten, in dem die beiden knallroten Baucontainer standen.

Aus einem der beiden Container fiel Licht. *Inge muss Überstunden machen*, dachte Orsini schadenfroh, eilte einige Schritte weiter zu einem in die Mauer eingelassenen, steinernen Waschbecken und prüfte die Stabilität. Er musste vorsichtig sein. Ein tastender Schritt auf den Rand des Beckens, ein Satz auf die Mauer, dann noch ein Sprung zur Erde und schon war er in Nachbars Garten gelandet.

Allerdings in einem dornigen Rosenstrauch, weshalb sich sofort der linke Unterschenkel durch ein leichtes Brennen bemerkbar machte. Ignorieren. Achtsam, um keine Geräusche zu verursachen, schlich er an dem kurzen Mauerstück entlang. Nur aus einem Fenster im oberen Stock drang schwaches Licht. Nach einigen Schritten hatte er den Schatten des Baumes erreicht, der ihn vor etwaigen Blicken schützte. Von dort konnte er im Dunklen an der Hinterseite des Posamentenladens Umrisse einer Tür ausmachen sowie ein vergittertes Fenster, das vollkommen mit Efeu überwuchert war. Die Tür war entgegen seiner Annahme aus Metall und wirkte stabil, das Schloss hingegen noch aus Großvaters Zeiten. Behutsam versuchte er, den Türgriff hinunterzudrücken. Die Tür gab keinen Zentimeter nach. Orsini holte sein Minitool aus der Hosentasche, knipste die kleine Taschenlampe an und besah sich das Schloss genauer. Er bog den Draht ein wenig zurecht und schob ihn dann vorsichtig ins Schloss, suchte nach einem Widerstand und ... Ein durchdringendes Geräusch durchschnitt plötzlich wie eine Säge die Stille – das Quietschen einer ungeölten Tür? Mehrere Stimmen unterhielten sich. Mit einem Satz war er hinter dem Baum im Schatten verschwunden und wartete. Kam das Gespräch aus dem Nachbarhof? Das Licht im Container wurde abgeschaltet, jemand sperrte eine Tür zu. Gesprächsfetzen, Klirren von Schlüsseln. Orsini drückte sich gegen den Baumstamm, hörte Gelächter und Schritte, die nach und nach leiser wurden, schließlich ganz verebbten.

Erleichtert atmete er auf. Jetzt herrschte wieder Ruhe, nur das ewige Rauschen der Stadt war zu hören. Noch einmal versuchte er, das Schloss mit dem Draht zu öffnen, doch das rostige Ding wiedersetzte sich ihm hartnäckig. „Scheiße", entfuhr es ihm. Er würde mit besserer Ausrüstung zurückkehren müssen. Unhörbar lachten ihn die schwere Metalltür und das massive Fenstergitter aus. Schließlich gab er sich geschlagen, durchquerte erneut den Garten und kletterte über die Mauer. Die Luft war rein und so ging er wie er gekommen war. Verschloss die Tür mit dem Nagel und schritt unter der Glühbirne hindurch auf die Straße. Resümee der ganzen Aktion: Ein verdreckter Mantel, eine leicht blutende Wunde und – wie er gerade feststellte – wieder einmal versaute Schuhe.

Missmutig öffnete er die klapprige Tür und trat ins Jell. Er kannte die meist um diese Zeit diensthabende Kellnerin und hob grüßend die Hand.

„Ein großes Bier und einen Aschenbecher", überging er alle Warnungen, die sein Gehirn aussandte.

„Sie schaun heute aber nicht gut aus", versuchte die Kellnerin mitfühlend zu sein.

Mitgefühl konnte Orsini allerdings genau jetzt nicht brauchen, außerdem hatte er den fast identen Satz heute schon einmal gehört, weshalb er mürrisch zurückgiftete: „Studieren jetzt schon alle Kellner Medizin?"

Dann holte er die Zigaretten aus seiner Tasche, trommelte damit rhythmisch auf dem Tisch herum und setzte ärgerlich noch eins drauf: „Haben Sie wenigstens Feuer?"

„Natürlich, sofort ... und ein großes Bier."

Nervös fingerte er eine Zigarette aus der Packung und wartete auf die Kellnerin, die ihm eine Streichholzschachtel brachte und den Aschenbecher vor ihn auf den Tisch knallte. Wie lange hatte er keine mehr geraucht? Der erste Zug fühlte sich gut an, trotz der Halsschmerzen. Wortlos stellte die Kellnerin das Getränk auf die Marmorplatte. Orsini trank die Hälfte davon und rauchte die Zigarette fertig. Wartete, trank und rauchte die nächste Zigarette. Wartete, leerte das erste Bierglas und bestellte ein neues. Sein Gehirn meldete sich daraufhin nicht mehr, sondern schaltete umgehend auf Standby.

Im gut gefüllten Lokal saßen mehrere meist junge Leute beisammen und unterhielten sich. Orsini schien das Lachen der anderen Menschen aufzusaugen und in Negativstimmung umzupolen. Hatte er vorhin noch bei jedem neu eintretenden Gast kurz aufgesehen, war sein Blick nun – wie der des stillen Zechers im kleinen Café – nur mehr auf sein Glas fixiert. Da er die Warnungen seines Gehirns ignoriert hatte, musste der Körper diese Funktion übernehmen. Beim Bestellen des vierten Bieres war es soweit und sein Magen fing an zu revoltieren. Die Mixtur aus Medikament, Alkohol und Nikotin brachte das Fass zum Überlaufen. Orsini sprang auf und rannte. Im letzten Augenblick erreichte er die Toilette, wo ihm sofort der Inhalt seines Magens hochkam. Ein kleines Gulasch.

Kalter Schweiß auf der Stirn, Schwindelgefühl und Darmkrämpfe taten ein Übriges.

Fünfzehn Minuten später lehnte er immer noch blass und zittrig, aber zumindest aufrecht am Spülbecken. Ein Schluck Wasser, um die Suppe im Magen zu verdünnen, kühles Wasser ins Gesicht. Der Weg zur Gaststube kam ihm endlos vor. Mit weichen Knien quälte er sich an den Tischen mit den plaudernden Jugendlichen vorbei, die belustigt aufsahen.

Nur nicht ins Lokal spei..., dachte er, *sonst kann ich mich hier nie wieder blicken lassen!* Unter Aufbietung aller Kräfte gelang es ihm schließlich, die Rechnung zu begleichen. Die Kellnerin bemerkte Orsinis Zustand, schwieg jedoch und hielt ihm die Tür auf.

5

Posamenten, vom französischen „passement", Fransen, Kordeln, Quasten, Zierknöpfe, als Zierde für Möbel und Raumausstattung, wurden früher auch häufig für Uniformen verwendet ... Orsini überflog verschiedene Internetseiten und fand seinen Eindruck bestätigt, dass der Handel mit Posamenten die Blütezeit längst überschritten hatte. Gerade eine Handvoll Firmen gab es noch, die Dinge wie Litzen, Tressen oder Pompons erzeugten.

Mit einem starken Kaffee hatte Orsini die Kopfschmerzen vertrieben und sich den Grundbuchsauszug von Heinrich Novaks Haus besorgt. Nun besah er sich die Homepage von Dr. Skrovisky und seinen Partnern. Unter dem Logo waren die Klappennummern der Notare angegeben. So hoffte Orsini, die schnellsprechende Sekretärin zu umschiffen. Er ging das Gespräch zuvor im Kopf durch. Ihm war klar, dass er nur *eine* Chance bei dem Anwalt hatte. Würde er bei diesem Erstkontakt aus irgendwelchen Gründen scheitern, wäre das eine Informationsquelle weniger. Angespannt begann er die Nummer einzutippen. Gleich darauf hörte er das Freizeichen und der Hörer am anderen Ende wurde abgenommen.

„Kanzlei Dr. Skrovisky und Partner Sie sprechen mit Petra Wagner. Was kann ich für sie tun?"

Verdammte Sch…, dachte Orsini, sagte aber: „Entschuldigung, muss mich verwählt haben", und legte überrumpelt sofort wieder auf.

Nach einem Schluck Tee wählte er erneut die Nummer und die Klappe, wurde verbunden und, kurz nachdem das Freizeichen erklang, hob jemand ab.

„Kanzlei Dr. Skrovisky und Partner. Sie sprechen mit Petra Wag...", ertönte die Orsini wohlbekannte Stimme.

„Ich weiß", sagte er schroff, „verbinden Sie mich mit Dr. Skrovisky."

„Wen darf ich melden?"

„... Rsini", sprach er seinen Namen absichtlich undeutlich aus.

„Herr ... Sini, habe ich das richtig ausgesprochen?"

„Ja", erwiderte Orsini genervt.

„Und in welcher Angelegenheit, darf ich sie melden Herr ... Asini?"

„Die Erbschaft Novak betreffend", antwortete er leise.

„Ach, haben Sie denn geheiratet?"

„Wieso geheiratet?"

„Na, weil Sie dann ein Angehöriger wären und ich Ihnen, wie ich schon einmal erklärt habe, Auskunft geben könnte, Herr Orsini."

Eine Pause war entstanden. Orsini räusperte sich.

„Sind Sie eigentlich heiser?"

„Nein", erwiderte Orsini und wollte sich am liebsten in Luft auflösen.

„Kann ich sonst noch irgendetwas für Sie tun?"

„Ah, ... nein."

„Dann wünsche ich Ihnen noch eine gute Besserung und einen wunderschönen guten Tag."

Die drei letzten Worte hatte sie in erhöhter Tonlage gesprochen, was Orsini innerlich kochen ließ. Äußerlich ruhig legte er den Hörer auf die Gabel, griff nach der Teetasse und genehmigte sich noch einen Schluck. Gemächlich schob er das Telefon von sich. Im Aufstehen trank er den Rest des Tees, holte aus und schleuderte die Tasse auf den Küchenboden. Sie schlug auf, zerbrach in unzählige Teile und hinterließ ein Loch in der Bodenfliese.

Einen Moment lang verharrte er, bis er wieder ruhig wurde. Locker bleiben, um Energie zu sparen und nur dann, wenn es notwendig sein sollte, schnell und konzentriert zuschlagen. Natürlich war eine unschuldige Teetasse kaum ein ebenbürtiger Gegner ...

Orsini holte Besen und Schaufel aus dem Vorraum, versuchte sich vorzustellen, wie die schnellsprechende

Kanzleidame wohl aussah – verbissene Tussi mit langen aufgeklebten Fingernägeln, die beim Tippen über die Tastatur klapperten –, kehrte die Scherben zusammen und schwor sich: *Liebe Petra Wagner, auch du kommst noch in meine Gasse!*

Glas, Beton und grelle Farben – wenn das hier wirklich die Hausbank des alten Posamentenhändlers war, musste er sich wie auf einem fremden Planeten vorgekommen sein. Eine hüfthohe Betonwand diente als Schalter und zugleich auch als Barriere. Dahinter befand sich eine Art Großraumbüro. Jeder Tisch war in einer eigenen Farbe gehalten, dazwischen ein paar Pflanzen.

Wie meist war zuerst Anstellen angesagt. *Früher hätte ich das dem Mayerhofer überlassen,* dachte er ungeduldig, während er sich eher über sich selbst wunderte, dass ihm ausgerechnet jetzt, Jahre später, Vorteile bewusst wurden, die er damals im Polizeidienst kaum geschätzt hatte.

Auf dem Boden vor ihm waren Fußabdrücke und davor ein Balken aufgemalt. Bis hierher und nicht weiter! Absichtlich stellte er sich davor, was ihm prompt schiefe Blicke einbrachte. Endlich kam er an die Reihe. „Ich bräuchte Auskunft in einer Finanzangelegenheit."

„Sie Sind Kunde bei uns?"

„Noch nicht, aber …"

„Kein Problem. Zuerst füllen Sie bitte dieses Formular aus."

„Ist es nicht möglich, mit einem Berater zu sprechen, bevor …"

„Zurzeit ist das schwierig, … aber Moment, Sie müssen in die blaue Zone und ja ... ich sehe gerade, dass sich Herr Mitterbauer verabschiedet. Der dunkelblaue Tisch, er wird Sie beraten."

Der gleich daneben wäre mir lieber gewesen, dachte Orsini. Die junge Frau mit den langen, dunkelbraunen Haaren am grünen Schreibtisch unterhielt sich aber gerade mit einem anderen Kunden.

„Mitterbauer, Guten Tag, wie kann ich Ihnen helfen?" Mit diesen Worten sprang der junge Mann auf und streckte Orsini seine makellos gepflegte Hand entgegen. Antrainiertes reflexhaftes Verhalten angesichts eines potenziellen Kunden, analysierte Orsini. Groß, blond, mittelteurer Anzug, überdimensionale rosarote Krawatte und ein ebensolcher, dem vorherrschenden Modediktat unterworfener bombastischer Krawattenknoten. Frisch rasiert, zwischen fünfundzwanzig und dreißig, schätzte Orsini und mit einer ausgesprochen unsympathischen Ausstrahlung. Typ: Abschluss und Prämie kassieren. *Wird wohl nicht lange hier sitzen, sondern bald nach oben wandern. Allerdings* ... Orsinis Blick blieb erstaunt am Revers des makellosen Anzugs hängen. Herr Mitterbauer hatte doch keine so weiße Weste.

„Wollen Sie ein Konto eröffnen, Herr …"

„Orsini ... Nein, nichts dergleichen. Ich wollte nur fragen, ob ein Herr Heinrich Novak, Geschäftsmann, fünfundachtzig, bei Ihnen Kunde ist?"

Der junge Angestellte tippte den Namen in seinen Computer, schaute Orsini an und sagte: „Ist wohl vor Kurzem verstorben, mein aufrichtiges Beileid, andererseits natürlich ein schönes Alter. Sie sind wohl ein Angehöriger ... zeichnungsberechtigt?"

„Nicht direkt, ich bin von seiner Tochter beauftragt worden …"

War der Bankangestellte vorhin noch geschäftsmäßig höflich, so veränderte sich sein Verhalten jetzt grundlegend. „Also, wenn Sie kein Angehöriger sind ..."

„Ich brauche auch nur ..."

„Dann kann ich Ihnen natürlich keine Auskunft über die Finanzangelegenheiten des Verstorbenen geben." Damit stand der junge Mann abrupt auf. „Sie entschuldigen mich, ich habe jetzt meine Mittagspause." Er reichte Orsini nicht einmal mehr die Hand und verschwand Richtung Treppe in den oberen Stock.

Die junge Frau vom Nebentisch hatte die Szene bemerkt. Sie erhob sich, um sich von ihrem Kunden zu verabschieden und trat zu Orsini an den Tisch. Mit einer Handbewegung warf sie ihre langen Haare energischen nach hinten. „Was ist denn mit unserem *allseits beliebten* Herrn Mitterbauer passiert? So habe ich ihn ja noch nie gesehen, vor allem nicht, wenn es ums Geldverdienen geht“, sagte sie in verschwörerischem Ton und setzte sich. Ihre Ellbogen waren auf die Armlehnen gestützt und ihre Finger ineinander verschränkt, sodass sich ein annähernd gleichseitiges Dreieck gebildet hatte. Mit dem Kinn fuhr sie langsam die Fingergelenke entlang. Heller Teint, kein Make-up, nur der Hauch eines dunklen Lippenstiftes. Sie sah ihn einen Augenblick abwägend an und warf dann einen Blick auf den Computerbildschirm.

„Scheine nicht sein Typ zu sein“, erwiderte Orsini lakonisch.

„Gott sei Dank!“, antwortete die Bankbeamtin schmunzelnd. „Kann vielleicht ich Ihnen helfen oder haben Sie genug von unserer Bank und ihren netten, zuvorkommenden Mitarbeitern?“

„Von Mitarbeitern dieses Schlages schon, wie das mit den Mitarbeiterinnen ist, kann ich im Moment nicht sagen, aber fragen Sie mich doch in fünf Minuten noch einmal, Frau …?“

„Zechner“, erwiderte sie mit einem Lächeln. „Was war denn der Grund für Ihre ... na ja, Auseinandersetzung. Ich sehe auf dem Bildschirm die Daten für das Konto eines Herrn ... Heinrich Novak. Dem Alter entnehme ich aber, dass das nicht Sie sein können, oder?“ Das letzte Wort hatte sie absichtlich betont.

Orsini beschloss ehrlich zu sein und erklärte ihr, dass er im Auftrag der Tochter des Verstorbenen ermittle.

„Ihnen ist schon klar, dass Herr Mitterbauer in dieser Hinsicht richtig gehandelt hat und auch ich Ihnen eigentlich darüber zum Schweigen verpflichtet bin ..., aber er hat die Seite mit den Kontoauszügen offen gelassen ...“

Orsini hatte die beiden Worte *eigentlich* und *aber* registriert. „Natürlich ist mir das klar. Es ist nur so, dass sich der Notar erst in drei Wochen der Angelegenheit widmen kann und meine Klientin beunruhigt ist. Sie möchte hauptsächlich wissen, ob das Konto gedeckt ist, beziehungsweise ob Schulden ...“

Die Bankbeamtin nickte. „Gedeckt schon, aber gerade so ...“

„Und eine größere Summe?“ Orsini dachte an das Verkaufsanbot für das Haus des Posamentenhändlers.

Sie sah nun mit einem besorgten Blick hinter Orsini und gab ihm dabei ein stilles Nein-Zeichen. „Hören Sie, ich kann jetzt nicht mehr länger, Herr Mitterbauer kommt zurück“, flüsterte sie.

„Danke, Sie haben mir sehr geholfen!“, erwiderte Orsini, erhob sich und wandte sich Herrn Mitterbauer zu, der gerade die letzten Stufen der Treppe herunterkam.

Er hatte Orsini mit seiner Kollegin an *seinem* Tisch sitzen gesehen und war jetzt noch aufgeregter als zuvor. „Ich habe Ihnen doch gesagt, dass ...“, fuhr er Orsini aufgebracht an. Orsini tippte mit seinem Zeigefinger auf das Revers seines Gegenübers und unterbrach ihn routiniert: „Ganz ruhig, junger Mann! Kokser wie dich erkenn ich schon auf Entfernung, vor allem wenn sie so blöd sind und Spuren auf dem Anzug hinterlassen!“ Orsini zog seinen Finger zurück, hielt ihn sich vor die Nase, schniefte laut, während er den jungen Mann fixierte und verließ dann die Bank.

Draußen sah Orsini sich um und betrat ein kleines Stehcafé. Dort bestellte er einen kleinen Braunen, trank den Kaffee aus, zahlte und ging retour in die Bank.

Der wieder an seinem Tisch sitzende Herr Mitterbauer trug immer noch eine gewisse Blässe im Gesicht. Als er Orsini auf sich zukommen sah, zuckte er zusammen. Erschrocken nestelte er an seinem Krawattenknopf herum und atmete erleichtert auf, als Orsini an seinem Tisch vorbeiging. Die nette Angestellte hatte einen neuen Kunden und sah überrascht auf. Sie erhob sich, entschuldigte sich bei ihrem Gegenüber für die Störung und wandte sich an Orsini: „Ich kann jetzt leider nichts mehr für Sie tun ..."

„Es ist nur", begann er verlegen, „darf ich Sie zum Essen einladen? Und ich verspreche hiermit feierlich, Sie nicht weiter auszufragen!"

„Das … das kommt jetzt doch … überraschend!"

„Ich weiß, und ich entschuldige mich auch sofort dafür."

„Aber, na ja, Dienstag nächste Woche ginge", meinte sie etwas unsicher und sah zu ihrem Tisch. Dort machte sich der wartende Kunde bemerkbar, indem er den Sessel knarrend hin und her schob.

„Kennen Sie das italienische Restaurant in der Piaristengasse?"

„Nein, aber ..."

„Ist nicht zu übersehen, neunzehn Uhr – und wenn Sie es sich anders überlegen, können Sie mich ja anrufen. Ich gebe Ihnen meine Visitenkarte", antwortete Orsini und zog ein Kärtchen aus der Innentasche seines Mantels.

„Nur eines noch", erwiderte die Bankangestellte, steckte ihm verstohlen ebenfalls ein Kärtchen zu und schaute Orsini dabei fragend an, „was haben Sie eigentlich mit unserem Herrn Mitterbauer gemacht – er wirkt so … so ruhig?"

„Der Herr Mitterbauer", tat Orsini überrascht, „hat sich vermutlich bei jemandem angesteckt, die Nase ... oder vielleicht hat er auch nur die falschen Medikamente eingenommen – also dann bis Dienstag", verabschiedete er sich schnell und verließ endgültig die Filiale.

6

Orsini blickte auf seine Uhr und schüttelte sie mit der typisch drehenden Bewegung, um dem alten Automatikgetriebe wieder neue Energie zuzuführen. So wie er es immer tat. Es war kurz nach Mitternacht. Unschlüssig stand er an der Ecke zur Weißgerber Lände, ganz in der Nähe seiner Wohnung und war wie meist um diese Zeit hellwach.

Die Straße hatte ihren Namen von den früheren Handwerksbetrieben, die sich in der Kaiserzeit hier angesiedelt hatten. Als dann mit enormem menschlichen Verschleiß die Jahr für Jahr flutende Donau in harmlosere Bahnen gelenkt wurde und Wien einen hochmodernen Kanal erhielt, war es im Wiener Großbürgertum en vogue gewesen, an der Lände ein eigenes Haus zu errichten. Repräsentativ, mit hohen Innenräumen, an der Fassade verspielte Figuren und ganz oben der Familienname in großen Lettern. Das Mezzanin war gerade erfunden und der erste Stock dabei nach oben versetzt worden. Somit konnten die Besitzer gleichzeitig in der Beletage wohnen und doch mit der tollen Aussicht vom Balkon prahlen.

Dass der technische Erfindergeist über hundert Jahre später eine breite Ausfallstraße in Richtung Flughafen und Raffinerie erzwingen würde, hatten sie nicht ahnen können. Heute stank es zumeist nach Abgasen, lüften konnten die Hausbewohner nur in den Innenhof, und zum Schlafen brauchte man starke Nerven. Besonders an der Ecke zum Hundertwasserhaus herrschten tagsüber chaotische Zustände. Dann parkten die Touristenbusse in der zweiten Reihe und verstopften den Verkehr zusätzlich.

Orsini sah einem Taxi nach, das sich gerade lässig über die geltende Geschwindigkeitsbeschränkung hinwegsetzte, überquerte das breite grau-schwarze Asphaltband und marschierte flott über die Rotundenbrücke – einer letzten

Erinnerung an die Weltausstellung 1873 und an den gleichnamigen gigantischen Kuppelbau, der knapp sechzig Jahre später einem verheerenden Großbrand zum Opfer gefallen war. Danach setzte er bei Rot über die Kreuzung, trottete die mit Kastanienbäumen gesäumte Straße entlang und musste an die hübsche Bankbeamtin denken. Lautes Gelächter lenkte seine Aufmerksamkeit jedoch auf die andere Straßenseite. Zwei Betrunkene lehnten an dem um diese Zeit schon zugesperrten Würstelstand, hatten Bierdosen vor sich stehen und grölten in die Nacht. Orsini fröstelte bei dem Anblick, beachtete sie jedoch nicht weiter und bog nach rechts auf die Hauptallee ab. Auch um diese Zeit waren – was ihn immer verwunderte – noch Menschen unterwegs und das sogar, um Sport zu treiben. Meistens schnaufend vor Erschöpfung. Sport soll ja angeblich gesund sein. Ein kleiner, dicklicher Mann hatte sich in Zeitlupe an Orsini vorbeigequält und trottete nun wie ein alter Dackel vor ihm her. Knallgelbe, allerneueste Funktionskleidung und dann so langsam! Orsini konnte sich ein Grinsen nicht verkneifen und beschleunigte seinen Schritt, um zu ihm aufzuschließen.

Dienstag um neunzehn Uhr, hatte er mit der Bankbeamtin vereinbart. Sie jedoch weiter auszufragen, kam nicht in Frage. Also musste er eine andere, ebenso hübsche Quelle bezüglich Heinrich Novaks Konto anzapfen. Orsini spürte trotz seines nun erhöhten Tempos und der damit verbundenen körperlichen Anstrengung die feuchte Kälte in den Gliedern. Er begann am Rücken zu schwitzen und musste an die Obdachlosen denken. Das Tempo behielt er bei.

Wo sie wohl heute die Nacht verbrachten?

„Sie scheichn uns jedn Tog ausse, damit ma do in da Gegend umadumstengan“, hatte der Einbeinige erzählt. Konnte man das angesichts seines Zustandes überhaupt ernst nehmen? Wenn ja, wer konnte ein Interesse daran haben, diese Leute in der Kälte herumstehen zu lassen? „Die von der Immotreu sind die Ärgsten, die lassn den ganzen Dreck absichtlich liegn ... so schaffn sie's, dass sogar die hartnäckigstn Bewohner ausziehn", hatte der verschlafene Verkäufer der *Waren aller Art* gesagt. Dass die Baufirmen versucht hatten, die Leute zum Verkauf zu bewegen, schien naheliegend. Vorerst höflich, dann eben mit Nachdruck. Lärm, Schmutz, Staub und Vandalenakte bildeten dabei wohl nur den Grundakkord. Kein Zweifel, in dem Viertel schwelte ein Brand, der durch den Mord an dem Alten neue Nahrung bekommen hatte.

Ein Uhr. Orsini überholte langsam, aber zielstrebig den knallgelben Funktionskleidungsträger, der sich lange gewehrt hatte und hörte danach noch einige Zeit das schnelle, dann jedoch stetig leiser werdende Schnaufen hinter sich. Rasch zog er am kleinen runden Haus der Lust vorbei, bog halblinks ab und war endlich ganz allein. Dass der knallgelbe Kugelblitz sich hierher verirrte, war unwahrscheinlich, Orsini blickte prüfend nach hinten, lehnte sich an einen Baum und wischte sich mit einem Taschentuch den Schweiß von der Stirn.

Das Wasser des lang gezogenen ehemaligen Donauarms lag umsäumt von Wald ruhig und verlassen da. Die mächtigen Aubäume bildeten mit ihren Kronen ein Gewölbe fast wie das einer gotischen Kathedrale und verschluckten auch im November beinah jegliches Licht. Nach Einbruch der Dunkelheit kam deswegen keiner mehr hierher, nicht einmal Jogger. Orsini war das jedoch völlig egal. Rasch schritt er den weichen, jedes Geräusch schluckenden Weg entlang. Ein einsamer Wanderer inmitten der Großstadt.

Der alte Posamentenhändler?, machte Orsini ein gedankliches Fragezeichen. Als akkurat, sehr korrekt, höflich, aber in letzter Zeit irgendwie verändert, hatte ihn der Friseur Patschinsky beschrieben. Die Wertung der Trafikantin fiel da schon nicht mehr ganz so schmeichelhaft aus: Einen Pedanten, der nicht einmal Trinkgeld gab, hatte sie ihn genannt. Vermutlich übertrieb sie dabei, wie auch bei ihrem Aussehen. Orsinis Gedanken glitten kurz zu ihrer Figur und ihrer erotischen Ausstrahlung ab – er musste sich eingestehen, dass sie auch ihn nicht ganz kalt gelassen hatte. Der Friseur, bekam er sich jedoch gleich wieder in den Griff – der Friseur hatte Schwierigkeiten Heinrich Novaks mit den Baufirmen erwähnt.

Wäre natürlich lukrativer, den ganzen Block zu sanieren, überlegte Orsini. Aber selbst wenn irgendjemand die Drogensüchtigen zum Mord angestiftet hatte – was würde das demjenigen bringen? Erneut kehrten seine kreisenden Gedanken zur Trafikantin zurück. Diesmal ohne erotische Hintergedanken. Die familiären Verhältnisse bei den Novaks dürften nicht die besten gewesen sein, hatten sie und auch der Händler im *Waren-aller-Art*-Geschäft erwähnt.

Inzwischen hatte Orsini das Ende des länglichen, Mauthnerwasser genannten Donauarms erreicht und marschierte heimwärts. Als er an der kleinen, schlichten Wallfahrtskirche mitten im dichten Gehölz vorbeikam, hielt er an. Er mochte den Ort, der so etwas wie zeitlose Ruhe ausstrahlte. In der wärmeren Jahreszeit war das Kirchlein ein beliebter Ort für Hochzeiten. Rund um eine gemauerte Grotte waren Laternen aufgestellt, deren kleine Flammen aufgeregt flackerten und ihr unruhiges Licht ins Innere auf die klaffende Wunde des toten Gottessohns warfen. Wie des Öfteren verharrte Orsini eine Weile davor.

Heinrichs Frau, Judith, hatte die Trafikantin als bigott und den gemeinsamen Sohn Karl als keine Hilfe beschrieben. Was immer das heißen mochte. Karl war ja – nach Ansicht seiner älteren Schwester – der Drahtzieher hinter dem vermeintlichen Betrug. Möglich. Aber wie an ihn und seine Mutter herankommen?

Tief in sich versunken schlug er einen schmalen, von Sträuchern gesäumten Pfad ein. Nach einer Weile gelangte er wieder auf die Hauptallee, wechselte die Straßenseite und ging denselben Weg, den er gekommen war, zurück. Die beiden Betrunkenen lehnten noch immer an derselben Stelle vor dem Würstelstand. Die leeren Bierdosen hatten sich vermehrt und statt Grölen war nur mehr ein Lallen zu hören. Einer der beiden fühlte sich offenbar so wohl, dass er sich seiner Oberbekleidung entledigt hatte und nur mehr ein T-Shirt trug.

7

Beim *Theater für den kleinen Mann*, dem Volkstheater, stieg Orsini aus der U-Bahn, um das letzte Stück zu Fuß zu gehen. Von hier ging es leicht bergauf. Die Anhöhe war ursprünglich landwirtschaftlich genutzt worden und gehörte einst zum Wiener Bürgerspital, weshalb sie auch Spitalberg und danach, im Volksmund, Spittelberg genannt wurde. Die damals billigen Gründe zogen zuwandernde Slowaken und Kroaten aus den Kronländern an und so wurde die Gegend bald auch „Krowotendörfel" genannt. Seinen „besonderen" Ruf erhielt der kleine Hügel aber erst unter Kaiser Joseph II. Denn fast jedes Haus hatte die sogenannte Schankberechtigung, was nichts anderes bedeutete, als dass in den Hinterzimmern die Prostitution blühte. Im Unterschied zur feinen Innenstadt gingen hier nicht die „Grabennymphen", sondern die sogenannten „Bierhäuslmenscher" ihrem Gewerbe nach. Eine Immaculata-Figur, die Statue der unbefleckten Empfängnis, gab es aber hier genauso wie im feineren ersten Bezirk.

Eines der verrufensten Lokale jener Zeit war der Gasthof „Zum weißen Löwen". Selbst der Kaiser soll eines schönen Tages, nachdem er die berühmt-berüchtigte „Sonnenfels-Waberl" beglückt hatte, aus dem Lokal geflogen sein. Noch heute erinnert eine Inschrift im Gewölbe des Flurs an diese Begebenheit.

Orsini ging an all dem vorbei und stand kurz darauf vor einem Geschäft. „Vladimir Tandler, Altwaren und Kunstgegenstände", prangte in goldenen Lettern auf schwarzem Grund auf einer verglasten Tafel über dem Geschäftseingang. Das Gold blätterte an manchen Stellen ab und die Farbe zeigte Risse. Die Auslagenscheiben waren im unteren Drittel vom Kondenswasser angelaufen. Seitlich an den Schaufensterwänden hingen alte Ölbilder in kunstvoll verzierten Rahmen. Die Ablage darunter war angefüllt mit allen möglichen und unmöglichen Gegenständen, die ein Sammlerherz zumindest neugierig machten. Neugierig auf das Innere – das war ja auch der Zweck. Nicht ganz so herausgeputzt wie ähnliche Geschäfte in besseren Lagen, auf jeden Fall aber standesbewusst.

Orsini öffnete die verglaste Eingangstür, trat ein und sah sich um. Nur Sekunden später wurde ein roter Vorhang beiseitegeschoben und ein kleiner, drahtiger, alter Mann kam aus dem Nebenraum, nahm einen dicken Zigarrenstummel aus dem Mundwinkel und sagte: „Grüß Gott, kann ich Ihnen helfen?“

Orsini erwiderte den Gruß, studierte mit gespieltem Interesse ausführlich eines der Bilder und suchte nach einem Einstieg.

„Sie haben aber einen passenden Namen!“, meinte er endlich.

„Wieso?“

„Sind Sie denn nicht Herr Tandler?“, fragte Orsini, „Na ja, Tandler ... und Altwarentandler.“

„Das ist mir noch gar nicht aufgefallen, Sie sind der Erste, der das bemerkt hat“, entgegnete der Altwarenhändler lapidar. Nachdem er Orsinis peinlich betretenen Gesichtsausdruck eine Weile genossen hatte, fuhr er fort: „Pardon, jetzt schauen Sie nicht gleich so betroffen, was glauben Sie, wie oft ich das schon gehört habe? Da überlegt man sich halt verschiedene Antworten.“ Er lächelte verschmitzt in seinen spitzen grauen Bart. „Darf ich Sie nach dem ausgestandenen Schrecken wenigstens auf einen Kaffee einladen? Er steht noch hinten auf der Platte, Sie können sich ja einstweilen im Geschäft umsehen.“

Orsini fühlte sich von dem Alten durchschaut. Jahrzehntelange Erfahrung mit unterschiedlichsten Käufern strahlte aus seinen Augen, denen man kaum mehr etwas vormachen konnte. Runde, verbogene Nickelbrillen, ein leicht verschlissener Anzug, graue, aber immer noch lockige Haare und ein rostrotes, ungebügeltes Hemd mit Flecken darauf. Die gesamte Erscheinung spiegelte in etwa den Inhalt des Geschäftes wider.

„Ein Kaffee wäre nicht schlecht, wenn Ihnen das nicht zu viel Umstände bereitet."

„Was denn für Umstände?" Der Altwarenhändler zog sich wieder in den Nebenraum zurück. „Sie trinken doch türkischen?"

„Ja natürlich, gerne sogar", bekräftigte Orsini. „Ausgefallene Sachen haben Sie da."

„Mit Zucker?"

„Ja, aber wenig bitte."

Der Händler kam mit einem fein ziselierten Tablett zurück und stellte es auf einen alten, runden, marmornen Kaffeehaustisch. Er setzte sich und forderte Orsini mit einer Handbewegung auf: „Holen Sie sich irgendeinen Stuhl, das Jahrhundert dürfen Sie sich aussuchen!"

Orsini entschied sich für einen kunstvoll geschwungenen Bugholzsessel mit gepolsterten Armlehnen. „Gute Wahl, solides Stück, wurde ab 1859 gebaut. Der Rahmen – aus massiver Buche. Unter Dampf gebogen und dann in Form gebracht. Ein Original, wurde hier in unserer Stadt produziert. Eigentlich eine Okkasion." Mit einem wissenden Lächeln betrachtete der Alte den Sessel und fuhr dann verärgert fort: „Leider hat irgendein stupider Mensch an den Armlehnen diese grässlichen Auflagepolster angebracht. Was sage ich angebracht! Dieser Banause hat durch das Holz gebohrt und sie von unten verschraubt. Das muss man sich einmal vorstellen!" Feine Äderchen zeichneten sich an seiner Schläfe ab. „Mit billigen Schrauben aus dem Baumarkt noch dazu. Ein Sakrileg ist so was! Dieser Kretin gehört – nein, ich will's gar nicht aussprechen." Zwei kleine, zornige Augen hinter Gläsern starrten Orsini für einen winzigen Moment an. Der

Altwarenhändler hatte sich aber sofort wieder unter Kontrolle und fuhr sich durch die gewellten Haare. Dann nahm er mit ruhiger Hand seine Schale vom Tablett und trank vorsichtig einen Schluck. „Ist Gott sei Dank ein Meisterwerk, das bringt auch der größte Pfuscher nicht um."

„Zudem sitzt man auch recht komfortabel", antwortete Orsini, um die Situation wieder zu entspannen, „und das ist doch eigentlich das Wichtigste, oder?"

„Nicht immer, ich glaube, Sie können Ihren Kaffee jetzt trinken, er sollte kühl genug sein."

„Haben Sie ihn denn auch dreimal aufgekocht?", trieb Orsini ihr Geplänkel spitzbübisch weiter.

„Alles andere wäre ja ein Affront dem Kaffee gegenüber", entgegnete der Händler und hob gleichzeitig die linke Augenbraue.

Warum fragt er eigentlich nicht, was ich hier will? Scheint ihm völlig egal zu sein.

„Die Baustelle vor Ihrem Haus, beeinträchtigt die das Geschäft eigentlich sehr? Oder haben Sie sowieso nur Stammkunden, denen das nichts ausmacht?", fragte Orsini nach einer längeren, fast peinlichen Pause.

„Es beeinträchtigt hauptsächlich mich. Erstens meine Gesundheit, durch den vielen Staub, und glauben Sie mir, junger Mann, es geht mit der Zeit aufs Gemüt."

„Konnte ich bis jetzt aber nicht feststellen."

„Schaun Sie sich nur um, alles verstaubt! Jeden Tag könnte man mit dem Putzen von vorne anfangen. Die reinste Sekkatur von diesen ... diesen Künettengrabern. Die gehören alle unter Kuratel gestellt, diese Bagage! Und der Dreck vor dem Laden! Vom Geschäftsentgang will ich gar nicht reden, wenn ich meine Stammkunden nicht hätte ... Pardon, dass ich mich so ... echauffiere, aber diese ..."

„Haben Sie denn schon überlegt zu verkaufen?"

„Sie meinen, weil die Immobilienfirmen hier alles akquirieren? Ob ich schon Angebote bekommen habe? Die Pestilenz soll sie holen! Nicht nur eines – wissen Sie, was die aus meinem Geschäft machen würden?"

„Nein, was denn?"

„Eine Garage, ... eine große Garage! Können Sie sich das vorstellen? Aus meinem schönen Geschäft eine Garage für diese neureichen Finanzhasardeure, die dann im Dachgeschoß oder was weiß ich wo wohnen. Womöglich noch mit einer dieser hässlichen Badewannen obenauf ... Wie heißen diese Luftblasen absondernden Abscheulichkeiten noch?"

„Whirlpools?", entgegnete Orsini unsicher.

„Genau Wörlpuuls", dehnte der Altwarenhändler das Wort verächtlich. „Alleine der Name stößt einem unangenehm auf."

„Aber wenn der Preis stimmt, könnte Ihnen das doch egal sein", legte Orsini nach.

„Ist es aber nicht", erwiderte der Händler aufgebracht.

„Haben Sie denn schon verhandelt?"

„Natürlich habe ich mit Ihnen geredet, oder verhandelt, wie Sie das auch nennen wollen."

Also doch Garage, sofern der Preis stimmt – wie immer also, stellte Orsini fest.

„Allerdings mit denen ... mit denen gibt es kein Verhandeln, die diktieren den Preis, und wenn einem der nicht passt, probieren sie es anders."

„Was meinen Sie mit probieren sie es anders?"

„Unrat vor der Tür, eine eingeschlagene Fensterscheibe oder ein Wasserrohrbruch – das sind die Pastellfarben auf ihrer Palette. Danach kommen die kräftigen Töne. Einschüchterungsversuche mit Rechtsanwälten, Drohungen und zuletzt auch körperliche Gewalt."

„Das heißt, Sie ..."

„Junger Mann, kennen Sie das Sprichwort mit dem alten Baum?"

„Natürlich."

„Dann verstehen Sie ja. Die Zeiten haben sich eben geändert, das muss man akzeptieren. Ich möchte auch keineswegs in den vielstimmigen Chor der Früher-war-alles-besser-Sänger einstimmen. Aber von hier weg ...“ Mit einem Blick auf Orsini trank er danach zuerst einen Schluck, steckte dann den Zigarrenstummel wieder in den Mund und zündete ihn an. Seine Hände zitterten dabei leicht. „Sogar einen Mord an einem Geschäftsmann hat es hier kürzlich gegeben.“

„Einen Mord?“

Der Altwarenhändler stieß ein Rauchwolke aus, ließ dadurch eine Pause entstehen und verlieh der nachfolgenden Frage somit mehr Gewicht.

„Ja“, er sah Orsini direkt in die Augen, „deswegen sind Sie doch hergekommen, oder?“

Orsini hatte das ungute Gefühl, vorgeführt zu werden. *Er durchschaut mich wie seine gläserne Eingangstür ...* Aber noch bevor Orsini etwas erwidern konnte, fuhr der Händler fort und wieder hatte er das gleiche schlaue Lächeln auf den Lippen, wie schon zuvor. „Sie brauchen keine Angst zu haben, ich nehme Ihnen Ihren Kaffee schon nicht weg, nur weil Sie für eine Zeitung arbeiten! Welche ist mir übrigens völlig egal. Obwohl – Qualitätszeitung wäre mir schon lieber.“ Er nestelte umständlich an seinem Anzug herum und trank einen Schluck aus der winzigen Tasse. Offensichtlich genoss er diesen Moment der Überlegenheit. „Wirklich, Sie können ruhig sitzen bleiben, ich konversiere gerne mit Journalisten. Außerdem sind Sie nicht der Erste aus dieser – verzeihen Sie den Ausdruck – Meute, und die Polizei war auch schon bei mir.“

Die gläserne Eingangstür hatte zumindest einen Fleck ..., war Orsini erleichtert, dass der alte Händler zumindest nicht alles über ihn erraten hatte, und versuchte einen Schuss aus der Hüfte: „Ich habe gehört, Sie waren der einzige Freund des ermordeten Heinrich Novak, stimmt das?“

„Von wem haben Sie das?“

„Hört man eben so.“

„Kann's mir schon denken, egal, aber ja, es stimmt wahrscheinlich auch. In unserem ... meinem Alter, verringern sich die Freunde leider auf natürliche Weise, bis man dann irgendwann plötzlich sein einziger Freund ist." Nachdenklich schaute der Händler an Orsini vorbei auf einen unbestimmten Punkt in der Ferne, zog an der Zigarre und blieb danach still.

„Das heißt, Sie und der Verstorbene waren ungefähr ... gleich alt?"

Ein Moment verstrich, bis sich der alte Händler wieder gefangen hatte. „Ja fast, er war um ein Jahr älter, ist 1924 geboren."

„Kannten Sie einander schon lange?"

„Lange ..., lassen Sie mich überlegen." Es entstand eine kurze Pause. „Eigentlich erst seit ich mein Geschäft hier eröffnet habe."

„Wann war das?"

„In den Sechzigern, einundsechzig, um genau zu sein."

„Kannten, ich meine kennen Sie auch seine Familie?"

„Natürlich, die wohnen ja gleich um die Ecke, gegenüber der Kirche, und ich war eine Zeit lang wie ein Onkel zu den Kindern. Als die zwei Töchter ausgezogen sind, ist das dann langsam abgeflaut. Seit Heinrich nicht mehr ist, lebt nur noch Karl mit seiner Mutter in der Wohnung. Judith, das ist Heinrichs Frau", erklärte er weiter, „geht es ja schon seit Jahren nicht gut. Wenn ihr Sohn nicht wäre, müsste sie sicher in ein Sanatorium, so schlecht steht es um sie", fügte er noch gedankenverloren an.

Seit Heinrich nicht mehr ist – so vermied er wohl das Wort *gestorben* oder *tot.* Verständlich in seinem Alter, dachte Orsini, um dann zu sagen: „Aber um Sie mache ich mir keine Sorgen, Sie sehen höchstens aus wie siebzig und scheinen mir bei bester Gesundheit zu sein."

„Gesund – gesund war Heinrich auch. Und dann das! Wer ist zu so etwas fähig, einen alten Mann und dann noch dazu, auf so grauenhafte Weise?"

„Die Polizei hat doch schon Verdächtige, oder?"

„Die Polizei, lesen Sie eigentlich Zeitung?"

Nicht schon wieder, dachte Orsini verzweifelt.

„Pardon, in Ihrem Fall würd ich verstehen, wenn Sie es nicht tun. Allerdings sehen Sie doch sicher fern?"

„Ja, gelegentlich", antwortete Orsini, der nicht wusste worauf der Händler hinauswollte.

„Wenn Sie das also gelegentlich tun, dann müssten Sie bemerkt haben, dass es ein brutaleres Verbrechen gegeben hat. Drei Tote und jung dazu, glauben Sie wirklich, dass sich da jemand um einen alten Mann kümmert, der stranguliert wurde? Ein paar Süchtige als Verdächtige sind schnell zur Hand und der Fall ist nach ein, zwei Tagen nicht mehr in den Medien."

„Da haben Sie nicht gänzlich unrecht, aber Sie haben eben von zwei Töchtern gesprochen …"

„Ja, Sophie und Anna. Sophie ist die ältere von den beiden", murmelte der Händler vor sich hin, wie um sein eigenes Gedächtnis zu überprüfen, „ich habe alle zwei seit Jahren nicht mehr gesehen. Erst wieder vorige Woche bei der Beerdigung. Beide gleich hübsch wie die Mutter früher …"

„Gab es einen Grund, warum die beiden Töchter von zuhause ausgezogen sind?"

„Das Übliche eben ..." Orsini registrierte ein leichtes Zögern. „Sie müssen wissen, Heinrich ..., Heinrich war eben ein Pedant. Er konnte nicht anders, vielleicht hing das mit seinem Geschäft zusammen. Darum hat er wahrscheinlich seine Erziehungsmethoden ... zu eng ausgelegt. Hören Sie, ich will nicht unhöflich sein", schien der Alte plötzlich aus den Gedanken gerissen, „ich habe noch einiges zu erledigen. Sie können sich aber noch gerne weiter umsehen, wenn Sie wollen." Während er diesen Satz sagte, stand er auf und gab somit Orsini ein unmissverständliches Zeichen. Wie schon zuvor entstand eine für Orsini unangenehme Pause. Verlegen trank er den letzten Schluck aus der Tasse, erhob sich und brachte den Bugholzsessel an seinen Platz zurück. Der Altwarenhändler war unterdessen mit dem Tablett in den Nebenraum marschiert, ohne Orsini noch einmal anzusehen und wollte gerade den Vorhang hinter sich schließen.

„Wieso haben Sie eigentlich gewusst, dass ich nichts kaufen werde?“, fragte Orsini herausfordernd. Der alte Händler hielt den Vorhang in der Hand, schien zu überlegen und blickte in die Ferne und antwortete: „Es war die Art, wie Sie die Gegenstände betrachtet haben.“ Er zog den Vorhang zu und ließ einen verdutzten Orsini zurück.

Draußen stand Orsini grübelnd vor einer der beiden Auslagen und fixierte ein kunstvoll bemaltes, mehrteiliges Porzellanservice. In Gedanken saß er jedoch immer noch im Geschäft und versuchte das Gespräch und vor allem den Händler zu analysieren. Aber sosehr Orsini auch die filigran gemalten Figuren auf dem Service anstarrte, sie gaben keine Antwort, was Herrn Tandler mit dem außergewöhnlichen Vornamen Vladimir anlangte.

8

Schon auf dem Weg von der U-Bahn bis zum Altwarengeschäft hatte er vergeblich nach einer der hässlichen grauen Boxen Ausschau gehalten.

Muss mir wohl doch ein Handy zulegen, brütete er ärgerlich vor sich hin, während er in die Westbahnstraße abbog. Zwei Gassen weiter fand er eine Telefonzelle. Der Zustand, in dem sich das Innere befand, war jedoch so, dass Orsini nicht eintreten, geschweige denn den Hörer berühren wollte. Wieder ein Argument für ein kleines tragbares Telefon, dachte er zerknirscht und marschierte kopfschüttelnd weiter. Am Europaplatz blieb er stehen und starrte auf das ausgehölte Skelett des Bahnhofsgebäudes. Insgesamt sechs Kräne drehten hoch über den Köpfen der Menschen ihre Arme. Darunter werkten zahllose Arbeiter auf der Großbaustelle.

Knapp vor Kriegsende war das alte, noch aus der Zeit Kaiserin Elisabeths stammende Bahnhofsgebäude abgebrannt. Zu Beginn der Fünfzigerjahre hatte man die Bahnhofshalle neu errichtet. Seitdem allerdings war die eindrucksvolle Konstruktion vernachlässigt worden – was aber auch einen Teil des Charmes ausgemacht hatte, den der Kopfbahnhof bis ins neue Jahrtausend verteidigt hatte. Nun aber sollte er einen Großteil seiner Funktionen an den zukünftigen Zentralbahnhof abtreten und stattdessen eine *ultramoderne* Shoppingmeile erhalten.

Das Café Westend kam ihm in den Sinn. Früher war das große Café gegenüber vom Bahnhof einer seiner Lieblingsorte gewesen, um Leute zu beobachten und dabei zu grübeln. Der nahe Bahnhof und die Einkaufsstraße sorgten für ein ständiges Kommen und Gehen. Die hohen Räume mit dem schweren Stuck und die vielen reizvollen Fensternischen luden zum Verweilen ein. Sogar die nicht historischen Kristallluster fügten sich harmonisch ins Ambiente. Auch wenn das

Fischgrätparkett schon einigermaßen abgetreten war und aus der einen oder anderen Sitzbank das Innenleben zum Vorschein kam: Die Atmosphäre war unvergleichlich. Vor allem am späten Nachmittag, wenn die kraftloser werdende Sonne alles in ein die Farben vertiefendes Licht tauchte. Wenn er sich recht erinnerte, gab es dort eins dieser altertümlichen Kabäuschen mit Telefon. Außerdem schmeckte der Kaffee besser als anderswo und die Auswahl an Tageszeitungen ...

Erleichtert stellte er fest, dass sich seit seinem letzten Besuch nicht allzu viel verändert hatte. Zufrieden bestellte er eine Melange, überflog kurz die Zeitungen und war sich bewusst, dass er etwas hinausschob, was nicht länger hinauszuschieben war. Er brauchte Informationen – detaillierte Informationen über die Verbindlichkeiten des Posamentenhändlers, und er wusste nur eine Möglichkeit, wie er diese bekommen konnte, wenn überhaupt. Diese Möglichkeit hatte auch einen Namen: Alexandra.

Alexandra arbeitete in einer Bank und war schon vor Langem ins mittlere Management aufgestiegen. Orsini kannte sie noch aus Studienzeiten. Eigentlich aus den Zeiten zwischen den Studien. Ein kurzer Flirt, mehr war nicht daraus geworden. Zu unterschiedlich waren ihre Interessen. Vor einiger Zeit hatte er ihr in einer schwierigen Situation mit einem Stalker geholfen. Seitdem hatte sich eine lose Zusammenarbeit zwischen ihnen entwickelt. Er holte sein Notizbuch aus der Manteltasche und begab sich in die enge, mit Holz verkleidete Telefonzelle.

„Alexandra Trampusch."

„Conrad spricht."

„Hallo Conrad!"

„Kannst du reden?"

„Moment, so jetzt, mach schnell, ich muss zu einer Besprechung."

„Ich arbeite gerade an einem Fall ..."

„Machst du doch immer ..."

„Ja, aber dieser wird gerade ... kompliziert. Kurz gesagt, ich bräuchte Auskunft über ein Bankkonto, ein Geschäftskonto eigentlich."

„Lautend auf?"

„Heinrich Novak, Geschäftsmann, schreibst du mit?"

„Was glaubst du, ich will nicht zu spät zur Besprechung kommen."

„Also Heinrich Novak, Posamentenhändler."

„Posa... was?"

„Posamenten, das sind Kordeln, Quasten und so Zeugs. Also, der Mann hat ein Geschäft und ist vor Kurzem ermordet worden."

„Verstehe, das heißt, du brauchst von mir alle Kontodaten dieses ... Heinrich Novak?"

„Ja und von seinem Sohn Karl auch, falls er eines hat."

„Auch noch! Das wird aber länger dauern, ist nämlich nicht ungefährlich für mich."

„Ich weiß ..., aber da wäre noch ..."

„Sag schon!"

„Er hat das Konto nicht bei deiner Bank."

„Nicht? Weißt du eigentlich, was du da von mir verlangst?"

„Ja ..."

„Wenn auch nur irgendjemand erfährt, worüber ich mit dir gerade rede, verliere ich sofort meinen Job. Ist dir das klar?"

„Ja, ... aber du machst es, oder?"

„Um welches Institut handelt es sich denn?"

Als Orsini ihr den Namen genannt hatte, hörte er nur noch ein leises „Scheiße" und dann: „Conrad, ... das wird verdammt schwierig. Versprechen kann ich dir nichts!"

„Aber du wirst es versuchen?"

„Mehr aber schon nicht, und es kann dauern. Du hast hoffentlich mittlerweile wieder ein Handy, oder?", fragte sie herausfordernd.

„Nein, im Moment nicht …“

„Und wie soll ich dich erreichen? Sag jetzt nicht zuhause!“

„Ich versprech dir, ich werd mir eines besorgen und schick dir dann die neue Nummer“, antwortete Orsini widerwillig, um sie nicht zu verstimmen.

„Das glaub ich erst, wenn's soweit ist ... jedenfalls bin ich ein paar Tage weg. Vor nächstem Mittwoch brauchst du also nicht mit mir rechnen ...“

„Ist gut“, murmelte Orsini.

„Tschüss“, warf Alexandra ihm noch schnell hin und legte auf.

Orsini trat aus der engen Zelle, setzte sich wieder an seinen Tisch, bestellte einen Espresso und vergaß dabei ganz darauf, dass er noch ein zweites Telefonat führen musste. Nachdem der Espresso serviert wurde, kam es ihm jedoch wieder in den Sinn. Wahrscheinlich war es der livrierte Oberkellner mit den unpassenden Schuhen, der ihn daran erinnerte. Er trank aus, ging wieder zurück in die hölzerne Zelle und wählte. Besetzt. Orsini trat wieder aus dem Häuschen und wartete. Der Platz ermöglichte einen Blick auf einen Teil der belegten Tische und hinaus auf das grauschwarze Bahnhofsskelett.

Er öffnete erneut die Tür, nahm den altmodischen Hörer und wählte. So, zwischen Tür und Angel stehend, beobachtete er ein junges Pärchen mit riesigen Rucksäcken, das gerade vom Bahnhof kommend die Straße überquerte. *Noch immer besetzt*, ärgerte er sich und schaute wieder auf die zwei offensichtlich verliebten Ankömmlinge. Da die Sonne in ihrem Rücken stand, waren Details nicht erkennbar, nur die Konturen allein ergaben ein eigentümlich schönes, von einem hellen Strahlenkranz ausgefranstes Bild. Hand in Hand steuerten sie jetzt auf das Lokal zu. Zwar konnte er von seinem Platz aus nicht sehen, ob die beiden eingetreten waren, doch prägte sich ihm der Anblick ein. Unwillkürlich musste er an Paula denken. Gedankenverloren wählten seine Finger erneut und nach dem zweiten Klingeln wurde am anderen Ende der Leitung abgenommen.

„Hans, wer spricht?“, ertönte eine kräftige Stimme.

„Conrad Orsini ... Hallo Hans, lange nichts voneinander gehört. Wie geht’s?“

„Conrad?! … Das ist aber eine Überraschung! Mir geht’s gut, was gibt’s?“

„Sag, arbeitest du noch immer in der Bar im Etablissement?“

„Ja schon, warum?“

„Ich müsste mit dir reden.“

„Lässt sich machen, nur dass die Bar und überhaupt alles jetzt anders aussieht.“

„Was meinst du damit?“

„Das alte Etablissement ist leider Vergangenheit, aber mehr will ich dir gar nicht verraten.“

„Das heißt?“

„Dass ich die ganze Nacht Dienst hab, du also kommen kannst, wann du willst.“

„Na dann, bis später.“

Orsinis Laune stieg. Er kehrte auf seinen Lieblingsplatz zurück und ließ sich von einem der Kellner die Speisekarte bringen. Das Paar mit den Rucksäcken hatte offenbar ein anderes Ziel anvisiert. Was zurückblieb war das Konturenbild der beiden. Jetzt kam wieder der Kellner mit dem modischen Fauxpas der unpassenden Schuhe auf ihn zu, um die neuerliche Bestellung aufzunehmen. Auch Hans hatte hin und wieder ein Talent für solche Kombinationen: Hellbraune, abgetragene Schuhe zu makellosem schwarzem Anzug! Eine Todsünde, schüttelte Orsini den Kopf und orderte einen Tafelspitz mit einer Extraportion Semmelkren. Anschließend holte er sich verschiedene Zeitschriften und beobachtete die hin und her huschenden Kellner bei ihrer Arbeit, bis das Essen kam. Die Rösterdäpfel und der Cremespinat passten vorzüglich zum zarten Fleisch. Orsini aß langsam und genoss wie allzu selten. Die langsam hinter dem Bahnhof untergehende Sonne und die angenehme Atmosphäre gaben ihm keinen Anlass, das Lokal zu wechseln. Also bestellte er, nachdem er gegessen hatte, seinen dritten Kaffee und vergrub sich in die zuvor geholte Lektüre.

Das Kaffeehaus lag direkt an der Ecke Gürtel-Mariahilfer Straße und es blieb noch Zeit, um einiges zu erledigen. Seine Garderobe bedurfte einer Erneuerung und der ehemals markante, jetzt aber zur herkömmlichen Geschäftsfassade degradierte Stafa-Rundbau lag keine Gehminute weit entfernt. Gelassen, wie schon die vergangenen hundert Jahre hindurch, blickten sich die in die Fassade integrierten Skulpturen an, ohne es auch nur der Mühe wert zu finden, die vorbeihetzenden Käuferschichten in irgendwelche monetären Kategorien einzuteilen. Gut gelaunt betrat er den ehemaligen Mariahilfer Zentralpalast und wurde rasch fündig. Als er nach einiger Zeit wieder auf der Straße stand, war es bereits dunkel.

9

Betonierte Wanne mit flüssigem Inhalt, dachte Orsini und versuchte den niemals aufhörenden Verkehrslärm, der vom Schwedenplatz auf ihn herabdröhnte, aus seinem Bewusstsein zu filtern. Hochgewachsene Pappeln, ein anhaltendes Lichterspektakel, Schiffe, U-Bahn, Hunde, Ratten, Nachtleben und Geschäftigkeit. Eindrücke, die Orsini in sich aufsog und mit seinen Gedanken verwob, wie immer, wenn er zu Fuß unterwegs war.

Kurz nach zehn war er aufgebrochen, um Hans im „neuen Etablissement" – wie er sich kryptisch ausgedrückt hatte – einen Besuch abzustatten.

Hans war früher Unteroffizier und Orsinis Vorgesetzter während seiner Zeit beim Militär gewesen. Ein Kurzschluss – anders war es nicht zu formulieren – hatte Orsini bewogen, eine Karriere als Offizier zu beginnen. Hans war einer seiner Ausbildner gewesen und es war in dieser Zeit so etwas wie Freundschaft zwischen den beiden entstanden. Orsini war es immer schleierhaft gewesen, wie der lebensfrohe, kontaktfreudige Hans es so lange in dieser hierarchischen Gesellschaft ausgehalten hatte, und er war deshalb auch nicht überrascht gewesen, als sie ungefähr zur selben Zeit aus dem Dienst geschieden waren. Orsini freiwillig, Hans unfreiwillig.

Der Zufall hatte sie wieder zusammengebracht und das gemeinsam Erlebte verband sie seitdem. Hans hatte Kontakte in alle und zu allen möglichen Kreisen der Gesellschaft. Schon in Orsinis Zeit als Kriminalbeamter hatte er dessen Hilfe einige Male in Anspruch genommen. Wie Hans an seine Informationen kam, wollte Orsini gar nicht so genau wissen. Eines wusste er allerdings mit ziemlicher Sicherheit: dass morgen mit Kopfschmerzen zu rechnen war.

Zu Beginn seiner Militärzeit hatte er nämlich zeitweise in der Unteroffiziersmesse aushelfen müssen. Dort wurde an sich schon enorm viel getrunken, der ungeschlagene Spitzenreiter war aber Hans. Orsini war jedes Mal aufs Neue erstaunt gewesen, welche Mengen Alkoholika Hans in sich hineinschüttete, ohne danach – so wie die meisten anderen – völlig wegzutreten. Hans schien auch nach den ärgsten Gelagen noch Herr der Lage zu sein.

Einmal war er allerdings nicht Herr der Lage und das genügte. Den höheren Dienstgraden schon länger ein Dorn im Auge, wurde er fristlos entlassen. Danach hielt er sich durch verschiedenste Arbeiten über Wasser und landete schließlich an der Quelle seines Problems, einer Bar in einem Etablissement.

Orsini stieg die wackeligen Trittbretter der Straßenbahn hinunter und ging das letzte Stück den Gürtel entlang. Das Etablissement – Orsini staunte nicht schlecht: Wo noch bei seinem letzten Besuch riesengroße rote Lettern und kitschige Schaukästen mit jungen Nacktheiten die Fassade geziert hatten, war jetzt nichts.

Nicht nichts im eigentlichen Sinn, auch kein schwarzes Loch, vielmehr ein krisensicherer Arbeitsplatz für Fensterputzer: eine nach außen verspiegelte Glasfläche, die sich über die Länge der ganzen Fassade zog. Orsini trat ein. Aus dem ehemals verwinkelten, mit versteckten plüschbezogenen Nischen ausgestatteten Lokal war nun ein einziger riesiger Raum entstanden. Entkernt gewissermaßen, überlegte Orsini, was aber auch nicht ganz stimmte. Denn die neuen Inhaber hatten sogar die Haut, wenn nicht entfernt, dann zumindest erneuern lassen. Ein überdeutlicher optischer Bruch mit der Vergangenheit jedenfalls.

Halbvoll, höchstens. Auf einem Podest war ein DJ am Werk, der sich gerade musikalisch aufzuwärmen schien, was Lautstärke und Musikstil betraf. Wenigstens ansprechende Musik, fand Orsini und begab sich an die lange, mit rostigen

Eisenplatten ausgestattete Theke, wo sofort ein junger, sonnengebräunter Mann in körperbetontem ärmellosem T-Shirt auf ihn zukam.

„Möchtest du etwas bestellen?“

Orsini war knapp davor, dem karottenbraunen übernetten Jüngling das Du-Wort wieder zu entziehen, beließ es aber nach einem tiefen Atemzug dabei. „Ja, ein Cola. Aber eigentlich bin ich hergekommen, um mit Hans zu sprechen, der arbeitet doch hier?“

„Hans ..., ja, der steht in der Küche und raucht gerade. Soll ich ihn holen?“, kam es mit hoher, sanfter Stimme retour.

„Das wäre nett von dir, aber lass ihn ruhig zu Ende rauchen, er hat sicher sehr viel zu tun, wie du ja bestimmt auch. Oder?“, säuselte Orsini und wiegte den Kopf.

Der sportliche Kellner verschwand hinter einer undurchsichtigen gläsernen Wand, einen Ausdruck des Erstaunens auf dem Gesicht.

„Conrad!! So geht das aber wirklich nicht“ Hans kam hinter dem gläsernen Verschlag hervor. Er schüttelte ihm überschwänglich die Hand und umarmte ihn über die Theke. Etwas kleiner als Orsini, kompakter Körperbau und wie immer – und von ihm selbst als letztes Überbleibsel seiner Vergangenheit bezeichnet – der kurze Bürstenhaarschnitt. Die Haare zwar mittlerweile grau, aber immer noch kräftig, standen wie die Borsten eines Igels vom Kopf ab. Zusammen mit der engen, schwarzen Kleidung, die alle Angestellten trugen, wirkte er jünger, als er tatsächlich war. „Mit mir trinkst auf jeden Fall was Ordentliches, net des braune ungsunde Gsöff, da ruinierst dir doch die Leber! Also was willst wirklich?“

„Sind bei euch alle so braun gebrannt und sportlich wie der Kollege?“, versuchte Orsini auszuweichen.

„Ist eine andere Generation“, lachte Hans, „aber sonst harmlos. Also Wodka, Whisky oder was Härteres?“

Orsini hatte naiverweise geglaubt, zumindest das erste Getränk alkoholfrei bestellen zu können. *Hätte ich wenigstens auf mein Cola gewartet und erst dann nach ihm gefragt*, ärgerte er sich. „Na wenn's sein muss, ein kleines Bier."

„Ein großes Bier, das ist ja schon ganz was andres und auch wesentlich gsünder."

Orsini fügte sich seinem Schicksal und dachte kurz an den nächsten Morgen, wischte den Gedanken aber sofort beiseite. Er brauchte Informationen, da musste man Opfer bringen.

„Also Prost Conrad, auf unsre gemeinsame Vergangenheit."

„Aber ..., du trinkst ja nur Sodawasser!"

„Na ja, nicht ganz", erwiderte Hans leise, um dann mit normaler Lautstärke fortzufahren: „Ja, leider, die neuen Geschäftsinhaber, junge Leut, kein Verständnis. Absolutes Alkoholverbot für alle Bediensteten – kannst dir das vorstelln? Soll angeblich *sehr* gsund sein."

„Und das schaffst du, ich mein meistens halt?", kam Orsini aus dem Staunen nicht heraus.

„Wenn ich den Job behalten will, muss ich's schaffen, sonst, ... Was sagst du eigentlich zu dem Schuppen?", wechselte Hans abrupt das Thema.

Orsini hatte das kurze Zögern und die Änderung des Tonfalls in seiner Stimme bemerkt, ging jedoch nicht darauf ein. „Bisschen wie ein ... Seziersaal, oder? Scheint trotzdem gut zu gehen."

„Seziersaal ist gut, muss ich mir merken. Da wird ja auch viel ausgräumt, wieder zugmacht und dann die Oberfläche poliert. Bin übrigens der einzige Überlebende."

„Wie meinst du das?"

„Na vom alten Seziersaal, das restliche Personal halt. Alle weg ... bis auf mich. Schöne neue Welt – solangst noch jung bist!"

„Die Musik ist aber okay."

„Na ja, mein Gschmack is es nicht, aber den jungen Leuten gfällt's. Ist fast jeden Tag voll. Fängt eigentlich erst richtig um halb zwölf, zwölf an. Wirst schon sehn."

Hoffentlich erwartet er nicht, dass ich solang dableibe und mit ihm trinke! „Prost Conrad, sag was brauchst eigentlich von mir? Moment – bin gleich wieder zurück."

Das Lokal füllte sich wie auf ein vereinbartes Zeichen und der DJ schraubte kontinuierlich die Lautstärke in die Höhe.

Nach einer Weile tauchte Hans wieder auf. „So ... Prost. Nachschub gefällig?"

Orsini wollte abwehren, aber es war zwecklos.

„Und, gehst noch zum Training, fightest noch?", deutete Hans einen Schwinger mit der Rechten an, während er mit der Linken nach einem frischen Glas griff.

„Manchmal, hab aber grade den Club gewechselt."

„So, frisch gezapft! Wo waren wir stehn blieben?"

„Ich ermittle in einer Erbschaft und brauch deine Hilfe." Orsini musste jetzt immer lauter reden, um die Musik zu übertönen. Kurz erzählte er Hans von der Auftraggeberin.

„Ist aber ein Abstieg für dich, oder?"

„Nicht ganz, der Erblasser ist nämlich ermordet worden."

„Aha – und von wem?"

„Die Polizei hat ein paar Drogensüchtige im Visier."

„Versteh, und was sagst du dazu? Nein, lass mich raten! Nicht das Gleiche wie die Polizei, stimmt's?" Hans warf Orsini einen vielsagenden Blick zu und fuhr dann fort, ohne ihn antworten zu lassen: „Bei Mord helf ich dir gern, aber Erbschaft ist unter deinem Niveau. Also, schieß los!"

Zusätzlich zur lauten Musik war die Unterhaltung nicht ganz einfach zu führen, da Hans laufend Gläser füllte, Cocktails zubereitete und an der Bar zunehmend dichteres Gedränge herrschte. Ständig wurde ihr Gespräch unterbrochen, bis Hans wieder für einen Moment Zeit hatte. Orsini gab ihm einen Zettel mit dem Namen des Ermordeten, seiner Bankverbindung und der Anschrift des Geschäftslokals.

„Versuch was rauszufinden über den Mann ..., und vielleicht auch über seinen Sohn!“

„In welcher Richtung soll ich suchen?“

„Keine Ahnung.“

„Wird schwierig ohne Anhaltspunkt. Gib mir zumindest einen Deut mehr.“

„Könnte im Zusammenhang mit Bauspekulationen stehen – ist eine reine Vermutung. Warte, gib mir noch mal den Zettel, ich schreib dir den Namen einer Immobilienfirma auf. Und, was mir noch einfällt“, sagte Orsini, während er schrieb, „der Händler war schon im fünfundachtzigsten Lebensjahr. Ich weiß zwar nicht, ob das irgendeine Rolle spielt, aber ich denke, du solltest es einfach wissen.“

„Ist nicht wirklich viel“, antwortete Hans, der danach zum x-ten Mal hinter der Glasfront verschwand, gleich darauf mit einem Tablett Gläser zurückkehrte und begann, sie in Regale zu schlichten. „Noch was zu trinken?“

Orsini gab sich geschlagen und entschied sich für einen Longdrink.

„Wo ist sein Geschäft und die Wohnung, sagst du?“

„Im Siebten, Zieglergasse, bei der Westbahnstraße.“

„Kenn ich.“ Hans nahm noch einmal den Zettel in die Hand, las ihn durch und steckte ihn in seine Hosentasche. „Immotreu, … werd mich umhören, aber versprechen kann ich dir nichts. Schwarzarbeit, oder?“

„Nicht nur, vermutlich auch Einschüchterungsversuche, Drohungen, das Übliche. Sei vorsichtig – die scheinen höchst nervös zu sein.“

„Wie hängen die zusammen, ich mein, der alte Händler und die Firma?“

„Was ich so gehört hab, kaufen die in der Gegend alles auf. Dann bauen sie groß aus und cashen ab. Vielleicht ist er ihnen einfach im Weg gestanden.“

„Kann aber dauern, Conrad."
„Nicht schon wieder."
„Wie?"
„Nein nichts …, es ist nur, dass ich den Satz heut schon einmal gehört hab."
Abermals verschwand Hans. Diesmal länger. Orsini wollte schon den solariumbraunen Kollegen fragen, als Hans wieder auftauchte. Beladen mit einem doppelstöckigen Tablett und verschwitzt bis zu den Ärmeln.
„Früher im Etablissement war's gemütlicher", bemerkte Orsini.
„Scheiße."
Ein Glas war zu Boden gefallen und zersprungen.
„Kann ich dir helfen?"
„Nein, ist schon okay. Ist jeden Tag das Gleiche. Zuviel Gäste und zu wenig Personal, geht bis um vier Uhr so."
„Na dann verabschiede ich mich mal …"
„Hey, kommt überhaupt nicht in Frage – ist ja noch viel zu früh! Wir haben doch noch gar nicht über …"
„Okay, okay, einen Cocktail nehm ich noch, dann ist Schluss, sonst komm ich noch zu spät zu meiner Verabredung", log Orsini.
„Paula noch immer?"
„Schon lang nicht mehr. Hast du sie vielleicht irgendwann getroffen?", wollte Orsini neugierig und schon einigermaßen beschwingt wissen.
„Ja einmal, gar nicht lange her. Tolle Frau."
„Hast du mit ihr geredet?"
„Über dich?"
„Nein, allgemein."
„Ich kenn sie doch kaum und außerdem hat sie's eilig ghabt."
„Eilig warum?"
„Du stellst Fragen. Wie soll ich wissen, warum sie's eilig ghabt hat. Vermutlich wegen dem Kind."

„Was für ein Kind?“

„Conrad, was ist los mit dir? Hat sie dir vielleicht doch mehr …?“

„Natürlich nicht, ich …“

„Natürlich nicht“, äffte Hans ihn nach, „für wie blöd hältst mich eigentlich?“

„Okay, vergiss es einfach“, reagierte Orsini eine Spur beleidigt.

„Schnapp nicht gleich ein! Sie hat ein Kind auf dem Arm getragen, wir haben uns gegrüßt. Sie hat gesagt, dass sie es eilig hat, weil sie in den Kindergarten muss und das war's auch schon.“

„Glaubst du, es war ihr Kind?“

„So wie sie es im Arm gehalten hat – schon.“

„Gib mir noch einen. Nein! Lieber einen Doppelten.“

Unschlüssig stand Orsini gegenüber der Universität und fror. Letztlich hatten sie doch noch alte Erinnerungen aufleben lassen. Hans auf ungewöhnliche Weise stocknüchtern und Orsini in zunehmenden Maße betrunken. Irgendwie war es ihm gelungen zu entkommen, obwohl er schon kurz davor war, die Tanzfläche zu betreten. Das wäre mit Sicherheit der totale Absturz geworden ...

Hunger – eines der grundlegendsten Bedürfnisse. Schalter Hunger ein, essen, Schalter aus. So einfach war das. Nur nicht zu dieser Stunde. Orsini spazierte ziellos entlang der auch um diese Zeit noch stark befahrenen Ringstraße. Auf den Alleebäumen hingen nur noch vereinzelt runzelige Blätter. Eine kleine orange Reinigungsmaschine kam direkt auf Orsini zugefahren, was er aber nicht bemerkte. Gedankenverloren marschierte er weiter. Der Lenker der Miniaturausgabe hupte, wich aus, kurbelte danach das Fenster herunter und schrie ‚Orsini hinterher: „Bsoffenes Orschloch! Bist geistesgstört oder was? Des nächste Mal walz i di nieda, ... du Schnapsleich!“

Orsini war so in Gedanken versunken, dass er den Zwischenfall kaum bemerkte und auch die Beschimpfung an ihm vorbeiwehte. Schwer angeschlagen kurvte er in Schlangenlinien am Parlament vorüber und bog unbewusst ab. Hans hatte unabsichtlich in einer Wunde geschürt. Paula mit Kind!?

Vorbei am Haus des Volkes überquerte er die viel befahrene „ehemalige Zweierlinie“, nachdem die Ampel bereits auf Rot gesprungen war. Ein Hupkonzert war die Folge. Wieder kurbelte jemand ein Fenster herunter und schrie Orsini mit Innbrunst, aber gnädigerweise geänderter Reihenfolge, ein herzliches „Orschloch, bsoffenes!“ zu.

Vielleicht ist es nicht ihr eigenes ... Er registrierte die aufgebrachten Autolenker kaum und starrte geradeaus. *Ist sie mit jemand zusammen? Ich muss sie treffen. Aber wozu eigentlich? Sie hat ein Kind und ist bestimmt glücklich verheiratet* ... In leichter Schlangenlinie marschierte er die Burggasse weiter stadtauswärts und bog ziellos links ab. Die frische Luft tat zwar dem Hals nicht gut, klärte aber den benebelten Verstand.

Paula, verheiratet? – Nein ...

Oder doch?

Ohne es zu bemerken war er in der Zieglergasse stehen geblieben, ausgerechnet vor dem steinernen Ensemble, das ihm schon früher aufgefallen war. Obwohl es einige Meter weiter auch einen Vater mit Kind gab, starrte er doch nur auf die Mutter mit Kind. War es möglich?

Wenig später landete er vor dem schon geschlossenen, aber noch beleuchteten Würstelstand neben der Kirche. Ein Mann mit Besen in der Hand reinigte gerade das Innere, bemerkte ihn jedoch nicht. Orsini nahm inzwischen das letzte, schon etwas derangierte Paar Würste auf der Grillplatte ins Visier. Dünn, rotbraun und verschrumpelt lag es einsam und verloren da. Orsini klopfte an die geschlossene Scheibe. Der müde Verkäufer hatte einen weiß-bräunlichen Stofflappen in der Hand, schob die Scheibe zurück und sagte: „Wir ham scho zu!“, schnappte mit der Linken die zwei Würste und putzte mit dem Stofflappen in seiner Rechten die ölig schimmernde Metallplatte.

„Geben Sie mir wenigsten die da!“ Orsini zeigte auf das verschrumpelte Paar Frankfurter in seiner Hand. Deren Erfinder, ein gewisser Johann Lahner aus Frankfurt, hatte nur unweit – nämlich in der Kaiserstraße – das Rezept zu diesem Welterfolg kreiert. Gegessen freilich hätte der dieses hässliche Paar nicht mehr.

„Ist aber nur mehr lauwarm.“ Der Verkäufer wog es prüfend zwischen seinen Fingern. Dann nahm er den Lappen wieder zur Hand und putzte weiter.

„Auch schon egal, her damit!“

„Süß, scharf?“

„Scharf, viel!“

„Brot. Semmel gibt’s keine mehr.“

„Ja gut, und ein Bier.“

„Gut, ein Bier auch noch …, sind Sie sicher?“

„Ja, wieso?“

„Na ja, gut schaun Sie nimmer aus, ich hoff Sie wohnen wenigstens da.“

Orsini biss von der Wurst ab und antwortete: „Ich wohn nicht hier ..., hab aber oft geschäftlich hier zu tun.“

„Gschäftlich, in der Gegend?“

„Ja, kennen Sie das Posamentengeschäft?“

„Da werdn S’ aber jetzt nimmer oft herkommen brauchen, weil der Alte ist tot, … ermordet“, sagte der Verkäufer und reinigte mit dem verschlissenen öligen Lappen nun die Teller.

„Ja, weiß ich.“

„War übrigens ein guter Kunde. Die beiden waren früher oft jeden zweiten, dritten Tag da und haben was gessn.“

„Welche beiden?“, fragte Orsini während er aß.

„Der Heinrich Novak, der was ermordet wordn is, und sein Freund, den werdn S’ aber nicht kennen. Hat ein Altwarengschäft ums Eck.“

„Meinen Sie den Vladimir, den Vladimir Tandler?"

„Ja, dass Sie den auch kennen?"

„Kennen ist übertrieben, nur der Name ..."

„Stimmt, ist ungewöhnlich …, kommt aus dem Osten glaub ich. Noch ein Brot?"

„Nein, danke."

„Vladimir … möcht nicht so heißen, da denkt man immer gleich an den Blutsauger. Obwohl zu meinem Gschäft würd's sogar passen, ich verkauf nämlich auch Blutwurst. Ja der Vladimir, ist jetzt auch nicht leicht für ihn. War doch sein Freund, auch wenn sie sich in letzter Zeit viel gstrittn haben ..."

„Gstritten – über was denn?"

„Weiß nicht. Wird wohl mit'm Gschäft zu tun ghabt haben. Seit ein paar Wochn sind die beiden auf jeden Fall nicht mehr bei mir gwesn. Grad der Heinrich is ja immer auf die Minutn kommen, da hat man die Uhr stelln können. Genau wie bei seinem Spaziergang."

„Was für ein Spaziergang?", fragte Orsini desinteressiert, weil sich in seinem Kopf bereits alles zu einem Brei vermischte. Das lag einerseits am Alkohol, andererseits an der einschläfernden Stimme des Mannes.

„Solang ich den Heinrich kenn, eigentlich müssert ich ja jetzt kannt hab sagn, hat der doch nie das Grätzl verlassn. Urlaub war für den ein Fremdwort. Nur jeden Freitag um die gleiche Zeit, da hat der sein Spaziergang gmacht. War wohl seine einzige Freud, wenn man da von Freud redn kann."

„Und wo ist er da hingegangen?", fragte Orsini lustlos weiter.

„Keine Ahnung, hab ihn nur ein einziges Mal unterwegs troffn. Beim Naschmarkt war des. Ein Tempo hat der ghabt, für sein Alter! Na, habe die Ehre, hab i ma dacht."

„Interessant." Orsini biss von seiner Wurst ab. „Ist er da immer allein gegangen?"

„Ja, glaub schon."

„Soll ja auch gesund sein."

„Wie – gsund?"

„Na, fürs Herz … Sport …"

„Ach so, ja wahrscheinlich." Der Mann nahm wieder den öligen Lappen zur Hand, mit dem er zuvor die Grillplatte gereinigt hatte, und wischte damit den Fensterrahmen ab.

„Zum Trinken brauchen S' jetzt aber nix mehr, oder? Weil ich sperr jetzt wirklich zu."

Der Verkäufer hatte einen Arbeitsmantel an, dessen ursprüngliche Farbe man nur mehr vermuten konnte und aus dem er fast herauszuplatzen schien. Die Knöpfe am Bauch mussten ganze Arbeit leisten und waren nicht zu beneiden. Als Orsini zum hochroten Kopf noch die blutunterlaufenen Hände sah, musste er an Schlachthof und Fleischhauer denken. Nun stellte der Verkäufer einen Kübel mit bräunlich-flüssigem Inhalt vor dem Stand auf den Boden und begann den zuvor verwendeten Lappen auszuwringen. An der Oberfläche der öligen Flüssigkeit schwammen Essensreste und der aufsteigende Geruch verteilte sich.

Orsini lehnte vor dem Würstelstand und schaute dem rotgesichtigen Mann noch bei seinen letzten Tätigkeiten zu. Er dachte besorgt an den Lappen im Kübel, dann an seinen Mageninhalt und kippte schließlich den Rest seines Biers aus reiner Verzweiflung in einem Zug hinunter.

„Auf Wiedersehen", brachte er noch hervor.

„Gute Nacht, ich hoff es hat gschmeckt und Sie kommen bald wieder!" Der Verkäufer blickte kurz von seiner Arbeit auf. Aber Orsini hatte sich schon umgedreht und den Stand verlassen. Mit schwankendem Boden unter den Füßen torkelte er über die Straße. Neben ihm öffnete sich eine schmale Blechtür, ein Mann im weißen Arbeitskittel erschien und zündete sich eine Zigarette an. Eine kleine weiße Wolke umgab ihn wie ein Heiligenschein. Sogar seine Haare waren weiß. Einer der letzten Bäcker, der noch nicht vor den vorgefertigten geschmacksnivellierten Kunststoffbroten kapituliert hatte, gönnte sich eine Pause.

10

Die Tramwaystation war leer. Vermutlich hatte er die Straßenbahn gerade verpasst und bis die nächste kam ... Achselzuckend blickte er auf seine Uhr und entschied zu Fuß zu gehen. Quer durch die Innere Stadt, das musste zu schaffen sein. Normalerweise, wenn nichts Außergewöhnliches anstand, wurde zwischen ein und zwei Uhr eine Mittagspause eingelegt. Wenn er Glück hatte, konnte er sie beim Eingang abfangen. Fünf Minuten nach eins traf er ein. Paula war nirgends zu sehen. Um keinen ehemaligen Kollegen zu begegnen, blieb Orsini auf der anderen Straßenseite und setzte sich trotz der Kälte auf eine Bank.

Das Wochenende hatte er hauptsächlich mit einer Observation für einen Bekannten verbracht. Während die Frau, die er beobachten sollte, sich in der Villa möglicherweise vergnügte, saß er im Auto und wartete. Jedes Mal allerdings, wenn der Gedanke an den weiß-bräunlichen Lappen und die verschrumpelten Würste auftauchte, sah Orsini sich gezwungen, die Wagentür zu öffnen und die Gegend mit einer Melange schleimig-grünen Inhalts zu verschönern. Als er seine Fotos endlich im Kasten hatte, beschloss er, sie seinem Bekannten vorerst nicht zu zeigen. Manchmal heizte ein kleiner Seitensprung eine lauwarm dahinköchelnde Ehe erst so richtig an.

Einige Leute, manche allein, manche in kleinen Gruppen, verließen nun plaudernd das unscheinbare Bürogebäude, um in der näheren Umgebung essen zu gehen. Er sah einige bekannte Gesichter, Paula war allerdings nicht darunter. Knapp vor zwei saß er immer noch auf der Holzbank und fror erbärmlich. Seine Fingerspitzen fühlten sich wie Eiszapfen an und die Zehen waren bereits gefühllos. Mit eng um den Körper geschlungenen Armen beobachtete er die

Beamten, die nach und nach zu ihren Aktenstapeln zurückkehrten. Jahrelang war auch er hier täglich aus und ein gegangen. *Wie die Ameisen,* dachte er mit gemischten Gefühlen. Ein Ameisenbau war im Verhältnis zur Größe der Tierchen ein beeindruckendes Bauwerk, das mit seinem sozialen Gefüge auch Geborgenheit und Schutz bot. Orsini allerdings war hier nie richtig zuhause gewesen, ein Fremdkörper, der drohte, die Kanälchen zu verstopfen und die emsige Routine zum Erliegen zu bringen. Gleichzeitig hatte er mit seiner unkonventionellen Art jedoch auch Fälle gelöst, an denen die anderen gescheitert waren. Als er schließlich völlig unerwartet gekündigt hatte, hatte er auch diejenigen, die zuvor zu ihm gehalten hatten, großteils vergrämt.

Punkt zwei. Er stand auf, machte ein paar Strecksprünge, um sich aufzuwärmen und kam sich dabei vor wie der größte Idiot.

Arbeitet wahrscheinlich außerhalb. Pech! Er vergrub die Hände tief in den Taschen, sah noch ein Mal zum Eingang und machte sich auf den Heimweg. Einen Häuserblock weiter hielt er an, unwillig einfach klein beizugeben. Einer inneren Stimme folgend kehrte er um, beschloss, Paula noch fünfzehn Minuten zuzubilligen und setzte sich wieder auf die Bank. Kaum, dass er sich niedergelassen hatte, ging die Tür auf, Paula hastete flüchtig grüßend an zwei Beamten vorbei und bog nach rechts ab.

Hat sie mich vom Fenster aus gesehen und sich absichtlich Zeit gelassen? Orsini folgte ihr über die breite Straße. Noch immer derselbe Gang, der ihn schon früher verrückt gemacht hatte. Der gleiche Kleidermix, angesiedelt zwischen praktisch und passend. Diesmal bestehend aus Jeans, farblich abgestimmten blauen Stiefeln und einem dunkelbraunen Mantel, sowie der unvermeidlichen Prise Exzentrik. Heute drückte sich dieser kleine, aber alles entscheidende Punkt in Form eines roten Schals aus, den sie locker über den Mantel geworfen hatte, und eines vermutlich Ton in Ton darauf abgestimmten Lippenstiftes. Und ohne ihr Gesicht von der Nähe gesehen zu haben, ahnte Orsini, dass er aller Wahrscheinlichkeit nach auch heute in diesem Punkt mit ihr disharmonierte. Das auszusprechen hatte er nicht gewagt und nur manchmal leise Zweifel angemeldet, die sie aber jedes Mal brüsk zurückwies. Die Haare trug sie länger, doch immer noch verwirrt-gelockt, wie er es einmal zu beschreiben versucht hatte.

„Hallo Paula", rief Orsini halblaut.

Paula blieb stehen und drehte sich um. Eine Spur zu erwartet für Orsinis Gefühl.

„Conrad? Was machst du da?"

„Ja also, ich ..." Nun, da er ihr nach so langer Zeit – es waren mehr als vier Jahre vergangen – endlich wieder gegenüberstand, fehlten ihm die Worte. Was hatte er nicht alles sagen wollen oder zu einer imaginären Paula längst gesagt! „Kann ich dich ... kurz sprechen?", druckste er herum. „Tust du ja schon", antwortete Paula und musterte ihn. Er hatte sich kaum verändert. Kleine Fältchen an den Augen, unrasiert wie immer, sogar derselbe Mantel ... Was er nach all den Jahren plötzlich von ihr wollte?

Orsini hielt ihrem Blick stand. „Darf ich dich zum Essen einladen?"

„Zum Essen?" Zorn stieg in Paula hoch. „Du meldest dich vier Jahre nicht, bist unauffindbar – und dann willst du *einfach essen gehen!?* Sonst fällt dir nichts ein?" Sie zog ihren Schal enger um den Hals und wandte sich zum Gehen.

„Warte Paula! So hab ich's nicht gemeint – es tut mir leid! Ich wollte dich anrufen, ich ..."

Paula sah ihn funkelnd an. „Was?!"

Orsini schwieg, hatte es sich leichter vorgestellt – aber Paula hatte recht ... „Ich bin ein Idiot", gab er klein bei, „ich wollte mich bei dir entschuldigen, glaub mir, aber zuerst hab ich nicht gewusst, wie, und dann ... dann war's zu spät."

„Zu spät!“, antwortete sie mit erhobener Stimme sah ihn abwägend an. Nur langsam vermischte sich ihr Zorn mit Nachsicht und ging über in ein vages Schmunzeln. Immerhin hatte er über eine Stunde in der Kälte auf sie gewartet, wenn auch – darauf wollte sie wetten – nicht nur aus alter Freundschaft, sondern gewiss noch aus einem anderen, praktischen Grund.

„Gut, meinetwegen. Hunger hab ich ...“

„Danke“, antwortete Orsini erleichtert und holte endlich wieder Luft. „Könnten wir irgendwo hingehen, wo keine ehemaligen ...“

„… Kollegen sind? Klar, lass uns in die Institutsmensa gehen. Da kommt bestimmt keiner hin.“

„Okay“, antwortete Orsini.

Sie wirkt nicht überrascht, ging es ihm abermals durch den Kopf.

Leicht verunsichert gingen sie nebeneinander her, wie zwei Fremde. Ohne es aufhalten zu können, stieg die Erinnerung an die allzu seltenen Male der Zweisamkeit in Orsini hoch und er sah sich Arm in Arm mit ihr durch die Stadt spazieren. Und jetzt: Distanz.

„Wie geht's dir?“, fragte Paula nach einer Weile wie nebenbei und stieg auf die abwärts führende Treppe in die Fußgängerunterführung.

„Gut eigentlich ... kann nicht klagen“, entgegnete Orsini aus den Gedanken gerissen und blieb kurz in der Passage zwischen den zwei laut rumpelnden Rolltreppen stehen. „Und dir?“

„Totaler Stress ... aber das kennst du ja von früher“, sagte Paula und stellte sich auf eine der geriffelten Metallstufen, die nach oben führten. Beim Ausgang herrschte Gedränge und eine Straßenbahn fuhr in die Haltestelle ein. „Bin aufgestiegen.“

„Ah, gratuliere.“

„Und du? Ich hab gehört du bist privat unterwegs, oder hast du plötzlich Heimweh nach dem Büro?“

„Nein, kein Heimweh“, lächelte Orsini, „aber ich arbeite gerade an einem ... interessanten Fall.“

Wieder durchbohrten ihn ihre Blicke. „Du bist also wegen des Falls hergekommen?“

„Nein, nicht nur“, beschwichtige Orsini sofort, wurde aber von der anfahrenden Straßenbahn übertönt.

„Was hast du gesagt, Conrad? Ich hab dich nicht richtig verstanden!“

„ Nein ..., ja, das heißt: Ich stecke fest und bräuchte deine Hilfe.“

„Wieso grade ich?“

Orsini erwiderte ihren scharfen Blick und zuckte hilflos mit den Schultern. Schweigend marschierten sie weiter. Was sollte er antworten? *Ich bin ein verdammter Feigling – wieso sage ich ihr nicht, dass ich vor allem wegen ihr hier bin?,* dachte er und hielt ihr die Tür zum Institutsgebäude auf.

„Höflich wie immer“, ätzte Paula, obwohl sie genau das immer an ihm geschätzt hatte. Sie war entschlossen, ihn büßen zu lassen.

„Und die Rechnung geht auf mich“, versuchte Orsini tapfer die Stimmung zu glätten. Wortlos nickte Paula und ließ sich auch noch aus dem Mantel helfen.

„Danke“, sagte sie schließlich, „ich nehm das Menü eins und ein Mineralwasser.“

Orsini sah auf die handgeschriebene Tafel, entschied sich für Menü drei und ging zur Essensausgabe.

Vielleicht hätte ich ihn nicht so lange auf der Bank warten lassen sollen – noch dazu bei der Temperatur ..., regte sich ein wenig Paulas schlechtes Gewissen. Dass ausgerechnet ihr Vorgesetzter Pokorny ihn durchs Fenster gesehen hatte, war natürlich ein kurioser Zufall. *Zumindest umarmen hätte er mich können!,* rutschte ihr ein unerwarteter Gedanke dazwischen.

„So“, sagte Orsini und verteilte die Teller.

„Immer noch derselbe Mantel“, stichelte Paula.

„Hab eigentlich einen neuen, aber der ist gerade in der Reinigung. Da musste ich ihn halt wieder hervorholen ... Leder hält ja bekanntlich ewig.“

„Hast du eigentlich noch Kontakt zu ehemaligen ...?“, fragte Paula beiläufig, obwohl sie wusste, dass er die Kollegen von früher mied.

„Eigentlich nicht“, erwiderte Orsini aufrichtig, wich ihrem Blick aber aus.

„Bist du gar nicht neugierig?“

„Weiß nicht – vielleicht auf die neueste Theorie vom Elmar“, kratze er die Kurve, um der unangenehmen Frage auszuweichen.

„Tätowierungen“, unterbrach Paula und musste spontan lachen.

„Tätowierungen?“, wiederholte Orsini, während er das Fleisch auf seinem Teller zerteilte.

„Ja! Vom riesigen Totenkopf auf der Brust bis zum winzigen Ich-trau-mich-auch-Schmetterling auf dem Schulterblatt hat Elmar eine Einteilung vorgenommen, die zusammen mit Größe, Körperstelle und was weiß ich noch eine Kategorisierung zulässt. Monatelang hat er daran herumgetüftelt, ist in den absonderlichsten Kellern und Studios herumgekrochen und war nicht mehr davon abzubringen.“

„Unglaublich, wär ich nie drauf gekommen, die Menschen so einzuteilen“, erwiderte Orsini, froh, dass sie zu einem leichter verdaulichen Thema hingefunden hatten.

„Davor waren es übrigens Gürtelträger, ist doch ein nahtloser Übergang, findest du nicht auch?“

„Stimmt“, lachte Orsini und erzählte eine weitere Anekdote über ihren ehemaligen Kollegen, der ein Faible für skurrile Methoden der Qualifizierung von Menschen sowie deren Obsessionen hatte. Er hatte immer wieder für Erstaunen und Heiterkeitsausbrüche im Team gesorgt, manchmal aber auch Treffer gelandet, die sich niemand erklären konnte.

Sie plauderten eine Weile belanglos dahin. Paula fragte sich, wie lange er brauchen würde, um zur Sache zu kommen. Helfen würde sie ihm dabei gewiss nicht!

Und so waren sie beim Dessert angelangt, als Orsini endlich damit herausrückte. „Ich bräuchte deine Hilfe", begann er zaghaft.

„Wobei?"

„Bei einer ... Erbschaft."

„Erbschaft? Und dazu brauchst du mich? Ist das nicht unter deinem ..."

„Ja, ich weiß", sagte Orsini leicht verärgert, „der Erblasser ist allerdings nicht von selbst gestorben."

„Und du hast da irgendwelche Zweifel, stimmt's?"

„Stimmt. Schmeckt's eigentlich?"

„Ganz passabel für ein Menü."

„Und was brauchst du jetzt von mir?"

„Nichts weniger als", Orsini machte eine Pause und warf einen verstohlenen Blick auf Paulas Wange. Jochbeinbruch, hatten sie ihm gesagt, Gehirnerschütterung und ein ausgeschlagener Zahn. Die Narbe war zwar gut verheilt, aber doch sichtbar. Er trank einen Schluck und fuhr fort: „... als die gesamten polizeilichen Ermittlungsergebnisse."

„Nicht grade wenig. Um welchen Fall geht's überhaupt?"

Orsini erklärte ihr kurz die Details, die er für notwendig hielt und sagte dann: „Natürlich weiß ich, was ich von dir verlange, und ich verstehe auch, wenn du nein sagst."

Paula starrte geradeaus, strich sich unruhig mit einem Finger über die Wange und streifte dabei die Narbe.

„Wenn du darüber reden willst", setzte er an, wurde aber barsch unterbrochen.

„Dieser Posa..."

„Posamentenhändler", half Orsini.

„Dieser Händler, wieso kommst du auf die Idee, dass da etwas nicht stimmen könnte?"

„Um ehrlich zu sein, ich weiß es selbst nicht genau, aber ..."

„War ja noch nie anders bei dir.“

„Also“, fragte Orsini besorgt, „könntest du mir die nötigen Unterlagen besorgen? Falls du mir überhaupt hilfst ...“

Paula räusperte sich. Ihr Zorn hatte sich in etwas verwandelt, das sie noch nicht begriff. Plötzlich fragte sie sich, ob er sich immer noch gleich anfühlte, ob er immer noch ... „Okay Conrad, ich helfe dir.“

„Danke.“ Ein kleiner Etappensieg.

„Aber auf keinen Fall was Schriftliches! Alles, was du wissen willst, erfährst du direkt von mir.“

„Ist okay.“

„Und, es gibt noch eine Bedingung!“

„Welche Bedingung?“

Paula zögerte.

„Babysitten.“

„Wie, Babysitten?“

„Auf ein Kind aufpassen eben.“

„Was für ein Kind“, fragte Orsini erstaunt, obwohl er die Antwort ahnte.

„Meines. Ich hab eine kleine Tochter.“

„Eine Tochter ...“

„Ja, eine Tochter“, ahmte Paula ihn mit leicht angespannter Stimme nach, die Orsini nur allzu gut kannte, und beobachtete ihn kühl, wie er in sich zusammenschrumpfte.

„Ich ..., ich ..., ich kann das nicht.“

„Dann musst du es eben lernen. Außerdem sind's nur ein paar Stunden. Also entweder ...“, verschärfte sich Paulas Tonfall.

„Ja. Ja, gut, ich mach's. Wenn's sein muss. Wann?“

„Morgen um zwanzig Uhr, bis ... bis ich alles habe, was du brauchst. Kann dauern. Ich hoffe, dass nichts dazwischen kommt!“

„Ich brauch jetzt einen Espresso“, griff Orsini das Wort auf, „du auch?“

„Ja, bitte.“

„Schwarz, ein Löffel Zucker – wie früher?"

Paula nickte kurz, ohne ihn anzusehen. Froh, die Situation entschärft zu haben, stand er rasch auf und holte die zwei kleinen dunklen Beschleuniger.

„Muss ich etwas ..., etwas Spezielles mitnehmen?", fragte er, nachdem er die Schale vor Paula auf den Tisch gestellt hatte.

„Nein, ist alles da. Du brauchst dir keine Sorgen zu machen, um die Zeit schläft sie sowieso meistens." Ihr Tonfall hatte sich wieder normalisiert. Trotzdem trank sie ihren Kaffee in einem Zug aus, erhob sich und sagte, während sie in den Mantel schlüpfte und sich den Schal überwarf: „Bis morgen Conrad, zwanzig Uhr, ich verlass mich auf dich."

„Ja, bis morgen. Zwanzig Uhr. Hat mich gefreut, dich wieder mal zu sehen!"

„Mich auch", gab sie Conrad einen angedeuteten Kuss auf die Wange, drehte sich um und ging, ohne Orsini noch einmal angesehen zu haben. Überrumpelt von der kurz angebundenen Verabschiedung sah er ihr noch bewundernd nach, bis sie verschwunden war und erstarrte, nachdem sich ein unangenehmer Gedanke durchgesetzt hatte.

Der Gedanke verwandelte sich zu einem Problem, das konkrete Gestalt annahm und auch einen Namen trug.

Nämlich Anneliese Zechner, die junge, hilfsbereite Bankbeamtin, mit der Orsini ein Treffen vereinbart hatte, und zwar um neunzehn Uhr des gleichen Tages, jedoch an einem anderen Ort. Unentschlossen verließ er das Institutsgebäude. Nach so langer Zeit Paula wiederzusehen, tat gut und er merkte, dass er noch immer etwas für sie empfand. Ob das auch umgekehrt zutraf? Monatelang keine Verabredungen und jetzt am selben Tag gleich zwei, ärgerte er sich dennoch.

11

Punkt acht Uhr abends des nächsten Tages erreichte Orsini das Haus, in dem Paula wohnte. Im zurückversetzten Eingang waren sie früher ein paar Mal gestanden und hatten einander lange umarmt. Die Erinnerung daran berührte ihn, verwandelte sich jedoch rasch in ein mulmiges Gefühl. Gestern hatte sie ihm ziemlich deutlich die kalte Schulter gezeigt und sich auch mehr als knapp von ihm verabschiedet.

Orsini drückte auf den abgenützten Klingelknopf. Verändert hatte sich hier so gut wie nichts. Noch immer waren links von der Tür Graffitis zu sehen. Die Haustür selbst befand sich in jämmerlichem Zustand und war eine Einladung an jeden Einbrecher. Aber solange nichts außer den üblichen Fahrraddiebstählen passierte, passierte eben nichts.

Tagsüber hatte er für einen langjährigen Kunden Nachforschungen über einen Konkurrenten bei einem Großprojekt durchgeführt. Nebenbei hatte er im Internet nach der Firma Immotreu gesucht, doch ihre Homepage war momentan nicht abrufbar. Zumindest schien die Adresse, die er sich bei der Baustelle notiert hatte, korrekt zu sein. Mit schlechtem Gewissen hatte er schließlich der Bankbeamtin abgesagt.

Erneut drückte er den Klingelknopf auf der Gegensprechanlage, welche ein beinah unverständliches „Wer ist da?“ ausspuckte. Es war eindeutig nicht die Stimme Paulas.

Erstaunt antwortete er: „Conrad Orsini ..., äh, ich komme, um auf das Kind aufzupassen.“

„Ja, ja, kommen Sie herauf, ich warte schon auf Sie“, sagte die Stimme.

Er erklomm die Stiegen und erblickte eine junge Frau, die aufbruchbereit vor der Wohnungstür wartete.

„Hallo, ... ich bin Jeannet, Paula hat mir gesagt, dass Sie mich ablösen kommen. Ich muss nämlich dringend weg.“

„Ja aber, Sie müssen mir zumindest erklären was ...“

„Natürlich, keine Angst: Die Kleine schläft und im Normalfall wacht sie bis morgen früh nicht mehr auf.“

„Und wenn doch?“

„Wenn doch, dann legen Sie sich einfach neben sie und versuchen, sie zu beruhigen. Aber ich muss jetzt wirklich ...“

„Einen Moment noch: Was ist, wenn sie essen will, oder wenn sie ..., na sie wissen schon.“

„Sie braucht nichts zu essen und was das andere betrifft: Windeln hat Sie schon lange keine mehr. In der Wohnung kennen Sie sich ja aus, hat Paula gesagt.“ Jeannet hängte sich ihre Tasche über die Schulter und lief die Treppe hinunter. „Ach ja: Fast hätte ich's vergessen, im Kühlschrank ist was zu trinken und wenn Sie ganz tief wühlen, werden Sie auch Essbares finden – soll ich noch ausrichten.“

„Ist das alles?“, fragte Orsini entgeistert.

„Sollte was Ernstes passieren, Paulas Telefonnummer haben Sie ja. Also gute Nacht“, rief Jeannet noch ermunternd zu ihm hoch, bevor sie das Haus verließ.

„Weiß nicht mal, wie die Kleine heißt, auf die ich aufpassen soll“, murmelte Orsini und schloss ärgerlich die Tür.

Er vermutete, dass das Kind im Kabinett untergebracht war. Um keinen Lärm zu machen, schlüpfte er aus seinen Schuhen, ging auf Zehenspitzen durch den Vorraum und öffnete vorsichtig die Tür zum Kabinett. Früher war darin Paulas provisorisches Büro gewesen, aber zu Orsinis Überraschung schien es jetzt ihr Schlafzimmer zu sein. Auf dem ungemachten Bett lag Paulas Unterwäsche. Orsini blickte sich verlegen, aber auch leicht erregt um und schloss die Tür wieder.

Möglicherweise fungierte nun das ehemalige Schlafzimmer als Kinderzimmer. Vorsichtig öffnete er die Tür einen Spalt und schlich hinein. Eine kleine Nachttischlampe war eingeschaltet, das Bett jedoch leer. Er sah sich um. Im ganzen Zimmer lagen Spielsachen herum und der Raum wirkte auch anders als er ihn kannte. Über dem Bett hing ein Plakat an der Wand. Darauf waren die Abdrücke kleiner Kinderhände in verschiedenen Farben zu sehen. Lilly stand in großen Lettern darüber. Zumindest wusste er nun wie sie hieß. Zufrieden schaltete er die Lampe aus.

Blieb noch das Wohnzimmer. Leise tappte er hinein und erblickte auf dem Sofa das Mädchen. Friedlich vor sich hin schlummernd lag es unter einer Decke. Eine alte, mit einem Tuch bedeckte Stehlampe verbreitete schummriges Licht. Orsini betrachtete das Mädchen eine Weile und versuchte herauszufinden, ob sie Paula ähnelte. Die gleichen verwirrtgelockten Haare auf jeden Fall – aber ansonsten? Grübelnd holte er aus der Küche etwas zu trinken und nahm dann auf dem Plüschfauteuil gegenüber der Kleinen Platz.

Wie alt konnte sie sein? Drei, vier Jahre höchstens. Wer wohl der Vater war? Immerhin schien er nicht hier zu wohnen, stellte Orsini erleichtert fest.

Geht mich alles nichts an und ich werde sie auch nicht fragen, beschloss er, begann aber dann doch zu rechnen. Schließlich holte er einen Stift und ein Blatt Papier. Hastig kritzelte er darauf herum, rechnete, rechnete abermals und zerknüllte anschließend das Papier, um es in den Mistkübel zu werfen. Unruhig geworden fischte er nach einer Weile den Zettel wieder aus dem Kübel und ging ins Kinderzimmer. Dort suchte er so lange herum, bis er auf einer Pinnwand ein Babyfoto der Kleinen fand. Auf der Rückseite war ein Datum gedruckt, das Orsini auf den zerknüllten Zettel schrieb. Danach steckte er das Foto zurück und begab sich wieder ins Wohnzimmer, wo er erneut zu rechnen begann.

Endlos lange betrachtete er das schlafende Kind, nahm eine Zeitschrift zur Hand und schlug wahllos verschiedene Seiten auf, ohne darin zu lesen, bis er schließlich selbst einnickte.

„Entschuldige, ich wollte dich nicht wecken", sagte Paula leise. Sie hatte Lilly in ihr Zimmer getragen und mit einer Flasche Bier Orsini gegenüber Platz genommen.

„Ist schon okay", sagte Orsini verschlafen und rieb sich die Augen.

„Wo ist die Kleine?"

„Hab sie in ihr Bett verfrachtet. Bist ein toller Babysitter. Man könnte sie entführen, ohne dass du es merkst."

„Paula, mit sowas macht man keine Scherze", entgegnete Orsini müde, aber auch leicht verärgert.

„Entschuldigung."

„Wie spät ist es eigentlich?"

„Kurz nach eins."

„Was, schon? Ich bin bis zirka zwölf da gesessen und muss dann eingeschlafen sein. Ich war froh, dass sie sich nicht gerührt hat."

„Das hast du gut gemacht. Ich mein, für dein erstes Mal."

„Warum kommst du eigentlich so spät? Hat's Probleme gegeben?", fragte Orsini während er sich streckte und mit den Händen durchs Haar fuhr.

„Nein, war ganz einfach. Alles, was ich wollte, hab ich ohnehin schon am Vormittag erledigt. Aber ich hatte einfach so viel Arbeit, die in den letzten Wochen liegen geblieben ist ..."

„Was? Und da lässt du mich die halbe Nacht einfach hier sitzen!?"

„Einfach hier sitzen ...! Conrad: Du hast auf meine Tochter aufgepasst! Das ist nicht einfach hier sitzen. Hast du überhaupt eine Ahnung, wie schwer es ist, vernünftige Babysitter zu bekommen, die dann auch noch Zeit haben, um sich nach meinen außergewöhnlichen Arbeitszeiten zu richten?", entgegnete Paula aufgebracht.

„Ist schon gut, daran hab ich nicht gedacht!"

„Nicht daran gedacht ist gut. Ich denke nämlich die ganze Zeit daran. Ob ich gut genug auf meine Tochter achtgebe.

Verstehst du? Ist verdammt schwierig, nicht als Rabenmutter dazustehen. Schon gar nicht in unserem männerdominierten Beruf!"

„Ich geb dir ja recht, tut mir leid ...", versuchte Orsini sie zu beruhigen. Er war auf so einen heftigen Gefühlsausbruch nicht vorbereitet gewesen. Schon gar nicht um diese Uhrzeit.

„Entschuldige, bin wohl doch zu lange im Büro gesessen. Aber manchmal ist es wirklich schwer, alles unter einen Hut zu bekommen. Und wenn dann noch ein ehemaliger Bekannter mit einem ungewöhnlichen Wunsch dazukommt ..."

Sie bezeichnet mich als Bekannten, registrierte Orsini gekränkt. Langsam stand er auf, streckte nochmal die durchs lange Sitzen verspannten Glieder und ging, ohne Paula eines Blickes zu würdigen, in die Küche. *Ehemaliger Bekannter*, grummelte er, während er die Kühlschranktür öffnete und sich ein Bier holte. Als er ins Wohnzimmer zurückkam, herrschte nach wie vor eine angespannte Atmosphäre.

„Also, was willst du wissen?", fragte Paula nun in geschäftsmäßigem Ton.

„Ich würde gerne ..." Mitten im Satz brach er ab und begann noch einmal von vorne, versuchte aufrichtig zu sein und sah sie deshalb an. Erst jetzt bemerkte er die dunklen Ringe unter ihren Augen. „Paula, ich weiß, was du riskiert hast, und ich versuche zu verstehen, welchem Druck du ausgesetzt bist. Aber eines musst du mir glauben: Ich hab gern auf deine Tochter aufgepasst. Kannst du das akzeptieren?"

Paula sah ihn schweigend an. Den ganzen Tag war er ihr nicht aus dem Kopf gegangen. Immer wieder hatte sie daran denken müssen, wie er ihr vor den Kollegen den Rücken gestärkt hatte, als sie neu in sein Team dazugestoßen war. Er hatte sie ermutigt, ihre Meinung zu äußern und sie vor mehr als nur einer abschätzigen Bemerkung der Kollegen bewahrt. Sie nahm einen Schluck aus der Flasche und entgegnete ruhig: „Ja, wenn du's wirklich so meinst, wie du's gesagt hast, ist es in Ordnung."

„Ich mein es wirklich so, du kannst stolz auf dich sein. Lilly sieht dir übrigens sehr ähnlich."

„Danke – hat dir Jeannet den Namen gesagt?"

„Nein, ich hab Lilly zuerst im Kinderzimmer gesucht und auf einem Plakat den Namen gesehen."

Er war also neugierig, dachte Paula mit einem Gefühl der Genugtuung und fragte sich, ob er dies auch zugeben würde. Für einen Moment landete ihr Blick bei seinen braun-grünen Augen und wanderte dann weiter zu den wenigen kleinen Fältchen, die zum Haaransatz hin strebten. Dort, registrierte sie, gab es nun auch schon ein paar graue Haare. Unvermittelt hob sie dann die Flasche und sagte: „Prost Conrad!"

Gelöst erwiderte Orsini die Geste und fuhr fort: „Kann ich dir jetzt ein paar Fragen stellen?"

Paula lehnte sich zurück. „Ja, jetzt schon!"

„Wann und wo genau ist der Alte ermordet worden?"

„Ziemlich genau zwischen achtzehn und neunzehn Uhr im Geschäft, neben dem Verkaufspult."

„Wann wurde die Leiche von dem Mann, der in die Kirche gehen wollte, gefunden? Und wieso hat er überhaupt in das Geschäft geschaut?"

„Sein Name ist ...", begann Paula und kramte ein Stück Papier mit Notizen aus ihrer Hosentasche. „Po...dla...cek!", las sie vor. „Er hat die Leiche gefunden. Kurz vor acht ist er am Geschäft vorbeigekommen. Er war auf dem Weg zur Abendmesse und hat gesehen, dass die Tür angelehnt war. Er hat sich gewundert, weil der alte Posamentenhändler ja bekannt war für seine Genauigkeit. Dass er da um diese Zeit sein Geschäft offen gelassen hätte, ist ihm komisch vorgekommen. Hat er jedenfalls zu Protokoll gegeben."

„Gibt's daran was zu zweifeln?"

„Nein, eigentlich nicht", schüttelte Paula den Kopf.

„Wie ist er genau ermordet worden?"

„Erdrosselt. Wahrscheinlich mit einem dünnen Seil oder einer Kordel. Lagen ja genug im Geschäft herum. Am Hals wurden Spuren von roten Fasern gefunden."

„Fasern?"

„Ja. Ziemlich sicher von der Tatwaffe, konnten aber nicht eindeutig zugeordnet werden."

„Rot. Ist die Tatwaffe denn nicht gefunden worden?"

„Nein, die Tatwaffe nicht."

„Und, Verdächtige? Meine Klientin hat von mehreren Drogensüchtigen gesprochen."

„Ja, festgenommen haben sie gleich ein ganze Gruppe. Es hat sich aber schnell ein Hauptverdächtiger herauskristallisiert, ein gewisser ...", Paula blickte abermals auf den Notizzettel, „Friedrich Schuh."

„Und wieso der?"

„Er hat Gegenstände aus dem Geschäft in seiner Unterkunft ..."

„... Unterkunft? Ich hab gedacht es waren Obdachlose."

„Na ja, die haben alle zusammen in einer Substandardwohnung in der Nähe gelebt und dort lag eben alles Mögliche herum. Darunter auch Kram aus dem Posamentengeschäft, im Grunde wertloses Zeug. War natürlich für die Beamten schwer zuzuordnen, wem was gehört. Darum wurden vermutlich zuerst einmal alle verhaftet. Dieser Friedrich Schuh wurde aber dann eindeutig von den anderen belastet."

„Was sagt die Spurensicherung?"

„Jede Menge Fingerabdrücke im ganzen Geschäft, nicht nur von dem Schuh."

„Und DNA?"

„Ein paar Haare."

„Friedrich Schuh", wiederholte Orsini, „hat der eine Vorgeschichte?"

„Ein junger Fixer. Amtsbekannt, aber immer nur kleine Delikte."

„Beschaffung?"

„Ja. Das Übliche. Einmal Tätlichkeit mit einem Messer. Dürfte harmlos gewesen sein, aber du weißt ja, wie das in den Medien dargestellt wird. Hat also schon einige Zeit hinter Gittern verbracht, obwohl er erst Anfang zwanzig ist. Den Hintergrund kannst du dir ja vorstellen. Sein Spitzname ist übrigens Stift."

„Stift?"

„Ja, der Beschreibung nach sieht er aus wie eine Bohnenstange. Keine siebzig Kilo, fast einsneunzig groß. Jedenfalls hat es für eine Anklage gereicht, zusammen mit den Anschuldigungen seiner ‚Freunde'", antwortete Paula und fügte leise hinzu: „Ist schon ein bisschen bequem, das Ganze."

„Was willst du damit sagen?"

„Nichts."

„Wer ermittelt in dem Fall eigentlich?"

„Der Turek und sein Team – ich glaub von ‚ermitteln' kann man jetzt eher nicht mehr sprechen. Eher von abgeschlossen. Die haben nämlich Wichtigeres zu tun."

„Wichtigeres, warum?"

„Warum? Ein junger Drogensüchtiger ermordet einen über achtzig Jahre alten Mann und wird gleich darauf geschnappt. Beschaffungskriminalität. Wen sollte das schon interessieren? Wo ist da bitte der Skandal, den wir so dringend brauchen?"

„Da hast du recht", antwortete Orsini nachdenklich und fuhr fort. „Aber was hat der Typ überhaupt dort gesucht? Und wieso bringt er den Alten gleich um? Wegen ein paar Quasten? Das muss dem Turek doch aufgefallen sein – der ist ja eigentlich ein fähiger Kriminalbeamter."

„Aber auch karrierebewusst. Und seine Abteilung leidet unter chronischem Personalmangel. Das sollte dir ja nichts Neues sein. Wie dem auch sei, der Fall wurde als nicht dringend eingestuft, weil man einen Tatverdächtigen festgenommen hat und die Beweislage ausreicht", entgegnete Paula.

„Es sei denn ...", murmelte Orsini und sah zum Fenster.

Ungeduldig wippte Paula mit dem Fuß auf und ab. In diesem Punkt hatte er sich nicht geändert. Sobald ihn seine Gedanken forttrugen, blieb er unerreichbar. „Es sei denn?", fragte sie und winkte vor seinen Augen hin und her.

Orsini schüttelte den Kopf, schwieg eine Weile und fuhr schließlich fort: „Nochmal zurück zur Leiche. Was hat die Pathologie gesagt: der Hals – war's die ganz brutale Art mit tiefer Wunde, oder ...?"

„Eher normal, wenn man das so sagen kann. Im Bericht ist nichts Außergewöhnliches darüber gestanden."

„Es hat also auch kein Kampf stattgefunden?"

„Das ist schwer zu sagen."

„Warum?"

„Es wurde eine leichte Verletzung am Hinterhaupt und am Ellbogen gefunden. Er ist möglicherweise mit dem Kopf auf den Boden aufgeschlagen."

„Hm ... und ...", gab Orsini skeptisch zurück.

„In seinem Alter genügt wahrscheinlich ein gröberer Rempler, da kann jeder kleinere Sturz schwere Folgen haben", gab Paula zu bedenken.

„Stimmt, das heißt ... er war womöglich nicht mehr bei Bewusstsein, als er ermordet wurde?"

„Keine Ahnung. Aber, ist das überhaupt von Bedeutung?"

Orsini schien mit den Augen einem unsichtbaren Faden zu folgen. „Erwürgen, erdrosseln – sind einerseits eher Männer, die auf diese Weise töten, aber ..." Der Faden schlängelte sich weiter ins Finstere der spärlich beleuchteten Straße vor dem Fenster. „,... aber hätte es auch eine Frau sein können?"

„Theoretisch, wenn du sein Alter bedenkst, würde ich das nicht ausschließen ..."

„Wie groß war er eigentlich?", fiel Orsini ihr ins Wort. Er bemühte sich, den imaginären Faden zu fassen. Doch dieser verwandelte sich zunehmend vom simplen Garn zur komplex geknoteten Kordel aus dem Posamentenladen.

„Exakt kann ich dir das nicht sagen. Da hab ich drübergelesen. Aber vermutlich nicht so groß wie der Stift."

„Vermutlich", antwortete Orsini geistesabwesend. „Gibt's denn ein Geständnis von der Bohnenstange?"

„Nein, der ist natürlich noch auf Entzug und redet wirres Zeug, wenn er überhaupt redet. Dass er zum Stehlen angestiftet worden wäre. Und so weiter und so fort."

„Angestiftet – von wem?"

„Das geht aus den Unterlagen nicht hervor. Nur dass er stock und steif behauptet, am Tag des Mordes gar nicht im Geschäft gewesen zu sein. Allerdings, bei der Menge an Drogen, die der jeden Tag zu sich genommen haben muss ..."

„Aber ..."

„Moment, sei leise, ich hab grad was aus dem Zimmer gehört!" Paula war aufgesprungen und horchte nun Richtung Vorzimmer. Gespannt stand sie da und gab so Orsini die Gelegenheit sie zu betrachten. Er genoss den Augenblick der Stille und kam sich fast wie in einer richtigen Familie vor. Mit auf die Lippen gelegtem Finger ließ sich Paula wieder ins Sofa zurücksinken, deutete Orsini eine Weile zu warten und machte einen Schluck aus ihrer Flasche. Es war aber nichts zu hören und so fuhr er fort: „Aber heißt das, dieser Stift hat kein Alibi?"

„Unter anderem deswegen ist er der Hauptverdächtige. Während die anderen sich gegenseitig decken."

„Hast du die Adresse von seiner Wohnung?"

„Kann ich besorgen ..."

Orsini stand auf und trat zum Fenster. „Was steht in den Unterlagen eigentlich über die Familie des Ermordeten?"

„Nicht viel. Die jüngere Schwester, Anna und ihr Bruder Karl geben an, zum Zeitpunkt der Tat in der elterlichen Wohnung gemeinsam ihre Mutter betreut zu haben. Die Mutter selbst hat also auch ein Alibi und ihr Gesundheitszustand dürfte sehr schlecht sein. So schlecht jedenfalls, dass die Beamten sie als Täterin von vornherein ausgeschlossen haben. Die Einzige aus der Familie, die somit kein lückenloses Alibi hat, ist deine Auftraggeberin."

„Interessant!", räumte Orsini ein und dachte an die Löwenmähnenfrau.

„Sie hat wie jeden Freitag ihren Arbeitsplatz zur gleichen Zeit verlassen und war noch kurz auf einem nahe gelegenen Markt. Der Verkäufer hat das bestätigt. Er kennt sie, weil sie sehr oft dort einkauft. Bis zum nächsten Tag hat sie aber kein Alibi mehr."

„Um welche Zeit war sie dort?"

„Hab mir gedacht, dass du das fragen wirst. So genau konnte das aber weder sie selbst noch der Verkäufer sagen. Beide gaben an, ungefähr um sechs."

„Sie kommt also in Frage. Theoretisch."

„Und das Motiv?"

„Keine Ahnung. Aber wenn du sie erlebt hättest, wüsstest du, wieso ich sie nicht ganz ausschließe."

„Beschreib es."

„Sie besteht, ich kann's nicht besser formulieren, aus glitzernder Oberfläche. Große Brillen, viel Gold und Silber, dick geschminkt ... und ihre Haare ..."

„Was ist damit?"

„Ohne täglichen Friseurbesuch sind die nicht so hinzukriegen, auftoupiert bis ..."

„Also von der Anzahl der Friseurbesuche auf ein Mordmotiv zu schließen, das bringst auch nur du zustande! Da müssten viele Frauen wen umgebracht haben!"

„Nein, das mein ich natürlich nicht. Es war mehr ihre ganze Art, wie sie über ihre Familie geredet hat – aber du hast recht. Da würde sie doch kaum einen Ermittler suchen ..."

„Noch ein Kleines?", wechselte Paula das Thema.

„Nein, danke ... oder ja – warum eigentlich nicht."

Paula stand auf, verschwand leise Richtung Küche und kam gleich darauf mit zwei kleinen Flaschen Bier wieder.

Sie prosteten sich ebenso leise zu wie sie sich die ganze Zeit über unterhalten hatten. Jetzt, wo Paula ihm das Wichtigste erzählt hatte, entspannte sie sich sichtlich, streckte sich und fuhr sich übers Gesicht. Unweigerlich sah Orsini auf ihre Narbe. Plötzlich – ohne Vorwarnung – verspürte er einen Druck in seinem Inneren. Worte wollten heraus und drängten förmlich durch Ritzen, die er kaum mehr stopfen konnte. Wie ein Auffangbecken hielten sein Mund und die Lippen krampfhaft den Schwall zurück – ... *was hätte ich anders machen sollen ... es hat mir so leid getan ...*

„Conrad!“, vernahm er aus weiter Ferne. Mit einem lauten Schluckgeräusch würgte er alles hinunter und befand sich wieder im Wohnzimmer, wo ihn Paula erstaunt anstarrte.

„Conrad, was hast du?“

„Nichts.“

„Machst du öfter so seltsame Geräusche?“

„Das Bier“, deutete er auf die Flasche und stieß einen stummen Rülpser aus.

„Zu stark?“, fragte Paula belustigt.

„Wahrscheinlich.“

„Gibt's sonst noch etwas, das du herausgefunden hast?“, lenkte er vorsichtig über.

„Ja, gibt es – und soll ich's dir auch verraten?“, fragte Paula neckisch zurück.

„Sag schon!“

„Es sind zwei anonyme Anrufe eingegangen.“

Orsini seufzte. „Und?“

„Beide wiesen auf das Gleiche hin.“

„Auf ...?“

„Sei doch nicht so ungeduldig, du bist nicht mehr der Boss“, entgegnete Paula lachend und nahm wieder die Flasche in die Hand.

„Paula“, setzte Orsini an, „könnte es sein, dass du das Bier ...“

„... nicht verträgst? Könnte sein – und?“

„Und gar nichts, ich dachte nur ..."

„Überlass das Denken ruhig mir, ich glaub, ich bin alt genug und brauch keinen Vormund!", kam es zurück. „Also: Zuerst hat eine Frau und danach ein Mann angerufen. Ältere Leute. Die Aussagen waren ähnlich und hatten mit Immobilienfirmen zu tun."

„War eine Firma namens Immotreu dabei?"

„Müsst ich nochmal nachschauen. Jedenfalls haben die beiden angegeben, dass es im Hof zu einer lautstarken Auseinandersetzung zwischen dem Posamentenhändler und einer oder mehreren Personen gekommen ist."

„Worum ging es bei der Streiterei, hat das einer der Anrufer erwähnt?"

„Es hatte mit den Baustellen zu tun, Genaueres ist aber nicht drinnengestanden."

„Und mit wem er gestritten hat ..."

„... haben beide Anrufer eben nicht sagen wollen und dann auch schnell wieder aufgelegt."

„Interessant ... Diese Baufirmen sind nämlich nicht ganz koscher."

„Das hast du ja angedeutet, aber was meinst du konkret?"

„Wenn ich mich nicht täusche, setzen sie die Bewohner unter Druck, damit sie verkaufen. Und vermutlich beschäftigen sie auch illegale Arbeiter." Orsini nahm einen Zettel und schrieb ihr die Namen der beiden Firmen auf. Den Namen Immotreu ringelte er ein und gab Paula den Zettel. „Vielleicht kannst du ja nochmal nachforschen, wenn du Zeit hast."

„Werd sehen, was sich machen lässt. War's das?" Paula rieb sich die Augen.

„Ja, du hast mir sehr geholfen!", antwortete Orsini knapper als er gewollte hatte und erhob sich. „Ich glaub, ich werde mich jetzt verabschieden."

„Ja, ich bin auch müde ..." Paula knipste die Stehlampe aus, während Orsini in den Vorraum ging und sich die Schuhe anzog. Er fühlte sich unbeholfen, als wären seine Schritte allesamt falsch, egal wohin er trat. Langsam griff er nach seinem Mantel und drehte sich zur Tür.

„Warte Conrad“, hörte er Paula sagen, die ihm mit der Decke über den Schultern in den Vorraum gefolgt war. Ohne sich umzudrehen, hielt er inne, um das zu hören, was er schon die ganze Zeit erhofft hatte.

„Conrad ...“

„Ja?“

„Etwas solltest du vielleicht noch wissen.“

„Was denn?“, drehte er sich hoffnungsvoll um.

„Mir ist an dem Fall noch was komisch vorgekommen.“

Paula lehnte jetzt nur ganz knapp neben ihm an der Wand, während sie ihn gedankenverloren und zugleich belustigt ansah. Orsini überlegte, was er tun sollte. Er hob die Hand, um sie nach Paula auszustrecken, sie kam ihm aber zuvor. „Man hat den Leichnam in sitzender Position gefunden“, sagte sie zu seiner Überraschung.

Orsini ließ die Hand wieder sinken. „Was heißt in sitzender Position?“

„Na ja, er war an das Verkaufspult angelehnt, als hätte er sich selbst dorthin gesetzt.“

„Und was schließt du daraus?“

„Ich weiß nicht, vielleicht war er einfach schon zu alt und er konnte oder wollte sich nicht mehr wehren“, sagte Paula müde.

„Zu alt ... hm.“

Zu alt, ging es ihm durch den Kopf, während er sich von Paulas Haus entfernte.

Er knöpfte seinen Mantel zu und marschierte anstatt zur eigenen Wohnung stadtauswärts in die entgegengesetzte Richtung. An Schlaf war ohnehin kaum zu denken, schon gar nicht nach der Unterhaltung mit Paula. Hatte sie darauf gewartet, dass er sie in die Arme nahm? Oder hätte das alles zerstört? Alles? – Was meinte er damit? Es war ohnehin nichts gewesen.

Zu alt, kam ihm der Posamentenhändler wieder in den Sinn. Niemand war zu alt um sich zu wehren! So schlecht war der Alte doch gar nicht beisammen – oder vielleicht doch? Jedenfalls konnte er noch seine freitäglichen Spaziergänge unternehmen. Hatte nicht der Verkäufer vom Würstelstand ihn einmal am Naschmarkt gesehen? Orsini konnte sich nur mehr ungenau an die alkoholgeschwängerte Nacht und die Unterhaltung erinnern. Allein der Gedanke an die Würstelbude ließ seine Magennerven kurz rebellieren.

Wozu das alles? Eigentlich sollte er doch nur in der Erbschaft ermitteln, drängte ein Gedanke sich in den Vordergrund, den der jahrelang geschulte Spezialist in ihm aber sofort wieder beiseite drängte und durch zielgerichtete Neugier ersetzte.

Der junge Fixer – Orsini hatte den eigentlichen Namen wieder vergessen und nur den Spitznamen „Stift“ behalten. Beschaffungskriminalität, die Tatwaffe eine Schnur oder ein Seil und natürlich kein Alibi. Ein Süchtiger und ein Alibi! Orsini lachte. Es passte alles schön zusammen – ein Fressen für jeden Polizisten, und vor allem für die Statistik der geklärten Verbrechen.

Er würde den Tatort in Augenschein nehmen, sich selbst ein Bild machen! Um diese Zeit war es auf den Straßen etwas ruhiger und Orsini schritt zügig dahin. Nach einer Rotlichtbar erreichte er den Donaukanal, wo nur mehr ein paar Hundebesitzer unterwegs waren – von dringenden Bedürfnissen getriebene Frischluftfanatiker zu nachtschlafender Zeit.

Er musste herausfinden, wer die anonymen Anrufer waren, um zu erfahren, wer mit dem Händler gestritten hatte. *Zu alt,* kam es ihm abermals in den Sinn. Wie war Heinrich Novak in diese sitzende Lage gelangt? Selbstmord? Es gab Fälle, bei denen Leute sich an Türschnallen ..., aber ..., er konnte sich doch nicht selbst erdrosselt haben! Orsini hatte inzwischen den Schwedenplatz passiert. Bei der ältesten Sternwarte des Landes, der Urania, bog er Richtung Leopoldstadt ab.

Ein heftiger Windstoß ließ ihn frösteln. Doch es war nicht nur der kalte Wind allein, sondern die Ahnung, dass er auf etwas gestoßen war, das ihm Unbehagen bereitete.

Ein kurzer Sprint, vorbei am Denkmal des einzigen österreichischen Seehelden, über den Praterstern – und er hatte sein Ziel erreicht. Nur verschwommen war das zu dieser Stunde ruhende Riesenrad zu erkennen. Kurz vor drei Uhr. Aus dem Inneren des Lokals, war noch leise Musik zu vernehmen. Nur mehr einige wenige Gäste verteilten sich im rauchgeschwängerten Raum. Niemand nahm von Orsini Notiz. Ein Musiker mit Zigarette im Mundwinkel spielte auf der kleinen Bühne Keyboard und schien in eine anderen Welt abgedriftet zu sein. Orsini lehnte sich an die stählerne Bar und sah dem Kellner zu. Der war schon beim Aufräumen, brachte Orsini aber dann doch noch schlaftrunken ein Bier, ohne auch nur ein einziges Wort zu verlieren.

Spielt nicht schlecht, registrierte Orsini, *würde gut in unsere Band passen* ... Allerdings hatte der Pianist etwas Einsames, Verlorenes an sich. Einsam wie der Altwarenhändler Vladimir, der seinen Freund verloren hatte ... Warum die beiden wohl gestritten hatten? Einen Pedanten hatte auch Vladimir den Posamentenhändler genannt. Der seine Erziehungsmethoden zu eng auslegte. Aber war das nach all den Jahren ein Grund für einen Streit?

Nach einer Weile verließen auch die letzten Gäste das Lokal, was der Mann an den Tasten aber nicht bemerkte. Nach wie vor spielte er seine Songs, die ineinander übergriffen und keinen Anfang und kein Ende zu haben schienen. „Wer ist das?", fragte Orsini den Kellner, der ihn gerade aufforderte auszutrinken.

„Keine Ahnung, spielt aber öfter hier."

Orsini war jedoch schon zu müde, um noch Kontakt aufzunehmen, verschob es auf irgendwann, trank aus und machte sich auf den Heimweg. Entlang der Straße zur Franzensbrücke warben noch einige Rotlichtbars um männliche Kunden. Eine grelle Erscheinung stolzierte leicht bekleidet vor einem jämmerlich aussehenden Nachtlokal auf und ab. Hochhackige, glänzend rote Stiefel, die bis übers Knie reichten, eine kleine schwarze Kunstledertasche und ein auffordernder Blick – um diese Zeit und bei diesen Temperaturen allerdings ein ziemlich aussichtsloses Unterfangen. Obwohl der männliche Trieb natürlich nicht zu unterschätzen war. In Orsini erblickte sie zu dieser Stunde ein lohnendes Objekt ihres finanziellen Begehrens.

„Kommst mit?", sprach sie Orsini an, öffnete kurz ihren Kunstfellmantel und setzte ihr charmantestes Lächeln auf. Hinter der Maskerade aus Schminke und sonstigem Tand war eine rundliche Dame mittleren Alters zu erkennen.

„Nein danke", entgegnete Orsini mechanisch und eilte an ihr vorbei.

„Schad, könnt Liebe draus werdn", warf sie ihm noch spöttisch nach und widmete sich schon wieder den nächsten vorbeifahrenden Autos. Erst auf der Franzensbrücke, einem typisch wienerischem Dauerprovisorium der Nachkriegszeit, blieb Orsini stehen und blickte noch einmal zurück. Die freie Dame aber war verschwunden.

Zu alt ...

12

Orsini stieg aus seinem Wagen und blickte zum Himmel. Ein Hoch über Skandinavien hatte den hartnäckigen Nebel vertrieben und kalte Luft mit sich gebracht. Immerhin konnte man sich nun zumindest ein paar Sonnenstrahlen ins Gesicht scheinen lassen, wenngleich sie kaum die Kraft hatten zu wärmen.

Sein Ziel lag an der südlichen Peripherie. Orsini liebte seine Stadt – was die Ränder betraf, hielt sich diese Liebe jedoch in Grenzen. Wie auf der ganzen Welt reihten sich auch hier hässliche Zweckbauten aneinander. Krebsgeschwüren gleich wucherten sie unablässig vor sich hin. Der Gebäudekomplex, vor dem er angehalten hatte, unterschied sich in nichts von den übrigen. Abgesehen von der schmutzigen, in Türkis gehaltenen Fassade. Eine kümmerliche Pappel stand davor und verschönerte den Eindruck nur unwesentlich.

Orsini studierte eine große, glänzende Aluminiumtafel mit Firmennamen darauf. Immotreu war die einzige Firma, deren Name auf ein Baugewerbe schließen ließ. Ansonsten gab es nur Consultingbüros und Speditionen. Immotreu hatte im dritten Stock seine Büros, entnahm er der Tafel. Also trat Orsini ein, suchte den Lift, entschied sich aber dann für die ungewöhnlich breite Treppe. In einem Glasverschlag neben dem Eingang saß ein junger Portier und starrte angestrengt in seine Lektüre. Als er Orsini erblickte, senkte er augenblicklich das Magazin. Auf seinem Kopf und Hals bildeten sich kleine, verräterische rote Flecken.

Viel Zeit, wenig Arbeit, da muss man für Abwechslung sorgen, dachte Orsini und marschierte an ihm vorüber. Er war schon am halben Weg nach oben, bis der Bursche endlich einen stotternden Gruß herausbrachte.

Die beiden ersten Stockwerke konnten als Erholungsstation für stressgeplagte Angestellte durchgehen. Nur gedämpft hörte man Bürogeräusche und vereinzelte Stimmen. In der dritten Etage herrschte offenbar noch weniger Betrieb. Hinweisschilder fand Orsini keine. Die ersten Türen trugen alle denselben Namen, nämlich Spedition ADS, danach kamen drei unbeschriftete. An den letzten beiden klebte ein Schild mit dem Namen Immotreu.

Kein Laut drang aus den Räumen. Orsini klopfte an – keine Reaktion. Er probierte es noch einmal, lauter. Wieder nichts. Die Türschnalle ließ sich zwar drücken, die Tür war jedoch versperrt, ebenso wie die zweite. Er presste sein Ohr an das Türblatt und lauschte. Pause vielleicht? Aber um diese Zeit? Urlaub war eine andere theoretische Möglichkeit, überlegte er, während er die Treppe hinunterging. Also eher Bürowechsel oder Konkurs oder ...

Im zweiten Stock blieb er vor einer Glastür stehen. Dahinter entdeckte er einen Mann, der einen Stapel Akten aus einem Schrank nahm. Hoffnungsfroh klopfte Orsini an die Scheibe. Doch der menschliche Aktenhalter rührte sich nicht vom Fleck. Kurz sah er in Orsinis Richtung, schob seinen Stapel zurecht und stieß den Schrank mit dem Fuß zu. Orsini klopfte heftiger, gestikulierte. Was den Mann jedoch nur dazu bewegte, sich umzudrehen und in die entgegengesetzte Richtung davonzuschlurfen, ohne Orsini auch nur eines weiteren Blickes zu würdigen.

Ein Stockwerk tiefer wurde er endlich fündig.

„Herein", krächzte ein in Weste und Schal gehüllter Mann und sah vom Bildschirm hoch, „wie kann ich Ihnen behilflich sein?"

„Verkühlt?" fragte Orsini mitfühlend.

„Mehr als das und schon seit zwei Wochen."

„Warum gehen Sie nicht in Krankenstand?"

„Würd ich gern, aber ..."

Achselzuckend schloss Orsini die Tür. „Ich suche eigentlich die Firma Immotreu ..."

„Immotreu? Wer oder was soll das sein?"

„Hat im dritten Stock ein Büro, sanieren alte Häuser. Es ist leider zugesperrt und deshalb ...“

„Ach so, im dritten Stock, da dürfen Sie mich nicht fragen. Dort wechseln die Firmen ja monatlich. Kann schon sein, dass da keiner ist.“

In diesem Moment ging die Tür auf und eine Frau um die vierzig kam mit einem Aktenordner herein.

„Du Hilde, kannst du dem Herrn vielleicht weiterhelfen? Er sucht eine Firma Immotreu, angeblich sind die im dritten Stock.“

„Immotreu? Da ist im Moment keiner“, erwiderte die Angesprochene.

„Haben Sie da überhaupt schon mal wen gesehen?“

Die Frau legte den Aktenordner auf den Schreibtisch, stützte die Hand an der Hüfte ab und sah ihn mit zugekniffenen Augen an. „Sind Sie von der Polizei, weil Sie das wissen wollen?“

„Nein, wo denken Sie hin, ich wollte mich nur wegen einer Wohnung ...“

„Ahaa ...“

„Wie kommen Sie auf Polizei?“

„War nur so eine Vermutung, weil in den Büros da oben“, sie deutete mit dem Finger himmelwärts, „bei denen schon öfter wer war“.

„Verstehe ... Weiß man warum?“

„Das geht uns nix an, aber eine Wohnung“, fuhr die Frau kopfschüttelnd fort, „das können Sie vergessen! Ich hab's auch einmal bei denen probiert, als noch wer im Büro war. Interesse haben die keines gezeigt.“

„Wann war denn das ungefähr?“

„Wird so ein halbes Jahr her sein. So genau weiß ich das nicht mehr. Ich hab dann eine Wohnung von der Gemeinde gekriegt. So, jetzt muss ich aber!“

„Trotzdem danke für die Information“, erwiderte Orsini und drehte sich zum Mann mit der Verkühlung, „und gute Besserung!“

„Keine Ursache, auf Wiedersehen", kam es heiser zurück.

Orsini hatte mehr erfahren, als es den Anschein machte. Ein seriöser Firmensitz sah anders aus. Langsam ging er die Treppe hinunter, störte erneut den Portier bei seinen eroliterarischen Phantasien und trat aus dem Gebäude.

Er nahm zwei Stufen auf einmal und hastete die Rolltreppe hinauf. Nach einem netten Aufenthalt im Stau hatte er den Wagen vor seinem Wohnhaus abgestellt und war zur U-Bahn gelaufen, die ihm aber prompt vor der Nase davongefahren war. Eigentlich hasste er es, zu spät zu kommen, mehr aber noch, sich abzuhetzen. Also verlangsamte er absichtlich sein Tempo. Sie würde warten.

Das Kaffeehaus kannte Orsini ganz gut, wenn er auch nur selten dort verkehrte. Ein süßlicher Geruch breitete sich schon vor dem Eingang auf dem Stephansplatz aus und versprach Verlockungen der Konditoreikunst. Im Erdgeschoß traf sich vom Banker im dunklen Anzug bis zum Straßenkehrer im orangen Overall alles. Orsini ging an einem seltsamen Wandmosaik vorbei in den ersten Stock. Im Gegensatz zum Erdgeschoß bildeten die Gäste hier eine homogenere Menge: Tiger- und Leopardenmuster waren die vorherrschenden Modetrends. Der Goldschmuck einiger der Damen konnte mit der bereits hängenden Weihnachtsdekoration durchaus mithalten.

Das Lokal war voll und die Luft stickig. Emsige Kellnerinnen schwirrten herum. An einem Tisch mit Ausblick saß seine Klientin und rührte fast nachdenklich in ihrem Kaffee. Die perfekte Frisur stach ihm sofort ins Auge. Eine Spur zu jung für diesen pensionierten Streichelzoo, dachte Orsini, aber in ein paar Jahren ... Auch sonst hatte sich bis auf das Kleid nichts an ihr verändert. Statt rosa-grau wie beim letzten Treffen herrschten heute Wellen in drei Orangetönen vor. Das Ganze geteilt durch einen dicken schwarzen Gürtel. Passend – wenn man so wollte, der extravagante Klunker und auch das Make-up. Orsini glaubte sogar einen Hauch von Orange an ihrer Wange zu erkennen.

Mit seinem Erscheinen war es aber mit der Nachdenklichkeit schlagartig vorbei und Sophie Pfeifers Blick sofort strafend auf ihn gerichtet.

„Schön dass Sie auch noch vorbeischauen, Herr Orsini!“

„Entschuldigen Sie, zuerst ein Stau und dann noch die U-Bahn!“

„Mir passiert das nie“, erhöhte sie den Tadel noch leicht.

„Mir eigentlich auch selten, aber ich war gerade noch für Sie unterwegs und ...“

„Für mich?“

„Für Ihren Fall, meine ich natürlich. Ich war gerade am Rande der Stadt, um Informationen einzuholen – deswegen die Verspätung.“

Die Kellnerin war an den Tisch gekommen, um die Bestellung aufzunehmen.

„Eine Melange und eine Cremeschnitte. Wollen Sie auch noch etwas?“

„Einen Cognac bitte!“, verlangte Sophie Pfeifer zu Orsinis Verblüffung und fuhr dann fort: „Und, was haben Sie dort erfahren?“

Orsini überhörte geflissentlich den lakonischen Unterton und versuchte, das Gespräch auf eine nüchterne Basis zu bringen. „Ich beginne lieber von vorn, wenn Ihnen das recht ist!“

„Ich bitte darum!“

„Zuerst habe ich mich im Viertel umgesehen. Dass die Immobilienpreise gestiegen sind, hat sich eindeutig bestätigt. Ihre Annahme, dass tatsächlich ein höherer Preis als der offiziell auf dem Anbot aufscheinende zur Verhandlung stand, ist also nicht ganz auszuschließen. Ob letztlich der angegebene Preis bezahlt worden wäre, wage ich aber zu bezweifeln.“

„Und wie begründet sich Ihr Zweifel?“

„Zum einen scheint mir der Preis etwas zu hoch für die Gegend und vor allem für den Zustand des Hauses. Mag sein, dass ich mich irre. Zum andern haben wir es, soweit meine Vermutungen stimmen, sagen wir, mit eher zwielichtigen Firmen zu tun.“

„Wie kann ich das verstehen?“

„Es werden Scheinanbote gelegt, die Verkäufer drangsaliert, Druck ausgeübt, die ganze Palette eben. Im schlimmsten Fall geht das bis zu körperlicher Gewalt. Damit ist nicht zu spaßen.“

„Glauben Sie, dass das auch ihm passiert ist?“

Orsini registrierte, dass sie wieder vermied, das Wort Vater auszusprechen, war sich jedoch unklar, ob er dem eine Bedeutung beimessen sollte oder nicht.

„Möglich, Gerüchte dieser Art gibt es jedenfalls.“

„Ist das alles oder haben Sie noch mehr herausgefunden? Weil, das hätte ich bis jetzt selber erfahren können und Gerüchte gibt's zuhauf.“

Zum Glück für Orsini erschien in dem Moment die Kellnerin, stellte alles auf dem kleinen Tischchen ab und verschwand wieselflink. Das gab ihm Zeit, seinen langsam aufsteigenden Ärger hinunterzuschlucken. Verdauen wollte er ihn auf keinen Fall, weswegen er fortfuhr: „Okay, ich habe mich für mein Zuspätkommen entschuldigt, das müsste genügen. Wenn Sie meinen, diesen Job selber besser machen zu können, trinke ich jetzt in aller Ruhe meinen Kaffee, esse die Cremeschnitte, Sie bezahlen mir mein ausständiges Honorar und danach können Sie in aller Ruhe allein Ihren Cognac genießen.“

„So war das nicht gemeint“, antwortete Sophie Pfeifer eine Spur höflicher, „nur Ihre Gehaltsforderungen sind auch nicht ohne, und ich weiß nicht, ob ich Sie mir noch länger leisten kann.“

Oder soll, sagte Orsini unhörbar.

„Aber vielleicht haben Sie ja doch etwas herausgefunden, was mich überzeugt", sagte Sie jetzt mit einer Mischung aus Höflichkeit und Neugier.

Neugier und Neid, zwei der stärksten Triebkräfte ... Demonstrativ langsam aß Orsini die Hälfte der Cremeschnitte, trank einen Schluck und begann von Neuem: „Wie Sie ja wissen, ging es dem Geschäft Ihres Vaters nicht besonders gut. Das – wie ich bestätigt bekommen habe – schon über Jahre. Es stellt sich also auf jeden Fall die Frage, wie er wirtschaftlich überleben konnte, ohne in Konkurs zu gehen. Wie hoch die Einnahmen von den paar Mietern waren, kann ich nur schätzen. Sicher nicht hoch genug, um die Erhaltungskosten abzudecken. Wissen Sie etwas darüber?"

„Natürlich nicht!"

„Und haben auch mit ihren Geschwistern nicht darüber gesprochen?"

„Nein."

Orsini zog ein Kuvert aus der Jackentasche, öffnete es und schob Sophie Pfeifer den Grundbuchauszug hin. „Auf das Haus hatte er jedenfalls keine Hypothek, alles lastenfrei." Er durchbohrte mit der Gabel die Cremeschnitte, trennte einen Bissen ab und führte die Gabel langsam zum Mund. „Möglich wär's allerdings, dass er das Haus bereits verkauft hat. Es dauert oft Monate, bis ein Eigentümerwechsel im Grundbuch eingetragen wird. Aber vermutlich haben Sie auch darüber noch mit keinem Familienmitglied gesprochen, oder?" Genüsslich ließ er die Cremeschnitte auf der Zunge zergehen, sah Sophie Pfeifer an und fuhr schließlich fort: „Ist aber unwahrscheinlich, muss ich zugeben. Seine Bank sagt, ..."

Sophie Pfeifer unterbrach ihn überrascht. „Man hat Ihnen dort also ohne Weiteres Auskünfte erteilt?"

„Ohne Weiteres würde ich nicht sagen." Kurz hatte Orsini das Bild des koksenden Bankbeamten mit der rosaroten Krawatte vor sich. „Jedenfalls ist sein Konto im Plus. Natürlich wäre es auch denkbar, dass er Sparbücher hatte."

„Das heißt, Konkreteres können Sie mir noch nicht sagen?“

„In der kommenden Woche hoffe ich, Näheres darüber zu erfahren ..., falls ... ich noch weiter engagiert werde.“

Sophie Pfeifer nahm einen kräftigen Schluck Cognac, stellte das Glas ab und schaute Orsini direkt ins Gesicht: „Der Preis?“

„Bleibt der Gleiche“, antwortete Orsini und erkannte an ihrem Mienenspiel, dass Neugier und Neid gewonnen hatten.

„Ja ... gut“, antwortete sie und überschlug offensichtlich im Kopf ihr Budget, „... und was haben Sie noch herausgefunden?“

„Dass Drogensüchtige Ihren Vater ermordet haben sollen, halte ich, ehrlich gesagt, für eher unwahrscheinlich“, fuhr Orsini fort.

„Aha. Und wie kommen Sie darauf?“ Sophie Pfeifer klang irritiert. Sie wandte ihren Blick ab, griff nach ihrem Löffel und rührte im Kaffee um.

„Nur so mein Eindruck. Aber dafür haben Sie mich ja nicht engagiert ...“

„Allerdings“, erwiderte Sophie Pfeifer kühl, „und ich bleibe auch dabei.“

„Das Geschäft – wenn ich mich umsehen könnte ... Vielleicht hatte er dort Unterlagen, einen Briefverkehr mit der Baufirma, zum Beispiel. Wer, außer der Polizei natürlich, hat denn Zugang zum Geschäft?“

„Mein Bruder Karl müsste einen Schlüssel haben. Er sollte sich ja auch ums Geschäft kümmern und ist der Einzige, der Bescheid weiß. Ob er das tatsächlich tut, kann ich Ihnen nicht sagen und hat mich noch nie interessiert.“ Um Sophie Pfeifers Mund wurden unter dem Make-up kleine, ärgerliche Fältchen sichtbar.

„Bei unserem ersten Treffen haben Sie auch Ihre Schwester erwähnt. Gibt es sonst eigentlich noch Verwandte?“

„Nein, außer meiner jüngeren Schwester Anna gibt es niemanden mehr. Oder ... doch, den hätte ich fast vergessen. Es gibt noch einen Onkel von mir."

„Väterlicherseits?"

„Ja sein älterer Bruder, liegt aber schon lange Zeit in einem Sanatorium."

„Ihr Vater hatte also einen älteren Bruder", wiederholte Orsini, nahm eine Serviette vom Tisch und zückte einen Stift.

Sophies Mund verzog sich zu einem schmallippigen Lächeln. „Ich dachte Sie brauchen keine Akten?"

„Ist nur eine Notiz."

„Josef Novak. War, glaub ich, sogar Taufpate bei meinem Bruder. Wir nannten ihn immer Onkel Jos."

Orsini kritzelte den Namen auf die Serviette. „Und der Name des Sanatoriums?"

„Des Sanatoriums? Keine Ahnung, ich weiß ja nicht einmal, ob er überhaupt noch lebt. Ist das denn wichtig?"

„Man kann nie wissen ..."

„Die Einzige, die noch ab und zu Kontakt hatte, war Mutter, soviel ich mich erinnern kann. Möglich, dass es Richtung Wienerwald liegt. Bestimmt nicht außerhalb von Wien, das wäre meiner Mutter zu weit gewesen."

„Sagen Sie, der Termin beim Notar, warum wurde er so spät angesetzt?", wechselte Orsini das Thema.

„Ist auf Wunsch meiner Schwester so vereinbart worden und fragen Sie mich bitte nicht, warum! Es war schon immer so, dass sich alle nach ihr gerichtet haben", stieß Sophie Pfeifer mit tiefem Groll aus.

„Ohne Ihnen nahetreten zu wollen", setzte Orsini vorsichtig an, „die Beziehung zwischen Ihnen und Ihrer Familie scheint nicht die beste gewesen zu sein."

„Stimmt", antwortete Sophie Pfeifer knapp.

„Lag das an Ihrem Vater oder ..."

„Zum Teil."

„Und ging es den anderen Geschwistern eigentlich auch so?"

„Seine Erziehungsmethoden und das Verhältnis zu meiner Mutter war, um es so zu umschreiben, altmodisch. Wissen Sie, meine jüngere Schwester Anna ist sehr früh ausgezogen. Und über Karl kann und will ich nicht reden. Sieht ohnehin jeder, was mit ihm los ist!"

„Ihren Vater, wann haben Sie ihn eigentlich zuletzt gesehen?"

„Das ist schon länger her, Monate – wieso fragen Sie?"

„Nur so. Und er hat damals Ihnen gegenüber auch nichts von Belästigungen durch die Baufirmen erwähnt?"

„Nein."

„Das führt mich zum nächsten Punkt", leitete Orsini rasch über, da er eine gewisse Unruhe an ihr bemerkte, die aber auch mit einem bevorstehenden Aufbruch Sophies aus dem Lokal zusammenhängen konnte. Tatsächlich sah sie gleich darauf auf ihre goldene Uhr und drängte Orsini das Gespräch zu beenden. „Und der wäre?"

„Es ist unumgänglich, dass ich mit ihrer Familie spreche – es sei denn, Sie tun das."

„Auf keinen Fall!"

„Nur so kann ich versuchen, mehr über dieses Anbot zu erfahren."

„Das halte ich für völlig ausgeschlossen. Mutters Zustand ..."

„Ich weiß, aber ich versichere Ihnen, so schonend wie möglich vorzugehen."

„Wie soll ich das ... arrangieren, so dass es keine ... keine Missverständnisse gibt?"

„Ich schlage vor, Sie bleiben bei der Wahrheit." „Wie meinen Sie das?"

„Sie sagen einfach, dass Ihr Vater möglicherweise Schwierigkeiten mit einer Immobilienfirma gehabt hat, und dass Sie mich daher beauftragt haben, das zu untersuchen."

„Das ist aber nicht die ganze Wahrheit ..."

„Es gibt im Leben sowieso nur Teilwahrheiten."

„Na gut, versuchen kann ich es ja. Optimistisch bin ich aber nicht. Zahlen!", rief sie in dem Moment der vorbeieilenden Kellnerin zu.

„Das übernehme natürlich ich", sagte Orsini, „kommt garantiert nicht auf die Spesenrechnung, sondern fällt unter persönliches Bußgeld fürs Zuspätkommen."

Das erste echte Lächeln, seit sie sich getroffen hatten, glitt kurz über Sophies Gesicht, erstarrte aber innerhalb von Augenblicken wieder zur Maske. „Wie ermitteln Sie eigentlich? Was ist Ihre Methode?", fragte sie.

„Methode? Methode habe ich eigentlich keine. Ich sehe einen Fall eher wie ein Puzzlespiel."

„Sie meinen, Sie suchen den letzten Teil, der alles erklärt?"

„Nein", entgegnete Orsini, „der letzte Teil ist unwichtig, ergibt sich meist von selbst, man muss eher das Ganze sehen."

„Das Ganze?"

„Ja, das Einfachste ist der Rand. Danach sortiert man die leuchtenden Farben. Das Schwierigste sind die verschwommenen Teile. Da kann man nur noch nach Konturen suchen. Es können sogar Teile verloren gehen. Eine Kontur entsteht trotzdem, durch die Umgebung. Der Überblick und die Zusammenhänge sind das Wichtigste."

„Ist ja doch eine Methode", erwiderte Sophie Pfeifer und schlüpfte in ihren Mantel, „allerdings eine mühselige."

„Ja und kostet mich viele schlaflose Nächte."

„Schlaflosigkeit, kenne ich auch." Sophie sah Orsini direkt an. „Jedenfalls muss ich jetzt gehen und rufe Sie morgen an, wenn ich mit meiner Mutter gesprochen habe."

Nachdenklich aß Orsini seine Cremeschnitte auf und beglich dann die Rechnung. Auf dem Weg ins Freie hielt er vor dem in die Wand eingelassenen Aquarium an. Eine

Weile schaute er den hell leuchtenden Fischen zu, las auf einer Tafel unterhalb der Glaseinfassung, dass es sich um ein Meerwasserbecken handelte und konnte nicht ahnen, dass er es schon am nächsten Tag, fast um die gleiche Zeit, wieder mit einem Aquarium zu tun haben würde, weniger mit dessen Bewohnern, sondern vor allem mit dessen Besitzer.

Nach kurzer Zeit entstieg er den öffentlichen Abgründen der unterirdischen Fortbewegung und begab sich auf die Suche nach dem einbeinigen Obdachlosen – in der Hoffnung, ihn um diese Zeit noch in halbwegs nüchternem Zustand anzutreffen. Sorgfältig durchkämmte er die Gegend rund um die Zieglergasse. Sogar den kleinen Spielplatz ließ er nicht aus. In der Einfahrt, in der er den Einbeinigen samt der übrigen Schnapsleichen am ersten Abend entdeckt hatte, parkte ein Baufahrzeug. Der schmale Spalt zwischen Fahrzeug und Hausmauer reichte Orsini, um durchzuschlüpfen. Im Hof lag Werkzeug wahllos verstreut auf dem Boden, dreckbespritzte Gummistiefel lehnten an einer Wand. Aus einem der Räume dröhnte das eindringlich harte Geräusch eines Kompressors. Die Lautstärke war enorm, fast körperlich spürbar. Den einbeinigen Krückenmann und seine Kumpane entdeckte er nicht. Verdrossen zog er Richtung Mariahilfer Straße ab.

Vor einem Großkaufhaus bemerkte er ein Grüppchen herumlungernder Gestalten. Orsini ging auf das Häufchen zu, zog einen Geldschein aus der Tasche und hielt ihn gut sichtbar in die Höhe.

„Ich such einen Einbeinigen mit Krücken. Weiß von euch wer, wo ich den finden kann?“

„Wen suachst?“, fragte eine auf dem Boden kauernde Frau. Sie war in unzählige Schichten von Kleidung gehüllt, die zusammengebundenen Haare fielen ihr in langen, zotteligen Strähnen über den Hinterkopf, hatte ein von Witterung und Alkohol gegerbtes Gesicht und stank erbärmlich. Orsini hielt die Luft an.

„Einen Einbeinigen mit Krücken“, wiederholte er.

„In Ernstl?“

„Den Namen weiß ich nicht. Aber er hält sich meistens in der Gegend auf.“

„Gib her!“ Sie deutete auf den Geldschein in Orsinis Hand. Orsini ging in die Knie und reichte ihr den Schein. Ein geschwollener Arm, der bis zum Handgelenk grünlich schimmerte, nahm ihn in Empfang. Zufrieden betrachtete die Frau die Note und würdigte Orsini keines Blickes mehr. Er stand auf, schaute ernüchtert auf die anderen sitzenden und liegenden Gestalten, drehte sich um und wollte gehen.

„He, woart gfälligst“, kreischte die Frau hinter Orsinis Rücken plötzlich. „Da hintn, des is dem Ernstl sei Freind. Der waaß, wo er sei kennt“, sagte sie nun mit gleichmäßiger Stimme und zeigte Orsini ihr lückenhaftes Gebiss.

„Danke“, brachte er hervor und stieg über zwei Schlafende hinweg in eine Art kleinen Verschlag aus Karton. Er war halb an den Hauseingang, halb an die Auslagenscheibe angebaut. Abluft strömte aus den Lüftungsschlitzen des Gebäudes und erfüllte den Verschlag mit einem Hauch Wärme. Schemenhaft erkannte Orsini hinter der Glasscheibe das Innere des Geschäfts. Die Scheibe bildete eine zwar durchsichtige, aber dennoch effektive, unüberwindliche Barriere zwischen Haben und Nichthaben.

Ein alter Mann mit zerfurchtem Gesicht und überdimensionaler Pelzhaube saß in mehrere Decken gehüllt auf einer Holzkiste und starrte lethargisch zu Boden. Neben ihm auf einer Decke lag eine Promenadenmischung. Zwei kleine Schüsseln standen vor dem Hund. Auf einer stand „Für meinen Liebling“.

„Ich ...“, begann Orsini überdeutlich, „ich such einen einbeinigen Mann mit Krücken. Ernst soll er heißen. Kennen Sie den vielleicht?“

„Mit mir brauchen Sie nicht schreien, ich versteh Sie auch so ganz gut.“ Die Worte kamen klar gesprochen und in einwandfreiem Deutsch daher. „Was wollen Sie denn von ihm?"

„Ich hab ihn vor Kurzem in einem der Hinterhöfe in der Zieglergasse getroffen", entschied sich Orsini für die Wahrheit, „und er hat mir erzählt, dass er und seine Bekannten von jemandem rausgeschickt werden, um in der Gegend herumzustehen. Nicht grade angenehm bei der Kälte."

„Stimmt."

„Das heißt, Sie kennen ihn und wissen, wo er sich aufhält?"

Der Mann nickte langsam und fuhr seinem Hund zärtlich über den Rücken.

„Würden Sie es mir auch sagen?"

„Warum?" Der Mann hatte nun den Kopf gehoben und zwei alte, blutunterlaufene, aber kluge Augen sahen Orsini direkt an.

„Weil ..., weil ..."

„... Sie ihm helfen wollen?", beendete der Alte den Satz so, dass Orsini begann, sich zu schämen. Natürlich gab er auch hin und wieder Almosen an Bedürftige. Aber richtig helfen? Dazu hatte er sich nie durchringen können.

„Vielleicht", wich Orsini aus, „ich werd's zumindest versuchen."

„Er ist im Spital ...seit ein paar Tagen."

„Warum, was hat er?"

„Ist arg zugerichtet."

„Wie ist das passiert?"

„Gestürzt."

„Von allein?"

Eine verneinende Bewegung bestätigte Orsinis Vermutung.

„Wer?"

„Die, die ihn rausgeschickt haben, um in der Gegend herumzustehen."

„Gehören Sie auch zu der Gruppe?"

„Nein ... und ich hab ihm auch davon abgeraten, sich mit denen einzulassen.“

Orsini genierte sich, einen Geldschein zu zücken. Betreten verließ er den Verschlag, eilte in den nächsten Supermarkt und kaufte einen Berg Lebensmittel ein. Stopfte alles in einen großen Karton. Schleppte ihn zu der Gruppe, stellte ihn wortlos unter den Herumlungernden ab und verließ diesen trostlosen Platz inmitten einer heilen Welt.

13

Am nächsten Morgen, für Orsini eher zeitig, läutete das Telefon. Bis er sich aufgerafft hatte, das Bett tatsächlich zu verlassen, hatte der Anrufer es wieder aufgegeben. Müde stellte er sich unter die Dusche. Kaum hatte er das Wasser aufgedreht, hörte er es abermals läuten, warf sich rasch den Bademantel über und verpasste zum zweiten Mal den Anruf. Natürlich hätte er sich längst ein Telefon mit Rückruffunktion zulegen müssen, dachte er missgelaunt. Dies war einer der Momente, in denen er die Vorteile seiner früheren Anstellung erkannte. Sekretärin, Mitarbeiter – eine ganze miteinander vernetzte Crew hatte ihm schon bald viele dieser lästigen, organisatorischen Aufgaben und den Bürokram abgenommen, nachdem er seinen ersten Fall als leitender Ermittler gelöst hatte. Keiner hatte erwartet, dass der Neuling die ihm zugeteilte, ziemlich verfahrene Sache meistern würde. Orsini jedoch hatte auf seine zuweilen unbeholfene, ja fast nachtwandlerische Art innerhalb von Wochen die beiden Schuldigen eruiert. Dabei hatte er sich innerhalb seiner Abteilung Respekt verschafft, außerhalb aber auch Neider dazugewonnen.

Unentschlossen, ob er auf einen dritten Anruf warten sollte oder nicht, schlurfte er vor dem Telefon auf und ab, um dann doch das Frühstück herzurichten. Als er sich zum Tisch gesetzt und den ersten Kaffee eingeschenkt hatte, läutete es erneut.

„Sophie Pfeifer. Habe ich Sie geweckt?"

„Nein, ... nein das ist schon in Ordnung", antwortete Orsini und wusste gleichzeitig, dass er sich verraten hatte.

„Na ja, es ist ja schon zehn vorbei, da kann man schon anrufen, oder?"

„Ja natürlich, was gibt es denn so Dringendes?" „Der Termin."

„Welcher Termin?"

„Der Termin mit meiner Familie, ich meine mit meinem Bruder Karl und meiner Mutter. Ich habe vor einer Stunde mit ihr telefoniert. Heute um fünfzehn Uhr."

„Heute um fünfzehn Uhr. Aber da ..."

„Das ist die einzige Chance, sie zu treffen. Sie hat Sie übrigens zum Kaffee eingeladen. Fragen Sie mich nicht, warum."

„Dann muss ich wohl zusagen."

„Geben Sie nicht mir die Schuld, ich habe nur getan, worum Sie mich gebeten haben. Für den Zeitpunkt kann ich nichts und – wie ich Ihnen ja gesagt habe, überrascht es mich selbst, dass Sie sie überhaupt empfängt."

„Ja, also danke, dass Sie das arrangiert haben", antwortete Orsini und trank, um endlich aufzuwachen, einen großen Schluck Kaffee.

„Entschuldigen Sie mich jetzt, ich habe zu tun! Ich kann ..." Sie unterbrach den Satz.

... *nicht so lange ausschlafen*, hatte sie vermutlich gemeint, fuhr aber stattdessen trocken fort: „Unser Termin bleibt gleich?"

„Natürlich."

„Dann auf Wiedersehen."

„Wiedersehen", entgegnete Orsini und zog den Stecker aus der Telefonbuchse.

Eine eiskalte Dusche später schaltete er im Büro den Computer an und gab den Namen Immotreu ein. Zu seiner Überraschung ließ sich diesmal die aufgerufene Seite klaglos öffnen. Die Homepage war in verschiedene Untermenüs gegliedert: Gebäudemanagement, Immobilienbewertung, Sanierung und dazu viele schöne bunte Hochglanzbilder. Der Menüpunkt Kontakt war der Einzige, der Orsini interessierte. Nach einem Klick darauf öffnete sich auch ein Fenster mit einem Foto und der dazugehörigen Adresse. Wenn die Pappel nicht gewesen wäre, hätte er das Gebäude nicht wiedererkannt, in dem er vor weniger als vierundzwanzig Stunden gewesen war!

Eine Gruppe lachender Angestellter stand mit vorgestreckten Armen und aufgestellten Daumen vor dem in hellem Türkis leuchtenden Bau. Den Hintergrund lieferte ein offensichtlich nachträglich eingefügter azurblau strahlender Himmel. Graue Betonburgen und Tristesse? – Nicht hier bei uns.

Unter dem Ansichtskartenbild war die Adresse der Idylle, Telefon- und Faxnummer, sowie eine E-Mail-Adresse angegeben. Zum Schluss stand in dicken schwarzen Lettern der Name des Geschäftsführers, Radko Jelesovic. Orsini wählte die angegebene Telefonnummer. Wie erwartet ertönte das Kein-Anschluss-unter-dieser-Nummer-Zeichen. Danach durchkämmte er noch ähnlich gestaltete Internetseiten anderer im Viertel tätiger Immobilienfirmen, die allesamt das Glück auf Erden versprachen.

Familien-Glück, versprach Stunden später das Menü im Chinarestaurant gleich um die Ecke. Er hatte versucht herauszufinden, warum gerade diese Mischung aus *verschiedenem Fleisch mit Pilzen und Bambus, scharf* so hieß. Die Antwort war ein verständnisloses, jedoch immer freundliches Lächeln gewesen und die Frage: „Suppe oder Flühlingslolle?“ Orsini hatte zwei Erklärungen für den eigenartigen Namen gefunden. Entweder man war nach dem Genuss dieses Essens zeugungsfähiger oder die Familie hatte großes Glück gehabt, das Essen zu überleben.

Gestärkt schlenderte Orsini zurück zu seiner Wohnung. Gerade als er den Schlüsselbund aus seiner Hosentasche nehmen wollte, öffnete sich die Haustür. Ein großer Mann mit dunkler Jacke trat heraus, musterte Orsini einen Augenblick und ging dann grußlos vorbei. Werbungsausträger oder Zustelldienst, hoffte Orsini, blickte ihm aber dennoch misstrauisch nach. Der Mann hatte die Hände in seine Taschen gesteckt und marschierte ohne sich umzudrehen weiter. Kein Lieferwagen, keine Stapel mit Werbeflyern. In letzter Zeit war es im Haus immer wieder zu Diebstählen gekommen. Zwei Fahrräder waren entwendet und die Kellertüren aufgebrochen worden. Achselzuckend stapfte Orsini schließlich die Stiegen zu seiner Wohnung hinauf, um sich für das Treffen am Nachmittag umzuziehen.

An der Ecke Zieglergasse Westbahnstraße, schräg gegenüber der Kirche, befand sich das Haus, in dem die Novaks wohnten – ein einstöckiges Gebäude mit Zuckerbäckerfassade, dem nur noch der rosarote Anstrich fehlte und das von seinen großbürgerlichen Nachbarn förmlich in die Zange genommen wurde. Punkt drei presste Orsini seinen Finger auf den Klingelknopf. Kaum, dass er den Knopf ausgelassen hatte, ertönte auch schon das Summen des Türöffners. Er wurde erwartet ...

Eine geschwungene, graue Steintreppe führte ins Obergeschoß. Die Wohnungstür war noch verschlossen. Er wurde wohl zuerst durch den Spion in Augenschein genommen. Und tatsächlich, exakt als er den Türklopfer aus Messing betätigen wollte, öffnete sich die Tür einen Spalt breit. Ein blasses Männergesicht blickte Orsini taxierend entgegen.

„Orsini, Conrad Orsini, ich komme zum Kaffee, Sophie, Ihre ... Schwester hat mich, wie ich vermute, angekündigt."

Ohne ein Wort zu sagen, öffnete der Mann die Tür. Orsini trat in den länglichen, düsteren Vorraum ein, der von einer imposanten Garderobe dominiert wurde. Die Wände waren mit bräunlichen Stofftapeten in englischen Mustern ausgestattet. Darauf hingen alte Fotos und Kunstdrucke in altmodischen goldenen Rahmen. Nippes belegten jedes freie Plätzchen. Ein überdimensionaler Kronleuchter hing knapp über Orsinis Kopf. Hier wollte man zeigen, dass man etwas erreicht hatte, wenn auch nur en miniature.

Der Vorraum war stark überheizt und es roch muffig. In einer Ecke stapelten sich Säcke mit Briketts, Buchenscheiten und Spreißelholz zum Anheizen. Für einen Augenblick hatte Orsini das Bild des Mützenmannes vor Augen, wie er sich mit rußgeschwärztem Gesicht und einem Sack auf dem Rücken die Stufen heraufschleppte. Das schmale Fenster war beschlagen und am unteren Rand standen Wassertropfen. Rasch zog Orsini seinen Mantel aus und reichte dem Mann die Hand. „Sie sind wohl Karl", versuchte er die Konversation anzukurbeln.

Minimales bejahendes Kopfnicken. Dazu ein Händedruck, dessen Schlaffheit sich in den weichen Gesichtszügen fortsetzte. Auch auf die Kleidung hatte sie sich ausgebreitet: schlabbrige, beige Strickjacke mit Zopfmuster und Hemd mit abgewetztem, ehemals weißem Kragen über einer schlotternden Hose.

„Ihre Mutter erwartet mich wohl im Wohnzimmer?"

Statt einer Antwort eine kaum wahrnehmbare Handbewegung als Zeichen, ihm zu folgen. Sein stummer Diener führte ihn hinter der Garderobe den Gang entlang, wo Orsini die Quelle der hohen Luftfeuchtigkeit erblickte: zwei hell erleuchtete, gepflegte Aquarien. Im linken tummelte sich ein quirliger, bunt schimmernder Schwarm mittelgroßer Fische. Das rechte dagegen war nur knapp halb so groß und enthielt ein paar kleinere Exemplare.

„Gehören die Ihnen? Sind wunderschön. Muss ganz schön viel Arbeit sein!"

Karl drehte sich um und zuckte kurz mit den Mundwinkeln.

„Hab gestern auch eines gesehen, Meerwasser allerdings. Das hier sind wohl Süßwasserfische, oder?", fragte Orsini. Natürlich hatte er einfach geraten.

Diesmal kam ein eindeutiges Nicken retour mit einem kaum merklichen Aufblitzen von Stolz.

An der Wand über dem großen Aquarium bemerkte Orsini ein kleines Loch in der Tapete, wie von einem Nagel. Wenn man genau hinsah, konnte man einen schwarzen Rand sehen, den ein jahrelang an der gleichen Stelle gehangenes

Bild hinterlassen hatte. Orsini überlegte, wie er den Fisch vor sich wenigstens zur Produktion einer Sprechblase animieren könnte, und folgte Karl ins Wohnzimmer.

Dort setzte sich der Eindruck des Vorraums fort, nur dass alles in ein helleres Licht getaucht war, was den Verschleiß durch die Jahre an allen Ecken und Enden umso deutlicher zeigte. An der Decke hing ein weiterer großer Kristallluster. Zwei schmale Kastenfenster öffneten sich zur Zieglergasse hin und ein größeres auf die Westbahnstraße. Das zweiflügelige Erkerfenster zeigte genau auf die gegenüberliegende Kirche.

Der Herr sieht alles, fiel Orsini angesichts der erdrückenden baulichen Macht der Umgebung ein. Der kleine Tisch mit gehäkelter Decke war fein säuberlich mit Porzellan gedeckt. Darum gruppierten sich ein zweisitziges Sofa und zwei gemütlich wirkende Sessel mit hölzernen Armlehnen. Der Farbton des abgenutzten Ensembles lag irgendwo zwischen braun und grün. Orsini wagte nicht, sich zu setzten, zumal Karl jetzt in einem Nebenraum verschwand. Das knarzende Geräusch des Parkettbodens war zu hören und eine blässliche Frau kam, von Karl gestützt, aus dem Nebenzimmer auf Orsini zu.

Sie war das genaue Abbild Sophies, nur älter, aber auch zarter, ohne Schminke und sonstigem Glitzertand. Orsini verglich die beiden in Gedanken. Der Gegensatz in der Aufmachung hätte allerdings größer nicht sein können. Gekleidet in ein dunkelbraunes, abgetragenes Kostüm blieb sie vor ihm stehen. Über die Schultern hatte sie ein gelb-gemustertes Tuch geworfen – ein Tuch, das er schon einmal gesehen hatte: Judith Novak war die betende Frau in der Kirche gewesen.

„Sie sind wohl Herr Orsini?“, sagte sie mit weicher Stimme und reichte ihm geziert die Hand.

Sie fühlte sich wie Seidenpapier an, als Orsini sie ergriff. „Ja, und ich möchte mich auch gleich für mein ... außergewöhnliches Anliegen entschuldigen.“

„Da haben Sie recht, es ist in der Tat außergewöhnlich und ich verstehe überhaupt nicht, wie meine Tochter auf diese Idee kommen konnte. Aber setzen Sie sich dennoch, das gebietet schon allein die Höflichkeit."

Wieder entstand eine fast peinliche Stille, wie schon im Vorraum. Als Orsini endlich zu einer Frage ansetzte, kam ihm Judith Novak zuvor. „Wir haben Kaffee vorbereitet, falls Ihnen das konveniert."

„Keine Umstände meinetwegen ..."

„Milch? Zucker?"

„Ein Schuss Milch, kein Zucker, bitte."

„Ich ...", wollte Orsini von Neuem beginnen, wurde jedoch sogleich wieder unterbrochen.

„Darf ich Ihnen eine Mehlspeise offerieren?"

„Gerne, aber ich bin ein Mehlspeisenfanatiker und garantiere für nichts", versuchte Orsini das Eis zu brechen, was jedoch völlig misslang. Schweigend trank Judith Novak einen Schluck aus der Tasse.

„Wie ich schon sagte, Herr Orsini, verstehe ich überhaupt nicht, was meine Tochter dazu bewegt haben könnte, einen ..., Sie zu beauftragen. Das ist gerade jetzt völlig unpassend. Sie weiß überhaupt nicht, was sie uns beiden", mit einer Kopfbewegung deutete sie auf Karl, „damit zumutet!"

„Ich verstehe, was Sie durchmachen und ich werde auch versuchen, mich kurz zu fassen."

„Ich glaube nicht, dass Sie das verstehen können. Meine Gesundheit ist sehr angegriffen und jetzt noch das ganze Palaver im Viertel. Das ist kaum zu ertragen. Wenn ich Karl nicht hätte ..."

„Sie muss jetzt noch mehr Tabletten nehmen als früher", fügte Karl hinzu. Orsini blickte ihn erstaunt an. Es war seine erste Wortmeldung.

„Das tut ...", setzte Orsini an, wurde jedoch abermals von Judith unterbrochen.

„So war sie schon immer. Impertinent, hartherzig, auf den eigenen Vorteil bedacht. Anna ist da ganz anders." Ihr Blick schweifte abwesend durch das Fenster zur Kirche.

„Ich verstehe. Darf ich Ihnen aber trotzdem einige Fragen stellen?"

„Fragen Sie, deswegen sind Sie ja hergekommen!"

Orsini entschied sich für die höfliche Eröffnung: „Zuerst, möchte ich Ihnen mein Beileid ausdrücken."

„Danke."

„Wo ..., wo wurde Ihr Gatte eigentlich begraben?"

„Am Simmeringer Friedhof. Ein altes Familiengrab."

„Ich kenne den kleinen Friedhof", sagte Orsini, bekam aber keine Antwort darauf, weshalb er sich entschied direkter zu werden. „Hatte Ihr Mann Probleme? Das Posamentengeschäft ging ja nicht mehr besonders gut, wie ich gehört habe."

„Nein! Wir haben immer sehr sparsam gelebt und unsere Rechnungen pünktlich beglichen, da hat mein Mann, Gott hab ihn selig, besonderen Wert darauf gelegt. Kapriolen waren ihm fremd."

„Das meinte ich weniger. Es ist die Rede davon, dass er mit jemandem Streit hatte – vielleicht wegen der Bautätigkeiten nebenan?"

„Streit? Nicht das ich wüsste – natürlich hat ihn der Dreck gestört, aber darüber jammern ja alle hier."

„Und wenn er gedrängt worden wäre zu verkaufen?" Orsini hob betont langsam seine Tasse zum Mund, sah dabei von Judith zu Karl und fuhr fort: „Ein Angebot oder eine Anzahlung, hätte er Ihnen davon erzählt?"

Für den Bruchteil einer Sekunde meinte Orsini in Karls Augen ein Aufblitzen zu erkennen, das sich jedoch so schnell in einen leeren, wässrigen Ausdruck verflüchtigte, dass Orsini nachher nicht mehr sagen konnte, ob er sich den Moment vielleicht nur eingebildet hatte.

Während Karl nun seinen Blick gänzlich abwandte, fuhr Judith Orsini unerwartet scharf an: „Ein Anbot? Natürlich hätte ich davon gewusst, was glauben Sie!?“ und fügte mit Nachdruck hinzu: „Heinrich hätte das Geschäft nie verkauft!“

„Verstehe“, antwortete Orsini mit einer beschwichtigenden Geste. „Und ..., er hatte also keine Feinde, jemand, der ihm nach dem Leben trachtete, Drohbriefe?“

„Warum fragen Sie das? Ich verstehe nicht, worauf Sie hinauswollen! Der oder die Täter sind doch bereits von der Polizei arretiert worden. Gibt es denn einen Grund, daran zu zweifeln?“

„Vielleicht“, sagte Orsini und blickte sie dabei direkt an, bemerkte aber außer einer kleinen, zuckenden Bewegung ihrer Hand nichts Außergewöhnliches. Auch Karl zeigte keine Reaktion.

„Vielleicht?“

„Wissen Sie, ich hatte früher öfter mit Drogendelikten zu tun und weiß daher, wie sich Süchtige verhalten. Dass ein alter Mann auf eine solche Weise ermordet wird, bei dem es zudem – Sie entschuldigen – nicht übermäßig viel zu holen gab, ist doch sehr ... seltsam zumindest. Deshalb wäre es für mich wichtig, den Tatort in Augenschein nehmen zu können. Nur wenn Sie das gestatten, natürlich.“

„Herr Orsini, alles, was Sie uns bis jetzt gefragt haben, wollte schon die Kriminalpolizei von uns wissen, und das hat lange genug gedauert! Sogar Alibis wurden verlangt, ich empfand das als persönliche Demütigung! Ein Affront! Aber gut, das müssen die Herren Polizisten wohl machen, das ist ihre Aufgabe und die haben sie mit der Verhaftung der Tatverdächtigen erfüllt. Mehr möchte ich dazu nicht mehr sagen! Was Ihren Wunsch betrifft, den Tatort, wie Sie es bezeichnen, zu sehen, muss ich aus Pietätsgründen ablehnen, auch weil ich nicht glaube, dass Sie dort mehr finden als die Spezialisten.“

Orsini ließ seinen Blick durchs Zimmer schweifen. Auch hier hingen viele Bilder, meist kleine Landschaftsgemälde in schweren goldenen Rahmen. Er stutzte: Auf einer Biedermeierkommode klotzte ein schwerer siebenarmiger Kerzenständer. Was hatte der in einer gutbürgerlichen christlichen Wohnung zu suchen? Daneben waren verschiedene filigrane Porzellanfiguren aufgestellt. Alles fein arrangiert, jedoch unpassend kombiniert. Künstlicher Wildwuchs. Er spürte, wie seine Chancen noch etwas zu erfahren rapide schwanden. Jede einzelne Antwort war eine endlos schwere Geburt. Judith Novak wirkte zwar zerbrechlich, wie ihre Porzellanfiguren hatte sie aber eine harte Glasur.

„Diese Vorhänge und Kordeln“, versuchte er es von einer anderen Seite, „sind die aus dem Geschäft?“

„Ja natürlich, hat alles mein verstorbener Gatte ausgesucht.“

„Alles Handarbeit, vermute ich ...“

„Selbstverständlich! In der Kandlgasse gibt es noch eine Hinterhof-Manufaktur, dort hat er die Ware meistens bezogen, abgesehen von einigen seltenen Anfertigungen aus Italien.“ Judith zupfte ein Stofftaschentuch aus ihrem Ärmel.

„Wunderschön“, legte Orsini noch eins nach, stand auf und trat zu den Vorhängen. Insgeheim fand er den Geschmack eigenartig bis schrecklich. Dunkelrote Vorhänge und violette Kordeln hätte er woanders eher vermutet. „Sie haben Ihre Kinder hier in der Wohnung großgezogen? Oder leben Sie erst seit Kurzem hier ...?“

„Aber nein. Zu unserer Hochzeit haben meine Eltern uns diese Wohnung geschenkt.“

„Und Sie sammeln gerne Antiquitäten‘ , stellte Orsini anerkennend fest und fuhr möglichst beiläufig fort: „Stimmt es denn, dass Ihre Töchter schon sehr jung ausgezogen sind?“

Gläserne Kälte lag in Judiths Stimme als sie nach einer allzu langen Pause antwortete: „Ich weiß zwar nicht, was Sie das angehen sollte, aber Anna war ganz einfach frühreif für ihr Alter und Sophie ..., Sophie, glauben Sie, dass sie jetzt glücklich ist außerhalb der Familie und nach ihrer Scheidung?“ Sie war dabei umständlich aufgestanden und wandte Orsini schon den Rücken zu. Anscheinend hatte sie Schmerzen. „Mag sein, dass seine Erziehung zu altmodisch war und für Mädchen wahrscheinlich auch zu hart.“

Nicht nur für die beiden Mädchen, fügte Orsini im Geiste hinzu, während sich Judith Novak auf Karls Arm gestützt quer durch den Raum bewegte, *und dass das ohne Streit abgegangen sein soll, ist doch eine glatte Lüge!*

„Der Kaffee und die Mehlspeisen waren wirklich vorzüglich! “, versuchte Orsini einzulenken.

Doch Judith Novak war bereits mit einem knappen „Auf Wiedersehen“ samt Karl im Nebenzimmer verschwunden und hatte die Tür hinter sich geschlossen. Orsini war nun allein im Wohnzimmer.

Rasch erhob er sich und ging um den Diwan herum zu einer der Vitrinen. Sie beinhaltete ein bunt zusammengewürfeltes Sammelsurium an Kunstgegenständen. Eine Holzschatulle mit Einlegearbeiten, ein Fächer aus Elfenbein, alte Spielkarten, eine Vase mit Blümchenmuster. Jedes auf einzelnen Deckchen präsentiert. Auf einigen der gehäkelten Unterlagen stand jedoch nichts. Es schien also tatsächlich einen kleinen Ausverkauf zu geben. Allerdings, Wertvolles konnte er auf Anhieb nicht entdecken. Der Verlauf des Gesprächs hatte ihm diesbezüglich jedoch leider keine Fragen zugelassen, genauso wenig wie über die Mieteinnahmen.

Seitlich der Vitrine war eine schmale Tapetentür in die Wand eingelassen. Darauf klebten völlig unpassend zu Farbe und Muster der Tapete bunte Buchstaben. *Karl*, stand darauf. Orsini starrte die einzelnen Buchstaben ungläubig an. Der Mann war – wie alt? Dahinter jedenfalls lag das Zimmer, in dem seine Auftraggeberin das Kaufanbot gefunden hatte. Zu gerne hätte Orsini einen Blick hinein geworfen. Seine Hand bewegte sich auf den Türgriff zu – fuhr jedoch ins Leere, weil die Tür in diesem Moment von innen geöffnet wurde. Orsini zuckte erschrocken zurück. Karl war lautlos vor Orsini aufgetaucht und sah ihn ausdruckslos wie ein Fisch an. Perplex stierte Orsini zurück, bis Karl durch ein Räuspern zu verstehen gab, dass er Orsini hinausbegleiten wollte.

Verlegen nahm Orsini im Vorzimmer seinen Mantel vom Haken und überlegte fieberhaft, wie er den stummen Diener hinter sich zum Reden bringen könnte, als sein Blick auf das Aquarium fiel. „Ich bin ja völliger Laie, was Aquarien betrifft, aber so ein schön gepflegtes sieht man selten", begann er, „Müssen die Fische eigentlich jeden Tag gefüttert werden?"

„Ich füttere sie dreimal am Tag."

„Ist wohl sehr mühsam, immer alles sauber zu halten?"

„Macht mir nichts aus."

„Haben Sie auch so ... Reinigungsfische im Becken?"

„Sie meinen Putzerfische. Ja natürlich."

„Welche sind das?", fragte Orsini interessiert, da er nun glaubte einen Zugang zu Karl gefunden zu haben.

Karl zeigte mit dem Finger auf ein Exemplar. „Die dunklen, halten sich meistens auf dem Grund auf."

„Und diese silbrig glänzenden mit dem schwarzen Streifen?", versuchte Orsini, die zähe Konversation nicht versiegen zu lassen.

„Trauermantelsalmler ... aber ich muss jetzt ... meine Mutter ..."

„Natürlich", antwortete Orsini. Karl lebte offensichtlich in einem eigenen Aquarium, nur dass dessen Grenzen nicht aus Glas waren, dachte Orsini. „Komischer Name für einen Fisch, oder?"

„Gymnocorymbus ternetzi."

„Wie bitte?"

„Gymnocorymbus ternetzi, lateinisch."

„Interessant, aber schwer zu merken ..."

„Trauermantelsalmler passt im Moment besser."

„Da haben Sie leider recht, tut mir aufrichtig leid für Ihre Familie."

Karl schritt daraufhin ohne ein Wort zu sagen zur Tür und hielt sie Orsini auf.

„Hören Sie", startete Orsini einen letzten Versuch, „ich möchte, wenn das irgendwie machbar wäre, mit Ihrer jüngeren Schwester sprechen. Am besten zusammen mit Ihnen. Wäre das möglich, egal wann?"

Orsini merkte ein Zögern Karls, sah eine Chance und zückte daher eine Visitenkarte. „Es würde mir vieles erleichtern. Bitte kontaktieren Sie Ihre Schwester. Wie war noch ihr Name?"

„Anna", sagte Karl und sein Blick hellte sich kurz auf. Doch als aus dem Hintergrund Judiths Stimme erklang, verdüsterte sich sein Gesicht sofort wieder.

„Verstehen Sie, ich möchte Sie beide sprechen. Ich warte morgen ... auf der anderen Straßenseite. Gegenüber ist doch ein Gasthaus. Ich warte dort morgen von, sagen wir, siebzehn bis achtzehn Uhr auf Sie beide."

„Karl!!", rief Judith mittlerweile mit herrischer Stimme aus dem Nebenzimmer.

„Hier haben Sie meine Visitenkarte, also dann bis morgen. Zwischen siebzehn und achtzehn Uhr", wiederholte Orsini schnell und steckte Karl die Visitenkarte in die Jackentasche.

14

Kurz vor sechs blickte sie auf die Uhr. Endlich Ruhe. Flüchtig sah sie durch das Fenster in die beleuchtete Dunkelheit. Autos zogen ihre Lichtgirlanden. Ein stetiger, nur durch Ampelphasen unterbrochener Fluss. Eine halbe Stunde noch, dann musste sie gehen ...

Der ganze Tag war bis jetzt ein einziger Stress. Ein Kollege war erkrankt und sie hatte statt ihm an einer schier endlosen Befragung eines Mannes teilgenommen, bei der sich letztendlich herausgestellt hatte, dass er Teil einer mehrköpfigen Einbruchsbande war. Die Kollegen waren allerdings nicht gerade zimperlich mit ihm umgegangen. Als sie dies kritisiert hatte, war es zu einem heftigen Streit gekommen. Nun war sie mit ihrem eigenen Bürokram im Rückstand. Dann auch noch der Anruf aus dem Kindergarten: „... dann müssen Sie eben jemanden anderen organisieren, der Lilly abholt“, klang die bissige Stimme der Kindergärtnerin in ihren Ohren immer noch nach. Was nicht so einfach war. Eben nicht irgendjemanden, sondern jemanden, den Lilly mochte – der die Zeit, bis Paula von der Arbeit nachhause kam, überbrückte. Zu ihrer Erleichterung hatte Jeannet zugesagt. Sonst hätte sie wieder einmal alles liegen lassen müssen und sich zum Streit noch einen Rüffel dazu abgeholt.

Conrad hatte keine Ahnung, was sie hier oft durchmachte! Er lebte in seiner eigenen Welt und hatte sie nun auch noch in seine Angelegenheiten mit hineingezerrt. Warum hatte sie bloß versprochen, ihm zu helfen!? War er sich überhaupt bewusst, mit wem er sich da angelegt hatte?

Gespannt blickte sie zurück auf den Bildschirm des Laptops. Ihre Augen brannten und langsam begannen die Zeilen zu verschwimmen. Fahrig tippte sie auf der Tastatur herum und schüttelte verwundert den Kopf. Wieder gab sie eine neue Adresse ein. Sosehr sie sich aber auch dahinterklemmte, es schien schier unmöglich herauszufinden, wer hinter Immotreu steckte. Ein klassisches Sub-, wahrscheinlich sogar Sub-Subunternehmen. Von den im Firmenbuch angegebenen Geschäftsführern hatte sie bis jetzt keinen Einzigen erreicht. Die Namen allerdings wiesen Richtung Balkan. Fraglich, ob sie überhaupt existierten.

Unbewusst fuhr sie über die vernarbte Stelle an ihrer Wange und tastete damit hilflos an einer dunklen Stelle herum, die sie für immer mit Orsini verbinden würde. Sie hatten in der kurzen Zeit wohl zu viel und zu eng zusammengearbeitet, verdrängte sie den Gedanken aber rasch wieder. Seit Tagen wühlte sie für ihn im Sumpf, sofern Zeit dazu war und sie sich unbeobachtet fühlte. Gestoßen war sie auf ein Geflecht von Gesellschaften mit falschen Firmensitzangaben und gesperrten Telefonanschlüssen. Firmennamen wurden offensichtlich ständig ausgetauscht, einzig „Immo“ stand in irgendeiner Kombination meistens davor.

Dass er bei ihr babygesittet hatte, war nett von ihm gewesen – und danach ... Ob er eine Freundin hatte? Fast eine Stunde hatte er in der Kälte auf sie gewartet – und dann seine ungeschickten Annäherungsversuche! Das hatte sie an ihm immer besonders gemocht, dass man ihn so leicht in Verlegenheit bringen konnte.

Langsam driftete Paula wieder zurück in die Bürorealität. Eine Homepage zeigte einen strahlenden Bauarbeiter an einer nagelneuen Mischmaschine. Sein Arbeitsanzug war sauber wie frisch aus der Wäscherei. Paula glich die Firmennamen mit den polizeilichen Ermittlungen der letzten Monate ab. Gegen einige der Firmen waren anonyme Anzeigen eingelangt. Entweder aber wurde ihnen nicht nachgegangen oder man fand vor Ort keine Leute mehr, gegen die man vorgehen konnte. Paula zog das Telefon näher heran. Wählte danach eine private Handynummer und machte sich einen Termin für ein informelles Treffen aus.

Die wechseln ihre Firmenadresse wie andere Leute die Unterwäsche, versuchte sie es kopfschüttelnd trotzdem weiter. Conrad schien in ein wahres Wespennest gestochen zu haben. Ohne Hilfe aus anderen Abteilungen würde sie vermutlich nicht weiterkommen. Paula schaltete den Computer ab, machte eine kurze Entspannungsübung und warf einen Blick auf die Uhr. Was ihr das unschuldige Instrument anzeigte, ließ sie verhalten fluchen. Eilig raffte sie ihre Sachen zusammen, rannte die Treppe hinunter, vergaß, sich von den beiden Beamten am Eingang zu verabschieden und winkte hektisch nach einem Taxi.

15

Schon um dreiviertel fünf fand Orsini sich tags darauf vor dem Gasthaus „Zur Stadt Krems“ ein. Das Lokal lag in einem einstöckigen Pawlatschenhaus und rühmte sich mit dem „goldenen Schani“, was sich auf den urtümlichen Gastgarten im Hinterhof bezog. Mehrere schmiedeeiserne Laternen zierten die blassgelbe Fassade. Orsini überflog die *Spezialitäten des Hauses,* die in lehrerhaft verschnörkelter Kreideschrift auf einer Tafel angepriesen wurden: *Schweinsnierndln, Hirn mit Ei, Hirn gebacken.* Umgehend verschob er den Gedanken an das Essen auf später und betrat durch einen Windfang das Lokal.

Eine gute Weile studierte er dann doch die Speisekarte, die zu seiner Erleichterung nicht nur Spezialitäten umfasste. Alles, was die Wiener Gastronomie aus Böhmen, Ungarn und Italien übernommen hatte, wurde geboten. Vom einfachen Blunzengröstl bis zum hochherrschaftlichen Tafelspitz. Da sein Hunger nicht allzu groß war, entschied er sich für ein Paar Debrezinerwürstel mit Kren und Senf.

Zwanzig nach fünf. Orsini tunkte das letzte Stück Würstel in den Senf und genoss die Schärfe auf seiner Zunge. Weder Anna noch Karl waren erschienen.

Nachdenklich sah er sich um. Einen Tisch weiter saß eine ältere Dame über ihr Gulasch gebeugt, hatte eine Stoffserviette in den Ausschnitt gesteckt und aß bedächtig. Ein großes Bier stand vor ihr auf dem Tisch. Nur noch ein kümmerlicher Rest ohne Schaum füllte das untere Drittel des Glases. Um eine Ecke besser als in einem Altersheim zu versauern, fand Orsini und beobachtete den ruckeligen Zeiger der alten Pendeluhr an der Wand gegenüber.

Die Zuckerseiten: mutig, willensstark, spontan und durchsetzungsfähig, las Orsini nun schon zum wiederholten Male seine Eigenschaften auf der Vorderseite des Zuckerpäckchens durch. *Wenn's da steht, muss es ja stimmen!*, dachte er und nippte an seinem Bier. Langsam zweifelte er daran, dass Karl und seine Schwester Anna noch auftauchen würden.

„Sagn Sie, wartn Sie eigentlich auf jemand?“, fragte der Kellner und servierte den leeren Teller ab.

„Ein guter Oberkellner kennt das Verhalten seiner Kunden.“

„Ist nicht schwer, wenn jemand zum Beispiel immer zur Tür schaut!“

„Da haben Sie recht. Ich warte eigentlich auf einen Ihrer Nachbarn.“

„Wen denn?“

„Karl Novak, wohnt gleich gegenüber. Kennen Sie den?“

„Ob ich den kenne? Der kommt fast jedn Tag zu uns mittagessen. Aber dass sich der mit jemand trifft, ist eher ... na außergewöhnlich.“

„Ja, deswegen scheint er auch nicht zu kommen.“

„Was wolln S' denn von ihm?“

Orsini suchte nach einer passenden Antwort. Doch in diesem Moment ging die Tür auf und Karl trat in die Gaststube, allerdings ohne seine Schwester.

„Na, da haben S' ihn ja schon. Hallo Karl, das Übliche?“, fragte der Ober ihn.

Ein kurzes Nicken war die Antwort.

Gerade jetzt, wo er mit dem Oberkellner ins Gespräch gekommen war, ärgerte sich Orsini. „Danke, dass Sie sich die Zeit genommen haben“, begann Orsini trotzdem freundlich, „Ihre Schwester Anna ...?“

„Kommt gegen sechs“, antwortete Karl leise.

„Darf ich Sie einladen? ... Ach so, Sie haben ja schon bestellt, auf jeden Fall übernehme ich die Rechnung.“

Das Gasthaus schien ein beliebter Treffpunkt für gemeinsame Abendessen zu sein, denn mittlerweile waren mehrere

Tische besetzt. Gesprächsfetzen und Lachen waren zu hören, nur an ihrem Tisch kam keine Konversation zustande, so sehr Orsini sich auch bemühte. Vorsorglich hatte er sich im Internet verschiedene Seiten über Aquaristik angesehen, um sich mit Karl über sein Hobby unterhalten zu können. Aber es nützte alles nichts, Karl antwortete nur karg und einsilbig.

Nach längerem gemeinsamem Schweigen bestellte Orsini schließlich noch ein Bier, als die Eingangstür stürmisch aufgerissen wurde und eine Frau das Lokal betrat. Schnurstracks ging sie auf Karl zu und umarmte ihn. Orsini, der sich erhoben hatte, ließ sie demonstrativ links liegen und wandte ihm auch noch den Rücken zu. Sie trug einen eleganten schwarzvioletten Mantel mit Fischgrätmuster und gestricktem Kragen, den Orsini ausreichend lange von hinten betrachten konnte. Ohne Eile streifte sie ihre ledernen Handschuhe ab und legte sie sorgfältig nebeneinander auf den Tisch. Ein perfekt auf den Ton des Mantels abgestimmtes raulederenes Paar, das nur einen kleinen Fehler aufwies: An der Oberseite des rechten Handschuhs fehlte einer der vier quadratisch angeordneten und in Silber eingefassten Knöpfe aus Perlmutt. Neckisch lugte ein Stück abgerissener Zwirn aus der Lücke.

Orsini räusperte sich, trat einen Schritt zur Seite und machte eine zögerliche Andeutung, ihr aus dem Mantel zu helfen. Ohne seinen Versuch auch nur zu beachten, schlüpfte sie jedoch aus dem Mantel.

Es war klar, dass es sich um Anna handelte. Die Ähnlichkeit war einfach nicht zu übersehen. Beide Schwestern glichen ihrer Mutter. Anna stellte im Gegensatz zu Sophie allerdings die minimalistische Variante dar. Was ihre Körpergröße betraf ebenso wie bei ihrem Äußeren. Ihre langen, gepflegten dunklen Haare trug sie offen.

Ein raffiniertes, sicherlich teures schwarz-graues Kostüm brachte ihre Figur zur Wirkung. Neben einer eleganten, aber schlichten Uhr, trug sie als einzigen Schmuck eine einfarbige rote Korallenkette. Eine toughe Businessfrau, die es – im Gegensatz zu ihrer Familie – geschafft zu haben schien, dachte Orsini fasziniert, sah jedoch gleichzeitig auch die Zerbrechlichkeit der Mutter in der Gestalt der Tochter.

Endlich drehte Anna sich um und sagte: „Herr Orsini vermutlich?“ Sie streckte aber nicht die Hand aus, um ihn zu begrüßen, sondern verschränkte die Arme vor der Brust.

„Ja, Sie sind vermutlich Frau Novak?“, setzte Orsini an, wurde allerdings – wie schon am Tag zuvor von der Mutter – unwirsch unterbrochen.

„Was bilden Sie sich eigentlich ein, mich und vor allem meinen Bruder hierher zu bestellen!? Glauben Sie, ich habe nichts Besseres zu tun?!“, schleuderte Anna ihm zornig entgegen. Im Gastraum war es plötzlich still geworden und die anderen Gäste richteten ihre Blicke auf die drei.

„Wollen wir uns nicht zuerst einmal setzen“, erwiderte Orsini, schob betont höflich einen Sessel zur Seite und bot ihr den Platz an. „Darf ich Ihnen etwas zu trinken bestellen?“

„Nein danke, noch weiß ich nicht, wie lange ich überhaupt bleiben werde.“

Der aufmerksame Ober näherte sich dem Tisch. „Was darf ich Ihnen bringen?“, fragte er höflich.

„Nichts, danke einstweilen, vielleicht später“, antwortete Orsini.

„Ich möchte doch bestellen“, entgegnete Anna, die es sich aus Trotz anders überlegt hatte, „und zwar einen großen Braunen, bitte!“

„Einen großen Braunen“, wiederholte der Ober und entfernte sich.

„Also, was haben Sie zu Ihrer Entschuldigung zu sagen, Herr Orsini?“

„Ich habe Sie und Ihren Bruder nicht hierherbestellt, wie Sie erwähnt haben, sondern Sie beide lediglich ersucht, mit mir zu sprechen. Dass es unter Umständen für Sie ungelegen kommt und ich Ihnen wertvolle Zeit stehle, dafür entschuldige ich mich gerne."

„Was wollen Sie überhaupt von uns, und wie kommt meine Schwester dazu, Sie zu engagieren? Gibt es dafür einen Grund?"

„Natürlich gibt es einen Grund, um genau zu sein: mehrere."

„Und die wären?", erwiderte Anna betont gelangweilt.

„Wie Sie sicher bemerkt haben, wird in dem Viertel sehr viel gebaut. Wo gebaut wird, wird auch spekuliert. Ihr Vater dürfte Probleme mit einer Immobilienfirma gehabt haben und es scheint auch zu Streitereien gekommen zu sein."

„Und aus diesem Grund hat Sie meine Schwester aufgefordert Nachforschungen anzustellen?", fragte sie mit ungläubiger Betonung der Stimme.

„Nicht nur", fuhr Orsini fort. „Natürlich sind auch die Preise gestiegen und ..."

„Es geht meiner Schwester also ums Geld, das ist es doch, worum es ihr tatsächlich geht! Glaubt sie vielleicht, dass sie nicht genug erben wird?"

„Wenn Sie mich vielleicht ausreden lassen würden, dann könnte ich es Ihnen erklären! Wie Ihnen Ihr Bruder sicher bestätigen wird, hat es in letzter Zeit, bevor Ihr Vater – entschuldigen Sie das hässliche Wort – ermordet wurde, immer wieder Repressalien gegeben."
„Was meinen Sie damit konkret?"

„Geschäftsschädigendes Verhalten, Schmutz, Lärm ..."

„Das ist doch normal bei einer Baustelle", sah Anna Karl fragend an, der nur unbestimmt den Kopf wiegte, ansonsten jedoch schwieg. Wie schon am Vortag die Mutter, hatte jetzt Anna das Reden für ihn übernommen.

„Stimmt, es kommt allerdings auf das Ausmaß an. Und in diesem Fall scheint es Absicht zu sein, um die Bewohner zu vertreiben und dann die Häuser kaufen zu können. Kot vor der Tür, Schmierereien an Fassaden, eingeschlagene

Fenster. Wenn mich nicht alles täuscht, ist es Ihrem Vater auch so gegangen."

„Stimmt das Karl?" Anna sah Karl verunsichert an.

„Ich glaube schon, Vater hat sogar einmal mit dem Monsignore darüber gesprochen", entgegnete Karl leise.

„Monsignore Berthold von unserer Pfarre?", hob sich Annas Stimme.

„Ja."

„Und worüber genau?", fragte sie ungläubig.

„Weiß ich nicht", flüsterte Karl.

In diesem Augenblick kam der Ober mit dem Kaffee, stellte ihn auf den Tisch, bemerkte sofort, dass er störte und verschwand wieder.

„Außerdem gibt es Hinweise darauf, dass Leute angeheuert wurden, um die Bewohner zu verunsichern", fuhr Orsini fort.

„Was für Leute?" Auf Annas Stirn zeigte sich eine kleine Furche. Ihre Aggressivität hatte sich in so etwas wie zweifelndes Interesse verwandelt.

„Obdachlose, Süchtige eben, die vermutlich Ihren ..."

„Sie glauben also ernsthaft, dass diese Firmen die Leute bezahlen, um hier Unruhe zu stiften und die Alteingesessenen zu vertreiben", versuchte sie Orsini zu widersprechen.

„Ich glaube es nicht nur", sagte Orsini ruhig, „ich bin sogar überzeugt davon und es wäre auch nicht das erste Mal, dass so etwas passiert. Ich hatte schon öfter mit solchen Leuten zu tun. Sie sehen also, dass Ihre Schwester mich nicht wegen des Geldes engagiert hat." Davon war er zwar nicht überzeugt, behielt es jedoch für sich.

Karl wandte sich inzwischen zu seiner Schwester und flüsterte ihr etwas ins Ohr.

„Sie müssen Karl entschuldigen, er muss sich wieder um Mutter kümmern", sagte sie und umarmte ihren Bruder. „Wir sehen uns bald wieder, grüß Mutter von mir und sag ihr, dass ich in den nächsten Tagen vorbeischaue, sobald ich Zeit habe."

Karl richtete für einen Moment den Blick auf Orsini, verabschiedete sich durch ein Nicken und verließ das Gasthaus. Anna sah ihm hinterher, winkte dem Kellner und nahm die Weinkarte zur Hand. Orsini hatte die kurze familiäre Szene beobachtet und so etwas wie Sorge in Annas Blick erkannt. Er fand Anna äußerst attraktiv und fühlte sich auf eine unbestimmte Weise von ihr angezogen. Die feinen Gesichtszüge waren ein jüngeres Ebenbild der Mutter. Sogar die zerbrechlich wirkenden Hände hatte Anna von ihr geerbt. Nach außen hin hatte sie das Viertel ihrer Kindheit verlassen und gab die harte Businessfrau, doch Orsini ahnte, wie dünn Fassaden sein konnten. Der Ober war jetzt an den Tisch gekommen. Anna bestellte ein Glas Rotwein, den sie zu kennen schien.

„Entschuldigen Sie, dass ich vorhin so ...", sagte sie und fuhr sich durchs Haar.

„Ist schon okay, Sie müssen Ihren Bruder wohl ..."

„... beschützen, das wollten Sie doch sagen – und damit haben Sie auch recht."

„War er schon immer so?"

„Nicht ganz, aber seit wir beide, meine Schwester und ich, ausgezogen sind, hat es sich verschlechtert."

„Aber er hat doch mit Ihrem Vater im Geschäft gearbeitet – da hatte er doch mit verschiedensten Leuten Kontakt."

„Wo denken Sie hin! Vater ließ ihn doch nichts machen. Der hat ihn behandelt wie einen Lehrbuben. Höchstens das Lager aufräumen, hat er ihm erlaubt. Penibel wie er war, konnte es ihm ohnehin keiner recht machen und in sein Allerheiligstes durfte er sowieso nicht."

„Allerheiligstes?"

„Sein kleines Büro. Wir haben es immer so genannt, weil er niemanden hineingelassen hat."

„Wie war eigentlich die Beziehung zwischen Ihren Eltern", wagte sich Orsini weiter vor, da er spürte, dass die

Businessfrau, wenn schon nicht verschwunden, dann zumindest einstweilen beiseitegeschoben war.

„Welche Beziehung?“, antwortete sie mit Sarkasmus in der Stimme. „Was glauben Sie, warum es Mutter schon so lange nicht gut geht? Sie verlässt das Haus ja nur mehr, um in die Kirche zu gehen, alles andere erledigt Karl für sie. Ich habe ja schon vorgeschlagen, sie in einem ordentlichen Heim unterzubringen. Davon will sie aber nichts wissen und was ich mir da von verschiedenen Seiten anhören habe können, von wegen alte Leute abschieben. Dabei wollte ich nur Karl entlasten.“

„Haben Sie eigentlich Kontakt zu ihrer Schwester?“

„Nein, nur wenn es aus familiären Gründen nötig war oder ist.“

„Gab es oder gibt es einen Grund dafür?“

„Wie meinen Sie das?“

„Haben Sie sich gestritten?“

Bis jetzt waren ihre Antworten sehr schnell gekommen, doch nun schien Sie kurz zu zögern.

„Gestritten? Gestritten eigentlich nicht, auseinandergelebt. Andere Interessen.“

Ist wohl nicht die ganze Wahrheit, die sie mir erzählt.

„Hatte es mit Sophies Heirat zu tun?“, fuhr Orsini fort.

„Nein, damit bestimmt nicht, sofern man das Heirat nennen konnte. Aber Sie selber – haben Sie denn keine Geschwister?“, wechselte Anna überraschend das Thema.

„Ja, doch, eine Schwester“, entgegnete er verwundert.

„Und?“

„Und was?“, fragte er verwirrt.

„Na, wie ist Ihr Verhältnis zueinander?“

„Da muss ich nachdenken. Wir sehen uns relativ selten. Stehen uns aber doch nahe. Mein Vater ist sehr früh gestorben. Aber seit dem Tod meiner Mutter hat sich etwas zwischen uns verändert.“

„Das tut mir leid.“

„Was denn?"

„Dass Ihre Eltern ..."

„Ist schon lange her ... Wie hat eigentlich Karl auf den Tod seines Vaters reagiert?"

„Karl? Reagiert, am ehesten, indem er sich jetzt noch mehr um Mutter kümmert."

„Und um seine Fische", ergänzte Orsini lächelnd.

„Ja stimmt, vielleicht erzählt er denen, was er sonst nicht über die Lippen bringt."

„Er liebt seine Aquarien offensichtlich."

„Sind sein ein und alles. Und er weiß auch genau Bescheid. Schon als Kind war er immer im Zoo, später wollte er Tierwärter werden. Wäre wohl besser für ihn gewesen. Aber Vater ließ ihn nicht."

„Wer ist eigentlich der Kunstliebhaber in Ihrer Familie? Vermutlich Ihre Mutter, oder?"

„Mutter? Nein, die hat die Dinger gehasst, weil sie immerzu staubig waren. Es gab sogar Streit darüber. Damals konnten sie wenigstens noch streiten. Jedenfalls wurde für die kleinen Figuren eine Glasvitrine angefertigt."

„Das heißt Ihr Vater war der leidenschaftliche Sammler?"

„Leidenschaftlich? Nein, leidenschaftlich war er seinen Knöpfen, Kordeln und dem ganzen Posamentenkram gegenüber. Für Kunst hat er sich nie besonders interessiert, soweit ich mich erinnern kann."

„Dafür steht aber ganz schön viel herum."

„Ja, weiß auch nicht, wo er das Zeug herhat. Dürfte aber alles nicht besonders viel wert sein. Ich hab nämlich einmal eine kleine Figur heimlich schätzen lassen", sagte sie mit einem verstohlenen Ausdruck im Gesicht. „Die haben mich nur mitleidig angesehen und gesagt: ‚Vielleicht wenn ein Sammler ... gerade dieses Stück ... aber eher nicht!' Einmal war allerdings ein Bekannter da, und die beiden haben sich alles angesehen. Vladimir, für uns war er immer Onkel Vlad, er ist Altwarenhändler. Er hat sich fast nur für die Bilder interessiert."

Orsini genoss es, mit ihr zu plaudern. Anna schien endlich entspannt. Sie hatte die Rolle, die sie im Arbeitsleben spielte, genauso abgelegt wie ihren Mantel und die violetten Handschuhe. Orsini hatte noch ein paar Fragen, die er unbedingt beantwortet haben wollte. Er wurde unvorsichtig. „Sagen Sie, in der Nacht als Ihr Vater ermordet wurde ..."

„Ja."

„Da waren Sie doch bei Ihrer Mutter in der Wohnung, um Ihrem Bruder zu helfen?"

„Ja, worauf wollen Sie hinaus?"

„Hatte das einen bestimmten Grund, oder haben Sie öfter dort übernachtet?"

„Natürlich habe ich öfter dort übernachtet und der Grund war der schlechte Gesundheitszustand meiner Mutter. Ich versuchte Karl behilflich zu sein, ihn zu entlasten."

„Ja stimmt, das haben Sie auch als Ihr Alibi ..." Orsini biss sich zu spät auf die Zunge, doch das Wort war ausgesprochen und tat seine Wirkung.

„... mein Alibi angegeben, wollten Sie doch sagen."

Orsini hätte sich am liebsten geohrfeigt. Mit diesem einen Wort hatte er die Stimmung zerstört und jeder Reparaturversuch war zum Scheitern verurteilt. Annas Körperhaltung hatte sich augenblicklich verändert. War sie noch vor einer Sekunde fast herumgelungert, saß sie jetzt aufrecht da und Orsini hatte wieder die kühle Businessfrau vor sich.

„Wie ich schon sagte, ging es meiner Mutter nicht besonders gut. Mein Bruder hat mich ersucht, ihm zu helfen. Ich verbrachte die Nacht wie schon öfter zuvor in der Wohnung, um ihn zu entlasten und auch, um bei meiner zu Mutter sein. Das können Sie im Protokoll der vernehmenden Kriminalbeamten gerne nachlesen. Sie scheinen ja die besten Kontakte zu haben! In dieser Nacht ging es ihr besonders schlecht und deshalb entschloss ich mich zu bleiben. In der Wohnung gibt es ein Gästezimmer. Ist das genug, oder wollen Sie auch noch wissen, wie ich mich ausgezogen habe oder ob ich nackt geschlafen habe?“ Nach dieser aggressiv vorgetragenen Rede stand sie abrupt auf, würdigte Orsini keines Blickes mehr und verließ in gleichem Tempo wie sie gekommen war das Gasthaus. Wütend auf sich selbst rief Orsini den Kellner um zu zahlen, nahm zerknirscht das Zuckerpäckchen in die Hand und las auf der Rückseite: *Negative Seiten: ungeduldig, launisch, neigt zu Zorn.*

„Scheiße, vor allem ungeduldig!“ Orsini fluchte so laut, dass sich alle Gäste nach ihm umdrehten, während er das Päckchen Zucker in Einzelteile zerlegte und sich die Körner über dem Tischtuch verteilten. Im Augenblick war ihm allerdings komplett egal, was die anderen Gäste dachten. Hektisch überschlug er im Kopf die konsumierten Getränke, schmiss einen Geldschein auf den Tisch und schnappte seinen Mantel. Beim Verlassen warf er dem Ober einen entschuldigen Blick zu und einen im Weg stehenden Sessel um.

Anna konnte noch nicht weit weg sein, dachte er und suchte die Straße nach ihr ab. Weder links noch rechts war sie zu sehen. Orsini entschied sich kurzerhand für die wahrscheinlichere Richtung – nämlich zur Westbahnstraße – und lief los. Aus den Augenwinkeln warf er einen flüchtigen Blick auf den hell leuchtenden Kristallluster im Wohnzimmer der Novaks. Eine Person, mehr die Ahnung davon, stand am Fenster und sah auf ihn herab.

An der Kreuzung entdeckte er Anna. Sie ging die Westbahnstraße stadtauswärts entlang, knappe fünfzig Meter vor ihm, und schickte sich gerade an, die Straße zu überqueren. Orsini hatte schon ihren Namen im Mund, um ihr nachzurufen, hielt sich jedoch zurück. Eigentlich hatte er erwartet, sie vor der Straßenbahnstation oder auf dem Weg zur U-Bahn einzuholen. Suchte sie gerade ihr Auto? Orsini überquerte ebenfalls die Straße. Anna war nun in die Schottenfeldgasse abgebogen und er beeilte sich, um sie nicht aus den Augen zu verlieren. An der Ecke sah er verblüfft um sich. Anna war verschwunden. Keine fünfzehn Sekunden waren vergangen, seit sie abgebogen war. Verwirrt blieb er stehen und wartete auf das Anspringgeräusch eines Autos. Eine Minute ging vorüber, aber nichts dergleichen geschah. Er bog in die Gasse ein, überlegte, wie weit sie in der kurzen Zeit gekommen sein konnte, und landete dann nur wenige Meter entfernt vor dem Altwarengeschäft Vladimir Tandlers.

Verstohlen blickte er durch die Auslagenscheibe.

Die vorne zur Schau gestellten Antiquitäten waren in schwaches Licht getaucht, nach hinten wurde es zunehmend dunkler. Den roten Vorhang, hinter dem der Alte bei seinem ersten Besuch verschwunden war, konnte Orsini gerade noch erkennen. Er war zugezogen. Durch einen Spalt drang Licht.

War Anna in dem Geschäft? Angestrengt starrte er auf den Vorhang. Nichts bewegte sich. Langsam schlich er zur Eingangstür des Geschäfts und nahm die Türklinke in die Hand. Er konnte sich nicht mehr an eine Türklingel erinnern und hoffte inständig, dass es keine gab. Vorsichtig drückte er die Schnalle nach unten. Nichts geschah. Kein Klingelton. Versperrt. Durch die verglaste Tür hatte Orsini jedoch einen besseren Blick auf den roten Vorhang. Rauch stieg aus dem Spalt hoch, der Vorhang flatterte ein wenig, eine Hand in einem violetten Handschuh zog den Vorhang zu.

Allmählich kroch Orsini die Kälte über den Rücken. Er musste sich bewegen. Drinnen tat sich nichts, also trabte er schließlich davon. Ziellos marschierte er um die Häuserblocks und wechselte ständig die Richtung wie die Gedanken in seinem Kopf. Nach einer Weile kam er am Denkmalbrunnen des Lieben Augustins vorbei und setzte sich trotz der Kälte auf eine Bank. Die Familie Novak und vor allem deren jüngstes Mitglied gingen ihm nicht aus dem Kopf. Anna!

Trotz ihres zuerst abweisend ruppigen Auftretens hatte er sich sofort zu ihr hingezogen gefühlt. Hinter ihrer Fassade steckte mehr. Versteckte sich nicht auch ihre ältere Schwester hinter einer solchen, allerdings anders gearteten, aus Schminke und Tand? Fassaden, die nun zu bröckeln begannen, ähnlich wie die des kleinen Gewerbeviertels.

Orsini saß in sich versunken auf der Bank. Autos zogen wie zu jeder Tages- und Nachtzeit an dem kleinen Platz vorbei, wo sich der Legende nach das Kommandozelt des osmanischen Oberbefehlshabers und Großwesirs Kara Mustafa während des zweiten Türkenkrieges befunden hatte. Eine kleine, vormals goldene, durch den Schmutz der Großstadt aber nun schmutzig-graue Reiterfigur in einer Nische gab darüber Auskunft. Durch seine erhöhte Lage gegenüber der Hofburg hatte der Platz zu jener Zeit strategische Bedeutung. Außer den türkischen Besatzern erkannte hunderte Jahre später auch Napoleon dies und ließ dort seine Kanonen für die Belagerung der Stadt aufstellen.

Allmählich registrierte Orsini die zunehmende Kälte, die sich in seinem Körper ausbreitete. Er erhob sich und verabschiedete sich mit ungelenken Turnübungen von dem historischen Ort. Das Lied des Lieben Augustins dudelte ihm lautlos hinterher. Seit längerem hatte Orsini keine oder wenn, dann nur äußerst kurze Beziehungen zu Frauen gehabt. Nun waren ihm innerhalb weniger Tage drei attraktive Frauen begegnet. Die Bankangestellte Anneliese war zugegebenermaßen nichts als eine flüchtige Bekanntschaft, der er auch gleich beim ersten Rendezvous einen Korb gegeben hatte, Anna nicht einmal das. Paula hingegen?

Er überquerte die Neustiftgasse, hastete an der Statue des heiligen Nepomuks vorbei und registrierte beiläufig das namensgleiche Schild des kleinen Cafés darunter. Das hier beginnende Stöckelpflaster wies ihm unbewusst den Weg, vorbei an der hoch aufragenden Ulrichskirche mit ihren vier stummen Figuren auf dem Treppenabsatz, dem historischen

Zentrum des ganzen Bezirks. Wie die kleinen, verwinkelten Gassen verliefen seine Gedanken kreuz und quer. Sollte er Anneliese noch einmal anrufen? Vordergründig hatte er sie wie auch Anna dazu benutzt, um an Informationen heranzukommen ... Orsini blieb hinter der Kirche stehen und betrachtete die beleuchtete Pestsäule. Mehr, um auf andere Gedanken zu kommen, als aus Interesse las er die vor der Säule angebrachte Hinweistafel: *Hier an dieser Stelle hat sich die Pestgrube befunden, in die das Wiener Original, der „Liebe Augustin", betrunken hineingestolpert ist.* Hineingestolpert – war Heinrich Novak in etwas hineingestolpert, das ihm zum Verhängnis geworden war? Pestgruben waren die Baustellen rund um sein Haus zwar nicht, Schlafstelle für Betrunkene zumindest schon. Nachdenklich zog Orsini die buckligen, mit Kopfsteinpflaster ausgelegten Gassen entlang. Langsam begann er ein Gefühl für die Gegend zu entwickeln. Einem Spürhund gleich zog es ihn die Siebensterngasse und die sie quasi verlängernde Westbahnstraße entlang zurück zum Novakschen Viertel, wie er es für sich nannte. War der alte Posamentenhändler tatsächlich von diesem jungen Süchtigen ermordet worden? Die Lösung dazu lag irgendwo hier verborgen, zwischen den alten Gründerzeithäusern und den Hinterhöfen!

Die beiden Töchter hatten es – so viel bis jetzt herauszubekommen war – mit der altmodischen Erziehung und der Sparsamkeit des Alten nicht leicht gehabt und wohl deshalb ihre Sachen gepackt, um ein neues Leben zu beginnen. Die eine so, die andere so. Die Mutter der beiden schien eine gebrochene Frau, die versuchte, den Schein einer intakten Familie aufrecht zu erhalten. Offensichtlich flüchtete sie sich in Medikamente, Religion und das letzte ihr verbliebene Kind. Grausam für beide, schauderte Orsini, der nun begann, sich über Karl den Kopf zu zerbrechen.

Wie der kleine Hund der Witwe Bolte, kam ihm die Szene im Werkzeuge-und-Waren-aller-Art-Laden in den Sinn. *Ständig an der Leine und Ziel aller Liebe.* Sophie hatte ihn als berechnend geschildert, ihre Schwester Anna als schutzbedürftig. „Vater hat ihn wie einen Lehrbuben behandelt“, hatte Anna gesagt und dann noch von einem „Allerheiligsten“ gesprochen, in das ihn der Alte nicht hineinließ.

Dieser Onkel, dachte Orsini fröstelnd nach. Lohnte es, nach ihm zu suchen? Hatte Heinrich ihm etwas anvertraut? Die übrigen Familienmitglieder waren ja nicht gerade gesprächig gewesen. Mit traurigem Ausdruck im Gesicht sah der kleine Mohr, eine der unzähligen Nischenfiguren des Viertels, zu, wie ein gehetzt wirkender Mann mit offenem Mantel zum wiederholten Mal unter ihm vorbeizog.

17

Taufe, Firmung, Kommunion, Trauung, Beichte und Salbung, Gottesdienst täglich achtzehn Uhr, las Orsini am nächsten Tag auf der Homepage der Pfarre des Monsignore Mag. Marcel Berthold. Ein Rundumservice von der Wiege bis zur Bahre. Das amateurhaft aufgenommene Foto zeigte einen korpulenten Mann mit einem strahlenden Gesicht. Darunter stand eine Telefonnummer. Kurz war er versucht, direkt den Herrn anzurufen, entschied sich aber dagegen. Ein Gespräch von Angesicht zu Angesicht war nicht durch ein Telefonat zu ersetzen.

Um Punkt siebzehn Uhr fand er sich also vor dem Eingang der Pfarrkanzlei, die direkt an das Kirchengebäude angebaut war, ein. Geschmiedete Gitter vor den Fenstern, eine eisenbeschlagene Tür – das alles lud nicht gerade zum Eintritt. Die Tür war zu seiner Überraschung aber nur angelehnt, und dahinter lag eine Einfahrt mit kleinem verwinkeltem Innenhof. Orsini ging an einer Tür mit der Aufschrift „Aussprachezimmer“ vorbei. *Nannte man früher Beichtstuhl,* schüttelte er verwundert den Kopf. Die neuen Zeiten ließen sich durch geschmiedete Fenstergitter und Eisentüren eben auch nicht aufhalten.

Eine enge gewundene Steintreppe führte in den ersten Stock, wo die eigentliche Kanzlei lag. Auf einem düsteren Korridor befanden sich drei Türen. Orsini klopfte an die erste und hörte ein „Herein.“ Das Büro war sparsam eingerichtet, eine Klosterschwester mit Lesebrille saß an einem Schreibtisch und arbeitete am Computer.

„Grüß Gott, ich würde gerne Monsignore Berth...“

„Monsignore hat gerade einen Termin und danach Abendgottesdienst, da will er nicht gestört werden.“

„Wann wäre es denn sonst möglich?“

„Worum geht es denn?“

„Ist etwas ... Persönliches."

„Ja warten Sie, nächste Woche ist es ganz schlecht und ..." Die Schwester blätterte in einem Terminkalender. „Und übernächste Woche ist er in Rom. Ist es sehr dringend?"

„Ja, schon", antwortete er mit einem hilfesuchenden Ausdruck im Gesicht.

„Hm, Sie können versuchen, ihn vor der Messe zu sprechen" , sagte sie mit verschwörerischem Ton in der Stimme, „aber von mir wissen Sie das nicht!"

„Ich weiß doch nicht einmal wie Sie heißen, also könnte ich Sie gar nicht verraten. Würden Sie mir nur noch sagen, wo ich ihm am besten auflauern könnte?"

„Vor der Messe muss er durch den Korridor, wenn Sie auf der Bank vor der Tür einstweilen Platz nehmen, können Sie ihn nicht verpassen. Nur wie gesagt, viel Zeit, wenn überhaupt, wird er nicht für Sie haben."

Bank war eine höfliche Umschreibung für ein wackeliges, ungemütliches Holzgestell ohne Lehne und Polsterung. Orsini konnte schon nach wenigen Minuten nicht mehr darauf sitzen. Das Wort Folter davor würde das Ding zutreffender beschreiben, murmelte er und stand auf. Ärgerlich versuchte er seine eingeschlafenen Beine wieder zu beleben und ging im Korridor auf und ab. Zwanzig nach fünf – weder der Monsignore noch sonst jemand war zu sehen. Orsini nahm wieder Platz, glitt unaufhaltsam nach vorne und verfluchte das Ding leise. Schließlich schnappte er den „Kirchlichen Boten" vom Fensterbrett, faltete ihn zusammen und legte ihn unter die Bank. Wenigstens war sie damit in der Waagrechten. Zwanzig vor sechs – niemand ließ sich blicken, als die Kanzleitür wieder aufging und die Klosterschwester daraus hervorlugte. Mit Erstaunen in der Stimme sagte sie: „Ah, Sie sind immer noch da und warten."
„Tja", erwiderte Orsini und rutschte auf der Bank hin und her.

Die Schwester verabschiedete sich mit einem geheimnisvollen Lächeln und verschwand in ihrer Kanzlei. Aus einiger

Entfernung hörte Orsini endlich Stimmen und stand erwartungsvoll auf. Es waren aber nur zwei Buben, die mit Messgewändern in den Händen an ihm vorbeiliefen. Danach vergingen noch weitere Minuten, bis endlich ein genervt wirkender Pfarrer vorbeikam. Stattliche Figur, rundliches Gesicht und konzentrierter Blick. Seine Finger nestelten an den Knöpfen seines Hemdes herum, während er wie eine Dampfwalze auf Orsini zustrebte, ohne ihn besonders zu beachten.

„Monsignore Berthold?"

„Ja ...", erwiderte der Pfarrer und runzelte die Stirn.

„Conrad Orsini, dürfte ich Ihnen ein paar Fragen stellen?"

„Das tut mir leid, ich muss mich für die Abendmesse vorbereiten." Der Pfarrer blickte missmutig unter die Bank. „Waren Sie das?", deutete er auf die untergelegte Zeitung.

„Ja", gab Orsini zu, „man kann unmöglich länger darauf sitzen, die sollten Sie dringend austauschen!"

Der Monsignore sah ihn strafend an und seufzte tief: „Wie ich schon sagte, in zehn Minuten beginnt die Messe, und ich muss mich umziehen. Lassen Sie sich einen Termin bei Schwester Eleonore in der Kanzlei geben." Er ließ Orsini stehen und marschierte davon.

Orsini hatte nichts zu verlieren und rief dem Pfarrer hinterher: „Nur fünf Minuten, Monsignore. Es geht um Heinrich Novak und die Immobilienfirmen."

Der Pfarrer hielt für einen Moment an, strich unentschlossen die Soutane zurecht und setzte sich wieder in Bewegung. Aufmerksam hatte Orsini diese Reaktion wahrgenommen. „Hören Sie, ich bin von der Presse", log er.

„Von der Presse?" Der Monsignore blieb stehen. „Nun gut, kommen Sie mit, wir können ja sprechen, während ich mich für die Messe umziehe."

In der Sakristei duftete es nach Kerzen vermischt mit Weihrauch. Ein junger, blässlich wirkender Geistlicher mit Hornbrille hatte schon auf den Pfarrer gewartet, um ihm in das Messgewand zu helfen, was beim Doppelkinn des Geistlichen zu gröberen Komplikationen führte. Der Monsignore schien den kulinarischen Genüssen dieser Welt nicht abgeneigt. *Ein Bacchant*, dachte Orsini mit einem Blick auf die Nase und die rot-blauen Äderchen auf der Wange. *Huldigt entweder dem einen oder dem anderen Gott – je nach Bedarf.*

Umständlich hatte der Pfarrer jetzt auf einem mit Plüsch bezogenen Sessel Platz genommen und der junge Priesteranwärter kniete nieder, um ihm die Schuhe auszuziehen. „Also ...“, begann er mit fragender Miene.

„Ich bin von der Presse“, log Orsini erneut, „und mir ist zu Ohren gekommen, dass hier im Viertel einiges im Argen liegt. Das dürfte im Zusammenhang mit der regen Bautätigkeit und den damit verbundenen Immobilienspekulationen stehen.“ Er machte eine Pause und bemerkte, wie der junge Geistliche neugierig die Ohren spitzte. „Der Mord an dem alten Posamentenhändler Heinrich Novak scheint sozusagen die Spitze des Eisbergs zu sein“, war das Letzte, was Orsini vorbringen konnte. Denn nun bekam er eine Predigt zu hören, bei der nur einer das Sagen hatte. Der Monsignore erhob sich und vermittelte schon allein durch das Messgewand zusätzliche Autorität.

„Dass hier einiges im Argen liegt, wie Sie sich ausgedrückt haben, ist sogar mehr als richtig. Schreiben Sie das ruhig in Ihrer Zeitung! Was hier zurzeit stattfindet, ist ein moralischer Ausverkauf. Verfall, Korruption, Geschäftssucht, Drogen! Wir sind hier das einzige Bollwerk gegen diese üblen Machenschaften.“ Er sah den jungen Geistlichen an, der zustimmend nickte und mit übertriebener Sorgfalt an den Falten des Messgewandes herumzupfte. „Und jetzt auch noch ein Mord und noch dazu an einem untadeligen Geschäftsmann! Gott sei seiner Seele gnädig. Obwohl er seinen kirchlichen Pflichten nur sehr selten nachgekommen ist, war er doch ein anständiger, rechtschaffener Mensch, dem ich helfen konnte, nicht vom Weg abzukommen.“

Nach diesen, von den lichten Höhen einer imaginären Kanzel vorgetragenen Worten stieg Monsignore nun tiefer zum Kirchenvolk herab und fuhr mit Fakten fort: „Heinrich Novak war ja nur selten bis gar nicht bei uns in der Kirche, weshalb es mich schon sehr gewundert hat, dass er vor wenigen Wochen zu mir gekommen ist. Seine Frau allerdings zählt trotz ihrer angegriffenen Gesundheit zu unseren häufigsten Besuchern, weshalb ich ihm zuhörte. Er hat mir von seinem schon bisher schlecht gehenden Geschäft erzählt. Dass der ständige Schmutz und Lärm zusammen mit den zunehmenden Vandalenakten ein Überleben seines Geschäftes unmöglich mache. Wie Sie vielleicht gesehen haben, ist sein Haus förmlich in die Zange genommen worden und er wurde auch persönlich unter Druck gesetzt. Man könnte von Erpressung sprechen, wenn ich ihn richtig verstanden habe. Er schien mir in einer verzweifelten Lage und wusste, dass ich der Einzige bin, der gegen diesen Ausverkauf ankämpft, wenn auch mit geringeren Mitteln als unsere Gegner. Er war also drauf und dran, den Widerstand aufzugeben und das Haus zu verkaufen."

Der junge Geistliche war nun fertig, ging zu den beiden Ministranten und wies ihnen letzte Aufgaben zu. Danach schritt er zur Tür in den Kirchenraum, nahm den Griff in die Hand und wartete auf ein Zeichen des Monsignore, um zu öffnen und die Messe zu beginnen.

„Ich bin mir aber ganz sicher, dass ich ihn überzeugen konnte nicht zu weichen! Auch wenn das finanzielle Angebot noch so verlockend klang, habe ich ihm geraten, Anzeige gegen diese Firma zu erstatten. Schauen Sie sich nur unsere Kirche an, warum glauben Sie, müssen wir renovieren?"

Orsini zuckte mit den Schultern.

„Weil durch die Grabungsarbeiten am Nachbarhaus das Fundament der Kirche beschädigt wurde. Schreiben Sie das ruhig auch. Riesige Sprünge im Seitenaltar – was das kostet, können Sie sich vorstellen!"

Der junge Mann an der Tür wurde nun sichtlich nervös und gab einen Laut des Unmuts von sich, aber Monsignore war – einmal in Fahrt gegen das Übel gebracht – nicht mehr zu stoppen. „Spekulation, Vandalismus, Drogen und Mord!“, wiederholte er lautstark und fuhr fort: „Wissen Sie, wie ich den alten Posamentenhändler überzeugen konnte? Indem ich ihn im Glauben an seine Familie stärkte. Dass er trotz seines Alters für seine Frau und auch für seine Kinder da sein müsse.“ Mit diesen Worten gab er ein Zeichen, die Tür zu öffnen. Orsini konnte nun direkt in den beinah leeren Kirchenraum blicken und sah Judith Novak mit ihrem gelben Kopftuch in der ersten Reihe sitzen.

„‚Gott sieht alles‘, hat er noch zu mir gesagt – erstaunliche Aussage für einen Atheisten wie ihn, oder?“ Der Pfarrer schaute Orsini eindringlich an. „Übrigens.“ Er machte eine geheimnisvolle Pause. „Intern nennen wir die Bank Folterbank.“

Die Ministranten läuteten die Messe ein und der Monsignore eilte mit ihnen ins Kircheninnere davon. Orsini blieb allein in der Sakristei zurück.

Gott sieht alles – was hatte Heinrich Novak damit gemeint, fragte sich Orsini, während er die Sakristei verließ und durch die nur schwach beleuchteten Gänge den Weg ins Freie suchte.

Eine Straßenbahn fuhr gerade in die Haltestelle auf der anderen Straßenseite ein und Orsini rannte los, um sie nicht zu verpassen. Dröhnend läuteten die Glocken hoch oben im Turm und ermahnten die Gläubigen, ihren Pflichten nachzukommen. Nebel war aufgezogen und es hatte zu nieseln begonnen. Mit einem Umweg über das Café Westend, wo er sich zwei Magazine und eine Melange genehmigte, fuhr er gegen halb neun nachhause, um sein Werkzeug zu holen.

An aus, an aus – funktionierte einwandfrei. Orsini war zufrieden. Die im Zuge der Ermittlungen erworbene, historisch wertvolle Akkutaschenlampe arbeitete klaglos. Rasch verstaute er noch die restlichen Geräte in seiner Jackentasche. Ein paar Minuten nach elf Uhr nachts machte er sich auf den Weg und kurz nach halb zwölf stand er auf dem Gehsteig gegenüber dem Posamentengeschäft. In der Wohnung darüber brannte Licht. Er ließ zwei angeheiterte Passanten vorbeigehen und nahm dann den Weg, den er schon einmal genommen hatte. Diesmal war es allerdings später und außerdem Samstagnacht, sodass mit Bauarbeitern und Ingenieuren nicht zu rechnen war. Der Hof schien menschenleer. Feucht-kalter Nebel hing über den Innenhöfen und verhinderte allzu weite Sicht. Orsini sprang über die Mauer, diesmal, ohne sich Kratzer zu holen. Vor der Tür zum Hintereingang des Posamentengeschäfts nahm er ein kleines Etui aus seiner Jackentasche, holte das Werkzeug heraus und begann, die Tür zu bearbeiten. Schmunzelnd dachte er dabei an seine ersten unbeholfenen Versuche mit Dietrichen. Für dieses altertümliche einfache Schloss genügten Orsinis Künste jedoch vollauf. Ein leises *Klack* war zu vernehmen und er lauschte kurz in die Nebelsuppe. Nichts. Langsam zog er die Tür gerade soweit wie nötig auf, huschte hinein, und wurde sogleich von der Dunkelheit im Inneren verschluckt.

Der Raum verströmte einen eigentümlichen Geruch. Orsini schaltete die Taschenlampe ein und hielt die Hand davor. Er befand sich in einer Art Vorraum. Rechts neben der Hoftür türmten sich in einem Regal verschiedene übereinandergeschlichtete Stoffballen. Linker Hand befand sich eine schmale Tür. Sie war unversperrt. Er öffnete sie und leuchtete in den Raum. Der Geruch nach altem Stoff und Moder war hier noch stärker. Dazu stieg ihm ein unangenehm scharfer Gestank in die Nase. Desinfektionsmittel? Was hatte der Alte hier aufbewahrt? Chemikalien? Auf den Regalen lagen wie im Vorraum Stoffballen und Posamentenartikel.

Auf dem nackten Betonboden standen allerdings Schachteln und Kartons. Vorsichtig öffnete er einen davon – wieder nur Fransen und Borten. Doch dazwischen lagen weiße Kugeln verstreut – Insektizide, griff er sich an den Kopf, natürlich gegen Motten. Behutsam schloss er die Tür wieder und öffnete danach eine weitere, die in den Verkaufsraum führte.

Durch die Auslagenscheiben drang diesiges Licht von der Straße, deshalb knipste er rasch seine Taschenlampe aus. Der hölzerne Boden gab bei jedem Schritt knarzende Geräusche von sich. Orsini fühlte sich seltsam aufgeregt und wach zugleich. Seine Augen hatten sich mittlerweile so an die Dunkelheit gewöhnt, dass er Farbunterschiede erkennen konnte. In diversen offenen Holzkästen befanden sich Quasten und Schnüre sowie kunstvolle Besätze in Gold- und Silbertönen, wie man sie von Uniformen kannte. Auf dem Verkaufspult thronte eine antiquierte silberne Kassa inklusive Drehkurbel. Daneben standen Schächtelchen und Kleinzeug sorgfältig geordnet. Alles schien so zu sein, als hätte der Besitzer gerade den Laden verlassen, um auf einen Sprung irgendwohin zu gehen. Die Fläche hinter dem Verkaufspult nahm eine riesige Schrankwand mit einer Unzahl an Schubladen ein. Die auf den Griffen angebrachten Kärtchen waren noch in Kurrent beschriftet. Orsini trat näher. Häkelbesätze, Gimpen, Fransen, Raffhalter konnte er mit Anstrengung lesen.

Er war so vertieft in seine Nachforschungen, dass ihn das Geräusch komplett überraschte. Instinktiv duckte er sich hinter das Pult. Sein Puls hämmerte ihm augenblicklich die Ohren zu, als wollte jemand Nägel in seinen Kopf schlagen. War jemand im Geschäft? Hatte man ihn doch beim Eindringen beobachtet? Orsini versuchte, trotz der stickigen Luft ruhig zu atmen. Vorsichtig spähte er über die Kante des Verkaufspultes. Durch die schmutzige Auslagenscheibe erkannte er eine auf der Straße vorbeischlendernde Gruppe Jugendlicher. Sie hatten Bierflaschen in der Hand und prosteten einander zu. Eine leere Dose landete scheppernd auf dem Gehsteig. Gesprächsfetzen, lautes Gelächter – Orsini wartete, bis alles verebbte und lehnte sich gegen den Wandschrank. Dass er sich so schnell erschrecken ließ ...?

Aus den Augenwinkeln sah er etwas weiß schimmern und war rasch wieder konzentriert bei der Sache. Unter anderem deswegen war er gekommen. An der Vorderseite des Pults waren mit Kreide die Umrisse des Erdrosselten zu sehen. Orsini betrachtete die nüchterne Linie und tatsächlich – wie Paula es beschrieben hatte – zog sie sich an der Vorderseite des Pultes senkrecht nach oben. Es war klar zu erkennen, dass der Leichnam angelehnt gefunden worden war. Orsini bewegte sich wie in Zeitlupe, um nichts zu verändern. Er versuchte, den Tatort auf sich einwirken zu lassen und alles in sich aufzunehmen. Plötzlich sah er die Techniker in ihren weißen Ganzkörperüberzügen, wie sie mit ihren unförmigen Plastiküberzügen an den Schuhen ruhig und routiniert ihrer Arbeit nachgingen. Hörte die monotone Stimme der Gerichtsmedizinerin. Wurde vom Blitzlicht des Fotografen kurz irritiert. Sprach mit einem Kollegen über dessen ersten Eindruck. War wie immer erstaunt über den Unrat, der an oberflächlich betrachtet sauberen Stellen zu sehen war, nachdem das schräg einfallende künstliche Licht eingeschaltet worden war. Sah die Hände des Ermordeten, die in einem Papiersack steckten, damit später noch etwaige Abwehrverletzungen festgestellt werden konnten. Und blickte in das Gesicht des alten Posamentenhändlers. Doch da war nichts außer der dünnen weißen Linie, die den ungefähren Umriss des Kopfes zeigte und ihn wieder ins Hier und Jetzt zurückbrachte.

Entweder, überlegte er, hatte der Mörder den Alten zuerst erdrosselt, ihn dann hierhergezogen und angelehnt, oder aber sich auf das Pult gestellt, um ihn von da ... Dann mussten die in Reih und Glied aufgestellten Schächtelchen jedoch einiges abbekommen haben. Es war ein seltsamer Tatort ohne Kampfspuren, so wie es Paula ihm berichtet hatte. Orsini betrachtete die Schachteln und den Kleinkram. Unwahrscheinlich, dass jemand nach einer solchen Tat wieder alles genau so aufgeräumt hätte. Schon gar nicht ein Drogensüchtiger auf der Suche nach Geld. Außer, er würde sein Geld später ohnehin bekommen ...

Vor der Tür war noch immer das Absperrband angebracht, ein Zeichen dafür, dass nach den Ermittlern höchstwahrscheinlich noch niemand den Raum betreten hatte. Auf sich allein gestellt fühlte Orsini sich ungewohnt verwundbar. In seinen Jahren bei der Kriminalpolizei hatte er schreckenserregendere Tatorte gesehen. Verstümmelte Leichen, blutbespritzte Möbel – diese gemeinsam mit Kollegen zu untersuchen, nach Spuren und Beweisen Ausschau zu halten, schien ihm mit einem Mal wesentlich erträglicher, als sich hier auf eigene Faust durch die muffig konservierte, düstere Szenerie zu arbeiten. Noch dazu inmitten dieser äußerst persönlichen Ordnung, beklemmend in ihrer Alltäglichkeit. Erneut fuhr er mit den Augen die weiße Linie ab. Kein Tropfen Blut, nur diese sachliche und doch zugleich unheimliche Linie.

Auf der Tür hinter dem Verkaufspult klebte ein Schild. „Büro“ las Orsini undeutlich und versuchte, die Tür zu öffnen. Versperrt. Der schlichte Vorhang daneben verbarg eine kleine Garderobe. Dahinter lag eine Toilette, die er aufgrund eines dringenden Bedürfnisses ohne nachzudenken nutzte, um sich zu erleichtern. *Einbruch mit Toilettenbenutzung, ich muss verrückt sein!*, rügte er sich danach. Die Garderobe barg nichts Interessantes, weshalb er abermals sein Werkzeug hervorholte. Vorsichtig versuchte er, das Schloss der Bürotür zu knacken, was sich als schwieriger erwies, als er angenommen hatte. Hier hatte der Posamentenhändler ein modernes Schloss angebracht. Orsini dachte an seinen Bekannten, der ihm unlängst ein „Seminar“ angeboten hatte, um Orsinis diesbezügliche Fähigkeiten zu aktualisieren, als das Schloss zum Allerheiligsten, wie Anna diesen Büroraum genannt hatte, plötzlich doch aufschnappte.

Orsini betrat den stockdunklen Raum – die Tür ließ er nur einen Spaltbreit offen. Vom Hinterhof aus hatte er ein Fenster gesehen, weshalb er sich nicht traute, die Taschenlampe einzuschalten. Mitten im Raum erkannte er die Umrisse eines Tisches. Als er einen Schritt darauf zu machte, blieb sein Fuß an etwas Weichem hängen – woran, sah er nicht. Er verlor das Gleichgewicht und stolperte. Der Tisch kam nun viel zu rasch auf ihn zu. Hilflos versuchte er, sich mit den Händen abzufangen – vergebens. Ein brennendes Gefühl in der linken Hand ließ ihn im nächsten Augenblick laut aufschreien. Höllischer Schmerz durchfuhr seinen ganzen Arm. Das rechte Schienbein schlug gegen eine Kante. Alles um ihn begann, sich unkontrolliert zu bewegen. Irgendetwas hing an seiner Hand. Er versuchte es abzuschütteln, was jedoch nur noch zu ärgeren Schmerzen führte. Unsanft landete er auf dem Boden. Orsini heulte innerlich auf und holte panisch die Taschenlampe mit der rechten Hand aus seiner Hosentasche. Die linke pochte immer heftiger. Warme Flüssigkeit tröpfelte auf seine Hose. Nur keine Spuren hinterlassen. Er knipste die Taschenlampe an und leuchtete auf die wie wild hämmernde Stelle: Ein zirka zehn Zentimeter langer Zettelaufspießer steckte wie ein Grillspieß mitten in seiner Handfläche. Darunter wie Zwiebeln zwischen den Fleischstücken kleine Zettel und Rechnungen. Die metallene Spitze hatte die Hand durchstoßen und ragte aus dem Handrücken heraus.

Orsini nahm die Taschenlampe zwischen die Zähne, die er somit praktischerweise auch gleich zusammenbiss und zog, ohne lang nachzudenken, mit der Rechten den Spieß heraus. Er stöhnte auf. Ihm wurde speiübel. Hektisch holte er ein zusammengeknülltes Taschentuch aus der Hosentasche und wickelte es um die Hand. Mit weichen Knien rappelte er sich auf und schlich zum Waschbecken in der Toilette. Dort wusch er die Wunde sorgfältig aus. Das Taschentuch war mit Blut getränkt. Hastig holte er Verbandszeug aus dem

Erstehilfekasten und verband sich notdürftig selbst. Danach wrang er das Taschentuch aus und wusch alles ab. Verhalten fluchend hinkte er wieder zurück in den Büroraum, wo ihm das Missgeschick passiert war. Mithilfe der Taschenlampe erkannte er nun auch warum. Auf dem Boden lag ein aufgerollter dunkelbrauner Wollteppich.

Er versuchte sich zu konzentrieren. Nicht auf die Schmerzen zu achten und das zu Ende bringen, weswegen er gekommen war. In der Mitte des winzigen Büros stand ein kleiner, beinahe leerer Schreibtisch. Darauf drei in gleichmäßigen Abständen aufgestellte Rechnungsaufspießer. Der vierte Spieß lag blutverschmiert auf dem Boden, von wo Orsini ihn nun aufhob und mit dem Taschentuch säuberte. Die kleinen Zettel und Rechnungen waren nicht mehr zu retten. Sie hatten sich mit Blut vollgesogen. Orsini säuberte sie so gut es ging und steckte sie mangels Alternative in seine Jackentasche. *Jede Menge genetische Fundstücke für meine ehemaligen Kollegen von der Spurensicherung,* dachte er, verdrängte aber so gut es ging seinen aufkeimenden Zorn. *Ist ziemlich unwahrscheinlich, dass sie ein zweites Mal ... trotzdem verdammt ungeschickt von mir!*

Auf dem Sockel des blutverschmierten Aufspießers stand „Sonstiges" geschrieben. Die drei auf dem Schreibtisch waren mit Eingang, Ausgang und Bestellungen beschriftet. Die beiden ersten waren nur mit einigen wenigen Rechnungszetteln gespickt und zu bestellen gab es offensichtlich nichts. Orsini ging um den Schreibtisch herum, öffnete die drei Schubladen, leuchtete hinein, fand aber nur nichtsagende Geschäftsunterlagen und Kataloge. Danach tastete er mit dem Lichtkegel der Lampe sorgsam den kleinen Raum ab.

An der Wand stand ein kleiner Kasten, darauf waren zwei kleine Figuren. Darüber war ein Landschaftsgemälde in goldenem Rahmen angebracht. Neben der Tür hing links eine Glasvitrine, in der sich rote Kordeln befanden, und rechts war an der Wand ein rechteckiger Umriss zu erkennen, in der Mitte ein Nagelloch. Der Umriss hatte ungefähr die Größe des Landschaftsgemäldes auf der gegenüberliegenden Seite.

Er drehte sich um, trat zu dem kleinen Kasten mit den zwei kleinen Figuren aus Metall, die ihn von gehäkelten Deckchen aus anstarrten, und öffnete ihn. Darin standen Telefonbücher und Firmenkataloge penibel alphabetisch eingeordnet. Orsini wollte den Kasten schon schließen, überlegte es sich anders und suchte dann den Buchstaben I und wurde tatsächlich fündig. Mehrere Hochglanzbroschüren verschiedener Immobilienfirmen kamen zum Vorschein, jedoch ohne Notizen oder Anmerkungen.

Orsini schloss den Kasten und nahm sich noch einmal den Schreibtisch vor. Trotz seiner schmerzenden Hand legte er sich unter den Schreibtisch, fand aber weder ein Geheimfach noch sonst etwas, das sein Interesse erregte. Erregt hatte er damit nur die Stichwunde, die sofort mit einem rhythmischen Pulsieren antwortete. Orsini hielt die Hand in die Höhe und blieb eine Weile so stehen, bis das Pulsieren nachließ. Nach dieser Zwangspause öffnete er noch einmal die drei Schubladen und durchsuchte abermals die Kataloge. Nichts.

Wonach suche ich überhaupt?, dachte er angestrengt, als sein Blick auf die Kante der Tischplatte fiel. Sie schien furniert zu sein und war in drei Teile gegliedert. Er zog an der linken Seite. Tatsächlich bewegte sich der Abschnitt der Kante und es gelang ihm, mit einigem Kraftaufwand eine Art zusätzliche Schreibtischplatte hervorziehen. Die Holzoberfläche war wesentlich heller als der Rest des Tisches, schien also nie benutzt worden zu sein. Der mittlere Teil war nicht zu bewegen, sosehr er auch daran rüttelte und zog. Danach probierte er es rechts oberhalb der Schubladen. Ohne Problem gelang es ihm, eine Art flache Minischublade herauszuziehen. Geeignet, um darin Bleistifte, Radierer und Ähnliches verstauen zu können.

„Hier bewahrst du also deine Geheimnisse auf", murmelte Orsini vor sich hin, während er versuchte die Lade ganz herauszuziehen. Enttäuschung stieg in ihm hoch. Ein Bleistiftstummel, ein grauer Umschlag und ein winziger Schlüssel waren der bescheidene Inhalt.

Von wegen Geheimnisse ... Ernüchtert öffnete er den grauen Umschlag und fand darin ein gelbes Post-it mit Zahlen darauf. Sauber und mit zittriger Hand geschrieben, standen neun vier- und fünfstellige Zahlen untereinander. Orsini seufzte, holte mangels Papier das Telefonbuch aus dem Kasten und riss eine Seite heraus. Dann legte er die Seite vor sich auf den Tisch und versuchte, sie mit der schmerzenden Hand so gut wie möglich zu fixieren. Mit dem Bleistiftstummel übertrug er die Zahlen, faltete die Seite rasch und steckte sie in die Tasche zu den blutgetränkten Zetteln und Rechnungen. Mit dem zierlichen Schlüssel in der Hand, ging er schließlich um den Schreibtisch herum, steckte ihn ins Schloss der Vitrine und drehte. Der Glasrahmen öffnete sich ohne Weiteres. Etwa zwanzig in samtigem Rot schimmernde Kordeln füllten das Innere. Ungefähr einen halben Meter lang und genau senkrecht hängend bildeten sie so ein Muster. An einer Stelle allerdings war das Muster geringfügig unterbrochen. Orsini verfolgte mit der Taschenlampe den Verlauf, zerstörte dabei mit den Fingern die Ordnung und sah versteckt hinter zwei Kordelenden einen freien Nagel hervorblitzen.

Der Taxichauffeur blickte besorgt zu Orsini, der sich mit schmerzverzerrtem Gesicht die Hand hielt. Er hatte das Posamentengeschäft durch die Hintertür verlassen und von außen zugesperrt. Die Mauer zum nachbarlichen Hinterhof erwies sich mit der verletzten Hand als größeres Hindernis. Letztlich schaffte er es unter Mühen doch hinüber. Niemand war zu sehen, und so marschierte er in der nebeligen Stille Richtung Mariahilfer Straße, bis er ein Taxi fand.

Den Durchstich in der Hand musste er so rasch wie möglich versorgen, denn der Aufspießer war leicht rostig gewesen. Orsini versuchte sich an das Datum seiner letzten Tetanusimpfung zu erinnern. Sollte er nicht besser ins Krankenhaus? Kurz bevor sie die Kreuzung überqueren konnten, schaltete die Ampel auf Rot. Umständlich beugte sich der Chauffeur über den Schalthebel, öffnete das Handschuhfach, entschuldigte sich und kramte ein kleines Päckchen hervor.

„Nehmen, ... gut für Schmerz", sagte er in gebrochenem Deutsch, zeigte auf die verletzte Hand und reichte Orsini die Schachtel.

„Danke", erwiderte Orsini ein wenig unsicher. Dann erkannte er aber das Medikament und entnahm eine Tablette. „Haben Sie vielleicht etwas zu trinken?"

„Blöd bin", tippte sich der Fahrer an den Kopf, legte dabei den Gang ein und fuhr los. Dann langte er mit der linken Hand in den kleinen Stauraum der Fahrertür und fischte eine bereits geöffnete Coladose hervor. „Ist auch gut für Magen", reichte er Orsini die Dose, der sich noch eine zweite Pille aus dem Päckchen nahm und sie gemeinsam mit dem braunen Mageneinrichter schluckte. Der freundliche Fahrer versuchte noch ein Gespräch anzuknüpfen, doch Orsini fühlte sich einfach zu müde und starrte nur stumpf auf dessen sorgfältig geschlungenen Turban. Sikh oder Inder, rätselte er über die Zugehörigkeit des Lenkers, gab ihm schließlich ein ordentliches Trinkgeld und stieg vor seiner Wohnung aus.

Umständlich kramte er die Schlüssel mit der rechten Hand aus seiner linken Hosentasche, sperrte auf und versuchte das Treppenlicht einzuschalten. Mehrere Male drückte er auf den kleinen abgenutzten Lichtschalter. Jedoch ohne Erfolg. Seltsam, dass der Hausbesorger sich nicht darum gekümmert hatte, dachte Orsini, tappte durch den finsteren Eingangsbereich und begann seufzend die Treppen hinaufzusteigen. Durch die Hoffenster fiel nur wenig Licht in das alte Stiegenhaus. Seine Schritte klangen in der Stille der

Nacht ungewohnt laut. Schnaufend hielt er im ersten Stock an. War da etwas? Mehr ein Hauch, eine leise Luftbewegung, als ein Geräusch. Orsini griff sich an die pochende Hand. Der provisorische Verband war an der Innenseite blutig.

Wahrscheinlich aus einer Wohnung, tat er den Gedanken ab und setzte seinen Weg fort. *Sechzig, einundsechzig* ..., zählte er müde seine Schritte, während seine gesunde Hand sich am Geländer hochschob. *Einundsiebzig, zweiundsiebzig,* ... Bei der letzten Biegung zum zweiten Stock – im matten Licht aus dem Hinterhof sah er schon die Umrisse seiner Wohnungstür, gleich war er zuhause – nahm er zwei Stufen auf einmal. Sein Fuß schaffte es jedoch nicht mehr ganz aufzusetzen. Vielleicht hatten die Schmerztabletten seinen Instinkt benebelt, sein Zeitgefühl verwirrt. Wie in gebremster Zeitlupe, gleichzeitig aber zu schnell, kam ein Schatten auf ihn zu. Orsini hatte nicht den Funken einer Chance. Kurz sah er noch einen Stern in einem Ohrläppchen baumeln. Dann klatschte er dumpf auf den Steinboden. Ein Tritt mit dem Fuß in die Rippen und ein nahtlos anschließender Kinnhaken ließen auf einen Gegner schließen, der wusste, was er tat. Das Letzte was Orsini wahrnahm bevor sein Kopf aufschlug, waren spitze, helle Schuhe mit auffälligem Tigerfellmuster direkt vor seinen Augen. Davoneilende Schritte verhallten im Stiegenhaus. Die Haustür fiel ins Schloss und danach herrschte wieder Stille.

Mühsam öffnete Orsini nach einiger Zeit die Augen. Eigentlich nur eines, denn das andere war stark geschwollen. *Ein Schlumpf?* Er blinzelte, zwang das Lid erneut auf, der Schlumpf aber war nicht verschwunden, sondern hielt immer noch vor ihm Wache. Verwundert betrachtete er das kleine Männchen, das einen gelben Helm auf dem Kopf trug.

Schlafen, einfach liegen bleiben, drängte der Körper einerseits. Andererseits meldete er auch grässlichen Geruch und Feuchtigkeit. Orsini versuchte, sich aufzurichten und merkte, dass er in seinem eigenen Erbrochenen lag. Schwerfällig schob er sich auf alle viere. Von da aus schien es, als stünde der Schlumpf mit dem gelben Helm auf dem hellrosa bröckeligen Strand einer Insel. Einer unappetitlich weichen allerdings. Mit spitzen Fingern holte er die Figur aus seinem Ferienparadies, stand unter Schmerzen auf und zog sich am Geländer bis zu seiner Wohnungstür, wo er verzweifelt nach dem Schlüssel suchte.

„Scheiße", murmelte er und machte kehrt. Auf Knien kroch er auf dem Treppenabsatz herum und suchte tastend nach seinem Schlüssel. Fahrig fuhr seine Hand durch die lauwarme Brühe, bis er seinen eigenen Mageninhalt über die ganze Fläche verteilt hatte und schließlich in einer Ecke fündig wurde. Alles zweitrangig: der Gestank, das Pochen der Hand, das Dröhnen im Schädel. Nur schlafen, wünschte er sich, während der Schlüssel endlich zitternd den Weg ins Schloss fand.

Im Vorzimmer zog er sich so rasch wie möglich aus, schmiss seine versauten Kleider ins Badezimmer und humpelte in die Küche. Dort warf er mit einem Glas Wasser zwei Schmerzmittel und eine starke Schlaftablette ein. Mit zittrigen Fingern riss er den provisorischen Verband ab, träufelte ein Wundmittel auf die Einstichstelle und schrie laut auf. Fluchte und wiederholte das Gleiche bei der Austrittswunde. Behelfsmäßig wickelte er einen neuen Verband um die Wunde und darüber noch ein sauberes Geschirrtuch.

Sein Kinn und das linke Auge waren angeschwollen und auch die unteren Rippen schienen einiges abbekommen zu haben. Es schmerzte höllisch und auch das Pochen der Hand ließ nicht nach. Außerdem war ihm zum Erbrechen übel. Deshalb schnappte er den nächstbesten Kochtopf und schleppte sich damit ins Wohnzimmer. Dort legte er sich wie tot auf das Sofa und fiel, nachdem er sich unzählige Male hin- und hergewälzt hatte, endlich in einen komaartigen Schlaf.

18

Zwölf Stunden später. Sonntagnachmittag, vierzehn Uhr. Ein Gefühl des Hungers klopfte an die Magenwand. Zudem roch es ekelerregend. Wie gerädert setzte Orsini sich auf und stolperte schlaftrunken Richtung Badezimmer. Als er die Tür öffnete, schlug ihm eine Welle süßlichen Gestankes entgegen. Angewidert holte er im Vorraum Luft, sammelte, so schnell es mit nur einer Hand ging, die verschmutzten Sachen ein und stopfte sie in die Waschmaschine. Fluchend suchte er das Waschpulver, stieß aber nur auf einen leeren Karton. Frustriert drehte er die Dusche auf und stellte sich darunter. Mit Seife und Shampoo versuchte, er die Spuren der nächtlichen Erlebnisse wegzuwaschen, wurde aber sofort wieder daran erinnert, als er über die verletzten Stellen fuhr. Stöhnend stieg er aus der dampfenden Kabine, trocknete sich vorsichtig ab und begutachtete seinen Körper im Spiegel.

Die linke Gesichtshälfte war wie auch das Auge angeschwollen. Bei den unteren Rippen zeichnete sich ein großer dunkler Bluterguss ab, und jede schnellere Bewegung rief einen stechenden Schmerz hervor. Das angeschlagene Schienbein war im Vergleich dazu eine Lappalie. Wegen seiner Hand machte er sich allerdings Sorgen. Unter lautem Fluchen versuchte er, die Mullbinde zu entfernen. Der Stoff hing an der Wunde fest, was die Sache nicht erleichterte. Er starrte auf den hässlichen, kreisrunden orangen Batzen, zu dem sich das Wundmittel mit dem Blut verklebt hatte. Angesichts der mehrfachen Schadstellen fand er es erstaunlich, dass er überhaupt hatte schlafen können. *Sollte wohl besser zu einem Arzt gehen,* dachte er, verschob den Gedanken jedoch auf den nächsten Tag. Seine Abneigung gegen die medizinische Zunft hätte durchaus Stoff für Analysen hergegeben.

Er schnappte das Verbandszeug, legte ein großes Handtuch um die Hüften und ging in die Küche.

Drei Eier, etwas Schinken und ein Stück Paprikawurst teilten sich das großzügige Innere des Kühlschranks. Orsini entsorgte die Paprikawurst, die ihn zu sehr an seine Wunde erinnerte, und legte den Rest auf die Küchenplatte. Dann versorgte er zuerst die Stichwunde und legte einen neuen Verband an. Danach schlug er die Eier auf und warf sie zusammen mit dem Schinken in die Pfanne.

Kauen war unmöglich, der Kiefer noch zu beleidigt. Also zermanschte er das Omelett mit der Gabel zu einem unansehnlichen Brei und dachte unweigerlich ans Stiegenhaus. Er zögerte einen Moment, holte dann doch einen Löffel und schlang das scheußliche Gemisch gierig hinunter. Zwei weitere Schmerzmittel und eine Schlaftablette später – getreu dem Motto: Never change a winning team! – lag er wieder auf dem Sofa.

Im Halbschlaf versuchte er den nächtlichen Überfall zu rekonstruieren. Handelte es sich bei seinem Angreifer um denselben Mann, der vor Tagen aus dem Haus gekommen war? Auf jeden Fall hatte derjenige gewusst, wie man eine Schlägerei professionell durchzog. Boxer vielleicht. Unmissverständlich und auch originell, das musste man ihm lassen! Orsini dachte an den Schlumpf mit dem gelben Helm und konnte einen kurzen Lacher nicht unterdrücken. Seine verletzten Rippen goutierten das aber ganz und gar nicht. *Muss Paula sagen, dass sie aufpassen soll!,* waren seine letzten Gedanken, bevor er wieder in einen unruhigen Schlaf hinüberdämmerte.

Wie aus der Ferne nahm er Stunden später ein störendes Geräusch wahr. Es wurde immer lauter und aktivierte dadurch das Bewusstsein. Das Telefon, sickerte es langsam in Orsinis Hirn. Abheben, oder weiterschlafen? Der Apparat lag neben ihm auf dem Couchtisch. Abheben, entschied letztlich seine innere Automatik.

„Sag mal schläfst du schon um die Zeit?“, hörte er vage eine Stimme. „Conrad? ... Bist du dran?“

„Ja“, antwortete Orsini leise.

„Ob du noch schläfst, hab ich gefragt oder stimmt etwas nicht mit dir?“

„Nein, Paula ... nein, ist alles okay ..., aber wie spät ist es eigentlich?“

„Neun. Abends allerdings, falls das hilft“, fügte Paula spitz hinzu.

„Welcher Tag?“

„Sonntag. Hast du durchgemacht?“

„Nein, bin nur eingenickt.“

„Ah, so nennst du das ...“

„Wieso rufst du eigentlich an?“, fragte Orsini, erhob sich benommen und schlurfte Richtung Küche.

„Weil ich dich brauche. Du errätst sicher nicht, wo ich grade steh?“

„Nein“, brummte Orsini, „aber du wirst es mir gleich verraten.“

„Ich steh hier in der Gasse, in der dein Posamentenhändler ermordet worden ist.“

„Wieso, was machst du da?“ Orsini erschrak und blieb – nackt wie er war – in der Küche stehen.

„Du hast mir doch einen Zettel gegeben“, gab Paula ungeduldig zurück.

„Was für einen Zettel?“

„Als du in meiner Wohnung warst. Sag, nimmst du Drogen, Tranquilizer oder anderes Zeug?“

„Natürlich nicht! ... Ich bin nur ...“

„Du hast mir doch auf einen Zettel verschiedene Firmennamen geschrieben, damit ich sie bei Gelegenheit überprüfe. Also, dir zuliebe ...“

„Du meinst Immotreu und den Rest.“ Allmählich begann Orsinis Hirn wieder einigermaßen zu funktionieren.

„Ja. Du hast mit deinen Vermutungen einen Volltreffer gelandet. So ein kompliziert verzweigtes Konglomerat haben weder ich noch mein Kollege von der Wirtschaftsabteilung je gesehen.“

„Du hast doch nicht mit jemand anderem darüber ...“

„Keine Angst Conrad, der behandelt das einstweilen streng vertraulich und ist äußerst zuverlässig. Aber das Problem ist, dass wir nichts gegen sie in der Hand haben. Das heißt, wir brauchen konkrete Beweise, deswegen steh ich auch hier und warte auf dich.“

„Was heißt Beweise?“ Orsini fühlte sich einigermaßen überrumpelt. „Und wieso wartest du auf mich?“

„Damit wir denen das Handwerk legen.“

Orsini bemerkte, dass er vom Haus gegenüber beobachtet wurde – eine Frau stand am Fenster und lächelte zu ihm herüber. „Wie denn?“, meinte er abwesend und lächelte zurück. Plötzlich erinnerte er sich jedoch, dass er nackt war und knipste schnell das Licht aus.

„Bist du noch dran?“

„Ja, klar.“

„Und dir geht's sicher gut?“

„Ja.“

„Dann komm her oder ich geh allein. Ist zwar eigentlich dein Fall ...“

„Wieso, was hast du vor und um was geht's überhaupt?“

„Um illegale Beschäftigte, aber alles Weitere erkläre ich dir, wenn du hier bist. Wie lange brauchst du?“, fragte Paula herausfordernd.

„Paula, mach nichts Unüberlegtes, bitte!“

„Hey, schon vergessen, ich arbeite bei der Kripo.“

„Ja, ... nein, ... ich wollte damit nur sagen, dass du aufp...“

„Bin kein Kleinkind!“ Paula klang augenblicklich gereizt.

„Okay, ich bin in zwanzig Minuten bei dir. Mach bitte nichts, gegenüber der Kirche ist ein kleines Café. Wir treffen uns dort", sagte Orsini, legte auf, ohne sie antworten zu lassen und rief sofort die Taxivermittlung an.

Gebrochen oder angeknackst, stellte er mit schmerzverzerrtem Gesicht fest, während er in ein Hemd schlüpfte. Tastend fuhr er mit der Hand über die Rippen. Sich einhändig anzuziehen, vor allem aber sich vornüberzubeugen und die Schuhbänder zu schnüren, dauerte länger als geplant. Unten empfing ihn ein vom Warten schlecht gelaunter Taxifahrer. Als Orsini dann auch noch umständlich langsam einstieg, war der Taxler so gut wie gezwungen, sein Missfallen zu äußern. Das gebot die Taxlerehre. „Der Schnellste sama aber net, aber wir ham ja alle Zeit der Welt", murmelte er, zündete sich im Wageninneren eine Zigarette an und fuhr mit quietschenden Reifen los.

Der kleine Aschenbecher unterhalb der Armaturen quoll bereits über. Bis zum Schalthebel war alles mit dünnen Ascheteilchen übersät. „Zu de Ziegelböhm in den siebten Hieb, der Herr", grummelte er, wich einem Radfahrer aus und fluchte. „Sich ka Auto leisten kenna, oba auf da Straßn fohrn. Des hama bsonders gern!"

Wenigstens komme ich so pünktlich an, verkniff Orsini sich eine Bemerkung zum riskanten Fahrstil. Orange war die angesagteste Farbe, vor allem, wenn sie kurz vor dem Sprung zu ihrer Schwester Rot war.

„Na, schauen S' sich Ihna diesen Vollidioten an. Sind wir denn komplett hinüber? Völlig plemplem."

„Wie bitte?"

„Na dieses Rie-sen-arsch-loch vor uns. Fährt wie ein Geisteskranker aus der Seitengasse und jetzt bremst er sich auch noch ein. Haben wir so etwas schon einmal gesehen? Na wart Burschi, das werden wir gleich haben", hörte Orsini ermattet die ins Hochdeutsch wechselnde und nun überlegen klingende Stimme des Taxifahrers, war aber einfach zu erledigt, um einzugreifen. Teilnahmslos saß er auf dem Rücksitz und beobachtete die Szene.

„So wie der fahrt, dieses ... Da kann er ja jedes Preisschild in der Auslag einzeln lesen!“ Dem Taxilenker stieg nun die Zornesröte ins Gesicht und ins Gaspedal. Das alte Auto vibrierte. „Natüüürlich“, dehnte er das unschuldige Wort genüsslich, „aus der Provinz sein, ein deutsches Bügelbrett fahren und sich nicht trauen, den zweiten Gang einzulegen ... heast zah an, du gschissener Rennfahrer!“, schrie er wutentbrannt. Wie selbstverständlich überfuhr er eine doppelte Sperrlinie, zog dann über die Straßenbahngleise und riss plötzlich das Lenkrad herum. Währenddessen drehte er entspannt das Radio lauter, fühlte sich nun offensichtlich in seinem Element und ignorierte seine lästige Kundschaft völlig. Mit einem halsbrecherischen Manöver schnitt er den arglosen Provinzler und zwang ihn zu einem jähen Bremsmanöver.

„So wird gfahren bei uns, du Hinterwäldler!“, raunzte er danach zufrieden vor sich hin, legte den zweiten Gang ein und fuhr im Schneckentempo bis zur Kreuzung vor, bei der gerade das Grünlicht zu blinken ansetzte. Dann kurbelte er das Seitenfenster hinunter, drehte das Radio eine Spur lauter und hielt die ganze Ampelphase lang lässig den linken Arm mit ausgestrecktem Mittelfinger aus dem Fenster.

Paula wartete vor dem vereinbarten Lokal. Orsini stieg in Zeitlupe aus, gab demonstrativ kein Trinkgeld und bekam auch sogleich die Quittung in Form einer Wortspende: „Vielen herzlichen Dank, der Herr!“ Dazu ein leise angefügtes, gerade noch hörbares „Krüppel, elendiglicher!“ Orsini humpelte auf Paula zu, die ihn überrascht anstarrte.

„Muss eine starke Party gewesen sein, so wie du aussiehst“, versuchte sie einen Scherz, der aber völlig danebenging.

„Danke“, entgegnete Orsini gereizt, „wieso bist du nicht im Lokal?“

„Hab frische Luft gebraucht, aber wenn ich dich so anschau, sollten wir uns vielleicht doch besser hineinsetzen.“

„Okay.“

„Wenn ich gewusst hätte ..."

„Hast du nicht, vergiss es!" Orsini öffnete ihr die Tür. Das Lokal war beinah leer, nur der stille Zecher, den Orsini sofort wiedererkannte, saß an seinem Platz und verteidigte sein Revier mit stierem Blick. Sichtlich beunruhigt bestellte Paula zwei Getränke.

„Also sag schon, was ist passiert, wer oder was hat dich so zugerichtet?"

„Am besten, ich fang von oben an und arbeite mich dann nach unten", entgegnete Orsini.

Paula konnte ein leises Lachen nicht unterdrücken. „Wenigstens deinen Humor scheinst du nicht verloren zu haben", antwortete sie, nachdem Orsini ihr alles ausführlich erzählt hatte. „Hast du den Mann wenigstens erkennen können, der dir im Stiegenhaus aufgelauert hat?"

„Nicht wirklich, es war einfach zu dunkel und ging zu schnell. Das Einzige woran ich mich mit Sicherheit erinnere, sind helle Schuhe mit Tigerfellmuster."

„Ist nicht wirklich viel."

„Nein. Aber wer dahintersteckt, ist mir sowieso klar!"

„Warum?"

„Ich hatte zu Beginn der Ermittlungen eine Auseinandersetzung mit einem Bauingenieur der Firma Immotreu, der einen gelben Helm aufhatte."

„Was? Ich versteh nicht ..."

„Als ich aus meiner Bewusstlosigkeit auf der Treppe aufgewacht bin, steht ein kleiner Schlumpf vor meinem Gesicht."

„Ein Schlumpf?" Paula sah ihn mit zugekniffenen Augen an. Hatte er einen größeren Schaden erlitten, als sie annahm?

„Ja, so eine Spielzeugfigur. Ein kleiner blauer Schlumpf aus Plastik." Der steckte in der Waschmaschine zusammen mit den Zetteln und der Telefonseite mit den Nummern, schoss es ihm ein. Gott sei Dank hatte er sie in seinem Taumel nicht eingeschaltet.

„Aus Plastik, und ...“

„Und? Ach so, ja, der Schlumpf hatte einen gelben Helm auf.“

„Originell.“

„Hm ... aber weswegen musste ich denn so dringend herkommen?“

„Ich hab dir am Telefon doch gesagt, dass du mit der Firma Immotreu ins Schwarze getroffen hast. Probier mal einen Geschäftsführer oder sowas Ähnliches ausfindig zu machen. Fehlanzeige. Namen gibt's zwar viele, aber erreichen kannst du niemand von denen. Wem die Firma tatsächlich gehört – ein einziges Fragezeichen.“

„Stimmt, ich war sogar beim angeblichen Firmensitz. Außer Türschilder mit dem Namen drauf hab ich nichts gefunden.“

„Ist schon erstaunlich, dass du überhaupt ein Türschild gefunden hast. Wahrscheinlich hatten sie es eilig. Normalerweise nehmen die alles mit, was nicht niet- und nagelfest ist.“

Orsini nickte zustimmend.

„Anzeigen wegen illegal Beschäftigter – einige Dutzend“, fuhr Paula fort, „Verurteilungen – keine Einzige. Die zahlen weder Steuern noch Abgaben und treten meist nur als Sub- oder Sub-Subunternehmer auf. Selbst mein Bekannter von der Wirtschaftsabteilung hat nur gestaunt, um welchen Brocken es sich bei dieser Immotreu handelt. Wenn es die Firma überhaupt noch gibt.“

„Aber der Name steht doch auf Wänden und dem Container“, gab Orsini doch einigermaßen erstaunt zurück.

„Ein Kübel Farbe und ein paar abnehmbare Plakate. Mehr ist das nicht“, antwortete Paula.

„Hm ... und wie wickeln sie das Finanzielle ab?“

„Bar natürlich, deswegen ist es ja auch so schwer was Belastendes zu finden.“

„Und die Auftraggeber, die Bauträger?“

„Geben sich ahnungslos und spielen mit. Unter Umständen sind der Bauträger und die Baufirma miteinander verflochten. Deswegen hat auch die Baufirma ein Interesse daran, die Mieter zu vertreiben. Da aber etwas nachzuweisen, ist äußerst schwierig, wenn nicht unmöglich."

„Die Immotreu, welche Rolle spielt sie in dem Spiel?"

„Das kann man nur vermuten. Natürlich gibt's mehrere solche Scheinfirmen, die lose zusammenarbeiten und miteinander verknüpft sind."

„Und wie funktioniert das genau?"

„Es werden Baufirmen gegründet, die Bauaufträge ausführen, aber weder Steuern noch Versicherung zahlen. Sobald irgendjemand – meist Versicherung oder Finanzamt – Anzeige erstattet, wird die betreffende Firma in Konkurs geschickt."

„Und dann?"

„Dann wird ein Strohmann – oft aus einem Balkanland – für einen Tag nach Wien geholt, und der gründet dann als Scheingeschäftsführer eine neue Firma mit einem neuen Namen. Um einige Euro reicher wird der nunmehrige ‚Firmenbesitzer' in seine Heimat zurückverfrachtet und das Spiel beginnt von vorn ..."

„... bis es wieder zu einer Anzeige kommt", führte Orsini den Satz kopfschüttelnd zu Ende.

„Genau", fügte Paula an.

„Aber was ist mit den Arbeitern? Das sind doch oft eingespielte Teams, die man nicht so einfach ersetzen kann."

„Die wandern von der einen zu der anderen Firma mit und haben im Grunde kaum eine Chance, das System zu durchbrechen. Meistens wissen sie selbst nicht, wo sie gerade angstellt sind."

„Der Ingenieur ...", überlegte Orsini weiter.

„Kassiert sicher in irgendeiner Form mit, muss aber nicht der tatsächliche Firmeninhaber sein. Die halten sich eher im Hintergrund und tauchen nur hin und wieder an den Baustellen auf."

„Scheint ein ziemlich gut organisierter krimineller Haufen zu sein. Kann den alten Posamentenhändler schon verstehen ... warum es zu Reibereien gekommen ist."

„Ja, und das ist noch nicht alles. Angeblich bedient sich diese Firma auch beim Arbeitsstrich."

„Du meinst illegal beschäftigte Arbeiter?"

„Ja."

„Aus dem Osten?"

„Anzunehmen."

„Verstehe, aber wieso sind wir ausgerechnet hier? Arbeiten wird ja am Sonntag um die Zeit wohl keiner."

„Stimmt. Aber schlafen."

„Schlafen?"

„Natürlich. Irgendwo müssen sie ja untergebracht werden. Luxusherbergen sind das natürlich nicht."

„Und ...?"

„Und der Kollege vom Turek hat erwähnt, dass bei den Ermittlungen zum Mord jemand ausgesagt hat, dass in der Zieglergasse, unweit der Westbahnstraße angeblich ..."

„Eine Hausnummer?", fragte Orsini.

„Leider nicht, deswegen sollst du mir ja auch suchen helfen!" Paula winkte dem Kellner, um zu bezahlen.

„Ich hab da schon eine Vermutung", meinte Orsini, holte eine Packung Schmerztabletten hervor, schob sich eine in den Mund, leerte sein Glas und erhob sich. Draußen war es eiskalt und die Straße menschenleer.

„Wieviele von denen hast du schon geschluckt?", fragte Paula.

„Was – die Tabletten? Nicht der Rede wert."

„Hältst du durch oder soll ich dich beim Gehen stützen?", fragte Paula mit einer Mischung aus Belustigung und echter Sorge.

Einhängen wär mir lieber, wünschte er sich, blieb jedoch männlich hart. „Nein, geht schon so einigermaßen", lehnte er ab. „Aber bevor wir das Haus suchen ..." Er überquerte die Straße, blieb nach kurzem Marsch vor dem steinernen Ensemble stehen und zeigte darauf. „Was fällt dir als Erstes dazu ein?"

„Was meinst du?"

„Sag einfach was du siehst!"

Paula schüttelte verständnislos den Kopf, blickte dennoch auf das schwach beleuchtete Paar und sagte: „Eine Mutter, die versucht ihr Kind zu beschützen."

„Das ist alles?"

„Ja ... warum? Was soll das?"

„Keine Ahnung."

„Keine Ahnung, typisch!" Zornig funkelte Paula ihn an. Er hatte sich kein bisschen verändert. Einem anderen seine Gedankengänge zu erklären, schien ihm vergeudete Zeit. Dass er dabei verletzend wirkte, fiel ihm nicht einmal auf.

„Sorry! War nicht so gemeint!", seufzte Orsini und sah ihr direkt ins Gesicht. „Ich komm jetzt schon mehrmals an dieser Skulptur vorbei, und jedes Mal denke ich mir ... – das ist es eben!"

„Was?"

„Dass ich nicht weiß, was ich denke, was ich denken soll – ein Gefühl, das sich nicht fassen lässt. Es geht nicht ins Denken über. Lässt sich nicht in Worten ausdrücken. Deshalb wollte ich deinen ... hm, weiblichen Zugang nützen. Entschuldige!"

„Okay. Wenn du's mir so erklärst, kann ich damit umgehen. Ich hasse es nur, von deiner Gedankenwelt ausgeschlossen zu sein!" Paula hängte sich schweigend bei ihm ein. Worauf wollte er hinaus? Hatte er nach Lilly und ihr fragen wollen, auf seine in Gefühlsangelegenheiten mehr als unbeholfene Art?

So gingen sie die kurze Strecke gemeinsam. Vorbei an der Schottenfeldkirche über die leere Straße. Das Licht der Straßenbeleuchtung spiegelte sich auf den nass-feuchten

Schienen der Straßenbahn, die beiden hellen Linien verloren sich in der Ferne. Orsini verlangsamte das Tempo. Er wollte diesen Moment trotz seiner körperlichen Befindlichkeit auskosten. Sie an seiner Seite spüren. Vorbei am Gasthaus, in dem er mit Karl und Anna gesprochen hatte. Warum nicht so durch die ganze Stadt? Oder weiter ...

„Wie war das mit deiner Vermutung?“, fragte Paula plötzlich sanft.

Orsini fuhr sich übers Gesicht. Wie viel Zeit war vergangen? Er löste sich von Paulas Arm. „Okay. Ich bin zwei Arbeitern von der Baustelle weg nachgegangen. Ungefähr hier hab ich sie aus den Augen verloren. Es war unter der Woche. Kann gut sein, dass sie zu ihrer Unterkunft wollten.“

„Die Häuser schaun alle gleich trostlos aus. Wo sollen wir anfangen?“

Mitten auf der Straße trotteten sie den Häuserblock entlang. Begutachteten das äußere Erscheinungsbild, schielten zu den ebenerdigen Fenstern hinein und lasen Namensschilder an den Hauseingängen. An der nächsten Kreuzung machte Paula ungeduldig kehrt, sah auf die Häuserflucht und deutete schließlich auf ein einstöckiges Haus. Dessen Zustand schien noch schlechter als der der übrigen zu sein. Die Fassade war am Abbröckeln und die hölzerne Haustür hing schief in den Angeln.

„Kein Licht“, bemerkte sie und marschierte darauf zu.

„Richtig.“

„Und eindeutig kein Vier-Sterne-Hotel.“ Paula drückte auf den einzigen beleuchteten Knopf. Daraufhin ertönte ein kurzes Summen. Überrascht drückte Paula die Tür auf und schritt in einen unbeleuchteten Vorraum. „Scheint, wir sind an der richtigen Adresse.“

Orsini folgte ihr und hielt sie zurück. „Bist du bewaffnet?“

Paula schüttelte den Kopf. „Dachte nicht, dass das notwendig sein würde. Komisch, die Stiegenaufgänge zu den

Wohnungen sind mit Holzbrettern vernagelt. Hier wohnt offensichtlich keiner."

„Dort, die Tür führt wahrscheinlich in den Hinterhof."

Paula schob die Tür auf. Sie standen in einem schmalen, länglichen Hof, Lagerplatz für Gerümpel aller Art. Die herumliegenden Sachen waren verdreckt und es roch nach Fäulnis. Am Ende des Hofes stand ein zweistöckiges Haus, in dem mehrere Fenster beleuchtet waren. Selbst bei Dunkelheit war zu erkennen, dass das Gebäude in einem bemitleidenswerten Zustand war. Der Begriff Ruine schien durchaus angebracht. Aus einem geöffneten Fenster drangen gedämpfte Stimmen. Paula bahnte sich einen Weg durch den Müll und hielt schließlich vor einem Bretterverschlag an, der die Haustür ersetzte. „Wie gehen wir vor?", flüsterte sie.

„Improvisation ist alles", entgegnete Orsini mit einem Schulterzucken und versuchte, den Verschlag durch Anheben zu öffnen, nachdem er keine Klinke entdecken konnte. Allerdings hatte er seine Rippenverletzung unterschätzt. Mit schmerzverzerrtem Gesicht ging er in die Hocke, sodass Paula das Öffnen der Tür für ihn erledigen musste.

„Geht's?"

„Ja", presste er durch die Lippen und folgte ihr.

Verschiedenartige Gerüche, für ihre Ohren ungewohnt jeiernde Musik und unverständliche Brocken fremder Sprachen schlugen ihnen entgegen. Sie standen neuerlich in einer Art Vorraum, der gleichzeitig zu einer großen Speisekammer umfunktioniert worden war. Auf provisorisch zusammengenagelten Holzregalen waren unzählige Konservendosen und andere haltbare Nahrungsmittel aufgestellt. Unter jedem Regalbrett war ein Zettel mit einem Namen befestigt.

Orsini las einige davon. Sie klangen ungewöhnlich. „Kommen anscheinend von überallher, nicht nur aus dem Osten."

Paula nickte, deutete auf die baufällige Treppe und schlich voraus. Orsini hatte Mühe, ihr zu folgen. Jeder Schritt verursachte einen Stich quer durch seinen Brustkorb und zwang ihn zu pausieren. „Nicht so schnell“, wollte er Paula bitten, doch sie verschwand bereits um die Biegung. Augenblicke später kam ihm lautstarkes Stimmengewirr entgegen.

Paula? Orsini biss die Zähne zusammen. So schnell sein Körper es zuließ, schnaufte er hinterher. Paula stand bedrängt von einer Schar Männern im Gang. Hinter ihrem Rücken war ein kaputtes Fenster. Die Gruppe redete wild auf sie ein. Während Orsini sich die letzten Stufen hochquälte, erschienen vom oberen Stockwerk weitere Männer, sodass Paula mittlerweile von mindestens zehn umringt war. Die Situation drohte zu eskalieren. Ein babylonisches Sprachenwirrwarr erfüllte die Luft und Paula wurde nun auch gestoßen. Sprachlos hilfesuchend schaute sie zu Orsini, den niemand beachtete.

„Ruuheeee!!“, brüllte er so laut er konnte. Augenblicklich war es still. Seine Lungenflügel hatten dadurch allerdings so stark auf die Rippen gedrückt, dass ihm vor Schmerz schwindelte. Er hielt sich am Geländer fest, spürte gleichzeitig, wie aufpeitschende Hormone seinen Herzschlag antrieben, und bellte: „Wer ist der Chef?“

Nichts. Orsini bemerkte, dass Paula versuchte, sich schrittweise von der Gruppe zu lösen und wiederholte: „Wer ist der Chef!?“

„Wir haben keinen Chef hier“, erklang es leise und zu Orsinis Überraschung hinter seinem Rücken. Er drehte sich um und sah einen schmächtigen Mann mit lebhaften Augen. Er wirkte verängstigt.

„Ich organisiere hier. Bin nicht Chef. Nur organisiere.“

„Dann organisieren Sie, dass alle wieder in ihre Räume gehen.“

„Ja, ... aber nicht schreien, bitte.“

„Okay“, nickte Orsini.

In Sprachen, die Orsini nicht voneinander unterscheiden konnte, begann der kleine Mann nun mit den anderen zu sprechen und gestikulierte heftig herum. Tatsächlich verschwanden die Männer langsam, bis nur mehr Paula, Orsini und er selbst auf dem Gang standen. „Was Sie wollen von uns?“, fragte er. „Wir erst letzte Woche haben bezahlt.“

„Nein, kein Geld“, entgegnete Orsini.

„Was dann, Sie sind von Polizei?“

Ohne auf die Frage einzugehen blickte Orsini zu ihm hinunter und befahl: „Zeigen Sie uns die Wohnungen, wir fangen gleich hier an!“ Er trat wie selbstverständlich zur erstbesten Tür und öffnete sie.

An den Wänden klebten schmale, wackelige Stockbetten aneinander. Davor und darauf hockten Männer, auf engstem Raum zusammengepfercht. Es roch muffig, die Fensterscheibe war provisorisch mit einer Kunststofffolie geflickt und ein Gaskocher auf dem nackten Boden diente als Küche. Eine Glühbirne hing von der Decke. Zwei aufgeschnittene Getränkedosen waren notdürftig zu einer Art Lampenschirm geformt und sollten das wenige Licht nach unten verteilen. Die Feuchtigkeit aus den Wänden und die Ausdünstung der vielen Männer taten das Ihrige. Die stickige Atmosphäre raubte ihm fast den Atem. Keiner sagte ein Wort.

Nur raus hier, bevor ich mitsamt meiner gerade errungenen Autorität umfalle!, dachte Orsini und verließ rasch den Raum. Kaum war die Tür geschlossen, setzte dahinter ein Brodeln ein. Orsini nahm an, dass es in den anderen Zimmern ähnlich aussehen würde und gab ihrem Begleiter zu verstehen, dass sie nach unten gehen wollten und er sie begleiten sollte. Mit einer Handbewegung wies er den Mann an vorzugehen, und folgte ihm mit gespielter Entschlossenheit, obwohl er erneut drohte umzukippen.

„Was hast du vor?“, flüsterte Paula ihm zu.

Sie bekam keine Antwort. Erst als sie im Hof angelangt waren, packte Orsini den verängstigten Mann an den Schultern. „Wieviele wohnen hier?"

„Jeder Tag anders."

„Wie lange schon?", setzte Orsini an, spürte jedoch nun, da die unmittelbare Eskalation abgewendet war, seine Schwindelgefühle umso heftiger zurückkehren. Er gab Paula durch ein Zeichen zu verstehen, dass sie übernehmen sollte, „Meine Kollegin ...", und lehnte sich kreidebleich an die Hauswand.

„Was hat?", wollte der kleine Mann misstrauisch wissen und zupfte an seinem dunklen Vollbart herum.

„Wie ist Ihr Name und woher kommen Sie", fragte Paula nun betont barsch, um dem entgegenzutreten.

„Edip, komme aus Bosnien, Familie noch dort. Drei Kinder und Eltern – leben in kleines Dorf."

„Und Sie arbeiten hier und schicken das Geld dort hin?"

„Ja", kam es zögerlich retour.

„Für welche Firma und haben Sie Papiere?"

„Ist immer verschiedene Firma. Nix Papier. Wenn sagen Papier brauchen, keine Arbeit bekommen", zuckte er mit den Schultern.

„Baufirma?", versuchte Paula es erneut.

„Ja. Baufirma."

„Hier in der Nähe?"

„Ja. Mehr kann nicht sagen, sonst ..."

„Was sonst?"

„Muss zurück." Der Mann klang verzweifelt.

„Wieso organisieren gerade Sie?"

„Kann viel Sprache."

„Aha, und woher sind Ihre ... Kollegen?" Paula deutete nach hinten zur Unterkunft.

„Ukraine, Pakistan, überall ... sind Sie von Polizei?"

Ohne auf seine Frage einzugehen, schob Paula den Bosnier in den unbeleuchteten Vorraum des straßenseitig gelegenen Hauses. „Wieso haben Ihre Kollegen so auf mich eingeredet und mich gestoßen?“

„Kollegen haben Angst. Reden immer laut und ist normal, dass berührt. Ist nicht, dass sie wollen was tun.“

„Da hatte ich aber ein anderes Gefühl.“

„Ist andere Kultur.“

Inzwischen hatte Orsini sich im Hof wieder aufgerichtet und trat – mehr Gespenst als Mensch – zu den beiden in den Vorraum.

„Er heißt Edip und ist aus Bosnien. Kann oder will nicht reden“, erklärte Paula und fuhr fort: „Haben Sie auch schon einmal für eine Firma namens Immotreu gearbeitet?“

„Heißen alle Immo“, wich der kleine Mann ihrer Frage aus und versuchte, an Paula vorbeizugehen.

Orsini hob seine unverletzte Hand, legte sie ihm auf die Schulter und hielt ihn auf. „Edip, wir wollen euch nur helfen. Also sag uns jetzt, für welche Firma du arbeitest! Heißt eine davon Immotreu?“

„Ja“, kam es nach einem Moment des Zögerns verschreckt zurück.

„Zahlst du denen auch, damit du hier wohnen darfst?“

„Weiß nicht, zahlen immer nur Mann.“

„Wer? Gib uns einen Namen!“

„Bringen mich um, wenn erfahren, dass ich ...“

„Hör zu, Edip: Wir sind nicht von der Polizei! Trotzdem wollen wir euch helfen. Unter welchen Umständen ihr hier wohnt und wie ihr behandelt werdet, entspricht nicht unseren Gesetzen. Helfen kann ich euch aber nur, wenn du uns auch hilfst. Verstehst du das?“

„Ja, aber habe Angst.“

„Du brauchst keine Angst zu haben“, antwortete Orsini beschwichtigend. Natürlich war das gelogen, Edip hatte allen Grund sich zu ängstigen. Aber ohne Informationen über die Hintermänner würde sich an diesen Zuständen niemals etwas ändern.

„Kommt immer Mann“, begann Edip zitternd, „muss Geld geben.“

„Wie viel?“

„Viel. Immer mehr wollen.“

„Einen Namen ...“

„Weiß keinen Namen. Immer sagt, brauche keinen Namen wissen, wenn hierbleiben will.“

„Wie sieht er aus?“

„Normal, dunkel Haare.“

„Toll. Ist er oft auf den Baustellen?“

„Nicht oft ...“

„Danke, ist zwar nicht viel. Aber du hast uns geholfen.“ Orsini ließ Edip wieder los.

„Eins noch Edip!“ Paula trat auf den eingeschüchterten Mann zu. „Trägt der Mann Schuhe mit Tigerfellmuster?“ Sie deutete auf Orsinis Schuhe und fragte sich, ob Edip sie verstehen würde.

„Ja, gibt Mann, ist aber anderer. Kommt nur manchmal.“

Erstaunt fragte Paula deshalb noch einmal nach. „Streifen auf den Schuhen?“

„Ja, versteh. Tiger. Früher in Heimat wir waren Park. Wie heißt auf Deutsch?“

„Zoo“, antwortete Orsini.

„Ja. Zoo, war manchmal, mit Kinder“, fuhr er traurig fort.

„Dieser Mann, ist er oft auf den Baustellen?“

„Nicht oft. Nur manchmal.“

„Wie sieht er aus?“

„Immer Anzug. Aber nix gut Mann.“

„Wie groß?“, wollte Paula wissen.

„So“, deutete der Mann mit ausgestreckter Hand über Orsinis Kopf.

„Hm.“

„Und Glatz.“

„Was?“ Orsini hob die Augenbrauen.

„Sagt so, Glatz ... nix Haar auf Kopf.“

„Ah verstehe ...“

„Mich brauchen noch?“

„Nein, Sie können jetzt gehen, Sie haben uns sehr geholfen! Hier ist meine Telefonnummer. Sollte Ihnen noch etwas einfallen, können Sie mich jederzeit anrufen.“ Paula faltete das Stück Papier mit ihrer Nummer zusammen und gab es dem Mann. Mit skeptischem Blick nahm er den Zettel entgegen, steckte ihn in seine Hosentasche und schlurfte mit eingezogenem Kopf zurück zu seinen Kollegen. Paula sah ihm nach und drehte sich besorgt um. Orsini hockte zusammengekauert auf dem Boden.

„Conrad, soll ich die Rettung rufen?“

„Taxi reicht“, antwortete er mühsam und richtete sich in Zeitlupe auf.

„Ist in drei Minuten hier“, sagte Paula und klappte das Telefon zu. „Danke. Wie du mir geholfen hast, war wirklich erste Klasse. Ich dachte schon, mein letztes Stündchen hat geschlagen.“

„Ist schon okay“, kam es matt retour. Erschöpfung und Müdigkeit machten sich in ihm breit. Er bemerkte kaum, dass wenig später ein Taxi vor ihnen anhielt und Paula ihm in den Wagen helfen musste. Auch seine Schmerzen in der Brust, als er sich auf den Rücksitz schob, spürte er nur wie durch einen Nebel.

Nach fünfzehn Minuten waren sie da. Orsini schlief bereits so tief, dass Paula Mühe hatte ihn aufzuwecken.

„Wo sind wir?“, fragte er verwirrt.

„Alles unter Kontrolle Conrad, wir sind bei mir.“

„Wieso. Ich wollte doch ...“

„In deinem Zustand konnte ich dich nicht nachhause fahren lassen. Mach dich nicht so schwer und komm.“ Sie schnappte seinen Arm und half ihm die Stiegen hinauf zum Lift.

„Aber ..."

„Kein Aber, du schläfst bei mir! Lilly übernachtet sowieso bei einer Freundin."

„Wo soll ich schlafen?" Orientierungslos lehnte Orsini sich im Vorraum an die Wand.

„Am besten du schläfst in Lillys Zimmer. Ist gemütlicher als auf dem Sofa. Aber zuerst zeigst du mir mal deine angeschlagenen Rippen."

Orsini öffnete sein Hemd und Paula ließ einen Schrei los. „Jetzt versteh ich, dass du fast umgekippt bist. Ist ja dunkelblau. Wahrscheinlich gebrochen!"

„Angeknackst höchstens ... nur ins Bett. Morgen geht's bestimmt besser."

„Hm, ich wär mir da nicht so sicher", sagte Paula und fuhr über den Bluterguss.

Orsini stöhnte auf. „Bitte gib mir ein Schlafmittel, das stärkste, das du hast!"

„Okay, ich bring's dir gleich." Paula ging in die Küche und nahm zwei Mineralstofftabletten aus einem Regal. Zusammen mit einem Glas Wasser brachte sie ihm die Tabletten. Ohne einen Blick darauf zu werfen, schluckte Orsini sie hinunter. Danach schlich er vorsichtig Richtung Kinderzimmer. „Gute Nacht Paula, und danke."

„Gute Nacht", antwortete Paula und fuhr fort: „Ich muss morgen früh raus. Lilly kommt erst gegen Abend. Schlaf solang du willst. Frühstück ist im Kühlschrank."

Orsini aber hörte sie kaum mehr, zog die Decke über seinen Kopf, streckte die Beine über den Rand des Kinderbettes hinaus und schlief erschöpft ein.

19

Möwe und blauer Himmel waren das Erste, das er wahrnahm, als er benommen die Augen aufschlug. Er lag auf dem Rücken – die einzige halbwegs schmerzfreie Position – und über seinem Kopf baumelte eine große hölzerne Spielzeugmöwe an einem dünnen Faden. Die Decke darüber war in einem hellen Blau gestrichen. Liebend gerne wäre er unter einer echten Möwe unter einem Himmel, egal welcher Farbe, an einem beliebigen Strand gelegen. Mühsam rappelte er sich auf, schaute sich im Zimmer um und betrachtete die Fotos an der Wand. Hauptsächlich Paula mit ihrer Tochter. Nirgends jedoch ein Bild eines möglichen Vaters. Orsini ging ins Badezimmer und danach in die Küche, um zu frühstücken. Auf dem Küchentisch lag unter einer Kaffeedose ein Zettel und daneben eine Art elastischer Gürtel. Er machte zuerst Kaffee und nahm dann den Zettel zur Hand.

Guten Morgen. Wollte dich nicht aufwecken, du hast geschlafen wie ein Murmeltier. Alles, was du außer Kaffee brauchst, findest du in den Schränken. Auf dem Tisch liegt ein Stützmieder, hab es während der Schwangerschaft verwendet. Entlastet möglicherweise die Rippen. Keine Ahnung, ob es dir passt. Probieren! Aber: Zu einem Arzt gehen!! Wirf den Schlüssel einfach in den Briefschlitz.

Bis bald, Paula.

PS: *Du behauptest ja immer, unter Schlaflosigkeit zu leiden, weshalb ich dir gestern zwei Tabletten gegeben habe. Waren reine Placebos und du hast trotzdem geschlafen ...*

Orsini nahm einen Stift zur Hand und schrieb darunter.

Passt leider nicht, aber nett, dass du daran gedacht hast. Mir geht's schon besser, werde mich vorsichtshalber untersuchen lassen, wie du vorgeschlagen hast. Er nahm einen Schluck Kaffee und holte sich einen weiteren Toast, bevor er fortfuhr zu schreiben. *War schön, wieder mal mit dir zu ... arbeiten*, wollte er gerade schreiben, besserte jedoch auf ... *zusammen zu sein* aus. Dann fügte er seine Unterschrift hinzu, überlegte eine Weile und hängte noch ein PS an. *Jeder braucht doch so seine Kügelchen oder? Gestern hab ich aus anderen Gründen gut geschlafen* ... Eigentlich wollte er noch anfügen, *weil ich mich bei dir wohl gefühlt habe.* Doch irgendetwas in ihm ließ das wieder einmal nicht zu.

Nach der Dusche verwendete er vorsichtig Lillys Mickymauszahnbürste, wusch sie danach sorgfältig ab und stellte sie wieder so hin, wie er sie genommen hatte. Umständlich zog er sich einhändig an, räumte dann die Küche auf und begab sich, nachdem er den Schlüssel wie verlangt in den Schlitz geworfen hatte, wieder auf die Straße. Mit öffentlichen Verkehrsmitteln fuhr er zu seinem Doktor, der keiner war, aber so hieß. Nämlich in ein Fitnessstudio, wo Orsini ab und zu trainierte. Um diese Zeit herrschte wenig Betrieb und Orsini hoffte, den Doktor Joe – wie ihn alle nannten – zu treffen. Der Doktor war Boxtrainer, hieß eigentlich Josef und sah selbst aus wie ein angeschlagener Kämpfer. Alles an ihm war schief oder auf irgendeine Weise deformiert. Er habe an sich selbst herumgebastelt und deswegen solche Erfahrung, hieß es hinter vorgehaltener Hand. Cuts zu nähen war sein täglich Brot, aber angeblich schreckte er auch vor dem Verarzten von Brüchen nicht zurück. Im Klub wurde gemunkelt, dass er früher in einer Fleischhauerei gearbeitet hätte. Orsini hatte sich selbst beim Sparring schon mehrmals verletzt und wusste daher die Künste des Doktors zu schätzen. Was er sagte, hatte Hand und Fuß, und wenn ihm ein Fall zu heikel war, gab er es zu und schickte den Verletzten gleich weiter ins nahe Spital. Meistens. Kunden hatte er ja genug.

Wie immer hing Joe mit ärmellosem Feinripp-Unterleibchen und Uralt-Jogginghose bekleidet herum. Der Becher randvoll mit schwarzem Kaffee. „Ah, Maestro“, gab er Orsini erfreut seine Presslufthand und schlug dann mit der freien Hand auf Orsinis Schulter, dass er zusammenzuckte: „Zum

Training kommst aber net, wenn i mir di so anschau. Hast leicht kämpft und verlorn?"

„Kann man so sagen."

„Du? Mit deiner Technik?"

„Überraschungsangriff."

„Versteh, komm, gemma in Massageraum und mach di frei, wannst as ohne Hilfe schaffst", fügte Joe mit einem schiefen Lachen an.

Als Nächstes hörte man aus dem normalerweise ruhigen Massageraum lautes Schreien und auch das eine oder andere Schimpfwort.

„Na ja, Sportskamerad", sagte ein besorgt klingender Doktor Joe, „zwei, drei Wochn kein Training ..."

„Und die Rippen?"

„Sekunderl, von obn nach untn – immer schön pomali! Also: der Kiefer und des Aug san nur gschwolln. Des is in a paar Tag vorbei. Bei die Zähn wär ich vorsichtig. Wenn s' in einer Wochn immer noch weh tun, dann ghörn s' raus."

„Wie viele?" Orsini schluckte.

„Zwei oder drei. Gebiss wirst schon keins brauchn, so wie i." Der Doktor schob geschickt seine Dritten vor und klapperte damit.

Orsini schluckte abermals.

„Die Rippn", kam Joe zum dramaturgischen Höhepunkt seiner Diagnose, „die Rippn, die untern drei san nur anknackst. Aufpassn musst trotzdem. Keine Gefahr für die Lungen – des wolltst ja wissn ... Weh tun wird's aber noch länger. Das Einzige, was da dagegn machn kannst, ist Schmerzmittl einwerfn. Aber du bist eh hart im Nehmen, oder?"

Orsini versuchte überzeugend zu nicken.

„Die Hand is, ma könnt sagn, a klassischer Durchstich. Keine Entzündung, des wird wieder. Wie ist da denn des passiert, wenn man fragn darf?"

„Unfall."

„Ah, Unfall, und das Schienbein?“

„Kaum der Rede wert.“ Orsini setzte sich auf und begann sein Hemd zuzuknöpfen. „Danke, wie viel bin ich schuldig?“

„Schuldig? Wirfst a Marie in die Spendenkassa vorn bei der Tür und es passt. Und wennst wieder gsund bist, kommst zum Training.“

„Wirklich?“

„Na klor, was trainierst’n jetzt eigentlich, Boxen oder ...?“

„Nein, schon lang nimmer.“

„Schad um dich, mit deiner Schnelligkeit und Technik. Hätt was draus werdn können.“

„Tja, muss schon froh sein, wenn ich überhaupt dazu komm. Außerdem bin ich grad wieder beim Fernöstlichen angelangt und probier Verschiedenes aus.“

„Auch nicht schlecht. Aber des mit der Deckung, des haben s’ euch da noch net richtig beibracht?“ Joe deutete einen Schlag zum geröteten Auge an.

Orsini verabschiedete sich, bei der Tür drehte er sich noch einmal um. „Sag, einen groß gewachsenen Schläger, Glatze, der meistens Schuhe mit Tigerfellmuster trägt, kennst du nicht zufällig?“

„Zufällig schon gar net. Solche habn bei uns nix zum suchn.“

„Alles klar!“ Orsini öffnete die Tür.

„He Orsini“, rief ihm der Doktor hinterher, „nie die Deckung vergessn, in jeder Lebenslage!“

Bei sich selbst schien er das zwar vernachlässigt zu haben, aber recht hatte er, dachte Orsini und machte sich auf den Weg.

Nach dieser eher beruhigenden Diagnose fuhr Orsini erleichtert nicht, wie er eigentlich geplant hatte, nachhause, sondern wartete wenig später auf ein Loch im Geschäftsablauf, holte tief Luft und trat in die Trafik ein. Bei seinem letzten Besuch hatte er nach dem auf ihn einprasselnden Redeschwall eine Erholungspause einlegen müssen. Heute glaubte er sich jedoch gegen die blondierte Vielrednerin gewappnet. Die Üppigkeit schien heute besonderen Ausgang zu haben und zeigte sich in Form eines tief ausgeschnittenen Dekolletees. Orsini musste achtgeben, dass sein Blick nicht ständig abglitt.

„Der Herr Fast-Polizist", erkannte die Trafikantin Orsini sofort wieder und setzte neugierig nach: „Haben S' gar einen Autounfall ghabt?"

„Nein so arg war's nicht, bin nur ausgerutscht."

„Was, und da schaut ma gleich so aus? Entschuldigen S' schon ... Marandjosef! Die Hand auch noch ... und weiter unten?"

Orsini blickte offenbar so verdattert drein, dass sie gleich weiterredete: „Nein, ah ... die Beine mein ich natürlich, ob eh nix brochen is."

„Ach so", erwiderte Orsini lächelnd, „unten ist alles in Ordnung."

Die Trafikantin stieg auf einen Schemel und schob eine Reihe Zeitschriften zurecht. „Letztens warn S' noch ganz. So schnell kann des gehen! Also einer Freundin von mir, von dera ihrm Mann sein Freund ..."

„Ist in meiner Familie auch schon passiert", schnitt Orsini ihr das Wort ab.

Überrascht sah sie zu ihm herab.

Eins zu null!, rechnete Orsini insgeheim und fuhr fort: „Sagen Sie, den Mörder vom Posament..."

„Ham s' schon!", erwiderte die Trafikantin schlagfertig und stieg vom Schemel. „War ein Drogensüchtiger aus der Gegend. Gsindl halt – wie ich immer sag. Wer bringt sonst schon wegn dem bissl Geld wen um, frag ich Sie. Noch dazu, wo der alte Pedant im ganzen Viertel wegen seiner Geizigkeit bekannt war und eh nix zum Holen war! Da hättn s' noch wartn müssn, bis er endlich das Haus verkauft hätt! Dann wär was dagwesn und nicht zu wenig. Die anderen haben s' leider wieder ausglassn. Mir wär lieber, die hättn s' noch länger eingsperrt! Aber was zählt schon meine Meinung ..."

„Also Freunde waren Sie und der Posamentenhändler nicht?", kam Orsini kurz zu Wort.

„Wieso? Wie kommen Sie da drauf?"

„Na ja, ... geiziger Pedant ..."

„Wenn's stimmt! Bevor der eine Fahrkartn kauft hat, ist er lieber stundenlang z'Fuß gangen und das mit über achtzig. War eh schon ganz schief, ein kleiner Lufthauch hätt da genügt, dass er uns umgfalln wär ... aber was reg ich mich auf. Der hat sich ja auch mit dem Vladimir z'strittn und des warn immerhin die besten Freunde. Seit dem Krieg haben die beiden sich gekannt und dann kriegn sie sich in dem Alter noch übers Kreuz!"

Seit dem Krieg, wiederholte Orsini im Geist. *Da hat der Altwarenhändler mir aber was anderes erzählt!*

„Und des Geschäft hättn S' sehen müssen!", lenkte ihn die Trafikantin aber bereits von seinem Gedanken ab. „Alles im rechten Winkel und penibel aufgräumt. Wehe, da hat was nicht gepasst! Der arme Karl, was sich der oft hat anhören müssen. Der hätt allen Grund ghabt, ihn zu ..., aber des hab ich jetzt nur so dahingesagt – verstehn S' mich nicht falsch! Aber stimmen tut's schon, bevor der Alte auf einen Kaffee gangen ist, hat er lieber Wasser trunken. Obwohl, einmal hab ich ihn sogar im Acapulco getroffen. Vielleicht war er ein stiller Genießer."

„Acapulco, aber das ist doch in Mexiko?"

„Ja, deswegen ist es mir auch spanisch vorgekommen, weil ausgerechnet am Freitag ... aber was interessiert Sie das? Sagen Sie nichts, gleich hab ich's ...? Export. Stimmt's?"

„Wie ... ach so ... ja eine Packung bitte!" Orsini ärgerte sich, dass sie den Satz zuvor abgebrochen hatte. Umständlich suchte er nach Münzen. „Das ist schon komisch."

„Was denn?“

„Ich war schon einmal in Acapulco“, flunkerte Orsini, „und hab deswegen geglaubt, Sie sind auch ...“

„Nein, nein, sowas kann ich mir mit meiner Trafik doch nicht leisten! Höchstens Caorle. Wenn's hoch hergeht: Jesolo.“

Einzeln legte er die Münzen auf das Pult, um das Gespräch hinauszuzögern. „Ich war ja hauptsächlich wegen den Springern in Acapulco. Und Sie?“

„Nein, hab ich ja grad gsagt, dass ich mir das nicht leisten kann.“

„Ah ja, ach, geben Sie mir noch die Zeitung. War übrigens ein toller Urlaub in Acapulco.“

„Das glaub ich Ihnen, heiß wahrscheinlich.“

„Ja, mittags vor allem.“

„Und Ihr Acapulco?“, fragte Orsini.

„Mein Acapulco?“

„Ja, weil Sie grade gesagt haben, dass Sie den ermordeten Posamentenhändler dort getroffen haben.“

„Ja, aber nur ganz kurz.“

Verdammt! Sonst redet sie wie ein Wasserfall und jetzt muss ich ihr alles aus der Nase ziehen! „Und was ist das eigentlich, Ihr Acapulco?“

„Das Acapulco? War früher mein Stammkaffee, obwohl's eigentlich ein Espresso ist.“

„Und dort im Acapulco, haben Sie zufällig ...“

„Ja, weil ich mir noch dacht hab“, kam sie wieder auf Touren, „komisch, ausgerechnet an einem Freitag, wo er doch sonst immer genau auf die Minute seinen Spaziergang macht, treff ich ihn im Acapulco.“

„Wieso war das komisch?“

„Na, wenn dem was heilig war, dann sein Spaziergang! Immer freitags, da haben S' die Uhr danach stellen können. Und wie ich da so sitz und durchs Fenster schau, kommt er auf einmal aus dem großen Haus gegenüber. Geht dann über die Straße und direkt in mein Espresso. Eigentlich wollt er sich, glaub ich zumindest, setzen. Aber wie er mich sieht, nickt er nur kurz, lässt sich a Mehlspeis einpackn und geht, ohne auf Wiederschaun zu sagen. Wie wenn's ihm peinlich gwesen wär. Was kann einem da peinlich sein, frag ich Sie? Also eine Art ist das keine! Aber warum erzähl ich Ihnen das alles überhaupt?"

„Weil Acapulco vielleicht eine Reise wert ist", erwiderte Orsini gutgelaunt und zahlte.

„Ja, war immer gern dort!" Sie gab ihm das Retourgeld. „Aber seit der Besitzer gwechselt hat, ist's damit bergab, na ja, Sie wissen schon, man will ja nichts Böses sagen, aber die Qualität hat's dann nimmer ghabt."

„Und haben Sie den Posamentenhändler noch einmal dort getroffen?"

„Nein, nie wieder, allerdings hab ich bald drauf das Lokal gwechselt."

Orsini verabschiedete sich, warf noch verstohlen einen Blick auf die Üppigkeit und musste versprechen, besser auf sich aufzupassen. Kaum hatte er das Geschäft verlassen, kam auch schon die nächste Kundschaft. Nach wenigen Schritten kehrte er jedoch wieder um. „Dieses Espresso ist eigentlich ... wo genau?", fragte er in die halb geöffnete Tür hinein.

„Das Acapulco – in der Wiedner Hauptstraße, wenn's des überhaupt noch gibt, aber warum ...?"

Die letzten Worte hörte Orsini nicht mehr. Wiedner Hauptstraße ... Irgendetwas aus der Fülle an Sätzen war in seinem Kopf auf etwas anderes gestoßen und gemeinsam hängen geblieben; es baumelte dort nun wie von einem Schleier verhüllt neckisch im leeren Raum zwischen den Synapsen und lenkte ihn ab.

Gedankenverloren passierte er wenig später die versperrte Tür des Altwarengeschäfts. Auf einem angeklebten Zettel stand: „Bin in zehn Minuten zurück." Hatte Tandler den Zettel vom Friseur geliehen, fragte Orsini sich und entschied, dass er auch nach diesem zweiten Besuch in der Trafik einen Kaffee nötig hatte. Auf dem Weg zum kleinen Café musste er an den Baustellen vorbei. Es herrschte Hochbetrieb. Nirgends aber sah er den Ingenieur oder einen Mann mit Anzug und Tigerfellschuhen.

Auch Tiger kann man zur Strecke bringen, wenn man nur weiß wie, wechselte der in seinem Kopf entstandene Gedanke abrupt auf *Achtung Vorsicht!* Gerade in dem Augenblick ging er nämlich am Fenster des kleinen Cafés vorbei und erkannte im Inneren zwei Personen, an die er kurz zuvor gedacht hatte. Der Augenblick hatte ihm genügt. Er zog die zum Türgriff ausgestreckte Hand wieder zurück und marschierte geradeaus weiter.

Hatten sie ihn gesehen? An der Bar lehnten nämlich Vladimir Tandler und der Ingenieur und unterhielten sich. Was hatte das zu bedeuten? Zufall? Rätselnd, wohin er diesen Puzzleteil ablegen sollte, marschierte Orsini stadteinwärts und peilte das nächstgelegene Café an. Einen kleinen Braunen später hatte er einen Plan entworfen und stand kurz darauf abermals vor dem Altwarengeschäft. Der Zettel war entfernt worden und Orsini trat in das mit Zigarrenrauch vernebelte Geschäft ein. Wie schon beim letzten Mal war Vladimir Tandler im kleinen Nebenraum beschäftigt. Nachdem er bemerkt hatte, dass jemand das Geschäft betreten hatte, kam er hinter dem roten Vorhang hervor, zog ihn aber erstaunlich flink hinter sich zu.

„Ah, Sie sind es.“ Er schien überrascht. „Heute kaufen Sie mir hoffentlich was ab – oder brauchen Sie wieder eine Geschichte für Ihre Zeitung?“ Vladimir Tandler trat mit der Zigarre zwischen den Fingern auf Orsini zu und gab ihm die Hand.

„Wenn ich ein schönes Stück finde und der Preis stimmt und ich dazu vielleicht noch eine gute Story bekomme“, schüttelte Orsini die angebotene Hand.

„Unfall?“, fragte Vladimir Tandler.

„Ausgerutscht, ist aber nur eine Kleinigkeit."
„Also, wie kann ich Ihnen behilflich sein?"
„Halten Sie es für möglich, dass Heinrich Novak erpresst wurde?", begann Orsini ganz direkt.
„Hab's mir schon gedacht. Wieder kein Geschäft für mich. Aber um auf Ihre Frage zurückzukommen: Wer meinen Sie denn, sollte ihn erpresst haben?"
Zwischen den Wörtern hörte Orsini eine leichte Gereiztheit durchklingen. Der Altwarenhändler verhielt sich auch nicht so gastfreundlich wie beim letzten Besuch und bot ihm weder Kaffee noch eine Sitzgelegenheit an. Distanz war offenbar die Devise und Orsini glaubte auch den Grund dafür zu kennen. Aus dem Nebenraum hatte er nämlich ein Geräusch vernommen.
„Wie ich gehört habe, gab es Streit zwischen ihm und einer der Immobilienfirmen."
„Das haben Sie gehört. Interessant, von wem, wenn ich fragen darf?"
„Bewohner des Viertels haben das bestätigt", wich Orsini aus.
„Bewohner des Viertels", wiederholte Vladimir herablassend, „und das glauben Sie so einfach?"
„Nach all dem, was ich bis jetzt recherchiert habe, gibt es keinen Grund, daran zu zweifeln. Außerdem haben Sie ja selbst bestätigt, auch Probleme zu haben. Sie haben sogar von Rechtsanwälten und Drohungen gesprochen."
„Das heißt aber nicht, dass Sie von mir auf ihn schließen können", klang wieder eine gewisse Verstimmtheit durch.
„Ist jedoch nicht ganz von der Hand zu weisen."
„Eine Vermutung also." Vladimir Tandler nahm die Zigarre zwischen die Lippen und ließ eine große Rauchwolke aufsteigen. Der Rauch nebelte Orsini direkt ein und konnte auch als eine Aufforderung zum Gehen verstanden werden.
Orsini blieb jedoch. „Aber vielleicht gab es ja noch einen anderen Grund. Die Beziehung zwischen Ihnen und

Heinrich Novak scheint sich in letzter Zeit verschlechtert zu haben, wie mir zu Ohren gekommen ist. Ich glaube, man könnte sogar von Streit sprechen.“

Orsini war sich seines Frontalangriffs durchaus bewusst und beobachtete deshalb den Alten genau. Ein Ruck schien durch den Händler zu gehen. Asche fiel aus seiner zitternden Hand zu Boden und Orsini erwartete einen Ausbruch. Der Altwarenhändler aber kramte nach einem Feuerzeug und zündete den noch glühenden Zigarrenstummel erneut an. Offensichtlich wollte er Zeit gewinnen. „Entschuldigen Sie“, wies der Händler auf die Zigarre, sah Orsini direkt an und fuhr mit leiser Stimme fort: „Unser Streit hatte damit nicht das Geringste zu tun.“

„Was war sonst der Grund für Ihre ... Auseinandersetzung?“

„Was rein Persönliches, unbedeutend.“ Vladimir Tandler wich Orsinis Blick aus und nahm wahllos einen Gegenstand zur Hand. Ihm war sichtlich unwohl in seiner Haut. Gleichzeitig war er wortgewandt genug, um sich nicht zu verraten. „Wenn Sie mich jetzt entschuldigen würden, ich habe zu tun.“ Er drehte sich zu Orsini, um ihn hinauszukomplimentieren.

„Natürlich, nur eine letzte Frage: Wie allgemein bekannt“, hakte Orsini nach, „hat Heinrich Novak jeden Freitag zur selben Zeit einen Spaziergang unternommen.“

„Ja“, bestätigte Vladimir und paffte wieder in Orsinis Richtung.

„Kannten Sie Dauer und Ziel?“

„Warum interessiert Sie das?“

„Nur so.“

„Aha, das weiß doch jeder im Grätzel. Ich nehm an, so zwei Stunden vielleicht, aber von einem Ziel weiß ich nichts. Bei einem Spaziergang sollte doch der Weg das Ziel sein, oder etwa nicht?“

„Normal schon“, nickte Orsini, öffnete die Tür und ließ den alten Händler mit den fast geflüsterten Worten stehen:

„Übrigens kannten Sie Heinrich schon viel länger, als Sie mir beim letzten Mal erzählt haben."

Entweder gab es einen Hinterausgang, was nicht ungewöhnlich gewesen wäre, oder er hatte sich getäuscht. Orsini sah zum wiederholten Male auf seine Uhr – schon eine Dreiviertelstunde. Er stand in einem Hauseingang und beobachtete das Altwarengeschäft. Weder hatte während der Zeit jemand das Geschäft betreten, noch hatte es jemand verlassen. Zweimal schon hatte er seinen Standplatz wechseln müssen, da ihn misstrauische Leute nach dem Grund des Wartens gefragt hatten. Die Anwohner waren tatsächlich vorsichtig geworden, was auch kein Wunder war. Wie in der Zieglergasse dominierten auch hier heruntergelassene Rollläden und leere, meist mit Plakaten zugeklebte Geschäftsauslagen das Bild. Ausgerechnet ein Solarium hatte noch die Pforten geöffnet und warb mit einem großen Schild um Kunden. Darauf war eine spärlich bekleidete Dame zu sehen, die sich genüsslich an einem Sandstrand räkelte. Eine Palme sollte südliches Flair suggerieren. SFS, war in großen Lettern über den Eingang geschrieben und stand für Sun-Fun-Sonnenstudio. Ein Satz gefiel Orsini besonders: *Entflieh dem grauen Alltag, lass dich verwöhnen – tritt ein in die neue Wohlfühldimension!*

Einige der Personen, die das Geschäft frequentierten, hatten sich bezüglich ihrer Hautfarbe tatsächlich schon in eine andere Dimension begeben. Verdammte Kälte, fluchte Orsini still vor sich hin, während wieder eine gut gelaunte menschliche Riesenorange das Geschäft verließ. Sollte er sich etwa ein wenig aufwärmen oder sogar dem grauen Alltag entfliehen? Orsini trat näher, ließ dabei jedoch das Altwarengeschäft nicht aus den Augen. „Alle unsere Kabinen sind selbstverständlich mit Musik, Handtuch, Gesichtswasser und Deos ausgestattet", las er. Darunter war eine Preisliste angebracht. Er schüttelte den Kopf. Eine dicke Daunenjacke wäre eindeutig der bessere Deal, sinnierte er und sah aus den Augenwinkeln, dass sich die Tür zum Altwarengeschäft öffnete.

Vladimir Tandler trat auf die Straße und sah um sich. Orsini machte einen Schritt zurück, wartete und spähte nach einem Augenblick um die Ecke. Offenbar versperrte der Alte gerade die Eingangstür. Links davon, hinter einem Holzverschlag schien jemand zu stehen. Nun steckte Vladimir Tandler die Schlüssel ein, wandte sich um und sagte etwas. Eine Frau kam hinter dem Verschlag hervor und beide gingen zu Orsinis Ärger in die entgegengesetzte Richtung, sodass er das Gesicht der Frau nicht sehen konnte. Allerdings trug sie ein gelbes Kopftuch und aufgrund ihrer Figur und des langsamen Tempos war sich Orsini sicher zu wissen, um wen es sich handelte.

Er folgte ihnen bis zur Kirche und bog dann ab. Er hatte genug gesehen. Außerdem musste er unbedingt noch etwas zu essen einkaufen, sein Kühlschrank war leer, wie auch sein Magen. Die Richtung stimmte ohnehin und so erreichte er nach einer Viertelstunde den Naschmarkt. Es war wie immer um diese Zeit viel los. Die Stimmung war der Jahreszeit angepasst und die Dunkelheit sickerte langsam ein. Ohne Eile kaufte er bei seinen Lieblingsgeschäften ein und ließ sich zu diesem und jenem überreden. Kostete, tratschte mit den Verkäufern, probierte Verschiedenes und hatte schon bald zwei Taschen voller Spezialitäten. Im Deli, einem türkischen Restaurant, saß er wenig später, trank aromatischen Tee und verspeiste vorsichtig picksüße, in Honig eingelegte Backwaren aus Blätterteig. Das Kauen versuchte er einseitig zu betreiben und ließ sich die Bissen möglichst auf der Zunge zergehen. Bedächtig fuhr er mit der kleinen Gabel quer durch den übrig gebliebenen Honig. Eine dünne gerade Linie zeichnete sich ab und verschmolz allmählich wieder zu einer süßen Fläche. Wieder und wieder zog er die Linie nach. Bis er schließlich an beide Enden jeweils ein kleines

Teigblättchen und nach einer Weile in die Mitte eine übriggebliebene Nusshälfte legte.

Der Posamentenhändler war nicht einfach spazieren, sondern ist entlang einer Linie gegangen, ließ der Gedanke, der von der Trafikantin geweckt worden war, endlich seinen Schleier fallen. *Er ist jedenfalls an der Nuss, also dem Naschmarkt vorbeigekommen.* Das war es, was der Würstelverkäufer über seinem verschrumpelten Paar Frankfurter erwähnt hatte. Er hatte Heinrich Novak einmal am Naschmarkt gesehen. Das hieß, zog Orsini seine imaginäre Linie weiter, das Espresso Acapulco musste am Beginn der Wiedner Hauptstraße liegen. Zumindest war dies die kürzest mögliche Verbindung. Er zahlte und marschierte anschließend gedankenverloren stadteinwärts den Markt entlang. Genoss die geschäftige Stimmung und sog die vielfältigen Gerüche auf. Nach einer Weile bog er rechts ab und erreichte kurz darauf die Verkehrsinsel, inmitten derer die Paulanerkirche stand.

Mit seinen zwei Einkaufstaschen beladen, die er überdies nur in der rechten Hand tragen konnte, war er froh, nicht lange suchen zu müssen. Seitlich des Cafés prangte links die Aufschrift *Espresso* und rechts *Acapulco.* Eine orange-weiß gestreifte Markise streckte sich zur Hälfte hervor. Keiner schien sich die Mühe machen zu wollen, sie je nach Wetter ein- oder auszufahren. Dementsprechend schäbig sah sie aus. Verschiedene, immerhin sehr appetitlich wirkende Mehlspeisen zierten die Auslage. Orsini dachte mit Bedauern an die gerade verzehrte kleinasiatische Nachspeise und trat ein. Das Innere war mit winzigen Wandleuchten ausgestattet, die ein orange-gelbes Licht verströmten. Nur wenige Gäste saßen an den kleinen runden Tischen. Die Kellnerin sprach gerade mit einer Frau, die einen grünen, glockenförmigen Filzhut aufhatte und Stammkundin zu sein schien. Sie hatte ihren Mantel an und hielt eine Handtasche auf ihrem Schoß fest umklammert, als ob sich darin ihr ganzer Besitz befände. Verwundert warf Orsini einen Blick auf das grüne Gebilde mit Mantel. Wie konnte sie die Hitze nur ertragen? *Kommt wahrscheinlich grade vom Friseur und will das Kunstwerk unter der grünen Glocke nicht derangieren.*

Orsini setzte sich an einen Fensterplatz, bestellte, wie es sich in einem Espresso gehörte, das namensgleiche Getränk und konnte dann doch den süßen Verlockungen nicht widerstehen. Ein kleiner Punschkrapfen konnte nicht schaden und passte zur Vorweihnachtszeit, schob er aufkeimende Übelkeits- und Zahnschmerzgedanken argumentativ beiseite. Obwohl er direkt neben dem Eingang saß, war es stickig. Ein als Heizkörper getarnter Griller direkt unter seinem Tisch leistete übermäßige Dienste. Hatte Orsini noch vor Kurzem gefroren, begann er nun zu schwitzen.

Der Vorteil an diesem Platz war natürlich die freie Sicht auf das große Haus gegenüber, aus dem die Trafikantin den Posamentenhändler angeblich hatte kommen sehen. Schmutzig hellbraune Fassade in Parterre und Mezzanin. Darüber drei hohe dottergelbe Stockwerke. Die riesige Eingangstür zog sich über die unteren beiden Etagen und darüber wachte ein in die Mauer eingelassener Frauenkopf. Ein Erker reichte über die Belletage bis zum zweiten Stock. Als Krönung des Ganzen hatte das Dach einen turmartigen Aufbau. Pompös war der richtige Ausdruck. Zwar ein wenig heruntergekommen, aber doch eindrucksvoll. Ansonsten konnte Orsini aber nichts Außergewöhnliches erkennen. Was wollte der alte Posamentenhändler in dem Haus – wenn er denn überhaupt dort gewesen war? War ihm die Begegnung mit der Trafikantin tatsächlich peinlich gewesen, oder war es ihr nur so vorgekommen? Außerdem: Was war daran so besonders? Vermutlich hatte er dort nur jemanden besucht. Fünfzehn Minuten Gehzeit von seinem Geschäft über den Markt bis hierher, kalkulierte Orsini. Zwanzig, wenn man sein Alter mitrechnete. Zwanzig retour. Blieb etwas über eine Stunde, die Heinrich Novak dort verbracht haben konnte.

„Sagen Sie“, begann Orsini ein Gespräch mit der korpulenten Kellnerin.

„Ja?“, entgegnete sie und stellte Mehlspeise und Espresso auf den Tisch.

„Wie lange arbeiten Sie schon hier?“

„Seit acht Uhr.“ Sie runzelte die Stirn und schob sich den Ärmel zurecht.

„Nein, wie viele Jahre“, lachte Orsini und überlegte, an wen sie ihn erinnerte.

„Gut zehn, aber warum wollen Sie das wissen?“

„Ein Bekannter von mir, ein alter Herr über achtzig hat mir das Kaffeehaus wegen der guten Mehlspeisen empfohlen, Heinrich Novak heißt er übrigens. Kennen Sie den?“

„Lassen Sie mich überlegen“, antwortete die Kellnerin ohne besonderes Interesse.

Sie sah der Trafikantin ähnlich, hatte die gleiche Aufmachung, stellte Orsini plötzlich fest.

„Tut mir leid, weiß nicht, wer das sein könnte. Die meisten älteren Herrschaften kenn ich zwar mit Namen, alle natürlich nicht.“

„Er ist Posamentenhändler und kommt jeden Freitag rund um sieben Uhr abends her“, fuhr Orsini fort und fragte sich dabei, ob ihre Haare naturblond oder gefärbt waren.

„Nein, das wüsste ich. Wahrscheinlich sitzen Sie im falschen Lokal. Das Punschkrapferl schmeckt Ihnen aber hoffentlich trotzdem.“

„Ausgezeichnet. Sie haben sicher recht. Ich sitze wohl wirklich im falschen Lokal.“

„Brauchen Sie sonst noch was?“

„Nein, das heißt, eine Frage habe ich noch: Das große Haus gegenüber ...“

„Was ist damit?“

„Ich ... ich bin auf der Suche nach einer Wohnung. Das ist doch ein Wohnhaus, oder?“

„Hab zumindest nichts anderes gehört", antwortete sie nun mit einer Spur Ärger in der Stimme und wandte sich ab.

„Danke, der Kaffee schmeckt vorzüglich", grummelte Orsini.

Die Kellnerin ging wieder zu der alten Dame mit Hut. Die beiden unterhielten sich leise und Orsini bemerkte, dass sie ihm den einen oder anderen misstrauischen Blick zuwarfen. Zweifelnd suchten seine Augen den gegenüberliegenden Hauseingang ab, aus dem gerade ein mittelalterlicher Mann, Typ Bürohengst, herauskam und einem älteren Herrn die Tür aufhielt, um ihn eintreten zu lassen.

Ich liege völlig falsch. Resignierend stierte er durch die verschmutzte Scheibe. Es hatte zu nieseln begonnen. Die Nässe verwandelte die zuvor stumpf daliegende Straße in ein glänzendes, von Lichtreflexen durchzogenes Meer. Abwesend fixierte er dennoch den Eingang gegenüber. Wieder wurde die Tür geöffnet. Eine Frau kam heraus und rief ein Taxi. Das Glitzern ihres sogar aus dieser Entfernung gut sichtbaren Schmuckes belebte das Lichtermeer noch zusätzlich. Für einen Moment dachte er, dass auch sie wie die Trafikantin aussah. Er schloss seine Augen. Wurde er allmählich verrückt? Hatte er einen so großen erotischen Nachholbedarf, dass ein üppig präsentierter Busen in ihm Halluzinationen auslöste? Oder wirkten die Schmerzmittel vom Vortag noch nach?

Rasch legte er das abgezählte Geld auf den Tisch und ohne die Kellnerin anzusehen, verließ er überhastet das Lokal.

20

An Schlaf war nicht zu denken. Orsini griff sich an die Wange und fuhr mit der Zunge über die beleidigten Zähne, die nun wieder zu schmerzen begonnen hatten. Unruhig wälzte er sich auf dem Sofa hin und her, stand schließlich auf und zog sich an. Wie so oft um diese Zeit. Kurz nach Mitternacht schaute er vorsichtig aus seiner Wohnung ins Stiegenhaus. Den Angriff hatte er als Warnung verstanden, als Aufforderung, seine Nase nicht weiter in fremde Angelegenheiten zu stecken. Natürlich wäre es klüger gewesen, dieser Aufforderung auch nachzukommen. Doch seit ihrem Besuch in Edips „Luxusherberge" konnte er die Sache kaum auf sich beruhen lassen. Zu sehr stank dieser Sumpf an menschenverachtendem Business zum Himmel. Und ihn Paulas Kollegen überlassen ...?

Auf der Straße war es bitterkalt, ein Ostwind kündigte eine bevorstehende Wetteränderung an. Er blickte zum Himmel und war überrascht, nach Tagen des Hochnebels vereinzelt blinkende Sterne zu sehen. Ruckartig zog er den dicken Schal enger, überlegte, welche Richtung er einschlagen sollte und wandte sich nach links.

Allerdings würde er besser auf sich achtgeben müssen, dachte er an den Ratschlag der Trafikantin. Nicht nur wegen des Tigerfell-Typen. Vielmehr wegen seiner eigenen Art, sich zu sehr in seinen Fällen zu verlieren. So erfolgreich er die meisten davon gelöst hatte, so sehr zweifelte er immer wieder an der Richtigkeit seiner Berufswahl. Ergriffen war nämlich das falsche Wort. Sein Leben lang hatte er eine klare Lebensplanung gemieden und sich von seiner intuitiven Seite lenken lassen. Was zu einem abgebrochenen Studium geführt hatte und zu jahrelangen Reisen. Zwei Mal war er kurz davor gewesen, sich an einem fernen Palmenstrand ein Lokal zuzulegen. Das eine Mal hatte ihm das nötige Bargeld gefehlt, das andere Mal hatte die Erkrankung seiner Mutter ihm einen Strich durch die Rechnung gemacht. Und nach ihrem Tod war er zu lethargisch gewesen, um die Sache wieder aufzugreifen. Stattdessen hatte er sich durch einen Bekannten von der Polizei anheuern lassen, die einen Beinah-Juristen durchaus gebrauchen konnten. Aber auch in diesen Job war er eher hineingeglitten.

Wie um der Kälte zu entfliehen, aber auch, um diese Erinnerungen hinter sich zu lassen, marschierte er im Eiltempo dahin. Rechts über ihm thronte einer der mächtigen Löwen auf einem Dachvorsprung, denen die Gasse ihren Namen verdankte und unwillkürlich musste er an Sophie Novak denken.

Zwei Wochen waren es her, seit sie ihm den Auftrag erteilt hatte und er wusste nach wie vor nicht, was ihr eigentlicher Grund dafür war. Natürlich, die Erbschaft, aber das Geld allein – kaum. Ihr Hass auf den Bruder und die jüngere Schwester oder auch auf Vater und Mutter? Das Ausgeschlossensein aus der Familie, wenn auch selbst gewählt, war oft schwer zu ertragen.

Vor einer Ampel hielt er an und ließ zwei Autos vorbeifahren. Aus einem der beiden drang das tiefe Wummern des Basses bis zu ihm. Um diese Zeit hatte der Verkehr längst nachgelassen. Er überquerte die breite Ausfallstraße, ging aber nicht wie meist über die Brücke, sondern zweigte rechts davon ab. Einige Stufen und er spürte den kühlen Luftzug des Donaukanals. Die Laternen wiesen den Weg und sahen aus wie Vollmondlollipops. Für einen Moment blieb er stehen und schaute auf das dunkle Wasser. Am gegenüberliegenden Ufer schaukelte gemächlich eine Holzzille. Vor nicht allzu langer Zeit hatten Feuerwehrleute damit eine junge lebensmüde Frau, die von der Brücke ins eiskalte Wasser gesprungen war, gerettet.

Wumm, wumm, dröhnte es mittlerweile von der anderen Seite des Kanals. *Fahren wahrscheinlich wie die Irren im Kreis.* Verärgert kickte er einen Stein in den Kanal und ging den Schotterweg in Strömungsrichtung entlang. Der kalte, schneidende Wind blies ihm jetzt direkt entgegen. *Bin zwar nicht irre wie die, aber im Kreis bewege ich mich langsam auch*, rekapitulierte er die Ergebnisse der letzten Tage. Das Acapulco schien eine Sackgasse zu sein. Vermutlich war der Alte dort einfach nur spazieren gewesen. Dass er Probleme mit den Baufirmen gehabt hatte, war trotz Judiths gegenteiliger Äußerungen klar. Ob es einen direkten Zusammenhang zum Mord gab, hatte er bis jetzt weder beweisen noch widerlegen können.

Orsini kam den Ausläufern der Stadt näher. Büro- und Industriegebäude lieferten jetzt die Kulisse auf seiner rechten Seite, links floss der Kanal. Da er direkt neben dem Autobahnzubringer marschierte, drehte er den Volumeregler seines I-Pods auf Anschlag, um den Lärm der Autos zu übertönen. Ein leichter Gestank von Fabriksabgasen lag in der Luft. Budapest, Bratislava, Flughafen, las Orsini auf einem Hinweisschild, während er Herbie Hancocks Watermelon Man hörte – eines der wenigen Jazzstücke, die es jemals in die Charts geschafft hatten.

Was spielte der Altwarenhändler Vladimir für eine Rolle? Er war angeblich Heinrichs einziger Freund gewesen, hatte sich aber heute mit dem Ingenieur ganz gut unterhalten. Ging es dabei um das ominöse Anbot? Hatte er deswegen mit Heinrich Streit gehabt? Und weshalb hatte er Orsini angelogen? Was für einen Grund konnte es geben zu verschweigen, dass er den Posamentenhändler schon seit dem Krieg kannte? Warum hatte er vor Orsini außerdem seinen Besuch im Geschäft versteckt?

Kein Mensch verirrte sich um diese Zeit hierher. Unter der beleuchteten Autobahnbrücke hindurch trottete Orsini an einem umgestürzten Einkaufswagen vorüber. Anschließend ging er tief in Gedanken versunken zügig neben den ufernahen Bäumen dahin und bemerkte so nicht, was fast lautlos auf ihn zukam.

Irgendwie abwesend, mit den Gedanken woanders, hatte der Friseur Patschinsky Heinrich beschrieben. Als Pedant und Groscherlzähler, die Trafikantin. „Der arme Karl, was sich der oft hat anhören müssen – der hätt allen Grund ghabt ihn zu ...“, waren ihre Worte gewesen.

Ein Geräusch ließ Orsini zusammenzucken. Unwillkürlich riss er die Hände aus den Taschen. Ein schwarzer Schatten glitt auf ihn zu. Sprang an ihm hoch – und entpuppte sich als Hund. Eine stinkende Promenadenmischung von beachtlicher Größe mit zotteligem Fell. Leise knurrend strich er um Orsinis Beine. Er wusste mit Hunden umzugehen und versuchte das Tier zu beruhigen. Ein Besitzer war nirgends zu sehen und das Tier hatte sich offensichtlich entschlossen, Orsini zu folgen. Er steckte seine klamm gewordenen Hände wieder tief in die Taschen und marschierte weiter.

Karl, ein stilles Wasser, tief? ... Oder doch nur ein Aquarium, begrenzt in seinen Ausmaßen? Zumindest berechnend, wenn es nach Sophies Meinung ging. „Den Karl kann man ja nicht direkt als Hilfe bezeichnen“, hatte die Üppigkeit gesagt – Orsinis Gedanken glitten kurz zum Dekolletee ab –, das konnte man so und so verstehen. Was hätte er für ein Motiv gehabt, seinen Vater umzubringen? Unterdrückte Gefühle, jahrzehntelanger, an Unterwürfigkeit grenzender Gehorsam? Dazu das Anbot. Eine Möglichkeit, aus der finanziellen und familiären Enge zu entkommen? Orsini versuchte sich einen Konflikt zwischen dem ruhigen Karl und dem dominanten Heinrich vorzustellen. Ob Karl zu einem Mord am eigenen Vater überhaupt fähig war?

Der Wind blies jetzt stärker, Orsini jedoch genoss gerade dies, hier, jetzt und um diese Zeit. Oft hatte er in der Stadt das Gefühl, sich nicht zu spüren. Der Wind und die eisige Kälte, die fast sternenklare Nacht zusammen mit dem schnellen Gehen gaben ihm dies wieder zurück. Er roch das verrottende Laub der Weiden. Spürte alle Sinne, hielt an und legte den Kopf in den Nacken. Ein, zwei Minuten beobachtete er den Nachthimmel. Ein paar Wolken zogen über ihn hinweg. Die Boten des ersten Schneefalls? Zwei gelblich leuchtende Sterne standen in einigem Abstand zueinander und sandten ihr Licht aus. Der schwächer Leuchtende flackerte unruhig. *Existieren womöglich schon nicht mehr,* lenkte er seine Gedanken wieder in Gehrichtung und setzte seinen Weg fort. Der Hund strich anhänglich um seine Beine. Orsini musste an Heinrichs Frau Judith und ihre jüngere Tochter Anna denken.

Zwei leuchtende Sterne, unendlich weit voneinander entfernt, gleichzeitig auf eine eigentümliche Art nahe? Nach einer Dreiviertelstunde hatte er die Hälfte der Strecke erreicht und schaute von der stählernen Brücke auf das sanft strömende, dunkle Wasser unter sich. Hinter ihm erstreckte sich das gelb flimmernde Lichtband seiner Stadt und vor ihm lag der sich sanft nach links biegende Kanal. Dort, wo der künstliche Fluss sich verlor, ragten die fünf Schlote des kalorischen Kraftwerkes Simmering in die Nacht. Zeichen der Peripherie. Des Abstiegs. Abgase, Schmutz und Dreck. Die äußeren beiden waren riesig und abwechselnd rot-weiß-rot bemalt. Dazwischen standen drei kleinere, von denen einer ein blinkendes Licht aussandte. Orsini starrte minutenlang auf die fünf Schlote und deren schemenhafte Spiegelbilder auf der Wasseroberfläche.

Aufgereiht wie eine Familie, die sich zum Foto aufstellt.

Er machte einige Schritte, stütze sich mit den Unterarmen auf dem Geländer ab und sah den unter ihm vorbeigleitenden Lichtern der Fahrzeuge zu. Die Promenadenmischung saß neben ihm und wartete. Verwirrt fiel sein Blick abermals auf die fünf Schlote, die in stoischer Gelassenheit emporstrebten. Ohne zu wissen, warum, nahm sein Fuß das rhythmische Blinken des kleineren Schlotes auf und er ahnte, dass er an diesen Platz zurückkehren würde, ohne zu verstehen, warum.

Seine Gedanken schweiften weiter, wie die Lichtspuren unter ihm. Wie sollte er sich Paula gegenüber verhalten? Sie hatte sich verändert, äußerlich zwar kaum, aber das Verantwortungsbewusstsein für ihre Tochter stand nun im Vordergrund und beherrschte ihr Leben.

Was hatten sie falsch gemacht, begann es erneut in ihm zu nagen. Hätte er etwas verhindern können und gab sie ihm dafür die Schuld? Er wechselte die Brückenseite und sah nun den verschwimmenden roten Spuren der Heckleuchten nach. *Geredet haben wir darüber kein einziges Mal.* Sein Blick fiel auf einen völlig kahlen, aber dicht mit Misteln bewachsenen Auwaldriesen direkt neben der Autobahn. Eine Schar Krähen hatte auf den nackten Zweigen ihr Lager aufgeschlagen. *Und vielleicht können wir darüber auch nie reden.*

Langsam schritt er auf das Ende der Brücke zu, stieg die Stufen hinab und ging nun mit dem Wind im Rücken retour. Der Hund hatte sich anders entschieden, bellte noch einmal – wie zum Abschied – und verließ Orsini in die Gegenrichtung.

21

Der Moment vor dem Absprung. Dreißig, vierzig Meter hinunter, dunkelblaues Wasser. Eine Ewigkeit. Fliegen.

Orsini trat aus der Tiefe der U-Bahn ans Tageslicht. Der Wind hatte nachgelassen, Temperaturen weit unter dem Gefrierpunkt mit sich gebracht, dafür aber den Himmel aufgeklart. Endlich.

Es war ein seltsamer Traum gewesen. Er wusste nicht mal, wie es dort aussah. Wie denn auch, er war ja noch nie in Mexiko gewesen. „Caorle, höchstens", klang die Stimme der Trafikantin in seiner Erinnerung nach und er lächelte still in sich hinein. Möglicherweise hatte er im Fernsehen irgendwann einen Bericht darüber verfolgt. Die Bilder waren jedenfalls erstaunlich detailgetreu in seinem Gedächtnis gespeichert. Athletische Körper, die sich auf dem Felsen vorbereiteten. Der mächtige Felsvorsprung selbst. Und vor allem die schier unendliche Phase des Fluges. Dreißig Meter, wie lange flog man da eigentlich, versuchte er im Kopf auszurechnen. Fallgeschwindigkeit in Meter pro Sekunde mal dreißig ...

Er ging an der Pauluskirche vorbei und stand Punkt elf Uhr erneut vor dem Espresso Acapulco. Die ehemals orange-weiß gestreifte Markise hatte die Nacht über ihre Stellung gehalten und schaute bei Tageslicht noch trauriger aus. Orsini trat ein und war, abgesehen von einem Mann in Arbeitsmontur, der einzige Gast. Eine andere Kellnerin hatte Dienst, stellte er zu seiner Erleichterung fest und nahm am gleichen Tisch wie am Abend zuvor Platz. Der Mann bezahlte gerade, verabschiedete sich und verließ das Lokal. Obwohl sie unausgeschlafen wirkte, eilte die junge Kellnerin flink zu Orsini an den Tisch. Sie wünschte trotz ihrer dunklen Augenringe höflich guten Morgen und nahm seine Bestellung auf.

„Ein Verlängerter, schwarz und ein Croissant, bitte."

„Sofort!" Sie blickte Orsini flüchtig an, machte auf der Stelle kehrt und begann an der Kaffeemaschine zu hantieren. Der angenehme Geruch frisch gemahlenen Kaffees stieg auf.

Scheußliche Arbeitskleidung für eine so hübsche Frau – wie konnten diese verdammten Corporate-Idendity-Entwickler nur so einen schlechten Geschmack haben?! Oder auch nur der Besitzer des Espressos. Für einen Moment hatte Orsini den Ingenieur und dessen ebenso hässliche Kleidung vor Augen. Der aber hatte es zumindest verdient ... Orsini starrte gelangweilt durch die Scheibe auf das gegenüberliegende Haus. Niemand hatte es seit seinem Eintreffen betreten oder verlassen.

„Ein Verlängerter, schwarz und das Croissant."

Er bedankte sich, nützte die Gelegenheit, ihr im Wesentlichen dieselben Fragen zu stellen wie am Vortag der Kollegin und bekam im Grunde dieselben Antworten. Noch gelangweilter als zuvor sah er danach wieder durch das Fenster. Kurz dachte er an seinen letzten Observierungsauftrag. Zumindest gemütlicher war es hier und der Kaffee schmeckte ihm auch. Nach einer halben Stunde Warterei waren zwei Kinder ins Haus gegangen und ein Paar hatte es verlassen. Dann fuhr ein Taxi vor und die Beifahrertür öffnete sich. Die Frau mit den vielen Klunkern um den Hals stieg aus, öffnete umständlich die Tür des Hauseingangs und ging hinein. Sie trug denselben Pelzmantel wie am Abend zuvor und auch dieselben hochhackigen Schuhe. Hatte sie die Nacht auswärts verbracht und war nun erst auf dem Heimweg? Orsini verlangte die Rechnung und kramte in der Manteltasche nach seiner Digitalkamera. Er zahlte, verabschiedete sich und überquerte mit der Kamera in der Hand die Straße. Dann machte er in einem unbeobachteten Moment ein Foto vom Aluminiumpanel mit den Klingelknöpfen und Türschildern. Insgesamt vierzehn Parteien, zählte er. Ein Zahnarzt, eine Import-Export-Firma und zwei Anwaltsbüros, sonst nur Wohnungen.

Die nächste Stunde spazierte er quer durch die Stadt. An der hintersten Ecke des Judenplatzes stieg er mit leeren Taschen die engen Stufen zum kleinen, versteckten CD-Shop hinab, um wenig später wie meist mit gefüllten Taschen wieder auf die Straße zu treten. Diesmal mit den beiden CDs von The Slow Club.

Punkt eins stand er vor Paulas Büro und hoffte, nicht wieder so lange warten zu müssen wie beim letzten Mal. *Me and Mrs. Jones*, klang es in Orsinis Kopf sehnsüchtig weiter, während er beobachtete, wie Paula mit einer Gruppe von Leuten das Gebäude verließ. Orsini erkannte einige ehemalige Kollegen, wollte Smalltalk mit ihnen jedoch unbedingt vermeiden. Während er sich noch fragte, wie er Paulas Aufmerksamkeit erregen sollte, löste sie sich schon von der Gruppe und kam auf ihn zu. „Conrad, was machst du hier? Wird das langsam zur Manie? Anrufen wär einfacher ..."

„Entschuldige – war grad in der Nähe. Hast du Zeit, kann ich dich nochmal zum Essen einladen?"

„Tut mir leid, heute nicht. Ist praktisch ein Geschäftsessen und ich muss danach auch gleich weg."

„Schade."

„Wie geht's dir?", fragte Paula mit besorgtem Blick. „Warst du beim Arzt?"

„Ja, ist alles halb so schlimm."

„Was brauchst du denn von mir?" Paula sah kurz zu den wartenden Kollegen.

„Hast du was zu schreiben?"

„Ja, aber mach schnell, ich will nicht ..."

... nicht, dass du zusammen mit mir gesehen wirst?"

„Unsinn!" Paula sah ihn eindringlich an und hielt ihm ihr Notizbuch hin. „Ich hab nicht viel Zeit, das ist alles. Aber wenn du willst, kannst du dich ja mit ihnen unterhalten."

„Nein danke!“, antwortete Orsini und notierte hastig den Namen Vladimir Tandler darauf. Dann holte er die Kamera hervor, zoomte das Bild vom Türschild aus der Wiedner Hauptstraße so nahe heran, dass er die Namen abschreiben konnte und erklärte dabei: „Versuch rauszufinden, ob einer der Namen im Strafregister auftaucht. Überprüf es bitte einfach. Tandler ist ungefähr im gleichen Alter wie Novak und Altwarenhändler, war sein bester Freund ...“

„Sonst nichts?“ Paula schüttelte den Kopf.

„Doch“, überhörte Orsini ihren ironischen Unterton, „hier, dieses Haus in der Wiedner Hauptstraße“, er schrieb die Adresse an den oberen Rand, „vielleicht findest du irgendwas.“

„Paula!“, rief einer der Wartenden von der gegenüberliegenden Straßenseite.

„Verflucht, das ist doch ...“

„Stimmt genau und er hat dich sicher erkannt. Ich hör jetzt schon die Kommentare. Was soll ich jetzt sagen, wenn sie mich auf dich ansprechen?“

Orsini gab ihr den Notizblock zurück und versuchte überzeugend zu klingen: „Du sagst einfach, dass es rein privat ist.“

„Stimmt das für dich?“, fragte Paula, zog die Augenbrauen hoch und ging.

„Ja“, sagte Orsini leise zu sich selbst. Seine Hand lag auf den CDs in seiner Tasche. Eigentlich hatte er Paula eine davon schenken wollen. Fröstelnd drückte er die Arme an den Körper und sah ihr nach, wie sie sich gerade zusammen mit einem der Männer entfernte. Orsini kannte ihn nicht. Ein reines Geschäftsessen, fragte er sich ärgerlich und machte sich auf den Weg zum Jonasreindl, wie die kreisförmige Station Schottentor inoffiziell hieß. Jonas war in den Sechzigerjahren ein sehr beliebter Bürgermeister gewesen. Irgendjemand hatte sinnigerweise sogar das damals neueste Straßenbahnmodell in Jonaswurm umgetauft.

Eine Viertelstunde später stand Orsini im oberen Stockwerk eines der Nachbarhäuser zum Posamentenladen und beobachtete, wie im Hof schräg gegenüber ein Keller ausgehoben wurde. Die Arbeiter waren bei der Kälte nicht zu beneiden. Von hier aus konnte er den gesamten Bereich der Baustellen inklusive der roten Container gut überblicken. Hinter den verdreckten Fensterscheiben blieb Orsini hingegen von außen unsichtbar.

Nachdem er Paula getroffen hatte, war er direkt hierhergekommen und verspeiste nun gerade die Reste eines Döner Sandwichs. Dröhnender Lärm drang von unten das Stiegenhaus herauf. Der Ingenieur kommandierte lautstark die Arbeiter herum und pendelte ständig zwischen Container und den Arbeitsplätzen. Er hatte hier eindeutig das Sagen. Die Person, auf die Orsini wartete, tauchte aber nicht auf. Ein Geräusch auf den Stiegen unterbrach seine Beobachtung und kurz danach waren eindeutig Schritte zu vernehmen. Orsini ging ihnen rasch entgegen, sah, dass es ein älterer Herr war, ließ ihn höflich grüßend vorbei und stieg die Stufen hinab.

Anstatt das Haus zu verlassen, überquerte er ungesehen den Eingangsbereich und schritt die gegenüberliegende Treppe wieder hoch. Dort nahm er im ersten Stock den gleichen Platz wie zuvor ein und wartete weiter. Einen Mann mit Tigerfellschuhen bekam er nicht zu Gesicht, dafür aber Edip, den kleinen Organisator aus Bosnien. Zu Orsinis Überraschung betrat er den Container des Ingenieurs, kam nach kurzer Zeit wieder heraus und verschwand dann. Wieder hastete jemand die Treppe hoch, Orsini wiederholte das Spiel von vorhin und entschied sich, auch wegen der eintretenden Dunkelheit, zu gehen.

22

„Dr. Karl Heinz Tolar“, sagte Orsini mit geschliffener Sprache, hüstelte leise, und fügte nach dezenter Pause noch „Vermögensberater“ an, nachdem die eifrige Sekretärin des Notarbüros wieder ihren Begrüßungssermon in rekordverdächtiger Zeit heruntergespult hatte. „Wie mit Dr. Skrovisky besprochen, brauchen Sie ihm nur mitzuteilen, dass wir die Aktienoption wahrgenommen haben, alle systemimmanenten Parameter haben sich auf ein Hoch eingependelt. Die Wechselkurse stabilisieren sich gerade gegenüber Yen, Franken und – das ist besonders wichtig – auch gegenüber dem Dollar. Vergessen Sie das ja nicht, sonst kann es zu enormen Verlusten kommen!“

„Wie bitte?“, kam es verunsichert zurück.

„Bei der Investitionssumme, wenn da ein Fehler passiert! Gerade der asiatische Markt, in dem Dr. Skrovisky investiert ist, korreliert hervorragend, obwohl die Gefahr eines Downgrading besteht. Gut, den Turnaround haben wir ja schon, sagen Sie ihm das. Die Leerverkäufe ...“

„Ich verstehe nur ...“ Die Sekretärin klang einigermaßen überfordert.

„So schwierig ist das doch nicht! Sicher, die Volatilität der Junk-Bonds ist momentan alles andere als zyklisch, aber wenn er das weiß ...“

„Hören Sie, ich bin doch nur die Sekretärin.“

„Ja und? Das werden Sie sich doch merken und ihm so sagen können! Es geht nämlich um Geld, um viel Geld.“

„Wollen Sie das nicht doch lieber selber ...“

„Hören Sie, Zeit ist in unserem Beruf Geld. Aber gut, stellen Sie mich durch“, fügte Orsini nachsichtig an und hörte Sekunden später ein ärgerliches „Skrovisky“. Augenblicklich war er voll konzentriert. „Guten Tag, mein Name ist Tolar.“

„Was, wer sind Sie überhaupt? Ich habe keinen Vermögensberater!“

„Ja, Ihre Sekretärin scheint da ein bisschen etwas falsch verstanden zu haben. Sie scheint mir, wie soll ich sagen, ein wenig unkonzentriert“, fügte Orsini vorsichtig an und war auf die Reaktion gespannt.

„Pffhhh“, kam es durch den Hörer, „da haben Sie nicht ganz unrecht. Habe mir schon überlegt, was ich mit ihr machen soll.“

„Sie redet einfach zu schnell, das ist, glaube ich, ihr Hauptproblem. Dadurch hat sie Schwierigkeiten mit der Koordination der Inhalte.“

„Hab ich ihr schon hundertmal gesagt. Frau Wagner, reden Sie doch bitte langsamer! Genützt hat's nichts. Aber wie kann ich Ihnen eigentlich helfen Herr Dr. ...“

„Tolar“, ergänzte Orsini. „Wie schon gesagt, ich bin Vermögensverwalter der bedauerlichen Familie Novak.“

„Ja, der alte Posamentenhändler. In so einem Alter ermordet zu werden.“

„Wirklich schrecklich, aber weswegen ich anrufe ist, wie denn die Erbschaft geregelt ist oder wird. Beziehungsweise, was es denn zu erben gibt. Viel wird es ja vermutlich nicht sein ...“

„Stimmt. Ist ja eigentlich nicht mehr viel da – hören Sie, das erfährt jetzt aber niemand sonst.“

„Natürlich nicht, bei mir ist Diskretion oberstes Gebot und außerdem bei den kleinen Beträgen ...“

„Mich wundert ja schon, dass sie sich da überhaupt einen Vermögensberat...“

„Die Töchter“, unterbrach Orsini, um einen aufkommenden Zweifel in der Stimme des Notars sofort wieder zu zerstreuen.

„Ah, die sind wahrscheinlich gut situiert.“

„Sehr sogar, würde ich sagen, von Kollege zu Kollege, wenn Sie verstehen ...“

„Natürlich, also warten Sie einen Augenblick. Novak, das haben wir gleich. Hm, viel gibt's da ja wirklich nicht zu ... nur das Konto, aber da ist nichts ..."

„Das Haus", fügte Orsini ein.

„Das Haus mit dem Geschäft, meinen Sie vermutlich."

„Ja."

„Muss erst geschätzt werden."

„Natürlich. Und die Mieteinnahmen?"

„Laufen vorläufig ohnehin weiter."

„Selbstverständlich, und sonst?"

„Moment ... nein nichts wirklich Relevantes."

Orsini hörte das Umblättern von Seiten.

„Aber, das ist sowieso schon mehr als ich eigentlich sage..."

„Geld und Kunstgegenstände, Sparbücher?"

„Wie ich schon sagte."

„Hm, dann bedanke ich mich für Ihr Entgegenkommen. Falls Sie einmal Beratung brauchen, schicke ich meine Visitenkarte Ihrer Sekretärin."

„Ja bitte, man kann ja nie wissen. Einen schönen Tag noch ..."

„Da fällt mir noch ein", unterbrach Orsini.

„Ja?"

„Ihrer Sekretärin – ich wüsste vielleicht, wie man ihr helfen könnte."

„Wie denn?" Der Notar klang überrascht.

„Sie leidet ja offensichtlich unter einer durch die Sprechgeschwindigkeit verursachten Artikulationsstörung verbunden mit einer verminderten Auffassungsgabe."

„Ja!?"

„Ganz sicher. Schicken Sie sie in ein Logopädieseminar. Werden überall angeboten. Obwohl. Ist natürlich ein schwieriger Fall, aber man soll die Hoffnung nicht aufgeben. Einen schönen Tag noch", sagte Orsini und legte auf.

Orsini stand auf, schaltete seinen Computer ab und ging zum Chinesen um die Ecke. Statt des Familienglücks aß er gebratene Nudeln mit extra weich gekochtem Gemüse. Zufrieden und gesättigt verließ er das Lokal. Direkt davor befand sich eine Telefonzelle. Orsini blieb stehen. Ein wichtiges Telefonat hatte er vergessen. Aber es gab ja noch diese altmodischen grauen Kästen. Er schob die verdreckten Flügel der Schwingtür auseinander. Und schreckte zurück. Offenbar handelte es sich um einen Zielkotzwettbewerb. Für eine öffentliche Telefonzelle gab es wahrscheinlich das Punktemaximum. Angewidert wandte er sich ab und ging vor der versauten Zelle unschlüssig auf und ab. Er konnte es drehen und wenden wie er wollte, es blieb ihm nichts anderes übrig: Sosehr er auch hin und her überlegte, er musste seine Niederlage vor dem technischen Fortschritt eingestehen, nahm sich jedoch vor, irgendwann zurückzuschlagen. Widerwillig marschierte er die fünf Minuten zur Landstraße und steuerte den nächstbesten dieser Handyshops an, die sich in letzter Zeit wie Pilze vermehrten.

Man bräuchte ein architektonisches Fungizid, grummelte er vor sich hin, bevor er eintrat und sich natürlich anstellen musste. Nach endlosem Warten trat ein pummeliges Mädchen an ihn heran. Orsini hatte sie schon zuvor beobachtet, wie sie die Kunden trotz ihres Übergewichtes erstaunlich flink bediente. Sie hatte strahlend pink gefärbte, lange Haare, die sie direkt hinter den Stirnfransen mit einem Gummiband zusammengebunden hatte und die bei jeder Bewegung elastisch mitwippten. Die Haare erinnerten an einen langbeinigen rosaroten Vogel. Erst als Orsini an der Reihe war, bemerkte er ihre in aufwändigen Mustern lackierten Fingernägel, die an den Enden abgenagt waren.

„Wie kann ich Ihnen behilflich sein?“, fragte die junge Verkäuferin mit flüsternd weicher Stimme.

„Indem Sie mir ein Handy plus Vertrag anbieten.“

„Haben Sie eine konkrete Vorstellung?“

„Ich brauche es hauptsächlich privat, also was ganz Simples. Es sollte leicht zu bedienen sein und bei den Vertragskonditionen verlasse ich mich ganz auf Sie", sagte Orsini betont freundlich, um es der Angestellten einfach zu machen.

„Das wird schwierig." Sie legte ihre Stirn in Falten.

„Wieso?", entgegnete Orsini, der die Sache so rasch wie möglich hinter sich gebracht haben wollte.

„Die Verträge sind kompliziert, wenn Sie da noch nicht genau wissen ..."

„Ich telefoniere ... mittelviel."

„Sehen Sie – was heißt mittelviel? Ist das nun viel oder nicht? Mittel ist völlig relativ", antwortete die Verkäuferin mit gespielter Verzweiflung im Gesicht.

„So wie jeder halt", begann Orsini von Neuem.

„So wie jeder, ist noch schlechter! Jeder, das heißt alle. Aber alle verhalten sich anders. Da gibt's kein *mittel.*"

Telefoniert wohl Tag und Nacht, ärgerte er sich und betrachtete ihre abgekauten Fingernägel. „Nehmen wir Sie", begann Orsini, „ wie viel telefonieren Sie täglich ... im Mittel?"

„Ich? Gar nicht. Ich chatte. Da sehen Sie, wie schwierig es ist, ein sogenanntes *mittel* zu finden. Meine Mutter aber, nur zum Beispiel ..."

„Ihre Mutter?!"

„Würden Sie wahrscheinlich als Mittelviel-Telefoniererin bezeichnen."

Orsini wurde lauter. „Wie oft pro Tag?"

„Ist unterschiedlich, aber im Mittel so an die fünf bis zehn Gespräche", antwortete sie betont entgegenkommend. Ihre Haare führten dabei auf ihrem Kopf ein tänzerisches Eigenleben.

„Okay." Orsini atmete tief aus, spürte augenblicklich seine Lunge, die gegen die Rippen drückte, und fuhr nur mehr leicht aggressiv fort. „Ich nehme den Tarif, den auch Ihre Mutter hat. Keine weiteren Erklärungen dazu."

„Sofort“, antwortete sie leise und begann auf die Computertastatur einzuhämmern.

Die Schlange hinter Orsini hatte sich bis jetzt ruhig verhalten. Nun waren erste Unmutsäußerungen zu vernehmen. Orsini drehte sich um. Sein Gesichtsausdruck ließ die Bemerkungen hinter ihm sofort verstummen. Nach einigen langen Minuten fragte sie: „Welches Handy ...?“

„Was hat Ihre Mutter für eins?“

„Meine Mutter? Das würde ich Ihnen eher nicht empfehlen.“

„Warum nicht, was für Ihre Mutter gut ist, wird ja auch für mich passen!“, sagte Orsini vorwurfsvoll. Hinter sich hörte er nun wieder Gemurmel.

„Ja, nein, das ist es nicht.“

„Sondern?“

„Sie hat ein Pensionistenhandy, mit riesigen Tasten, weil sie schlecht sieht. Ich kann mir nicht vorstellen, dass Sie das auch wollen.“

„Natürlich nicht. Dann geben Sie mir doch einfach das im Moment günstigste Modell“, erklärte Orsini nun mit beruhigender Stimme.

„Wie schon gesagt, bei günstig ist es fast so wie mit ... mittel“, hauchte sie das letzte Wort ängstlich aus. Orsini klopfte nervös mit den Fingern auf die Tischplatte und suchte seine eigene Mitte. Von hinten klopfte ihm jemand auf die Schulter und er hörte eine ungeduldige männliche Stimme.

„Hören Sie, wie lang wird das noch dauern? Ich muss nämlich ...“

„Nur noch ganz kurz, und tippen Sie mir nie mehr auf die Schulter“, sagte er, ohne sich zu dem Mann umzudrehen. Die Verkäuferin mit den Flamingohaaren trat unweigerlich einen Schritt zurück.

„Das da“, deutete Orsini mit dem Finger auf ein schwarz lackiertes Handy in einer Vitrine.

„Aber, das ist das teu...“

„Egal, keine weiteren Erklärungen."

„Spielt alle Stück..."

„Egal, nur rasch!", unterbrach er sie abermals. „Und schalten Sie es sofort frei. Ich möchte gleich telefonieren."

„Dauert ungefähr zehn Minuten, wenn ich ..."

„Zehn Minuten sind okay, wenn es dann funktioniert."

„Natürlich funktioniert das, unsere Techniker sind die Besten."

Im Geschäft war es plötzlich ruhig geworden.

„Einpacken?"

„Nein, nur alles so rasch, wie es Ihnen möglich ist, erledigen!"

Der pummelige Flamingo tippte eifrig auf seiner Tastatur herum, ließ Orsini mehrfach Formulare unterzeichnen, die er sich nicht durchlas, und schließlich war er Besitzer eines neuen Hightech-Spielzeugs. Nämlich des kompliziertesten, multifunktionellsten und somit auch teuersten. Die Bedienungsanleitung der Hightechmaschine war ungefähr viermal so groß wie das Handy selbst und versprach lauschige Abende.

„Ich wünsche Ihnen noch viel Spaß damit und falls Sie noch Fragen haben ..."

„Alexandra, Conrad spricht." Orsini war stolz, dass er es auf Anhieb geschafft hatte, eine Nummer einzutippen und anzurufen. Wozu die Anleitung durchlesen? War doch einfach und selbsterklärend.

„Conrad? Bist du das wirklich?"

„Ja, warum sollte ich es nicht sein?"

„Ist eine Handynummer und ich hätte ehrlich nie gedacht ..."

„Geht nicht ohne, hab mich lange dagegen gewehrt."

„Bist du noch dran?"

„Ja, wieso?"

„Ich hör dich nur ganz entfernt. Im Moment ist es außerdem ungünstig. Ich ruf in fünf Minuten zurück."

„Okay", antwortete Orsini und beendete das Gespräch, während er einen Supermarkt betrat. Er ließ das Handy in seine Manteltasche gleiten, holte verschiedene Waren aus den Regalen und wartete auf den Rückruf. Mehr als zehn Minuten vergingen, kein Anruf von Alexandra. Ungeduldig stellte Orsini sich in die lange Schlange vor der Kasse. Gerade als er die eingekauften Sachen auf das Förderband legen wollte, zerriss eine nervige kleine Melodie die relative Stille des Supermarktes.

Scheußlicher Klingelton! Empört legte er mit der verbundenen Hand eine Dose Bohnen auf das Förderband. Wieder, diesmal eine Spur lauter, störte die nervige Scheußlichkeit und erste Unmutsäußerungen wurden laut. Orsini kramte gerade im Einkaufswagen und merkte erst jetzt, dass in seiner Manteltasche etwas vibrierte.

Scheiße, und das mir! Betreten an die übrigen Leute eine Entschuldigung stammelnd, zog er das nagelneue Handy hervor. Abermals, noch schriller und lauter als zuvor, meldete sich das kleine Hightechding. Mit einer Packung Milch in seiner Rechten und dem Handy in seiner gehandikapten Linken hatte er jedoch gröbere Probleme, die richtige Taste zu drücken. Ungewollt stand er so plötzlich im Mittelpunkt einer alltäglichen Szene.

„Alexandra, bist du das?", fragte er leise und klemmte sich das Telefon zwischen Schulter und Ohr. Gleichzeitig fischte er, so rasch es ihm möglich war, die restlichen Dinge aus dem Einkaufswagen.

„Conrad, wieso sprichst du so leise? Ich versteh dich kaum."

„Bin grade einkaufen, kann ich dich später zurückrufen?"

„Unmöglich, ich steh in einer Telefonzelle und hab genau fünf Minuten Zeit."

„Wieso Telefonzelle?“

„Frag nicht lang, ist einfach sicherer.“

Die Kassiererin starrte desinteressiert in die Ferne, während ein graumelierter Herr seinen Frust über Orsini lautstark kund tat.

„Was hast du rausgefunden?“

„Nicht allzu viel und frag nicht, wie ich's rausgefunden habe. Das kostet dich nämlich einiges! Also vom Sohn hab ich nix gefunden, aber das Geschäftskonto des Posamentenhändlers ...“

„Siebenundzwanzigsiebenundfünfzig.“

„Was?“ Orsini war irritiert.

„Siebenundzwanzigsiebenundfünfzig“, wiederholte die Kassiererin betont gelangweilt und hielt die Hand auf.

„Moment“, sprach er in das Telefon, nahm seine Geldbörse und zahlte umständlich. Der graumelierte Herr echauffierte sich abermals, was Orsini jedoch nur am Rande wahrnahm, weil er gerade das Retourgeld in seine Tasche stopfte. Er schnappte die prall gefüllte Plastiktasche und stellte sie auf ein leeres Regalbrett im Kassenraum. „Alexandra, ... bist du noch dran?“

„Ja, aber nicht mehr lange. Was ist denn los bei dir?“

„Nichts, fahr fort.“

„Wie gesagt, es gibt nicht viel: Normale regelmäßige Kontobewegungen. Gebühren für Kanal, Strom, Gas, das Übliche.“

„Mieteinnahmen für Wohnungen im Haus?“

„Ja, scheinen aber Substandard-Wohnungen zu sein. Die Beträge kannst du vergessen.“

„Sonstiges?“

„Ja, gibt es.“

„Wie viel?“

„Also, ich hab neun größere Beträge gefunden. Ist leicht möglich, dass es noch mehr waren. Soweit zurück konnte ich das nicht verfolgen. War mir zu risk...“

„Wie hoch?“

„Acht davon zwischen fünf- und zehntausend Euro.“

„Die genauen Beträge?“

„War mir zu heiß, was auszudrucken und ich wusste auch nicht ...“

„Verstehe, aber du erinnerst dich doch noch ungefähr?“

„Ja, ungefähr schon.“

„Und wie hoch war die neunte Einzahlung?“

„Das war die höchste.“

„Und? Sag schon! Wie hoch?“, fragte Orsini gespannt und dachte an das Anbot der Immotreu.

„Zirka dreißigtausend.“

Orsini nickte mit dem Handy am Ohr. Maximal eine erste Anzahlung, dachte er, oder es hatte mit dem Anbot nichts zu tun. Sein Blick fiel auf den Karton mit Waschpulver, den er gerade erstanden hatte. „Mist!“, fluchte er, schnappte Tasche und Karton mit der gesunden Hand und verließ im Laufschritt das Geschäft.

„Conrad?“

„Entschuldige“, keuchte er, „mir ist grad was eingefallen.“

„Ach nein ...“

„Diese Beträge, sind die überwiesen worden oder bar eingezahlt? Hast du vielleicht eine Kontonummer oder einen Namen?“ Die Griffe der schweren Einkaufstasche spannten sich fast bis zum Reißen.

„Leider, ist alles bar eingezahlt worden.“

Orsini überquerte die Straße und übersah dabei beinah ein heranfahrendes Auto. Der Lenker hupte. „Wie war das? Ich hab dich nicht verstanden“, erwiderte er und nahm die Tasche unter den Arm.

„... wurde bar eingezahlt, Eigenerlag!“ Alexandra versuchte, laut und langsam zu sprechen. „Hab mich noch gewundert.“

Orsini hastete die Stiegen zu seiner Wohnung hinauf.

„Sag, rennst du gerade? Ich versteh dich so schlecht."

„Ja, bin aber gleich da", schnaufte Orsini, stellte die Einkaufstasche vor seiner Wohnungstür ab und sperrte auf. Dass er darauf vergessen hatte!, dachte er voll Ekel.

Hastig eilte er durch den Vorraum ins Badezimmer und riss die Tür der Waschmaschine auf. Was ihm nun entgegenwallte, übertraf seine schlimmsten Vorstellungen. Es verschlug ihm regelrecht den Atem.

„Conrad, bist du noch dran?"

„Ja, einen Augenblick ..." Orsini rang nach Luft.

Penetranter, süßlicher Geruch von Verwesung strömte ihm entgegen. Samstagabend, als er im Stiegenhaus zusammengeschlagen worden war, hatte er in seinem eigenen Erbrochenen gelegen. Das war vor vier Tagen gewesen. Am Sonntag hatte er die Kleidungsstücke in die Waschmaschine gestopft und dann völlig darauf vergessen. Der Geruch in der Telefonzelle vorhin war dagegen das reinste Parfum. Aber wie so oft, hatte ein Nachteil auch einen Vorteil in sich versteckt, dachte er und holte vor dem Badezimmer tief Luft. Nur dass in dem Fall der Nachteil dermaßen grausig sein musste ...! Er hielt sich mit der verletzten Hand die Nase zu und fischte die Kleider mit spitzen Fingern aus der Trommel. Zwischen blutig verklebten Hosenbeinen und gallig stinkenden Jackenärmeln fand er endlich, wonach er suchte, und rannte damit aus dem Badezimmer.

„Conrad? Was ist bei dir los? Bist du okay?"

„Moment, gleich hab ich's!" Am Küchentisch faltete er die stinkenden, blutbespritzten Rechnungszettel aus Novaks Büro samt der ausgerissenen Telefonbuchseite vorsichtig auseinander.

„*Was* hast du?"

„Deine neun Beträge, wenn mich nicht alles täuscht. Also, streng dein Gedächtnis an!" Nacheinander las er ihr die ersten acht Zahlen vor und nach einer Pause die neunte. „Und, sind das die eingezahlten Geldbeträge?"

„Könnte hinkommen, aber wo hast du das her?“

„Bin Ermittler, schon vergessen?“

„Dann hättest du mich ja gar nicht gebraucht ...“

„Komm, das willst du überhaupt nicht wissen, wie ich ...“ Kurz hatte er das Bild seiner vom Rechnungsaufspießer durchbohrten Hand vor Augen. „Sag mir lieber, wie sicher du dir bist, zum Beispiel auf einer Skala von eins bis fünf.“

„Toller Ermittler“, spöttelte Alexandra, gab aber klein bei. „Eins bis zwei, würde ich sagen.“

„Danke, du bist ein Schatz!“

„Ja, ja, passt schon! Als dann ...!“

„Warte, ein Letztes noch: Abhebungen, hat es da größere gegeben?“

„Nein, sicher nicht. Das hat meistens grade so gereicht, um sein Konto wieder auszugleichen. Jetzt muss ich aber aufhören! Wir sehen uns ...“

„Natürlich! Und meine neue Handynummer hast du ja, falls dir noch was einfällt. Nächste Woche, du hast eine Esseneinladung gut!“

„Okay, bis bald!“

Während er die Plastiktasche aus dem Treppenhaus holte und den Einkauf in der Küche verstaute, kreisten seine Gedanken um die neun Beträge. Zumindest konnte er Sophie Pfeifer nun etwas Konkretes liefern. Allerdings war das Geld ja auf Heinrich Novaks Konto eingelangt und größtenteils auch schon wieder verbraucht. Eine Betrügerei bezüglich der Erbschaft ließ sich daraus also nicht ableiten.

Er riss das Badezimmerfenster auf, stopfte die verschmutzten Sachen in die Waschmaschine zurück, gab die doppelte Menge Waschmittel in die dafür vorgesehene Kammer, schüttete noch eine Ladung direkt auf die Wäsche, schaltete mit einem Tritt gegen das Bullauge den altertümlichen Apparat ein und holte am Fenster wieder Luft.

Dass Karl kein eigenes Konto besaß, passte durchaus ins Bild. Gehalt hatte ihm der Vater wohl nie bezahlt. Eine äußerst effektive Art, den Sohn an sich zu binden. Allerdings konnte es noch Sparbücher geben. Wer immer diese in Händen hatte, konnte darüber verfügen ohne zu teilen, überlegte er. Den kleinen Schlumpf hatte er unter den Kleidern auch gefunden, ihn mit Seife eingeschmiert und warm geduscht. Nun stellte er ihn zum Trocknen auf den Heizkörper.

Es war kurz nach zwei. Orsini machte Kaffee, setzte sich in die Küche und kramte sein neu erworbenes Handy hervor. Er steckte es an, um den Akku aufzuladen, und begann dann seine neue Telefonnummer zu versenden. Paula zuerst, sie würde es kaum glauben ... Die persönliche Visitenkarte war gleich erstellt und brauchte nur mehr verschickt zu werden. Zufrieden drückte er auf senden.

Learning by doing, ist doch ganz einfach. Eine Stunde und drei Tassen Kaffee später, hatte er es mithilfe der dicken Bedienungsanleitung endlich geschafft und Paula bekam tatsächlich als Erste seine neue Nummer.

Vielleicht hätte ich doch das Pensionistenhandy ... Die dicke Bedienungsanleitung war Opfer seiner gelegentlichen Wutausbrüche geworden und sah inzwischen mitgenommen aus. *Dicke Bedienungsanleitungen haben's nicht anders verdient!,* fluchte er laut und abermals landete sie mit Schwung auf dem Küchenboden.

Nach einer halben Stunde und einer weiteren Tasse Kaffee hatte er es geschafft und seine Nummer an alle Leute verschickt, die ihm wichtig waren. Erledigt sah er durchs Küchenfenster nach draußen und dann auf seine Uhr. Kurz nach vier. Ein kalter, aber sonniger Tag neigte sich dem Ende zu. Niemand hatte bis jetzt zurückgerufen und er begann zu zweifeln, ob das Verschicken seiner Nummer funktioniert hatte, als das auf dem Küchentisch liegende Handy ein Summen von sich gab.

Später, sagte er zu sich selbst, holte das Telefonbuch und blätterte, bis er den Namen Baswal gefunden hatte. Darunter standen drei Vornamen aber nur einer begann mit E. Wohnt also über der Donau, unser ernster Ingenieur, freute Orsini sich über den Treffer und schlüpfte in seinen Mantel.

Auf dem Weg zu Zieglergasse versuchte er die Nachricht-erhalten-Funktion auf seinem Handy zu aktivieren. Kurz vor dem Posamentengeschäft gelang es ihm endlich. „Habe deine Handynummer bekommen. Danke. Kann es aber nicht glauben! Schick mir noch ein SMS mit der Bestätigung. Paula"

Würd ich gern, wenn das so einfach wäre.

Prüfend sah er die Straße entlang. Um diese Zeit kamen viele Menschen von der Arbeit nachhause. Vorsichtig blickte er zu den beiden Containern im Innenhof. Zwei Arbeiter räumten Schutt weg. Weder der Ingenieur noch sein streitlustiger Kompagnon waren zu sehen, weshalb Orsini rasch in den ersten Stock hinaufschlich und seinen schon gewohnten Posten bezog. Der Innenhof war um diese Zeit in helles, künstliches Baustellenlicht getaucht. Die Szenerie hatte etwas Unwirkliches an sich. Für Orsini auf seinem Beobachtungsplatz war es jedoch günstig, weil er so alles deutlich sehen konnte. Kaum, dass er seinen Platz eingenommen hatte, trat auch schon der Ingenieur gestikulierend aus seinem Container und verschwand mit zwei Arbeitern in einem angrenzenden Haus. Gleich darauf kam er zurück, blieb in der Mitte des Hofes stehen und zog sein Handy aus der Hosentasche. Er telefonierte kurz und zündete sich dabei eine Zigarette an. Während er dies tat, fiel sein Blick zufällig nach oben. Orsini hielt den Atem an und bewegte sich nicht.

Hatte er ihn entdeckt? Orsini beobachtete, wie der Ingenieur nun erneut das Handy nahm und darauf herumtippte. Wieder führte er ein kurzes Gespräch und schmiss die Zigarette in hohem Bogen von sich. Warf erneut einen Blick zum Fenster und ging dann zum Hauseingang, von dem die Stiegen zu Orsini in den ersten Stock führten.

Er hat mich gesehen und seinen Schläger angerufen! Orsini huschte leise zu den Treppen und verbarg sich dort so gut es ging hinter einem Mauervorsprung. Er hoffte so einen Überraschungsangriff landen zu können. Hektisch holte er sein Handy hervor und ließ gleichzeitig den Stiegenaufgang nicht aus den Augen. Dabei vertippte er sich an den ungewohnt winzigen Tasten. Unhörbar bedachte er sich selbst mit Schimpfworten. Horchte dann wieder angespannt und versuchte es erneut. Die Stimme des Ingenieurs hallte durchs Stiegenhaus. Er sprach zu jemandem. Vom Hof ertönte kreischendes Maschinengeheul, das gleich wieder verstummte. Durch den Stiegenaufgang drang das Geräusch von Schritten an Orsinis Ohr. Aber niemand kam die Treppe herauf. Er entspannte sich wieder und steckte sein Handy ein. Bruchstückhaft drangen Worte an sein Ohr, weshalb er vorsichtig die Stufen hinunterschlich um deutlicher verstehen zu können.

„Du hast Besuch gehabt!?"

Jemand antwortete etwas Unverständliches.

„Da hab ich was anderes gehört!", sagte der Ingenieur mit scharfem Ton.

„... nix gesagt", kam es zaghaft retour. Orsini glaubte, die zweite Stimme zu kennen und ging noch weiter die Stufen hinab.

„Wer hat dich das gefragt?" Der Ingenieur wurde immer lauter.

„... kennen nicht ..."

„Kennst du nicht, weißt du, wem du das erzählen kannst? Verschwinde!"

„Bitte!"

„Du sollst verschwinden", schrie der Ingenieur und ging wieder zurück in den Innenhof. Orsini lief so schnell er konnte die Stiegen hinauf, sah aber nur mehr den Ingenieur telefonierend im Container verschwinden.

Scheiße! Er drehte um und eilte die Stufen hinab. Unten spähte er um die Ecke und bewegte sich dann langsam, aber zielstrebig dem Ausgang zu. Auf dem Gehsteig blieb er stehen und suchte die Umgebung ab. Richtung Kirche waren zwei Personen auszumachen, die sich in einigem Abstand zueinander von ihm wegbewegten. Richtung Glitzerwelt ging ein Mann. Orsini überlegte hastig, rannte dem einzelnen Mann nach und hatte ihn gleich darauf eingeholt. Langsam überholte er ihn und musste feststellen, dass er die falsche Entscheidung getroffen hatte. Ein junger Bursche, den er noch nie zuvor gesehen hatte, schaute ihn verwundert an, zog den Kopf ein und ging weiter. Missmutig kehrte Orsini zurück und bezog nahe dem Kinderspielplatz Stellung. Wieder in den ersten Stock zu gehen, schien ihm nicht ratsam. Auf dem Spielplatz selbst tummelte sich außer ein paar Tauben niemand. Die Spielgeräte und Bänke waren von einer feuchten Schicht bedeckt, luden also nicht zur Benützung ein. Orsini postierte sich hinter einem Gebüsch. Von hier aus konnte er die Zieglergasse gut überblicken. Nach einer kalten Ewigkeit wurde die Beleuchtung auf der Baustelle abgeschaltet und der letzte Ton einer Baumaschine verklang. Die Arbeiter verließen nun in Gruppen die Baustelle. Ein großer Mann kam aus dem Eingang, bog zügig nach rechts ab und schmiss eine Zigarette achtlos auf den Gehsteig. Unter dem Lichtkegel der Glühbirne hatte Orsini für einen Moment ein scharfes Profil wahrgenommen. Ohne Helm sah der Ingenieur zwar anders aus, aber die Adlernase war unverkennbar.

Orsini marschierte dem Ingenieur hinterher. Bei der Mariahilfer Straße blieb er stehen, zündete sich eine neue Zigarette an und bog nach rechts Richtung Bahnhof ab. Choleriker und Kettenraucher, dachte Orsini und hatte Mühe, ihn in der Menschenmenge nicht aus den Augen zu verlieren. Beim Bahnhof machte der Ingenieur einen kurzen Abstecher in eine Trafik. Wenig später hatte er eine Zeitung und eine neue Packung Zigaretten in der Hand, die er versuchte, im Gehen zu öffnen. Nach vorne gebeugt steckte er sich den nächsten Glimmstengel in den Mund. Danach bog er zur äußeren Mariahilfer Straße ab, die von diesem Punkt an nur mehr wenig mit ihrer glänzenden Schwester gemeinsam hatte. Nach einem fünfminütigem Schnellmarsch betrat er ein Lokal, das sich dem heruntergekommenen Eindruck der Umgebung erfolgreich angepasst hatte.

Schon der Name zeugte von einem gewissen Einfallsreichtum, der durch grafisch wunderbar plumpe Glücksymbole noch unterstrichen wurde. „*Win to win*", las Orsini über dem in blauem, verspiegeltem Glas gehaltenen Eingang. Das Innere hielt, was das Äußere versprach, war aber in einigen Details noch geschmackloser. Spielautomaten, große Flachbildschirme, auf denen alle erdenklichen Sportkanäle gleichzeitig liefen, eine lange Bar und dazwischen Tische mit Stühlen. Bunt zusammengewürfelte Einrichtungsgegenstände wiesen auf häufigen Ortswechsel hin. Trotzdem oder gerade deshalb war das Lokal erstaunlich voll.

Gemischter Wiener Satz, überblickte Orsini das Publikum und zuckte zurück. Keine zwei Meter neben ihm saß der Ingenieur und las seine Zeitung. Rasch stellte sich Orsini ans hintere Ende der Bar, von wo aus er den Ingenieur ungestört beobachten konnte. Dieser war aber so in seine Zeitung vertieft, dass er Orsini ohnehin nicht gesehen hatte. Er war der einzige Leser und passte auch äußerlich nicht hierher.

Er interessierte sich ganz offensichtlich nicht für Sport oder Wetten und hielt seine Zeitung so, dass sie fast wie ein Schutzschirm gegen das Lokal gerichtet war. Eine halbe Stunde war vergangen und es herrschte ein ständiges Kommen und Gehen. Weshalb Orsini noch einen kleinen Braunen bestellte und übersah, dass plötzlich jemand am Tisch des Ingenieurs Platz genommen hatte. Die Zeitung hatte der Ingenieur beiseitegelegt und nun unterhielt er sich mit seinem Gegenüber, von dem Orsini jedoch nur die Schultern und den Hinterkopf sehen konnte. Was ihm aber genügte, da sich auf der wie polierten Glatze das Licht der Automaten spiegelte. Orsini verfluchte nun seine Platzwahl, traute sich aber nicht zu wechseln, da er ohne die Zeitung genau in der Blickachse des Ingenieurs lag. Der Kellner ging zur Espressomaschine und ließ einen kleinen Schwarzen in die winzige Tasse fließen. Orsini gab ihm ein Zeichen und griff gleichzeitig in seine Hosentasche.

„Zwanzig Euro, wenn Sie mir sagen, ob der Mann, dem sie den kleinen Schwarzen bringen, Schuhe mit Tigerfell anhat."

„Wieso sollte ich? Außerdem sieht man das bei dem Licht kaum."

„Fünfzig."

Schulterzuckend steckte der Kellner den Schein in die Tasche, stellte den Kaffee auf ein Tablett und ging zum Tisch. Dabei nahm er im Gehen noch eine Serviette zur Hand. Er stellte das Tablett am Tisch der beiden ab und ließ die Serviette fallen. Hob sie auf, entschuldigte sich, holte eine neue von der Bar und gab Orsini durch ein unauffälliges Nicken zu verstehen, dass er mit seiner Vermutung richtig gelegen war.

Aus dem Augenwinkel beobachtete Orsini, wie der Ingenieur dem Glatzkopf ebenfalls einen Geldschein hinschob, woraufhin dieser seinen Kaffee schwungvoll austrank und aufstand. In seinem langen dunklen Mantel wirkte er groß und athletisch. Als er sich zur Tür wandte, zeigte er Orsini für einen Moment, worauf dieser den ganzen Nachmittag gewartet hatte und verließ, ohne sich umzublicken, das Lokal. In seinem Ohr baumelte ein silberner Stern.

Der Ingenieur aber holte seine Zeitung hervor und blätterte darin. Orsini stand wie auf Nadeln und wartete auf eine günstige Gelegenheit, unerkannt am Ingenieur vorbeizugelangen. Zu gerne wäre er dem Glatzkopf gefolgt. Er winkte den Kellner heran und legte nochmal zwanzig Euro auf den Tresen, die er aber mit den Fingern festhielt. „Kennen Sie den Mann?"

Ein Kopfschütteln war die Antwort und wiederholte sich auch bei der Frage nach dem Ingenieur.

„Waren beide also noch nie da?"

„Doch, der Große mit den Schuhen, den hab ich schon zwei, drei Mal hier gesehen."

„Sie wissen aber nicht, wie er heißt?"

Der Kellner blickte sich ärgerlich um, zog am Geldschein und sagte: „Nein, tut mir leid."

Orsini ließ den Geldschein los. Als sich die Leute am Tisch neben dem Ingenieur erhoben und diesem die Sicht zur Tür verdeckten, nutzte Orsini die Gelegenheit und hastete aus dem Wettlokal. Der Mann mit den Tigerfellschuhen aber war längst verschwunden.

In der U4 herrschte Gedränge. Die obligate Durchsage „Zuuugfährdab!" erklang, die Türen schlossen sich mit einem lauten Knall und der Wagen ruckelte los. Augenblicke später begann es in Orsinis Manteltasche zu vibrieren und die peinlich klingende Melodie setzte sich erbarmungslos gegen das Anfahrtsgeräusch durch. Natürlich hatte er es noch nicht geschafft, den Klingelton zu ändern. Verlegen zog er das Handy aus der Tasche und sah auf die Anzeige. Das Wort Paula blinkte ihm entgegen. Gut gelaunt hob er ab. Allerdings ohne zu wissen, dass es die letzte erfreuliche Aktion des Tages werden sollte.

„Hallo Paula ...", gelang es ihm noch ins Telefon zu sprechen, bevor er von ihr unterbrochen wurde.

„Conrad? Conrad, bist du dran?" An ihrer Stimme erkannte er sofort, dass etwas nicht stimmte.

„Ja, was gibt's denn?"

„Wo bist du grade?"

„In der U-Bahn. Du klingst so aufgeregt."

„Bin ich auch. Aber wo genau bist du?"

„Irgendwo unter dem Karlsplatz."

„Steig sofort aus, nimm ein Taxi und fahr zu dem Haus, wo wir gemeinsam waren.“

„Moment, was?“

„Ich bin auch gleich dort.“

Der Zug hielt an, Orsini quetschte sich aus dem Inneren und hakte nach: „Warum, was ist passiert?“

„Edip, aber das erklär ich dir, wenn du da bist.“

„Unternimm nichts, geh auf keinen Fall hinein“, war das Letzte was Orsini sagte, bevor er zu laufen begann. Obwohl er ein heftiges Stechen in der Rippengegend verspürte, nahm er die Rolltreppe im Eiltempo und hielt hektisch auf der Straße ein Taxi an. Keine fünf Minuten später stieg er vor der Kirche aus und strebte auf das Haus zu. Paula war nicht zu sehen. Die Tür nur angelehnt. Soweit er bei dem wenigen Licht erkennen konnte, hatte sich nichts verändert. Die beiden Stiegenaufgänge waren noch immer mit Holzbrettern vernagelt und die Tür zum Hinterhof geschlossen. Paula sah er auch hier nicht, weshalb er auf die Tür zuging. Gerade als er die Klinke in die Hand nehmen wollte, hörte er seitlich von sich ein Geräusch und fuhr herum.

„Verdammt“, brachte er gerade noch hervor.

Paula stand mit gezogener Waffe neben ihm. Sie hatte sich hinter einem der Holzverschläge versteckt.

„Willst du mich umbringen?“

„Sorry, wusste nicht, dass du's bist.“

„Was, wo ist er?“

Ohne seine Frage zu beantworten zog Paula ihn hinter sich auf die Stufen und schloss danach den Holzverschlag. Sie deutete ihm leise zu sein und schob ihn vorwärts in den ersten Stock hinauf. Das Gebäude war völlig desolat und teilweise hatte man provisorische Metallstützen eingezogen. Ein Zusammenbruch des Gebäudes war nicht unwahrscheinlich. An einer der kaputten Türen machte Paula halt, schob sie langsam auf und zeigte auf ein lebloses Bündel.

„So hab ich ihn gefunden.“

„Edip?", fragte Orsini und beugte sich über die reglose Gestalt.

„Ja", sagte Paula, nickte dazu und steckte ihre Waffe in den Hosenbund. Jetzt erkannte auch Orsini den kleinen, schmächtigen Mann wieder. Er hatte auch noch immer dieselbe Kleidung an wie schon vor Tagen. Sein Gesicht war von Platzwunden und Hämatomen übersät. Eine Blutlache zeichnete sich auf dem nackten Boden ab. Orsini legte die Hand auf seinen Hals, um den Puls zu fühlen, und das Ohr zu Edips Gesicht. Leises, stockendes Atmen war zu hören. Bewusstlos.

„Wie lange liegt er schon da?"

„Keine Ahnung, aber wenn wir uns nicht beeilen, wird er für immer liegen bleiben."

„Verdammt, wir müssen ihn so schnell wie möglich in ein Krankenhaus bringen."

„Hey, er ist bestimmt nicht versichert – wird womöglich abgeschoben ..." Paula klang unsicher.

„Aber er muss schnellstens versorgt werden. Sicher hat er auch innere Verletzungen. Ich glaub nicht, dass wir ihn transportieren sollten. Wir müssen den Notarzt rufen!"

Paula hatte begonnen auf ihrem Handy herumzutippen.

„Paula?"

„Gleich."

„Was ... was machst du?"

„Ich ruf einen Bekannten an."

„Wir brauchen einen Arzt und keinen Bekannten."

„Er ist Arzt und schuldet mir einen Gefallen. Er wird keine Fragen stellen. Arbeitet in einem der größten Spitäler." Paula telefonierte, wurde immer lauter und trat auf den Gang, wo sie das Gespräch fortsetzte. Dann war es für einen Moment still. Sie kam zurück, sagte nur: „Okay!" und klappte das Handy zu.

„Und?", fragte Orsini.

„Ein Rettungsfahrzeug kommt in fünf Minuten. Ohne Blaulicht. Ich geh runter auf die Straße und warte."

„Gut gemacht, mit ein bisschen Druck ..."

„Ist immer das Gleiche, man muss immer erst das Gedächtnis anregen", sagte sie mit einem Schulterzucken. „Und", begann sie erneut, „wir sollen ihn auf keinen Fall bewegen."

„Ist okay. Eine Frage noch ..."

Paula blieb im desolaten Türrahmen stehen.

„Wie hast du ihn überhaupt gefunden?"

„Er hat mich angerufen. So wie er klang, hab ich ihn kaum verstanden. Dass er hier im Haus liegen würde, hab ich mir dann zusammengereimt. War wohl das Letzte, was er geschafft hat, bevor er bewusstlos wurde. Ich bin dann so schnell wie möglich hierher. Der Holzverschlag war offen."

„Du hättest nicht allein reingehen sollen", sagte Orsini vorwurfsvoll.

„Ich hab nicht gewusst, wie schnell du kommen würdest. Außerdem hab ich die ja immer dabei." Sie deutete auf die Ausbuchtung im Hosenbund.

„Warum hat er ausgerechnet dich angerufen?"

„Keine Ahnung. Hat sonst wahrscheinlich niemandem vertraut. Ich hab ihm bei unserm letzten Besuch meine Nummer aufgeschrieben. Hast du eine Ahnung, wer ihn so zugerichtet haben könnte?"

„Ja", antwortete Orsini und blickte sie an, „aber ich glaube, du solltest langsam auf die Straße gehen." Er zog seine Jacke aus und legte sie behutsam unter den Kopf des Verletzten. Als er dessen Kopf leicht anhob, entdeckte er ein darunter liegendes mit Blut verschmiertes Handy und nahm es an sich. Dann durchsuchte er noch die Kleidung des Bosniers und fand eine Brieftasche mit Ausweis darin. Er steckte beides ein und hörte erleichtert durch die geschlossenen Fenster, dass ein Auto stehen geblieben war.

Der Abtransport verlief rasch und effizient. Keiner der Arbeiter aus den Unterkünften tauchte auf. Paula und Orsini fuhren im Krankenwagen mit und sprachen kein Wort. Nach rasanter Fahrt waren sie in wenigen Minuten im Krankenhaus angelangt und sahen nur mehr, wie der Verletzte auf einer Trage in einen steril wirkenden Raum hineingeschoben wurde. Erst auf dem Gang vor dem Behandlungsraum begann Orsini zu sprechen: „Dich trifft keine Schuld, Paula. Ich bin verantwortlich dafür. Das hätte ich wissen müssen."

Eine längere Pause entstand, bevor Paula antwortete: „Danke, aber du weißt selbst, dass das nicht stimmt." Sie hatte sich auf einem der hässlichen orangen Besuchersessel, die an der Wand montiert waren, gesetzt, die Arme auf die Knie aufgestützt und ihr Gesicht in den Händen verborgen. Orsini ging zu einem Automaten, holte zwei Becher Kaffee und gab einen davon Paula. Wortlos, aber mit einem Danke im Blick, nahm sie den Becher und trank. Orsini setzte sich neben sie und legte ihr den Arm um die Schulter. Einige Zeit verging, während sie nur so dasaßen und nichts sprachen.

„Was ist, wenn er stirbt?", brachte Paula schließlich hervor.

„Kleine, schmächtige Leute sind oft sehr zäh", versuchte Orsini sie zu trösten, obwohl er selbst daran zweifelte. Schwestern und anderes Personal eilten geschäftig an ihnen vorbei. Auch um diese Uhrzeit herrschte noch Hochbetrieb. Wieder verstrichen die Minuten und gingen über in Viertel- und Halbestunden.

„Welches Schwein kann das getan haben?!", fragte Paula nach einer Weile. Die Kriminalpolizistin in ihr schien wieder die Oberhand zu gewinnen. „Wer ist zu so was fähig?" Sie schüttelte den Kopf und sah Orsini an. „Du hast gesagt, du weißt es."

„Ich vermute es."

„War es derselbe, der dich zusammengeschlagen hat?"

„Ist sehr wahrscheinlich."

Orsini erhob sich und ging zu einer Krankenschwester, die auf einer Computertastatur herumtippte. Er sprach mit ihr und setzte sich danach wieder neben Paula.

„Und?"

„Sobald sie etwas wissen, kommt jemand und verständigt uns. Wir sollen solange hier warten. Wie hast du überhaupt so schnell einen Babysitter finden können?"

Während des Wortes Babysitter, war Paula aufgesprungen und sah Orsini entsetzt an. „Wie konnte ich das nur vergessen! Ich hab Jeannet gebeten, länger zu bleiben und Lilly niederzulegen, sie muss aber eigentlich dringend weg ..."

„Okay", sagte Orsini, „du nimmst dir jetzt gleich ein Taxi und fährst in deine Wohnung."

„Aber ..."

„Kein Aber! Macht sowieso keinen Sinn, zu zweit hier herumzusitzen. Das kann noch Stunden dauern. Sobald ich was weiß, ruf ich dich an."

„Gut, ist wohl das Beste so", verabschiedete Paula sich hektisch und lief den langen, neonbeleuchteten Tunnel Richtung Ausgang entlang. Orsini blickte ihr gedankenverloren nach, stand unschlüssig auf und trat wieder zu der Krankenschwester, die noch immer die Tastatur traktierte. Ohne aufzublicken gab sie Orsini die gleiche Antwort wie schon zuvor. Also kehrte er zu seinem orangen Plastiksessel zurück, der ihn vom Sitzgefühl zunehmend an die Folterbank des Monsignore Berthold erinnerte. Er hasste Krankenhäuser. Hier wurden täglich Leben gerettet und schwerste Krankheiten geheilt – keine Frage. Dennoch war es ihm eine beinah körperliche Qual, hier nur untätig herumsitzen zu können. Ganz abgesehen von der Routine und der Abgestumpftheit, die ein so großer Betrieb unweigerlich mit sich brachte. So viel Mitgefühl, wie es die Kranken und ihre Angehörigen nötig hatten, passte unmöglich in ein Krankenschwesternherz.

Um die Zeit totzuschlagen, holte Orsini sich schließlich einige Magazine und blätterte darin. Lachende Schönheiten grinsten ihn aus einer heilen Welt an, was ihn an die Familie des kleinen Bosniers denken ließ, die noch nicht einmal wusste, dass ihr Ernährer gerade ums Überleben kämpfte. Wie sie ohne die Überweisungen aus dem Ausland ihr Auskommen finden sollten?

Orsini war an der Kippe zum Schlaf, als ihn die kleine, fürchterlich klingende Melodie zusammen mit einem Vibrieren weckte. Fahrig erwischte er die falsche Taste, drückte entnervt darauf herum und legte somit unabsichtlich wieder auf. Er atmete tief durch und wartete. Nichts. Der Kaffeeautomat starrte ihn an. Ärgerlich stand er auf und warf ein paar Münzen ein. Gerade als die schwarze Brühe in den Becher lief, ertönte erneut die kleine, melodiöse Scheußlichkeit und diesmal drückte er die richtige Taste.

„Conrad?", erklang Paulas müde Stimme.

„Ja, bin dran. Entschuldige, hab zuerst die falsche Taste erwischt."

„Bin grade angekommen. Jeannet hat gewartet und Lilly schläft wie ein Murmeltier."

„Gott sei Dank!"

„Und, gibt's bei dir schon was Neues?"

„Nein, noch immer nicht." Orsini sah auf seine Uhr. „Obwohl es schon elf vorbei ist."

„Glaubst du, dass er ...?"

„Klar schafft er es", versuchte Orsini überzeugend zu klingen und wusste doch, dass Paula ihn lange genug kannte, um sich nicht täuschen zu lassen. „Wer behandelt ihn eigentlich? Weißt du das?"

„Der Arzt, mit dem ich telefoniert hab, hat mir versprochen, ihn selbst zu versorgen und dann mit uns alles Weitere zu besprechen."

„Hey, das hast du gut hingekriegt."

„Ja, wenn es was nützt. Soll ich noch versuchen, einen Babysitter ..."

„Um diese Zeit?", entgegnete Orsini und trank einen Schluck des grässlich schmeckenden Kaffees. „Ist doch völlig sinnlos. Nein, ich halt hier solange die Stellung, bis ich Näheres weiß und ruf dich dann an."

„Okay."

„Solltest du schon schlafen ..."

„Glaubst du, dass ich das kann?"

„Nein", antwortete Orsini und zerknüllte den Pappbecher.

„Also bis nachher."

„Ja, bis nachher", gab Orsini müde zurück und beendete das Gespräch.

Er musste weit mehr als eine Stunde unruhig dahingedöst haben, als er durch ein sanftes Rütteln an seinem Arm geweckt wurde. Ein Mann in den Vierzigern saß neben ihm. Graue, dichte Haare – ein Alltagsgesicht. Er kam offensichtlich gerade aus dem Operationsraum und trug noch seinen Arbeitskittel. Den Mundschutz hatte er auf seine Stirn geschoben. Orsini rieb sich die Augen, setzte sich aufrecht hin und konnte den Namen des Arztes auf einem Schild erkennen. „Dr. H. Meier", stand darauf. „Sie sind wohl Herr Orsini?"

„Ja, woher kennen Sie meinen Namen?"

„Habe gerade mit Paula telefoniert und sie hat mir gesagt, wo Sie vermutlich sitzen und Ihr Aussehen geschildert. Und wie Sie sehen, sind Sie ...", er machte eine ausladende Handbewegung, „der letzte männliche Besucher hier."

„Wie spät ist es denn?", fragte Orsini noch immer nicht ganz bei sich.

„Viertel nach eins."

„Und?"

„Kurze oder lange Version?"

„Das heißt, er wird es überleben?" Orsini atmete erleichtert auf.

„Ja, aber seine Verletzungen sind nicht ohne."

„Ich weiß, hab ein bisschen Erfahrung auf dem Gebiet."

„Aha, nun, wie ich auch Paula kurz erklärt habe, keine gröberen inneren Verletzungen, das ist das Wichtigste. Aber Serienrippenbrüche" – Orsini spürte augenblicklich ein Stechen in seinen Rippen – „und eine Fraktur des Unterarms. Beide. Beide Knochen des linken Unterarms, um genauer zu sein. Dramatischer, wenn man das so sagen kann, sind die Verletzungen im Kopfbereich."

„Bleibende Schäden?", warf Orsini ein.

„Ist schwer zu sagen. Möglicherweise eingeschränkte Hörfähigkeit links. Das Trommelfell wahrscheinlich. Wie gesagt, der Kopf. Möchte gar nicht wissen, wie das passiert ist. Abgesehen von den oberflächlichen Verletzungen sind Joch- und Nasenbein gebrochen. Das Kiefergelenk ist ausgerenkt und drei Zähne ausgeschlagen. Einige wackeln bedenklich."

„Das ist hoffentlich alles."

„Bis jetzt ja. Sie können von Glück sprechen, dass Sie ihn nicht selbst transportiert haben. Das hätte womöglich aufgrund der Rippenbrüche letal geendet."

„Danke für Ihre Hilfe", sagte Orsini, „ und wie geht's jetzt weiter?"

„Hören Sie ..." Dr. Meier senkte seine Stimme. „Die Notversorgung ist abgeschlossen und ich werde ihn wieder hinkriegen. Das habe ich Paula gerade versprochen. Aber, länger als ein, zwei Wochen kann ich ihn unmöglich hierbehalten."

„Verstehe. Und finanziell. Er ist ja nicht vers..."

„Ja, weiß ich alles, hab lang mit Paula telefoniert. Ich erledige das. Das soll Sie nicht kümmern. Mir scheint, Sie haben Probleme genug."

„Stimmt", wandte Orsini ein.

„Aber was machen wir nach den, sagen wir zwei Wochen?", hob der Arzt fragend die Augenbrauen.

„Wie lange schätzen Sie, wird es ungefähr dauern, bis er wieder so halbwegs hergestellt ist?"

„Nach der Behandlung hier bei uns muss man, denke ich, noch mindestens eine, eher zwei Wochen anhängen. Möglicherweise geht's schneller. Er scheint sehr zäh zu sein."

„Ja", nickte Orsini zustimmend.

„Noch etwas. Ich weiß bis jetzt nur seinen Vornamen, und ich bräuchte ..."

„Augenblick", unterbrach Orsini ihn und holte den Reisepass des Verletzten aus seiner Manteltasche.

„Haben Sie was zu schreiben?" Orsini riss ein Stück Papier aus einer der Zeitungen, nahm den angebotenen Stift und schrieb den kompliziert klingenden bosnischen Nachnamen auf das Papierstück. Darunter seinen eigenen und seine Telefonnummer. „Sie können mich jederzeit unter dieser Nummer erreichen!" Orsini deutete mit dem Stift darauf, bevor er ihn zurückgab. „Den Reisepass? Wollen Sie den an sich nehmen und wer informiert seine Angehörigen?", fragte Orsini nachdenklich und bekam durch ein Kopfschütteln zu verstehen, dass er das selbst übernehmen müsse. „Wann, glauben Sie, ist er frühestens ansprechbar?"

„Vielleicht hat er sich bis morgen Abend stabilisiert, wenn alles gut geht."

„Wo finde ich ihn?"

„Ein fixes Zimmer kann ich natürlich nicht garantieren. Ich riskiere so schon genug."

„Verstehe, möglicherweise wird er also zwischen den Abteilungen hin und hergeschoben."

„Das nicht, er bleibt hier, ist ja groß genug, aber möglicherweise nur auf dem Gang. Was aber unser Problem nach den zwei Wochen nicht löst."

„Ich kümmere mich um eine Unterkunft, und wenn ich nichts finden sollte, wird er eben bei mir einquartiert." Der Arzt stand auf, steckte den Zettel in seinen Arbeitsmantel, reichte Orsini die Hand und sagte: „Finden Sie den Arsch, der das verbrochen hat.“

„Ja, werde ich, aber flicken Sie Edip wieder zusammen, damit er Weihnachten wieder bei seiner Familie verbringen kann.“ Der Arzt ließ Orsinis Hand los, entfernte sich zwei Schritte, blieb stehen und kam noch einmal zurück. Sah Orsini an und fragte: „Warum machen Sie und Paula das eigentlich?“

„Was?“

„Warum setzen Sie sich so für den Mann ein?“

„Könnte ich Sie doch auch fragen ...“ Orsini zuckte mit der Schulter, ließ den Arzt stehen und nahm denselben langen, neonbeleuchteten Tunnel wie schon Paula zuvor zum Ausgang hin.

Orsini trat ins Freie und atmete tief durch. Sauerstoff. Selbst das Stechen in der Lunge konnte ihm nicht den Genuss verderben. Halb zwei. Er war jetzt aufgekratzt und hellwach. Das gelbliche Licht, die sterile Atmosphäre und vor allem die Gerüche hatten ihn träge gemacht. *Soll ich Paula noch anrufen? Schläft wahrscheinlich schon,* verschob er den Gedanken achtlos auf den nächsten Tag.

Am Taxistand vor dem Spital hielt ein einsames Gefährt den Anschein von Geschäftigkeit aufrecht. Orsini trottete an dem im Auto dösenden Fahrer vorbei und versuchte, die bedrückende Spitalsatmosphäre von sich abzuschütteln. Mit jedem Meter, den er sich vom Spital entfernte, wurde sein Kopf klarer. Er marschierte schnell und zielstrebig. Zeit war egal. Messbare Größen wie Temperatur, Luftfeuchtigkeit, Wind – ausgeschaltet. Einfach gehen. Den Dingen ihren Lauf lassen. Sich spüren. Zwei elementare Bedürfnisse meldeten sich dann aber doch und Orsini war auf dem direkten Weg dorthin, wo er sie um diese Zeit noch befriedigen konnte.

Vor der verspiegelten Fassade fuhr er sich durch die Haare, öffnete die Tür und wurde von dem entgegenströmenden Schwall an feuchter, mit Rauch vermischter Luft getroffen. Es war noch voller und vor allem lauter als bei seinem letzten Besuch. Die Stimmung gut und die Tanzfläche gefüllt. Er versuchte, durch das Gedränge bis an die Bar zu gelangen, was sich als schwieriger herausstellte als er angenommen hatte. Endlich fand er einen winzigen Zwischenraum, den er sofort in Beschlag nahm. Hans konnte er zwar nicht entdecken, aber das war ihm egal. Fast schreiend bestellte er etwas zu trinken und dazu ein Chili con carne. Beides kam erstaunlicherweise sofort, er blieb aber an der Bar stehen, verschaffte sich mühsam Platz, um essen zu können und orderte, nachdem er ein Brennen im Mund verspürte, ein weiteres Getränk. Fasziniert sah er den Tanzenden zu, wippte im Takt mit und war Musik.

„Conrad!", legte sich eine Hand auf seine Schulter. „Hätte dich fast übersehen bei dem Gedränge!", schrie Hans ihm plötzlich ins Ohr.

Orsini erwachte aus seinem annähernd erreichten Zustand der Schwerelosigkeit, war aber nicht gleich fähig zu antworten.

„Hey, was ist los, hat's dir die Stimme verschlagen?"

„Nein, es ist nur ... es ist nur so wahnsinnig laut hier. Ich kann dich kaum verstehen."

„Dauert nur mehr eine halbe Stunde, dann wird's leiser. Du bleibst doch noch?"

Orsini nickte.

„Dann können wir uns unterhalten. Soll ich dir noch was zu trinken bringen?"

Orsini nickte wieder. Diese einfache vertikale Kopfbewegung sollte sich in den nächsten Stunden noch einige Male wiederholen. Denn die von Hans geschätzte halbe Stunde dauerte dann mehr als doppelt so lang und auch danach leerte sich die Tanzfläche kaum. Für einen Wochentag erstaunlich, überlegte Orsini angeheitert und unterhielt sich häppchenweise mit dem hin- und herhetzenden Hans.

Beschwingt verließ er schließlich seinen Standplatz an der Bar und mischte sich unter die Tanzenden. So kam er einer jungen Frau immer näher, die er schon länger verstohlen beobachtet hatte. Sie hatte dunkle lange Haare, die sie zusammen mit ihrem Körper effektvoll zur pulsierenden Musik tanzen ließ. Mittlerweile stockbetrunken, schaffte er es nicht, ihre Aufmerksamkeit zu erregen. Der Schweiß floss ihm in Bächen den Rücken hinab. Egal. Er registrierte alles nur mehr wie aus weiter Ferne. Nur nicht, dass er einer der letzten Tanzenden auf der Bühne war. Der DJ verlangsamte mit der letzten Nummer geschickt das Tempo, zog auch die Lautstärkeregler nach unten und nur einer begriff nicht, was das zu bedeuten hatte.

Dass Hans ihn von der Bühne zog, ließ er willenlos über sich ergehen und bemerkte auch nur wie im Nebel, dass er nach einer Taxifahrt auf ein fremdes Sofa in einer fremden Wohnung geschubst wurde.

23

„Conrad“, noch einmal, diesmal lauter, „Conrad!“

„Was ... wo bin ich?“ Orsini schlug die schweren Augenlider auf. Der Raum, in dem er lag, war fast dunkel. „Hans, bist du das?“

„Blöde Frage“, kam es aus einem anderen Zimmer, das sehr weit entfernt sein musste. Mühsam rappelte Orsini sich auf und bewegte sich in die Richtung, aus der die Stimme gekommen war. Er sah sich um, trottete durch einen winzigen Vorraum und sah Hans in einer ebenso winzigen Küche stehen.

„Sind nur wir zwei hier – oder hast geglaubt, die hübsche mit den dunklen Haaren wartet auf dich“, sagte Hans mit einem verschlagenen Lachen auf dem Gesicht.

„Badezimmer“, war das Einzige, was Orsini als Antwort einfiel. Hans deutete mit der Hand auf eine Tür im Vorraum und sagte gleichzeitig: „Aber lass dir nicht zu viel Zeit, Frühstück, besser gesagt Mittagessen, ist gleich fertig.“

Kaltes, eiskaltes Wasser und nicht zu wenig, ließ er sich über seinen Kopf rieseln. Minutenlang. Er trocknete sich ab, schaute rasch in den Spiegel und schnell wieder weg und saß bald darauf an einem schmalen Tischchen, das schon mit allem, was man zu einem ausgiebigen Frühstück brauchte, gedeckt war. Langsam nahm das Gehirn pflichtbewusst, aber doch störrisch, seine alltägliche Arbeit auf. Hans werkte vor ihm mit einem Messer herum und in einer Pfanne brutzelte etwas, das angenehm roch.

„Kaffee, oder doch Kopfwehtablette?“ Hans hatte sich umgedreht, hielt eine Thermoskanne in der rechten und eine Medikamentenschachtel in der linken Hand.

„Kaffee – mir ist weder schlecht noch hab ich Kopfweh“, antwortete Orsini und war selbst erstaunt darüber.

„Kommt sicher noch.“ Hans lachte, schenkte Kaffee ein und legte das Päckchen neben Orsini auf den Tisch.

„Wann, bin ich ..., sind wir nachhause gekommen?“

„Gegen sechs, du magst doch Ham and eggs?“

„Ja, hab zwar immer noch das Chili im Magen – aber warum nicht? Wie spät ist es eigentlich?“

Hans deutete mit dem Pfannenheber auf die Wanduhr.

„Phhh“, machte Orsini, „und wie lang bist du schon auf?“

Hans war nun fertig und stellte den Teller mit Ham and eggs auf den Tisch. Er holte eine frische Semmel aus einem Papiersack und reichte den Sack an Orsini weiter. „Seit zwei Stunden – Mahlzeit!“

„Ein Scherz!“, erwiderte Orsini und begann zu essen.

„Nein, kein Scherz. Hab sogar schon meine tägliche Runde gedreht.“

„Hast du einen Hund?“

„Nein, Sport, Conrad! Laufen, eine Stunde ungefähr.“

Orsini schüttelte den Kopf und konnte es nicht fassen. Zwar konnte er sich erinnern, dass Hans schon immer ein Faible für Sport gehabt hatte, aber vor dem Frühstück joggen?

„Ich leb doch in einem völlig andern Rhythmus als die meisten Leute, und Schlaf brauch ich sowieso nicht viel. Außerdem hab ich im Gegensatz zu dir fast nichts getrunken und meinen Weg allein nach Haus gfunden.“

„Wie ... wie haben wir denn den Weg nachhause gefunden?“, fragte Orsini zögerlich.

„*Du* gar nicht mehr. Hab dich ja förmlich von der Tanzfläche ziehn müssen. Wie du die Frau mit den dunklen Haaren angstarrt hast. Das war fast ...“ Hans nahm einen Schluck Kaffee.

„Peinlich?“

„Kann man so sagen. Andererseits, sie war auch wirklich hübsch. Hast schon immer einen guten Gschmack ghabt. Na ja, ich hab dich dann abgeschleppt und zusammen mit dem Taxilenker ... Aber an das erinnerst dich ...?"

„So einigermaßen", log Orsini und senkte seinen Blick.

„Also nicht." Hans sah ihn verschmitzt an. „Okay, von vorn: Du hast getanzt wie ein Irrer. Getrunken wie ein Verrückter und danach gredet wie ein Schwachsinniger. Sonst war aber alles in Ordnung. Du hast nichts Gröberes angestellt, außer dass du nicht alles bezahlt und den kleinen Tisch samt Gläsern abgräumt hast. Aber das ist kein Problem, das erledig ich heut Abend. Willst noch mehr wissen?"

Orsini gab durch ein verneinendes Kopfschütteln zu verstehen, dass er das nicht wollte. „Schmeckt ausgezeichnet." Er zeigte, um vom Thema abzulenken, auf seinen beinah geleerten Teller.

„Noch Nachschub aus der Feldküche?" Hans deutete auf die Pfanne, die noch am Herd stand.

„Warum nicht, ist fast wie damals beim Manöver, nur dass hier alles sauberer ist."

„Ist hoffentlich nicht der einzige Unterschied, der dir auffällt!"

„Na ja, du bist nicht mehr mein Vorgesetzter und außerdem: Wir sind beide nicht mehr dabei."

„Stimmt", antwortete Hans, stand auf und stellte noch Wasser für Kaffee auf.

„Was war eigentlich der genaue Grund, weshalb du entlassen wurdest?", wollte Orsini nach einer Weile wissen.

„Gab's nicht, hat sich summiert. Bin aber froh, dass es so kommen ist."

„Warum?"

„Weil, ... weil ich ansonsten wahrscheinlich nicht mehr hier neben dir stehen würd." Hans hatte sich langsam umgedreht und schaute Orsini an, der verlegen mit der Gabel herumstocherte. „Hätt mich zu Tode gsoffen wie schon mein Vater", fuhr Hans fort. „Was glaubst du, warum ich so früh von z'haus weg bin. Ich bin nicht auszogen, wie das normale, junge Erwachsene so machn. Ich bin gflüchtet. Vor meinem Vater vor allem“, kam es nun aus ihm heraus, den Blick fest auf Orsini gerichtet. Der stocherte noch mehr in seinem Essen herum und fragte sich, warum gerade bei ihm regelmäßig die Leute ihr Innerstes nach außen kehrten.

„Und deine Mutter?“, hakte Orsini dennoch nach.

„Hat es einfach nicht gschafft. Ich hab’s noch jahrelang versucht, aber, sie war ... sie war einfach abhängig von ihm. In jeglicher Hinsicht.“

„Hat er sie geschla...“

„Nicht nur sie. Bei mir hat er sich das später nicht mehr getraut. Schon gar nicht, als ich dann die Nahkampfausbildung begonnen hab.“

„Verstehe“, sagte Orsini, der kaum glauben konnte, was er von seinem ansonsten meist gutgelaunten ehemaligen Ausbildner hörte.

„Du verstehst nicht. Ich ... ich konnt sie einfach nicht schützen.“ Er stand da, den Kaffeefilter in der Hand und redete weiter. „Hab jahrelang versucht, mich mit Alkohol zu betäuben. Das ist mir auch ganz gut gelungen. Meistens hatte ich’s immer noch in der Hand.“ Hans hatte sich nun wieder etwas gefangen.

„Warst fast immer der Letzte, der noch stehen konnte. Soviel wie du hat kaum jemand vertragen. Ich hab mich immer gewundert, wie du das schaffst.“

„Hatte so meine Tricks“, schmunzelte Hans nun wieder und machte sich an der Kaffeemühle zu schaffen.

„Welche Tricks?“

„War nicht immer das im Glas, was drin hätt sein sollen.“

„Statt Wodka – Wasser?“

„Auch Apfelsaft, wenn’s nicht anders ging.“

„Warum?“

„Wollte eben bewundert werden – da war mir jedes Mittel recht. Allerdings waren die Alkoholmengen auch so ein

Wahnsinn. Das siehst du ja an einigen meiner Kollegen, die schon das Zeitliche gesegnet haben. Der Huber – ich war vor drei Wochen auf seinem Begräbnis."

„Der Vizeleutnant Huber? Aber der war doch kaum über ..."

„Zweiundfünfzig, um genau zu sein. Leberzirrhose. Hat elendiglich lang gedauert." Hans goss frischen Kaffee nach und setzte sich wieder an den Tisch. „Greif zu."

„Und wie ist es dann weitergegangen?"

„Willst das wirklich wissn?" Hans sah Orsini an, der fast unmerklich nickte. „Nach meiner Entlassung – im Nachhinein könnt man auch Rettung dazu sagen – hab ich mich eine Woche ohne Unterbrechung volllaufen lassen. Kein Essen, nur Alk. Und wenn ich sag ohne Unterbrechung, dann mein ich das auch so."

Orsini nickte abermals.

„Ich war am Ende. Man könnt auch sagen, ich machte ein Ende."

Eine Pause entstand, Orsini bemerkte, das Hans' Hände zitterten. Er nahm einen Schluck Kaffee und schaute aus dem schmalen Küchenfenster. Ein Krähenschwarm zog an einem Fabriksschlot vorbei, quer über den noch immer klaren, beinah wolkenlosen Himmel.

„Irgendjemand – weiß bis heut nicht wer – hat mich aus der schönen blauen Donau gfischt. Halbtot, mit einem ordentlichen Leberschaden und allem was sonst noch so dazughört. Drei Wochen intensiv, dann stationär und danach Kalksburg."

„Wodurch hast du es geschafft?", Orsini blickte noch immer aus dem Küchenfenster. Der Schlot ragte einsam in die eisige Luft und entließ feine durchsichtige Schwaden weißen Rauchs aus seiner Öffnung. Der Schwarm war vorbeigeflogen.

„Meine Mutter."

„Sie hat dir geholfen?"

„Nein, die war schon einige Jahre tot. Der Gedanke an sie, dass sie immer wollt, dass es mir einmal besser geht als ihr selber. Das hat mich als Einziges aufrecht ghalten. Sonst nichts. Deswegen trink ich nicht mehr. Oder nur ganz selten und wenig, so wie gestern. Und täglich Sport."

Orsini schien weit weg.

„Hey Conrad, schau nicht so betrübt, das Leben geht weiter. Ungnädig und unaufhaltsam."

„Weißt du, was ich einmal gelesen hab?"

„Nein."

„Ist von einem Ethnologen, der jetzt schon weit über neunzig sein müsste. Den Namen hab ich vergessen. Aber der Satz ging in etwa so: ‚Ich bin fest davon überzeugt davon, dass das Leben keinen Sinn hat, dass nichts irgendeinen Sinn hat.' Ist doch ein erstaunlicher Satz für einen so alten Wissenschaftler, oder?"

„In dem Alter müsst er's wissen", antwortete Hans, lachte laut auf und schien schlagartig wieder der Alte zu sein, nahm eine Semmel und biss hinein. „Apropos Alter, du hast gestern ständig was von einem Altn gredet."

„Kann mich nur mehr ungenau erinnern."

„Hatte, glaub ich, mit dem Fall zu tun, an dem du arbeitest."

„Kann sein. Deswegen bin ich auch zu dir gekommen. Wollte wissen, ob du was rausgefunden hast – ergibt übrigens auch alles keinen Sinn, unwissenschaftlich gesagt."

„Du meinst über diese Immo-Gesellschaften und den ermordeten Händler – wie hat der gleich noch mal geheißen?"

„Heinrich Novak."

„Also, ich muss dir gestehn, dass ich nicht allzu viel Zeit ghabt hab, mich drum zu kümmern. Und ehrlich gsagt, ich war mir nicht ganz sicher, wie wichtig dir die Sache überhaupt ist."

„Seit gestern noch mehr als davor." Orsini erzählte ihm ausführlich von den Attacken auf den Bosnier und ihn selbst.

„Ach deshalb schaust du so aus. Hab zuerst glaubt, das wär vom Training."

„Das", Orsini hob seine verbundene Hand, „ war ich selber."

„Wie?"

„Beim Grillen."

„Beim Grillen ... um die Jahreszeit?"

„Bei der Zubereitung aufgespießt." Orsini winkte ab.

„Scheiße Conrad, scheint, du hast es mit Profis zu tun. Wie sicher bist du dir, dass der Schläger von dieser Immotreu ...?"

„Ziemlich sicher. Was ich aber nicht finde, ist ein Zusammenhang mit dem Mord am Posamentenhändler."

„Vielleicht gibt's gar keinen."

„Auch möglich", entgegnete Orsini skeptisch.

„Was könnt ein Motiv sein?"

„Das Haus des alten Händlers ist genau zwischen den zwei Baustellen der Firma eingeklemmt. Da liegt es nahe, dass sie sich auch sein Haus unter den Nagel reißen wollten. Und der leitende Bauingenieur ..."

„Was ist mit dem?"

„Ich hab ihn gestern zusammen mit dem Schläger gesehn, kurz bevor Edip ..."

„Hm. Eins versteh ich nicht. Bei unsrem ersten Treffen hast du doch von Drogensüchtigen erzählt, die festgnommen worden sind. Was ist mit denen?"

„Einer sitzt noch, die anderen sind freigelassen worden."

„Und?"

„Was und?"

„Dass der oder die ihn umbracht haben?"

„Ich glaub's nicht ganz, höchstens, er ist dazu angestiftet worden."

„Wieso glaubst du's nicht?"

„Passt einfach nicht zusammen ..."

„Und wohin führt die Reise deiner Vermutung nach?"

Orsini blickte abwesend durchs Küchenfenster. Er hatte keine Ahnung, wo die vielen Fäden zusammenführen würden. Er konnte nur versuchen, sie alle in der Hand zu halten und sich weiterzutasten, ohne die Fäden zu einem Knäuel zu verwirren. „Richtung Fabriksschlot, sinnbildlich", hörte er sich dann sagen.

Hans runzelte die Stirn. „Versteh ich jetzt nicht."

Orsini zuckte mit den Achseln. „Ich weiß, es klingt saublöd, aber es ist, als würden sie mir den Weg weisen."

Hans war aufgestanden und begann, den Tisch aufzuräumen. „Noch Kaffee?", bot er an.

„Nein, danke. Musst du weg?"

„Schön langsam, aber lass dir ruhig Zeit. Du kannst bleiben, solang du willst."

„Hast du eigentlich mit deinem Bekannten gesprochen?" Orsini stand auf und half Hans beim Aufräumen der Teller.

„Welcher Bekannter?"

„Der, der in der Nähe des Posamentenhändlers wohnt."

„Ach so, wie gsagt, ich hab das nicht als so dringlich aufgefasst", entschuldigte Hans sich.

„Wenn ich gwusst hätt ..."

„Ist okay."

„Telefoniert hab ich schon mit ihm. Hat zuerst nur über die Baustellen gschimpft und wie teuer alles gworden ist. Hat gar nicht mehr aufghört zu reden."

„Und den Ermordeten?"

„Hat er gekannt. Flüchtig."

„Sonst nichts?" Orsini half rasch, das Geschirr zu trocknen, während Hans abwusch.

„Doch."

„Und was, was hat er gesagt, mach's nicht so spannend!"

„Er hat mal etwas gehört über den Posamentenhändler, konnt sich aber nicht mehr genau daran erinnern. War wohl schon zu lang her. Ich hab dann leider nicht weitergegraben."

„Welche Richtung?"

„Keine. Hat nur gsagt, dass er mal ein Gerücht ghört hat über ihn."

„Gerücht leitet sich doch von Geruch ab – was sagt deine Nase dazu?"

„Könnt was dran sein." Hans hielt kurz bei seiner Tätigkeit inne, zog den Stöpsel aus der Abwasch und sah Orsini abwägend an. „Gut, ich geh der Sache nach." Das restliche Spülwasser floss mit einem laut saugenden Geräusch ab.

„Wann?"

„Heut. Ist das früh genug?" Hans boxte Orsini freundschaftlich auf die Schulter.

„Meine Handynummer hab ich dir geschickt, du kannst mich jederzeit anrufen", antwortete Orsini.

„Hab's gleich", hörte er aus dem Nebenzimmer. Hans kam mit einem altertümlich wirkenden Handy in erstaunlicher Größe aus dem Zimmer und wiederholte laut Orsinis Nummer. „Seit wann bist du mobil?", scherzte er.

„Seit gestern."

„Zeig her."

„Wieso?", fragte Orsini und wollte sein Telefon aus der Manteltasche nehmen, erwischte aber das noch mit eingetrocknetem Blut verklebte Handy des Bosniers.

„Größenvergleich!" Stolz hielt Hans sein Steinzeithandy hoch und stutzte. „Schaut aber nicht aus wie neu gekauft."

„Gehört auch Edip, dem kleinen Bosnier, von dem ich dir erzählt habe, der jetzt im Spital liegt."

„Versteh."

Orsini ging zurück in die Küche und versuchte, das Handy so gut wie möglich zu reinigen.

„Conrad?" Die Klospülung übertönte Hans beinah. „Conrad! Ich muss mich beeilen. Wirf einfach die Tür ins

Schloss, wenn du gehst", rief ihm Hans aus dem Vorzimmer zu, während er den Mantel überstreifte.

„Moment! Größenvergleich gefällig!" Orsini hielt sein zigarettenpackungsgroßes, ultraflaches Handy stolz in der Hand – Hans Steinzeithandy war ungefähr viermal so groß.

„Und wie oft vertippst dich auf dem Mäuseklavier?", fragte Hans herausfordernd.

„Ist mir noch nie passiert."

„Wie lang hast du in der Gebrauchsanleitung geblättert, um zumindest die einfachsten Funktionen zu kapiern?"

„Gar nicht, ist selbsterklärend."

„Das glaubst ja selbst nicht!"

„Wenn ich's dir sag!"

„Okay, dann mach ein Foto von mir."

„Warte ist ganz einfach ..."

„Duschen solltest noch unbedingt, bevorst gehst", hörte Orsini aus dem Stiegenhaus, während er versuchte, ein Foto zu schießen. Als es endlich soweit war, machte er ein Bild von sich in Triumphpose vor der mit Siebzigerjahre-Tapeten ausgestatteten Wohnzimmerwand. Probierte, es per MMS an Hans zu schicken, und war zu seiner Überraschung auch gleich erfolgreich. Er knipste sich dann noch in Küche und Badezimmer, verschickte die Fotos erneut und stellte sich unter die Dusche. Das Badezimmer war wie die gesamte Wohnung winzig klein. Die psychedelischen Muster setzten sich auf den Fliesen im Badezimmer fort und machten auch vor dem Schlafzimmer, in das Orsini zuvor neugierig einen Blick geworfen hatte, nicht halt. *Würd ich keine zwei Tage aushalten,* fuhr er gedanklich die geschwungenen Linien der Wohnzimmertapete entlang, während er sich anzog.

Einen gewissen Charme hatte die Wohnung aber doch. Orsini blickte auf den Schrank, der als Solitär die Wellentapete unterbrach. Er konnte nicht anders. Neugierig öffnete er die mit Eiche furnierten Schranktüren. Auf einem kleinen Stapel lagen Fotos. Sie waren zum Teil unscharf und die Jahre hatten den Farbton verändert. Trotzdem war Hans, zwar rotstichig, sogar als Kind leicht zu erkennen. Eines zeigte ihn mit Kommunionskerze in der Hand zwischen Mutter und Vater. Andere waren offensichtlich während seiner Jugendjahre und seiner Zeit beim Heer gemacht worden. Gewehr im Anschlag, Exerzierdienst, in einer ausgehobenen Stellung und auch in Ausgehuniform. Das Bild in Ausgehuniform gab es zweimal. Einmal Hans allein vor einem weißen Gebäude. Vermutlich eine Kaserne. Im zweiten, ansonsten identischen Bild, hatte er ein Baby im Arm. Das Foto einer dazugehörigen Frau fand Orsini nicht.

Beim Anblick des Babys griff er sich an die Stirn. Schlechtes Gewissen machte sich in ihm breit. Mit einem gewissen Unbehagen im Bauch wählte er Paulas Nummer.

„Conrad, toll dass du auch mal anrufst", hörte er ihre hektische Stimme.

„Ich dachte ..."

„Was hast du gedacht?", fiel sie ihm verärgert ins Wort.

Orsinis Blick glitt von der Küchenzeile ab und fiel wieder auf den Fabriksschlot. Der konnte ihm jetzt auch nicht weiterhelfen. „Ich dachte, ich sollte mich vielleicht melden."

„Ja, nur wolltest du das doch gestern noch tun."

„Ja, aber ... es war spät und ..."

„Weißt du eigentlich, wie lange ich noch auf deinen Anruf gewartet hab?"

„Ich ... Du hast doch alles mit dem Arzt besprochen und ..."

„Hab ich auch, aber trotzdem."

„Ich dachte, dass es besser wär, dich nicht mehr zu wecken."

„Vielleicht solltest du es weniger mit Denken probieren und manchmal, nur manchmal, mehr auf dein Gefühl hören!", platzte es empört aus ihr heraus, bevor sie auflegte.

Orsini fuhr mit dem schwächelnden Lift nach unten und trat auf die Straße zwischen den zwei großen Wohntürmen. Ein eigenartiger Geruch legte sich in seine Nase. Triste Gegend. Typischer Arbeiterbezirk. Er fragte eine Dame, die gerade ihren Hund ausführte, nach der nächsten öffentlichen Haltestelle. Dort stand ein Bus mit laufendem Motor und offenen Türen. Orsini rannte los, stieg ein und – wartete dann noch geschlagene sieben Minuten, bis sich der Bus endlich in Bewegung setzte. In der Zwischenzeit zog kalte Luft durch den Bus, doch das schien außer Orsini niemanden zu stören. Der Chauffeur rauchte vor dem Fahrzeug gemütlich eine Zigarette und unterhielt sich mit zwei Damen. Schließlich stiegen sie zugleich mit dem Fahrer ein und nahmen direkt vor Orsini Platz. Orsini holte sein Handy hervor. Er wollte ein SMS an Hans versenden, was aber durch den Kavalierstart des Busfahrers vereitelt wurde. Der Fahrer hatte offenbar vor, seine Rauchpause durch erhöhte Geschwindigkeit und ein paar kleinere Verkehrsordnungsübertretungen zu kompensieren. Orsini fluchte. Die geschwätzigen Damen allerdings waren den schnittigen Fahrstil offensichtlich gewöhnt. Vor einer blinkenden Ampel gab der Fahrer noch so richtig Gas und nahm die folgende Kurve mit Bravour. Inzwischen hatte sich die Heizung im Bus durchgesetzt und brachte Orsini zum Schwitzen.

Er verschob sein SMS auf später und starrte auf die Hinterköpfe der beiden Damen. Die korpulentere der beiden trug entweder eine Art gekräuselte Haube im Stil einer Perücke oder eine schlechtsitzende Perücke. Jedenfalls waren in ihrem Nacken eindeutig glatte, andersfarbige Haare zu erkennen. Der neueste Modetrend? Vor der U-Bahnstation schleuderte ein abruptes Bremsmanöver alle Passagiere nach vorne, sodass Orsini mit dem Gesicht beinah auf der Perückenhaube klebte.

Ein kleiner Kick am Morgen, dachte Orsini, vertreibt Kummer und Sorgen, und steuerte ein Selbstbedienungscafé an, das sich in einer Nische gegenüber eingenistet hatte. Er rief Paulas Nummer auf, wurde verbunden, und hörte nur das eintönige Zeichen, bis sich die Mailbox aktivierte. Beiläufig sah er den Leuten beim Ein- und Aussteigen zu. Die einen kamen schwitzend aus dem Inneren des Fahrzeugs und zogen sofort alles an, was man bei der gegenwärtigen Außentemperatur unter dem Gefrierpunkt brauchte. Wieder hob Paula nicht ab. Die Fahrgäste der Gegenrichtung, die soeben noch bibbernd in der Kälte gestanden hatten, rissen sich im Inneren des Wagens sofort alle Kleider vom Leib, als erwartete sie ein Saunaaufguss. Er wählte erneut und obwohl er ihre Reaktion von vorhin ein klein wenig überzogen empfand, hinterließ er doch eine Entschuldigung auf Paulas Mobilbox.

Langsam trank er seinen inzwischen kalt gewordenen Kaffee aus, als das Handy läutete.

„Danke für die tollen Fotos meiner Wohnung, wie lange hast du noch gebraucht?“, sagte Hans lachend.

„Keine zehn Sekunden, aber du hattest es ja so eilig ...“

„Und was gibt's so Dringendes, weil eilig hab ich's nach wie vor.“

„Hab was vergessen – hast du was zu schreiben?“, fragte Orsini rasch.

„Moment, so jetzt geht's.“

„Vladimir Tandler.“

„Wer ist das und was soll ich damit?“

„War der beste Freund von dem ermordeten Posamentenhändler. Ist Altwarenhändler und hat sein Geschäft gleich ums Eck. Kann ihn nicht recht einordnen. Er hatte und hat auf jeden Fall Kontakt zur Familie des Ermordeten. Vielleicht auch mehr. Wär gut, wenn du deinen Bekannten oder wen immer auch nach dem alten Händler fragen könntest.“

„Irgend ein Anhaltspunkt oder Richtung?“

„Keine Ahnung.“

„Drogen, Mädchenhandel, Pornoring?"

„Nein, er ist über achtzig. Ich glaub nicht, dass er eine kriminelle Vergangenheit hat. Ausschließen kann man's natürlich nicht", antwortete Orsini skeptisch und fuhr fort: „Die Verbindung kann eigentlich nur die Familie vom Novak sein und vielleicht ihr gemeinsames Hobby."

„Was für ein Hobby?"

„Na ja, der Posamentenhändler hat, glaub ich, auch Kunstgegenstände gesammelt."

„Und?"

„Und nichts. Ich dachte nur ..."

„Ist okay, sonst noch was?", drängte Hans.

„Nein", beließ Orsini es dabei, holte sich noch ein Sandwich und machte sich auf den Weg.

Ein kleiner Mann mit gelichtetem Haaransatz, der Orsini höchstens bis zur Brust reichte, war heute König der Tabakwaren in der Trafik neben der Kirche. Die Königin hatte anscheinend Ausgang.

„Geben Sie mir die da!" Orsini deutete auf eine Tageszeitung und bekam sie auch sofort ausgehändigt. „Ihre Kollegin ...", setzte er an.

Als nonverbale Antwort bekam er eine nachdenklich gerunzelte Stelle zu sehen, an der sich früher einmal Haare befunden hatten.

„Die große blonde Dame, die mich letztens bedient hat ..."

„Ach so, meine Frau, meinen S'. Wir führn das Gschäft nämlich zu zweit, müssn S' wissn. Also Kollegin gibt's keine. Leider!", fügte er noch augenzwinkernd an.

Orsini wusste nicht, wie das „Leider" auszulegen war und entschied sich für überhören. „Ich hab mich das letzte Mal mit ihr unterhalten und ..."

„Über was denn?"

„Äh, über ...“ Orsini hatte sich nichts dazu zurechtgezimmert. Er wollte lediglich nach der Adresse des Kohlenhändlers fragen, weshalb aus ihm herausrutschte: „Über den Kohlenhändler.“

„Welchen denn?“, kam es prompt und leicht aggressiv retour.

„Wie, welchen? Es gibt doch nur den einen.“

„Zwei genaugnommen. Einen kleinen und einen großen. Wen von den beiden meinen S’ jetzt?“

Orsini fiel erst jetzt wieder der Silberrücken ein, spürte, dass der kleine Mann – warum auch immer – auf diesen nicht gut zu sprechen war und antwortete: „Der kleinere, der raucht wie ein Schlot und immer eine Mütze trägt.“

„Ach so der“, entspannte der Mann sich nun wieder merklich, „und über was haben Sie sich unterhalten?“

„Ich bin grade hierher gezogen und hab einen ... alten Kohlenofen, den ich manchmal, wenn es so kalt ist wie heute, einheizen möchte.“

„Und?“, fügte der Mann spitz an.

„Und da ... hab ich mit Ihrer Frau darüber geredet, dass es gar keine Kohlenhändler mehr gibt und ...“

„Da sind Sie wahrscheinlich gemeinsam mit ihr draufgekommen ...“

„Dass es doch noch einen gibt“, setzte Orsini fort, „und er sogar hier in der Nähe ein Geschäft hat.“

„Und jetzt wollten S’ meine Frau nach der Adresse fragen.“

„Ja, genau, weil ... weil ... sie die genaue Adresse beim letzten Mal nicht wusste.“

„Komisch!“

„Wieso?“

„Weil er Stammkunde bei uns ist, und wenn S’ jetzt genau gradaus die Gassn entlang bis zur Lerchenfelderstraße gehn, Sie sein Gschäft unmöglich verfehln können.“

„Na, dann suche ich es jetzt gleich“, entgegnete Orsini mit hochrotem Kopf und legte einen viel zu großen Betrag hin. So schnell wie möglich verließ er die Trafik und schwor sich, nicht mehr so unüberlegt zu lügen.

Drei schmutzige Stufen führten in eine andere, düstere, feucht-kalte Welt. Das Geschäft befand sich tatsächlich an der beschriebenen Stelle, nur nicht auf Straßenniveau, sondern im Souterrain. Das dreirädrige Motorrad mit Traktorsitz stand ohne Beladung auf dem Parkplatz vor dem Eingang.

In einer winzigen, verdreckten Auslage waren genau vier Gegenstände präsentiert: zwei bröckelnde Briketts mit der Aufschrift Union, eine schmierige Flasche, auf deren Etikett Heizöl gerade noch zu lesen war und eine blassgelbe Tafel. Unter dem Symbol gekreuzter Hämmer stand darauf: Holz Anthrazit Koks Kohle. Den Namen des Kohlenhändlers suchte Orsini vergeblich. Neben der Kohlenhandlung befand sich auf der einen Seite noch die undefinierbare „Klischeeanstalt Saturn“ und auf der anderen ein „Dekorateur“. Ein großer, in der Mitte aufgeschnittener Stuhl zierte dessen verstaubte Auslage. Rostige Stahlfedern ragten wie altertümliche Geschosse aus der hervorquellenden Polsterung.

Orsini hatte die metallisch kalte Türschnalle zum Höllenreich noch in seiner Hand, als er gebückt eintrat. Niemand war zu sehen. Er schloss die in den Angeln quietschende kleine Metalltür und stieg die abgetretenen Stufen hinunter. Ein enger, keine zwei Quadratmeter großer Plexiglasverschlag war mit einer verrußten Schreibtischlampe schwach beleuchtet. Auf dem abgenutzten Holzpult lagen außerdem ein paar verdreckte Zettel und Rechnungen sowie ein abgekauter Bleistift. Ein kleines, kaum als solches erkennbares Radio bemühte sich, so etwas wie Stimmung in dem bedrückenden Raum zu erzeugen.

Orsini hörte das scharrende Geräusch einer Schaufel und ging in den durch einen kurzen Gang verbundenen Nebenraum. Dort, auf einem schwarzen Berg, stand der Silberrücken und schaufelte wie wild. Eine nur schwach leuchtende Neonröhre an der Wand tauchte den schwer schuftenden Mann in ein unwirkliches Licht. Orsini blieb einen Moment stehen, beeindruckt von der archaischen Szenerie, und schaute gebannt dem schwitzenden Riesen zu. Deshalb nahm er erst im letzten Augenblick wahr, dass der andere Kohlenhändler von hinten auf ihn zukam und ihn antippte, die obligate Zigarette zwischen den Fingern. Orsini erschrak.

„Du hast an heimlichn Verehrer, Hermann", sagte der Kohlenhändler laut und grinste seinem Kumpan zu. Der Silberrücken unterbrach seine Arbeit, lehnte sich an seine Schaufel und sah Orsini misstrauisch an. Orsini wiederum starrte auf die goldenen Zähne des Kohlenhändlers.

„Darf ich Sie in mein Büro bitten?", fragte ihn der Kohlenhändler schließlich in beinah reinem Hochdeutsch und wies auf den schäbigen Plexiglasverschlag. Er trug immer noch dieselbe Kleidung wie im kleinen Café. Die Pullmannmütze hatte offensichtlich Wurzeln geschlagen und schien mit der Kopfhaut verwachsen zu sein. Hier im Keller, bei dem wenigen Licht, wirkte der Mann wie aus einer anderen, dunkleren Epoche.

Mit Schwung hievte sich der Mützenmann dann auf den verschlissenen Barhocker in seinem Großraumbüro und nahm den Bleistiftstummel zur Hand: „Also, wie viel und wann, der Herr?"

„Ich bin eigentlich nicht gekommen, um etwas zu bestellen – heize mit Gas, leider."

„Ach so."

„Wir haben einmal im kleinen Café miteinander gesprochen. Können Sie sich noch an mich erinnern?"

„Phhh." Mit einem lauten Geräusch blies der Mützenmann zwischen seinen Goldzähnen eine Rauchwolke aus.

„Egal", fuhr Orsini fort, „jedenfalls haben wir über den Mord am alten Novak gesprochen, und dass Sie mit ihm einen Stammkunden verloren haben."

„Ja, und?"

„Ich war vor Kurzem bei der Familie in der Wohnung. Die haben noch immer einen Kohlenofen und wenn mich nicht alles täuscht, liefern Sie auch dorthin."

„Scho seit ewig und einen Tag."

„Das heißt, Sie kennen die Familie wahrscheinlich ganz gut ..."

„Ja, wie ma sich halt so kennt, wenn man 's Gschäft ums Eck hat und hie und da was vorbeibringt. Viel war's ja nimmer z'letzt. Aber ein Stamperl hat's dort immer gebn, bei der Frau Novak."

„Und im Geschäft beim Herrn Novak?"

„Beim Heinrich? Phhh ..." Er stieß erneut einen Ton der Empörung zusammen mit einer noch größeren Rauchwolke aus. „Beim Heinrich ... ha! Da hätt ich net amal um ein Glasl Wasser gfragt."

„Warum?", fragte Orsini.

Der Kohlenhändler war wieder in seinen natürlichen Dialekt zurückgefallen. „Warum? Weil der Herr Neid und sein Freund der Geiz sich bei dem gfundn habn. Die Frau Novak, die Judith, die hat da drunter glittn, des können S' mir glaubn. Sie redt ja kaum mehr, dafür tut's jetzt betn", sagte er leicht abfällig. Allerdings lag auch eine Spur Wehmut in der Stimme des Händlers. „Die Kinder, die haben überhaupt am meistn glittn. Und net nur deswegn", bekräftigte er.

„Wie meinen Sie das, nicht nur deswegen?"

Aus dem Nebenraum waren jetzt scharrende Geräusche von Stiefeln zu hören.

„Das hab ich nur so gsagt", wich der Mützenmann schnell aus, „wenn S' was Genaues wissn wolln, müssn S' mit'm Heinrich seim Bruder redn. Der weiß da mehr als unsereins, wenn er überhaupt noch lebt."

„Ist in einem Sanatorium, hab ich gehört. Sie wissen nicht zufällig in welchem?"

„Der Josef", antwortete er nachdenklich, „hab ihn sicher – wartn S' – zehn, nein fünfzehn Jahr nimmer gsehn. Ich glaub, die Judith hat ihn öfters besucht. Aber wo des war? Lassn S' mich nachdenkn ..."

Einer schwitzenden Dampfwalze gleich kam der Silberrücken inzwischen aus dem Nebenraum, zündete sich eine Zigarette an und baute sich in seiner ganzen Größe neben Orsini auf.

„Fällt mir nimmer ein", sagt der Mützenmann abrupt, sah den Silberrücken kurz an und holte ebenfalls eine neue Zigarette aus einer schmutzigen Packung. Er nahm einen abgrundtiefen Lungenzug, stieg von seinem Chefsessel herunter und sagte: „Also, wenn S' nix brauchen, dann machn wir Schluss für heut. Stimmt's Hermann?"

„Stimmt", erwiderte Orsini, schritt die Stufen aus der Hölle hinauf bis ins Fegefeuer und verließ es Richtung Himmel mit den Worten: „Ist ja schon spät."

Auf dem Heimweg hatte Orsini eine immer wiederkehrende Szene vor Augen, Shakespeare in der Zieglergasse gewissermaßen. Genauer gesagt stellte er sich den Silberrücken zusammen mit der fülligen Trafikantin vor, beim gemeinsamen Liebesspiel auf dem schwarzen Kohlenberg im Keller. Ein Bild, in dem der kleine, gehörnte König dem erotischen Treiben ein grausames, blutiges Ende setzte.

Zuhause entnahm er seine eigenen, nun nicht mehr blutigen Kleider der Waschmaschine und stopfte die vom nächtlichen Lokalbesuch stinkenden hinein.

Auf seinem Anrufbeantworter im Büro blinkte das rote Lämpchen kurz dreimal hintereinander, um dann erschöpft eine kleine Pause einzulegen. Die erste Nachricht war von einem Mann, der sich von seiner Frau betrogen fühlte und Orsini zu Nachforschungen engagieren wollte. Die zweite Nachricht praktisch ident, nur dass die Rollen vertauscht waren. Seufzend drückte Orsini die Löschtaste. Beim dritten Anruf handelte es sich um den seiner Auftraggeberin. Sie wollte ihren für den folgenden Tag anberaumten Termin verschieben und bat um einen Rückruf.

Nachdenklich ging Orsini in die Küche. Mit einem scharfen Messer halbierte er eine Zwiebel, schnitt von einer Hälfte schmale Scheibchen ab, hielt mit seiner allmählich wieder genesenden linken Hand die Scheibchen eng zusammen und fabrizierte perfekte, kleine Würfel. Während er diese nun im Topf anbriet, legte er sich ein paar Sätze zurecht. Vordergründig war Sophie Pfeifer ausschließlich an der Erbschaft interessiert und hatte sich sogar verbeten, dass Orsini bezüglich des Mordes weiter recherchierte. Wie wahrscheinlich war es aber, dass Orsini tatsächlich Betrügereien innerhalb der Familie – falls es sie denn überhaupt gegeben hatte – ausforschen würde können? Sollte er ihr sagen, was er wusste, sein Honorar kassieren und die Sache auf sich beruhen lassen? Er ließ das Rindfleisch in den Topf gleiten und fügte kleine Speckstückchen hinzu, rührte um und goss mit Rotwein auf. Dann drehte er die Flamme zurück und ging ins Büro.

Kam nicht in Frage. Er fuhr den Computer hoch. Josef Novak, fragte er die Suchmaschine. Knapp über eine Million Einträge waren das Ergebnis, und selbst mit der Zusatzeingabe Wien blieb noch mehr als ein Drittel davon übrig. Er nahm sein Handy, kehrte in die Küche zurück, ließ ausgiebig roten Paprika in den Topf rieseln und rührte um.

„Sophie Pfeifer“, hörte er gleich darauf.

„Orsini. Sie haben mich angerufen wegen unseres Termins.“

„Ja, morgen geht es nicht ... lassen Sie mich kurz überlegen. Nächste Woche, dienstags“, gab Sophie Pfeifer befehlsmäßig von sich und fuhr fort, ohne Orsinis Antwort abzuwarten: „Und, haben Sie etwas Neues für mich?“

„Allerdings“, antwortete Orsini gedehnt, „es hat Zahlungen gegeben, auf das Konto Ihres Vaters.“

„Aha? Und wie hoch?“

„In Summe an die neunzigtausend, über die Herkunft kann ich ihnen noch nichts sagen.“

„Neunzigtausend ... hm, hören Sie, ich habe nämlich gerade keine Zeit, um länger ... Allerdings ist das keine kleine Summe. Finden Sie mehr darüber heraus!“

„Dienstag, siebzehn Uhr?“

„In Ordnung, schönen Tag noch.“

„Auch einen wunderschönen“, erwiderte Orsini nicht ganz unzufrieden in die bereits tote Leitung.

Wie ein Pendlerzug bewegte er sich die nächste Stunde zwischen Küche und Computer. Erwog, wie schon öfters, die Anschaffung eines Laptops und entschied, dass er Paula diesbezüglich kontaktieren würde, so sich ihre Erzürnung ihm gegenüber irgendwann wieder legen würde. Zwischendurch fand er heraus, dass eine Klischeeanstalt etwas mit Druckereien, Druckformen, Farbenklischees und Gummiklischees zu tun hatte. Beim den Gummiklischees war er nicht sicher, ob diese außer bei grafischen Produkten nicht auch in anderen Handwerkskünsten Verwendung fanden und musste schon zum zweiten Mal im Laufe des Tages an die erotische Trafikantin, den Kohlenkeller und den schwitzenden Silberrücken denken.

Nachdem sich das Gulasch richtig eingedickt hatte, setze er sich mit einer großzügig bemessenen Portion vor den Computer. Es gab Altenheime, Wohnheime und Pflegeheime, private Seniorenresidenzen und öffentliche, Wohnservice-Anbieter und Seniorenkompetenzzentren. Er druckte eine lange Liste all der in Frage kommenden Häuser aus und legte sie auf seinen Schreibtisch.

Wie immer beim Eintritt in ein Krankenhaus, versetzte ihn allein schon der Geruch in eine eigenartig gereizte Stimmung. Alles war blank poliert, sauber und steril. Und dennoch hieß es selbst unter Ärzten, die eigene Familie von hier fernzuhalten, außer im Notfall natürlich. Zu sehr wussten sie Bescheid über resistente Keime, die jedes Spital unweigerlich produzierte. Selbst noch so starke Desinfektionsmittel waren dagegen oft machtlos.

Obwohl die Leitung des Hauses sichtlich bemüht war, den beklemmenden Eindruck des Riesenkomplexes zu kaschieren, gelang das nur ansatzweise. Einige Wände waren mit abstrakten Bildern in zum Teil schrillen Farben behängt. Allein, der gut gemeinte Versuch ging in Orsinis Augen ins Leere, und so schlich er niedergeschlagen zu dem Platz, den er vor weniger als zwanzig Stunden verlassen hatte.

Die Schwester am Eingang war nicht mehr dieselbe wie am Vortag. Sie unterschied sich allerdings weder äußerlich noch in ihrem Verhalten gravierend. Alltagsroutine. Ohne Orsini eines Blickes zu würdigen, fuhr sie mit ihrer Arbeit vor dem Bildschirm fort, fragte aber trotzdem höflich und sanft, ob sie ihm weiterhelfen könnte.

„Ja, der Mann, der gestern Abend eingeliefert wurde, Dr. Meier hat ihn operiert."

„Dr. Meier, ... ja, ein Sekündchen." Die Schwester atmete tief ein und tippte ungerührt weiter. „Herr ... Brs...kv... itsch?"

„Ja ..."

„Serienrippenbrüche, schwere Kopfverletzungen, Gehör ..."

„Ja genau", sagte Orsini, „wie geht es ihm?"

„Es geht ihm den Umständen entsprechend. Dr. Meier hat sogar eine Notiz hinterlegt, sehe ich gerade."

„Und?"

„Sie sollen sich keine Sorgen machen. Der Heilungsverlauf ist gut."

„Kann ich mit ihm reden?"

„Ausgeschlossen. Frühestens morgen. Aber nicht vor dem Abend."

„Und ist Dr. Meier vielleicht anwesend?"

„Zwei Sekündchen", sagte sie jetzt mit einem noch viel tieferen Atemzug, der totale Arbeitsüberlastung zum Ausdruck bringen sollte. „Nnn ...ein, kommt erst übermorgen wieder."

„Danke", sagte Orsini und wandte sich zum Ausgang. Vor einem der modernen Gemälde hielt er jedoch inne, fuhr mit dem Finger eine der Linien nach und mit der Zunge über die Unterlippe. Dann machte er kehrt.

„Entschuldigung", störte er die gestresste Schwester möglichst höflich, „ich hätte noch eine letzte Frage."

Es folgte der obligatorische Atemzug samt einem sehenswerten Augenaufschlag.

„Haben Sie ältere Verwandte?"

„Ja, warum?"

„Haben Sie jemals Nachforschungen über Ihre Vorfahren betrieben?"

„Eigentlich nicht."

„Ich nämlich schon. Und wissen Sie, was dabei herausgekommen ist?"

„Nein."

„Ein quasi totgeglaubter Onkel lebt angeblich noch. Muss jetzt über achtzig sein. Aber ich kann ihn nicht finden."

„Interessant", kam es monoton zurück.

„Ja, und er lebt angeblich in Wien. Ich hab schon alles nach ihm abgesucht, leider konnte ich ihn bis jetzt nicht aufspüren."

„Und?", fragte die Schwester desinteressiert.

„Jetzt, hier ist es mir eingefallen."

„Was?"

„Ein Altenheim, ein Sanatorium, öffentliche Fürsorge. Sie haben doch sicher Zugang zur EDV."

„Name."

„Josef Novak."

„Alter?"

„Über achtzig auf jeden Fall. Ich nehme eher an, vierundachtzig, fünfundachtzig.“

Nur ein Stück, ein ganz kleines Stück zufriedener schlich Orsini danach den nach wie vor kahl wirkenden Gang entlang. Er hielt einen Ausdruck mit Josef Novaks Aufenthaltsort in Händen und tippte die Nummer des Sanatoriums in sein Handy ein. Überraschend schnell bekam er dort die zuständige Person zu sprechen. Sie war sehr kooperativ und vereinbarte einen Termin zeitig in der Früh am nächsten Tag. Nur der letzte Satz verunsicherte ihn: „Obwohl es eigentlich egal ist, zu welchem Zeitpunkt Sie kommen.“

Orsini hatte genug von Krankenhäusern, Sanatorien oder Ähnlichem und fuhr auf dem schnellsten Weg nachhause. Erfolglos versuchte er dabei, Paula zu erreichen und sprach wieder einmal auf ihre Mailbox. Kurz schilderte er ihr Edips Zustand und rang sich erneut zu einer Entschuldigung durch, was ihn einiges an Überwindung kostete.

Zuhause nahm er schließlich als Erstes sein an der Wand hängendes Prunkstück zur Hand. Eine alte Gibson. Ehrfürchtig fuhr er über das gediegene Holz und machte es sich auf dem Sofa gemütlich. Endlich tat er, was er sich schon seit Wochen vornahm. Ganz leise nur und gedämpft durch mehrere Türen, konnte man im Treppenhaus die nächsten eineinhalb Stunden Töne einer Gitarre hören. Gelegentlich auch Gesang, alles zwischen Slow und Mid-Tempo angesiedelt.

Die längere Übungspause und die noch nicht verheilte Verletzung machten sich nach einer Weile an der Griffhand bemerkbar. Deshalb kam ihm die Unterbrechung in Form eines Anrufes beinah gelegen. Orsini ging telefonierend zum Kühlschrank und holte sich ein kleines Bier.

„Conrad, Hans spricht.“

„Was gibt’s?“

„Hab mich wie versprochen umghört.“

„Und?“

„Mein alter Bekannter, von dem ich dir erzählt hab. Hab ihn heut getroffen."

Orsini klemmte das Telefon hinters Ohr, griff nach der Gitarre und wiederholte einen bluesigen Riff von vorhin. „Und, ist ihm wieder eingefallen, was er über den Posamentenhändler gemunkelt wurde?"

„Leider nicht. Sag, was hör ich da die ganze Zeit im Hintergrund?"

„Ich klimpere nur so auf meiner Gitarre herum."

„Ach so, wie gsagt, er konnte sich nicht mehr erinnern. Aber mit dem andern Namen ..."

„Vladimir Tandler."

„Genau, Vladimir Tandler. Mit dem konnt er was anfangen."

„Und zwar?"

„Das ist das Blöde dran. Irgendwas mit Kunst auf jedn Fall."

„Wie mit Kunst? Ist das alles? Ist doch klar, dass er als Altwarenhändler mit Kunst zu tun hat!"

„Hab ich auch gsagt. Dann hat er angedeutet, dass er über den Altwarenhändler was wüsst. Wollt aber nicht preisgebn, worum konkret es sich handeln könnt. Ich hab ihm dann zugsetzt, und er hat eine Viertelstund mit jemandem telefoniert."

Orsini hörte auf zu spielen. „Und?"

„Nach dieser Viertelstund hab ich ihm hoch und heilig versprechn müssn, keine Namen zu nennen. Morgen treff ich ihn."

„Wann?", fragte Orsini, „Kann ich mitkommen?"

„Nein. Sobald ich was weiß, meld ich mich bei dir oder du schaust am Abend vorbei. Und keine Angst, morgen ist's bestimmt ruhiger. Legt nämlich ein unbekannter DJ auf."

„Okay, dann bis morgen", verabschiedete Orsini sich und stellte die Gitarre zur Seite. Der Schlafmangel der vergangenen Nacht machte sich nun bemerkbar, seine Augenlider fühlten sich schwer und kratzig an. Mit müdem Blick holte er eine LP aus einem Regal und legte sie auf den Plattenteller. Er trank einen Schluck aus der Flasche, breitete sich auf dem Sofa aus und hörte schläfrig zu. Nachdem er die Platte umgedreht hatte und die zweite Nummer erklang, meldete sich erneut sein Handy. Orsini schaute verärgert auf die Uhr. Kurz vor Mitternacht. Er griff nach dem Mobiltelefon.

„Hallo Conrad", erklang eine ebenso müde Stimme am anderen Ende.

„Hallo", antwortete Conrad erfreut, „wart einen Moment, ich mach nur die Musik leiser."

„Was hörst du grade?", fragte Paula neugierig.

„Vielleicht erkennst du's." Orsini hielt das Handy kurz vor die Box und drehte danach die Lautstärke zurück. „Und?", fragte er.

„Keine Ahnung. Eher die jazzige Abteilung?"

„Ja."

„Sollte ich es kennen?"

„Nicht unbedingt, ist ein Gitarrist."

„Was Älteres, oder?"

„Ja, wird immer wärmer ...", sagte Orsini, setzte sich und nahm einen Schluck aus der Flasche, die auf dem Couchtisch stand.

„Bin einfach zu müde, verrat's mir."

„Wes Montgomery: Down here on the Ground – wunderbare Aufnahme! Fließt alles so leicht dahin. Man kann einfach nur zuhören und staunen. Bass – Ron Carter, Drums – Grady Tate; Herbie Hancock, Ray Baretto und Mike Mainieri haben auch mitgespielt", las Orsini vom Cover.

„Hab ich immer an dir bewundert."

„Was?"

„Dass du dich so in etwas verlieren konntest."

„Ist nicht immer ein Vorteil", antwortete Orsini nach einer Pause.

„Immer nicht. Gehst du eigentlich noch öfter in den Club?"

„Ab und zu, wenn's was Interessantes gibt. Und du?"

„Das letzte Mal, ... ist schon eine Weile her – muss mit dir gewesen sein."

„Meinst du das Quintett mit der blonden skandinavischen Sängerin?"

„Ja richtig, intensives Konzert!" Ein bisschen Wehmut war in Paulas Stimme zu hören.

„Kannst du dich noch an die beiden bulgarischen Musiker erinnern?"

„Klar, die Brüder aus dieser ... Dynastie."

„Zwillinge, um genau zu sein."

„Obwohl, so richtig ähnlich haben sich die beiden nicht gesehen ..."

„Stimmt. Jedenfalls in zwei Wochen treten sie wieder gemeinsam mit ihrer Band auf. Wenn ... wenn du Zeit und Lust hättest, könnt ich einen Tisch reservieren ..."

Eine längere Pause entstand. „Wär toll Conrad, würd ich wirklich gern. Aber im Moment ist das fast unmöglich."

„Verstehe. Du klingst total erledigt."

„Bin ich auch. War noch vor einer halben Stunde im Theater. Der ganze Tag ein einziger Albtraum."

Theater?, dachte Orsini etwas verwirrt.

„Noch dazu ist die Kleine krank. Du kannst dir nicht vorstellen, was das organisatorisch für mich bedeutet! Die Babysitter geben sich die Klinke in die Hand und wenn ich dann, so wie heut, nachhause komm, schläft sie schon. Ich seh sie im Moment nur zum Frühstück. Wenn das so weitergeht, muss ich mir was anderes suchen." Orsini hörte ein eigenartiges Geräusch.

„Paula, bist du noch dran?"

„Ja, hab mich nur grade aufs Sofa gelegt."

„Also, ich denke, du wirst für alles eine Lösung finden und deinen Beruf, den kannst du nicht aufgeben. Das weißt du selber ja besser als ich."

„Weiß nicht, es ist alles so ..."

„Okay, wenn du wieder mal jemanden für sie brauchst, spring ich gern wieder ein."

„Das ist nett von dir Conrad und ich weiß das wirklich zu schätzen. Leider, ... löst das nicht das Problem."

„Gibt ..." – *gibt es denn keinen Vater?*, wollte Orsini fragen, überlegte es sich im letzten Moment und sagte: „Gibt es denn keine Verwandten, die dir manchmal aushelfen können?"

„Die strapaziere ich sowieso schon über Gebühr", antwortete Paula und fuhr fort: „Lass uns über was anderes reden!"

„Okay. Über Edip vielleicht."

„Ja, danke, dass du heute dort warst. Hatte den ganzen Tag ein schlechtes Gewissen. Aber ich hab einfach keine Minute Zeit gefunden."

Seltsam, *geht ins Theater und hat keine Zeit?,* war Orsini verwundert. Sagte aber nichts, da er die entstandene Stimmung nicht trüben wollte. „Du hast dein Möglichstes für ihn getan. Er wird gut versorgt und ist vor morgen auf keinen Fall ansprechbar."

„Hast du ihn gesehen?"

„Sie haben mich nicht zu ihm gelassen. Morgen Abend, frühestens. Ich ruf dich danach an." Orsini wollte sie nicht noch mehr belasten und erwähnte deshalb nicht, dass der Bosnier spätestens in zwei Wochen sein Bett räumen musste.

„Sollten wir nicht irgendwie seine Familie verständigen?"

„Hast recht", erwiderte Orsini, riss die schweren Augenlider hoch und murmelte: „Mist!"

„Conrad?"

„Tschuldige, mir ist gerade Edips Handy eingefallen."

„Warum?"

„Weil ich es eingesteckt hab, zusammen mit seiner Geldbörse und dem Reisepass."

„Und das fällt dir erst ...? Entschuldige. Die Anrufliste, möglich, dass wir so den Schläger finden!“

Orsini registrierte das *wir* und sagte: „Morgen überprüf ich es als Erstes und geb dir dann Bescheid.“

„Egal wann! Das Arschloch müssen wir kriegen!“, antwortete Paula.

„Werden wir. Aber ich glaub, es ist besser, wenn wir jetzt Schluss machen.“

„Ja, ich schlaf ohnehin schon fast ein.“

„Dann gute Nacht Paula, und bis morg...“

„Ja, bis morgen und danke.“

„Wofür?“ fragte Orsini.

„Dafür, dass du mir einfach zugehört hast.“

Paula hatte aufgelegt. Es war nun weit nach Mitternacht. Orsini blieb wie er war auf dem Sofa liegen und zog eine dicke Decke über sich. Schnappte das Handy und zog den Akku heraus, weil er es noch immer nicht ausschalten konnte. Dieses Mysterium zu ergründen war aber nur mehr eine Frage der Zeit und vor allem der richtigen Seite in der Gebrauchsanleitung. Allerdings erfuhr er so auch nicht, dass Paula keine zwei Minuten später nochmals versuchte, ihn zu erreichen. Mit Paulas letzten Satz im Ohr schlief Orsini ein und dachte nicht einmal im Traum daran, wie sonst meist um diese Zeit, in der Stadt herumzuwandern.

24

„Ohne und sehr heiß bitte", antwortete Orsini der Verkäuferin.

„Bittesehr der Herr, schwarz und heiß. Haben S' leicht schlecht gschlafn?"

„Nein, im Gegenteil. Nur zu lang." Er legte das Geld auf die Theke und schlürfte gierig einen Schluck aus dem Plastikbecher. „Mist!", fluchte er und zog die Augenbrauen vorwurfsvoll hoch, auf der Suche nach einem Schuldigen. Er hatte sich die Zunge verbrannt. Schuld war allerdings nur er selbst, musste er sich eingestehen und versuchte nun, seine Zunge durch Einatmen der frischen Luft zu kühlen.

Drei Minuten noch, sagte die digitale Anzeige, dann würde die nächste Straßenbahn einfahren. Sein Blick fiel auf die stumpfen Augen der übrigen Wartenden, die alle in dieselbe Richtung sahen. Ein stillstehendes Tennismatch. Doch vor ihnen gab es keinen Tennisplatz und Ball flog auch keiner hin und her. Es lag nur ein neuer, nebelverhangener Arbeitstag vor ihnen.

Gegenüber der Haltestelle befand sich ein altehrwürdiges Ringstraßenpalais, dessen großes Tor von vier steinernen Frauenfiguren in römischen Tunikas flankiert wurde, die den darüber liegenden Balkon stützten. Der Textilfabrikant und Bankier Epstein hatte es als Familien- und Firmensitz erbauen lassen und grade mal neun Jahre lang besessen, bis er bankrott war. Damals hafteten die Bankiers zumindest noch selbst, sinnierte Orsini und sah die Straßenbahn einfahren. Wie ferngesteuert stieg das fiktive Tennismatchpublikum ein. An den Blicken hatte sich nichts geändert – kein Matchball in Sicht.

Langsam setzte sich die alte Garnitur in Bewegung, fuhr quietschend ihre Schleife rund um das von den vier Frauenfiguren geschmückte Palais, um danach den siebten Bezirk in die Hälfte zu teilen. Orsini blickte auf die Uhr. Fünf bis zehn Minuten – das sollte reichen! Er sprang bei der Haltestelle gegenüber der Kirche kurz entschlossen aus dem Wagon, hastete zum Geschäft des Kohlenhändlers und musste fluchend eine versperrte Tür zur Kenntnis nehmen. Im Eiltempo erreichte er das kleine Café, trat ein und sah um sich. Kein Kohlenhändler, nur ein ihm unbekannter Kellner.

„Morgen", grüßte Orsini flüchtig und fuhr rasch fort: „Sagen Sie, der Kohlenhändler ..."

„Einen Kleinen, Schnellen, oder pressiert's?", antwortete der Kellner mit einem langgezogenen Seufzer.

„Leider", antwortete Orsini, „normalweise gern, aber ich muss die nächste Straßenbahn erwischen. Der Kohlenhändler ist doch sowas wie ein Stammgast bei Ihnen?"

Der Kellner sah ihn stumm an, schob die Unterlippe vor und nickte. „Könnt ma so sagn ..."

„Wann ist denn die beste Zeit, um ihn hier zu treffen?"

„Da gibt's mehrere", sagte der Kellner gedehnt wie schon zuvor. Gemächlich drehte er sich um, nahm ein Geschirrtuch zur Hand und trocknete bedächtig die Gläser vor ihm ab.

Orsini begann innerlich zu kochen und erinnerte sich an die vielen sogenannten Vorurteile gegenüber dieser besonderen Spezies. „Okay, heute. Wenn ich ihn heute noch treffen möchte?"

Penibel betrachtete der Kellner ein Glas im Gegenlicht, stellte es sorgsam ab, holte Luft und rang sich schließlich zu einer Antwort durch. „Viertel eins bis halb eins, zwischen drei und halb vier oder ab sechs bis unendlich", sagte er und fügte – Orsini hatte den Eindruck genussvoll – an: „Noch etwas ..."

„Ja?", Orsini zog die Stirn in Falten.

„Ich an Ihrer Stelle würd jetzt rennen. Die Vibrationen ..."

Orsini startete los und erreichte mit einem Sprint die Straßenbahn. Die automatischen Türen schlossen sich gerade wieder. Er rammte den Fuß zwischen die beiden Türflügel des letzten Wagons und erzwang somit, dass sie sich automatisch wieder öffneten. Unter den strafenden Blicken der anderen Fahrgäste stieg er ein und suchte sich einen freien Sitz in Fahrtrichtung. Langsam kam er wieder zu Atem. Der kleine Ausflug hatte zwar nicht viel gebracht, aber seiner Berechnung nach würde er trotzdem noch pünktlich im Sanatorium ankommen, wie er es der netten Schwester am Telefon versprochen hatte. Die Garnitur ruckelte los und Orsini starrte durch die verschmutzte Scheibe in die graue Stadtlandschaft.

Edip, dachte Orsini und durchsuchte seine Manteltaschen, während die Straßenbahn den Gürtel überquerte. Er hatte sich nach ihm erkundigen wollen. Das Handy aber lag mit herausgezogenem Akku auf dem Wohnzimmertisch. Wozu hatte er überhaupt eines, wenn er es ohnehin zuhause liegenließ? Und er hatte Paula versprochen, sich auch Edips Handy vorzuknöpfen. Ärgerlich starrte er aus den schmutzigen Fenstern auf die triste Umgebung. Grau in Grau. „Nimm drei zahl zwei, das billigste Stück ist gratis", stand auf einem schreiend gelben Plakat. Darunter hatte jemand einen wackeligen Drahtkorb mit Socken und anderen Kleidungsstücken aufgestellt. Zwei Ecken weiter schüttelte die Straßenbahn ihre Insassen heftig durch und zog dann die Hütteldorferstraße bergauf bis zum Meiselmarkt. Der auf einer Hügelkuppe errichtete Markt war nach zwei Brandstiftungen rund um ein altes Wasserdepot neu aufgebaut worden. Die ursprüngliche Marktidylle war dabei zur Gänze verloren gegangen. Wie so oft bei gut gemeinten, aber schlecht gestalteten Bauwerken.

Von nun an ging's noch weiter bergab. Wortwörtlich. Ins Reich der Sonderangebote, Ausverkäufe, Lagerbestandsabverkäufe, Restposten und als Krönung der Liquidationsverkäufe. Wie im richtigen Leben, dachte Orsini: Zuerst war die Nachfrage groß. Dann war man über Nacht ein Sonderangebot, wurde ausverkauft, kam in den Lagerbestand und landete schließlich irgendwo als Restposten. Danach stand nur mehr die Liquidation an, Geriatrie war das Wort für die menschliche Entsprechung. Die Straßenbahn bremste scharf und hielt knapp vor einem riesigen, schlossähnlichen Gebäude. Geriatriezentrum Baumgarten. „Einen Onkel gibt es noch, der in einem Sanatorium liegt", hatte Sophie Pfeifer gesagt. Sanatorium war wohl die nettere Umschreibung für Geriatrie.

Vor allem ältere Leute stiegen aus. Hinter den um einen Park gruppierten Gebäuden lag ein Friedhof, hatte Orsini zuhause dem Stadtplan entnommen. Liquidation und letzte Ruhestätte lagen eben knapp beieinander. Mit einem unguten Gefühl im Magen ging er auf die Gebäude zu. Angsteinflößend und imposant standen die einzelnen Pavillons rund um die großen, alten Bäume in der Mitte.

Hastig warf er einen Blick auf seine Uhr. Zwei Minuten zu spät. Das lag im Toleranzbereich. Was waren schon zwei Minuten für jemanden, der hier seine Zeit verbrachte? Rasch nahm er die Stufen zum hintersten Gebäude. Pavillon zwei, stand da in roten Buchstaben. Jeweils ein paar stilistisch völlig unpassende Laternen verunstalteten seitlich des Eingangs die Vorderfront. Das war der mit der Schwester vereinbarte Treffunkt.

„Orsini, danke, dass Sie auf mich gewartet haben!" Er schüttelte der Pflegeschwester die Hand und deutete auf den alten Mann im Rollstuhl. „Das ist wohl der Herr Novak."

„Ja", erwiderte die Schwester, „und ich glaube, er freut sich auch schon auf Sie."

„Aber er kennt mich doch gar nicht!"

„Das macht nichts, er freut sich über jeden Besuch. So viele waren das ja nicht in den letzten Jahren. Aber wenn Sie jetzt so nett wären und mir die Tür aufhalten könnten ..."

„Nach draußen? Aber es ist doch sehr kühl, ist das nicht ...?“

„Nein, nein dem Herrn Novak macht das nichts aus. Er war früher jeden Tag spazieren. Solange es noch so einigermaßen ging. Außerdem ist er ja gut angezogen.“

Als Orsini eingetreten war, hatte der alte Mann nur einmal kurz die müden Augenlider gehoben und versucht, so etwas wie einen Blick auf Orsini zu werfen. Danach war er langsam wieder in seine Ausgangsposition zurückgekehrt, die Augen auf den Boden gerichtet. Auf dem Kopf saß eine warme gestrickte Haube, am Körper trug er einen verschlissenen wollenen Mantel und darunter lugte ein alter Schlafanzug hervor. Die Füße steckten in dicken braunen Flanellhausschuhen. Alles in allem ein recht trauriger Anblick, aber durchaus zweckmäßig.

„Lassen Sie uns eine Runde im Park spazieren“, wies die resolute Schwester den Weg. Orsini schloss die Tür und folgte ihnen nach. Sie waren die einzigen Besucher im Park. Nur ein Schwarm Krähen flog nervös herum und brachte zumindest etwas Leben in den um diese Jahreszeit trostlosen Garten.

„Wie sieht es bei ihm gesundheitlich aus?“, begann Orsini leise und übernahm das Schieben des Rollstuhls.

„Geht das überhaupt mit Ihrer Verletzung?“ Die Schwester deutete auf Orsinis verbundene Hand.

„Kein Problem, ist schon wieder so gut wie verheilt.“

„Es geht hier leicht bergab. Rechts neben dem Griff ist eine Handbremse.“

„Ah, danke“, sagte Orsini.

„Seinem Alter entsprechend, um auf Ihre Frage zurückzukommen. Das Übliche, nichts Außergewöhnliches. Das, was die meisten Leute hier eben so haben.“

„Und glauben Sie, versteht er mich, wenn ich mit ihm spreche?“

„Wie ich Ihnen schon am Telefon erklärt hab, probieren Sie's. Früher war der Herr Novak ja eine richtige Plaudertasche. Seit seinem Schlaganfall ist es halt stetig bergab gegangen. Aber man kann nie wissen."

„Herr Novak? Können Sie mich hören?"

„Nein, nein Sie müssen richtig laut mit ihm sprechen. Am besten von vorne, so dass er Sie sieht."

Orsini blieb also in der Mitte des Parks stehen, stellte den Rollstuhl quer und ging direkt vor dem Alten in die Hocke. „Herr Novak", sagte er mit erhobener Stimme und kam sich dabei reichlich dämlich vor. „Herr Novak, ich weiß nicht, ob Sie mich verstehen können, aber wenn ja, könnten Sie mir ein Zeichen geben?"

Keine Reaktion. Er wiederholte den Satz, wartete und blickte dann zweifelnd zur Pflegeschwester.

„Das hab ich vergessen Ihnen zu sagen. War wahrscheinlich zu wenig Zeit am Telefon. Sie dürfen natürlich nicht mit einer sofortigen Reaktion rechnen. Das funktioniert meist, wenn überhaupt, zeitverzögert."

„Wie lange?"

„Kann ich Ihnen nicht sagen. Kann Ihnen niemand sagen. Manchmal gleich, manchmal nach Minuten und oft erst nach Stunden. Es ist auch schon passiert, dass er mich Tage später plötzlich nach einer Kleinigkeit gefragt hat, die ich schon längst wieder vergessen hab. Ist noch gar nicht so lange her. Im Sommer war's, glaub ich. Ich war mit ihm hier in der Gegend spaziern, hab mir aus einer Trafik Zigaretten geholt. Der Eingang war zu schmal, da hab ich ihn draußen stehn lassen. Wie ich zurückkomm, hat er den Kopf gehoben und schaut stur gradeaus auf ein Magazin, ein Uhrenmagazin. ‚Herr Novak', hab ich ihn gfragt, ‚soll ich Ihnen das Magazin kaufen?' Nicht die geringste Reaktion."

„Und?"

„Zwei Tage später, auf seinem Zimmer, sagt er plötzlich zu mir – ganz langsam aber doch verständlich –: ‚kaufen ...

Magazin ... mit schönen Uhren.‘ Mir war zuerst nicht klar, was er gmeint haben könnt. Aber er hat es wiederholt. Exakt dieselben Wörter. Am nächsten Tag hab ich ihm das Magazin gekauft.“

„Verstehe.“

„Es kommt aber auch vor, dass er gleich zu reden beginnt – naja, reden ist übertrieben. Wörter, verständlich, aber abghackt und nicht in ganzen Sätzen.“

„Sie glauben also, dass er mich hört und zuweilen auch versteht?“

„Ich bin mir sogar ziemlich sicher. Seine Aufmerksamkeitsspanne ist natürlich unterschiedlich lang. Überanstrengen darf man ihn nicht.“

„Wieso ausgerechnet ein Uhrenmagazin?“

„War sein Beruf, soviel ich weiß.“

„Aha!“

„Ja, es gibt zwei Dinge, über die er selten, aber doch von allein zu sprechen anfängt. Die Uhren vor allem. Er verwendet da sogar Fachausdrücke, die ich noch nie ghört hab. Wissen Sie vielleicht was eine Unruhe ist?“, meinte sie schulterzuckend zu Orsini.

„Ich denke schon. Aber was war das Zweite?“

„Das Zweite?“

„Sie haben gesagt, er spricht von sich aus nur über zwei Dinge.“

„Ach so ja, die Familie.“

„Seine?“, fragte Orsini.

„Nein, ich glaub, er war alleinstehend.“

„Wen könnte er denn dann meinen, seine nächsten Verwandten vielleicht?“

„Ja, kann sein. Namen sind immer wieder vorgekommen. Aber gmerkt hab ich mir die nicht.“

„Warum auch“, fügte Orsini an.

„Ich lass Sie jetzt zehn Minuten allein mit ihm. Ich geh nur schnell auf einen Kaffee zu meinen Kolleginnen und dann müssen wir ohnehin zurück und ihn zum Essen herrichten.

„Ist okay", nickte Orsini, „und das Magazin?", wollte er noch wissen. Die Schwester hatte sich gerade eine Zigarette angezündet nahm einen kräftigen Zug und erwiderte: „Das Uhrenmagazin liegt immer noch so, wie ich es hinglegt hab. Er hat keinen Blick drauf geworfen."

„Herr Novak, Josef?", versuchte Orsini es erneut, nachdem die Schwester in einem der unteren Pavillons verschwunden war. Die Krähen hatten sich jetzt auf den Spielgeräten im oberen Teil des Parks niedergelassen und veranstalteten ein lautes Konzert. Er schaute kurz hin, erkannte im Hintergrund eine bunte Fassade und glaubte darüber „Kindergarten" lesen zu können. *Gute Idee, hier etwas Leben reinzubringen!* Der Kopf des Alten bewegte sich und auch seine traurigen Augen ließen einen Schimmer des Verstehens erkennen.

Noch einmal begann Orsini langsam, laut und deutlich zu sprechen: „Herr Novak, mein Name ist Orsini. Ihr Bruder Heinrich ist gestorben." Absichtlich vermied er das Wort ermordet, bemerkte aber eine Veränderung im Gesichtsausdruck des Alten, der plötzlich schwer verständliche Worte zu formen begann.

„Hein...rich ..."

„Ja, Heinrich, Ihr Bruder, er ist gestorben", sagte Orsini und wartete.

„Heinrich ...", kam es erneut, diesmal zusammenhängend nach einer Pause retour.

„Ja, Heinrich, Ihr Bruder", antwortete Orsini laut und deutlich.

„Hein...rich, ... Krieg, ... Heinrich Krieg ... anders. Nicht gut ..."

„Nein, er ist nicht im Krieg gestorben, sondern in seinem Geschäft."

Nichts. Josef Novaks linke Hand hatte zu zittern begonnen. Wegen der Kälte oder wegen der Todesnachricht? Hilfesuchend blickte Orsini sich nach der Schwester um und schalt sich insgeheim, dass er so mit der Tür ins Haus gefallen war. „Judith, Ihrer Schwägerin, und den Kindern Karl, Sophie und Anna geht es gut. Sie lassen Sie schön grüßen", log er, um eine positive Aussage bemüht. Orsini wartete. Schaute wieder zu den Krähen und dann zurück zum Alten.

Keine Reaktion.

Orsini stand auf, denn langsam wurde ihm kalt. „Judith, Karl, Sophie und Anna lassen Sie schön grüßen", versuchte er es erneut. Nach diesem Satz wartete er noch einige Minuten, wiederholte ihn dann zum dritten Mal und setzte sich anschließend mit dem Rollstuhl in Bewegung. Er fuhr zum Eingang des Pavillons, in dem die Schwester verschwunden war.

„Ju...dith", hörte Orsini kaum vernehmbar, hielt sofort an und kniete sich wieder vor dem alten Mann hin.

„Ja, Judith, Ihre Schwägerin. Ihr geht es gut. Aber ich habe das Gefühl, dass in der Familie einiges nicht stimmt. Deswegen bin ich gekommen. Können Sie mir weiterhelfen?"

Orsini hörte im Hintergrund eine Tür aufgehen, drehte sich aber nicht um und schaute den Alten eindringlich an. Wie schon zuvor hob Josef Novak kaum merklich den Kopf und versuchte offensichtlich Wörter aus irgendwelchen verschütteten Regionen hervorzuholen.

„Heinrich ... Krieg ..."

„Im Krieg, was war da?", fragte Orsini vorsichtig und hörte gleichzeitig Schritte hinter seinem Rücken näherkommen.

„Schlecht ... zu Judith ... und Kindern ..."

„Während dem Krieg war Heinrich schlecht, was bedeutet das?", fragte Orsini zweifelnd. „Aber während des Krieges kannte er Judith noch gar nicht. Also hatte er auch noch keine Kinder", murmelte Orsini mehr zu sich selbst.

„Anna, ... liebstes“, hörte Orsini noch, während sich Josef Novaks Kopf wieder senkte und jeder Ausdruck aus seinem Gesicht verschwand.

„Ich glaube, es ist jetzt genug“, sagte die Schwester hinter Orsinis Rücken. „Mit Ihnen hat er mehr geredet als die ganzen letzten Wochen zusammengerechnet.“

„Ja, nur kann ich nichts damit anfangen. Zumindest noch nicht“, antwortete Orsini und schob den Rollstuhl wieder bergauf. Schweigend gingen sie nebeneinander her, bis sie wieder vor dem Eingang standen.

„Sagen Sie“, begann Orsini vorsichtig, da er keine Peinlichkeit begehen wollte. „Kann der Herr Novak eigentlich ... wie soll ich sagen ...“

„Sie meinen, ob er zum Beispiel noch selbst auf den Abort gehen kann?“

Orsini nickte.

„Nein, schon lang nicht mehr. Er trägt Windeln. Ungefähr Ihre Größe, wenn ich mich nicht täusche.“ Ein verschmitztes Lächeln huschte über ihr Gesicht, ehe sie fortfuhrt: „Bei uns hier heißt das, er ist ein Vierundzwanziger, wenn Sie verstehen?“

Orsini nickte abermals und fuhr mit dem Rollstuhl in die Eingangshalle. Dort holte er seine Visitenkarte aus der Geldbörse und gab sie der Schwester. „Vielleicht fängt er ja nochmal über seine Familie zu sprechen an. Wenn ja, würden Sie mich dann anrufen? Kann sein, dass es wichtig ist.“

„Sie haben mir am Telefon gesagt, dass sein Bruder ermordet worden ist.“

„Ja, in seinem Geschäft.“

„War er, ich meine, war er ebenso alt?“

„Ein paar Jahre jünger“, antwortete Orsini.

„Wer ist denn dazu imstande, einem alten Mann so etwas anzutun?“ Die Schwester schüttelte den Kopf.

Orsini zuckte die Schultern.

„Und die Polizei?“, begann die Schwester erneut.

„Die Polizei hat einen Drogensüchtigen als Tatverdächtigen festgenommen."

„Und das heißt?" Sie schaute Orsini nun direkt an.

„Dass ich nicht ganz überzeugt davon bin", stellte er kurzerhand fest, um das Thema zu beenden. Hatte dann aber doch noch eine Frage. „Bekommt er gelegentlich noch Besuch?"

„Kaum, bis vor einigen Jahren ist jemand – ich glaube, es war eine Verwandte – gekommen."

„Wissen Sie noch ihren Namen?"

„Tut mir leid, ist schon so lange her, dass ich ihn vergessen hab."

„Judith vielleicht?"

„Möglich, war jedenfalls eine zierliche ältere Dame, aber um einiges jünger als Herr Novak."

Orsini verabschiedete sich von den beiden und öffnete die Tür. „Übrigens", sagte er zur Schwester gewandt, die sich daraufhin noch einmal umdrehte. „Ich glaube eine Nummer kleiner würde mir windelmäßig besser passen."

Heinrich ... Krieg, anders ... nicht gut, was konnte Josef Novak damit gemeint haben? Klar war es im Krieg anders als im normalen Leben und dass es den Leuten nicht gut ging, lag auf der Hand. Orsini stand bei der Haltestelle und wartete auf die Straßenbahn. Oder hatte er gemeint, dass Heinrich anders aus dem Krieg zurückgekommen war? Aber wen hatte der Krieg nicht verändert? Waren die beiden vielleicht sogar zusammen eingerückt? So sehr Orsini auch nachdachte, er kam zu keinem befriedigenden Schluss. Das Ärgerliche daran war, dass keiner der Brüder ihm würde weiterhelfen können. Aus der Ferne erklang endlich das Geräusch einer sich nähernden Straßenbahngarnitur. Frierend trat er von einem Bein auf das andere und bemerkte dabei ein älteres Ehepaar, das sich voneinander verabschiedete. Verstohlen beobachtete

Orsini, wie die alte Dame ihren Mann auf die Wange küsste und dann einstieg. Deutlich war der feuchte Glanz in ihren Augen zu erkennen. Fürchtete sie einen Abschied für immer? Orsini wollte diesen Gedanken beiseiteschieben und die kleine Szene am liebsten sofort vergessen. Trotzdem musste er fast zwanghaft immer wieder zu der Dame blicken, die jetzt stumm dasaß, während die Straßenbahn sich, ganz dem Tempo der Gegend angepasst, langsam in Bewegung setzte.

Schlecht zu Judith und Kindern, ... Anna liebstes. Orsini sah abwesend zwischen den verdreckten Scheiben und der Dame hin und her. Die träge vorbeigleitende farblose Szenerie drückte auf seine Stimmung. Judith war wohl Josefs letztes Verbindungsglied zur Familie, rekapitulierte Orsini noch einmal die Worte. Darum war sie ihm vermutlich wieder in den Sinn gekommen.

Schlecht zu Judith und Kindern, ... Anna liebstes, wiederholte Orsini den Satz. Hieß das, er hatte sie betrogen, geschlagen oder was immer? Dass das Jüngste in einer Familie das Nesthäkchen war, kam doch öfter vor. Deswegen vielleicht der Streit mit ihrer Schwester. Hatte Heinrich Anna tatsächlich bevorzugt behandelt? Wenn ja, warum hatte sie dann so frühzeitig das Elternhaus verlassen? War das alles überhaupt von Belang oder nur das zusammenhangslose Gebrabbel eines alten Mannes? Ein sinnentleertes Aufflackern alter durcheinandergewürfelter Erinnerungen ohne Zusammenhang?

Die Dame war ausgestiegen und Orsini konnte sich voll auf die öde vorbeiziehenden Auslagenscheiben der Geschäfte und die Dreckschlieren auf seinem Fenster konzentrieren. Kurz nach dem Gürtel legte die Straßenbahn einen Zahn zu – es ging leicht bergab – und blieb an der Haltestelle vor der Kirche des Novakschen Grätzels stehen. Rasch verließ Orsini die Straßenbahn und marschierte erneut zum Laden des Kohlenhändlers. Doch auch jetzt stand weder dessen seltsames Gefährt auf dem Parkplatz noch war jemand da. Nicht einmal ein Zettel hing an der Tür. Orsini blickte auf seine

Uhr. Kurz vor eins. Was hatte der Kellner gesagt? Doch auch vor dem Café war vom Wagen des Kohlenhändlers nichts zu sehen. Durch die Fensterscheibe erblickte Orsini allerdings seinen besonderen Freund, den Kellner von vorhin und trat ein. Das Lokal war voll und der Kellner lief nun geschäftig hin und her.

„Hamma's noch erwischt?", lachte er.

„Mhm", entgegnete Orsini leise und zog langsam seinen Mantel aus.

Der Kellner zückte seinen Notizblock und fragte: „Was nehmen wir denn?"

„Mhm", ließ Orsini nach einer Weile vernehmen, „eine Karte."

„Sie meinen Speisekarte?"

„Ja. Natürlich."

„Ham wir keine, aber es gibt sowieso nur Kleinigkeiten. Also, da hätten ..."

„Palatschinken?"

„Palatschinken? Nein tut mir leid, der Herr, damit ..."

„Ist aber eine Kleinigkeit", sagte Orsini.

Aus dem Hintergrund rief jemand den Kellner, um zu zahlen.

„Ja, stimmt. Ham wir im Moment aber nicht. Anbieten könnt ich im Moment ein Gulasch, Frankfurter vielleicht, Debreziner oder einen Toast." Der Kellner blickte leicht unruhig hinter sich.

„Hawaii?"

„Wie, Hawaii?", kam es ratlos retour.

„Toast Hawaii. Schinken, Käse und Ananas drauf. Ganz einfach."

„Zahlen!"

„Bin gleich bei Ihnen!", antwortete der Kellner genervt in die Richtung, aus der der Schrei gekommen war.

Orsini schüttelte resignierend den Kopf. „Also kein Toast Hawaii."

„Nein, kein Toast Hawaii. Hören Sie, es sind auch noch andere Gäste ...“

„Kein Toast Hawaii. Na dann, dann nehme ich einfach ein Gulasch.“

„Jawohl, ein Gulasch“, antwortete der Kellner erleichtert.

„Groß.“

„Jawohl, groß und zu trinken?“

„Nein, doch klein und Flaxen sin...“

„Nein, keine Flaxen und jetzt also klein.“

„Wissen Sie was, bringen S’ mir doch diese Würstel“, sagte Orsini mit einem charmanten Lächeln.

„Kein Gulasch, dafür Würstel. Welche?“

„Ober, zahlen!“, meldete sich nun noch eine zweite Stimme.

„Ja, komm sofort!“

„Diese Debrezin...“

„Debreziner“, wiederholte der Kellner kurz und knurrend.

„Ja, aber nur, wenn’s die dünnen, langen sind. Die anderen sind zu fett für meinen Magen, müssen Sie wissen. Die vertrag ich nicht.“

„Hamma net!“ Der Kellner holte tief Luft. Zwischen seinen Augenbrauen bildete sich eine tiefe Furche.

„Dann nehm ich lieber die anderen ...“

„Frankfurter also.“ Der Kellner schmierte eine unleserliche Welle auf seinen Block und wandte sich ab.

„Aber nur, wenn’s frisch geriebenen Kren dazugibt!“

Jetzt hatte sich der Kellner nur noch mühsam unter Kontrolle und stierte ihn aus schmalen Augen an.

„Heaaast, zahln oder soll i da Wurzln schlogn?!“, schrie nun der erste Kunde offensichtlich erbost zu Orsinis Tisch herüber.

„Der Heast liegt glei nem dem Hallo am Friedhof, sichst du net, dass i grad an Kundn bedien?“, schrie der Kellner außer sich zurück.

„Kein frisch geriebener Kren?“, fragte Orsini teilnahmslos.

„Nein, nur Senf und scharf, sehr scharf.“

„Wissen Sie was, ich geh was Richtiges essen. Und sind S’ mir bitte nicht bös“, entgegnete Orsini, griff nach seinem Mantel und verließ pfeifend das Café.

Warmes Kraut mit kleinen Speckstücken und zwei dicke Scheiben Schweinsbraten, die im Saft schwammen. Das Ganze gekrönt von zwei beinah überdimensionierten Knödeln. Hochzufrieden kaute Orsini vor sich hin. Echte Hausmannskost eben. Sein Blick glitt zur Eingangstür des Gasthauses. Insgeheim hoffte er, auf Karl zu treffen, der hier ja angeblich des Öfteren sein Mittagessen einnahm.

Orsini rief den Ober. Es war derselbe wie bei seinem ersten Besuch. Weißes Hemd, Gilet und Fliege. Akkurat gescheitelte Haare und ruhiger Blick. Ein Herrscher über den Gastraum, kein einfacher Ober, sondern ein „Herr Ober“.

„Noch einen kleinen Braunen bitte!“

„Hat sie Sie versetzt?“

„Wer?“

„Anna Novak, mit der Sie sich letztens so gut unterhalten haben. Zumindest bis zu ihrem überstürzten Aufbruch“, fügte der Ober noch augenzwinkernd an.

Feiner Beobachter, musste Orsini ihm zugestehen. „Nein, nein. Hab eigentlich gedacht, Karl ...“

„Der ist, kurz bevor Sie aufgetaucht sind, gegangen“, antwortete der Ober mit einer Handbewegung des Bedauerns und wollte sich wieder entfernen.

„Pech gehabt. Aber haben Sie einen Augenblick Zeit?“

Der Ober warf einen Kontrollblick durch die Gaststube und nickte. „Ich mach Ihnen nur den Kaffee und bin gleich zurück.“

„Schmeckt hervorragend“, begann Orsini.

Der Ober hatte sich neben ihn gesetzt. „Gute Maschine,

aus Italien, sind die Besten."

„Hab eine Miniaturausgabe zuhause", erwiderte Orsini zustimmend.

„Sie sind kein Familienangehöriger, oder?", servierte der Ober – ebenso neugierig wie Orsini – beiläufig seine erste Frage und richtete sich die Fliege.

„Nein."

„Aus der Gegend sind Sie auch nicht, wenn mich nicht alles täuscht."

„Was folgern Sie daraus?", fragte Orsini amüsiert.

„Lassen Sie mich raten. Sie ... Sie … beraten die Familie. Liege ich richtig?"

„Könnte man durchaus so sagen."

„Allerdings wie ein Notar oder Rechtsanwalt sehen Sie nicht aus. Kein Finanzberater, hm, Bank vielleicht?"

„Nein", antwortete Orsini und forderte ihn zugleich mit einer Handbewegung auf weiterzuraten.

„Die Polizisten, die den Mord am alten Novak untersucht haben, waren meistens bei uns essen. Zu denen gehören Sie auch nicht, wenngleich sich Ihr Interesse ..."

„Wird schon wärmer, und wenn Sie mir noch einen starken Schwarzen bringen, verrate ich's Ihnen auch."

„Geht aufs Haus", lachte der Ober, nachdem er den Kaffee vor Orsini abgestellt hatte, „aber nur, wenn Sie mir mehr über sich erzählen", fügte er verschmitzt an.

„Bin so was wie Journalist."

„Ah, doch der Mord! Hätt ich mir denken können, deshalb haben Sie mit den beiden gesprochen."

„Richtig. Entschuldigen Sie, wenn ich so direkt frage: Wie gut kennen Sie eigentlich den Karl? Er wird doch hoffentlich nicht nur hier essen, sondern auch mit Ihnen reden? Mit mir tut er's jedenfalls nicht."

„Glauben S' mit mir? Der spricht nur das Notwendigste. Bestellt sowieso immer nur das Menü. Wenn's hoch hergeht, einen Kaffee nach dem Essen."

„Trinkgeld?“, fragte Orsini.

„Praktisch keines. Wie der Vater so der Sohn.“

„Und jetzt?“

„Wie meinen Sie das?“

„Nachdem sein Vater tot ist. Gibt er jetzt Trinkgeld?“

„Stimmt“, sagte der Ober und legte seine Stirn in Falten. „Wahrscheinlich hab ich's aus lauter Gewohnheit schon gar nicht mehr registriert. Viel war's zwar nicht. Aber trotzdem erstaunlich, jetzt wo Sie's sagen ... Hören Sie, ist zwar nett mit Ihnen zu plaudern, aber ...“

„Natürlich“, antwortete Orsini. „Eine letzte Frage hätte ich nur, ich weiß, es klingt eigenartig, aber wissen Sie vielleicht, warum die beiden Töchter damals so rasch ihr Elternhaus verlassen haben?“

„Nur, was so gredet wurde. Ist ja fast eine Ewigkeit her“, entgegnete der Ober ausweichend. „Ich weiß nur, dass es Streit gegeben hat. Ein Bekannter der Familie hat aber, glaub ich, vermittelt. Mehr kann ich dazu leider nicht sagen.“

Oder willst nicht.

„Wie hieß denn der Bekannte?“

„Ach, ich denke nicht, dass Sie den kennen. Hat hier ganz in der Nähe sein Geschäft ...“

„... ist Altwarenhändler und heißt Vladimir Tandler“, vollendete Orsini den Satz. „Worum ging es also in dem Streit?“

Der Ober stutzte. „Möglicherweise um ...“ Er schwenkte seine geöffnete Hand abwiegelnd hin und her. „... Geld?“

Orsini holte seine Börse hervor und stand auf.

„Eine Frage habe ich jetzt aber auch noch“, hakte jetzt der Ober nach. „So viel Zeit muss sein!“

„Wenn Sie mir unterdessen sagen, wie viel ich zu zahlen habe.“

Der Ober beugte sich verschwörerisch näher. „Anna und Sie?“

„Was?“ Orsini legte die Stirn in Falten, „Wie meinen Sie das?“

„Na, wenn man Ihre Unterhaltung so beobachtet hat.“

„Ach so, nein. Da läuft nichts. Leider. Ich hab sie an dem Abend das erste Mal gesehen. Interessante Frau, aber vergeben, soviel ich weiß. Kennen Sie sie näher?“, erwiderte Orsini.

„Nur von früher, als Sie noch zu uns essen gekommen ist. Jetzt ist es ihr wahrscheinlich zu ... zu ... minder. Ich weiß nicht, vielleicht tue ich ihr auch unrecht. Ihnen wird es ja nicht aufgefallen sein, aber außer mit einem kurzen Nicken hat Sie mich nicht einmal gegrüßt und dabei hat sie früher oft hier verkehrt.“

„Und, können Sie sich das erklären?“

„Ich glaub, Sie wollt alles hinter sich lassen, nachdem sie von hier weggezogen ist und das scheint ihr ja gelungen zu sein“, entgegnete der Ober mit einem Schulterzucken und gab Orsini das Restgeld heraus.

Was genau wollte Anna hinter sich lassen? Einfach nur die Enge der Familie? Wenn es tatsächlich damals schon ums Geld gegangen war, wie der Ober gemeint hatte, dann hatte Anna es schließlich auch ohne die Hilfe ihrer Eltern zu etwas gebracht, genauso wie Sophie. Orsini versuchte sich in die beiden jungen Töchter hineinzuversetzen. Je rigider die Eltern mit ihren Kindern umgingen, desto weiter jagten sie sie damit meist davon. Hatten Sophie und Anna einfach etwas von der Welt sehen wollen? Oder eine andere Ausbildung machen wollen? Orsinis Sympathie lag diesbezüglich eindeutig bei den Töchtern. Dass nach dem Tod des Vaters – oder auch schon davor – diese Streitpunkte wieder hochkamen, war vorprogrammiert. Und Karl?, fragte sich Orsini, während er zum dritten Mal an diesem Tag vor der versperrten Kohlenhandlung stand. Hatte er all die Jahre schweigend einen Neid auf die Schwestern in sich gezüchtet? Wollte er – wie Sophie es vermutete – nachträglich quasi eine ihm einleuchtende Form der Gerechtigkeit herbeiführen?

Orsini schrieb seinen Namen und seine Telefonnummer auf einen Zettel, dazu den Hinweis „Posamentenhändler“, mit der Bitte um dringenden Rückruf und steckte ihn in den Türspalt zum Höllenreich.

Hatte Karl endlich seine Chance gesehen, als Immotreu dem Vater das Anbot machte? Oder – Orsini dachte an Edip – war Immotreu ungeduldig geworden mit einem lästigen Nachbarn und hatte den Drogensüchtigen zu mehr als einem kleinen Diebstahl angestiftet?

Orsini beschloss, nachhause zu fahren. Handy und Arbeit warteten dort auf ihn. Schnell erledigte er auf dem Weg noch verschiedene Einkäufe und schleppte die vollen Taschen in seine Wohnung. Als er alles verstaut hatte, fuhr er den Computer hoch und steckte den Akku wieder zurück ins Handy, um zu telefonieren. Beharrlich verlangte das kleine Gerät den Code zur Freigabe und löste so eine Welle von Flüchen aus, die sich nur in ihrer Ausdrucksweise und Heftigkeit unterschieden. Rein inhaltlich hatten sie allerdings dasselbe Ziel, nämlich das unschuldige kleine Telefon, das trotz dieser ungebührlichen Angriffe aber standhaft den Zugriff verweigerte. Der unausweichliche Anruf bei einer Hotline verlagerte das Angriffsziel der Flüche auf die sich unermüdlich wiederholende Instrumentalversion eines Pophits. Die sollte wohl die Nerven des in der Warteschleife Hängenden beruhigen, in Wahrheit erreichte sie aber das Gegenteil. Obwohl Orsini sofort – nach einer Viertelstunde – mit einem höflichen jungen Herrn verbunden wurde, war er fuchsteufelswild.

„Wie kann Ihnen helfen?“, ertönte eine sanfte männliche Stimme und stellte sich als Herr Avinash vor. Orsini hasste sanfte Stimmen, die einen beruhigen wollten. Zudem hatte er den Namen nicht richtig verstanden.

„Herr Avash“, begann er deshalb.

„Avinash“, kam es einschläfernd leise zurück.

„Egal, Herr Avinas. Ich habe mir vor wenigen Tagen ein neues Handy ...“

„Ihre Kundennummer und Type bitte.“

„Moment“, erwiderte Orsini hektisch und durchsuchte die auf dem Tisch aufgehäuften Zettel, Garantiescheine und Bedienungsanleitungen.

„Geben Sie mir einfach Namen, ist im Augenblick angenehmer für Sie, glaube ich.“

„Wieso sollte das angenehmer für mich sein“, entgegnete Orsini lautstark und begann seine Kundennummer durchzugeben.

„So schnell nicht“, kam es retour. „Ah, habe ich Sie ja, Herr Osini. Schöner Name, aus welchem Land, darf fragen?“

„Ist scheißegal, ich möchte nur, dass mein verdammtes Handy endlich wieder funktioniert. Und zwar sofort. Jetzt!“

„Was ist Problem?“

„Wenn Sie mich vorhin hätten ausreden lassen, wüssten Sie das bereits. Aber gut, ich habe den Akku aus dem Gerät entfernt.“

„Warum?“, fragte nun die sanfte Stimme.

Orsini wollte natürlich nicht zugeben, dass er es nicht geschafft hatte, das Gerät abzuschalten. „Warum? Was ist das für eine Frage? Auf jeden Fall verlangt das Ding jetzt einen Code von mir, den ich nicht habe.“

„Aber ist doch ganz einfach. Ja, Sie haben ihn selbst eingegeben. Ansonsten hätten Sie das Gerät nicht in Betrieb. Vierstellig. Lassen mich raten, Jahr, wo geboren vielleicht?“

Am anderen Ende, in Orsinis Küche, wurde es still und er tippte die vierstellige Zahl ein.

„Und funktioniert?“

„Ja“, antwortete Orsini mit einer Mischung aus Erleichterung und Trotz.

„Alles ganz einfach. Wie auch ausschalten. Einfach grüne Taste mehr Sekunden halt, und schon man kann ruhig schlafen, ohne gestört sein. Kann ich Ihnen sonst noch irgendwas behilflich sein, Herr Osini?"

„Nein", antwortete Orsini sanft.

„Dann noch wunderschönen Tag. Ach!"

„Ja?"

„Entschuldigung bitte. Sollte jemand von Kundenbetreuung anrufen und fragen, ob Sie mit Hilfe zufrieden, bitte sagen, wie wirklich war."

„N...atürlich."

Orsini legte den Hörer auf. Schaltete das Gerät aus und wieder ein. Seufzte. Stand auf und trank ein großes Glas Wasser. Nahm das Ding wieder zur Hand. Auf dem Display blinkten inzwischen mehrere Symbole. Fünfmal schon hatte Paula angerufen, gleich am Vorabend zum ersten Mal, kurz nachdem sie miteinander telefoniert hatten.

Heute hatte sie dann auf die Mobilbox gesprochen. „Ruf mich so bald wie möglich zurück. Hab einiges rausgefunden."

Orsini versuchte, sie mehrmals im Abstand von wenigen Minuten zu erreichen und hinterließ schließlich ebenfalls eine Mitteilung, während er sich gleichzeitig an einer Kommode im Schlafzimmer zu schaffen machte. Erst in der untersten Lade, ganz hinten, wo er nie vermutet hätte, sie zu finden, tauchte die Schachtel auf. Darin, zwischen einem Dutzend Minicassetten, lag das kleine handliche Diktiergerät, das er während seiner Zeit bei der Kripo ab und zu benutzt hatte. Die Batterien waren ausgelaufen und hatten den Boden der Schachtel grünlich verfärbt. Leise, fast verhalten, fluchte Orsini erneut und wechselte dann die Batterien.

Erstaunlicherweise funktionierte das Gerät noch. Ein Band befand sich im Einschubfach. Orsini drückte auf Play. Zuerst hört er ein knackendes Geräusch, dann ertönte eindeutig seine eigene Stimme, wenn auch nur leise und eiernd.

Wie immer klang sie in seinen Ohren zu hoch. Nie hatte er sich daran gewöhnen können. Er spulte zurück zum Anfang und somit gleichzeitig in die Vergangenheit.

„Gesprächsnotiz im Fall ..., heute ist de... " Da er weder Namen noch Datum verstanden hatte, spulte er retour. „Gesprächsnotiz im Fall ... heute ist de..." Die lange Lagerung hatte dem Band offensichtlich nicht gut getan. Es war sein letzter Fall gewesen und seither hatte er das Gerät nicht mehr angerührt. Irgendetwas hielt ihn für einen Augenblick zurück. Dann spulte er weiter und drückte nochmals auf Play. „... auszureichen um ... zu erheben. Die Zeugin ... ist von mir wiederholt einvernommen worden. Sie bl... bei ... Aussage." Noch eine Weile saß er nur so da und hörte sich das Band an. Unfähig, auf Stopp zu drücken, spürte er, wie ihn die Erinnerung und seine damalige Angst um Paula wieder einfing. Erst das anhaltende Rauschen des Bandes brachte ihn wieder in seine Wohnung zurück.

Hastig legte er eine neue Cassette ein, sprach einige Sätze ins Mikrophon und überprüfte kurz die Aufnahmequalität. Anschließend holte er Edips Handy. Er würde irgendwann nicht umhinkommen, Edips Familie zu informieren, dachte Orsini, beschloss aber, seinen abendlichen Besuch bei Edip abzuwarten. Noch immer waren die Blutspuren in den Ritzen zwischen den Tasten zu sehen. Orsini schaltete ein. Keine Sperre, atmete er erleichtert auf. Leider erblickte er gleich darauf ein leeres, durchgestrichenes Akkusymbol. Rasch begann er, die gespeicherten Telefonnummern aufzurufen. Zusammen mit den dazugehörigen Namen notierte er alle auf ein Blatt Papier. Viele waren es ohnehin nicht und danach schaltete er das Handy gleich wieder ab. Drei der Telefonnummern schied Orsini aus, da die Vorwahl auf den Balkan wies, wie er im Internet überprüfte, und auch die Namen darauf schließen ließen. Vermutlich Verwandte oder Bekannte. Blieben noch drei Handynummer und zwei zum Festnetz. Vor der einen Handynummer stand Immo. Jeweils ein fremd klingender Vorname stand vor den anderen beiden. Fejzo und Junuz. Namen, die Orsini noch nie gehört hatte. Die Festnetznummern waren je mit nur einem Buchstaben versehen. J und B. Orsini grübelte, was das bedeuten könnte, hatte aber keine Idee dazu. Noch einmal schaltete er das Handy ein und suchte rasch die Anrufliste.

Viel einfacher zu finden als bei meinem!, ärgerte er sich kurz. Telefoniert hatte Edip offenbar nicht viel. Drei Einträge auf der Ausgangsliste. Möglicherweise hatte er sie immer wieder gelöscht. Zweimal hatte er Junuz angerufen und zwar nur ganz kurz vor dem letzten Eintrag – Paulas Nummer. Seltsam, fand er, dass er den Zettel mit Paulas Nummer nicht bei Edip gefunden hatte ...

Dann überprüfte er die eingegangen Anrufe. An dem Tag, an dem er zusammengeschlagen worden war, hatte Edip vier Anrufe erhalten. Drei von der Immo und einen von einer Handynummer ohne Namen. Alle Anrufe hatten nachmittags innerhalb einer Stunde stattgefunden. Orsini war sich ziemlich sicher, was das zu bedeuten hatte. Beweisen ließ sich damit natürlich nichts und er konnte direkt das zynische Grinsen des behelmten Kopfes mit Adlernase vor sich sehen. Aber deswegen hatte er ja das Diktiergerät gesucht.

Handtuch, Shorts, frische Unterwäsche, Trainingsschuhe. Eilig stopfte er alles in eine Tasche, legte die Gitarre behutsam ins Transportcase und raffte noch die verstreut liegenden Notenblätter zusammen. Dann holte er die beiden Handys und das Diktiergerät aus der Küche und verließ im Laufschritt seine Wohnung.

Eine Stunde später stieg Orsini angenehm ausgepowert in die Straßenbahn. Zumindest hatte er versucht zu trainieren. Zwei Stationen weiter stieg er aus. Der Proberaum lag praktischerweise ganz in der Nähe seiner Wohnung, war allerdings winzig klein und kalt. Gemeinsam mit seinen Uralt-

Freunden hatte er ihn schon vor Langem gemietet und saniert. Ein Loch blieb er trotzdem. Orsini zog den Kopf vor der Kante ein und trottete die steile Treppe hinab. Er zog die dicke, schallisolierende Tür auf und winkte den anderen zu. Schlagzeug, Bass und Keyboard, dazu seine Gitarre, die klassische Besetzung also. Eine Zeit lang waren sie öfter in Lokalen aufgetreten. Diesen Herbst hatten sich die Proben etwas verschleppt. Bis Weihnachten aber, hatten sie sich vorgenommen, sollte jeder von ihnen zumindest einen neuen Song schreiben. Orsinis verletzte Hand allerdings machte die Sache nicht gerade leichter. Diesmal würde er sich eher zurückhalten müssen.

„Kann leider heut nicht mitkommen“, sagte Orsini entschuldigend, während sie nach der Probe die Treppen hinaufstiegen, „hab noch was zu tun.“

„Wir gehen später ins Jazzland, kommst nach?“

„Vielleicht, versprechen kann ich's aber nicht“, antwortete Orsini, verabschiedete sich schnell und stieg in die Straßenbahn, die gerade einfuhr.

Nach ein paar Stationen wechselte er in die U-Bahn und stand kurz vor neun vor dem Krankenhaus. Zum wiederholten Mal rief er Paula an, landete jedoch wieder nur in ihrer Mailbox. Er brach den Anruf ab. Mit Trainingstasche und Gitarre beladen trat er ins Foyer des Spitals. Augenblicklich spürte er seinen Widerwillen gegen diesen Ort, er zwang sich jedoch, darüber hinwegzusehen.

Bald registrierte er allerdings, dass irgendetwas anders war, als bei seinen letzten beiden Besuchen. Wesentlich mehr Menschen hetzten hin und her. Ihr Blick verhieß nichts Gutes. Erleichtert sah Orsini, dass eine männliche Krankenschwester Dienst hatte, stellte Tasche und Gitarre vor dem Empfang ab und wartete höflich darauf, angesprochen zu werden. Der Mann aber hämmerte, wie schon die Krankenschwestern tags zuvor, unverdrossen auf die Computertastatur ein.

„Entschuldigung", sagte Orsini freundlich.

Keine Antwort.

„Entschuldigung", wiederholte er und klopfte auf die Holzplatte vor sich.

„Ja?", kam es fast wie gehetzt zurück.

„Können Sie mir weiterhelfen? Ich suche einen Patienten, der ..."

„Ich kann Ihnen leider nicht helfen", antwortete der Mann ohne vom Bildschirm aufzublicken.

„Warum nicht?"

„Bin nur der Computertechniker."

„Und die Schwestern?"

„Sind alle beschäftigt. Totales Chaos, sehen Sie das nicht?"

„Was heißt das?"

„Stromausfall in der Neurologie, HNO und Internen. Nicht einmal das Notstromaggregat funktioniert", antwortete der Techniker ohne aufzublicken. „Wir verlegen die dringendsten Fälle."

„Aha, das heißt jemanden zu besuchen ..."

„... ist derzeit unmöglich."

„Trotzdem danke", sagte Orsini, schnappte sein Gepäck und machte sich auf die Suche. Wenn er Glück hatte, war Edip nicht verlegt worden, dachte er und folgte einem Pfleger, der eine alte Frau in einem Rollstuhl vor sich herschob. Niemand beachtete Orsini. Ärzte, Schwestern und sonstiges Personal eilten durch die Gänge. Ein heilloses Durcheinander.

Betten mit Patienten wurden verschoben oder waren auf den Gängen geparkt. Orsini begann ernsthaft daran zu zweifeln, ob er Edip, den kleinen Bosnier überhaupt finden würde. Außerdem hatte er keine Ahnung mehr, wo er war. Wahllos hielt er eine Schwester an und bekam nur ein Kopfschütteln als Antwort. Überraschend fand er nach einer Weile wieder zur männlichen Krankenschwester zurück und durchkämmte von dort schließlich systematischer die Gänge. Er schaute jeden Patienten an und nahm dabei viele stumpf blickende Augenpaare wahr. Drei Korridore hatte er durch und wollte gerade in den vierten einbiegen, als er ganz hinten in einer dunklen Nische ein Bett stehen sah. Davor waren Reinigungsgeräte abgestellt und auf den zwei dahinterliegenden Türen stand „Eintritt nur für Reinigungspersonal" geschrieben. Wie im wirklichen Leben war der kleine Mann an das Ende der Hierarchie abgeschoben worden. Orsini hatte ihn trotz der Verbände sofort erkannt und versuchte, sein Entsetzen zu verbergen, was aber unnötig war, da Edip schlief. Edip hatte den Mund weit geöffnet und atmete röchelnd. Was Orsini erblickte, entfachte seine Wut nur umso mehr. Die oberen beiden Schneidezähne fehlten ganz und die Lippen waren aufgeplatzt. Der Unterkiefer war in eine Art Gipsverband eingebettet und das linke Ohr verbunden. Die mehrmals gebrochene Nase hatte man geschient und unter einer Augenhöhle waren die Fäden einer Naht zu sehen. Beide Augen waren noch immer stark geschwollen.

Eingeschränkte Hörfähigkeit links, gerissenes Trommelfell, erinnerte Orsini sich an die Diagnose des Arztes. Waren da nicht auch noch Hand- und Rippenbrüche? Vorsichtig hob Orsini die Bettdecke. Der linke Arm war, wie er vermutet hatte, eingegipst. Ein Nachthemd verdeckte den Brustkorb, aber Orsini hatte auch so genug gesehen.

Das Diktiergerät hatte er umsonst mitgebracht, sprechen konnte Edip nicht. Orsini setzte sich unschlüssig auf den Rand des Metallbettes.

„Was machen Sie da?" Eine tiefe, befehlsgewohnte Stimme riss Orsini aus seinen Gedanken.

„Ich?"

Ein Arzt stand vor Orsini.

„Ich, ... bin ein Verwandter", log Orsini. Das Röcheln hinter ihm hatte plötzlich aufgehört. Orsini drehte sich um und sah, dass Edip eines der geschwollenen Augen aufgeschlagen hatte. „Jetzt haben Sie ihn aufgeweckt", fuhr Orsini vorwurfsvoll fort.

„Entschuldigung", sagte der Arzt kleinlaut und war genauso schnell verschwunden, wie er gekommen war. Orsini war ihm allerdings beinah dankbar, denn er hatte ihm die Entscheidung abgenommen, Edip aus dem Schlaf zu holen.

„Hallo Edip, erinnern Sie sich an mich?", begann Orsini leise.

Nichts.

Orsini wiederholte den Satz um eine Nuance lauter. Edip schaute zuerst starr geradeaus und bewegte dann fast unmerklich den Kopf.

Ich Idiot, gerissenes Trommelfell links!, murmelte Orsini in sich hinein und wechselte die Bettseite. „Erkennen Sie mich wieder?", fragte er erneut.

Die geschwollenen Augen waren bei der Umrundung des Bettes mitgewandert und fixierten ihn nun.

„Können Sie mir ein Zeichen geben, dass Sie mich verstehen?"

Edip wippte kaum wahrnehmbar mit dem Kopf auf und ab und gab einen als Ja zu deutenden Laut von sich.

„Sehr gut. Das Wichtigste: Sie werden wieder ganz gesund. Das hat der Arzt versprochen. Wir kriegen Sie schon wieder hin." Orsini blickte in zwei verzweifelte Augen und versuchte trotzdem Zuversicht auszustrahlen. „Ich habe ein paar Fragen an Sie. Ich hoffe, Sie werden Sie mir beantworten. Erstens, soll ich Ihre Familie verständigen?"

Der Kopf des Bosniers bewegte sich langsam seitlich hin und her.

„Okay. Werden die sich keine Sorgen machen?"

Wieder ein Nein.

Orsini vermutete, dass der Bosnier sich generell nur alle paar Wochen zuhause meldete.

„In ein bis zwei Wochen wird es Ihnen wieder so gut gehen, dass Sie daheim anrufen können", sagte Orsini möglichst aufmunternd. Ob das den Tatsachen entsprach, würde sich weisen. „Soll ich einen Ihrer Kollegen verständigen? Wenn ja, welchen?", fragte Orsini langsam und kramte den Zettel mit den Telefonnummern aus seiner Tasche. Er versuchte sich zu beeilen, denn die Augenlider des Bosniers glitten allmählich zu.

„Fejzo oder Junuz?", deutete Orsini nacheinander auf die beiden Namen.

Keine Reaktion.

„Ist gut, ich werde Junuz anrufen und ihm sagen, wo Sie liegen, damit er Sie besuchen kann, Edip", sprach Orsini eindringlich auf den Bosnier ein und drückte seine Hand. Die beiden Augen waren jetzt nur mehr einen winzigen Spalt weit geöffnet.

„Edip, nur eine Frage noch. Ich glaube, ich weiß, wer Sie so zugerichtet hat. Aber Sie müssen mir helfen. Ich zeige Ihnen jetzt eine Telefonnummer. Die habe ich von Ihrem Handy abgeschrieben. Geben Sie mir ein Zeichen, ob das die richtige ist." Aufmerksam beobachtete Orsini Edips Gesicht und registrierte ein minimales Nicken.

„Dachte ich's mir", sagte Orsini, mehr zu sich selbst, und fuhr fort: „Sie brauchen keine Angst zu haben, wir kriegen den Typen." Die letzten Worte hatte Orsini ganz langsam, fast wie in Zeitlupe ausgesprochen. Dabei hatte sich sein Blick sichtlich verhärtet. „Leider muss ich jetzt gehen, aber ich komme bald wieder."

Die Augen des Bosniers hatten sich geschlossen.

„Alles Gute auch von Paula", fügte Orsini dennoch leise hinzu und packte seine Sachen.

Beim Kaffeeautomaten im Hauptkorridor hielt er an und holte sich einen kurzen Schwarzen mit Zucker. Die nervöse Hektik auf der Station hatte sich weiterentwickelt. Eine Art unbewusste kollektive Intelligenz schien die Betriebsamkeit nun zu lenken. Allzu gerne hätte Orsini sich in eine der emsigen Spitalsameisen verwandelt, wenn er Edip damit nur hätte helfen können. Erschöpft setzte Orsini sich auf einen der orangen Plastiksitze.

Der Zustand des kleinen Bosniers hatte ihn mitgenommen. Aber das war nicht der einzige Grund für Orsinis Niedergeschlagenheit. Hauptsächlich fühlte er sich verantwortlich für das, was geschehen war. Verantwortlich für die Gesundheit des Bosniers und die beschissene Situation, in der dieser sich nun befand: keine Versicherung, vermutlich auch keine Arbeitserlaubnis und wahrscheinlich auf längere Sicht arbeitsunfähig. Niemand, der ihm hier, in einem fremden Land, helfen würde. Also auch kein Geld für seine Familie, die dringend darauf wartete.

Vergeblich versuchte Orsini, Paula zu erreichen. Doch sie meldete sich einfach nicht. Deprimiert schaltete er das Telefon ab und schlich den neonbeleuchteten Tunnel entlang zum Ausgang. Der ähnlich lange Tunnel in seinem Kopf allerdings endete vor einem Getränkeautomaten. Drei fallende Münzen legten zwei Schalter um. Einen im Getränkeautomaten, der Alkohol freigab, und einen in Orsinis Kopf, der den Konsum der Substanz freigab. Der zweite Schalter aber war wesentlich komplizierter als der erste konstruiert, und löste jedes Mal unweigerlich eine Kette an Ereignissen aus.

„Ein Großes", verlangte Orsini.

„Wie schaust du denn aus?", fragte Hans anstatt ihn zu grüßen. „Ist was passiert?" Hans klang besorgt, erntete aber nur ein abwesendes Kopfschütteln.

Während der kurzen Fahrt vom Spital zur Bar war es Orsini gelungen, die beiden Dosen Bier ihrer Bestimmung zuzuführen. Nun machte er daher nicht mehr den besten Eindruck. „Nein, nichts."

„Nicht dass ich ein Vorbild wär, aber ich find, du trinkst in letzter ...“

„Eben. Darum solltest du die guten Ratschläge auch bleiben lassen!“, entgegnete Orsini aggressiv. „Hast du was für mich?“

„Ja, Moment bin gleich zurück.“ Im Lokal ging es diesmal, wie Hans am Telefon erwähnt hatte, ruhiger zu, der Andrang hielt sich in Grenzen.

„Also“, sagte Hans ein wenig verstimmt, „der Deal ist folgender: Du gehst, oder gehst nicht, am Montag, genau um fünf Minuten nach zehn, mit einem gelben Kuvert durch die Tür ins Kaffee Mozart.“

„Am Montag? Früher geht's nicht?“

„Nein“, unterbrach Hans ungeduldig, „früher nicht.“

„Wieso ausgerechnet ins Mozart, das ist doch die reinste Touristenfalle und sauteuer?“

„Verdammt, Conrad! Ich hab's nicht ausgesucht, okay?“

„Ja, kann ich noch was zu trinken haben?“

„Scheiße, was ist los mit dir?“

Orsini reagierte nicht, sondern blickte auf sein leeres Glas. Verdrossen ging Hans damit zum Zapfhahn, füllte es auf und stellte es hart vor Orsini auf den Tresen. „So, das is das Letzte für heut. Du hast natürlich recht, dass du dir von einem wie mir keine Ratschläge erteilen lässt.“

Orsini hatte die Bitterkeit in dem Satz nicht wahrgenommen und wieder kräftig zugelangt.

„Am Montag“, begann Hans erneut, „um fünf Minuten nach zehn – du hältst gut sichtbar ein gelbes Kuvert in der Hand, wennst durch die Tür gehst. Verstanden?“

„Ja.“

„Ins Kuvert legst Geld.“

„Wie viel?“, fragte Orsini.

„Tausend.“

„Nicht wenig.“ Orsini zuckte mit den Achseln.

„Ist dein Problem", fuhr Hans fort, „wenn du die Informationen über den Altwarenhändler habn willst ..."

Orsini war schlagartig etwas nüchterner geworden. „Von wem bekomm ich die eigentlich?"

„Keine Ahnung. Ich weiß nur, dass dich jemand kontaktieren wird. Der Person übergibst du das gelbe Kuvert und kannst eine Viertelstunde alles fragen, was du wissen willst. So, jetzt hast du", Hans schaute auf seine Uhr, „sagen wir zwanzig Minuten Zeit, um's dir zu überlegen und dann, sagst zu oder ab. Ich hab meinem Kontaktmann deine Antwort bis heut zugsagt. Länger steht's Angebot nicht."

„Ein Kleines wenigstens noch, zum Nachdenken", verlangte Orsini stur nach einer Pause.

„Aber dann brauch ich eine Antwort", gab Hans sich geschlagen, zapfte erneut, diesmal mit viel Schaum, stellte das Glas vor Orsini ab und verschwand.

„Und?" Hans war nach der vereinbarten Zeit vor Orsini aufgetaucht und hielt ein Handy am Ohr.

„Geht in Ordnung", antwortete Orsini, „Montag, fünf nach zehn und gelb."

„Gut", sagte Hans zuerst zu Orsini und danach in sein Telefon. Er beendete das Telefonat, wählte aber kurz darauf wieder. „Okay, wir sind in zwei Minuten vor der Tür", sprach er ins Telefon und brachte Orsini seinen Mantel.

„Was ist?", fragte Orsini gereizt.

„Du gehst jetzt, besser gsagt, du fährst jetzt nachhaus." Hände, die keinen Widerspruch duldeten, schoben Orsini Richtung Ausgang.

„Verdammt, ich hab nicht mal bezahlt", versuchte Orsini sich aus dem festen Griff zu befreien.

„Egal, das übernehm ich!"

Orsini hatte vergeblich versucht, sich aus Hans' Griff herauszudrehen und so saß er nun wenig später in einem Taxi. Hans sagte dem Chauffeur die Adresse, schmiss Orsinis Tasche und das Gitarrencase verärgert auf die Rückbank des Taxis und knallte die Tür zu, ohne sich zu verabschieden.

„Donaukanal, Schwedenplatz“, befahl Orsini jedoch nach kurzer Fahrzeit. Bis dahin hatte er kein Wort gesprochen. Die Musik im Auto dröhnte in seinen Ohren und der Fahrer hatte ihn offensichtlich nicht gehört. Orsini drückte unvermittelt den Ausknopf auf dem Radio.

„Hey, was soll das?“

„War zu laut und schlecht dazu. Donaukanal, Schwedenplatz. Ich hab's mir anders überlegt.“

„Aber, Sie ...“, versuchte der Lenker einen Einwand.

„Wer zahlt, schafft an. Ist ganz einfach. Kapiert jeder. Donaukanal, Schwedenplatz!“, wiederholte Orsini so, dass der Chauffeur nichts mehr zu sagen wagte. Beim Aussteigen gab er ein ordentliches Trinkgeld, ohne sich dessen bewusst zu sein, kramte seine beiden Taschen von der Rückbank und verließ grußlos das Taxi und einen erleichterten Fahrer.

Abermals ging es eine steile Treppe hinunter. Rauch, vermischt mit dem Geruch nach Schweiß und Alkohol kam ihm aus dem uralten Gewölbekeller entgegen. Die Tasche rutschte ihm von der Schulter und kollerte polternd die letzten Stufen hinab. Die Musiker, die gerade für die letzte Zugabe das Podium betreten hatten, schauten verwundert auf. Auch das nur mehr spärlich vorhandene Publikum drehte sich um. Orsini stand plötzlich ungewollt im Zentrum der Aufmerksamkeit. Er hob die Tasche auf und setzte sich an den nächsten freien Tisch. Seine Bandmitglieder sah er nirgends. Die Musiker hatten sich von der kleinen Szene nicht beeindrucken lassen und legten sich ordentlich ins Zeug. Bebop. Hart. Intensiv. Wie das Getränk, das er gerade bestellte. Orsini vergaß alles rund um sich und vor allem die Vorkommnisse der letzten Tage. Schüttete den Alkohol in sich hinein und bestellte erneut das Gleiche. In der Pause zwischen den Stücken klatschte er allmählich dermaßen laut, dass er wieder in den Brennpunkt der Aufmerksamkeit rückte. Vor der letzten Nummer richtet der Bandleader schließlich seine Ansage an Orsini. Was dieser aber nicht mitbekam und ungebremst weiterapplaudierte, bis die Musiker zu spielen begannen. Sanft. Eine Ballade. Genau das, was Orsini jetzt nicht brauchte.

Mitten in der Nummer stand er auf und ging zur Bar. Dort knallte er das Glas hin, zahlte und verließ den Club. Beim Hinausgehen hörte er noch die letzten Takte verklingen und ging, fast wie um sich selbst zu bestrafen, den Weg mit den schweren Taschen zu Fuß nachhause.

25

Es tat weh. Durchdringend weh. Ihm war speiübel und der schrille Klingelton marterte sein ohnehin angegriffenes Gehirn. Das Handy steckte vergraben in seinem Mantel, der zerknüllt vor ihm auf dem Fußboden lag. Er hatte sich gestern Abend einfach aufs Sofa geworfen und war eingeschlafen. Abschalten, sagte der Verstand. Irgendwie gelang es ihm letztlich, das verdammte Ding zu erreichen. In dem Moment verstummte es. Orsini drehte sich zur Seite und ließ das Handy auf den Boden fallen. Keine Minute verging und es läutete erneut. Der gleiche Verstand, der vorhin noch abschalten gesagt hatte, setzte sich nun aber mit dem Wort „wichtig“ durch. Er drehte sich also wieder um und suchte tastend nach dem Gerät.

„Orsini“, meldete er sich mit kraftloser Stimme.

„Conrad? Bist du das?“

„Ja. Wie spät ist es?“

„Kurz nach zehn. Hätte deine Stimme fast nicht erkannt. Bist du wieder krank?“

„Kann man so sagen.“

„Hm“, kam es zweifelnd retour, „hab's gestern nicht mehr geschafft dich anzurufen. Totaler Stress.“

„Was gibt's?“, fragte Orsini und setzte sich auf.

„Bist du aufnahmefähig?“

„Natürlich.“

Paula entging die Gereiztheit in Orsinis Stimme nicht, sie reagierte jedoch nicht darauf. „Wegen Heinrich Novak und Vladimir Tandler.“

„Ja?“

„Fehlanzeige, sind beide unbescholten.“

„Hab ich mir fast gedacht“, entgegnete Orsini, während er Richtung Badezimmer schlich.

„Aber über das Haus hab ich was rausgefunden. Weiß zwar nicht, ob das was mit deinem Fall zu tun hat ...“

„Welches Haus?“ Orsini blieb irritiert vor dem Badezimmer stehen.

„Das in der Wiedner Hauptstraße. Du hast mir doch die Adresse und die Namen der Bewohner auf einen Zettel geschrieben.“

„Ja, stimmt“, griff sich Orsini an den Kopf. Aber nicht, weil es ihm wieder eingefallen war, sondern weil sich ein stechender Schmerz vom Nacken bis zur Schläfe gezogen hatte.

„Du hast gesagt, ich soll nach Zusammenhängen suchen.“

„Und?“

„Hab einen gefunden.“

„Mit einem der Namen, wahrscheinlich.“ Orsini suchte umständlich nach den Kopfwehtabletten im Badezimmerschrank.

„Nein, die Namen haben nichts ergeben und ich sag auch gleich dazu, dass es nur aus der Erinnerung eines Kollegen stammt.“

„Aha, und?“, fragte Orsini verwirrt. Er drückte zwei Tabletten aus einer Packung, schmiss sie in seinen Zahnputzbecher und füllte ihn mit Wasser an.

„Um's kurz zu machen: Hab verdammt lang für dich in unserer EDV herumgesucht und einfach nichts gefunden. Mehr zufällig als gewollt hab ich einem Kollegen davon erzählt, der hat mir dann den Hinweis gegeben, es in einer anderen Abteilung zu versuchen. Dort konnte sich tatsächlich einer erinnern. Mit dem hab ich dann telefoniert.“

„Informell?“

„Blöde Frage. Glaubst du, es hat sich an unserer Arbeitsweise irgendwas geändert, seit du weg bist?“

„Entschuldige“, warf Orsini ein und dachte gleichzeitig an Hans, bei dem, soweit er sich erinnern konnte, ein ähnliches Wort angebracht war.

„Also: Was er noch wusste, war, dass es eine anonyme Anzeige aus dem Haus eine der Wohnungen betreffend gegeben hat. Weder wusste er, wer die Anzeige erstattet hatte noch warum. Leider. Woran er sich aber erinnern konnte, war, dass zwei Beamte zur Wohnung gegangen sind."

„Und? Mach's nicht so spannend!", sagte Orsini gereizt.

„Nichts. Sie haben nichts entdeckt. Nichts für sie Interessantes jedenfalls. Aber ein Verdacht, wahrscheinlich mehr ein Eindruck ist zurückgeblieben und den haben sie eben an den Kollegen aus der anderen Abteilung weitergeleitet."

„Ein Eindruck", wiederholte Orsini und hob den Zahnputzbecher zum Mund.

„Ja, für sie sah es ziemlich nach illegalem Etablissement aus."

„Ein Bordell?" Orsini verschluckte sich beinah.

„Ja. Geheimbordell vermutlich."

„In dieser Gegend, in einer Wohnung?"

„Warum denn nicht, glaubst du bei der Sache gibt's Klassenunterschiede?", antwortete Paula. „Allerdings ist das alles Jahre her und sollte es überhaupt existiert haben, heißt das ja nicht, dass es das immer noch tut. Conrad? Bist du noch dran?", fragte sie ungeduldig. Sie hatte Orsini einige wenige Male in betrunkenem Zustand erlebt. Diese Erinnerungen zählten nicht gerade zu ihren besten. Damals hatten die Ermittlungen ihm dermaßen zu schaffen gemacht, dass er nur so Abstand gewinnen konnte. Gleichzeitig hatte er damit aber auch zwischen ihnen beiden eine Tür zugeschlagen.

„Ja, ja, natürlich."

„Übrigens bei den Immobilienfirmen hab ich auch noch einiges rausgefunden und ..." Paula zögerte einen Moment. Sollte sie ihn in ihr Vorhaben einweihen? Oder lieber abwarten, bis er klar im Kopf war? „Ich werd am Ball bleiben und geb dir dann Bescheid!"

„Danke", sagte Orsini, „ich versteh jetzt nichts mehr."

„Vielleicht, wenn du wieder nüchtern bist", setzte Paula trocken nach und legte auf.

Benommen ging Orsini ins Bad. Abwechselnd ließ er zuerst eiskaltes und dann heißes Wasser über sich fließen, stieg mit Gänsehaut aus der Dusche und befühlte seinen etwas klareren Kopf. Rasch trocknete er die feuchten Haare und machte sich daran, ein Frühstück zu richten, während er das Telefonat mit Paula rekapitulierte.

Ein Bordell? Zweifelnd goss er das kochende Wasser auf und sah der braunen Flüssigkeit zu, wie sie langsam im Filter versickerte. Übrig blieb eine Art dampfender Morast. Sex mit über achtzig in einem Geheimbordell? Das passte doch überhaupt nicht zu dem alten Posamentenhändler! Oder doch? Nachdenklich holte er Milch aus dem Kühlschrank, gab einen Schuss zum frisch gekochten Kaffee und nahm das Telefon zur Hand.

„Hans?"

„Ja."

„Conrad hier, tut mir leid wegen gestern. Hab mich vermutlich wie ein Arschloch benommen."

„Stimmt. Okay, ist schon wieder vergessn. Rufst deswegen an?"

„Ja", antwortete Orsini kleinlaut.

„Kann jedem passieren. Aber die Vereinbarung hast hoffentlich nicht vergessn?"

„Nein, nein, gelbes Kuvert, Montag um fünf nach zehn im Mozart."

„Erstaunlich. So bsoffen und dann merkst dir trotzdem alles. Ich konnt das nie."

„Sag, wen treffe ich eigentlich?"

„Hast mich gestern schon gfragt. Muss dir leider wieder die gleiche Antwort geben: Tut mir leid, kann's dir wirklich nicht verraten, sonst ist's vorbei mit meinen Kontakten."

„Kein kleines Detail?"

„Okay, aber nur weil du's bist und so nett Entschuldigung gsagt hast: Kunsthandel."

„Wie, Kunsthandel? Mehr nicht?"

„Nein!"

„Hm. Danke trotzdem und bis bald!"

Einige Stunden später überquerte Orsini den Karlsplatz und bog in die Wiedner Hauptstraße. Mehrere Gedanken wechselten einander in seinem Kopf ab, während er sich dem Espresso Acapulco näherte. Einer dieser Gedanken stach besonders hervor. Erstens konnte der Eindruck der beiden Polizisten schlicht falsch gewesen sein. Zweitens war diese Beobachtung Jahre her. Das hieß drittens noch lange nicht, dass der Posamentenhändler etwas damit zu tun hatte. Was aber viertens hieß und damit hervorstach, dass er genau das herausfinden musste.

Unschlüssig starrte er von gegenüber auf das Haus, als ihm seine nächtliche Begegnung nahe der Franzensbrücke einfiel, die aus irgendeinem Grund in seinem Gedächtnis haften geblieben war. Die nicht mehr ganz jugendliche Dame mit den hohen roten Lackstiefeln und dem Kunstpelzmantel. Zu später Stunde hatte sie ihn auf dem Nachhauseweg vom Praterstern angesprochen. Pelzmantel, dachte er, massierte sich die Augenbrauen und wechselte auf die andere Straßenseite.

Nach kurzer Zeit kam ein Mann aus dem Haus geeilt, hielt Orsini die Tür auf und war schon wieder in der Anonymität der Straße verschwunden. Orsini verschwand im Haus. Er durchquerte das riesige Entree, blieb kurz vor einem der bis zum Boden reichenden Spiegel stehen und strich sich die Haare nach hinten. Marmor, ein mit Holz verkleideter altehrwürdiger Lift, darin Glasfenster mit Blumenmuster. Kein typisches Puff, stellte er mit skeptischem Blick fest. Gut, alles war ein wenig in die Jahre gekommen, aber ... An einer

Messingtafel waren die Namen der Bewohner der einzelnen Stockwerke angegeben. Zwei Büros und eine Arztpraxis im Erdgeschoß konnte er streichen. Ansonsten ...

Sogar die von jahrzehntelanger Benutzung fein polierten Handläufe fühlten sich elegant an, dachte er, während er die Treppe hinaufstieg. Eingehend begutachtete er die Pflanzen auf dem Fensterbrett, sah in den Hof und bewunderte das Fliesenmuster, bis er schließlich doch vor einer Wohnungstür stand und anklopfte. Niemand zuhause, registrierte er erleichtert.

„Entschuldigung, ich suche ... hab mich wohl an der Tür geirrt", ging er im Geiste seine vorbereitete Ausrede durch, bevor er an der nächsten Tür läutete. Sofort hörte er schlurfende Schritte näherkommen. Jemand lugte durch den Türspion. Orsini wurde beobachtet, dann öffnete sich die Tür einen Spalt weit. Zwei alte, misstrauische Augen musterten Orsini in Höhe der gespannten Sicherheitskette. Gerade, als er mit seinem Sätzchen beginnen wollte, kam ihm die alte Dame zuvor.

„Nicht schon wieder! Und warum immer bei mir? Sie sind wohl ein Neuer, ha? I bring jetzt wirklich bald a Schild an ... Aber es nutzt ja eh nix! Also zweiter Stock, zweite Tür rechts! Wiederschaun und viel Vergnügen", leierte sie herunter und warf mit Nachdruck die Tür ins Schloss. Schlurfenden Schrittes entfernte sie sich wieder.

Orsini fühlte sich peinlich ertappt und beeilte sich, die Stufen in den zweiten Stock hinaufzugehen. Die von der alten Dame beschriebene Tür unterschied sich von der anderen nur insofern, als kein Namensschild angebracht war.

26

Samstagnachmittag. Sie saß im Auto und beobachtete die Vorgänge in dem zum Büro umfunktionierten Geschäftslokal auf der gegenüberliegenden Straßenseite. Zwei Männer hielten sich darin auf. Seit einer halben Stunde ließ sie die beiden nicht aus den Augen. Der jüngere war höchstens Mitte zwanzig, groß und spazierte die ganze Zeit hin und her. Schon zweimal war er vor die Tür getreten, hatte sich eine Zigarette angezündet und dabei telefoniert. Der Ältere, Paula schätze ihn auf knapp fünfzig, war füllig und saß an einem Schreibtisch. Er blickte kaum von seinem Computerbildschirm auf, war mit einem Anzug bekleidet und hatte offensichtlich das Sagen. Sie nahm ihr Handy und wählte.

„Tuuuut", erklang es nun an ihrem Ohr.

„Tuuuut." Paula beobachtete aufmerksam, was sich im Büro abspielte.

„Tuuuut", erklang es zum dritten Mal. Immer noch keine Reaktion. Hatte sie sich geirrt? Plötzlich erhob sich der dicke Mann von seinem Stuhl und ging um den Schreibtisch herum.

„Tu... Immotreu, hallo", hörte sie nun eine tiefe, verärgerte Stimme.

„Immotreu? Mit wem spreche ich?"

„Mit wem wollen Sie denn sprechen?", kam die Antwort zurück.

„Ich ... ich wollte eigentlich mit der Firma Immoneu verbunden werden", wich Paula aus.

„Immoneu? Kenn ich nicht. Tut mir leid. Auf Wied..."

„Moment. Sie sind doch auch von einer Immobilienfirma?"

„Ja, warum?", fragte der Dicke genervt.

„Ich ... such nämlich eine Wohnung in der Gegend."

„Welcher Gegend? Woher wissen Sie ...?“ Die Stimme des Dicken klang nun schlagartig verändert.

Paula indessen hätte sich am liebsten selbst eine verpasst. „Nein, ich dachte nur an irgendeine Wohnung. Die Gegend ist eigentlich egal ...“

„Ach so. Nein, da sind Sie bei mir falsch. Entschuldigen Sie mich jetzt bitte, ich habe zu tun.“

„Danke, auf Wiederhören!“, konnte Paula gerade noch sagen, doch der Mann hatte bereits aufgelegt, ohne sich zu verabschieden.

Achselzuckend kehrte er zu seinem Stuhl zurück, setzte sich schwerfällig hin und starrte wie schon zuvor auf seinen Bildschirm. Einen Moment lang hatte er aus dem Fenster direkt zu ihrem Auto gesehen, was Paula instinktiv dazu veranlasst hatte, tief in ihren Sitz zu versinken. Gesehen konnte er sie kaum haben; sicherheitshalber blieb sie dennoch einige Zeit in dieser Position. Im Handschuhfach lag ihre Kamera. Sie öffnete das Fach, holte den Apparat hervor und machte ein paar Fotos von der Geschäftsfront. Als sie schließlich ausstieg, marschierte sie zuerst die Straße hinab. Erst nach einer Weile kehrte sie um, überquerte die Straße, schlenderte unauffällig am Fenster des Büros vorbei und warf einen genaueren Blick ins Innere. Mehrere Computer und Drucker waren aufgestellt und verkabelt. Die Kamera hatte sie zwar in ihrer Manteltasche, sie getraute sich aber nicht zu fotografieren. Aktenordner standen auf wackeligen Regalen und die Wände waren mit Plänen gespickt. Alles für den schnellen Umzug quasi vorbereitet, falls es nötig sein sollte. Einzig Telefon und Internetanschlüsse bildeten ein kleines Hindernis, konnten aber sicherlich provisorisch durch Funkverbindungen ersetzt werden. Zumindest kurzfristig. Den Namen Immotreu konnte sie aus dieser Distanz nirgendwo erkennen. Allerdings hatte sich der Mann am Telefon mit dem Namen gemeldet. Endlich hatte sie also das Büro dieser Firma gefunden.

So naheliegend, dass du es nicht bemerkt hast, Conrad!, lachte Paula ein wenig in sich hinein, weil es nur ein paar Straßen von der Baustelle entfernt lag. Hier lief vermutlich alles zusammen. Mit ihrem Kollegen von der Wirtschaftsabteilung hatte sie herausgefunden, über welche Kanäle die Geschäfte abgewickelt wurden. Höchstwahrscheinlich wurde auch Geld gewaschen. Beweise dafür gab es jedoch keine. Jetzt die Baustellen zu kontrollieren, hätte nur die illegal beschäftigten Arbeiter ihren Job gekostet. Sie wären danach voraussichtlich des Landes verwiesen worden. Der – wie in diesem Fall tatsächlich – dicke Fisch war wesentlich schwerer ins Netz zu kriegen. Und selbst dann, sie kratzten immer nur an der Oberfläche, hatte ihr Kollege geklagt. Selbst wenn sie dem Hai ein oder zwei Zähne zogen, wuchsen ihm innerhalb kürzester Zeit neue nach.

Der jüngere Mann war nun aus dem provisorischen Büro getreten und hatte sich erneut eine Zigarette angezündet. Er war durchtrainiert, groß und breitschultrig. Dunkler Teint, kantiges Gesicht. Glatze hatte er zwar genaugenommen keine, aber dazu musste man schon ganz genau hinsehen. In sein nur an den Seiten millimeterlanges Haar waren gezackte Muster rasiert. Die Oberseite des Kopfes hingegen glänzte wie blankpoliert. In seinem Ohr baumelte ein silberner Stern.

Paula schlenderte an ihm vorbei und warf unauffällig einen Blick auf seine Schuhe. Der Typ hatte tatsächlich ein ausgefallenes Hobby. Leopardenmuster diesmal. Kurz hatte er Paula von oben bis unten taxiert, ansonsten aber keine Miene verzogen. Sie musste an den kleinen Bosnier denken, und ein Gefühl der Beklemmung machte sich in ihr breit. Unwillkürlich griff sie unter die Achsel, fuhr mit der Hand über das Lederhalfter und ihr Sicherheitsgefühl kehrte zurück.

Wenn Conrad wüsste, was ich noch rausgefunden hab, ging es ihr durch den Kopf, während sie die Blicke des Mannes förmlich in ihrem Rücken spürte. Hinter der nächsten Ecke blieb sie stehen und wartete, ob er ihr folgen würde. Vorsichtig blickte sie zurück. Die Stelle, an der er gestanden hatte, war leer. Ohne sich nochmals umzublicken, ging sie auf die Baustellen zu. Das eingezwängte Posamentengeschäft war nicht zu übersehen und im zweiten Hof entdeckte sie auch die beiden Container. Rot und auffällig. Frech ging sie an den Arbeitern vorbei in den ersten Stock, wo sie, wie schon Orsini Tage zuvor, Stellung bezog und das Treiben unter sich beobachtete.

Nichts war nach dem Klingelton zu hören. Kein Geräusch von Schritten. Nur ein leises Quietschen, das er aber nicht zuordnen konnte. Fast wollte er schon wieder umdrehen und gehen, als sich die Tür plötzlich doch öffnete. Eine Dame mittleren Alters schaute prüfend durch den Türspalt.

„Sie ... äh, haben jetzt aber keinen Termin, weil um diese Zeit ist niemand verfügbar.“ Während dieses Satzes zog die Dame die Tür weiter auf. Orsini lächelte. Die beiden Polizisten waren mit ihrer Vermutung wohl richtig gelegen. Bis knapp zur Tür war ein dicker, dunkelbrauner Teppich verlegt, der alle Geräusche schluckte. Der Braunton setzte sich, soweit Orsini sehen konnte, bei der Inneneinrichtung fort und ging allmählich in ein tiefes Rot über. Eine Stoff- oder Seidentapete konnte er nur anhand des Musters erahnen. Was Orsini aber gänzlich sicher machte, war die Frau selbst. Es war die Dame im Pelzmantel.

Aufgeputzt war sie zwar im Moment nicht gerade, eher erinnerte sie ihn an einen abgeräumten Weihnachtsbaum weit nach Silvester. Klunker hingen dennoch an ihrem Hals und unter dem leichten Morgenmantel glitzerten helle Steinchen durch. Auf ihren Lippen waren verwischte Reste eines Lippenstiftes zu erkennen. Wieder dachte er an die Prostituierte aus der Franzensbrückenstraße. Die beiden Damen sahen einander zwar nicht unbedingt ähnlich, hatten aber ungefähr dasselbe Alter und die annähernd gleiche Figur. Eine auffällige Vorliebe für üppigen Schmuck und einen abgeklärten Ausdruck im Gesicht. Der Unterschied zwischen den beiden lag hauptsächlich in der Etage. Die Praterdame arbeitete zu ebener Erde und diese hier im zweiten Stock.

„Nein, Termin habe ich keinen. Ich wollte nur fragen, ob Sie die Besitzerin der Wohnung sind?"

„Ja, und?"

„Weil ..."

„Also, wer sind Sie und was wollen Sie?"

„Mein Name ist Orsini", stellte er sich vor.

Für die Frau offensichtlich zu langsam, denn sie schnitt ihm gleich das Wort ab. „Ich kenn Sie nicht, und das war auch schon das Letzte, was Sie von mir g'hört haben, wenn Sie mir nicht gleich sagen, was Sie wollen!"

„Ich möchte nur ein paar Worte mit Ihnen reden, über ..."

„Reden? Phh ... dass ich nicht lach!"

„Nicht das, was Sie meinen", setzte Orsini nach, da die Dame die Tür wieder schließen wollte. „Sondern über einen Ihrer Kunden, den Posamentenhändler, Heinrich Novak." Der Türspalt verengte sich noch weiter.

Dann hörte Orsini das Klirren einer Kette und die Tür ging halb auf. Der nur bis zu den Knien reichende Morgenmantel war fast durchsichtig und irritierte Orsini. Wohin sollte er seinen Blick wenden? Schließlich war er auch nur ein Mann. Tapfer trat er ein.

„Gut, leisten S' mir halt Gsellschaft. Ich Frühstück grad."

Er folgte der Dame einen Korridor entlang, von dem aus mehrere Türen abzweigten. Durch eine Art Zwischenraum ging es dann in offensichtliche Privaträume. Die Wohnung hatte wohl mehr als zweihundert Quadratmeter, stellte Orsini während dieser kurzen Wanderung fest. Die

Küche hingegen war winzig, hatte aber zumindest ein Fenster zum Hof.

„Kaffee?", fragte die Dame ihn nun, wies mit der Hand auf einen zerbrechlich wirkenden Stuhl und machte sich am Herd zu schaffen. Orsini sah sich kurz um, bis sein Blick sich wieder dort fand, wo er nicht hingehörte. Zumindest nicht jetzt, während einer Ermittlung.

„Milch, Zucker?"

„Ein Schuss Milch, bitte", antwortete Orsini und versuchte, sich wieder unter Kontrolle zu bringen, was nicht so leicht gelang. Der Morgenmantel verhüllte nämlich genauso viel, wie er verhüllen sollte, zeigte aber auch genauso viel, wie er zeigen sollte und das, was er zeigte, war beträchtlich. Orsini entschied sich für das Hoffenster und die dahinterliegende hässliche graue Hausmauer, die eigentlich verhüllt gehört hätte und starrte sie an.

„Gefällt Ihnen der Ausblick?"

„Wie bitte?" Orsini fühlte sich ertappt.

„Wir nennen ihn Alpenpanorama."

„Treffend", fügte Orsini an, nahm den Kaffee entgegen und kostete.

„Hoffentlich nicht zu stark? Aber um die Zeit geht's nicht anders."

„Nein, ist okay, ich trink ihn auch gern so", sagte Orsini, obwohl ihm die Brühe nicht schmeckte.

„Also? Was wollen S' wissen und wer sind Sie überhaupt?" Die Dame hatte nun Orsini gegenüber auf einem ebenso kleinen Stuhl Platz genommen und die Beine übereinandergeschlagen. Seine Augen suchten wieder das Panorama der Berge. „Wie ich schon sagte, mein Name ist Orsini."

„Wie war gleich noch der Vorname?", unterbrach sie ihn.

„Conrad."

„Ich kann mit Vornamen mehr anfangen. Nachnamen vergess ich sofort wieder, wissen S'. Nennt man Sie eigentlich Conny?"

„Nein, nur Conrad. Ganz früher, als ich noch klein war, hat meine Mutter mich eine Zeit lang so genannt."

„Aha. Entschuldigen S', geht mich ja wirklich nichts an, wie Sie von ihrer Mutter gnannt worden sind. Aber wenn Sie von der Polizei wärn, hätten Sie sicher net so oder wahrscheinlich gar net gantwortet. Ich muss da vorsichtig sein – Sie verstehn."

Nicht unschlau, dachte Orsini und fuhr fort: „Nein, ich bin nicht von der Polizei. Ich arbeite im Auftrag einer Klientin und habe nur ein paar Fragen. Sie haben also nichts zu befürchten. Ich möchte nur ein paar Dinge herausfinden, die Ihr – entschuldigen Sie den Ausdruck – Bordell betreffen." Orsini hatte mit Absicht diesen Ausdruck verwendet.

„Etablissement", verbesserte sie ihn sogleich und sah ihn stolz und zugleich herausfordernd an.

„Ihr Etablissement", verbesserte sich Orsini, „gibt es schon wie lange ungefähr?"

„Seit der Zeit, als Ihre Mutter Sie Conny genannt hat, zirka."

„Sind Sie die Besitzerin?", fragte Orsini und überschlug kurz, wie alt sie sein mochte.

„Ja."

„Das heißt, Sie kennen Heinrich Novak, den Posamentenhändler, auch schon länger?"

„Über meine Kunden geb ich prinzipiell keine Auskunft."

„Warum haben Sie dann die Tür geöffnet, als ich seinen Namen gesagt habe?"

„Weil ..., weil ..."

„Weil er schon seit mehreren Freitagen nicht aufgetaucht ist. Stimmt's?"

Die Bordellbesitzerin sah ihn lange an und zog ihren Morgenmantel enger. „Ja stimmt."

„Und soll ich Ihnen auch sagen, warum er nicht aufgetaucht ist?"

„Ja", antwortete sie. Eine Falte zeigte sich auf ihrer Stirn.

„Weil er tot ist."

„Na ja, der Jüngste war er nimmer. Trotzdem tut's mir leid um ihn. War ein guter Kunde. Wie ist er denn gstorbn?"

„Er ist erdrosselt worden", antwortete Orsini, suchte nach einer erkennbaren Reaktion, fand ein sich kurz hebendes Augenlid und ein beeindruckend lang sich hebendes Dekolleté.

„Wie?"

„Mit einer Schnur oder einem Seil in seinem Geschäft."

„Ja, aber wer macht denn so was?"

Orsini zuckte mit den Schultern. „Haben Sie das nicht in der Zeitung gelesen?"

„Hörn S' ma auf mit Zeitungen! Alles erstunkn und erlogn, was da drinn steht. Kauf ich schon seit Jahren nimmer. Lesn tu ich's schon gar net. Net amal diese Gratisblattln. Ich, ich verlass mich nur auf die beiden", deutete sie mit ihrem Finger auf ihre Augen. Orsini bemerkte, dass der Lack an den Rändern der Fingernägel abgeblättert war.

„Tot. Ja, und was wolln S' da jetzt eigentlich von mir wissen?"

„Was er hier gemacht hat?"

„Der Heinrich – na Sie stelln Fragen! Dasselbe wie Sie natürlich, besser gsagt, wie ich zuerst irrtümlich angnommen hab. Sonst hätt ich die Tür ja gar net aufgmacht."

„Und ist er ... ist er öfters ..."

„Na, was glauben S'?"

„Jeden Freitag, so zwischen ..."

„Genau. Da haben S' die Uhr danach stelln können. Sogar Witze ham wir über ihn gmacht. Ob er wohl im Sekundentakt die Stiegen raufgeht, damit er nur ganz genau zur selben Zeit klopfen kann."

„Ein Stammkunde also?"

„Könnt man so sagn. Ich glaub sogar, dass der keinen einzigen Termin ausglassn hat. Der ist immer kommen, soweit ich mich erinnern kann."

Orsini blickte wieder auf das Panorama. „Und wieso, glauben Sie, ist er gerade immer zu Ihnen ..."

„Ha, wo denkn S' hin! Mich hat er schon lang nimmer angschaut."

„Sondern?"

„Nein, ich war ihm schon zu alt. Der hat immer Frischfleisch braucht." Orsini entging nicht, wie sie an sich herumzupfte und sich dann durch die Haare fuhr.

„Eigentlich wollt ich wissen, wieso gerade Ihr Etablissement", sagte Orsini rasch, da er nun eine gewisse Unruhe bei der Bordellbesitzerin spürte. Ihr Blick ging hoch zur Küchenuhr, während sie zu erklären begann: „Das war reiner Zufall, geschäftlicher sozusagen. Als ich damals die Wohnung hergricht hab, brauchte es Vorhänge, Kordeln, das ganze rote Zeug eben, damit sich die Männer wohlfühln. Na ja, so sind wir ins Gschäft kommen. Er hat natürlich sofort gmerkt, um was es sich handelt, dass ich knapp bei Kassa war und hat sich dann quasi in Naturalien auszahln lassn. Von da an ist er dann, lassn S' mich nachdenken, ich glaub wirklich jedn Freitag kommen."

„Das muss dann so Mitte der Sechzigerjahre gewesen sein", hakte Orsini nach.

„Ungefähr, ja. So, ich glaub, Sie haben mich jetzt genug gfragt."

„Ja natürlich. Entschuldigen Sie, hab die Zeit einfach übersehen", antwortete Orsini, trank den Rest des Kaffees und stand auf. „Und wie war er so, ich meine was wollte er?", fragte er, während er hinter der Bordellbesitzerin herging und sein Blick auf üppige Stofftapeten, schwere Vorhänge und sonstigen Plüschkitsch fiel. Sie war nun vor der Wohnungstür stehen geblieben und sah Orsini an. „Wie gsagt, über Kundn ..."

„Ein toter Kunde ist ja kein Kunde mehr“, entgegnete Orsini und er merkte, wie sie mit sich rang.

„Er wollte so seine Spezialitäten“, gab sie schließlich preis. Dann nahm sie die Sicherungskette in die Hand und schaute durch den Spion.

„Welche?“, fragte Orsini, bekam jedoch nur einen verneinenden Blick als Antwort.

„Der Name Vladimir Tandler“, startete Orsini einen letzten Versuch, „können Sie damit was anfangen?“

„Nein“, kam es unvermittelt retour, während die Bordellbesitzerin die Tür öffnete, „wer soll das sein?“

„Ich dachte nur …“

„Was?“

„Nichts“, antwortete er, warf noch einen Blick auf den fadenscheinigen Morgenmantel und trat durch die Tür auf den Gang, während hinter ihm lautstark ein Riegel vorgeschoben wurde.

Baulärm dröhnte aus dem gegenüberliegenden Haus, ein Kleinlaster wurde mit Schutt beladen, auf dem Baustellenkonglomerat in der Zieglergasse herrschte Hochbetrieb. Paula schoss einige Fotos solange das Licht noch ausreichte. Als Beweis illegaler Machenschaften würde das nicht genügen, sie brauchte Handfesteres. Natürlich würden ihre Kollegen demnächst Kontrollen durchführen, doch Hintermänner wurden bei solchen Aktionen selten gefasst. Den Ingenieur hatte Orsini ihr beschrieben. Bis jetzt allerdings war der große, hagere Mann mit Adlernase nicht aufgetaucht.

Schon die längste Zeit schaufelten zwei Arbeiter unermüdlich Sand in die Schütte eines abgestellten Fahrzeugs. Nun machten sie eine Pause. Einer der beiden holte eine Zigarettenpackung aus der Brusttasche und hielt sie seinem Kollegen hin. Kaum jedoch, dass sie die ersten Züge geraucht hatten, flog die Tür des roten Containers auf. Ein

Mann mit gelbem Helm in der Hand stürmte auf die beiden Arbeiter zu und beschimpfte sie lautstark. Sogar durch das Fenster konnte Paula einige der derb-ordinären Wörter hören. Sie hatte ihr Zielobjekt gefunden.

Die Zigaretten flogen zu Boden und wurden ausgetreten. Alleine an der Körperhaltung der beiden Männer konnte sie erkennen, was in ihnen vorging. Dem wütenden Ingenieur ausgeliefert, saß ihnen Angst im Nacken, nackte Angst vor dem Entzug der Existenzgrundlage. Wie der Ingenieur gesehen haben konnte, dass die beiden Männer eine Pause eingelegt hatten, war Paula schleierhaft. Der Container hatte nämlich kein Fenster. Jedenfalls nicht an dieser Seite.

Gerade hatte ein leichter Schneeregen begonnen und die beiden schaufelten nun übereifrig. Nur wenige, dafür aber dicke, patzige Flocken fielen in kreisender Bewegung zu Boden und schmolzen dort sofort. Keiner der zwei Schaufler trug eine Haube oder einen Helm. Schon nach Kurzem waren ihre Haare nass. Paula fror allein bei dem Anblick. Der Ingenieur hingegen zündete sich – demonstrativ – eine Zigarette an und rief etwas zu einem anderen Arbeiter, der auf einem unfertigen Balkon stand. Mit der Hand deutete er nun an, dass der Arbeiter zu ihm in den Container kommen solle. Fahrig nahm er einen weiteren Zug, warf den Zigarettenstummel auf den Sandhaufen zwischen die beiden nun schon durchnässten Arbeiter und verschwand.

Zumindest der Wettergott hatte bald ein Einsehen mit den zwei Arbeitern, ließ noch einige Flocken aus und beendete dann den kurzen Schauer. Eine dünne Matschschicht blieb liegen.

Die kleine Szene hatte Paula genügt. Sie schaltete die Kamera wieder aus und steckte sie in ihre Manteltasche. Es war bereits zu dunkel, um noch ein vernünftiges Foto ohne Blitzlicht machen zu können. Der Mann, der noch kurz zuvor auf dem Balkon gestanden hatte, überquerte gerade den Hof und ging zum Container. Paula war so auf ihn konzentriert, dass sie zusammenzuckte, als im Stiegenhaus plötzlich das Licht anging. Rasch trat sie vom Fenster zurück. Jemand kam die Treppe hoch. Paula wartete. Die Schritte wurden lauter. Paula griff unter ihre Achsel und ging langsam auf die Stiege zu.

Fehlalarm. Ein gebrechlich wirkender, grauhaariger Mann kam ihr auf der Treppe entgegen. Sein Atem rasselte. Er hatte einen Stock in der einen und eine Einkaufstasche in der anderen Hand. Auf dem Rücken trug er noch einen alten Leinenrucksack. Paula entspannte sich. „Kann ich Ihnen helfen?“, bot sie sich an, die Tasche zu übernehmen.

„Ist nicht nötig, ich komm schon allein zrecht“, erwiderte der Alte kurzatmig und stellte die Tasche vor sich auf den Treppenabsatz. Ein unangenehmer, leicht süßlicher Geruch ging von dem Alten aus.

„Kommen Sie!“ Paula schnappte ohne lange zu fragen die Tasche, hakte sich unter und zog den überraschten Mann die Stufen hinauf. „Wo wohnen Sie denn?“

Schnaufend deutet der Alte auf eine Tür weiter den Gang entlang. Nachdem er umständlich aufgesperrt hatte, stellte Paula ihm die Einkaufstasche in den vollgestopften Vorraum. Aufgeräumt hatte hier schon lange niemand mehr.

„Vielen Dank“, rief der Alte Paula noch lächelnd hinterher und schloss die Tür, während Paula bereits wieder in den Hof sah. Jetzt steuerte der Ingenieur, einen großen Bauplan in Händen, mit dem einzelnen Arbeiter auf das Haus mit dem unfertigen Balkon zu und verschwand darin.

Conrad erschlägt mich!, blitzte kurz ein warnender Gedanke in Paulas Kopf auf, während sie die Stufen hinunterhastete. Kurz sah sie sich um. Der Ingenieur und der Arbeiter blieben verschwunden. Die Schaufler schaufelten. Niemand beachtete sie. Paula klopfte. Nichts.

Sie zog ihre Handschuhe an und öffnete die Tür zum Container. Sofort erkannte sie, warum der Ingenieur die beiden Männer bei ihrer Pause gesehen hatte. Auf dem Schreibtisch stand nämlich, inmitten chaotisch verteilter Unterlagen, ein Bildschirm. Darauf waren die beiden zu sehen. In Großaufnahme. Die Kamera war vermutlich so angebracht, dass er den ganzen Hof von seinem Schreibtisch aus überwachen konnte. Licht drang durch ein kleines Fenster an der Rückseite des Blechquaders.

Hektisch überflog sie die Unterlagen auf dem Schreibtisch. Pläne, Listen, verstreut herumliegende Notizzettel. Flink öffnete sie einen Aktenschrank. Darin befanden sich fein säuberlich beschriftete Ordner. Baupläne, Materiallisten, Kostenvoranschläge.

Ein Regalfach darunter fand Paula ausgefüllte Versicherungsformulare. Meist war zumindest ein Teil der Belegschaft angemeldet, hatte der Wirtschaftskriminalist ihr erklärt. Ob für sie auch die Beiträge eingezahlt worden waren? Paula zog einen der Ordner heraus. Dabei kippten die anderen ein wenig zur Seite und ließen einen Spalt frei. In dem Spalt – Paula bückte sich – steckte eine unauffällige, abgegriffene blaue Flügelmappe. Darin lag ein Bündel großer Scheine in Klarsichtfolie, eine handschriftliche Liste mit fremd klingenden Namen, Handynummern, Geldbeträgen, Zeitangaben und schlampig hingeworfenen Unterschriften.

Paula grinste zufrieden. Behände schaltete sie die Kamera ein und fotografierte eine Seite nach der anderen. Was wohl die Kollegen aus der Wirtschaftskriminalität dazu sagen würden? Allerdings, wer hier tatsächlich der Kopf des stinkenden Fisches war? Weder der Ingenieur noch der Glatzkopf kamen in ihren Augen dafür in Frage. Der zweite Mann aus dem Büro? Paula war dermaßen mit ihrem Fund beschäftigt, dass sie ihr inneres Warnsystem ignorierte. So entgingen ihr die Schritte, die sich der Tür näherten. Als sich das Raus-hier-Signal nicht mehr ignorieren ließ, war es zu spät.

Unschlüssig blieb Orsini mit dem Türgriff in der Hand stehen. Der alte Posamentenhändler hatte also seine Freitagabende mit etwas anderem verbracht als harmlos spazieren zu gehen.

„Hallo Sie!“

„Wie bitte?“

„Rein oder raus?“, fragte ein älterer Herr, der das Espresso Acapulco betreten wollte.

„Nach Ihnen“, erwiderte Orsini und hielt ihm die Tür auf.

Ob der Mann schon achtzig ist? Vielleicht geht er nachher auch noch kurz rüber, dachte Orsini und starrte auf das Haus, aus dem er gerade gekommen war. Im zweiten Stock brannte jetzt Licht. Aus dem Espresso strömte ihm warme, abgestandene Luft entgegen. Es war wie zuletzt überheizt. Ohne es verhindern zu können, drifteten Orsinis Gedanken zu den Kurven der nicht mehr ganz jungen Bordellbesitzerin ab. Trotz ihres Alters hatte sie ihn erregt. Eine kleine Bewegung am Herd und ein verrutschtes Stück Stoff hatten genügt. Ihm wurde allein von der Vorstellung heiß.

„Tür zu!“

„Was?“

„Tür zu, es zieht!“, rief ein Espressobesucher.

Aus den Gedanken gerissen ließ Orsini die Tür von außen wieder zufallen und marschierte die Wiedner Hauptstraße stadteinwärts, an der Technischen Universität vorbei zum Karlsplatz.

Mit zunehmender Entfernung verringerte sich sein Tempo allmählich und wie meist, wenn er durch die Stadt wanderte, klärte sich mit dem gleichmäßigen Rhythmus der Schritte auch der Verstand. Die Dämmerung hatte sich gerade über die Stadt gelegt und eine Ahnung von Schnee lag in der Luft.

Hat immer Frischfleisch gebraucht, fielen Orsini die Worte der Bordellbesitzerin ein. Das warf ein ganz anderes Licht auf den alten Posamentenhändler. *Ich bin naiv,* dachte Orsini, schüttelte im Gehen den Kopf und schob die Unterlippe vor. Eine erste, regenschwere Schneeflocke landete darauf. *Hat Paula auch schon gesagt.* Möglicherweise waren Spaziergänge inklusive Abstecher ins Bordell für Achtzigjährige eine normale Freizeitbeschäftigung. Orsini legte den Kopf in den Nacken und blickte in den schwarzblauen Himmel. Immer mehr feuchte, durchsichtige Batzen segelten herab und legten sich auf seine Kleidung. Ob irgendjemand über Heinrich Novaks Freizeitvergnügen Bescheid wusste?

Bald überzog ein dünner Matschfilm die Straßen und Gehsteige. Orsini spürte Nässe durch sein Schuhwerk dringen, blieb unter einem Vordach stehen und beobachtete den ersten, allerdings kurzen Akt dieses Winters im Schein einer Laterne.

Schließlich holte er sein Handy hervor und wählte eine Nummer.

„Wer spricht?"

„Orsini", wiederholte er noch einmal langsam und deutlich.

„Kenn Sie nicht. Wer sind?"

„Ich bin ein Bekannter von Edip. Ihr Name ist doch Junuz?"

„Ja, bin Junuz. Aber wo ist Edip? Ich schon seit Tagen nicht mehr gesehen. Mache Sorgen."

„Deshalb ruf ich an. Kann ich Sie treffen?"

„Jetzt?"

„Ja", antwortete Orsini, „wenn möglich, es ist dringend."

„Ich noch Arbeit."

„Egal. Ich komme zu Ihnen." Nachdem Orsini die Anweisungen und den Straßennamen endlich verstanden hatte, überschlug er im Kopf, wie lange er brauchen würde und sagte: „Okay, Junuz, ich bin in einer Dreiviertelstunde bei Ihnen", und legte auf.

Neunzehnter Bezirk, absolute Nobelstraße, stellte Orsini nach der Dreiviertelstunde fest und drückte auf den Knopf der Gegensprechanlage.

„Kommen rauf", hörte Orsini eine krächzende Stimme. Ein hohes Summen ertönte.

Orsini drückte das eiserne Gartentor auf und überquerte auf einem Kiesweg den gepflegten Garten. Mit einem zweiten, etwas tieferen Ton öffnete sich die massive Eingangstür. Orsini betrat die Villa und zog dabei unweigerlich eine flüssige Spur auf dem edlen Boden.

„Kommen rauf", hörte er neuerlich die Stimme von oben.

Gerahmte Bilder hingen an den Wänden entlang des Treppenaufganges. Die Stufen selbst waren mit einer Plastikfolie abgedeckt. Der erste Stock war eine Baustelle und aus einem der Zimmer hörte er das Geräusch eines Hammers. Orsini ging darauf zu. Ein Mann kniete auf dem Boden und bearbeitete eine der Wände mit einem Stemmeisen.

„Junuz?", fragte Orsini.

Der Mann stand auf und legte das Werkzeug zur Seite.

„Ja, und Sie? Hab Name nix verstanden Telefon."

„Orsini", gab er ihm die Hand. „Arbeiten Sie allein hier?"

„Ja. Wochenend Familie weg." Junuz machte ein Zeichen mit der Hand Richtung stadtauswärts. „Aber wo Edip?"

„Sind Sie sein Freund?"

„Ja, Freund von Bosnien."

„Haben Sie gemeinsam hier mit ihm gearbeitet?"

„Ja, nur Wochend hier. Aber wo ist?"

Nachdem Orsini dem skeptisch wirkenden Bosnier beteuert hatte, weder von einer Behörde, noch von der Polizei zu sein, erklärte er: „Edip geht es nicht gut. Er ist im Spital."

„Warum, hat Unfall?"

„Nein, kein Unfall. Er ist zusammengeschlagen worden."

„Geschlagen? Wer hat gemacht?"

„Weiß ich nicht, aber er möchte, dass Sie ihn besuchen", wich Orsini aus, setzte sich auf einen Block mit Isolierplatten und erklärte Junuz, wo er seinen Freund finden könnte. „Kennen Sie seine Familie?", fuhr Orsini fort.

„Ja. Kenn ich Familie. Ich anrufen und sagen, was passiert."

„Ich glaube, es ist besser, wenn Edip das selbst macht. Vielleicht in ein paar Tagen, wenn er wieder sprechen kann. Solange wird sich die Familie ja keine Sorgen machen", schlug Orsini vor.

Junuz nickte nur zögerlich.

„Wie lange muss bleiben Spital?"

„Zwei Wochen, oder mehr."

„Und dann?", fragte Junuz und schaute besorgt zu Boden.

„Wir werden schon was für ihn finden."

„Warum machst du das?", entgegnete Junuz, hob seinen Blick wieder und sah Orsini prüfend an.

„Bin ich ihm schuldig", antwortete Orsini und hielt dem Blick stand. „Arbeiten Sie auch für die Firma Immotreu in der Zieglergasse?"

„Ja, ganze Woche. Aber nicht immer gleich Bezirk."

„Aber Sie wohnen dort?"

„Ja, gleich Haus wie Edip."

„Haben Sie Papiere? Sind Sie angestellt, versichert?", fragte Orsini, obwohl er die Antwort schon im Vorhinein wusste.

„Nein, Ingenieur sagt, braucht nix."

„Arschloch", murmelte Orsini mehr in sich hinein.

Trotzdem hatte Junuz das Wort verstanden. „Ja, ist Arschloch. Immer gibt zu wenig Geld. Immer schreit. Sogar mit Leute, die wohnt dort, nicht nur mit Arbeiter", quoll es empört aus dem Bosnier heraus.

Orsini war hellhörig geworden. „Kennen Sie auch das alte Geschäft zwischen den beiden Baustellen?"

„Wo altes Mann umgebracht?", antwortete Junuz und machte gleichzeitig ein unmissverständliches Zeichen quer über seinen Hals.

„Ja. Hat er den auch angeschrien?"

„Hab einmal geschaut. Wie geschrien hat mit Mann und dann in Geschäft gegangen. Hat Ingenieur Edip ...?" Junuz machte eine eindeutige Bewegung mit seiner geballten Faust.

„Vielleicht. Aber ich glaube, es gibt auch noch jemand anderen, der das übernimmt."

„Ist bestimmt Type mit Handy."

„Hat er immer Schuhe mit Fellmuster an?" Orsini deutete auf seine nassen Schuhe und versuchte Streifen darauf zu zeichnen.

„Weiß nicht mit Schuhe, aber groß und nix Haar auf Kopf und immer Handy."

„Welches Büro haben Sie gemeint?"

„Ist nix weit von Baustelle."

„Nicht weit von der Baustelle?"

Hastig stopfte Paula die Listen in die Mappe zurück, steckte sie in den Schrank und schloss die Schranktüren. Während sie mit der einen Hand die Kamera in der Manteltasche verstaute, nahm die andere den Türgriff fest in die Hand. Der Ingenieur und sie wurden nur noch durch ein Türblatt getrennt. Sie spürte, wie ihr Blut schneller durch den Körper jagte.

„Hallo", rief sie und schob die Tür nach außen, „ist hier niemand?"

„Schon", entgegnete ihr eine tiefe Stimme, die aber nicht zum Ingenieur gehörte.

„Ich ..., ich suche jemanden, der hier zuständig ist", versuchte Paula ganz ruhig zu sprechen, obwohl ihr Herzschlag mittlerweile dem Baulärm von draußen starke Konkurrenz bot.

„Wozu?", fragte der Mann, fuhr sich über die Glatze und starrte Paula durchdringend an.

„Wozu? Weil heute Samstag ist."

„Sie sind doch vorhin an mir vorbeigegangen ... wohnen Sie eigentlich hier ..."

„Nein, mein Onkel, und er ... er fühlt sich belästigt", sagte Paula und stieg betont lässig über sein demonstrativ ausgestrecktes Bein, dessen Ende in einem Schuh mit Leopardenmuster steckte.

„Wo wohnt Ihr Onkel?"

„Dort oben." Paula deutete mit dem Finger zum Fenster, an dem sie vorher gestanden war.

„Na, dann komme ich mit. Ist ja nicht weit und Ihr Onkel kann sich bei mir beschweren." Der herablassende Ton war nicht zu überhören.

Um nicht auch noch dem Ingenieur in die Hände zu laufen, marschierte Paula so rasch wie möglich voran.

„Sie haben es aber eilig, zu Ihrem Onkel zu kommen, schöne Frau", hallte hinter Paula die tiefe Stimme im Stiegenhaus. Sie spürte instinktiv, was der Glatzkopf eigentlich von ihr wollte und wie seine Blicke an ihr entlangfuhren. Ihre Hand tastete sich langsam vor bis zum Halfter unter ihrer Achsel, wo sie auch liegenblieb.

Schöne Frau, wiederholte sie im Geiste verächtlich. *Schönes Arschgesicht,* wandelte sie geringfügig ab, bevor sie an der Tür klopfte. Inständig hoffte sie, dass der gebrechliche Alte das Geräusch hören würde.

„Nicht zuhause, der Onkel", meinte der Glatzkopf hinter ihr süffisant.

Hatte er ihren Nacken berührt? Paula lief eine Gänsehaut über den Rücken. Sie klopfte erneut, diesmal energischer als zuvor. „Hört nur schlecht", entgegnete sie und war erleichtert wie nur selten, als sie von drinnen ein schlurfendes Geräusch vernahm.

„Ja, ein Momenterl", kam es gedämpft durch die Tür und man hörte das Lösen einer Sicherungskette.

„Hallo, da bin ich wieder“, sagte Paula zu dem überraschten Alten und drehte sich so zu dem Glatzkopf hinter ihr um, dass sie ihm mit dem Ellenbogen empfindlich an den Rippen streifte. „Entschuldigung“, fuhr sie ihn scharf an, während er sich an die schmerzende Stelle griff.

Paula nützte die Gelegenheit und wandte sich an den ahnungslosen Alten in der Tür. „Er hat versprochen, dass der Lärm bald aufhören wird.“ Sie deutete hinter sich.

„Na endlich, das ist ja eine Zumutung! Und das schon so lang. Früher hätt's des net gebn!“, erwiderte der Alte.

„Noch dazu an einem Samstag“, fügte Paula an und drehte sich um.

„Wolln S' vielleicht auch noch auf einen Kaffee mitkommen“, fragte sie betont gelangweilt und zeigte auf die Wohnung.

„Nein, nein“, unterbrach sie plötzlich der Alte und fuchtelte mit den Händen abwehrend in der Luft herum, „heut auf keinen Fall, bei mir ist nämlich nicht aufgräumt.“

Paula konnte förmlich zusehen, wie der Glatzkopf seine Möglichkeiten abwog. Mit zusammengekniffenen Augenbrauen zischte er sie an: „Später!“ Dann wandte er sich ab und ging die Treppe hinunter.

Paulas Puls brauchte eine Weile, um sich einzubremsen. Ihre Finger zitterten.

Der gebrechliche Alte zog sie am Ärmel. „Kann ich jetzt wieder zumachen? ... Es ist kalt!“

„Ja ..., ja natürlich. Sagen Sie, haben Sie den Mann gekannt?“

„Nein, warum, aber Sie kenn ich ja auch nicht. Wiederschaun, es zieht nämlich – schöne Frau.“

Paula, konnte kaum glauben, was sie nun schon zum zweiten Mal gehört hatte.

Schöne Frau, echote es durch ihren Kopf. Ärger und Wut begannen in ihr aufzusteigen wie in einem überschäumenden Sektglas. Ärger über das, worauf sie reduziert wurde, und

Wut, dass sie sich im Moment gezwungen sah, ihren Ärger hinunterzuschlucken, wollte sie sich nicht selbst verraten.

Unschlüssig stand sie mitten im Flur. Die Schritte im Treppenhaus waren verklungen, doch im Hof war der Glatzkopf nicht zu sehen. Der Ingenieur auch nicht. Nur das scharrende Geräusch von zwei Schaufeln drang bis an ihre Ohren. Paula traute sich kaum, einen Schritt zu machen. Sie wusste nicht, ob der Glatzkopf noch unten auf sie wartete oder schon gegangen war. Das Ganglicht verlosch. Nur von den Scheinwerfern im Hof drang Licht herauf.

Sie wartete einige Zeit und trat vorsichtig von einem Bein aufs andere. Aus der Wohnung des Alten drang nun leise Musik. Klassik? Paula lauschte gespannt, als sich jäh etwas veränderte. Irgendetwas stimmte nicht. Sofort griff sie an ihr Halfter bis sie merkte, dass es nur das rhythmische Schaufelgeräusch war, das aufgehört hatte.

Durchs Fenster sah sie, dass die beiden Männer mitsamt den Schaufeln verschwunden waren, wie auch der Sandhügel. Dafür hörte sie nun von unten Stimmen, die sich unterhielten. Darauf hatte sie gewartet. Dass es die zwei Schaufler sein würden, war ihr egal. Eilig lief sie die Stufen hinunter. Tatsächlich stellten die beiden gerade die Schaufeln in eine Ecke, unterhielten sich und gingen durch das Vorhaus auf die Straße. Paula verließ hinter ihnen fluchtartig das Haus und marschierte zum Parkplatz ihres Autos.

Im Fahrzeuginneren atmete sie tief durch und blieb eine Weile sitzen, obwohl es eisig kalt war. Erst dann ließ sie den Wagen an und fuhr auf direktem Weg nachhause.

Orsini sah noch einmal auf das Namensschild und schüttelte den Kopf. Ein Doppeldoktor und beschäftigte Schwarzarbeiter! Von außen betrachtete er die Villa anerkennend und konnte sich gut vorstellen, darin zu wohnen. Dann fiel ihm allerdings die Behausung der Arbeiter ein, die zu mehrt in winzige Zimmer gepfercht hausten. Junuz schlief am Wochenende allerdings in der Villa, um Geld und die Rückfahrt zu sparen. Aber nicht in einem der vielen Zimmer, sondern auf einer Schaumgummimatratze auf der Baustelle. Was das Büro anlangte, von dem Junuz gesprochen hatte – der Sache würde er nachgehen. Denn Junuz hatte noch erzählt, dass sie manchmal ihren Lohn dort abholten.

Der Bus fuhr langsam, da der Matsch stellenweise vereiste. Nicht ganz ungefährlich für den Lenker, zumal es auch noch leicht bergab ging. Orsini hatte absichtlich den Sitzplatz gewählt, unter dem die schnurrende Heizung Wärme ausstrahlte. Das Wasser in seinen Schuhen war deshalb mittlerweile lauwarm geworden. Die olfaktorische Belästigung hielt sich, soweit Orsini das beurteilen konnte, in Grenzen. Durch die mit Matsch bespritzten Scheiben sah Orsini auf die vorbeigleitenden Villen, als es in seiner Manteltasche zu vibrieren begann und gleichzeitig die schrille Melodie erklang.

Der Klingelton war ihm außerordentlich peinlich. „Sie brauchen nur ...“ Mittlerweile hasste er das kleine, arglose Wort *nur*. Diese drei unschuldigen Buchstaben brachten nämlich unterschwellig eines zum Ausdruck: „Falls Sie nicht zu blöd dafür sind, jeder Idiot kann das.“

„Den gewünschten Klingelton wählen“, stand in der Bedienungsanleitung, „und dann okay drücken.“ Orsini hatte unzählige Male ausgesucht, den Ton gewählt und mit okay bestätigt. Allein, die grässliche Synthesizermelodie erklang immer wieder. So auch jetzt. Unterdrückt, stand auf dem Display.

Er hob ab. „Orsini.“

Nichts.

Der Autobus fuhr in dem Moment um eine Kurve und die Gelenksverbindung des Fahrwerks gab ein lautes Quietschen von sich.

„Entschuldigung, ich habe Sie nicht verstanden, ich sitze gerade in einem Bus.“ Orsini presste das Telefon fest an sein

Ohr und hörte ein Atmen am anderen Ende der Leitung. „Hallo? Orsini, wer spricht denn?“

„Der Posamentenhändler.“

„Wer, ich hab Sie nur undeutlich verstanden?“

„Der Posamentenhändler ... schaun S’ zum Friedhof“, sagte eine tiefe männliche Stimme.

„Der Posamentenhändler?“, antwortete Orsini verwundert. „Was für ein Friedhof? Hallo, wer spricht denn da?“

Doch die Verbindung war abgebrochen. Die automatischen Türen öffneten sich und kalte Luft zog an ihm vorbei.

„Hallo!?“, rief Orsini ins Telefon und stieg aus. Vor dem hell beleuchteten Eingang zur öffentlichen Unterwelt blieb er abrupt stehen.

„Hörn S’, passn S’ auf!“, regte sich eine Frau auf, die fast auf Orsini aufgelaufen wäre.

Orsini beachtete jedoch weder die Frau, noch kam ihm eine Entschuldigung über die Lippen. Zu beschäftig war er damit, den Klang der Stimme einem Besitzer zuzuordnen.

„Haben S’ des gsehn, so ein Trottel, ein blöder!“, echauffierte sich die Dame weiter, bis sie hinter der gläsernen Tür zum U-Bahneingang verschwunden war.

Der Kohlenhändler, allerdings besoffen!, spulte Orsini im Geiste noch einmal retour. Aber warum wollte er seinen Namen nicht nennen? Wieder drängte sich ein Schwung Leute an Orsini vorbei, diesmal in die entgegengesetzte Richtung. Wozu sollte er wegen des Posamentenhändlers zum Friedhof? Konfus blickte Orsini auf die große Digitaluhr über sich.

Heute nicht mehr.

27

Die dünne Matschschicht war nun hart gefroren. Wieder einmal wanderte er den schmalen Streifen entlang der Zubringerstraße zur Autobahn. Dampf stieg aus Kanaldeckeln und Entlüftungsschächten. Jeder Schritt verursachte ein knirschendes Geräusch. Nach und nach war es – wie von den Meteorologen prognostiziert – kalt geworden. Trockene sibirische Luft aus dem Osten, verdrängte langsam die letzten Reste von Feuchtigkeit und Nebel. Mit der Luft waren auch die Saatkrähen von dort gekommen. Sie hatten sich wie jedes Jahr ihre Schlafplätze im nahen Praterwald eingerichtet. Unüberhörbar, ein durchdringendes Geräusch aus tausenden Schnäbeln. Schaurig, aber auch faszinierend. In langen schwarzen Schwärmen zogen sie tagsüber auf der Suche nach Futter über die Stadt hinweg.

Rechts von ihm hatte ein Waschmittelerzeuger seit mehr als achtzig Jahren seinen Standort. Von der Fabriksmauer winkte eine überdimensionale, in ihrem weißen Kleid überglückliche Frauenfigur mit strahlendem Lächeln herüber. Gleichzeitig erfüllte ein scharfer Geruch die Luft und übertrumpfte sogar die Autoabgase. Bei Ostwind wehte es ihn stadteinwärts und das ganze Erdberger Viertel stank danach.

Orsini schaute prüfend auf die glatte Wasseroberfläche des Kanals, der nur ganz selten zufror. Wenn die Temperatur aber so tief fiel wie angesagt und dann noch einige Tage anhielt, konnte es passieren, dass zumindest eine dünne Eisschicht entstand. Er schaltete seinen iPod ein und sah auf die Uhr. Knapp nach Mitternacht.

Der umgestürzte Einkaufswagen lag nach wie vor an derselben Stelle unter der Autobahnbrücke. Achtlos ging Orsini daran vorbei, nahm die an ihm vorbeiziehenden Autos kaum wahr, sondern hörte Musik. Laut. Er hatte seine dicken Fellstiefel und mehrere Schichten Kleidung an und in einer der Manteltaschen eine dicke Knackwurst eingesteckt, falls die zottelige Promenadenmischung wieder aufkreuzen sollte. Vor den Weiden in der Nähe des Ufers, bei denen der Hund auf ihn zugelaufen war, blieb er stehen und blickte sich um. Aber nirgendwo löste sich ein Schatten. Orsini nahm die Wurst aus der Tasche, packte sie aus und platzierte sie am Wegrand. Unentschlossen wartete er noch ein Weile und stapfte dann weiter. Mehrmals noch blickte er sich um, aber der Hund tauchte nicht auf. Bestenfalls hatte er heimgefunden, schlechtestenfalls ...

Was dafür aus der Düsternis auftauchte, waren die Finger eines Riesen – die in den Himmel gestreckten Schlote des Elektrizitätswerks Simmering. Wie beim letzten Mal hielt er auf der Brücke an und schaute auf die fünf senkrechten Schlote. Das kalorische Kraftwerk belieferte die Stadt mit Strom und Wärme und das schon seit der Jahrhundertwende. Nur zwei Jahrzehnte davor, um 1880, hatte die elektrische Beleuchtung in der Stadt Einzug gehalten und die alten Gaslampen nach und nach verdrängt. Im Volksgarten wurden seinerzeit die ersten Kleinbogenlampen eingesetzt und sorgten für Erstaunen in der Bevölkerung.

Gar nicht weit vom Kraftwerk entfernt, allerdings in südlicher Richtung, lag der Friedhof mit dem Familiengrab der Novaks. *In einer halben Stunde wär ich dort ...*, dachte er kurz, verschob das Vorhaben aber sofort wieder. Morgen war früh genug. Heinrich Novak würde ohnehin warten.

Seine Augen tasteten das dunkle Panorama ab, bis sie an den Schornsteinen hängen blieben und sie fokussierten. Der alte Posamentenhändler hatte sich als ausdauernder Bordellbesucher entpuppt. Und seine Frau, wusste Sie von seiner Neigung und schwieg wie so viele andere Ehefrauen auch? Die beiden Töchter hatten den Kontakt zur Familie schon vor Langem abgebrochen. Ihnen war vermutlich egal, was ihr Vater so trieb. Aber Karl? So blind konnte er nicht sein – oder wollte er einfach nichts sehen?

Auch heute sandte einer der drei kleineren Schlote ein Blinklicht gen Himmel. Die äußeren beiden, die größeren, standen starr und rührten sich nicht. Wie auch?

Die Luft war trotz der Kälte feucht und die Sicht deshalb nicht besonders gut. Orsini beugte sich über das Brückengeländer. Aber sosehr er sich auch anstrengte, die schemenhaften Spiegelbilder der Schlote waren nicht zu sehen. Edip, Vladimir, Junuz, Paula. Wie das Wasser unter ihm wirbelten auch die Namen und ihre Gesichter in seinem Kopf.

Von fern drang das Krächzen der Krähen von ihren Nistplätzen zu ihm. Orsini stieg die Stufen auf der anderen Seite des Kanals hinab und entschied, durch den dunklen Auwald des Praters nachhause zu marschieren. Ein schmaler Weg führte zwischen einer Kleingartensiedlung und einem Fußballplatz hindurch in den Wald. Er drehte sich um und blieb stehen. Die fünf Schlote waren nur mehr unklar zu sehen. Für einen Moment wirkte es beinah, als bewegten sich die Finger des Riesen in einer ihm unverständlichen Zeichensprache langsam hin und her.

28

Für ihr Alter zügig nahm die Tramwaygarnitur des sogenannten O-Wagens den kleinen Hügel hinauf zum Rennweg. Orsini stieg aus, sah den vom Schwarzenbergplatz kommenden 71er und begann zu laufen, wie es dem historischen Ursprung des Straßennamens entsprach. Die Ungargasse, die in Zeiten der Monarchie Kaufleuten Herberge und Lager für ihre mitgebrachten Waren bot, ließ Orsini hinter sich.

Trotz roter Ampel und abbiegender Autos rannte er über die Straße und gewann den Wettlauf. Ein Hupkonzert, gefolgt von einer Kanonade an Schimpfwörtern und grantigen Gesichtern hinter den Windschutzscheiben brachten Schwung in den Tag, doch das war ihm egal. Gleichgültig blickte er auf die missmutigen Autofahrer, nahm die „Hearst Gschissna, was büdsta ei, blödes Oaschloch, blöds" kaum wahr und stieg ein.

Die Straßenbahn fuhr ruhig den früher zu Laufwettbewerben benutzten Rennweg entlang und Orsini lächelte zufrieden, da er das Stehen in der Kälte durch seinen kurzen Sprint vermieden hatte. Beschimpft zu werden gehörte in seiner Stadt einfach dazu und war nur eine andere Form der Unterhaltung.

Einem dunklen Monolithen gleich, lag das Gebäude einer Telekomfirma hingespült am Rand der Straße. Ein Fremdkörper von einem anderen Planeten. So selten Orsini auch daran vorbeikam, nie wurde er das seltsame Gefühl los, dass dieser zugleich kantige wie abweisende Felsklotz mit seiner Spitze auf den benachbarten Arbeiterbezirk wies. Achtung, bis hierher und keinen Schritt weiter! Als unsichtbare Grenze diente die – wie mit seltsamem Stolz vonseiten der Stadtverwaltung hervorgehoben wurde – meistbefahrene Straße der Stadt. Eine Abgrenzung der Architektur gegen das Proletariat.

Fast wie zur Bestätigung erblickte Orsini gleich nach der Unterquerung der Rekordstraße einen Videoverleih. Plakate an der Front des Geschäfts warben für Sexfilme und andere ähnlich geartete Highlights. Ein Nagelstudio lag gleich angrenzend. Orsini schmunzelte. Synonyme für die wichtigste Sache der Welt, gab es eben viele.

Das Wort Studio war überhaupt seiner ursprünglichen Bedeutung verlustig gegangen und von seinem angestammten Platz an die Enden der Extremitäten gerutscht. Von Hirn zu Haut, Nägeln und sonstigen Körperteilen. Abgesehen von etlichen Nagelstudios warben auch noch unzählige Sonnenstudios um Kunden. Strahlen gegen die Trostlosigkeit. Ein Fitnessstudio konnte Orsini allerdings nicht entdecken. Dafür aber – wie schon bei Josef Novaks Sanatorium am anderen Ende der Stadt – unaufhaltsamen Abstieg ankündigende Totalabverkaufs-Sale-Allesminus-Kebapwienerschnitzelpizzagrill-Werbungen.

Nur zwei Kirchen mit kleinen Plätzen konnten ihr Gebiet verteidigen. Obwohl dem kapitalistischen Monolithen an Größe unterlegen, hatten sie auch eine Spitze. Die aber zeigte gegen den Himmel. Eine andere Zeit, eine andere Welt, eine andere Richtung. Steinmetzmeisterbetrieb, Inschriften, Laternen, Vasen und Nachvergoldungen, las Orsini an der Fassade eines kleinen Geschäftes und beschloss auszusteigen, um das letzte Stück zum Simmeringer Friedhof zu Fuß zu gehen.

Vor dem Ausgang der U-Bahn stand ein einsamer Maronibrater und nur wenige Schritte davon entfernt ein Mann mit einem kleinen Pony. Orsini kaufte zuerst ein Stanitzel mit Kastanien und ging dann zu dem seltsamen Paar. Ein handgeschriebenes Schild war auf dem kleinen, zotteligen Tier befestigt. „Helfen Sie Zirkustieren, den Winter zu überstehen!“ Orsini stopfte das Stanitzel in seine Tasche, holte eine Münze aus seiner Geldtasche und warf sie in eine aufgestellte Büchse. Die angebotene Kastanie würdigte das Tier mit keinem Blick. Zwei traurige Augen starrten geradeaus. Gegenüber parkte ein einsamer Wohnwagen auf einem zum Müllplatz verkommenen Flecken Erde.

Orsini marschierte vorbei am „Grabsteinland“. Die Vorderfront des Hauses war mit unterschiedlich langen, verschiedenfärbigen Steinplatten beklebt und ähnelte einer Kindergartenbastelei. Im Vorgarten wurden Grabsteine präsentiert, an denen leuchtend gelbe Tafeln in Form von Sprechblasen waren. Und darauf stand: Sonderpreise für die letzte Reise.

„Brauchn S' an?“, rief ein Mann, der Orsini offenbar als potenziellen Kunden betrachtete.

„Noch nicht“, entgegnete Orsini.

Der Mann kam näher. Er hatte ein großes Stemmeisen in der Hand. Klein, aber kräftig gebaut. Typ kräftig unterschätzt.

„Geht oft schneller als man denkt, und so billig kriegn S' 'n a nie wieder“, sagte er mit breitem Grinsen und legte das Stemmeisen zur Seite.

Fitnessstudio braucht der keines, urteilte Orsini, als er sah, wie der Mann mit einer Hand und ohne sich besonders anzustrengen, einen großen Granitstein zur Seite schob. Aus irgendeinem Grund musste Orsini an den Kohlenhändler denken.

„Werd's mir merken“, fügte Orsini lachend an, „und wenn ich's mir dann noch aussuchen kann, komm ich zu Ihnen.“

„Ist gut“, antwortete der Mann und schleppte nun den Granitstein zu einer Scheibtruhe.

„ Und die Sonderangebote?“, fragte Orsini noch.

„Halt ich solang aufrecht!“ Vor Anstrengung schnaufend rief der Steinmetz Orsini den Satz noch nach und verschwand hinter einer Tür.

Orsini ging die Friedhofsmauer entlang zum Haupteingang. „Friedhofsmeister“ stand auf einer grünen Tafel an einer Tür. Ein Frauenname darunter klärte auf, dass es sich um eine Friedhofsmeisterin handelte. Orsini klopfte und trat ein.

Das kleine, dunkle Büro roch muffig. In einer Ecke pausierte ein Supermarktwagen, in der gegenüberliegenden verrichtete ein kleiner, gusseisener Ofen mehr als Überstunden.

„Soll ich die Tür schließen?"

„Nein, nein – viel zu heiß", war die doch überraschende und zugleich unfreundliche Antwort. Ohne von Orsini Notiz zu nehmen, telefonierte die Frau weiter. Offensichtlich ein wichtiges Privatgespräch.

Um nicht zu sehr zu stören, nahm Orsini eine der auf einem Tisch achtlos herumliegenden Broschüren. „Städtische Friedhöfe" stand darauf. *Mit fünf Millionen Quadratmetern haben sie einen großen Anteil an den Grüngebieten der Stadt. Die Fläche entspricht dem Areal von fünftem und neuntem Bezirk zusammen ...*

„Ja, ja, wie die Leich vorbei is ... na ... na des dauert", hörte Orsini zwischenzeitlich und sah zu, wie die Frau ihre Jause aus einem Silberpapier herausschälte und vor sich auf den Schreibtisch legte.

Gräber auf städtischen Friedhöfen kann man nicht kaufen. Man erwirbt ein Benützungsrecht, wobei die Möglichkeit besteht, das Nutzungsrecht zu verlängern. Die Kommune sorgte eben sowohl zu Lebzeiten für seine Bürger als auch – wenn man genug bezahlte – darüber hinaus. Orsini überblätterte den „Verfall der Benützungsrechte" und „Was kostet ein Grab?" und machte auf sich aufmerksam. Zu früh für die Beamtin, die ihn wie einen unliebsamen Eindringling einfach ignorierte.

„Hören Sie, das Grab von Heinrich Novak, wo finde ich das?", reichte es Orsini schließlich.

„Sehn Sie nicht, dass ich grad telefonier?"

„Schon seit geraumer Zeit", antwortete Orsini so, dass kein Zweifel an seiner Ungeduld aufkam.

„Wart an Moment Mitzi ... also wen suchn S'?" Verärgert legte sie den Telefonhörer zur Seite und schaute Orsini vorwurfsvoll an.

„Heinrich Novak", erwiderte Orsini gereizt.

„Novak", wiederholte sie und fuhr mit einem Finger eine Liste entlang.

„Ist vor nicht allzu langer Zeit beigesetzt worden."

„Warum sagn S' das nicht gleich, erspar ich mir die ganze Herumsucherei. Der liegt ganz hinten rechts bei der Mauer, praktisch vorm gelben Tor, ist eh net zu übersehn."

„Dankeschön", sagte Orsini laut und lang gedehnt.

„Keineursachederherr", hörte er noch beim Hinausgehen.

Absichtlich langsam schloss er die Tür, ging davon aus, dass ihm von drinnen noch eine kleine Höflichkeit nachgeschmissen wurde und behielt recht. Wie immer. Langjährige Erfahrung war eben durch nichts zu ersetzten.

Rechts, gelbes Tor? Orsini sah nach rechts. Von Gelb keine Spur.

Auf dem Abhang links stand oberhalb eines Wäldchens die kleine Altsimmeringer Pfarrkirche, an der er kurz zuvor vorbeigegangen war. Eine der ältesten Kirchen der Stadt. Mit historischem Wehrturm und letzten Resten eines Bergfriedhofes. Unter Joseph dem Zweiten war es aus hygienischen Gründen beinahe zur Schließung der Begräbnisstätte gekommen, hätte nicht die Bevölkerung sich mittels einer Petition dagegen aufgelehnt. Den Toten ihre Ruhe, daran konnte auch der Kaiser nichts ändern. Gestank hin oder her.

An diesem Ort wenigstens war die Trostlosigkeit der Simmeringer Hauptstraße unterbrochen. Ein beinah malerischer Anblick, wenn man den Hintergrund ausblenden konnte. Ein gelbes Tor konnte Orsini auch hier nicht entdecken. Dennoch ging er auf das Kirchlein zu, weil er unterhalb des Abhangs etwas gesehen hatte, das sein Interesse erregte.

Es war eine kleine, baufällige Grabkapelle. Ein übrig gebliebener Splitter der Vergangenheit. Über und über mit Efeu bewachsen, ragte die kleine Turmspitze mit Kreuz trotzig aus dem pflanzlichen Grün hervor. Orsini konnte sich der Anziehungskraft dieses Ortes nicht erwehren und verharrte eine Weile. Schweigend ging er danach die Grabreihen entlang Richtung Nordseite, die von der Schnellbahntrasse begrenzt wurde.

Ruhe hatten die Toten hier allerdings nicht. Dafür herrschte einfach zu viel Verkehr.

Hinter der Friedhofsmauer erhoben sich die riesigen Schlote des Elektrizitätswerkes. Bauschige weiße Rauchschwaden hoben sich vom Himmel ab. Zwischen dem Rot der Schornsteine und dem diffusen Hintergrund konnte er nun doch etwas Gelbes erkennen. Je näher er kam, desto deutlicher war das gelbe Konstrukt zu erkennen. Allerdings war es nicht so beschaffen, wie er es erwartet hatte.

Zwei hohe gelbe Stangen zeigten in den Himmel und ungefähr in der Mitte verband sie eine ebensolche Querstange. Ein Football- oder Rugbytor? Ein grüner, von weißen Linien durchzogener Kunstrasen. Nein, ruhig und friedlich war es hier keineswegs! Andererseits, vielleicht war das den Toten sogar lieber.

An der Mauer davor lag ein Grab mit verwelkten Kränzen obenauf. Deswegen war er hier. Orsini stellte die obersten drei Kränze neben der Mauer ab, um sich die Grabinschrift besser ansehen zu können.

„Hier ruhen“ stand in schwarzer Schrift auf dem schmucklosen grauen Granitstein „Johanna Novak 1905–1932 und Karl Novak 1901–1939.“

Sind beide nicht gerade alt geworden, verfiel Orsini ins Grübeln. Über der Inschrift waren neben einem kleinen Kreuz zwei ovale Portraits angebracht, die offensichtlich die Eltern des verstorbenen Posamentenhändlers zeigten. Der Name Heinrichs war noch nicht eingraviert. *Und?,* fragte er sich, nachdem er den Grabstein wieder und wieder betrachtet hatte. Wieso hatte der Kohlenhändler ihn hierher geschickt? Ein Familiengrab wie so viele andere auch. Hatte er sich einen Spaß erlaubt?

Orsini holte seine Kamera hervor, fotografierte das Grab und legte die Kränze wieder an ihren Platz.

„Der Posamentenhändler ... schaun S' zum Friedhof", ließ er vor seinem inneren Ohr den Satz und die Stimme noch einmal erklingen und war sich mit einem Mal nicht mehr ganz so sicher, dass es der Kohlenhändler gewesen war, der ihm diesen Satz mitgeteilt hatte.

In sich gekehrt verließ er den Friedhof durch einen Nebenausgang. Zügig erklomm er wieder den kleinen Hang, ging an der Altsimmeringer Kirche vorbei und verspürte den Wunsch nach Wärme und einem heißen Getränk.

Hermi's Café.

Eingekeilt zwischen Handyshop und Callshop.

Angesichts des Mangels an Alternativen und der Kälte betrat Orsini das Lokal. Rauchen war hier offensichtlich ein beliebter Breitensport. Zwei Rollstühle und eine Gehhilfe standen seitlich des Eingangs herum. Der Alkohol und die damit verbundenen Folgeerscheinungen hatten hier ganze Arbeit geleistet. Das Lokal war voll, die Sitzgelegenheiten bis auf einen abgewetzten, speckigen Hocker an der Bar belegt. Orsini setzte sich und zu seiner Überraschung kam eine freundliche junge Kellnerin, vermutlich aus einem der Balkanländer stammend, auch gleich auf ihn zu.

Wahrscheinlich hatte sie ihn sofort als Exoten erkannt. Orsini erkannte etwas anderes. Nämlich, dass er wohl der einzig nüchterne Gast war. Der Mann neben ihm hielt sich tapfer an seiner Bierflasche aufrecht, hatte aber die Augen geschlossen und schlief. Seinen Kollegen störte das aber keineswegs, denn er redete ununterbrochen weiter auf den Schlafenden ein.

Die Kellnerin kam mit dem Einschenken kaum nach, hatte allerdings einen technischen Vorteil, da nur pur getrunken wurde. Verfälschen mit Wasser oder Soda kam nicht in Frage. In der hintersten Ecke des dunklen Raumes saß ein grauhaariges Paar mit dem Rücken zu Orsini. Beide rauchten wie Fabriksschlote und stierten teilnahmslos auf einen Fernseher, in dem gerade ein Werbespot lief. Auch Tristesse gab es hier nur pur.

Orsini passte sich augenblicklich an und bestellte einen Schwarzen pur, als sein Handy läutete.

„Stör ich Sie grade?“, fragte eine weibliche Stimme.

Nachdem Orsini endlich begriffen hatte, dass es sich um die Krankenschwester aus dem Sanatorium handelte, erwiderte er: „Nein, ich bin nur grade in einem Lokal, und wie Sie hören ist es ... etwas laut.“ Er überlegte, aufs Klosett zu wechseln oder ins Freie zu gehen, blieb aber aus Bequemlichkeit sitzen, obwohl der Schläfer neben ihm nun leise zu schnarchen begonnen hatte.

„Hab mir schon gedacht, dass Sonntag kein guter Tag ist, um Sie anzurufen.“

„Warum?“

„Na ja, ich dachte, Sie haben vielleicht Familie und ...“

„Nein, habe ich nicht“, sagte Orsini abrupt, „aber wie kann ich Ihnen eigentlich helfen?“

„Helfen können Sie mir nicht. Ich hab mir eingebildet, nur, weil Sie mir Ihre Visitenkarte dagelassen haben, dass ich Sie anrufen sollt. Aber wahrscheinlich ist es völliger Blödsinn.“

„Nein, nein, reden Sie nur!“

„Der Josef, also der Herr Novak. Ich hab Ihnen ja die Geschichte mit dem Magazin erzählt.“

„Wie? Ich habe Sie nicht genau verstanden.“

„Die Geschichte mit dem Uhrenmagazin ...“

„Ja, ja, kann mich erinnern, und?“

„Seit Sie da waren und mit ihm gesprochen haben, wiederholt er auch ständig ein Wort.“

„Ein Wort?“ Orsini wurde durch einen Mann abgelenkt, der gerade vom Stuhl gekippt war. Unter zusammenhangslosem Gebrabbel gelang es dem Mann, wieder auf den Sessel zu klettern. Ein tiefer langer Schluck festigte die wiedererlangte Position.

Orsini presste sein Handy fest ans Ohr, um etwas zu verstehen und vernahm ein undeutliches „Ja“.

„Welches Wort?“, fragte er neugierig.

„Engel."

„Engel?"

„Ja, entschuldigen Sie, hab mir gleich gedacht, dass Sie das nicht interess..."

„Sie brauchen sich nicht zu entschuldigen. Engel ... und sonst nichts?"

„Doch, nur das andere kann man höchstens deuten. Engel kam öfters und eindeutig. Keine Ahnung warum, ich dacht nur, ich sollt es Ihnen sagen."

„Und wie deuten Sie die anderen Wörter? Versuchen Sie's, auch wenn es Ihnen eigenartig erscheint!"

„Ich glaube, es sind Namen, die er zu sprechen versucht."

„Welche Namen?"

„Keine Ahnung. Ist nur so ein Gefühl."

„Wie bitte?", fragte Orsini. An einem der Tische drohte ein Streit zu eskalieren. Die flinke Kellnerin war aber sofort zur Stelle und beruhigte die Streitparteien mit Nachschub.

„Ich hab gesagt, keine Ahnung und dass es nur so ein Gefühl ist, dass es sich um einen oder zwei Namen handeln könnte, die er dazusagt."

„Hm, und Buchstaben?"

„Was, wie meinen Sie das?"

„Der oder die Anfangsbuchstaben der Namen?" „Ma... und S... vielleicht. Aber, wie gesagt ..."

„Macht nichts", erwiderte Orsini und erinnerte sich, wie schwer es gewesen war, die Worte des Alten zu verstehen, „trotzdem danke für die Mühe!"

„Mühe war das keine, wahrscheinlich hab ich Sie nur verwirrt."

Orsini legte das Telefon vor sich auf die Bar. Geraume Zeit saß er einfach nur da und beobachtete die Leute. Das Gefühl, etwas, das in seinem Kopf gespeichert war, übersehen oder überhört zu haben, nagte an ihm. Er brauchte einen Anstoß, eine neue Sichtweise. Ungeduldig bezahlte er und verließ das Café Hermi als aktiver Passivraucher.

„Paula?“ Er war auf dem Weg zur U-Bahn und hatte schon mehrmals ihre Telefonnummer gewählt.

„Ja.“

„Ich brauch deine Hilfe.“ Die Verzweiflung klang bis an Paulas Ohr.

„Jetzt?!“

„Bitte!“

„Wird’s ansonsten wieder eine schlaflose Nacht?“, fragte Paula retour.

„Ja“, erwiderte Orsini zerknirscht.

„Wo?“

„Egal.“

„Na gut. Aber nicht länger als eine halbe Stunde. Ich muss Lilly dann holen.“

„Ja, ist gut.“

„Bin in einer halben Stunde im Jell.“

„Passt“, antwortete Orsini und fragte sich zugleich, weshalb sie ausgerechnet das Jell ausgewählt hatte.

„Okay, bis gleich, aber nicht länger als eine halbe Stunde, vergiss das nicht!“

Eine U-Bahnfahrt später eilte er die Rolltreppe hinauf. Er sah auf die Uhr. Nur ein paar Minuten zu spät. Das musste sie entschuldigen! Orsini lief die Gasse entlang und öffnete die – wie immer bei tiefen Temperaturen – bockende Tür. Gehetzt suchten seine Augen den Gastraum ab. Paula war nicht zu sehen.

Vielleicht im Halbstock? Im Laufschritt nahm er die Stufen, aber auch hier war sie nicht. Er ging die Stufen wieder hinunter, holte sein Handy aus der Tasche und nahm an einem der freien Tische Platz, als die Tür aufging.

Hätt ich mir denken können! Wie immer zu spät, schluckte er den ärgerlichen Gedanken hinunter.

Sie nahm hektisch ihm gegenüber Platz und warf ihren Daunenmantel auf die Sitzgarnitur. Jeans, eine helle Bluse und ein allzu farbenfroher Schal. *Ein Anflug von Schminke, oder täusche ich mich?*, betrachtete er sie verstohlen. Für wen hatte sie sich so hergerichtet? Ohne es erklären, noch verhindern zu können, stieg Eifersucht in ihm auf.

„Und, was gibt's so Dringendes?"

„Ein Kaffee? Soviel Zeit muss sein!"

„Gut, warum nicht. Lange her", deutete sie mit einer Kopfbewegung auf das Innere des Lokals. Bestimmt hatte er sich die Nacht um die Ohren geschlagen oder war wieder einfach nur ziellos herumgewandert, dachte sie und registrierte besorgt die dunklen Ringe unter seinen Augen. Der Geruch von Alkohol und Nikotin drangen bis über den Tisch zu ihr. Er sah erledigt aus.

Orsini bestellte für beide Kaffee, zog nun auch seinen Mantel aus und begann zu erzählen. Er schilderte den Gesundheitszustand des Bosniers, seine Bekanntschaft mit der Bordellbesitzerin und den Besuch bei Junuz. An diesem Punkt versuchte Paula einzuhaken. Sie wollte von ihrer eigenen Unternehmung berichten. Doch selbst als der Kaffee serviert wurde, brach Orsini nicht ab, sondern endete erst mit seinem Besuch am Grab des Posamentenhändlers. Danach trank er in einem Zug die Kaffeetasse leer und bestellte sich einen Cognac.

„Und du meinst also, dass es der Kohlenhändler war, der dich angerufen hat?"

„Werd mir immer unsicherer, ob er's tatsächlich war", erwiderte Orsini.

„Der genaue Wortlaut?"

„Der Posamentenhändler ... schaun S' zum Friedhof!"

„Und kein Wort dazwischen?"

„Nein. Es war nur dieser kurze Satz, mehr nicht."

„Vielleicht wirklich eine bsoffene Angelegenheit. Aber, dass er dann ausgerechnet dich anruft, ist schon seltsam. Woher hatte er deine Telefonnummer?"

„Hab sie ihm auf einen Zettel geschrieben und an seine Tür zum Geschäft gehängt", erklärte Orsini und trank. Seine

Erzählung war trotz seiner Erschöpfung präzise wie immer gewesen.

„Also, dann können wir den Zufall eher ausschließen. Der Grabstein, alles ganz normal, sagst du. Nur Geburts- und Sterbedatum der Eltern, sonst nichts?“, fragte Paula und schürzte die Lippen.

„Doch, zwei kleine ovale Portraits waren über dem Schriftzug angebracht.“

„Und?“

„Nichts und“, klang er nun gereizt, „findest du auf vielen Grabsteinen. Ich hab nachgesehen.“

„Die Bilder selber?“

„Normale Porträtaufnahmen seiner Eltern vermutlich.“

„Vermutlich?“

„Natürlich, ich hab die beiden doch nie kennengelernt. Nein, es sind nicht die Fotos und auch nicht der Grabstein. Es ist was anderes. Hier ...“, Orsini holte die Kamera hervor und zeigte Paula das Grab und eine Nahaufnahme des Steins. Während Paula das Foto näherzoomte, trank Orsini aus und hob das Glas als Zeichen an den Kellner.

„Willst du nicht etwas nachlassen“, zeigte Paula auf das leere Cognacglas.

„Nur eins noch“, entgegnete Orsini in entschuldigendem Tonfall.

„Du musst wissen, was du tust und außerdem muss ich ohnehin gleich gehen.“

„Woran denkst du, Paula?“ Orsini hatte sich nun wieder aufgerichtet und schaute sie eindringlich an, um alles aufzunehmen.

„Vielleicht liegt die falsche oder gar keine Leiche im Grab.“ Paula sah auf die Uhr.

„Sowas gibt's nur in Filmen.“

„Es ist nicht wichtig, was ich denke, Conrad, sondern was du denkst. Warum verbeißt du dich so in den Fall? Hast du dir das schon überlegt? Ist fast so wie früher und ich dachte, das wolltest du vermeiden!", sagte sie, während sie aufstand.

„Stimmt", antwortete Orsini betroffen. Seine Augenlider hoben sich ein wenig, bevor er, um abzulenken, fortfuhr: „Außerdem, das hätt ich fast vergessen: Junuz hat mir von einem Büro erzählt, wo sie manchmal ihren Lohn ausbezahlt kriegen. Eigentlich wollte ich dort auch noch hin, bin aber zuerst zum Friedhof ..."

„Seidengasse", erwiderte Paula, „war gestern dort."

„Und davon sagst du mir nichts?"

„Du warst ja nicht besonders gut ansprechbar gestern früh. Also, ich ruf dich morgen an!"

„Aber ... Was war dort?", fragte Orsini.

Paula jedoch war schon auf dem Weg nach draußen.

„Nein, Ogüm!", erklärte Orsini zum wiederholten Male.

Er war vom Jell zu Fuß zu seiner Wohnung gegangen. Er hatte dort Hunger bekommen, im Kühlschrank nichts gefunden und wollte nun, wie so oft, zu seinem Freund dem Türken. Das winzige Lokal lag praktisch gegenüber und lebte hauptsächlich von hungrigen Touristen und Stammgästen wie Orsini. Der Döner war allerdings vom Feinsten.

„So, wie du normalerweise sprichst!" Orsini spulte das Band im Diktiergerät wieder zurück.

„Aber sprech so."

„Nein, tust du nicht", erwiderte Orsini nun mittlerweile leicht genervt.

„Warum, was macht falsch?"

„Du sollst so sprechen, wie du immer sprichst!"

„Mach eh so!"

„Nein, machst du nicht. Du sagst: ‚Bitte schnell kommen oder kommen Probleme, bitte.' Aber du sollst türkisches Deutsch sprechen."

„Also Orsini gescheit Mann“, war jetzt auch der Kebabstandbesitzer genervt, „du mir jetzt sagst genau, wie soll ich sagt.“

„Ganz einfach Ogüm. Du sollst so reden, wie immer und sagen: ‚Schnell herkommen, hier großes Problem in Zieglergasse mit Leute in Wohnung. Schnell. Passiert was. Schnell!‘ Das ist ganz einfach und kein ‚bitte, bitte‘!“ Orsini drückte auf die Aufnahmetaste und gab Ogüm ein Zeichen um zu beginnen.

„Geht?“

„Ja“, sagte Orsini und blickte seufzend zur Decke.

„Schnell herkommen, hier großes Problem mit Leuten in Wohnung. Schnell. Passiert was. Na bitte“, machte Ogüm ein Zeichen der Genugtuung, nachdem er den Satz wie ein fulminanter, deutscher Heldentenor vorgetragen hatte. „War leicht“, strahlte er Orsini an und gab seinem jüngeren Kollegen Mehmet am sich drehenden Fleischspieß ein Zeichen, dass dieser den Döner wie immer speziell für seinen „Freund Orsini“ zubereiten solle. Orsini schüttelte den Kopf und löschte die Aufnahme.

„Mit allem und mit ohne scharf“, lachte Mehmet, während er Zwiebeln und Salat in das warme Brötchen füllte.

„Ja“, seufzte Orsini und hatte plötzlich eine Eingebung. Er nahm den Döner, legte das Geld auf den Tresen vor ihm, sagte: „Hast du mitgehört, Mehmet?“ und schaltete das Diktiergerät auf Aufnahme.

„Natürlich“, antwortete der und beugte sich nach vor zum Diktiergerät. „Schnell herkommt. Hier groß Problem in Zieglergass mit Leut in Wohnung. Schnell. Passiert was. Schnell!!!“, sagte er mit veränderter Stimme und starkem türkischen Einschlag. „Passt das so ungefähr, oder soll ich es noch langsamer ins Mikrophon sprechen?“, fragte Mehmet, während er Orsini das Wechselgeld hinhielt.

„Genau so wollte ich es haben!“, antwortete Orsini baff. Ogüm war indessen ganz plötzlich, ohne sich wie üblich herzlich zu verabschieden, in einem der hinteren Räume verschwunden. Vermutlich hatte er dort unheimlich viel zu tun.

Zufrieden stopfte Orsini den Döner in sich hinein. Langsam setzte sich ein Plan in seinem Kopf fest, der allerdings etwas an Vorbereitung verlangte und noch zu viele Unabwägbarkeiten enthielt. Er spülte die Reste des Döners mit einem Schluck Milch hinunter, machte sich einen starken Kaffee und klemmte sich hinter den Computer.

Hätt ich mir denken können, dass ich den nicht im Internet finde! Wie komm ich überhaupt auf die Idee, der Kohlenhändler könnte eine Homepage haben?, griff er sich nach einiger Zeit an den Kopf und suchte das Telefonbuch. Allein, es half nichts. Zwar hatte er die Firma und die dazugehörige Telefonnummer sofort gefunden, aber es hob niemand ab. Neuerlich floss dunkelbraune Flüssigkeit in eine Tasse und von dort weiter. Er gab schließlich auf, schaltete den Computer aus und ging ins Wohnzimmer.

Unschlüssig nahm er die Gitarre zur Hand und begann herumzuprobieren. Ablenkung. Langsam und mühsam wurden die Finger warm und locker, weshalb er auf schnellere, oftmals geübte Riffs überwechselte und danach eigene zu suchen begann. Nach einiger Zeit holte er Notenpapier und schrieb verschiedene Ideen nieder. Zwei Seiten waren rasch gefüllt und Orsini versuchte, einen Text oder zumindest eine Textzeile zu finden. Auf dem Papier landeten aber immer nur Namen und einzelne Wörter. Engel, oder die englische Entsprechung, war immer darunter. Zerstreut strich er alles wieder durch und legte eine Pause ein. Unruhig wandelte er im Zimmer auf und ab. Schließlich nahm er neuerlich die Gitarre, drehte den Verstärker auf Anschlag und spielte wie besessen weiter. Verzerrt. Erst das Dauerläuten an der Tür holte ihn zurück.

Mit der umgehängten Gitarre ging er durch das Vorzimmer und blieb vor dem Eingang stehen. Den Türgriff schon in der Hand überlegte er es sich erst im letzten Moment anders. Verstohlen blinzelte er durch den Türspion. Mit einem Blick auf seine Uhr, es war schon fast halb eins, öffnete er schuldbewusst die Tür.

„Hean S', Herr Orsini, I mag Sie wirklich", begann die alte Dame im lachsrosafarbenen Bademantel vor ihm. Auf dem Kopf trug sie ein Haarnetz und auf einer Wange war ein rotgeränderter Abdruck zu sehen. „Die Speiberei auf den Treppn, des kann passiern. Is meim Mann, dem Ernstl, auch manchmal so gangen. Aber diese, diese sogenannte Musik, die Sie da die ganze Zeit spieln, des is nicht zum ausderhalten."

„Tut mir leid, ich hab die Zeit übersehn, Frau Berger."

„Haben S' vielleicht Probleme, weil S' in letzter Zeit gar so laut is bei Ihnen?"

„Nein ...", begann Orsini, wurde aber sogleich wieder unterbrochen.

„Gehen S' zu die Anonymen Alkoholiker, da war der Ernstl auch, gholfn hat's zwar nix ..."

„Aber ich hab kein Alkoholprob..."

„Hat da Ernstl auch immer gsagt. Erst wie er auf der Station glegn ist, hat er's glaubt. Aber egal, wenn's net anders geht, trinken S' halt! Is mir lieber als wenn S' diese Musik da machen." Sie deutete auf Orsinis Gitarre. „Und wie gsagt, schon gar net um die Zeit."

„Wird nicht mehr vorkommen, Frau Berger", entschuldigte Orsini sich höflich.

„Na, dann ... wünsch ich noch eine gute Nacht." Die Dame machte kehrt und Orsini bewunderte noch die plüschigen rosafarbigen Hauspatschen, die sich langsam auf die ersten Stufen zubewegten.

„Ach, Frau Berger, was ich noch fragen wollte ..."

„Ja?", drehte sie sich um.

„Dieser hübsche Bademantel, wo kriegt man sowas noch zu kaufen?“

„Ich müsst überlegen. Hat mir der Ernstl kauft, kurz bevor ... Aber ich glaub, so was Exquisites und noch dazu in der Farbe kriegt man nicht mehr leicht, höchstens meine Freundin ... na, ich sag's Ihnen, wenn ...“ Leise vor sich hinmurmelnd verschwand sie.

Etwas ruhiger öffnete er die Glasscheibe des Wohnzimmerschrankes. Der Kasten stammte aus den Sechzigern. Orsini hatte ihn aus einem Bauschuttcontainer gerettet und dann eigenhändig wieder in Schuss gebracht. Sein ganzer Stolz. Hinter den Milchglasscheiben verbargen sich etliche Cognacflaschen und kristallene Schwenker. Darunter befand sich seine fein säuberlich aufgereihte Plattensammlung. Jedes Stück eine Erinnerung.

Er schenkte sich nicht zu knapp ein, drehte die auf dem Teller liegende Platte um und schaltete den Plattenspieler ein. Mit den ersten Takten zog er sich auf das Sofa zurück, nahm wieder die Notenblätter zur Hand und ging die durchgestrichenen Wörter durch. Fügte neue hinzu. Strich sie abermals durch und kombinierte erneut. Dick nachgezogen, eingeringelt, mit Pfeilen versehen und unterstrichen landeten sie letztlich doch wieder einsam auf dem Couchtisch.

„Hallo, wer spricht?“, murmelte Orsini wenig später ins Handy, als er es endlich schlaftrunken vom Couchtisch genommen und abgehoben hatte.

„Hallo Conrad, dacht ich mir!“

„Was, was hast du dir gedacht?“

„Nichts“, antwortete Paula lang gedehnt. War er betrunken oder einfach nur verschlafen?

„Doch, sag's ruhig.“

„Wozu?“

„Wozu? Na weil, weiß nicht ... Aber wozu rufst du dann überhaupt um die Zeit noch an?", wich Orsini aus, stand auf und ging zum Plattenspieler.

„Wozu?", wiederholte Paula leise, „Keine Ahnung, wahrscheinlich weil ich mir Sorgen um dich mache."

Orsini hatte die LP vom Plattenteller genommen und verharrte einen Augenblick. Sorgfältig legte er sie mit der A-Seite auf den Spieler, schaltete ein und setzte sich wieder zurück aufs Sofa.

„Conrad? Bist du noch dran?"

„Ja, natürlich und ich bin auch nüchtern, wenn du das gemeint haben solltest", antwortete Orsini trotzig.

„Entschuldige, war dumm von mir, aber es hat sich in der Zeit, seit du wieder aufgetaucht bist, soviel ... verändert ..." Mit einem satten Gitarrenriff setzte die Musik ein. „... hatten wir doch schon mal ..."

„Wie? Was meinst du? Wie wir zusammen waren?"

„Nein, die Musik im Hintergrund", unterbrach Paula ihn und erinnerte sich an einen Abend vor über vier Jahren. Sie hatte Conrads Musik zum ersten Mal gehört, als er mit seiner Band in einem Lokal aufgetreten war. „Hast du die nicht vor Kurzem auch gespielt?"

„Ja stimmt, lag immer noch auf dem Plattenteller, Wes Montgomery", antwortete Orsini und fühlte sich beinah ertappt. Er wollte ihr so vieles sagen und suchte unbeholfen nach Worten, um seine Sehnsucht nach ihrer gemeinsamen Zeit zuzugeben. Stattdessen schwiegen sie beide.

„Paula, bist du noch dran?", fragte Orsini schließlich und hob die Notenblätter auf. Unruhig wanderten seine Augen über die einzelnen Wörter auf dem Blatt und blieben an einem hängen, nachdem er ein leises Wort der Zustimmung von Paula vernommen hatte.

„Angel", summte er leise, kaum hörbar, und versuchte das Wort in eine Melodie einzufügen, „was soll ich nur damit anfangen, Paula?"

„Kannst einfach nicht aufhören darüber nachzudenken, oder?“

„Nein.“ Der Blues im Hintergrund übertrug sich auf die Stimmung. Langsam und zugleich traurig.

„Dieser Friedhof“, fragte Paula nach einiger Zeit, um die Konversation wieder aufzunehmen, „vielleicht hast du was übersehen?“

„Darüber denke ich schon die ganze Zeit nach.“

„Der Kohlenhändler, was könnte er mit dem Grab zu tun haben?“

„Keine Ahnung.“

„Gibt’s eine Beziehung zur Familie?“

„Möglicherweise zu Judith, das ist die Frau des Posamentenhändlers“, ergänzte Orsini.

„Wie?“

„Er liefert schon seit Jahren Brennstoffe in die Wohnung. Von Judith hat er förmlich geschwärmt und von Heinrich nur abschätzig gesprochen. Mag sein, dass er sie heimlich verehrt.“

„Da hätten wir doch ein Motiv.“

„Welches?“

„Das Älteste. Eifersucht natürlich“, antwortete Paula und Orsini merkte, wie ihn das Wort traf.

„Und warum ruft er mich dann an? Um sich selbst zu verraten?“

„Hm, spricht tatsächlich dagegen. Was ist mit dem Friedhof?“, wechselte Paula die Richtung.

„Was soll damit sein?“

„Ist doch ein kleiner, unbekannter Friedhof, noch dazu weit vom Wohnsitz entfernt.“

„Hab ich auch schon überlegt. Ist aber nichts Außergewöhnliches. Man kann sich sein Grab aussuchen, sofern man zahlt. Warum sie allerdings diesen Friedhof gewählt haben, kann ich dir nicht sagen.“ Ebenso wie auf der Platte entstand eine Pause. Kurz nachdem die ersten Akkorde vom Klavier ertönten, begann Paula erneut: „Vielleicht ist es einfach der falsche Friedhof."

„Versteh ich nicht."

„Auf dem Grabstein waren doch nur zwei Namen eingraviert."

„Ja, ich nehm an, das braucht seine Zeit, bis der Name des Verstorbenen hinzugefügt wird. Ist keine Kleinigkeit, bis der Steinmetz das gemacht hat."

„Das mein ich nicht."

„Sondern?" Worauf wollte sie hinaus?

„Was stand genau darauf?" Paula musste sich beherrschen, um nicht lehrmeisterlich zu klingen.

„Die Geburts- und Sterbedaten der Novaks."

„Eben, der Novaks, aber vielleicht hat er ja das Grab des anderen Familienzweiges gemeint?"

„Du meinst ...?"

„Na klar, von seiner Frau. Wie war nochmal ihr Mädchenname?"

„Judith, Judith Weber", antwortete Orsini und überlegte, warum ihm das nicht selbst eingefallen war. „Und du glaubst ...?"

„Ich glaube nicht, ich meine nur, dass du dem zumindest nachgehen solltest."

„Könnte aber auch sein, dass ihre Eltern noch leben, ist zwar unwahrscheinlich, wenn man Judiths Alter bedenkt", wandte Orsini ein.

„Das musst du eben rausfinden."

„Verdammt, das heißt, ich muss schon wieder zur Friedhofsverwaltung." Orsini dachte an die überaus freundliche Friedhofsmeisterin.

„Wozu?", fragte Paula mit einer Spur Überlegenheit in der Stimme.

„Na, um rauszufinden, wo die ihr Grab haben, falls es überhaupt eines gibt."

„Das kann ich auch jetzt gleich machen. Bin sowieso immer noch online."

„Das wär natürlich ...“

„Klar, brauch nur noch einen, besser natürlich die zwei Vornamen der Webers. Aber die wirst du vermutlich nicht ...“

„Doch, Moment! Der Mann hat einen seltsamen alten Namen gehabt. Sophie hat ihn bei unserer ersten Begegnung erwähnt. An den der Frau kann ich mich nicht mehr erinnern.“

Orsini sprang auf, lief in sein Büro, telefonierte unterdessen mit Paula weiter und durchwühlte eine Schublade, in der er seine Notizen verwahrte. Auf der vollgekritzelten Hinterseite eines Formulars wurde er fündig. Sophie gegenüber hatte er zwar behauptet, sich keine Notizen machen zu brauchen. Das war aber natürlich reine Angeberei.

„Isidor, Isidor Weber, wenn mich nicht alles täuscht“, sagte Orsini ins Telefon und brauchte nur einige Sekunden zu warten.

„Baumgartner Friedhof. Da haben wir's ... Möchte nicht so heißen“, antwortete Paula und nannte dann noch Grabreihe und Grabnummer.

„Danke, ich übrigens auch nicht“, entgegnete Orsini, der die Nummern schnell auf den Zettel neben den altmodischen Namen kritzelte.

„Kommst du mit?“, rutschte ihm die Frage mehr heraus, als dass sie gewollt war.

„Wohin?“

„Na, zum Friedhof.“

„Zum Friedhof?“, wiederholte Paula erstaunt.

„Ja, warum nicht, du hast doch morgen frei, oder nicht?“

„Ja, schon. Aber was soll ich mit der Kleinen anfangen?“

„Hm, die nimmst du mit und danach können wir ja noch in den Tiergarten gehen. Gemeinsam.“ Gespannt wartete Orsini auf ihre Antwort. „Ist ja gleich in der Nähe, der Tierpark. Ich lad euch beide ein, war ohnehin schon lang nicht mehr dort."

„Ja ... hm, gut, aber nicht vor zwei."

Orsini stand vor seinem Plattenschrank und lächelte. Zog eine neue Platte hervor und wechselte somit den Musikstil. Sanft glitt ein gehauchtes Tenorsaxophon unterlegt von einem relaxten Rhythmus durch das Wohnzimmer. Getz & Gilberto, die Magier des Bossa Nova, verbreiteten leichte, wunderbar wehmütige Stimmung. Dass dies die erste Aufnahme von Astrud Gilbertos unvergleichlicher Stimme war, wusste kaum jemand. Obwohl der Welthit doch fast jedem geläufig war.

Orsini hatte einen Treffpunkt vereinbart und sich von Paula verabschiedet. Dann hatte er kurz am Handy herumexperimentiert, um die Weckfunkton zu aktivieren und war danach aufgestanden, um seinen alten Wecker zu holen. Er platzierte ihn vor sich auf dem Couchtisch, lauschte wieder der Musik und schob sich einen Polster unter den Nacken.

Dass sie gänzlich darauf vergessen hatten, über das Immotreu-Büro zu sprechen und er sie eigentlich verärgert zur Rede hatte stellen wollten – was hatte sie dort um Himmels Willen ohne ihn zu suchen?! – das fiel ihm erst am folgenden Tag ein. Er warf sich die alte, zerschlissene Decke über und dachte nicht im Entferntesten daran, ins Bett zu wechseln. Brasilien, Ipanema, Sandstrand und dazu noch Paula – anstatt Wien, Friedhof und Schneematsch.

29

Nur drei Jahre nach dem Tod des Namensgebers war das Kaffeehaus errichtet worden, hieß im Biedermeier „Café Katzmayer“ und war beliebter Treffpunkt für Journalisten, Schauspieler und Literaten. Nach dem Krieg war der britische Schriftsteller Graham Greene zeitweilig ein gern gesehener Gast, während er am Drehbuch zum „Dritten Mann“ schrieb und sogar eine Szene im Schanigarten des Cafés spielen ließ. Das Intermezzo einer japanischen Kaufhauskette als Eigentümer währte nicht sehr lange und danach gelangte es in den Besitz einer traditionsreichen Wiener Cafetier-Familie. Typisch war es nicht mehr.

Fast eine halbe Stunde früher als vereinbart schlich Orsini auf dem Platz vor dem Eingang des Café Mozart auf und ab und warf hin und wieder verstohlene Blicke durch die Fenster. Das gelbe Kuvert hatte er sicher im Inneren seines Mantels verstaut. Mit prüfenden Blicken auf seine Uhr zog er vor dem Kaffeehaus seine Runden. Die Stadt war erst am Erwachen, die meisten Touristen in ihren Hotelbetten und deshalb vermutlich das Lokal noch halb leer. Die sonst begehrten Tische vor den beiden Fenstern rechts vom Eingang waren frei, die andere Seite schon besetzt. Eine Gruppe junger Japanerinnen fotografierte sich gerade gegenseitig und ganz hinten hielt sich ein Mann hinter einer Zeitung versteckt.

Das leise kratzende „Tock“ der Plattenspielernadel hatte ihn die Nacht über begleitet. *Müsste mir mal einen Plattenspieler mit automatischer Abschaltung zulegen,* hatte er gedacht und die Diamantnadel endlich von ihrer unnötigen Nachtschicht erlöst, als er ungewöhnlich früh, dafür aber ausgeschlafen erwachte. Sogar den alten mechanischen Wecker hatte er abgeschaltet, bevor er sein nervtötendes Geräusch hatte absondern können. Das Frühstück hatte er ausfallen lassen und sich wie so oft mit einem Kaffee begnügt. Danach hatte er in einer Trafik ein gelbes Kuvert gekauft.

Immer noch dieselbe Bank, bin schon fast so wie der Posamentenhändler, überlegte Orsini, während die automatische Tür ins Innere sich öffnete, und er auf seinen persönlichen Berater zustrebte. Immer wieder nahm er sich vor, das Institut zu wechseln, um mehr Zinsen für sein angelegtes Geld herauszuschlagen. Wie ein Schneepflug sein Räumgut schob er diese Entscheidung aber schon Jahre vor sich her. Die Marketingabteilung der Bank hatte ganze Arbeit geleistet, ihn in Studienzeiten mit ganz besonderen Konditionen und einem kleinen, wunderschön praktischen Handstaubsauger geködert. Erfolgreich und vor allem nachhaltig. Orsini durchschaute das, war aber ein schlechter Schneeräumer.

Fünf Minuten nach zehn zeigte die Uhr an Orsinis Hand, während er das Kuvert herauszog, es deutlich sichtbar vor sich hielt und die Eingangstür ins Café Mozart öffnete.

Was für ein Gegensatz zum Café in der Zieglergasse oder zum Espresso Acapulco, schon beim Eintreten. Eine Vitrine neben dem Eingang bot fein säuberlich aufgereihte Mehlspeisen an. Die geputzten Luster strahlten um die Wette, alles war sauber gepflegt, wie es die gehobene Schicht verlangte und es den Touristen in Hochglanzbroschüren dargestellt wurde. Blitzblank gewienert.

Orsini fühlte sich augenblicklich unwohl. Argwöhnisch blickte er sich um. Der Mann, den er schon vorhin durchs Fenster gesehen hatte, stand gerade auf. In seinen Händen hielt er einen Packen Zeitungen. Das japanische Mädchenpensionat fotografierte sich immer noch gegenseitig und ein eifriger junger Kellner machte gute Miene zum nervenden Spiel. Jedes der Mädchen wollte offensichtlich ein Foto mit ihm ergattern, was natürlich ständig zum Kichern anregte.

Orsini war drauf und dran, gleich wieder umzukehren und sich somit auch sein Geld zu sparen, als der Mann mit den Zeitungen auf ihn zukam. Schwarzer Anzug, fein säuberlich gebundene Krawatte, genagelte Schuhe, erkannte Orsini am Klang. Er streckte die Hand aus. Verwundert blickte der Mann Orsini an und ging an ihm vorbei, legte die Zeitungen an ihren Platz, verabschiedete sich von den Kellnern und verließ, ohne Orsini auch nur anzusehen, das Kaffeehaus. Irritiert blieb Orsini stehen – im Weg, wie sich herausstellte –, bis er schließlich dem jungen Starkellner auswich, der von nun an in einigen japanischen Jungmädchenträumen eine Hauptrolle spielen würde.

„Der beste Platz ist grad freigworden, der Herr", deutete dieser auf den Fensterplatz, den der Mann gerade verlassen hatte. Ohne ein Wort des Dankes zu sagen, nahm Orsini den angebotenen Tisch in Beschlag. Gleich darauf kam der Kellner zu ihm, servierte eifrig ab und wischte den Tisch sauber.

„Was darf's sein, der Herr?"

„Ich warte noch", erwiderte Orsini.

„Darf ich Ihnen trotzdem einstweilen die Karte geben", schlug der Kellner höflich vor, hielt sie Orsini hin und verschwand unauffällig. Aus den Augenwinkeln hatte Orsini beobachtet, dass niemand aufgestanden war, weshalb er sich kurz der Karte widmete. „Häferlkaffee nach Tante Anni, Kaffee Sobiesky" und „Überstürzter Neumann", begann er zu lesen, als er unterbrochen wurde.

„Erlauben Sie, dass ich mich zu Ihnen setze?"

Orsini war so überrascht, dass er erst „Natürlich" erwiderte, als sich die Dame schon an seinem Tisch niedergelassen hatte. Sie musste aus dem kleinen Nebenraum gekommen sein, der seitlich abgetrennt vom Hauptraum angebaut war.

„Orsini", stellte er sich vor, erhob sich zugleich und reichte der Dame die rechte Hand, ohne dass er Antwort bekam. Die linke Hand lag fest auf dem gelben Kuvert vor ihm auf dem Tisch. So leicht würde er sein Geld nicht hergeben.

„Was wollen Sie wissen und was darf ich für Sie bestellen?", begann die Frau ohne Umschweife und winkte den Kellner heran.

„Eine Melange", antwortete Orsini und versuchte sich ein Bild von ihr zu machen, während sie mit dem Kellner sprach. Gepflegte Erscheinung. Mittelteure Kleidung. Eleganter Schmuck. Siebzig plus oder älter. Schwer zu schätzen. Aufpoliert.

„Zu Ihrer ersten Frage: In welcher Beziehung standen Heinrich Novak und Vladimir Tandler zueinander?", fragte Orsini und beobachtete die Mimik der Dame.

„Eigentlich kennen tu ich nur den Vladimir, aber wenn Sie wissen wollen, was die beiden verband, dann müssen Sie jetzt ihre linke Hand heben", antwortete sie und sah Orsini auffordernd an.

„Ist mir zu wenig an Information und zu viel an Geld", entgegnete Orsini prompt und registrierte, dass sich die Hand der Dame nun neben die seine gelegt hatte.

„Na gut, die beiden kannten sich seit Kriegsende."

„Und?", fragte Orsini, der merkte, dass sich das Kuvert von ihm wegbewegte.

„Seit kurz vor dem Kriegsende, um genauer zu sein. Sie haben in derselben Einheit gedient", fuhr sie fort, während ihre Nasenflügel sich hoben, und zog nun fester.

Ohne Gier kein Fortschritt, dachte Orsini.

„Und hatten mit Kunstgütern zu tun."

Neugier nach Information ist zwar nicht neu, aber auch eine Gier, zauderte er mit sich selbst und hob schließlich seine Hand.

„Na also, war doch gar nicht so schwer", antwortete die Frau, blickte Orsini siegesbewusst an, warf einen kurzen, prüfenden Blick auf die Geldscheine im Kuvert und steckte es dann in ihre Handtasche.

Der Kellner war kurz zuvor mit einem vollen Tablett angelangt, schaute etwas verwundert, ließ sich aber sonst nichts anmerken und stellte alles auf den Tisch. Zu Orsini die Melange mit dem obligaten Glas Wasser und vor die Dame zusätzlich ein komplettes Frühstück. Orsinis Ärger stieg beträchtlich, da er bereits jetzt ahnte, wer bezahlen würde und wie er der rechten Seite auf der Karte entnahm, war das nicht wenig. Dafür würde er sie allerdings ausquetschen und sollte es noch so lange dauern.

Nachdenklich sah Orsini seiner Informantin zu, wie sie auf ein Taxi zusteuerte. Sein Blick wanderte am Taxi vorbei zu den von Touristen umringten Fiakern, hielt dann kurz bei dem vor der Albertina etwas deplatziert wirkenden, überdimensionalen Zehnmetersprungbrett inne und fiel zurück auf die Rechnung, die vor ihm auf dem Tisch lag. Die war zwar nicht deplatziert, aber hoch.

Das Gespräch hatte länger gedauert als angenommen. Das opulente Frühstück hatte die schlanke Dame bis auf den letzten Rest verspeist und dann versucht sich zu verabschieden. Hartnäckig hatte Orsini an seinen Fragen festgehalten. So war schließlich einige Zeit vergangen und jetzt verspürte er Hunger. Sein Frühstück war ja ausgefallen und auf den Nebentischen wurden schon die ersten Mahlzeiten an vom intensiven Sightseeing ermattete Urlauber verteilt. Wienerschnitzel, was sonst?

Kann der Gedankenlesen?, fragte Orsini sich, als der junge Kellner plötzlich vor ihm stand und „Haben der Herr vielleicht noch einen kleinen Appetit?“ von sich gab.

„Eher groß“, entgegnete Orsini und bekam ein wissendes Lächeln zur Antwort.

„Na ja, das Schnitzel könnt ich Ihnen empfehlen, ich sag dem Küchenchef, dass es für einen echten Einheimischen ist.“

„Wär nett“, antwortete Orsini, dessen Laune langsam stieg. „Übrigens, was ich Sie fragen wollte, die Dame die bei mir am Tisch gesessen ist, haben Sie die zufällig gekannt?“

„Hab mir schon gedacht, dass die nicht, wie soll ich sagen, zu Ihnen passt. Kennen tu ich sie nicht, aber sie ist manchmal, eigentlich sehr selten, eher nie, hier."

„Sie wissen also nicht, wie sie heißt?"

„Nein leider, das nicht"

„Aber?"

„Früher, wie ich noch in einem, verstehn S' mich jetzt nicht falsch, richtigen Kaffeehaus garbeitet hab, übrigens ganz in der Nähe, da war sie öfters dort."

„Und?"

„Na ja, von dort is sie oft direkt ins Pfandl gangen."

„Ins Dorotheum, aber nicht, um was zu verpfänden", schmunzelte Orsini.

„Eher die andre Richtung", lächelte der Kellner zurück und verschwand augenzwinkernd.

Das riesige Schnitzel überlappte den Teller, die Petersilerdäpfel waren viele und der grüne Salat frisch. Zufrieden lehnte Orsini sich zurück, fühlte sich wie ein Tiroler auf einer typischen deutschen Almhütte und genoss es plötzlich. Umringt von Touristen aus aller Welt, Geschäftsleuten und der gehobenen Schicht, die offensichtlich hier ihr gepflegtes Mittagessen einnahmen. Mit Höhenmeterzuschlag.

Das Lokal war nun voll und der Lärmpegel erheblich. Orsini verteidigte grimmig seinen viel zu großen Einpersonentisch, bis er sich einem russischen Geschäftsmann mit seiner – zumindest vom Alter her gesehenen – Tochter geschlagen geben musste. Den Ausblick auf den Platz und die Albertina konnten sie ihm ohnehin nicht verderben. Die ungewohnten Laute neben ihm verklangen ohne eine Entsprechung in der eigenen Sprache zu hinterlassen. Nur die Orsini schräg gegenüber sitzende Tochter lenkte ihn hin und wieder ab, sobald sie sich nach vor lehnte und somit Aussicht auf Einsicht ergab.

Die Einsicht verdrängte allerdings rasch die Aussicht. Orsini bestellte noch einen kleinen Kaffee und bedauerte, dass er nun kommunikativ von dem jungen Kellner abgetrennt war. Doch wie seine Stimmung klärte sich nun auch langsam – Stück für Stück – der Fall auf. Orsini lächelte in sich hinein. Die aufgetakelte russische Tochter erinnerte ihn nämlich an Sophie und an ihre spitze Frage nach seiner Ermittlungsmethode. Nur um sie zu beeindrucken, hatte er ein Puzzle als Vergleich erwähnt. Allerdings kam ihm dieser Vergleich nun nicht mehr gar so weit hergeholt vor. Die Ränder des Puzzles waren tatsächlich fixiert und die leuchtenden Farben sortiert. Nur am Überblick und den verschwommenen Farben musste er noch arbeiten.

Was seine Informantin ihm zuvor erzählt hatte, hatte Hand und Fuß. Seine Vermutung bezüglich der quadratischen dunklen Flecken an den Wänden der novakschen Wohnung und im Büro des Posamentengeschäfts hatten sich bestätigt. Gesammelt allerdings hatte der Alte nie. Eher gehortet – solange es ging. Die Rolle des Altwarenhändlers Vladimir hatte sich ebenfalls erhellt.

Ohne in Eile zu sein, warf Orsini noch einen letzten Blick auf die Reiterstatue seitlich der Sprungschanze und legte eine stattliche Summe nebst stattlichem Trinkgeld auf den Tisch. Während des Aufstehens entschuldigte er sich bei dem russischen Großvater für die kurze Unterbrechung der intellektuellen Unterhaltung über Generationen hinweg und ging.

Beinah heiter trat er ins Freie. Bis zum Treffen mit Paula blieb noch genügend Zeit, und wenn er ihr notorisches Zuspätkommen einrechnete, sogar zu viel. Gut gelaunt schlenderte er in den angrenzenden engen Gassen herum, klapperte die reichlich vorhandenen Antiquariate ab und kam sogar am Dorotheum – im Volksmund „Pfandl" gerufen – vorbei. Die Dame fand er nicht. Allerdings hatte er auch nicht damit gerechnet. Langsam wanderte er zurück zum Ausgangspunkt, fuhr mit der Rolltreppe hinauf zum Zehnmetersprungbrett, ging auf der anderen Seite die Rampe hinunter und bog durch das Tor in den Burggarten ein. Dort grüßte er ehrfürchtig einen nachdenklich dreinschauenden Kaiser und wollte schon auf den Ausgang zugehen, als er abermals die japanischen Mädchen sah, die nun ein neues Opfer ihrer Fotografierwut gefunden hatten. Eines, das sich nicht mehr wehren konnte, aber sich vermutlich auch zu Lebzeiten nicht dagegen gewehrt hätte. Mozart. Vergnügt schaute er den Mädchen zu, wie sie einzeln vor der steinernen Statue posierten und fotografierten, bis sie die Lust daran verloren. Noch nie hatte Orsini die Statue aus der Nähe betrachtet. Jetzt ging er näher heran, da ihm etwas aufgefallen war. Der Star des Jahrhunderts hatte nämlich eine verdammt enge Hose an. Zu eng. Ganz deutlich war die längliche Ausbuchtung zu erkennen. Orsini blickte den Japanerinnen nach, dann wieder zurück auf den Musiker und musste so laut lachen, dass sich einige Passanten nach ihm umdrehten.

Der 49er schleuderte Orsini durch die Gegend wie schon beim letzten Mal. Die Straßenbahn zog zuerst ihre Schleife am Ring und fuhr nun geradeaus. Er saß in derselben Linie wie vor Tagen, als er dem Bruder des Posamentenhändlers im Sanatorium einen Besuch abgestattet hatte. Das heutige Ziel war annähernd das Gleiche und lag praktischerweise direkt dahinter. Historisch gewachsener Zufall oder Stadtplanung?

Zu dritt saßen sie vorne im Triebwagen und überquerten gerade den Gürtel. Paula war – wie Orsini richtig vorhergesehen hatte – verspätet zum Treffpunkt erschienen und wirkte müde. Sie entschuldigte sich allerdings ausführlich und erklärte ihm auch den Grund dafür. Zusammengefasst hatten kleine Mädchen eben gewisse Bekleidungsbedürfnisse, die sich sehr rasch ändern konnten. Orsini dachte insgeheim an Paulas ständigen Wechsel ihrer Schals, nickte nur wissend und hielt den Mund.

Umso länger er jedoch Paulas Tochter gegenübersaß, umso besser konnte er verstehen, warum Paula müde und abwesend wirkte. Die Kleine war quengelig. Sie sprang ständig von ihrem Sitz auf und langweilte sich offensichtlich. Paula bemühte sich zwar, war aber genervt, was er an ihrem Blick erkannte. Orsini hatte versucht, Kontakt mit Lilly aufzunehmen, war aber abgeblitzt. Sie ignorierte ihn einfach.

„Zoo, Tiere!", wiederholte Lilly unzählige Male, seit sie in die Straßenbahn eingestiegen waren. Geduldig hatte Paula ihr nun schon zum x-ten Male erklärt, dass sie zuerst woanders hinfahren müssten und erst anschließend den Tierpark besuchen könnten. Unbeirrt von dem kleinen Drama im Waggon fuhr die Straßenbahn den Hügel hinauf zum Meiselmarkt.

„Verdammt, Lilly, setz dich hin und gib endlich Ruhe!", schoss es schließlich übermäßig scharf aus Paula heraus. Die Kleine begann augenblicklich zu schreien und brach in Tränen aus.

Orsini blickte aus dem Fenster. „Okay, wir steigen aus", sagte er und stand auf.

„Warum?", fragte Paula, die im Moment erfolglos versuchte, Lily wieder zu beruhigen, da sie alle Blicke auf sich gezogen hatte.

„Fahrplanänderung. Wir gehen zum Zoo", erwiderte Orsini an Lilly gewandt und drang, was ihn selbst erstaunte, tatsächlich durch. Augenblicklich war es still und die Kleine strahlte ihn mit großen Augen an. Paulas Augen hingegen wurden immer kleiner. Trotzdem schien es ihr auch lieber zu sein, wieder aus dem Zentrum des Interesses zu kommen.

„Ist nicht weit", erklärte Orsini, nachdem sie ausgestiegen waren.

„Tragen", kam sofort die naheliegende und für ein Kind einzig logische Antwort. Orsini war froh, endlich von der jungen Dame wahrgenommen zu werden und bugsierte sie deshalb sofort auf seine Schultern, wo sie sich sichtlich wohlfühlte. Es ging leicht bergab und Orsini übernahm mit

Lilly auf der Schulter die Vorhut. Die beiden waren schon ein Stück voraus, bis Paula sie nach einiger Zeit eingeholt hatte.

„Conrad!“

„Ja, was ist?“, antwortete er, ohne Paulas Stimmungswechsel zu erkennen.

„So nicht.“

„Was?“

„Du untergräbst meine Autorität, Conrad. Was glaubst du, passiert, wenn ich jedes Mal nachgeben würde?“

„Macht doch keinen Unterschied, ob wir vorher oder nachher zum Tierpark gehen.“

„Darum geht's nicht und das weißt du genau“, antwortete Paula trotzig. Orsini ließ sich nicht beirren und ging mit dem Mädchen auf den Schultern den Gehsteig entlang. Rechts davon lag ein kleiner Park. Paula kam hinterher und holte sie erst knapp vor der Kreuzung ein, an der sie halten mussten. Ein ohrenbetäubender Strom aus Blech fuhr an ihnen vorbei, während die Ampel auf Rot geschaltet blieb.

Genauso rot war nun auch Paulas Kopf. „Okay, Conrad, nimm sie runter!“

„Was? Warum? Wir sind doch gleich da.“

„Du sollst sie runternehmen“, sagte Paula ruhig. Lilly hüpfte weiter vergnügt auf Orsinis Schultern auf und ab, weshalb er auch nicht gleich kapierte, dass Paula es ernst meinte.

Die Ampel wechselte auf grün. Orsini war ratlos.

„Runter mit ihr!“, wiederholte Paula.

„Beruhige dich doch, Paula“, wagte er einen untauglichen Versuch. Die Kleine auf seiner Schulter wurde nun langsam ungeduldig und begann anhaltend „Zoooo“, zu rufen.

„Komm mir nicht mit beruhige dich oder sonstigem Sch...“, entfuhr es Paula. Die Leute die soeben die Straßenseite gewechselt hatten, sahen die drei verwundert an.

„Ich wollte doch nur ...“

„Ist mir egal was du wolltest, du ...“, begann Paula, wurde jedoch wieder von einem eindringlichen und diesmal noch lauterem „Zooooo“ unterbrochen. Die Ampel schaltete unverdrossen auf Rot und enthielt sich erfahrungsgemäß jeglicher Stimme.

„Okay Lilly, ich nehm dich jetzt wieder runter“, sagte Orsini und erreichte damit zweierlei. Erstens klammerte sich die Kleine an seinen Haaren fest und zweitens wechselte sie jetzt auf ein geschrienes „Neiiiiiiin“ mit erhöhter Lautstärke. Orsini zuckte mit den Schultern Er hatte keine Ahnung, was er tun sollte. Seine Erfahrung mit Kindern bewegte sich gegen Null.

„Komm runter, wir fahren nachhause.“ Paula begann beruhigend auf Lilly einzureden. Orsini zuckte abermals mit den Schultern und ging in die Knie. Er war wohl zu weit gegangen. Vorsichtig versuchte er gemeinsam mit Paula seine Haare aus dem Griff des Mädchens zu befreien und es wieder zu besänftigen. Paula nahm ihre Tochter in den Arm, wo sie augenblicklich zu schreien aufhörte und Orsini erhob sich. Er fühlte sich ausgeschlossen, wandte sich ab und sah auf das runde rote Licht auf der anderen Straßenseite.

Wie zum Hohn blinkte die Ampel Orsini dreimal an und wechselte auffordernd auf Grün. Ohne sich zu verabschieden, überquerte er die Straße.

„Conrad, ... Conrad!!!!“

Orsini blieb auf der anderen Straßenseite stehen und drehte sich um. Die Ampel war nun verwirrt, musste aber trotzdem ihrer Arbeit nachgehen und wurde rot.

„Warte!!!!“, rief Paula über den Verkehrslärm hinweg und winkte mit den Armen. So standen sie sich nun einige Zeit gegenüber, während der Verkehr zwischen ihnen durchbrauste, bis die Ampel endlich ein Einsehen hatte.

„Noch ein Löffel?“, fragte Orsini unsicher und wandte den Kopf, um auf ein zustimmendes Zeichen zu warten. Er wertete es als „nur mehr ein wenig“ und hielt sich daran. Mit Schwung fuhr er in das weiße Schaumgebilde und klatschte es dann auf die Reste des Strudels. Nachdenklich schaute er durchs hohe Fenster. Dick vermummte Leute schlenderten an den schmiedeeisernen Gittern vorbei. Hier an ihrem Tisch war es allerdings warm, und er fühlte sich wohl.

Paula war ihm mit Lilly an der Hand über die Straße gefolgt. Die Kleine hatte ihm die andere Hand gegeben und so waren sie ohne ein Wort zu sagen losmarschiert. Vorbei am Schloss, das den Besuchermassen im dunklen Gelb der ehemaligen Herrscherfamilie entgegenleuchtete. Jedes Mal, wenn Orsini vorbeikam, versuchte er, sich den ursprünglichen Plan vorzustellen. Um ein Vielfaches größer hätte das Gebäude bis hinauf zur Gloriette reichen sollen. Eine Verrücktheit.

Mit einer den kurzen Kinderbeinen angepassten Geschwindigkeit spazierten sie entlang des historischen Irrgartens, bis sie schließlich am Eingang des Tiergartens angelangten. Lilly war kaum mehr zu halten. Sie war den ganzen Weg marschiert, ohne zu meutern. Gelegentlich hatte sie versucht, größere Steine, die auf den Schotterwegen lagen, mit dem Fuß wegzukicken. Paula war geradeaus gegangen und hatte Orsinis Blick gemieden, was ihm nur recht gewesen war. Er hatte aber gewusst, dass ihre Auseinandersetzung noch nicht ausgestanden war. Und beim Streichelzoo war es dann auch soweit. Allerdings anders, als er erwartet hatte.

„Tut mir leid, Conrad“, setzte Paula an, sah Orsini aber noch immer nicht in die Augen.

„Braucht es nicht“, antwortete Orsini und beobachtete Lilly, wie sie im Heu mit einem Kaninchen spielte.

„Hatte eine schlaflose Nacht ... und danach der Stress beim Anziehen. Vor allem die Gesichter in der Straßenbahn ... ich hab einfach überreagiert.“

„Nein Paula, es war blöd von mir, die Kleine zu schnappen und davonzumarschieren. Aber ehrlich gesagt, ich war froh, dass sie mich endlich wahrgenommen hat und wir die gaffenden Leute in der Straßenbahn zurücklassen konnten.“

„Angesehen haben die uns, wie wenn wir ein Verbrechen begangen hätten. Und so geht's mir jedes Mal! Deswegen fahr ich kaum mehr öffentlich“, sagte Paula und reichte Lilly eine Karotte aus einem Papiersack. „Aber pass auf, dass das Kaninchen nicht deine Finger erwischt.“

„Du musst die Karotte einfach nur auf die flache Hand legen. So.“ Orsini zeigte es der Kleinen vor und wandte sich dann wieder an Paula. „Sie kann das, pass auf!“ Mit weit vorgestreckter Hand ging Lilly zu ihrem Kaninchen zurück und fütterte es so, wie Orsini es ihr gezeigt hatte.

„Toll“, sagte Paula begeistert und sah ihn erstmals seit ihrer Auseinandersetzung bei der Kreuzung wieder an. Nach einer Weile war das Futter verbraucht und sowohl das Kaninchen als auch Lilly hatten genug. Orsini wollte den beiden unbedingt die Fütterung der Seehunde zeigen und freute sich auch selbst darauf. Also schlenderten sie gemächlich dorthin, wo sie allerdings auf einem Schild lesen mussten, dass die Fütterung heute ausfallen würde. Ersatzweise schlug er vor, den in der Mitte des Zoos befindlichen und zu einem Kaffeehaus umgewandelten Pavillon aufzusuchen.

„Gute Idee“, meinte Paula und hängte sich zu Orsinis Überraschung ein. Lilly rannte vor ihnen her und interessierte sich eher für das Kleingetier. Löwen, Tiger und sonstige Raubkatzen – die Attraktionen also – ließ sie uninteressiert links liegen.

Fast wie eine traute Familie, sinnierte Orsini, während sein Blick von den Käfigen wieder zurück auf Lilly und ihren mit Schlagobers vermischten Strudel fiel. Eigentlich wollte er jetzt nicht mehr zum Friedhof, sondern einfach nur gemeinsam mit den beiden den Rest des Tages verbringen. Eine lästige Frage tauchte allerdings in dem Zusammenhang auf. Erneut, wie schon in Paulas Wohnung, bei seinem Einsatz als Babysitter. Nämlich nach dem Vater der Kleinen.

„Paula?"

„Ja?", antwortete diese und wischte gleichzeitig Lillys Mund sauber.

„Lilly, gibt es ...", begann er.

„Ja?", wiederholte Paula, die ihn nur halb gehört hatte, weil sie gerade mit einer unzureichend großen Serviette und Lillys Essensresten auf ihrer Kleidung beschäftigt war.

„Es, es ist nur ..., ihr braucht nicht mehr zum Friedhof mitzukommen. Ich glaub auch nicht, dass ich dort noch irgendwas finden werde."

„Was, was hast du gesagt?"

„Nur, dass ihr nicht mehr mitkommen braucht zum Friedhof."

„Das geht nicht."

„Wieso?", fragte Orsini.

„Weil ich Lilly versprochen habe, dass ich ihr zeige, wo die Leute so lange schlafen."

Wenig später kaufte Orsini Lilly am Ausgang des Tierparks einen kleinen Plüschhasen, den sie nicht mehr aus den Händen gab. So gingen sie nun zu viert – wie eine richtige Durchschnittsfamilie – zum großen Eingangstor des Parks, wo sich ein Taxistand befand. *Ich muss ihm vom Immotreu-Büro und von dem, was ich im Container fotografierte habe, erzählen,* dachte Paula und beobachtete Lilly und Orsini. Sie hatten sich gerade von ihr gelöst und spielten Verstecken.

Schon im Kaffeehaus hatte sie davon berichten wollen. Lange hatte sie ihn beobachtet, wie er wieder einmal durch alles hindurchsah und mit der Tasse in der Hand ins Nirgendwo blickte. Noch kein Wort war über seine Ermittlung gefallen, seit sie sich getroffen hatten. Insgeheim war ihr das auch lieber so, denn die Sache war ihr auch ein wenig unangenehm – dass sie auf eigene Faust gehandelt und sich so selbst in eine heikle Situation gebracht hatte.

Außerdem – still wog sie das Für und Wider ab – war es einfach nicht der richtige Zeitpunkt. Heute, das hieß Tierpark, Conrad und Lilly. Die Realität würde sie sowieso in kürzester Zeit wieder einholen.

„Taxi!“, rief Orsini und eilte auf eines zu. Lilly saß wieder auf seinem Rücken.

„Ich übernehm das“, sagte Paula, während sie einstiegen. Es war ihr peinlich, dass Orsini bis jetzt alles bezahlt hatte. Sogar den sündteuren Hasen für Lilly.

„Nein, nein, das ist schon okay“, antwortete Orsini und gab dem Lenker Anweisungen.

„Ist fast ganz oben, halb rechts hinter der großen Statue.“ Orsini deutete mit dem Finger auf die Tafel beim Friedhofseingang und zitierte dann ein angeklebtes Plakat: „Gepflegte Gräber sind Ausdruck lieber Erinnerungen an die Verstorbenen.“ Unvermittelt kam ihm das Grab seiner Mutter in den Sinn, doch das aufkommende schlechte Gewissen ließ er fluchtartig hinter sich.

Nach kurzer Fahrt waren sie hinter dem Sanatorium abgebogen und ein Stück bergauf gefahren. Orsini hatte Paula gegenüber nicht erwähnt, dass er vor Kurzem hier gewesen war. Er musste an den alten Mann im Rollstuhl denken. Die eingefallenen Wangen und die traurigen Augen. Wie viel Zeit ihm wohl noch blieb?

Der Taxilenker setzte sie direkt am unteren Eingangstor – dem Tor 1 – des sich über den Hügel erstreckenden Friedhofs ab. Gemessen an den Grabstellen, einer der größten der Stadt. Nicht so weitläufig wie der Zentralfriedhof und nicht so beschaulich wie andere, aber durch seine Hanglage doch beeindruckend.

Beeindruckend auch hier die riesigen Krähenschwärme. Zu Tausenden zogen die Vögel über den Himmel und beschallten den Friedhof mit ihrem eindringlichen Krächzen.

„Tragen“, krächzte Lilly, keine zehn Schritte vom Tor entfernt. Orsini warf einen Blick zu Paula.

Paula nickte nachsichtig. „Sie ist müde, nach den vielen Eindrücken und dem langen Marsch. Jetzt ist es okay.“

Er schnappte die Kleine und hob sie auf seine Schultern. Plötzlich erfasste ihn ein unbestimmtes Gefühl der Eile. Ob es mit der Uhrzeit zu tun hatte oder vielleicht mit dem, was sie am Grab erwartete?

Im Tierpark war noch ein Hauch von Sonnenlicht durch die dichten Wolken gedrungen. Längst aber hatte die fahle Kugel ihren ungleichen Kampf verloren und war der Dämmerung gewichen, die ihr mattes Licht über die Gräber ausbreitete. Wie auch auf dem kleineren Simmeringer Friedhof tags zuvor hüpften aufgeregte Krähen von Grabstein zu Grabstein und ließen es an Pietät mangeln. Zielstrebig marschierte Orsini bergauf, an der Friedhofsmauer entlang und ignorierte dabei diverse Grabsteinkuriositäten. Paula hatte Mühe, mit ihm Schritt zu halten und blieb vor einem Grab stehen. Ein Pferdeliebhaber hatte sich seinen Liebling als Porzellanfigur auf die Grabplatte stellen lassen.

„Kommst du?!“, rief Orsini ungeduldig. Lilly und er warteten vor einer kolossalen Statue auf Paula.

„Wieso hast du es plötzlich so eilig?“

„Weil Lilly ständig sagt, dass sie die Schlafenden sehen will und außerdem bald selber einschlafen wird“, antwortete Orsini ausweichend und hob sie von den Schultern. Allmählich tat ihm der Rücken weh.

„Die Schlafenden“, versuchte Paula ihrer Tochter zu erklären, „kann man nicht sehen, Lilly, die liegen dort unter den Steinen.“ Paula hatte sich zu Lilly gekniet und zeigte mit dem Finger auf eine große Grabplatte. Darauf lag ein verwelkter Kranz neben zwei erloschenen Grablichtern. „Wir dürfen sie nicht aufwecken“, flüsterte Paula. Gedankenverloren beobachte Orsini die kleine Szene und hatte plötzlich das Gefühl, dass Paula über ganz etwas anderes sprach.

„Ich will aber sehen“, sagte Lilly trotzig.

„Wenn wir sie stören, Lilly, wachen sie auf und das wollen wir doch nicht.“ Paula legte einen Finger auf den Mund.

Schweigend durchquerten sie eine Grabreihe, bis Orsini auf eines der Gräber deutete. Sorgsam entfaltete er den Zettel mit der Grabnummer. „Kein Zweifel, das ist es.“

„Das wissen wir erst, wenn man die Inschrift lesen kann“, antwortete Paula. Sie hatte Lilly hochgenommen. Lilly aber wollte immer noch die Schlafenden sehen, obwohl sie selbst bereits halb in deren Reich eindrang.

„Aber ... aber das passt nicht.“ Orsini schüttelte den Kopf und trat näher. Das Grab unterschied sich zwar von der Größe her nicht von den anderen, vom Zustand allerdings schon. Die meisten waren gepflegt und auf dem Nachbarsgrab lagen sogar frische Blumen. Auf dem Grab vor Orsini war jedoch nichts dergleichen zu finden. Dichtes, immergrünes Efeu auf der einen und Sträucher auf der anderen Seite ließen kaum die Umrisse erkennen. Zudem waren Grabplatte und Grabstein von Moos und Flechten bedeckt.

„War lange keiner hier“, sagte Paula leise, sei es aus Rücksicht auf Lilly oder wegen der düsteren Stimmung. Orsini gab als Antwort nur ein unbestimmtes Gemurmel von sich und machte sich daran, die Zweige zur Seite zu biegen.

„Pass auf“, sagte Paula, allerdings zu spät, da er sich bereits ordentlich zerkratzt hatte und an einem Finger saugte. Mit dem Ärmel bog er den Rosenstrauch soweit zur Seite, dass Paula die Inschrift sehen konnte. Undeutlich. Die Witterung hatte jahrelang daran gearbeitet.

„Versuch mal drüberzuwischen“, verlangte Paula, da sie selbst keine Hand frei hatte. „Emilie Weber“, fuhr sie dann fort, „scheint, wir sind richtig.“

Orsini wischte, ohne darauf zu reagieren, weiter.

„Is...id...or“, versuchte Paula die einzelnen Buchstaben des Vornamens zu entziffern, der Name Weber war einwandfrei zu lesen. Orsini hatte es nun geschafft, den Strauch so zu verbiegen, dass er hinter dem Grabstein hängen blieb. Mit einem abgebrochenen Aststück fuhr er die Buchstaben entlang und legte dann die Geburts- und Sterbedaten rechts neben den Namen frei.

„Und jetzt?“, fragte er Paula, da er nichts Ungewöhnliches daran entdecken konnte.

„Keine Ahnung, außergewöhnliche Namen – und besonders alt sind sie nicht geworden. Aber sonst?“

„Irgendetwas muss doch ..., weshalb hat er ...“ Orsini kam nicht mehr dazu, den Satz zu vollenden. Lilly hatte ihren Hasen fallen lassen und begann leise zu weinen. Der kleine Kitschhase lag auf der Grabplatte.

Paula bückte sich, um ihn wieder aufzuheben. „Conrad“, flüsterte sie.

„Ja, was ist?“

„Bück dich mal, da unten steht noch was.“

„Wo?“, fragte Orsini und folgte der unsichtbaren Linie, die von Paulas Zeigefinger wegführte. Mithilfe des Stocks kratzte er an der Stelle herum.

„Und?“, drängte Paula, da ihr die Sicht verstellt war, und sie sich angesichts der zunehmenden Dunkelheit und der Schwere Lillys auf den Rückweg machen wollte. Doch Orsini kratzte nur weiter, stellte dann das Kratzen ein und sagte nichts. Außer dem metallischen Krächzen einer einzelnen Krähe war nichts zu hören.

„Conrad, was ist?“

„Conrad, was steht da?“, begann Paula neuerlich und sah Orsini an, der aufgestanden war und sich langsam umgedreht hatte.

„Besser nicht“, erwiderte er. Lilly hatte zu weinen aufgehört.

„Warum?“, fragte Paula und studierte Orsinis Gesichtszüge.

„Besser nicht“, wiederholte er.

Paula ließ jedoch nicht locker. „Was steht da drauf? Ich arbeite bei der Kripo, so schlimm kann’s doch nicht sein!“

„Komm, gib mir Lilly“, sagte Orsini und nahm das Kind in den Arm. Voll Sorge beobachtete er, wie sich Paula zu den zwei Grabinschriften hinunterbeugte, dort eine Zeit lang verharrte und sich dann kreidebleich im Gesicht zu ihm umdrehte. Auf dem Grabstein waren untereinander zwei Vornamen eingraviert und daneben stand jeweils nur eine Jahreszahl mit einem Kreuz daneben.

„Heißt das ...?“, fragte sie und nahm ihre Tochter wieder an sich.

„Ja, ich denke schon. Die Anfangsbuchstaben stimmen auch mit dem überein, was die Krankenschwester angedeutet hat“, sagte er mehr zu sich selbst als zu Paula.

Paula drückte Lilly eng an sich und verließ eilig das Grab.

Das wollte der alte Josef Novak ihm mit dem Wort „Engel“ also zu verstehen geben, dachte Orsini. Er warf noch einen letzten traurigen Blick auf das Grab und folgte Paula. Erst an der Grabmauer holte er sie wieder ein. Mittlerweile war es halb dunkel geworden. Einsame Grablichter waren zu sehen und sandten ihr Flackern gegen den dunklen Himmel. Am Familiengrab der Webers war schon lange keines mehr entzündet worden. Die gegenüberliegenden Hügel lagen schon im schweren Schatten der sich anbahnenden Nacht. Nur vereinzelt waren beleuchtete Fenster zu erkennen. Ohne ein Wort zu sagen, schritten sie nebeneinander her auf den bergab liegenden Ausgang zu. Lilly schlief nun und Orsini fragte sich, was in Paulas Kopf vorging.

Schweigend fuhren sie mit dem Taxi zu Paulas Wohnung. Orsini saß vorne und Paula mit der schlafenden Lilly auf dem Schoß hinten. Die Stille im Auto war ihm unangenehm. Teilnahmslos sah er dem Geschehen auf der Straße zu. Erst kurz vor Paulas Wohnung unternahm er den halbherzigen Versuch einer Konversation. Paula reagierte aber nicht darauf. So war er froh, dass sie endlich ankamen. Er zückte seine Geldbörse, als sich von hinten eine Hand auf seinen Arm legte.

„Ich zahle, wär nett, wenn du mir hilfst, die Kleine raufzubringen", sagte Paula leise und gab dem Chauffeur einen Geldschein.

„Ist okay", antwortete Orsini überrascht, stieg aus und übernahm das schlafende Kind. Paula sperrte das Haustor auf und ging voran. In der Wohnung angelangt nahm sie ihm die Kleine ab. Als Orsini sich verabschieden wollte, meinte sie: „Wart einen Moment. Ich zieh Lilly nur den Pyjama an und komm dann gleich."

Unschlüssig nahm Orsini in der Küche Platz.

„Schläft tief wie ein Murmeltier." Paula war zurückgekommen, nahm sich ein Glas Milch aus dem Kühlschrank und setzte sich. „Tut mir leid, dass ich so reagiert hab. Einerseits wollt ich wissen, was da steht, andererseits hat mich das einfach getroffen. Was hältst du davon?"

„Ich wär neugierig, was der Kohlenhändler noch weiß. Warum schickt er mich dorthin?" Orsini fuhr sich durch die Haare. „Hast du vielleicht eine Zigarette?"

„Dachte, du rauchst nicht mehr?"

„Dachte ich auch."

„Warte, ich hol dir welche aus meiner Handtasche", sagte Paula und erhob sich, froh vom Thema abzulenken.

„Und du? Willst du keine?" Orsini hielt ihr die Packung hin.

„Nur im Dienst. Zuhause rauch ich nicht, wegen ihr", machte Paula ein Zeichen mit dem Kopf Richtung Kinderzimmer.

„Dann halte ich mich auch dran", antwortete Orsini

und wollte die Zigarette wieder in die Packung zurückstecken.

„Nein, rauch nur, ich mach die Küchentür zu und das Fenster einen Spalt auf. Das ist okay so.“ Paula holte zwei Gläser aus dem Schrank, füllte sie mit Wasser und stellte sie auf den Tisch. „Dann glaubst du also ...“, nahm sie den Faden wieder auf.

„Eben, das ist das Problem, dass ich gewisse Dinge nur glaube, ohne sie zu wissen. Ich muss unbedingt noch einmal mit dem Kohlenhändler reden. Woher weiß der überhaupt von diesem Grab?“

„Das Grab, wer liegt da drin?“

„Mit ziemlicher Sicherheit die Schwiegereltern des ermordeten Posamentenhändlers, also die Eltern von Judith Weber.“

„Das war nicht meine Frage, Conrad. Lass uns nüchtern drüber reden. Auf dem Friedhof ... es war nur diese seltsame Stimmung und dieses, wie soll ich sagen, fast verwunschene Grab und zusammen mit der Kleinen ... Das war mir einfach zu viel.“ Paula stützte die Ellbogen auf und legte das Gesicht in ihre Hände.

Nach einer Weile schüttelte sie den Kopf. „Also, was denkst du?“

„Dass mit dieser Familie einiges nicht stimmt. Der Sohn stumm wie ein Fisch. Die beiden Töchter im Groll von zuhause ausgezogen. Die Mutter bigott. Und der ermordete Ehemann ein greiser Bordellbesucher. Und jetzt, jetzt kommt noch ein Familiengrab mit zwei Babyleichen dazu“, endete Orsini und sah dem Rauch zu, der sich im Lampenschirm kunstvoll kringelte.

„Wohl eher Föten“, fügte Paula an.

„Richtig“, murmelte Orsini und stieß neuerlich eine Rauchwolke aus.

„Von wem?“

„Hm“, machte Orsini und zuckte mit den Schultern.

„Zwischen den zwei Jahreszahlen ...“

„Ja?“

„Ich mein nur ... Wenn beide von einer Frau …, dann ist der Abstand ganz schön groß.“

Orsini nickte zustimmend. „Judith kann Fehlgeburten gehabt haben“, fuhr er fort, „und wer sagt, dass die Babys überhaupt von Heinrich ...?“

„Ist das so ...“, *üblich,* wollte Paula sagen, begann dann aber den Satz von vorne. „Ist das so, wenn man ...“

„Keine Ahnung, ich glaub, das hängt vom Monat ab. Was seltsam ist, also, es gibt da so eine Stelle auf dem Zentralfriedhof, hab ich mal gelesen, das Babygrabfeld.“

„ Du meinst, dass das eher unüblich ist, es im Familiengrab?“

„Glaub schon ... Aber vielleicht brauchen manche nach so einer ... Erfahrung einen Ort, an dem man zum Trauern hingehen kann.“

„Sah aber nicht so aus.“ Paula musste an das vernachlässigte Grab denken.

Orsini drückte seine Zigarette aus.

„Dann gibt’s noch einen Altwarenhändler“, sagte er und fuhr sich übers Gesicht, um die Müdigkeit wegzuwischen, „der vermutlich für den Ermordeten krumme Geschäfte gemacht hat.“

„Du hast die Firma Immotreu und den Ingenieur vergessen“, fügte Paula an.

„Stimmt. Die haben den alten Posamentenhändler wahrscheinlich unter Druck gesetzt und vielleicht sogar erpresst. Apropos: du wolltest ...“ Orsini wechselte den Tonfall. „... mir doch schildern, was du in der Seidengasse gefunden hast.“

„Stimmt, eigentlich wollte ich’s dir ja auch vorher schon sagen, bevor ich hingegangen bin, aber dann ...“

„Ich weiß“, erwiderte Orsini, „ich war ... unpässlich.“ Er sah Paula verlegen an.

„War nicht ungefährlich“, meinte er geraume Zeit später, nachdem Paula ihm ihren Besuch auf der Baustelle und im Container geschildert hatte und fuhr nach einer Pause fort, „der glatzköpfige Schläger hat Edip fast umgebracht, der kennt kein Pardon. Da reicht ein kleiner Fehler!“

„Ich weiß, aber ich hatte ja meine Freundin dabei!“ Paula deutete an die Stelle, an der sich normalerweise ihr Halfter befand.

„Wie hast du das mit dem Büro überhaupt rausgekriegt?“, fragte Orsini neugierig und dämpfte die Zigarette aus.

„Du bist nicht der Einzige, der rumlaufen und Fragen stellen kann“, antwortete Paula ausweichend.

„Aber dass ich das Büro nicht entdeckt hab, versteh ich bis jetzt nicht!“

„Dabei lag es fast um die Ecke“, fügte Paula spitz an.

„Dafür hab ich was anderes rausgefunden.“

„Was denn?“

„Der Altwarenhändler ...“

„Mit dem seltenen Namen.“

„Vladimir Tandler. Seltsamer Kauz. Schlau, intelligent und schwer zu durchschauen. Jedenfalls ein Freund der Familie. Auf jeden Fall hat er mich angelogen.“

„Angelogen?“

„Ja, er hat mir verheimlicht, dass er den Posamentenhändler schon kurz vor Kriegsende kennengelernt hat.“

„Warum? Ist das wichtig?“

„Möglich. Jedenfalls waren die beiden zu Ende des Zweiten Weltkriegs in derselben Einheit.“

„Und, was haben sie dort gemacht?“, drängte Paula.

„Was sie dort gemacht oder nicht gemacht haben, ist nicht ganz klar. Ich weiß nur, dass sie dort mit Kunst in Berührung kamen.“

„Mit Kunst?“

„Ja, vermutlich gestohlene Bilder und so weiter.“

Paula runzelte die Stirn. „Wie kann das mit der Ermordung ...?“

„Kann ich noch eine Zigarette haben“, unterbrach Orsini sie und steckte sich nach einem Nicken Paulas noch eine an. „Mit dem Mord zusammenhängen?“, spann er ihren Faden weiter. „Es gibt, wie du weißt, einen illegalen Kunstmarkt.“

„Und der Posamentenhändler hat dort verkauft?“

„Nein, der nicht, aber sein Freund Vladimir Tandler, der Altwarenhändler.“

„Bist du dir da sicher?“

„Ziemlich. Hat mich eine Stange Geld gekostet“, erwiderte Orsini. „Die beiden hatten jedenfalls eine gröbere Auseinandersetzung. Vielleicht fühlte sich einer übervorteilt ... ist aber auch möglich, dass das alles nur reine Fantasterei von mir ist und die beiden über was ganz andres gestritten haben. Vladimir Tandler.“ Orsini kaute eine Weile an dem Namen herum. „Er hat sich auch einmal mit dem Ingenieur getroffen. Ich hab sie zufällig gesehen.“

„Und?“, hakte Paula nach. „Dass dieser Drogensüchtige, der Stift, doch der Mörder ist? Meinst du das? Vielleicht im Auftrag vom Ingenieur? Der lässt ja auch sonst die Drecksarbeit von wem anderen machen! Und dass der Altwarenhändler davon was spitzgekriegt hat?“

„Denkbar wär’s schon.“

„Dann frag ich mich allerdings, weshalb der Kohlenhändler dich auf die Babyleichen ansetzt.“

„Eben. Aber ... Engel, das hat der greise Bruder vom Novak ja auch zur Schwester gesagt. Also ist anzunehmen, dass auch er die zwei Babyleichen im Familiengrab der Webers gemeint hat.“

„Ich hoffe, du kannst schlafen!“, sagte Paula später an der Tür und verabschiedete sich mit einem Kuss auf die Wange. Sie sah ihm nach, als er das kalte Stiegenhaus hinabging und lauschte den verklingenden Schritten. Hörte, wie das quietschende Haustor scheppernd zufiel und begann plötzlich zu frösteln.

Hinter Orsini knallte die Tür so laut zu, dass er das vibrierende Geräusch der Glasscheibe noch im Stiegenhaus nachhallen hörte. Ausgeschlossen. Er lehnte sich an die Mauer seitlich vor dem Haustor und zündete sich eine Zigarette an. Paula hatte ihm die halbvolle Packung mitgegeben. Widerwillig. Starrsinnig hatte er sie darum gebeten.

Wenn er nicht achtgab, würde er demnächst wieder Kette rauchen, schwirrte ein vernünftiger Gedanke durch seinen Kopf, den das Nikotin aber geschickt umhüllte und dann lautlos erstickte. Unschlüssig stand er eine Weile da. Er wusste nicht weiter. Die beißende Kälte half letztlich nach und er setzte sich in Bewegung. Die Richtung war egal, wie meist, wenn er zu grübeln anfing und nicht mehr damit aufhören konnte. Nur in der Fortbewegung konnte er zu Ruhe und manchmal auch Einsicht gelangen.

Schlagartig war es mit Einbruch der Dunkelheit kälter geworden. Orsinis Finger, die die Zigarette hielten, waren steif vor Kälte. Achtlos warf er den Stummel zu Boden, steckte die kalte Hand in die Manteltasche und fand sich bald neuerlich vor Paulas Haustor. Unbewusst hatte er einen Kreis um den Häuserblock gezogen. Zitternd fuhr sein Finger auf den kleinen Klingelknopf zu, an dem seitlich Paulas Name stand, und verharrte davor.

„Suchn S' wen, oder hamma den Schlüssel verloren?"

Orsini erschrak. Er hatte nicht gehört, dass jemand auf ihn zugekommen war. Wie lange war er reglos dagestanden? „Ich ... äh, nein, ich hab mich wohl in der Hausnummer geirrt", antwortete er schließlich, drehte auf dem Absatz um und ließ einen misstrauischen Hausbewohner zurück.

„Ein Großes“, deutete Orsini und schob das ausgetrunkene Glas von sich. Er war der einzige Kunde. Eine Schar beschwingter Handwerker hatte kurz zuvor das Lokal verlassen. „Ist montags immer so wenig los?“, fragte er den Kellner, der ungefähr in seinem Alter war.

„Unterschiedlich. Manchmal is die Bude voll und manchmal bin i mei einziger Gast.“

„Der René?“, begann Orsini erneut.

„Hat Montag immer sein freien Tag.“

„Und Sie?“

„Wie meinen S’ des?“

„Ich hab Sie hier noch nie gsehn.“

„Ach so, ja i bin net fix angstellt. Helf aber oft aus.“

„Mhm.“ Orsini nickte. Fahrig holte er eine Zigarette aus der Packung, merkte, dass es die letzte war und zerknüllte die Schachtel. „Zigaretten?“, sah er den Kellner fragend an.

„Sind grad aus, aber links hinter der Kirchn is a Automat“, gab der Kellner Orsini durch eine Kopfbewegung zu verstehen und stellte das frisch gezapfte Bier vor ihn.

„Halten S’ mir den Platz reserviert“, erwiderte Orsini und verließ das Lokal.

Er war von Paulas Haus wegmarschiert und planlos durch die Gegend geirrt, bis er endlich, entsprechend den Gedanken in seinem Gehirn, ein Ziel gefunden hatte. Zwar nicht das konkrete, aber zumindest den Platz, wo er es am ehesten zu treffen glaubte. Im kleinen Café in der Zieglergasse. Das Ziel, der Kohlenhändler, war aber ein bewegliches, das nicht leicht zu treffen war. So wartete Orsini nun schon einige Zeit, die er mit Überbrückungshilfen in Form von Alkohol und Nikotin zu verkürzen suchte.

Ohne seinen Mantel anzuziehen, lief er über die Straße, fror augenblicklich und bereute den Entschluss nach wenigen Metern. Der Zigarettenautomat war doch etwas weiter entfernt, als er angenommen hatte. Hastig holte er vor dem Automaten seine Geldbörse aus der Hosentasche. Keine

Scheine, nur Münzen, blinkte ihm die Anzeige aufgeregt entgegen.

„Verdammter Scheißautomat!“, fluchte er und holte mit klammen Fingern Kleingeld aus seiner Geldbörse. „Dann gib mir wenigstens die billigen Stängel“, fuhr er wütend den arglosen Automaten an und warf nacheinander alle Münzen ein, die er fand.

Fünfundzwanzig Cent fehlen noch, antwortete der Automat trocken und hinterlistig auf seiner Anzeige. Orsini sah sich um. Niemand war in Reichweite. Nur ein einsamer Radfahrer bog eine Gasse weiter um die Ecke. Aus der Ferne drang ein Knattern an sein Ohr. Ansonsten war es ungewöhnlich ruhig. Orsini begann mit Aufwärmübungen und kam sich vor wie der größte Idiot, als er bemerkte, dass der Radfahrer umgedreht hatte und nun die Straße entlang auf ihn zufuhr.

„Entschuldigung!“, rief Orsini dem Radfahrer zu, der ihn aber nicht zu bemerken schien.

„Entschuldigung!“, schrie Orsini lauter und versuchte auf sich aufmerksam zu machen. Der dick vermummte Radler wandte aber nur kurz den Kopf und fuhr davon.

„Behelmter Idiot“, fluchte Orsini. Er ließ den Automaten und das eingeworfene Geld sein, bedachte den ahnungslosen Radfahrer noch mit Schimpfworten, rannte über die Straße zurück und blieb wie angewurzelt vor dem Café stehen.

Sogar die klirrende Kälte war in dem Augenblick vergessen. Vor dem Café parkte nämlich das eigentümliche Gefährt des Kohlenhändlers. In der kleinen, wie eigens dafür geschaffenen Nische hinter dem Mauervorsprung. Schmutzig grün, mit Holzabfällen und Kohlenstücken auf der Ladefläche. Der Traktorsitz war mit einem groben Jutesack zugedeckt und sogar der Gestank, den der Wagen verbreitet hatte, lag noch leicht in der Luft. Orsini wusste nun das Knattern von vorhin zu deuten. Der Teufel war angekommen, ob mit oder ohne Beelzebub, würde er gleich sehen.

Langsam öffnete Orsini die Tür. Der Kohlenhändler saß zusammengesunken auf einem Hocker an der Bar, neben Orsinis vollem Bierglas. Die Pullmannmütze wie immer schief auf dem Kopf. Der Silberrücken war nicht zu sehen.

„Und?“, fragte der Kellner.

„Zu wenig Kleingeld“, gab Orsini mürrisch zurück.

Der Kohlenhändler hockte stur auf seinem Platz. Rauch stieg hinter seiner dunklen Mütze auf.

„Eine können S’ von mir habn“, sagte der Kellner und hielt Orsini eine Zigarette hin.

„Haben Sie vielleicht Feuer?“, fragte Orsini nun absichtlich den Kohlenhändler.

„Wie?“, wandte der sich ärgerlich um. Überraschung flog für einen winzigen Moment über sein Gesicht.

„Danke“, entgegnete Orsini und zündete sich mit dem angebotenen Feuerzeug die Zigarette an.

Außer einem leisen, unverständlichen Gemurmel kam jedoch nichts zurück.

Orsini trank ruhig aus seinem Glas. Jetzt, da sein Ziel *ihn* gefunden hatte, hatte er Zeit. Im Hintergrund lief leise Musik. Kuschelsongs für die kalten Stunden, kündigte eine sanfte weibliche Stimme an und schon waren die ersten Takte eines Bombasthits zu hören. Die Stimmen erwachsener Schwermetallmänner vereinigten sich mit süßlichen Geigen zu einer Schmuseballade, die kaum zu unterbieten war. Orsini fürchtete um das Radio.

Lange geschah einfach nichts. Nur das Glas des Kohlenhändlers leerte und füllte sich stetig. Plötzlich aber zerschnitt ein schrilles Klingeln die dumpfe Stille. Weder der Kellner noch der vor sich hinbrütende Kohlenhändler fühlten sich zuständig. Orsini auch nicht. Unbeirrt klingelte es weiter, machte eine Pause, setzte erneut an und ... Orsini griff in seine Manteltasche und kramte nach seinem Handy. Dort pulsierte das Wecksymbol am Display fleißig vor sich hin. Er fluchte verhalten, drückte zuerst die falsche Taste, fluchte noch mehr und zog dann einfach den Akku heraus. Ärgerlich steckte er das Telefon in seine Tasche zurück und verhalf somit der dumpfen Stille in die Verlängerung.

Der Kellner räumte saubere Gläser ins Regal, drehte das Radio eine Spur lauter und summte ein wenig mit. Kein neuer Gast tauchte im Lokal auf.

„Toni“, sagte der Kohlenhändler schließlich kaum hörbar zum Kellner und hob erneut sein Glas. Eine jahrelang eingeübte, beinah nonverbale Kommunikation. Worte – reine Verschwendung.

„Das übernehm ich“, nützte Orsini die Gelegenheit und unterbrach somit das Ritual.

„Warum?“, wandte der Kohlenhändler ein, fuhr sich mit der Hand über den Nacken, bedachte Orsini aber keines Blickes.

„Bin ich Ihnen schuldig“, antwortete Orsini knapp.

„Wieso?“

„Wegen dem Anruf.“ Orsini passte sich an die kurze Wortwahl an und ließ den Satz einwirken. Der Kohlenhändler drehte sich zu Orsini um, sah ihn an, sagte jedoch nichts, sondern nahm nur das Glas vor sich in die Hand und leerte es bis auf einen kleinen Rest.

Wie lange noch? Orsini blieb äußerlich ruhig und trank weiter. „Kann ich eine?“, deutete er dann nach einiger Zeit auf das Päckchen am Tresen.

Statt eines Worts der Zustimmung, nahm der Händler seine Mütze vom Kopf und holte daraus eine neue Packung hervor. Eigenwilliges Zwischenlager, dachte Orsini und sah auf die wenigen verbliebenen dunklen Locken auf dem Kopf des Mützenmannes.

„Die ist leer.“ Der Kohlenhändler deutete auf die Packung vor sich und begann, die neue Schachtel zu öffnen. „Reserve für Notfälle“, bemerkte er beiläufig und bot Orsini eine daraus an.

„Ziemlich stark, aber Qualität.“ Orsini nahm die Zigarette und ließ sich Feuer geben.

„Und, fündig gwordn?“ Drei Worte pro Satz, mehr schien der Mützenmann für seine Konversation nicht zu brauchen.

Orsini reagierte mit einer Gegenfrage: „Trinken Sie noch eins?“

„Mhm“, nickte der Kohlenhändler, hob zwei Finger und befahl erneut: „Toni!“

„Prost!“, hob er anschließend das volle Glas.

„Prost, fündig schon, aber ...“

„Aber?“

„Weiß nicht“, antwortete Orsini, der spürte, wie ihm der Alkohol ein wenig das Denkvermögen verzögerte. Er dämpfte die Zigarette aus, trank und passte sich dabei dem Tempo des Kohlenhändlers an. Dessen Glas war schon wieder leer. Zugang zu dem Mann würde er nur haben, solange er mit ihm mithielt.

„Karl“, begann Orsini langsam und machte eine Pause, „weiß er davon?“

„Der Fisch?“, kam die Antwort mit leicht verächtlichem Ton nach einer Weile als Frage retour. „Möglich.“

„Dass er deswegen seinen Vater ...?“

Die Antwort dazu war ein mehr als verächtlicher Blick.

Fehler, dachte Orsini, ließ einige Zeit verstreichen und begann dann erneut: „Heinrichs Bruder Josef. Ich hab ihn im Sanatorium besucht. Er hat von Engeln ...“

„Ja, sie ..., die warn bei da Englmocherin“, antwortete der Kohlenhändler nach einer Ewigkeit und so leise, dass Orsini Mühe hatte, es zu verstehen.

Die alte Engelmocherin vom Diamantengrund, hörte Orsini plötzlich in seinem Kopf die Witwe Bolte das alte Wienerlied summen. Außerdem musste er ein Zeichen übersehen haben, denn der Kellner brachte gerade ein neues Glas für den Kohlenhändler und stellte obendrein noch zwei bis oben gefüllte Schnapsgläser vor die beiden.

„Wer sie? Judith?“

„Und Vladimir ... und ...“, brachte der Kohlenhändler mit sichtlicher Mühe hervor.

„... und?“, half Orsini nach.

„Gemeinsam ... der alte Pedant ... hat’s verdient.“

„Was, gemeinsam?“

„Prooost!“ Die Stimme des Kohlenhändlers klang nun schon bedenklich schwankend. In einem Zug leerte er das Glas und hob sofort wieder zwei Finger. Zitternd bot er Orsini neuerlich eine Zigarette an und zog voller Gier an seiner eigenen. Die Glut an der Spitze fraß sich mit ungeheurer Schnelligkeit Richtung Filter.

„Sie und Judith?“, begann Orsini abermals vorsichtig.

Ohne ein Wort zu erwidern, nahm der Kohlenhändler seine Mütze vom Kopf und legte sie vor sich. Mechanisch hob er die Hand mit ausgestrecktem Zeigefinger und kleinem Finger. Mittel- und Ringfinger ließ er wie bei einer Faust geschlossen.

Das Zeichen des Gehörnten.

Orsinis Gedanken vermischten sich zu einem wirren Cocktail.

„Na dann“, sagte der Kellner plötzlich neben Orsini, stellte zwei frisch gefüllte Schnapsgläser ab und verschwand in der Küche.

Scheiße, dachte Orsini.

„Prossst!“, lallte der Kohlenhändler und verschüttete die Hälfte über seine Kappe.

In dem Moment klärte sich Orsinis Gedankencocktail. Das Bild des nüchternen Hans blieb übrig. Erstaunlich flink für seinen Zustand, schüttete Orsini in einem unbeobachteten Augenblick den Schnaps auf den Boden. „Sie und Judith?“, wiederholte er eindringlich.

„Judith ...“, brachte der sichtlich mit sich kämpfende Kohlenhändler mit Mühe und doch voller Gefühl hervor. Seine Stimme schien zu kippen. Orsini wurde Zeuge eines Augenblicks, den es vermutlich im Leben des Mützenmannes nur selten gegeben hatte. „Ich ... ich hab sie geliebt ...“

„Und Vladimir sie auch?“, fragte Orsini leise weiter.

Nur unmerklich hob und senkte sich daraufhin der beinahe haarlose Kopf des Kohlenhändlers. Schweiß stand auf seiner Stirn. Der einstmalige Lockenkopf hatte nun ein lang gehütetes Geheimnis preisgegeben.

„Und?“

„Der Alte ... hat den Tod verdient ... Der hat die Judith aufm Gwissen ... und die ganze Familie. Am liabstn wär's mir, wenn der Vladimir auch gleich ums Eck bracht wordn wär.“

„Aber wer ...?

„Des dreckige Schwein!“ Der Kohlenhändler wurde immer lauter.

„Aber wer, wer war's?“, drängte Orsini.

„Des waas i net!!“, schrie der Kohlenhändler seine ganze über die Jahre aufgestaute Wut in einem Satz hinaus. So laut, dass sich die Stimme überschlug. Sein Kopf glühte hochrot und an der Schläfe traten dicke Adern hervor. Der Schweiß schoss ihm förmlich aus den Poren. Plötzlich drückte er mit der einen Hand krampfhaft eine unsichtbare Kehle zu. Mit der anderen fuhr er in einem Tobsuchtsanfall über den Tresen. Ein schriller, aus dem tiefsten Inneren des Mannes hervorberstender, kaum menschlicher Laut übertönte alle anderen Geräusche. Mit seiner kräftigen Pranke räumte er alles, was sich auf der Bar befand, ab und zerschnitt sich dabei die Finger. Gläser, der Aschenbecher und auch zwei Flaschen flogen klirrend zu Boden. Der Inhalt ergoss sich auf die Fliesen und über Orsinis Hose. Orsini aber saß nur perplex da und sah gebannt zu. Der Kellner stürzte inzwischen aus der Küche und erstarrte, als er sah, wie der Kohlenhändler mit der blutenden Hand einen der Barhocker ergriff und ihn mit brutaler Wucht gegen einen Sessel schleuderte. Auf dem

Weg zur Tür beförderte er noch mit einem Rundumschlag weitere Gläser auf den Boden und schrie noch beim Hinausstolpern wie ein Irrer. Eine Blutspur zog sich über den Boden. Krachend flog die Tür hinter ihm zu.

„You are the dancing queen, young and sweet, only seventeen ...“, tönte es leise aus den Lautsprechern. Darüber hinaus herrschte Stille. Angespannte Stille.

Weder Orsini noch der Kellner wollten dem wütenden Kraftpaket in die Hände fallen und warteten auf das knatternde Geräusch. Nichts. Misstrauisch öffnete der Kellner die Tür, spähte nach draußen und holte einen Schlüsselbund aus der Hosentasche. Achselzuckend versperrte er die Tür, kehrte hinter die Bar zurück und goss zwei Gläser ein.

„Den brauch i jetzt!“ Er hob eines der Gläser und leerte es in einem Zug.

Orsini verhielt sich synchron.

„Is der völlig verrückt gwordn? Sitzt jahraus jahrein still da und dann sowas?“ Noch immer aufgeregt genehmigte sich der Kellner ein weiteres Glas. „Und wer bitte zahlt ma des?“ Er wies auf den zertrümmerten Sessel und die Scherben auf dem Boden. Kopfschüttelnd sah er Orsini an, der aber nur die Schultern hob.

„Verstehn Sie des, wie man so auszuckn kann?“, hielt er den Blick weiter fragend auf Orsini gerichtet, der gleichgültig vor sich hinstierte.

„Zerlegt sein eignes Stammcafé, wo er fast wie z’haus ist. Aber irgendwie hab i ma schon, wie er reinkommen is, dacht, dass da heut was net ganz stimmt. Allein dem sein Blick. Sagt nix und bestellt ununterbrochn. Mit so aner Schnelligkeit saufn, das ist doch net normal, oder?“

Orsini nickte zustimmend.

„Der hat’s ja direkt drauf anglegt ... und dann noch die Schnäpse. Übrigens wolln S’ no an? Geht aufs Haus.“

Orsini lehnte ab, der Kellner jedoch goss sich nach.

„Normal trinkt er ja nur Kaffee. Wenn's hoch herkommt, an Gspritztn. Und dann stürzt er de Glasln nur so wie Wasser runter. Na, normal ist des net!"

„Ich zahl dann", sagte Orsini unvermittelt und stand auf. Zu seinen Füßen lag die schwarze, nach Schnaps stinkende Pullmannmütze. Orsini hob sie auf und legte sie auf die Bar. „Die wird er suchen, wenn er wiederkommt."

„Hm, ja, aber die kriagt er erst, wenn er alles zahlt hat", antwortete der Kellner, rollte die Kappe zusammen und verstaute sie.

„Die Getränke übernehm ich und", Orsini machte eine Handbewegung, „der Schaden ist doch nicht so groß. Wenn er wieder nüchtern ist, wird er das alles vegessen haben und bald reumütig zurückkommen."

„Bin i ma net so sicher, so wie der ausgrastet is."

„Aber ich bin mir sicher", antwortete Orsini und suchte nach seiner Geldbörse.

„Hm." Der Kellner zog seine Augenbrauen nach oben.

„Wie viel?"

„Also alles zusammen?"

„Ja, und nehmen S' die Gläser auch dazu."

„Warum machen S' des, wenn i fragen derf? Weil bekannt san Sie ja net mit ihm, oder?"

„Nur flüchtig", entgegnete Orsini, legte den verlangten Betrag auf den Tisch, rundete ihn kräftig auf und setzte sich wieder auf den Barhocker. „Weil ..., weil er mir leid tut."

„Wie kann er Ihnen leid tun, wenn's ihn nur flüchtig kennen?"

„Das genügt manchmal. Schaun Sie, wenn jemand jahrelang nur so vor sich hinbrütet, schleppt er oft einiges mit sich herum ... Das wird dann immer schwerer und schwerer. Irgendwann ist es dann so schwer, dass er unter der Last zusammenbricht." Orsini nahm das Schnapsglas und hielt es dem Kellner auffordernd hin. „Geben S' mir doch noch einen für den Heimweg!"

„Versteh, solche Leut kenn ich einige. Kommen zuhauf ins Lokal."

„Eben."

„Aber die meistn saufn still vor sich hin und bleibn ruhig."

„Und wissen Sie, wie's zuhause zugeht, was dort im Stillen passiert?", fragte Orsini mit resignierendem Blick.

„Da haben S' recht. Ehrlich gsagt, möcht ich's gar net wissn. Ich glaub, des is besser so, oder?"

„Wahrscheinlich." Orsini stürzte den Schnaps in einem Zug hinunter und erhob sich vom Barhocker.

Der Kellner legte seinen Wischfetzten über den Wasserhahn. „Des, was Sie gsagt habn, des mit dem Schleppn von der Last. Des kann i mir vorstelln. Bsonders beim Kohlenhändler, der schleppt ja wirklich scho sei Lebn lang. Sei Rücken ist eh scho ganz schief. Und da Jüngste is er a nimmer."

„Aber er hat doch einen starken Gehilfen", hakte Orsini ein und setzte sich zum dritten Mal.

„Der, ja stimmt, tragn tut der sicher für zwei, aber da obn", der Kellner deutete auf seine Stirn, „is finster wie in an Kohlenkeller."

„Aufs Reden versteht der sich wirklich nicht", bestätigte Orsini.

„Redn, ha!! Der kann doch nur a paar Wörter ... macht doch nur, was ihm der Alte anschafft. Ist ja fast wie a Sklave. Allerdings ham Sklaven a Hirn."

Orsini nickte zustimmend.

„Also des mitm Schleppn, des leucht ma ein. Aber warum zuckt der grad heut aus. Irgendwas muss des ja ausglöst habn?"

„Stimmt."

„Der Einzige, mit dem er gsprochn hat, warn eigentlich Sie."

„Stimmt."

„Hat er was zu Ihnen gsagt? Ich mein ... oder ... oder warn Sie gar der ...“

„Ja, wahrscheinlich.“

„Aber ...“

„Kann und werd ich Ihnen nicht sagen“, unterbrach Orsini ihn, stand endgültig auf und ging zur versperrten Tür, in der der Schlüssel noch steckte. „Sagen Sie, dieses Zeichen“, fragte Orsini und machte das Teufelszeichen mit der Hand.

„Ja?“

„Was bedeutet das?“

„Sag i Ihnen, wenn Sie mir sagn, was der Auslöser war.“

Langsam drehte Orsini den Schlüssel und öffnete die Tür einen Spalt. „Da brauchen S’ nur den Fernseher aufdrehen. Ist immer das Gleiche, unerwiderte Liebe, jahrelange Eifersucht oder ein Mord.“

„Aha“, sagte der Kellner erstaunt.

„Und das Zeichen?“

„Des, des haaßt bei uns im Lokal letzte Runde.“

30

Um wieder halbwegs nüchtern zu werden, war er den langen Weg vom siebenten Bezirk nachhause marschiert. Die klare eiskalte Luft hatte nicht nur den generellen Körperfunktionen gut getan, sondern auch dem Gedankengemisch in seinem Kopf. Im Stadtpark hatte er sich auf eine Bank gesetzt und einen Entschluss gefasst. Genug war genug. Paula hatte recht, das konnte er mittlerweile rein körperlich spüren.

Er war in der Wohnung angekommen, hatte sich, ohne sich aus- oder umzuziehen auf das Sofa fallen lassen und so die Nacht verbracht. Einzig den alten Wecker hatte er aktiviert und der leistete nun ganze Arbeit. Absichtlich weit weg, nämlich auf dem Plattenspieler, schepperte er vor sich hin und hinderte Orsini am Weiterschlafen.

Mühsam setzte er sich auf. Rauch und Alkohol steckten noch in seinen Kleidern und Gliedern. Kein Wunder, dass er sich matt fühlte, wenn man bedachte, welche Mengen er vernichtet hatte. Gemessen daran ging es ihm erstaunlich gut. Trotzdem war da dieser unerbittliche Lärm. Träge stand er auf, bewegte sich auf den Verursacher zu und atmete erleichtert auf, nachdem er den Quälgeist zum Verstummen gebracht hatte.

Neun, zeigte die Uhr. Er trank ein großes Glas lauwarmes Wasser und begann mit Aufwärmübungen. Leichtes Training, um wieder fit zu werden, vor allem im Kopf, das würde er heute brauchen. Machte fünf Minuten Rast und wechselte dann zum Sandsack über. Drosch auf ihn ein und leerte danach ein zweites Glas, diesmal eiskaltes Wasser. Anschließend, pünktlich um zehn, stellte er sich unter die eiskalte Dusche. Minutenlang. Danach ging er in die Küche, riss das Fenster auf und kochte Kaffee. Viel. Dunkel und stark.

Gereinigt von außen und innen, hob er den Hörer von der Gabel und wählte. Knapp eineinhalb Stunden und viele

Tassen Kaffee später führte er das vorletzte Gespräch des Vormittags.

„Altwarengeschäft Tandler."

Orsini war irritiert, da die Stimme des Altwarenhändlers heller und jünger wirkte, als er sie in Erinnerung hatte. „Ja, äh, Orsini, der unliebsame Journalist."

„Dachte ich mir, dass Sie nicht locker lassen."

„Ist mein Beruf."

„Hab da was anderes gehört."

„Was denn?", wollte Orsini wissen.

Doch der Altwarenhändler ging nicht darauf ein. „Und was wollen Sie von mir, wenn ich fragen darf?"

„Heute Abend bei Ihnen vorbeikommen."

„Wie? Ich verstehe nicht."

„Mit Ihnen reden, gegen sechs, wenn Ihnen das recht ist."

„Wozu?", kam es überrascht retour.

„Wozu?", wiederholte Orsini und gab gleich darauf Antwort: „Weil zwei verschwundene Bilder aus dem Besitz Heinrich Novaks wieder aufgetaucht sind."

„Conrad spricht, ruf mich zurück, sobald du kannst! Ist wirklich dringend." Orsini schenkte sich aus der Thermoskanne Kaffee nach. Sie hob einfach nicht ab, sooft er es auch versuchte! So blieb wieder einmal nur die Mobilbox. Um die Dringlichkeit zu unterstreichen, sprach er noch einen weiteren, ähnlichen Text darauf. Kaum hatte er aufgelegt und getrunken, läutete jedoch das Telefon.

„Was gibt's denn so Dringendes, dass du mich mit Anrufen bombardierst?", fragte Paula. Sie klang leicht verstimmt.

„Guten Morgen übrigens", antwortete Orsini launisch.

„Morgen? Du bist gut! Was glaubst du, wann Lilly mich aus dem Bett geholt hat? Und außerdem hab ich so viel zu tun, dass mir der Kopf schwirrt."

„Ich brauch dich“, sagte Orsini nur.

„Was? Wie? Du brauchst mich? Du bist nicht mehr mein ...“

„Ja“, unterbrach sie Orsini, „aber ich brauch dich trotzdem. Sonst muss ich es eben allein machen.“

„Was allein, was machen? Du sprichst in Rätseln! Bist du vielleicht spät nachhause gekommen und erst jetzt aufgestanden oder kannst du konkreter werden?“, ätzte Paula, hörte ihm dann aber doch zu.

„Du bist verrückt, Conrad!“, stellte sie wenige Minuten später lakonisch fest, nachdem Orsini ihr seinen Plan geschildert hatte und je länger sie darüber nachdachte, desto überzeugter war sie davon. „Das ist komplett verrückt!“

„Ich weiß nur, dass ich langsam verrückt werde, wenn ich's nicht mache. Die Frage ist nur, ob du mir dabei hilfst.“

„Aber ich kann doch nicht ... ich hab hier so viel ...“

„Doch, du kannst, wenn du willst. Aber ich weiß auch, dass es unfair von mir ist, es von dir zu verlangen.“
„Wie soll das weitergehen?“, sagte Paula mit einem Anklang von Verzweiflung in der Stimme.

„Ich weiß es auch nicht ... Ich weiß nur, dass ich kurz vor fünf in der Zieglergasse sein werde“, antwortete Orsini bestimmt und legte auf. Beharrlich ignorierte er das Klingeln des Telefons, holte dann das Handy und deponierte es auf dem Küchentisch. Seelenruhig nahm er ein belegtes Brot zu sich, schloss die Küchentür und zog sich auf die Couch im Wohnzimmer zurück. Nach einer Weile stand er auf, ging wieder zurück in die Küche und kontrollierte die eingegangenen Anrufe. Paula hatte zwar dreimal angerufen, jedoch keine Nachricht hinterlassen. Orsini wählte Junuz' Nummer, führte ein längeres Gespräch mit ihm und bezog danach wieder Stellung auf dem Sofa.

Pünktlich um vier Uhr Nachmittag klingelte der Wecker. Orsini hatte vor sich hingedöst und fühlte sich fit. Er holte ein breites Stoffband aus einer Schublade, stellte in der Küche die Espressomachine an und begann, die gesunde Hand mit dem Band zu umwickeln. Nicht zu fest, aber doch so stark wie nötig. Danach kramte er in der winzigen Abstellkammer, dem ehemaligen Dienerzimmer, bis er fand, was er gesucht hatte und steckte alles in eine alte Umhängetasche. Aus einem Wohnzimmerschrank nahm er mangels Alternative zwei Gesellschaftsspiele, leerte den Inhalt auf den Teppich und ging damit in sein Büro. Dort stellte er mithilfe von Packpapier, Schere und Klebeband ein größeres Paket her. Einen Espresso später schlüpfte er in den Mantel, schnappte das Diktiergerät und verstaute es zusammen mit dem Handy ebenfalls in der Umhängetasche.

Draußen war die Temperatur annähernd gleich geblieben. Die Sonne versteckte sich hartnäckig. Orsini blickte zum Himmel. Die Wolken hatten eine eigenartige Farbe und es roch förmlich nach Schnee. Zielstrebig marschierte er los. Das Paket unterm Arm und die Tasche über der Schulter. Die Nacht war vergessen. Klar wie schon lange nicht mehr in letzter Zeit waren seine Gedanken. Das Gehirn arbeitete wieder strukturiert. Er eilte die leicht bergauf führende Siebensterngasse entlang. Folgte dem Verlauf der Straßenbahnschienen in die Westbahnstraße und hielt an der Kreuzung zur Zieglergasse an, wo die Schottenfeldkirche unverrückbar ihren Standpunkt behauptete. In der kleinen Nische vor dem Café stand noch immer die Höllenkutsche des Kohlenhändlers. Die Trafik war schon hell erleuchtet und beim Würstelstand herrschte gerade Hochbetrieb. Weiter hinten Richtung Mariahilfer Straße standen Baufahrzeuge und verdeckten so das Posamentengeschäft. Orsini musste an den einbeinigen Obdachlosen denken, der ihm ohne zu fragen den Rotwein angeboten hatte. Wo mochte er wohl sein? Ohne besonderes Interesse blickte er zu den Fenstern der Novakschen Wohnung hoch. Finster. Nur der Kristallluster schickte kleine Lichtreflexionen zurück auf die Straße. Im Moment war ihm das jedoch egal. Obwohl nur einige Wochen vergangen waren, seit er wegen des Posamentenhändlers das erste Mal in der Straße gewesen war, kam es ihm länger vor. Wesentlich länger. Gleichgültig ging er an dem Haus vorbei. Dass es im Gasthaus „Zur Stadt Krems“ schon wieder Hirn mit Ei gab, nahm er nur am Rande wahr.

Auf die Minute um Punkt fünf fand er sich vor dem verfallenen Haus ein, in dem der kleine Bosnier gemeinsam mit seinen Kollegen gehaust hatte, und in dem er beinah zu Tode geprügelt worden war. Die Tür war nur angelehnt, wie er es mit Junuz telefonisch besprochen hatte. „Edip get bessa“, hatte Junuz noch in seiner unnachahmlichen Aussprache angefügt und versichert, dass sich seine Freunde und er beim Besuchen abwechseln würden. Dass er auch schon die Familie in Bosnien informiert hätte und Edips Schwiegervater nach Wien kommen würde, um sich um ihn zu kümmern. Orsini war ein Stein vom Herzen gefallen.

Gerade als er eintreten wollte, irritierte ihn etwas. Seine Hose leuchtete kurz fast rhythmisch auf. Er sah sich um. Keine zehn Meter entfernt, parkte ein Fahrzeug, von dem aus er anscheinend angeleuchtet wurde. Orsini ließ die Tür angelehnt und ging zu dem Auto. Von außen konnte er nicht erkennen, wer darin saß. Er beugte sich vor, um besser zu sehen, als die Tür aufsprang.

„Glaubst du wirklich, ich lass dich allein?“, schleuderte Paula ihm entgegen und sah ihn streng an. „Komm rein.“

„Kann ich das Paket auf den Rücksitz legen?“

„Was schleppst du da mit dir herum? Solche Taschen gibt's ja überhaupt nicht mehr!“, antwortete Paula belustigt.

„Seit wann hast du einen Wagen?“, wich Orsini aus, da ihm nichts Besseres einfiel.

„Gehört nicht mir, hab ich mir nur ausgeborgt.“

„Wie hast du's geschafft, dass du weggehen konntest?“

„Lass das meine Sorge sein, aber ewig hab ich nicht Zeit. Also weih mich nochmal genau ein!“

„Und du glaubst, das funktioniert?“ Paula deutete auf das Diktiergerät.

„Klar, ich hab’s ausprobiert.“

„Übrigens, was ich so mitbekommen habe, wird der Hauptverdächtige ...“

„Der Drogensüchtige?“, fragte Orsini.

„Ja, der Stift, der dünne, lange, den werden sie bald wieder gehen lassen müssen.“

„Wieso?“

„Weiß ich nicht genau, hab’s nur so gehört. Aber wahrscheinlich reichen die Beweise nicht aus.“

„Und vor allem hat der öffentliche Druck nachgelassen, kein Mensch interessiert sich mehr dafür.“

„Ja, denk ich auch ... Hier, ich hab noch was für dich“, sagte Paula dann und griff hinter sich. In einer Klarsichthülle steckten verschiedene kopierte Papiere und Fotos. Orsini überflog sie kurz und stieß danach einen Pfiff aus.

„Wow, gute Arbeit!“

„Danke!“ Paula zuckte mit den Achseln. „Wozu hat man eine sauteure Kamera, wenn man sie nicht manchmal nützt.“

„Das reicht jedenfalls für einen längeren Aufenthalt“, meinte Orsini anerkennend. „Hast du aufgepasst, Fingerabdrücke?“, fragte Orsini mit Blick auf die Klarsichthülle. Ohne eine Antwort abzuwarten steckte er sie in die Umhängetasche.

„Natürlich. Die Folie ...“

„Ist klar.“ Orsini nickte.

„Und hinten im Haus?“, fragte sie.

„Sind alle weg. Die meisten arbeiten sowieso noch bis spät in die Nacht und die anderen hat Junuz informiert. Die Tür ist verriegelt.“

„Hast du dir die andere auch noch verletzt?“ Paula deutete auf Orsinis bandagierte Hand.

„Nein, ist nur als Schutz.“

„Verstehe. Hab meinen Schutz auch mit."

„Mach aber nichts Unüberlegtes!"

Paula nickte routiniert, war insgeheim aber angespannt. „Wann geht's los?"

„Jetzt." Orsini beugte sich vor und sah durch die Frontscheibe zum Himmel. „Ich glaube es gibt heut noch Schnee." Daraufhin ergriff er den Türöffner, blickte sich nach beiden Seiten um und schob die Autotür auf. „In fünf Minuten bin ich zurück, ich muss nur kontrollieren, ob Junuz alles so vorbereitet hat, wie ich's brauche."

„Okay, alles in Ordnung", sagte er wenig später, nachdem er wieder ins Auto eingestiegen war. „Die Sachen hab ich deponiert."

„Wo?"

„Neben der Hoftür liegt die Tasche und wir nehmen das Zimmer unten. Links neben der Hoftür. Im Raum ist alles voller provisorischer Stützen. Solltest du ..."

„Werd ich nicht, du schaffst das", entgegnete Paula.

„Gut." Orsini atmete noch einmal durch und begann zu wählen. Er hatte das Handy am Ohr und das Diktiergerät in der Hand. Nach dem zweiten Zeichen hob jemand ab.

„Ingenieur Baswal, Immotreu, wer spricht?", hörte Orsini die gelangweilte Stimme.

Augenblicklich hielt er das Diktiergerät vor das Mikrofon des Handys und schaltete auf Play. *„Schnell herkommt. Hier groß Problem in Zieglergass mit Leute in Wohnung. Schnell. Passiert was. Schnell!!!,* spielte das kleine Gerät den Text ab, den Orsini in der Dönerstube aufgenommen hatte. Er horchte noch einen Augenblick, glaubte ein verdattertes „Ja" gehört zu haben und legte auf.

„Und, hat er angebissen?"

„Denke schon, vermutlich telefoniert er jetzt mit dem kahlköpfigen Schläger oder er braucht nur ums Eck ins Büro zu gehen. In wenigen Minuten werden wir das ohnehin wissen." Orsini wollte aufstehen, Paula hielt ihn jedoch zurück.

„Was ich noch sagen wollte ...“

„Ja?“, antwortete Orsini, merkte eine Veränderung in ihrer Stimme und sah sie an.

„Was damals geschehen ist ...“

Orsini hielt in der Bewegung inne und war augenblicklich wieder in dem dunklen Raum, wo vor Jahren alles geendet hatte.

„Es war nicht deine Schuld“, fuhr Paula fort, „aber danach ... Ich hab Abstand gebraucht ... von der Arbeit ... von dir ... einfach von allem.“

„Ich auch“, gab Orsini zurück, „trotzdem hätte ich besser ...“

„Nein!“, unterbrach sie ihn. „Lass es und versprich mir, dass du *jetzt* aufpasst!“

Behutsam fuhr Orsini über die Narbe auf Paulas Wange. „Mach ich, aber behalt du die Straße im Auge und ruf mich an, wenn ich vor der Tür stehe“, antwortete er dann und öffnete die Beifahrertür.

„Okay Paula, ich versteh dich deutlich. Ich geh jetzt rein.“ Orsini stieß die Tür zum Vorhaus auf und ließ sie angelehnt. Der Raum war stockdunkel und wenn man von der beleuchteten Straße kam, war man fürs Erste so gut wie blind.

„Und?“

„Nichts“, antwortete Paula durch das Telefon.

Orsini verharrte gespannt. Noch immer konnte er das vernarbte Gewebe an Paulas Wange auf den Kuppen seiner Finger spüren. Vielleicht war er tatsächlich nicht allein Schuld, aber verhindern hätte er es müssen. Zwei, drei Minuten vergingen. Seine Augen hatten sich an die Dunkelheit gewöhnt und er konnte Umrisse erkennen. Allmählich wurde er nervös. *Scheiße, es funktioniert nicht!*, ging es durch seinen Kopf, während er wartete.

„Ich steig aus, so kann ich sie früher sehen“, sagte Paula. Er hörte das Geräusch einer zuschlagenden Autotür und dann wieder nur Paulas regelmäßigen Atem.

„Okay Conrad, da kommt jemand die Straße runter ... ich glaub ..., das ... verdammt ..., das kann doch nicht ...“

„Was ist Paula? Abbruch?“

Keine Antwort. Rauschen. Dann: „Verdammt, die kommen zu zweit!“

„Okay, Abbruch!“, antwortete Orsini hektisch.

„Nein!“, entgegnete Paula energisch. Orsini presste das Handy ans Ohr. Ihre Schritte waren deutlich zu hören. Ein Auto fuhr vorbei und übertönte für einen Moment alles.

Danach war Paula wieder klar zu verstehen. „Conrad?“

„Was? Paula, soll ich ...?“

„Sei still, ich ... ich mach das!“

„Paula!“, rief Orsini verhalten. Er spürte, wie die Angst um Paula in ihm hochkroch und ihn wieder in die Vergangenheit zurückkatapultierte. Vor seinem inneren Auge tastete er plötzlich dunkle Gänge entlang, fühlte die Feuchtigkeit, roch den alles überdeckenden Gestank und sah, wie so oft in seinen Träumen, Paula.

„Einen Moment Conrad, ich hab grad einen Bekannten getroffen“, hörte er Paulas Stimme im Handy, während die Wände um ihn enger zu rücken schienen. Der Boden unter seinen Füßen wollte nachgeben. Er sah die um Jahre jüngere Paula, sah, wie ihm damals alles entglitten war.

„Können Sie sich noch an mich erinnern, vor ein paar Tagen im Hof?“, hörte er Paula wie aus weiter Ferne sagen.

Nein! Noch einmal durfte er Paula nicht gefährden!, holte er sich schlagartig in die Gegenwart zurück. Offensichtlich unterhielt sie sich mit jemandem.

„... jetzt keine Zeit“, hörte Orsini auf einmal die Stimme des Ingenieurs.

„Ich halte Ihren Freund schon nicht allzu lange auf“, sagte Paula plötzlich laut und gut verständlich. Orsini überlegte einen Moment und schaltete dann das Handy ab. Keine Sekunde zu früh.

Die Eingangstür quietschte, dann war das knirschende Geräusch von Kies unter Schuhen zu hören. Die Tür fiel nicht ins Schloss. In den wenigen Sekunden, die der Ingenieur brauchte, um bis zur Hoftür zu gelangen, entspannte Orsini sich. Ruhig und fokussiert stand er wieder auf festem Boden. Die Schritte kamen langsam näher. Er zählte mit und konzentrierte sich ab dem zehnten Schritt aufs Äußerste. Zwischen dem elften und dem zwölften Schritt spannte er seinen Körper an, trat einen Schritt vor, holte gleichzeitig aus und streckte den auf ihn zukommenden Schatten mit einem gezielten Kinnhaken nieder. So schnell er konnte, zog er den bewusstlosen Körper hinter den kleinen Verschlag, den er sich als Sichtschutz aufgebaut hatte. Allerdings war es hinter dem zusammengestellten Gerümpelhaufen so eng, dass er den Ingenieur nur notdürftig verbergen konnte, als er plötzlich von der Straße gedämpft Paulas Stimme hörte. Sie sagte irgendetwas Unverständliches und Orsini war schon drauf und dran hinauszulaufen, als die Eingangstür geöffnet wurde. Er hielt den Atem an. Spürte, wie sich seine Hand anspannte und sich die Knöchel an der Bandage rieben.

Die Tür fiel ins Schloss. *Verdammt! Paula kann mir jetzt nicht mehr helfen,* registrierte Orsini das Geräusch. So leise wie möglich begann er wieder zu atmen und auf das feine Knirschen der Schritte zu hören, die sich näherten.

Sportschuhe mit weicher Sohle, stellte er ernüchtert fest. Auf der Straße fuhr ein knatterndes Motorrad vorbei und lenkte Orsini ab. Der Kohlenhändler, durchfuhr es ihn. Er vergaß dabei aufs Zählen und sprang einen Moment zu früh nach vor. Mit voller Wucht schlug er auf das schwarze Etwas vor ihm ein. Ein Schmerz durchzog ihn vom Handknöchel aufwärts. Irgendwo hatte er seinen Gegner getroffen. Das dunkle Etwas schrie auf. Orsini setzte nach, fuhr daneben und bekam die Rechnung postwendend in Form eines Schlages zu spüren. Knapp am Auge vorbei. Die Faust seines Gegners hatte ihn oberhalb der Wange getroffen. Egal. Ohne den Schmerz zuzulassen, schlug Orsini abermals hin. Geballte Wut. Er hatte absichtlich tiefer gezielt und getroffen. Wo, wusste er nicht. Aber sein Gegner taumelte. Ein kräftiger, jahrelang geübter Aufwärtstritt in den Magen und ein Uppercut mit der Rechten beendeten den Kampf. Der Typ ging in die Knie und brach zusammen. Orsini warf einen Blick auf die Schuhe und rannte zur Tür. Mit der Waffe in der Hand stand Paula davor.

„Alles okay", presste Orsini hervor, zog Paula ins Vorhaus, schloss die Tür und schob einen zuvor dort deponierten Holzkeil unter die Tür. Aus der Tasche nahm er rasch mehrere große Kabelbinder und zwei Arzthandschuhe. Paula hatte ihre schon an.

„Du den Ingenieur", deutete Orsini zu Paula. Er selbst fesselte den Schläger. Dann verband er ihm Augen und Mund mit Klebeband. Der Ingenieur stöhnte plötzlich auf und schien zu erwachen. Orsini riss rasch zwei lange Klebestreifen ab und verfuhr mit dem Ingenieur genauso wie zuvor mit dem Schläger.

„Okay, zuerst ihn", sagte Orsini leise und gab Paula ein Zeichen, dass sie ab jetzt nicht mehr miteinander sprechen sollten. Der Schläger gab nämlich nun eindeutige Zeichen von sich. Offensichtlich war er aus der Bewusstlosigkeit erwacht. Er schlug auf dem Boden liegend wild mit Händen und Füßen um sich. Orsini schnappte noch schnell das Klebeband. Dann ertönte ein dumpfer Schlag und es war still. Paula schaltete die Taschenlampe ein und sah ihn fragend an. Orsini zeigte nur auf seine bandagierte Faust.

Gemeinsam schleppten sie die beiden in den Raum mit den provisorischen Deckenstützen. Es roch nach Schimmel und verfaultem Holz. Orsini rüttelte an einer der metallenen Stangen, brachte den Schläger in Sitzposition und band ihn daran fest. Den Ingenieur bugsierte er zusammen mit Paula in die entgegengesetzte Ecke und fesselte ihn dort. Mit dem Klebeband verstärkte er Hand und Fußfesseln und holte ein Messer aus seiner Hose hervor.

Entsetzt starrte Paula ihn an. Das Bild, das sich ihr bot, war unwirklich. Mit der Taschenlampe zwischen den Zähnen nahm Orsini den Kopf des Schlägers und fixierte ihn mit der linken Hand an der Stange. Dann steckte er ihm langsam das Messer durchs Textilband in den Mund. Ohne ein Wort hervorzubringen sah Paula zu. Der Schläger röchelte leise. *Conrad, nein! Was ...?* Ihr Puls beschleunigte sich unkontrolliert. Doch Orsini machte eine schnelle Handbewegung, drehte das Messer im Kreis und ... hielt zwischen seinen beiden Fingern etwas hoch, um es Paula zu zeigen. Angespannt versuchte sie den Strahl ihrer Taschenlampe darauf zu richten. Ihre Hand zitterte. Sie musste schließlich die Lampe mit beiden Händen fest umfassen, um etwas erkennen zu können.

Orsini hielt ein ovales Plättchen, ein Stück des Klebebandes, zwischen den Fingern. Er hatte dem Schläger ein Atemloch geschnitten.

Der Schreck saß Paula in den Gliedern. Sie ließ die Taschenlampe sinken und lehnte sich an die Mauer.

Orsini stand inzwischen auf und trat zum Ingenieur. Dann hockte er sich vor den Gefesselten hin, hielt dessen Kopf gegen die eiserne Stange und stach mit dem Messer durch das elastische Gewebe. Gerade in dem Augenblick begann der Ingenieur zu toben. Wie wild schlug er plötzlich um sich und löste sich so aus Orsinis Fixierung. Bevor Orsini das Messer herausziehen konnte, zerschnitt es einen Teil des Bandes und des Mundwinkels. Ein länglicher Schnitt zeichnete sich quer der Wange ab. Blut quoll aus dem Schnitt und rann über das Kinn.

„Verd...“, unterdrückte Orsini einen Fluch und riss mit einem Ruck das Klebeband herunter, gefolgt von einem durchdringenden Schrei.

„Sei still", zischte Orsini, „sonst ...!!" Mit der Taschenlampe besah er sich die stark blutende Wunde, riss einen kleinen Streifen von der Rolle und versorgte die Wunde so gut es ging. Mit einem größeren Stück, in das er zuvor ein Loch geschnitten hatte, klebte er danach den Mund des Ingenieurs zu. Anschließend gab er Paula ein Zeichen. Er holte die Klarsichthülle, nahm die Papiere heraus und legte sie zwischen die beiden Männer auf den Boden. Dann verließen sie wortlos den Raum.

„Alles in Ordnung bei dir?", fragte Orsini.

„Ich geh vor die Tür und seh nach", antwortete Paula bleich.

„Gut. Ich kontrollier nochmal ..."

Eilig raffte Orsini in der Eingangshalle alles zusammen und kehrte dann zu den beiden Gefesselten zurück. Dort holte er etwas aus seiner Manteltasche und platzierte es auf dem Boden neben den Schläger.

Erleichtert schloss Orsini die Autotür hinter sich, zog die Handschuhe aus und atmete laut durch. Paula saß auf dem Fahrersitz und blickte ihn an.

„Du bist verletzt", deutete sie auf die Platzwunde an seiner Wange.

„Nicht der Rede wert."

„Zeig her!", antwortete Paula und sah sich die nässende Stelle an. „Du hast mich ganz schön erschreckt, mit dem Messer."

„Wollt ich nicht, hab einfach zu spät dran gedacht und es sind schon so viele an Knebeln erstickt."

„Ich weiß, es war nur dieser Moment, die Handschuhe und das unwirkliche Licht, ich hab zuerst geglaubt ..."

„Was?", fragte Orsini und starrte sie an.

„Und seine Wunde ...", redete sie weiter, ohne darauf einzugehen.

„Ein Kratzer, wenn ich da an meine Rippen und Edip denke, sollte ich eigentlich nochmal zurückgehen!"

„Hat ganz schön geblutet", fuhr Paula fort.

„Ein Dauergrinsen wird ihm schon bleiben", bemerkte Orsini. „Für einen Moment hab ich gedacht, wir müssen alles abblasen", fuhr er ablenkend fort, „wie du am Telefon gesagt hast, dass sie zu zweit kommen!"

„Ja, war ein bisschen knapp."

„War sogar verdammt knapp. Hast du gut hingekriegt!", erwiderte Orsini, während er sich über die schmerzende Wange fuhr.

„Irgendwie hab ich mir gesagt, dass wir so eine Chance nicht wieder kriegen werden. Ich hab gewusst, dass ich die beiden trennen muss. Dann ist mir eingefallen, dass der Schläger mich ja von meinem Besuch auf der Baustelle kennt. Also hab ich versucht, ihn in ein Gespräch zu verwickeln. Der Ingenieur war total hektisch und wollte weiter. Aber wie er hinter der Tür verschwunden ist, hat sich auch der Typ nicht mehr länger aufhalten lassen. Ich hab noch versucht, es hinauszuzögern."

„Hab ich mitbekommen!", sagte Orsini. „Ohne dich läg wahrscheinlich *ich* in dem Raum!"

„Und jetzt?", fragte Paula, nachdem sie eine Weile nur so dagesessen waren.

„Ich denke, du solltest nachhause fahren und schauen, was Lilly macht, weil", sagte Orsini und blickte auf seine Uhr, „in ungefähr einer Viertelstunde, also um dreiviertel sechs, ein anonymer Anruf bei der diensthabenden Wache im siebenten Bezirk eingehen wird."

„Ja du hast recht, da sollte ich zuhause sein, bei anonymen Anrufern weiß man nie so genau ... Und was machst du?"

„Ich? Ich geh spazieren, dann muss ich noch einen Anruf erledigen und vielleicht schau ich noch in einem Altwarengeschäft vorbei."

„Seit wann bist du Sammler?“, fragte Paula neckisch.

„Erst seit Kurzem, aber wenn ich was Schönes finde, dann hole ich es mir, koste es, was es wolle“, sagte Orsini, zog Paula zu sich und küsste sie lange. Dann nahm er Paket und Umhängetasche, stieg aus und ging.

35

Orsini griff auf die Wunde in seinem Gesicht. Eine dünne Kruste hatte sich gebildet. Vier, fünf Zentimeter schätzte er. Ganz so harmlos, wie er Paula gegenüber getan hatte, war die Wunde nämlich nicht. Zwar hatte ihn sein Gegner nur gestreift, aber allein das hatte gereicht. Der Wangenknochen tat ziemlich weh. Kurz kehrten seine Gedanken noch einmal ins Wageninnere zurück. Es war ein leidenschaftlicher Kuss gewesen und Paula hatte ihn erwidert. Doch jetzt war einfach nicht der richtige Augenblick, um länger darüber nachzudenken.

Der Kristallluster sandte nun Strahlen aus, bemerkte Orsini im Vorbeigehen. Vom beleuchteten Fenster der Novaks glitt sein Blick auf die Uhr am Handgelenk. Noch genug Zeit. Die Kreuzung war jetzt belebt. Vor der Kirche warteten offensichtlich einige Leute auf den Beginn der Messe. Seine Unterhaltung mit dem Priester, der eigentlich ein Monolog des Monsignore gewesen war, kam Orsini wieder in den Sinn. Keine zwei Wochen her, aber schon wieder unendlich weit weg. Der Wagen des Kohlenhändlers befand sich nicht mehr vor dem kleinen Café. Ob er schon wieder fit genug war, um Brennmaterial auszuliefern? Orsini blieb für einen Augenblick stehen und dachte an den vorangegangenen Abend. Noch immer hatte er das Bild des hysterisch schreienden Kohlenhändlers vor Augen.

Den kleinen Würstelstand gegenüber belagerten drei auffällig laute Jugendliche. Ein Hotdog drehte die Runde und verkleinerte sich schnell. Einer der drei hatte Kopfhörer auf und sang die Melodie, die er hörte, mit, während er den Rhythmus dazuklatschte. Im Geschäft daneben war der Mann der Trafikantin gerade mit einem Kunden beschäftigt und drückte ihm ein Magazin in die Hand. Unwillkürlich musste

Orsini an den Silberrücken und seine erotische Phantasterei mit der Trafikantin im Kohlenkeller denken. Er marschierte an den Spielzeugeisenbahnen und am Posamentenladen vorüber. Irgendjemand hatte offensichtlich die Absperrbänder entfernt. Hundeexkremente und Müll lagen direkt vor dem Eingang. Er stieg darüber hinweg und passierte die Einfahrt zur ersten Baustelle.

Ob die beiden schon vermisst wurden?, fragte er sich und blieb wenig später abrupt vor den steinernen Skulpturen stehen. Ein leichter Wind, eher ein Hauch, fuhr durch die Äste des Baumes, der die Statue wie ein Baldachin schützte. Nur mehr einzelne verschrumpelte Blätter baumelten an den Ästen und zitterten ein wenig im Wind. Wie angewurzelt stand Orsini vor dem steinernen Pärchen und starrte es an. Der zur Mahnung erhobene abgebrochene Zeigefinger der Mutter und ihre ausgestreckte Hand, die auf der Schulter des Kindes ruhte. Eine gewisse Leere lag in den Augen der Mutter, die den Kopf gesenkt hielt. Langsam, beängstigend langsam, breitete sich ein dumpfes Gefühl in Orsinis Bauch aus.

Ohne sich noch einmal umzudrehen, ließ er die Statuen hinter sich und suchte die Lichter der Mariahilfer Straße. Dort betrat er die nächstbeste Telefonzelle. Der Weg durch die Zieglergasse kam Orsini vor wie ein Filmstreifen, an dem man der Länge nach vorübergeht. Noch einmal spulte er gedanklich zurück. Drückte auf Play und blieb an einer bestimmten Stelle stehen. Mit geschlossenen Augen betrachtete er das eingefrorene Bild, schaltete dann die Wiedergabe ab und tippte auf der Telefontastatur die Nummer des Bezirkskommissariats für den siebten Bezirk ein.

„Lass Mama noch kurz ...“, sagte Paula erschöpft und beugte sich über ihren Schreibtisch.

„Muss aufs Klo.“

„Na gut, ich komm schon!“ Seufzend stand Paula auf. Sie hatte ihrem Kollegen das Auto zurückgebracht, sich im Dienst abgemeldet und war nachhause gefahren, um Jeannet abzulösen. Ihr brummte der Kopf. Geistesabwesend wischte sie Lillys Hintern aus und dachte dabei an die heutigen Ereignisse. Nach einem ohnehin anstrengenden Vormittag hatte sie sich zuerst auf eine mühsame Befragung bezüglich ihrer aktuellen Ermittlung eingelassen und danach ... Wieder sah sie sich den Ingenieur fesseln, blickte auf Conrads blutende Wange und ...

„Mama, schau!“

„Was denn?“, fragte Paula abwesend und fuhr sich selbst über die Wange. Es war ihr erster und einziger gemeinsamer Fall gewesen, bei dem sie sich die Narbe zugezogen hatte, und sie hatten sich dabei beide verschätzt. Unmittelbar danach hatte Conrad den Dienst quittiert und war in der Versenkung verschwunden. Einerseits hatte das Paula sehr getroffen, andererseits hatte sie auch nicht nach ihm gesucht ...

„Da, schau!“ Lilly zupfte hartnäckig an Paulas Ärmel.

„Ich kann jetzt nicht, bitte!“ Ungeduldig schüttelte Paula die Kleine ab. Manchmal hätte sie am liebsten ...

Unbeirrbar zog Lilly weiter an Paulas Pullover bis sie schließlich nachgab.

„Was hast du denn?“

Stolz hielt Lilly ihr ein leicht zerknittertes Blatt Papier hin. Darauf waren mehrere unförmige Gebilde in bunten Farben zu sehen. Erwartungsvoll sah Lilly zu Paula hoch.

„Ein Elefant?“

Kopfschütteln.

„Ein Haus?“

Kopfschütteln.

„Wir beide?“

Endlich nickte Lilly, zeigte auf ein dickeres Kügelchen mit einem Klotz daneben und meinte: „Willy und Conad.“ Dann hielt sie den Stoffhasen hoch, den sie seit dem Besuch im Zoo so gut wie gar nicht aus der Hand gab, und umarmte ihn fest. „Darf ich fernsehen?“, fragte sie dann.

„Wenn du nachher brav schlafen gehst“, Paula sah auf die Uhr, „kannst du dir meinetwegen eine Folge von Heidi ansehen.“

Zufrieden trottete Lilly ins Wohnzimmer, den Stoffhasen Willy an einem Ohr hinter sich herschwenkend.

Paula lehnte sich in ihrem Stuhl zurück, verschränkte ihre Hände kurz hinter dem Nacken und zog dann eine Schublade auf. Ein chaotisches Durcheinander von Postkarten, Zetteln und Briefen kam zum Vorschein. Eine Weile kramte sie darin herum, schmunzelte über die Geburtstagseinladung ihres Bruders und suchte weiter. Zog die Lade schließlich bis zum Anschlag heraus und kratzte sich an der Schläfe. Leerte danach den gesamten Inhalt auf den Boden und räumte jedes Papier einzeln zurück. Irgendwann würde sie hier Ordnung schaffen! Endlich fand sie zwischen zwei verklebten Kuverts, wonach sie gesucht hatte. Legte es auf die Tischplatte und lächelte. Schob es ein wenig hin und her und lehnte es dann gegen eine Vase.

„Schlafen gehen!“ Lilly stand schon wieder da und rieb sich die Augen. Als Paula sie hochhob, sah Lilly das Foto an der Vase lehnen, zeigte darauf und meinte: „Conad!“

Beinahe gehetzt kam Orsini vor dem Altwarengeschäft an. Fröstelnd blickte er durch die schwach beleuchteten Auslagenscheiben, die von Eisblumen geziert wurden. Die ausgestellten Gegenstände waren, soweit er sich erinnern konnte, noch dieselben.

Offensichtlich war jemand im Geschäft, nur war nicht zu sehen, wer. Zehn vor sechs, eine Spur zu früh. Entschlossen öffnete Orsini die Tür. Ein warmer Luftschwall und ein Gesprächsfetzen wehten ihm entgegen. Er blieb stehen, schloss die Tür und stellte das Paket vor sich ab. Hinter dem roten Vorhang schepperte es.

Mit einem lauten „Ratsch" zog Vladimir Tandler den Vorhang zur Seite, machte einen Schritt nach vorne und schloss ihn wieder. „Ziemlich kalt heute, gibt wahrscheinlich Schnee", sagte er und kam auf Orsini zu, ohne einen Blick auf das Paket vor Orsinis Füßen zu werfen.

„Stimmt", erwiderte Orsini und schüttelte ihm die Hand, „könnte durchaus was Wärmendes brauchen."

„Schon wieder ausgerutscht?" Vladimir Tandler deutete auf Orsinis Wange.

„Nicht der Rede wert."

„Ein kleiner Türkischer?" Ohne Orsinis Antwort abzuwarten, verschwand der Altwarenhändler wieder hinter dem Vorhang und man hörte das Klappern von Geschirr.

„Nur wenn's keine Umstände macht", antwortete Orsini laut. Er zog seinen Mantel aus und suchte einen Platz dafür. Um den kleinen Marmortisch waren fünf Sessel gruppiert. Auch der, den er bei seinem ersten Besuch ausgewählt hatte.

„Hab ich extra für Sie hingestellt", drang die Stimme Vladimir Tandlers gedämpft durch den Vorhang.

Schon wieder dieses Gedankenlesen!, ärgerte Orsini sich und hängte seinen Mantel über die Lehne. Das Paket mit den leeren Schachteln stellte er daneben auf den Boden.

„Also, was wollen Sie wirklich von mir?" Vladimir Tandler erschien mit einem japanischen Tablett in der Hand.

Wie hatte er es geschafft, in so kurzer Zeit den Kaffee zu kochen, fragte Orsini sich.

„Sind die Bilder da drinnen?" Vladimir Tandler deutete mit dem Kopf auf das Paket, während er einschenkte. Ein feiner würziger Duft nach Kardamon durchzog den Raum.

„Ja." Orsini nickte.

„Komisch!"

„Wieso?", fragte Orsini.

„Hatte sie größer in Erinnerung, wahrscheinlich täusche ich mich", fügte der Altwarenhändler wie beiläufig an.

Orsini schluckte, aber nicht den Kaffee, sondern daran, dass er das gefakte Paket zu klein dimensioniert hatte. „Darf ich ...? “

„Natürlich, er müsste jetzt genau die richtige Temperatur haben“, antwortete Vladimir Tandler und trank selbst. Orsini verfluchte sich, dass er zu früh gekommen war. So ausgiebig wie möglich widmete er sich dem Getränk, lobte den Geschmack und versuchte wieder auf das Wetter überzulenken. Vergebens. Höflich, aber bestimmt kam der Alte wieder auf den Grund seines Besuches zurück.

„Also, wie sind Sie in den Besitz gelangt?“

„Ist eine lange Geschichte“, antwortete Orsini und nippte am winzigen Schälchen.

„In meinem Alter hat man Zeit.“

„Im Zuge meiner Recherchen ...“

„Sie meinen Ermittlungen“, unterbrach ihn Vladimir Tandler.

Augenblicklich hatte Orsini dasselbe Gefühl wie immer, wenn er es mit dem Altwarenhändler zu tun gehabt hatte, wie beim Röntgen. Wo er nicht der Arzt, sondern der Patient war, dem jede kleine Verfehlung sofort gezeigt wurde. „Wie immer Sie das nennen wollen. Hatten Sie damit zu tun?“, fragte Orsini und kehrte so den Spieß um.

„Womit?“

„Mit dem Verkauf der Bilder“, antwortete Orsini und fügte noch ein „natürlich“ an.

„Wie kommen Sie darauf?“

„Ich dachte nur, Sie waren doch Freunde ...“

„Und?“, warf Vladimir rasch ein und sah Orsini an.

„Das ist doch Ihr Gebiet, Sie haben da doch bestimmt Kontakte ...“

„Ich weiß doch nicht mal, was in dem Paket drinnen ist“, wich der alte Händler geschickt aus und verlängerte somit das Spiel.

„Waren Sie übrigens jemals im Büro, dem sogenannten Allerheiligsten, von Heinrich Novak?"

„Ja, ein paar Mal – warum? Was hat das damit zu tun?"

„Weil dort an der Wand ein dunkler ..." Weiter kam Orsini nicht, da die Tür sich öffnete.

Langsam, beinah schüchtern trat Karl ein. Prompt musste Orsini an seinen insgeheim verliehenen Spitznamen „der Fisch" denken. Einen Putzerfisch nämlich. Er trug einen dunklen, altmodischen Mantel. Ein langer Schal war um seinen Hals geschlungen und auf seinem Kopf saß eine übergroße Haube. Beides selbst gestrickt. Passend unpassend. Sein Blick blieb gesenkt, als er zuerst dem Altwarenhändler und dann Orsini die Hand gab.

„Sieht nach Schnee aus", sagte er leise, nahm die Haube vom Kopf, lockerte leicht den Schal und öffnete den Mantel, ohne ihn jedoch auszuziehen. „Darf ich den ...?", fragte er Vladimir Tandler zögerlich und zeigte auf einen abgenutzten goldenen Holzsessel. Die ausladend breiten Armlehnen waren mit rotem Samt überzogen. Auch die Sitzfläche war mit demselben Material tapeziert. Alles in allem wirkte der Stuhl wie für einen König zur Krönungsfeier konstruiert.

„Natürlich, ist doch dein Lieblingssessel", antwortete der Altwarenhändler und wies mit der Hand darauf. „Wo waren wir stehen geblieben?", wandte er sich wieder an Orsini, „oder sollen wir noch warten, vielleicht werden wir ja noch mehr?"

Orsini wäre nun gerne in dem Königsstuhl gesessen, nämlich um darin zu versinken. Sein eigener Stuhl bot dafür zu wenig Platz. „Ja, wäre mir lieber", entgegnete er.

„Kaffee?", fragte der alte Händler Karl. Nach einer ablehnenden Kopfbewegung Karls saßen sie sich schweigend gegenüber. Orsini beschloss, die Dinge auf sich zukommen zu lassen und fügte sich in die Stille, die jedoch nur von kurzer Dauer war. Ein nicht zu definierendes, kaum hörbares Geräusch drang durch den roten Vorhang an Orsinis Ohr, wurde aber Sekundenbruchteile später von einem lauten Knall überlagert.

Die Tür ins Geschäft war aufgerissen worden und schepperte noch nach. Der metallene Griff war an der Wand angeschlagen und hatte den Auftakt zu Sophies Auftritt auf akustische Weise eingeleitet. Ebenso heftig schloss sie nun die Tür wieder. Ein bemerkenswerter Gegensatz – laut und grell gegen leise und unscheinbar. Die große, getönte Brille mit Goldrand saß an ihrem Platz. Ein mächtiger Pelzmantel gab ein rosarotes Kostüm frei und die glitzernden Accessoires hatten offensichtlich Nachwuchs bekommen. Orsini half ihr vorsichtig aus dem Mantel, was sich aufgrund der vielen Ketten als schwierig herausstellte.

„Kaffee?", fragte Vladimir Tandler. Eine Nuance Härte lag in seiner Stimme.

„Ein Cognac wär mir lieber", entgegnete Sophie, reichte ihm kurz die gepflegte Hand und setzte sich Karl gegenüber, der nach wie vor stumm dasaß.

„Lange nicht gesehen, abgesehen vom Begräbnis natürlich", antwortete Vladimir Tandler ruhig und ging zu einem Wandschrank. Hinter einer Glastür verbargen sich einige Flaschen und auch ein paar Gläser. Mit zwei bauchigen Schwenkern und einer Flasche kam er zurück, schenkte zuerst Sophie und dann sich selbst ein.

„Trotzdem", sagte er, hob das Glas, prostete Sophie flüchtig zu und blickte dabei zu Orsini. Der kam sich vor wie in einem Theaterstück.

„Prost", erwiderte Sophie, leerte das Glas auf einen Zug und schenkte sich gleich wieder selber nach. Orsini spürte, wie seine Geschmacksnerven auf die vom Geruchsorgan weitergegebene Information reagierten, verkniff es sich aber, nach einem Glas zu fragen. Danach vielleicht. Bis auf das kaum hörbare Danke beim Ausziehen des Mantels hatte sie Orsini – wie auch Karl – bis jetzt ignoriert. Ein Klimpern begleitete klanglich ihre Hände, als sie sich geziert durch die

Haare fuhr, Karl kurz anstarrte und dann auf das Paket neben Orsini deutete.

„Sind sie da drinnen?“

„Ja“, sagte Orsini und beobachtete, wie ihr Blick wieder zu Karl schweifte, dort verharrte und dann wieder auf das Paket fiel, das Orsini jetzt noch kleiner vorkam als zuvor.

„Und, machen Sie’s schon auf!“

„Wir würden noch gerne warten“, entgegnete Vladimir Tandler mit fester Stimme.

„Auf wen?“

„Auf deine Schwester Anna“, fuhr der Altwarenhändler fort.

„Da können wir vermutlich noch lange warten, bis sie sich bequemt zu erscheinen, wenn sie überhaupt kommt!“, entgegnete Sophie.

„Sie kommt“, sagte Karl trocken und wie immer leise. Seinen Mantel hatte er noch an, obwohl ihm sichtlich heiß war. Sein Kopf nahm langsam eine andere Farbe an.

„Gut“, begann Sophie nach einer Weile und sah auf ihre Uhr, „fünf Minuten geb ich ihr noch.“

„Wieso hast du es denn so eilig?“, fragte Vladimir Tandler.

„Weil ..., weil heute ein normaler Wochentag ist, und normale Leute um diese Zeit noch zu arbeiten haben.“

„Verstehe. Bist du immer so ... beschäftigt?“

„Warum fragst du, ist doch völlig normal, oder?“

„Natürlich“, antwortete Vladimir Tandler höflich. Orsini hatte die Unruhe Sophies bemerkt. Wie sie nervös die Brille hin und hergeschoben und das Wort „normal“ betont hatte.

„Herrn Orsini, warum hast du ihn eigentlich beauftragt? Doch nicht deswegen?“ Seine Hand deutete auf das Paket. In diesem Augenblick wurde die Tür energisch geöffnet.

Anna trat ein. Wieder trug sie den eleganten Mantel und die farblich dazu abgestimmten Handschuhe. Ebenfalls ohne den Mantel abzulegen, grüßte sie flüchtig in die Runde und nahm Platz. Die Handschuhe legte sie vor sich auf den Tisch, die Handtasche auf ihren Schoß. Orsini kam sie jetzt noch hübscher vor als bei ihrer Unterhaltung im Gasthaus. Die beiden Schwestern saßen nun so nebeneinander wie vermutlich schon seit Langem nicht mehr. Trotz ihrer unterschiedlichen Aufmachung war die Ähnlichkeit zueinander und zu ihrer Mutter nicht zu übersehen.

„Hallo Anna, Kaffee?", fragte Vladimir Tandler zuvorkommend und gab ihr die Hand.

„Würde ich gerne haben", antwortete sie auf Vladimir Tandlers Angebot. „Allerdings viel Zeit habe ich nicht. Ich möchte nur alles so rasch wie möglich aufteilen", übernahm sie sofort die Initiative.

„Ist lange Zeit her, dass ich mit euch dreien an einem Tisch gesessen bin", versuchte Vladimir eine Brücke von der Vergangenheit ins Jetzt zu bauen, die aber niemand betrat, weshalb er sich genötigt sah weiterzusprechen: „Nun zuerst einmal geht's darum, dass uns Herr Orsini aufklärt, worum es sich eigentlich handelt." Orsini, der die ganze Zeit über nur das Verhalten der Geschwister beobachtet hatte, wurde, bevor er anfangen konnte, von Sophie unterbrochen.

„Kann sich ja nur um das Landschaftsbild aus dem Vorraum handeln, das nicht mehr an seinem Platz hängt, oder?"

„Karl hat gesagt, dass in Vaters Büro auch noch ein Bild fehlt. Das hing neben seinem Schreibtisch, soviel ich weiß. Stimmt doch Karl, oder?", sagte Anna.

„Aha, das wird ja immer besser!", brach es aus Sophie heraus, während Karl nur stumm nickte.

„Was wird immer besser?", schoss Anna zurück und sah ihre Schwester zum ersten Mal richtig an.

„Na, von dem Bild im Büro hör ich jetzt das erste Mal!"

„Hättest ja fragen können!"

„Wen denn?", lachte Sophie höhnisch.

„Hast du ihn vielleicht deswegen auf uns angesetzt", deutete Anna mit dem Kopf zu Orsini, „sind dir die Bilder abgegangen, oder war es, weil du zu wenig bekommen hast?"

„Zumindest nicht so viel wie du. Wer war denn Vaters Liebling?"

„Darum geht's nicht."

„Ich hab jedenfalls keinen Schlüssel zum Geschäft ... und wenn ich so überlege, dann gehen mir noch ein paar andere Gegenstände in der Wohnung ab."

„Was willst du damit sagen? Dass vielleicht Karl oder ..."

„Warum nicht? Gelegenheit ...", unterbrach sie sich selbst und blickte Karl herausfordernd an.

„Also, das ... das ist ... unverschämt von dir, so etwas zu behaupten. Karl zu unterstellen, dass er etwas genommen haben könnte!"

„Das ist noch nicht alles, liebe Schwester. Und, ja: Es gibt einen Grund warum ich den Herrn neben mir engagiert habe."

„Der wäre?"

„Dass ich in Karls Zimmer war ..."

„Wie kommst du dazu, in seinem Zimmer herumzusuchen?"

„Ich habe nicht gesucht", verteidigte Sophie sich halbherzig. „Bevor wir zum Begräbnis gefahren sind, wollte ich mit ihm sprechen und bin in sein Zimmer. Er war nicht da. Ein Papier lag auf seinem Schreibtisch und als ich es überflogen habe, sind mir Zweifel gekommen."

„Was für ein Papier?"

„Ein Anbot über das Haus, in dem sich das Geschäft befindet", erklärte Sophie gereizt.

„Und was ist daran verwerflich?"

„Erstens, dass es in Karls Zimmer lag und zweitens, dass unter den offiziellen Zahlen welche mit Bleistift dazugefügt wurden. Und die waren deutlich höher."

„Und?“

„Und? Das fragst du noch!? Ich denke, dass ich das gleiche Recht wie ihr beide habe, davon zu erfahren.“

„Und, was beweist das?“, wollte Anna wissen und gab sich die Antwort gleich selbst. „Das beweist überhaupt nichts, das kann genauso gut Vater dazugeschrieben haben.“

„Darum geht’s nicht. Es geht darum, dass ich es nicht erfahren habe. Ihr habt mich ausgeschlossen.“

„Ich wusste nichts davon“, sagte Anna.

„Aber Karl. Und er hat nichts davon gesagt!“

„Karl betrügt nicht.“

„Woher willst du das wissen?“, gab Sophie höhnisch zurück.

„Ich weiß es eben“, erwiderte Anna und sah Karl dabei in die Augen. „Dass gerade du das sagst, Sophie. Du, wo du dich um die Familie keinen Deut gekümmert hast! Dir war doch immer schon alles egal, außer was dich selbst betrifft. Nicht einmal um Mutter kümmerst du dich, seit es ihr schlechter geht.“

„Mutter geht es schon seit Ewigkeiten schlecht“, antwortete Sophie kalt. Wieder rückte sie ihre Brille zurecht und fuhr sich durch die Haare. „Und das hat andere Gründe, das weißt du Anna, also gib nicht mir die Schuld.“

„Wem soll ich sie denn geben?“

„Ihrem Vater vielleicht“, warf Orsini unvermittelt dazwischen.

„Lassen Sie unseren Vater aus dem Spiel“, fuhr Sophie ihn sofort an, stand auf, stellte sich vor einen Spiegel und brachte ihre Haare in Ordnung. Anna saß kerzengerade auf ihrem Sessel, ihre Hände zitterten leicht. Nur Karl schien unbeeindruckt von all dem. Er saß da, wie er sich hingesetzt hatte und schwitzte. Orsini wartete nur darauf, dass irgendwann Luftblasen aus seinem Mund aufsteigen würden.

„Lassen Sie die Vergangenheit ruhen!“ Beschwörend sah Vladimir Tandler Orsini an.

„Nein“, entgegnete Orsini bestimmt. Einen Moment herrschte gespannte Stille, ehe Anna wieder das Wort ergriff.

„Und, zu welchen Schlussfolgerungen sind Sie in ihren Ermittlungen gekommen?“, fragte sie schnippisch.

„Dass es einen zusätzlichen Beweggrund Ihrer Schwester gegeben haben muss, mich zu engagieren. Es ging nicht nur um Erpressung von Spekulanten und um das Geschäft.“

„Wie können Sie das behaupten, natürlich war das der Grund! Und, dass Karl alleinigen Zugang zum Geschäft und den Geschäftsunterlagen hatte, stimmt auch!“ Sophie klang aufgebracht.

„Vor ein paar Wochen habe ich in Ihrem Auftrag“, Orsini deutete auf Sophie und fuhr unbeirrt fort, „damit begonnen, mich über die Immobilienspekulationen im hiesigen Viertel zu erkundigen. Und ja, es gibt einige Ungereimtheiten, die da passieren und passiert sind. Illegale Arbeiter, Druck auf die alten Eigentümer und noch einiges mehr. Herr Tandler wird das bestätigen. Ihr Vater ist in Kontakt mit diesen Leuten gewesen, das steht ebenfalls fest. Soweit meine Informationen stimmen, hat er sogar eine Anzeige erwogen. Es gab eine gröbere verbale Auseinandersetzung, das haben Nachbarn beobachtet.

Zu diesem Anbot: Hat er es zu Lebzeiten angenommen, vielleicht bereits Geld erhalten, das jetzt auf einem Sparbuch liegt?“ Orsini sah in die Runde und versuchte, an den Gesichtern abzulesen, ob jemand darüber etwas wusste und schwieg. „Ich denke, nein. Nichts deutet darauf hin. Ob es je schlagend geworden wäre? Lassen Sie es mich so sagen: Ich wage, es zu bezweifeln. Nach allem, was ich über die Firma Immotreu herausgefunden habe, ist es eine betrügerische Scheinfirma, ständig wechselnde Firmensitze etcetera. Ob Ihr Vater jemals Geld gesehen hätte ...“

„Aber das Anbot gab es“, fügte Sophie trotzig ein.

„Ein geduldiges Stück Papier. Nicht mehr und nicht weniger. Der mit Bleistift hinzugefügte Preis ist für die

Gegend viel zu hoch. Ich würde es als reines Lockanbot einordnen."

„Wie siehst du das, Vladimir?", fragte Anna. Sie strich über ihren Handschuh und umrundete mit den Fingern die kleinen Perlmuttknöpfe.

„Kontakt hatten alle schon mal mit denen. Ob Heinrich ein Anbot bekommen hat und von welcher Firma, das kann ich dir nicht sagen."

„Heißt das, an dich sind sie auch schon herangetreten?"

Vladimir Tandler nickte zustimmend.

„Und wie ist dein Eindruck?"

„Ich denke, ich muss Herrn Orsini zustimmen."

„Und Karl?", stieß Sophie erregt hervor.

„Dass gerade du es wagst, Karl ständig anzugreifen! Wo du durch deine Scheidung sowieso vermögend geworden bist! Das ist das Schlimmste, was ich je von dir gehört habe und ich hab schon vieles von dir gehört!" Anna hatte die Handschuhe ergriffen und schleuderte sie mit einem Knall zurück auf den Tisch.

Nur mit viel Mühe und dem Geschick Vladimirs gelang es schließlich, Anna und Sophie wieder zu beruhigen.

„Da mir das Erbe bis jetzt egal war", begann Anna, wurde aber durch eine spitze Bemerkung ihrer Schwester unterbrochen und fuhr, nachdem sie einmal geschluckt hatte, fort, „da es mir egal war, habe ich mich nie darum gekümmert, aber trotzdem gibt es doch Vaters Geschäft, die Mieter im Haus, seine Konten und Sparbücher!"

„Es gibt keine *Konten*, sondern nur ein einziges *Konto*, und das ist nur minimal gedeckt", erklärte Orsini. „Sparbücher allerdings, die könnten in der Wohnung liegen." Er sah Karl eindringlich an. „Darüber konnte ich naturgemäß nichts in Erfahrung bringen." Orsinis Blick fixierte Vladimir Tandler, der aber nach wie vor regungslos dasaß.

Sophie erfing sich zuerst.

„Und? Karl! Du müsstest das doch wissen!"

Karl blieb jedoch stumm und schüttelte nur den Kopf.

„Nichts auf dem Konto, keine Sparbücher? Wovon hätten sie denn dann gelebt?" Sophie blickte Orsini skeptisch an.

„Das ist nicht leicht zu beantworten. Haben Sie sich nie gewundert, wie Ihr Vater überhaupt das Geschäft aufrecht erhalten konnte? Der Handel mit Posamenten ist doch schon lange zusammengebrochen. Die Produktion wird zum Großteil in Asien erledigt und der Handel läuft über neue Vertriebswege. Die Zeit der kleinen Gewerbetreibenden ist vorbei. Schon seit Jahren, leider. Sehen Sie sich nur das Viertel an.

Sein Geschäftskonto hat er regelmäßig überzogen, soviel ist klar."

„Woher wissen Sie das?", fragte Sophie.

Ohne darauf einzugehen fuhr Orsini fort: „Bleibt also die Frage, wie er seine monatlichen Aufwendungen abdecken konnte."

„Die Wohnungen oberhalb des Geschäfts?", sagte Anna.

„Substandard. Allein die Erhaltung des Hauses kostet wahrscheinlich mehr als die Mieteinnahmen bringen."

„Aber wie sind ...?", versuchte Sophie abermals einzuhaken.

„Das herauszufinden, hat mich einige Mühe, viel Zeit und Geld gekostet. Um also sein Konto zu sanieren, hat er in unregelmäßigen Abständen mittlere Geldbeträge auf sein Konto eingezahlt. Schon mehrere Jahre lang", erklärte Orsini und ließ dabei den Altwarenhändler nicht aus den Augen, „und zuletzt auch einen größeren."

„Aber von wem hat er das Geld bekommen?", fragte Sophie. Ihre Brille war nach vor gerutscht und Schweißperlen zeichneten sich am Haaransatz ab.

„Und was war die Gegenleistung?", brachte die Geschäftsfrau in Anna es auf den Punkt. Vladimir Tandler, der bis jetzt kein Wort dazu gesagt hatte, schaute zu Boden.

„Mehrere Bewohner des Viertels, die Sie vielleicht sogar kennen, haben mir erzählt, dass es in letzter Zeit zwischen Ihrem Vater und Herrn Tandler zu Auseinandersetzungen gekommen ist. Das ging soweit, dass Sie ..." Orsini blickte den Altwarenhändler an, „... schon seit einiger Zeit nicht mehr in sein Geschäft gegangen sind. Vermutlich sind Sie ihm überhaupt ausgewichen."

Vladimir Tandler räusperte sich.

„Zuerst nahm ich an, dass es mit dem Verkauf des Hauses zu tun hatte, aber da habe ich mich getäuscht." Orsini hielt inne.

Vladimir Tandler blieb jedoch stumm und vermied jeglichen Blickkontakt.

„Ich dachte zuerst, dass Herr Tandler verhindern wollte, dass Ihr Vater das Geschäft verkauft und es deswegen zu Streitereien gekommen ist. Erst der Monsignore von der Pfarre hat meinen Verdacht widerlegt."

„Monsignore Berthold?", fragte Sophie erstaunt und runzelte die Stirn.

„Ja, er sieht sich als Bollwerk gegen den Ausverkauf des Grätzels. Er war sicher, Ihren Vater überzeugt zu haben, von der Veräußerung abzusehen und die Firma wegen illegaler Arbeiter anzuzeigen."

„Er war in der Kirche?"

„Zumindest in der Pfarrkanzlei", antwortete Orsini und spürte sogleich wieder die harte Holzbank. Wie um den Gedanken daran zu zerquetschen, wetzte er auf seinem gemütlichen Sessel hin und her. „Was also konnte es für einen Grund geben, dass sich die beiden nicht mehr verstanden, nachdem sie eine jahrelange Freundschaft verband?" Wieder sah Orsini Vladimir Tandler auffordernd an. „Die beiden kannten sich nämlich schon seit Kriegszeiten. Jemand aus dem Viertel konnte sich daran erinnern."

„Wer?", warf Vladimir Tandler unvermittelt dazwischen und sah Orsini misstrauisch an, der aber nicht darauf einging und fortfuhr: „Jedenfalls habe ich mit Josef Novak, dem Bruder Heinrichs gesprochen ...“

„Unserem Onkel Josef?“, fragte Anna überrascht. „Aber ich dachte der ist längst ...“

„Nein, ist er nicht. Er wird in einem Sanatorium betreut. Aber es geht ihm nicht besonders gut. Von der Familie, von der hier die ganze Zeit gesprochen wird, scheint niemand Zeit für ihn zu haben. Jedenfalls hatten die paar Worte, die ich aus seinem Mund verstanden habe, mit Heinrichs Kriegsvergangenheit zu tun. Irgendetwas muss dort vorgefallen sein, was Ihren Vater verändert hat. Außerdem waren Ihr Vater ...“, Orsini registrierte den gesenkten Blick des Altwarenhändlers, „... und Herr Tandler in derselben Einheit.“

„Stimmt das?“, fragte Sophie und schaute zu Vladimir Tandler, der nun sichtlich betroffen den Kopf hob. Mit sich ringend machte er schließlich ein stilles Zeichen der Zustimmung.

„Was hat das ...?“, setzte Anna an, wurde jedoch von Vladimir Tandler unterbrochen.

„Ja, es stimmt. Wir waren gegen Kriegsende in derselben Einheit.“

„Und?“, fragte Sophie ruhig, doch ihre fahrigen Bewegungen zeigten Orsini, dass sie alles andere als ruhig war.

„Nicht mehr an der Front.“

„Sondern?“

Eisige Starre hatte sich auf die Runde gelegt. Reglos saßen sie da und starrten auf das alte, fahle Gesicht. Als hätten die Falten um seinen Mund an Schwere zugelegt, bewegte Vladimir Tandler ihn nun nur unter größter Mühe. Jedes Wort kämpfte sich einzeln ans Licht.

„Wir waren ... dem ... Transport zugeteilt.“

„Transport wovon?“, fragte Anna mit heiserer Stimme.

„Von ...“

„Von?“

„... von Raubgütern.“

„Raubgütern", murmelte Sophie und fuhr sich durch die nun schon zerdepschte Frisur.

„Was für Raubgüter?", drängte ihn Anna weiterzuerzählen, „Geld, Gold oder worum ging es da?"

„Nein."

„Sondern?"

„Um Kunst, genauer gesagt um Kunstgüter aus privaten Sammlungen, aber auch Museen. Eben alles ..., was man für wertvoll hielt und man vor dem Zusammenbruch noch beiseiteschaffen wollte."

„Und dabei habt ihr euch kennengelernt?"

„Ja, gegen Ende. Davor war euer Vater am Balkan. Im Vergleich dazu war unsere Aufgabe fast wie ein Urlaub. Mir war damals alles egal, nur weg von der Front."

„Aber was hat das alles ...?", wand Sophie ein, während Orsinis Finger sich plötzlich in den samtigen Sessellehnen festkrallten. Aus den Augenwinkeln hatte er Karl beobachtet. Angespannt, bereit aufzuspringen, fixierte er ihn. Was hatte er vor? Karl hielt einen schweren Kerzenständer in Händen. Woher hatte Karl ihn genommen? *Vielleicht doch ein Raub- und kein Putzerfisch,* ging es Orsini kurz durch den Kopf, während Vladimir Tandler weitersprach.

„Bei diesen Transporten ..., wir waren auf dem Rückzug, kamen wir immer wieder an Verstecken, eigentlich waren es Zwischenlager, von hochrangigen Bonzen vorbei ... wir mussten einiges mitnehmen. Ständig wurden wir angegriffen. Ein einziges Chaos. Dein Vater muss das ausgenützt haben."

„Wie?"

„Keine Ahnung ... hat er mir nie gesagt. Aber es muss ihm in der ganzen Hektik gelungen sein, einiges beiseitezuschaffen."

„Und das hat niemand bemerkt?"

„Nein, ... soviel ich weiß nicht. Außerdem ist er klug vorgegangen. Keine großen – das heißt: zu wertvollen – Sachen und immer nur ein paar Stücke. So, dass es eben nicht auffiel."

„Dir ist es aber doch aufgefallen."

„Nicht unmittelbar, sondern erst viel später", antwortete Vladimir Tandler und trank einen Schluck. Er wirkte erschöpft. „Ich erinnere mich nur, dass er schon damals unglaublich genau und pedantisch war. Auch im Bezug auf die Ausführung von Befehlen. Außerdem hat er sich von niemandem in die Karten schauen lassen, immer auf Distanz ... In den Wirrnissen der letzten Kriegsmonate haben wir uns aus den Augen verloren ... und uns erst hier im Grätzel Jahre später wieder getroffen, als er im Geschäft eurer Großeltern zu arbeiten begonnen hat. Bei der Hochzeit eurer Eltern habe ich dann Heinrichs Bruder Josef kennengelernt. Mit ihm bin ich ins Gespräch gekommen. Es scheint, dass am Balkan etwas vorgefallen ist ... wir waren ja noch sehr jung ... Heinrich muss nach dem Krieg völlig verändert gewesen sein. Ihn darauf anzusprechen, war aber unmöglich. Nur ein einziges Mal hab ich das, allerdings viel später, geschafft. Er hat etwas von einem Dorf erzählt, in dem junge Frauen und Kinder sich versteckt hielten ... und von einer Kirche, mehr hat er nicht rausgerückt. Aber ich hatte den Eindruck, dass dort etwas Einschneidendes, Schlimmes geschehen ist. Ihr könnt das nicht verstehen ..., damals hat jeder einfach nur ums nackte Überleben gekämpft."

„Was für ein Dorf, was für Kinder?", wollte Anna aufgewühlt wissen, aber Vladimir Tandler hob nur resignierend die schweren Schultern und schüttelte den Kopf.

„Aber wo hat er die Gegenstände versteckt?", fragte Sophie.

„Weiß ich nicht. Er hatte wohl ein außerordentliches Gedächtnis. Und seine Genauigkeit dazu ... er hat einmal etwas von verschlüsselten Notizen anklingen lassen."

„Das heißt, all der Kram, der in unserer Wohnung herumsteht", fasste Anna zusammen, „ist gestohlen, geplündert und gehört eigentlich Leuten, die nicht mehr am Leben sind?"

Vladimir nickte abermals. „Ist dir nie aufgefallen, wie lieblos die Gegenstände gruppiert waren, Anna? Selbst die Bilder hat er in irgendwelchen dunklen Winkeln aufgehängt ... er konnte damit nichts anfangen, seine Welt war die der Schächtelchen, Borten und Knöpfe. Kunst war ihm völlig fremd."

„Deswegen hatten wir so selten jemand zu Besuch! Er hatte Angst, dass er entdeckt werden könnte", sagte Sophie und die Fassungslosigkeit stand ihr im gleichen Maß ins Gesicht geschrieben, wie sich ihre Frisur aufgelöst hatte. „... und die unregelmäßigen Einzahlungen aufs Konto?"

„Er hat ... wie er gemerkt hat, dass das Geschäft sich nicht mehr trägt, begonnen, einzelne Stücke zu verkaufen", antwortete Vladimir Tandler. „Das heißt ..., ich hab sie für ihn verkauft."

„*Du* hast ihm geholfen, ihr habt gemeinsam auch noch das Unrecht verlängert? Aber warum?", schoss es nun aus Anna heraus.

„Weil", begann Vladimir und sah Orsini durchdringend an, „weil ..., ich habe es aus Freundschaft getan."

„Aus Freundschaft", echote Sophie ungläubig, „und du hast nicht mitkassiert?" Ein leichter Schimmer zeichnete sich in Vladimirs Augen ab. Was der alte Mann jahrzehntelang verdrängt hatte, stand nun wieder vor ihm. „Du hast recht, Sophie ... ich hab auch Geld dafür genommen", kam die Antwort ganz ruhig und nur Orsini wusste, dass er log.

Sophie schenkte sich nach, holte dann eine Packung Zigaretten aus ihrem Mantel und bot der versammelten Runde die Schachtel an. Anna fingerte sich aufgeregt eine heraus und rauchte nun ebenso nervös wie ihre Schwester. Karl hatte den Kerzenhalter neben sich auf den Boden gestellt und war wieder zum Friedfisch geworden.

„Was war mit dem letzten Betrag, den Herr Orsini erwähnt hat?“, begann Sophie nach einer Weile.

„Er hat eine größere Summe gebraucht ... dringende Reparaturarbeiten am Haus, die nicht aufzuschieben waren ... er hat einen Brief vom Magistrat erhalten. Wenn ich mich recht erinnere, hat er vom kaputten Dach gesprochen. Das war ein paar Wochen ... bevor er ... jedenfalls hat er mich in sein Büro gebeten ...“

„Das fehlende Bild in seinem Allerheiligsten?“, überholte Anna ihn geistig.

„Ja, das fehlende ...“

„War an dem Bild etwas Besonderes?“

„Ja. Ich hab ihm auch erklärt, beziehungsweise zu erklären versucht, dass das Bild in Kennerkreisen zu bekannt wäre ...“

„Und?“

„Mir war die Sache zu heiß. Kleine, unbekannte Bilder oder Skulpturen zu verkaufen, ja, aber ein Landschaftsgemälde eines renommierten Künstlers!“

„Deswegen also eure Auseinandersetzung ...“

„Ja, er hat mich sogar angeschrien ... Er muss in einer verzweifelten Lage gewesen sein.“

„Und weiter?“

„Ich hab erfahren, dass er es ... dass er es selbst verkauft hat – zu einem Viertel seines Wertes. Keine Ahnung, wie er das gemacht hat ...“

„Das erklärt den hohen letzten Betrag auf seinem Konto, von dem Herr Orsini gesprochen hat.“

„Jetzt verstehe ich auch, warum er uns nie in sein Büro lassen wollte“, schüttelte Sophie den Kopf.

Vladimir Tandler nickte zustimmend, Orsinis auf höchste Spannung geschaltete Nerven registrierten ein Geräusch, das aber nicht in sein Bewusstsein durchdrang, da eine Frage Sophies die Stille zerteilte.

„Und wir sollen dir glauben, dass du so uneigennützig gewesen bist“, fragte sie mit schneidender Stimme. „Wenn alles ganz anders war? Vielleicht hast du das Bild doch verkauft und ihm ist sein Anteil zu gering vorgekommen ... er wollte dich auffliegen lassen ...“, mutmaßte sie weiter, „und deswegen hast du ihn ...“

„Sophie!!!“, fuhr Anna dazwischen.

„Sie hat nicht ganz unrecht“, hakte Orsini nach. Alle starrten ihn an. Nur Vladimir saß vornübergebeugt in seinem Sessel und sah ins Leere. „Allerdings ... auf ganz andere Weise als sie denkt. Es gab nämlich noch andere Gründe, warum Ihr Vater sein Konto überzogen hat.“

„Andere Gründe?“ Nervös hantierte Sophie mit dem Feuerzeug herum. Das kratzende Geräusch des Schleifsteins drang bis in den letzten Winkel des Geschäfts.

„Ja“, begann Orsini, sah Anna an und musste all seinen Mut zusammennehmen um weitersprechen zu können, „ja, er ... er hatte gewisse Neigungen ...“

„Irgendetwas muss in dem Dorf passiert sein“, murmelte Vladimir vor sich hin, ohne dass jemand von ihm Notiz nahm.

„Neigungen?“, übertönte Sophies dominante Stimme ihn und fixierte Orsini.

„Ja, man muss es so nennen“, antwortete Orsini und hielt ihrem Blick stand. „Sie wissen doch alle von seinen freitäglichen Spaziergängen ...“

„Die hat er doch schon seit Jahrzehnten gemacht ...“

„Stimmt“, es fiel Orsini schwer weiterzusprechen, „nur, dass euer Vater keinen richtigen Spaziergang gemacht hat, sondern ein Ziel hatte.“

„Ein Ziel?“

„Ja, und zwar immer dasselbe...“

„Dasselbe?“, wiederholte Sophie ungeduldig.

„Ja.“

„Welches? Herrgott noch einmal!“ Sophie hielt es nicht länger aus und sprang auf.

„Er ...“

„Nun sagen Sie es schon!!!“, schrie Sophie mit einem Mal Orsini an, während plötzlich im Hintergrund der rote Vorhang beiseite gerissen wurde.

„Mutter!“, rief Karl, sprang auf und schob lautstark den schweren Königsstuhl nach hinten. Alle hatten sich erhoben. Einzig Orsini blieb sitzen, weil er endlich das vollständige Bild vor Augen hatte, dem er so lange hinterhergelaufen war. Die Familie des Posamentenhändlers stand nun so vor ihm wie die fünf Fabriksschlote neben dem Donaukanal. Vladimir Tandler ersetzte zwar den alten Posamentenhändler, was er wohl im wahren Leben die Jahre über vermutlich auch gemacht hatte. Einer der fünf Schlote hatte ein Blinklicht ausgesendet, erinnerte sich Orsini. Nacheinander blickte er in die Gesichter und suchte danach.

„Wie kommst du hierher? Ich dachte, du kannst nicht so weit ...“, begann Anna.

Unwirsch wurde sie jedoch von ihrer Schwester unterbrochen. „Was hast du die ganze Zeit da hinten gemacht, Mutter?“

„Euch zugehört“, antwortete Judith mit leiser, dennoch fester Stimme und mit Tränen in den Augen. „Es stimmt, was Herr Orsini gesagt hat. Heinrich hat jeden Freitag exakt zur selben Zeit seinen Spaziergang gemacht.“

„Ja, aber wohin?“, fragte Sophie beinahe sanft und sah verunsichert zu ihrer Schwester, der eine einzelne Träne über die Wange lief.

„… in … ein Bordell.“

„In ein Bordell ..., aber wa...?“

„Weil es das kleinere Übel war.“

„Das kleinere Übel ...?“

„Ja, Sophie ...“

„Aber warum, Mutter, ich ... ich verstehe nicht!“

„Damit dein Vater seinen Spaziergang nicht nachhause ...“

„Aber warum?“

„Weil ... weil ...“, wollte Judith antworten, wurde aber durch einen Aufschrei Karls unterbrochen. Zitternd stand er da, sein Kopf war so rot wie der Samtüberzug des Königsstuhls, der nach hinten gekippt war und mit einem lauten Krachen aufschlug. In Händen hielt er den schweren Kerzenständer. Die Fingerknöchel traten weiß hervor.

„Weil er sich sonst zu deiner kleinen Schwester ins Bett gelegt hätte!! Verstehst du das denn nicht? Hast du das denn eigentlich nie kapiert?“

Orsini hatte den Eindruck, dass sämtliche Gläser in dem Geschäft vibrierten, so laut war der Ausbruch aus dem Aquarium gewesen. Wie bei einem Decrescendo war der letzte Satz in ein Flehen übergegangen. Der Kerzenständer stand plötzlich wackelnd auf dem kleinen Tisch.

„Aber das ist doch nicht möglich!“, unternahm Sophie nach einem Schreckensmoment einen letzten verzweifelten Versuch, alles von sich zu schieben. Dann sah sie Anna lange an. Ihr Blick verwandelte sich dabei allmählich zur dem einer flehenden, schließlich aber zugleich zornigen und behütenden großen Schwester. Anna hatte währenddessen langsam die Beine angezogen. Die Knie unter dem Kinn, saß sie auf dem Sessel, wie das Mädchen, das sie vor Jahren einmal gewesen war.

Orsini konnte sie eine Zeit lang nur so betrachten, ehe er wieder zu sprechen anfing. „Doch, es ist möglich“, begann er vorsichtig. „Euer Vater ist jeden Freitag in ein Bordell in den vierten Bezirk gegangen. Ich habe mit der Besitzerin gesprochen. Sie hat ihn eher zufällig kennengelernt, als sie für die Einrichtung ihres Etablissements Vorhangstoffe und so weiter brauchte. So kam sie mit ihm in Kontakt. Von da an ist er jeden Freitag gekommen. Und ...“ Orsini biss sich zu spät auf die Zunge.

„Und?“ Jetzt wollte Sophie alles wissen wollte.

„Er ... er hatte so seine ... Spezialitäten“, wich Orsini aus, begegnete aber erneut dem gleichen Blick. Ein dumpfes Ziehen hatte sich schon zuvor in seinem Magen eingeschlichen. Jetzt ließ es sich nicht mehr verdrängen. „… Nur ganz junge Frauen ...“, antwortete er leise und spürte zugleich, wie ihm übel wurde. Langsam stand er auf, wagte es nicht, in die Runde zu sehen und nahm den Mantel von der Sessellehne.

„Ist das alles?“, fragte Sophie, erhob sich ebenfalls und sah Orsini direkt in die Augen.

„Ja.“

„Sie lügen ...“, sagte sie mit brüchiger Stimme. Ihr Makeup war verschmiert und der vorher noch akkurat gezogene, scharfe Strich des Lippenstiftes war nun an mehreren Stellen verwischt.

„Ja“, antwortete Orsini nun der Sophie Pfeifer, die er schon einmal, nur für einen kurzen Moment im Kaffeehaus erkannt hatte, die Frau hinter der Fassade aus Schmuck und Tand.

„Ich ... wir ...“, begann sie erneut und deutete dann auf alle Anwesenden, „haben ein Recht darauf, alles zu erfahren. Schließlich ... habe ich Sie dafür bezahlt!“

„Wollen Sie wirklich?“, sah er sie fragend an.

Sie nahm die große goldene Brille ab und nickte.

„Vladimir“, begann Orsini und nannte den Händler erstmals beim Vornamen. „Vladimir hat kein Geld für den Verkauf der Kunstgegenstände genommen. Er tat das nur, um die Familie zu schützen. Das ist mir erst viel zu spät auf dem Familienfriedhof klargeworden.“

„In Simmering? Warum?“, fragte Sophie.

„Nein, nicht in Simmering, sondern auf dem Friedhof auf der Baumgartner Höhe.“

„Aber ...?“

„Eure Großeltern mütterlicherseits“, ergänzte Orsini und blickte zu Judith, die mit Tränen in den Augen hinter Anna stand, genauso wie die steinerne Statue der wachenden Mutter in der Zieglergasse, nur dass sie ihre Hand nicht schützend über ihre Tochter gehalten hatte und auch nie zu halten im Stande gewesen war.

„Ich wusste nicht ... Mutter hat immer gesagt, ihre Eltern seien verbrannt worden und die Asche ...“

„Nein! Eure Großeltern liegen dort, ich habe lange suchen müssen, bis ich das verfallene Grab gefunden habe ...“

„Aber wieso?“

„Weil“, antwortete Orsini und konnte dabei weder Judith noch ihre Tochter ansehen, „weil dort ... auch noch zwei Babyleichen liegen, die von Heinrich gezeugt und von Ihrer Mutter ... oder Ihrer Schwester zu ... zu Engeln gemacht wurden.“ Orsini konnte förmlich spüren, wie die Magensäure begann, an den Innenwänden seines Verdauungstraktes zu ätzen. Trotzdem griff er sich eine Zigarette vom Tisch, zündete sie an und nahm einen tiefen Zug. Dann zog er langsam den Mantel an und ging Richtung Tür.

„Eine Frage noch“, sagte Sophie kaum vernehmlich.

Orsini blieb stehen.

„Wer ...“, begann sie zögerlich.

Orsini drehte sich um.

„Wer hat ihn umgebracht?“

„Jemand, der eine rote Kordel als Tatwaffe verwendet hat“, entgegnete Orsini, nahm den Türgriff in die Hand und fuhr fort: „und ich werde, nachdem ich vor der Tür fertiggeraucht habe, zum Kommissariat gehen und Anzeige erstatten.“

Nach diesem Satz öffnete er die Tür und verließ das Geschäft. Erschöpft machte er ein paar Schritte weg vom Eingang, wie um den durchlebten Alptraum hinter sich zu lassen. Er spürte die kalte frische Luft im Gesicht, kehrte dem Ganzen den Rücken zu, blickte zum Himmel und inhalierte bis in die Lungenspitzen. Unbewusst fuhr er mit der gesunden Hand über die beiden runden Pflaster an seiner Linken. Der Durchstich war gut verheilt. Zwei kleine Narben würden wohl bleiben. Nach dem vierten oder fünften tiefen Zug warf er die Zigarette in weitem Bogen von sich und hörte das Scheppern der sich öffnenden Tür. Wie von weit entfernt, aber doch nah kam das Geräusch, das Schuhe auf Pflastersteinen erzeugen, auf Orsini zu.

Er hatte gehofft, sich zu irren. Die gestrickte Wollhaube saß schief auf dem hochroten Kopf und der Schal hing lose über die Schultern. Ohne Orsini anzublicken begann Karl: „Ich ... ich hab es nicht mehr ausgehalten.“ Mit ungelenken Fingern wickelte er den Schal um seinen Hals. „Er hat mich nicht ernst genommen! Ich musste es tun ...“, fuhr er mit brüchiger Stimme fort.

Orsini betrachtete das Häufchen Elend vor ihm, drehte sich um und ließ den Fisch stehen.

Tänzelnd fielen Flocken vom Himmel und legten den Hauch einer Schneeschicht über die Stadt – der erste richtige Schnee des heurigen Winters. Orsini zog seinen Mantel enger. Ihm war kalt, aber auf eine Art, die nichts mit den klimatischen Verhältnissen zu tun hatte.

Er blickte nicht mehr zurück, auch nicht, als er ein weiteres Mal die Tür des Altwarenladens hörte. Mit hochgezogenem Mantelkragen bog er in die Westbahnstraße ein und ging langsam bergab. Es gab nur mehr eine Richtung. Weg von diesem Ort. In sich gekehrt warf er einen Blick auf das Haus der Familie schräg gegenüber. Vorbei. Aus den Augenwinkeln nahm er einen Einsatzwagen wahr. Er stand vor dem Haus, in dessen verfallenen Mauern er vor etwas mehr als einer Stunde auf den Ingenieur und seinen Helfer gewartet hatte. Die festlich beleuchtete Kirche im Rücken, machte Orsini einen Schritt auf die Straße. Dann noch einen und wieder einen, bis er schließlich genau in der Mitte der Zieglergasse stand. Er schaute nach rechts zum Posamentengeschäft und dann ein Stück weiter zu den steinernen Statuen. So blieb er stehen und sah das eingefrorene Bild von vorhin. Der abgebrochene Zeigefinger. Irgendetwas stimmte nicht.

Erneut spulte sich ein Film in seinem Kopf ab. Diesmal aber nicht die Kurzfilmversion der Gasse, sondern ein Film mit Überlänge, der mit Sophies Eintritt in seine Wohnung begann und genau hier im Zentrum des Grätzels endete.

Aufgeregtes Gehupe riss ihn aus dem Handlungsstrang. Ein Auto bremste sich vor ihm ein. Ein Fenster wurde heruntergelassen. Orsini spulte zurück und wieder nach vor.

„Heast schleich di, sunst ...!", hörte er den Autofahrer schimpfen, aber nur wie aus großer Distanz. Immerhin machte er zwei Schritte zurück. Real wie auch im Film.

„Gschissna!", schrie ihm der aufgebrachte Fahrer zu, gab mit quietschenden Reifen Gummi und fuhr knapp an ihm vorbei.

Irritiert drückte Orsini daraufhin versehentlich die falsche Taste. Er wollte korrigieren, fuhr dann zu weit, spulte verwirrt mehrere Male hin und her, abermals zurück bis zum Anfang und verstrickte sich vollends im Geschehen, bis sich schließlich eine Hand auf seine Schulter legte und die Stopptaste drückte. Schritte hatten sich von hinten genähert. Seltsam leicht lag die Hand auf seiner Schulter. Mit dem Gefühl der Hilflosigkeit wandte er sich langsam um, während die Hand sich entfernte und er ein kurzes metallisches Klicken wahrnahm.

Die Hand zitterte ein wenig, griff in eine Handtasche, zog daraus eine tiefrote Kordel hervor und hielt sie Orsini hin. Verstört nahm er die kunstvoll eingedrehte Schnur entgegen. Ohne Zweifel war es das fehlende Stück aus der Glasvitrine im Büro des alten Posamentenhändlers. Nachdenklich ließ er die Kordel, mit der Heinrich Novak erdrosselt worden war, durch seine Hand gleiten.

„Waren ... waren Sie deswegen bei ihm?", durchbrach Orsini nach einer Weile das Schweigen und deutete auf Annas Handschuh, an dem nach wie vor der eine in Silber gefasste Perlmuttknopf fehlte.

Wie unter einer tonnenschweren Last hob Anna den Kopf. „Ja, zumindest dachte ich das“, antwortete sie und nickte kaum merklich.

„Hat ..., hat er wieder versucht Sie ...“, setzte Orsini an, schaffte es aber nicht, den Satz zu Ende zu bringen.

„Er ist aus seinem Büro nach vorne gekommen ... Ich hab die Kordel gesehen und gewusst, was er damit ...“ Ein Schaudern durchfuhr ihren Körper und Orsini fürchtete für eine Augenblick, dass sie zusammenbrechen würde. Mit ausdrucksloser Miene fuhr sie fort: „.Ich wollte ihn zur Rede stellen ..., aber er hat mich nur verhöhnt, genauso wie früher! Dann ging alles ganz schnell. Ich wollte ihm die Kordel aus der Hand reißen ... hab ihn gestoßen ... und dann ...“ Anna rang nach Atem.

Orsini verharrte immer noch am selben Fleck am Straßenrand, unfähig, das kleine erwachsene Mädchen zu trösten.

„Dann habe ich mit aller Kraft zugezogen, so fest ich konnte.“

Der Moment der Stille wurde durch eine Straßenbahn zerstört, die schrill klingelnd von der Haltestelle gegenüber anfuhr.

„Die Kinder auf dem Friedhof ...?“, hörte Orsini seine eigene Stimme sagen.

„Es liegen keine Kinder dort.“

„Sondern?“

„Mutter hat es nie überwunden, dass Vater sie zur Abtreibung gezwungen hat. Nachträglich hat sie es auf dem Grabstein hinzufügen lassen. Und seither hat sie Schuldgefühle.“

„Und der zweite Name? Das war doch über ein Jahrzehnt später.“

„Bei Sophie konnte Mutter ihn gerade noch abhalten, aber um mich zu schützen, hatte sie keine Kraft mehr. Mutter hat hauptsächlich die Schande nicht ertragen und mich heimlich zu einem sogenannten Arzt gebracht. Was sie für mich empfunden hat? Ich wäre ...“, Anna geriet ins Stocken, „... beinah verblutet. Danach hatte sie natürlich noch größere Schuldgefühle. Sie hat Vladimir um Hilfe gebeten und gemeinsam mit ihm ist es ihr dann doch gelungen, dass Vater von mir abließ.“ Anna trat einen Schritt zurück und sah Orsini unverwandt an. Dann drehte sie sich um und ging.

Mit der Kordel in der Hand blieb Orsini allein in der Kälte stehen und folgte wie in einem Filmabspann mit müdem Blick der kleiner werdenden Gestalt, bis sie hinter der Kirche verschwunden war. Erst nach einer Weile fand er schließlich wieder in die Realität zurück.

Doch nur ein Putzerfisch, dachte Orsini für einen Augenblick. Dann überquerte er so schnell wie irgend möglich die Straße, weil er diesen Film am liebsten in den hintersten Winkel einer dunklen Kammer verbannt hätte, wo er ihn nie wieder ansehen musste.

Die Spuren im Schnee waren, kaum erzeugt, schon wieder verweht. Mit jedem Schritt entfernte er sich von den Ereignissen der letzten Stunden. Allein die rote, eingedrehte Zierschnur in seiner Manteltasche verband ihn noch mit der Vergangenheit dieser Familie. Wieder und wieder fuhren seine Finger über die feine, samtige Oberfläche.

Geruch von Alkohol und Gewürzen vermischt mit Gelächter, strömten ihm entgegen. Adventmarkt. Ohne darauf zu achten, marschierte er daran vorbei, bis eine kleine, kaum hörbare Tonfolge ihn erreichte. Ganz leise zuerst, doch sie passte nicht. Nicht hierher, eigentlich nirgendwo hin. Genau genommen war es eine kleine, scheußliche Melodie. Mickrig, grässlich und penetrant in ihrer Wiederholung. Nur in Orsinis Kopf passte sie. Dort hatte sie ein Muster hinterlassen, das eine Handlungskette auslöste, die mit den Worten endete: „Orsini, wer ist dran?“

„Pokorny hier. Lang nichts voneinander gehört.“

„Stimmt", antwortete Orsini mechanisch und marschierte in gleichem Tempo weiter.

„Wir, das heißt meine Kollegen, haben heute Abend einen anonymen Anruf erhalten. Eine männliche Stimme. Ist noch gar nicht lang her. Hat detaillierte Angaben gemacht. Es gibt einen Mitschnitt." Kurze Pause. „Jedenfalls", fuhr Orsinis ehemaliger Vorgesetzter fort, „ist daraufhin ein Streifenwagen an die angegebene Adresse gefahren. Ein baufälliges Haus im siebenten Hieb. Dort haben die Beamten zwei an Metallstützen gefesselte Personen gefunden. Waren übel zugerichtet. Einer davon Ingenieur und der andere ein amtsbekannter Schläger, wie wir mittlerweile feststellen konnten. Gegen den Ingenieur liegen mehrere Anzeigen vor und er wird, wie auch die Firma, für die er arbeitet, von der Wirtschaftspolizei gesucht. Nicht, dass mir die beiden besonders leidtun, ich bin nur von Amts wegen verpflichtet, allen eingelangten Hinweisen nachzugehen."

„Woher haben Sie meine neue Telefonnummer?", wollte Orsini wissen.

„Hm, sagen wir aus dem Telefonbuch."

„Ah."

„Also, die beiden werden gerade einvernommen. Und, ich hab gehört, dass Sie in letzter Zeit in der Gegend, wo wir die beiden gefunden haben, privat ermitteln. Hat ja sogar einen Mord an einem alten Mann gegeben. Da war die Annahme naheliegend, dass Ihnen, sagen wir, etwas aufgefallen ist und Sie uns darüber informieren möchten."

„Tut mir leid, aber da kann ich Ihnen nicht helfen."

„Schaun Sie, Orsini, ich kenn Sie lang genug und außerdem habe ich so meine Informationen. Ich weiß – und Sie wissen, dass ich weiß – dass Sie damit zu tun hatten. Niemand außer Ihnen ist so verrückt und legt den beiden Gefesselten dann auch noch kleine – wie soll ich sagen? – ‚Geschenke' vor die Füße."

„Ist doch bald Weihnachten“, erwiderte Orsini emotionslos.

„Die Papiere und die Fotos werden den beiden zumindest ein paar Jahre bringen und soweit hab ich das auch noch als Hinweis verstanden, aber was sollte denn diese alberne, kleine, blaue Plastikfigur.“

„Meinen Sie einen Schlumpf?“, korrigierte Orsini.

„Ah, Schlumpf nennt man das Männlein. Also, um's kurz zu machen. Wo waren Sie heute zwischen achtzehn und neunzehn Uhr?“

„Bei mir zuhause auf dem Sofa.“

„Zeugen?“

„Ja.“

„Wer?“

„Mein Plattenspieler.“

„Und spricht er auch, wenn man ihn was fragt?“

„Ja, wenn er gut gelaunt ist, singt er sogar.“

„Übrigens auf dieser kleinen Figur ...“

„Dem Schlumpf?“, klang Orsini betont nachdenklich.

„Ja genau, es waren Fingerabdrücke drauf ...“

„Da würde ich aber sofort ein Spurensicherungsteam darauf ansetztren“, entgegnete Orsini gelassen auf den Bluff.

„Gute Idee, und schöne Weihnachten noch.“

„Ihnen und Ihrer Frau auch“, antwortete Orsini und legte auf.

Den Schnee trieb es mittlerweile in dicken, fetten Flocken zur Erde. Manche blieben für einen Moment auf Orsinis Mantel haften und schmolzen dann zu Wassertropfen. An der großen Kreuzung neben dem Volkstheater blieb er stehen. Sein Blick glitt über die verschwommene Silhouette der inneren Stadt – seiner Stadt.

Mit dem zunehmenden räumlichen Abstand zum Novakschen Grätzel wurde ihm immer klarer, dass er eine Entscheidung hinausschob, die er nicht länger hinausschieben konnte. Uneins mit sich, ging er die Ringstraße entlang vorbei an den Prachtbauten, die er kaum bemerkte. Ein einsamer Fiaker, der der Kälte trotzte. Weißer, dampfender Atem aus den Nüstern des Pferdes.

Pokorny würde da sein. Gewiss.

Orsini verlangsamte seine Schritte. Nun lagen bereits einige Zentimeter kalten, trockenen Schnees, der die Stadt entschleunigte und ihre Geschwindigkeit der menschlichen Größe anpasste. Orsini erblickte das Gebäude, vor dem er auf Paula gewartet hatte. Vor nicht allzu langer Zeit war es wie sein zweites Zuhause gewesen. Die große Kreuzung, hell erleuchtet. Rolltreppe in die Unterführung. Eine andere Welt. Abgekoppelt. Zweifel stiegen in ihm auf. Von wem hatte Pokorny seine Nummer?

Früher als ihm lieb war, erreichte er die mit Neonlampen ausgeleuchtete Stelle, an der er gemeinsam mit Paula auf ihrem Weg zur Institutsmensa auch vorbeigekommen war. Die linke der zwei kurzen Rolltreppen führte direkt zur Polizeidirektion. Die rechte zur Ringstraße und in ihrer Verlängerung zum Donaukanal.

Erneut sah er sich auf der Zieglergasse. Hörte das mit quietschenden Reifen davonbrausende Auto und spürte die Hand auf seiner Schulter. Das metallische Klicken der Handtasche, die Kälte, Anna – frierend und ohne Mantel. Sah das kleine Mädchen, das ihm, am ganzen Körper zitternd, die rote Kordel in die Hand legte.

Er stellte sich auf die Rolltreppe und fuhr langsam wieder zurück in die eisige Wirklichkeit. Noch auf der Rolltreppe nahm er ruhig die beiden runden Pflaster von den nahezu verheilten Wunden an seiner linken Hand und ließ sie achtlos fallen.

Oben stapfte er durch das jungfräuliche Weiß. Der Wind hatte mittlerweile an manchen Stellen winzige Dünen aus Schnee entstehen lassen, die ihn an ein Buch über das Gehen in der Wüste erinnerten. *Im Maß des menschlichen Schritts werden die Dimensionen nachvollziehbar und die Sinne geschärft*, hatte er dort gelesen.

Schritt für Schritt setzte sich die Gewissheit durch, die richtige Entscheidung getroffen zu haben.

Nur vereinzelt krochen Autos im Schritttempo an ihm vorüber. Ihre Geräusche hatten sich auf ein verträgliches Ausmaß reduziert. Bäume, Bänke und Litfaßsäulen, das Dach der Börse, sie alle lagen nun unter einer dicken, flauschigen Daunendecke.

Orsini ging auf die Brücke über den Donaukanal zu. Der Wind war hier stärker als zwischen den Straßen und wirbelte den Schnee auf. In der Mitte angelangt stellte Orsini sich auf die Zehenspitzen und beugte sich über das Geländer. Dunkle kleine Schatten kreiselten wild durcheinander und landeten schließlich auf der beleuchteten Wasseroberfläche. Orsini dachte an Anna. Er holte die rote Kordel aus seiner Tasche, warf einen Blick darauf und ließ sie auf die punktierte Wasseroberfläche fallen. Regungslos schaute er ihr nach, bis sie im Wasser versank, nahm dann sein neues Handy, warf es, ohne hinterherzusehen, nach, vergrub die Hände in den nun freien Taschen und marschierte weiter, einer langen Nacht entgegen.

Am Zustandekommen dieses Buches waren viele Menschen beteiligt. Danke! Speziell an Doris und Herbert Randacher für den Glauben an uns. Jeannet Kiessling, Eckhart Derschmidt, Babs Steinhäusler und Tobias Sckaer für ihre Zeit, ihre Geduld und ihre wertvollen Gedanken.

Ganz besonders möchten wir Komm.-Rat Gerald Schantin danken, ohne den dieses Projekt nicht möglich gewesen wäre, sowie unserem Verlag – dort vor allem unserer Lektorin Mag. Christine Wiesenhofer für ihr Engagement und ihre klaren und humorvollen Anmerkungen. Außerdem Ines Pasecky, Peter Pasecky und Hans Stumpf, die uns Einblick in die Arbeitsweise von Ermittlern und Kriminalbeamten verschafft haben. Natürlich auch Peter Barci, der wunderbare Fotos an einem Sonntagnachmittag geschossen hat. Eva Mattes und Karin Haller, die uns zum Schreiben ermutigt haben, für äußerst hilfreiche Kommentare generell.

Last, but not least, Christine Stein, die zu jeder Tages- und Nachtzeit ein offenes Ohr hat, sowie sämtliche unserer Freunde und Freundinnen, Kollegen und Kolleginnen für ihren Zuspruch und ihr Interesse. Thanx!